观风察政：
汉代歌谣与政治的互动研究

Guan Feng Cha Zheng:
A Study on the Interaction between Folk Songs and Politics in the Han Dynasty

白振奎 著

上海古籍出版社

2019年度国家社科基金后期资助项目（19FZWB051）

国家社科基金后期资助项目
出版说明

后期资助项目是国家社科基金设立的一类重要项目,旨在鼓励广大社科研究者潜心治学,支持基础研究多出优秀成果。它是经过严格评审,从接近完成的科研成果中遴选立项的。为扩大后期资助项目的影响,更好地推动学术发展,促进成果转化,全国哲学社会科学工作办公室按照"统一设计、统一标识、统一版式、形成系列"的总体要求,组织出版国家社科基金后期资助项目成果。

全国哲学社会科学工作办公室

序

新冠病毒仍在肆虐，街行人稀，独坐书斋，却意外收到昔日学生白振奎君惠我《观风察政——汉代歌谣与政治的互动研究》手稿，大著洋洋洒洒三四十万言，嘱我作文以序。对此，我既佩服白君有此骄人的学术成果，又惶恐对作序之事难以胜任。对于歌谣，我非专家，素无研究，如果信口雌黄，岂不贻笑大方？但退一步想，疫情禁锢，社交几绝，白君却能因势利导，耐其寂寞，板凳坐冷，独立思考，积极探索而完此大著，做出了自己的学术贡献；这就给我以启发。对读书人来说，独处之际，善于捕捉时机，争取到大量时间来沉思想象，自由驰骋，独与天地相往来，作古今人文交流，不亦乐乎！这就变坏事为好事。此时此刻，人心惶惶，白君却能赠我大作，这令我茅塞顿开，受其启发和激励，本着活到老学到老的精神，重新学习，有何不可？于是，尝试完成新的任务，这不就也有条件说上几句读书的心得体会了吗？

我性疏懒，未曾对歌谣之类作品下功夫作深入了解；但吾师郭绍虞先生精通此道。这只要读过先师的《语文通论》及《语文通论续编》（20世纪三、四十年代开明版）自然明白。现在，白君热心于汉代歌谣的搜集、整理并进行系统的研究，从思理脉络上说，可戏称为"隔代遗传"。在精神上，白君真正接过了先师的学术火把，薪尽火传，继续燃烧。

在20世纪的"五四"运动前后，郭老师写了《谚语研究》长篇论文，发表于1921年《小说月报》。这里有故事。在20世纪初的青少年时代，郭绍虞与叶圣陶、顾颉刚三人同是苏州的小学生，可称"发小"之交，生死情谊，至死不渝。即使是在20世纪六、七十年代的十年大动荡年代，三人仍是冒着风险，私下交往，相互慰安。郭与叶是同乡，又同校；郭与顾是同乡而不同校。但当时苏州仅有四所小学，各校之间，多有交流活动，有机会彼此熟悉。顾当时名坤涌，在校际活动中已崭露头角而现其风采。"五四"之前，郭到北京，顾即介绍他参加了北大的新潮社，与傅斯年、罗家伦认识；同时又推荐他为北京《晨报副刊》的特约撰稿人。郭有《艺术谈》数十篇,就是限日限刻连载刊登于《晨报副刊》上的文章。郭老师曾笑称,对年轻人来说,成绩是逼出来的。郭到北大旁听课程,也曾和顾商量。后来,胡适推荐郭到福州协和大学任教授兼国文系主任,郭老师从此走上大学讲坛,其中一切事宜,都是委托顾氏具体操办。有此机缘,顾、郭交谊之深厚,的确不同一般。在"五四"时期,顾、郭二位年轻人,都曾对民间歌谣及谚语发生兴趣,彼此影响,相互帮助,共同投入了当时的歌谣谚语的研究热潮。据钟敬文编《歌谣论集》(见上海书店影印《民国丛书》第四编第60册,以下见于此书者,只注页码),首先推尊北京大学歌谣研究会(按:原名歌谣征集会,创立于1918年,后改名研究会),其会刊是《歌谣周刊》,共出九十六期,影响迅速扩大。当时热心倡导者有胡适、周作人、刘半农、常惠诸人。受此影响,顾、郭也热情投入了时代潮流,二人似有分工,郭偏谚语,有《谚语研究》之作;顾重歌谣,论文之外,又努力下基层,搜集原始歌谣资料,并加整理出版,有《吴歈集录》三四百首。但郭在研究谚语的同时,对歌谣研究同样抱有一腔热忱。顾《吴歈集录序》曰:"绍虞南下,从今天起,到下月绍虞回京,这一个月里,吴中歌谣归我自己钞了。"可证郭一直在帮顾抄写吴中歌谣,如非自己热爱,能有此举吗?顾在叙文中又提到,《吴歈集录》即将告竣之时,顾虑尚不成熟,一时不想公开,但"偏偏绍虞在《晨报》上同我介绍了出来,介绍了之后,又有许多人要看,嘱我发表出来;绍虞又允代钞"(见钟敬文编《歌谣论集》第429—430页)。其实,郭老师对歌谣,不仅热心,而且研究有素,有自己独特的心得体会。如章洪熙《中国的情歌》说:"这些情歌的价值,正如绍虞所说'因为他不懂格式,所以不为格式所拘泥;他又不要雕琢,所以不受雕琢的累坠'。"(见前第339页)对于民间情歌清新自然、随心而发的艺术特质,所论洒脱、通达而精确。须知,在20世纪的一、二十年代,文化复古之风仍然甚嚣尘上,许多士大夫文人,对民间歌谣抱有偏见,攻击诋毁,斥为鄙俗卑贱,不入雅人慧眼。当时,卫景周写《歌谣在诗中的地位》一文揭露,曾有某前清进士,怒骂北大歌谣研究会,曰:"可惜蔡子民(按:即北大校长蔡元培)也是翰林出身,如今直领着一般青年人胡闹了起来了!放着先王的大经大法不讲,竟把那孩子胡喷的什么'风来了,雨来啦,王八背了鼓来啦'……一类的东西,在国立大学中,专门研究了起来了!"说罢,又哈哈冷笑一阵(同上,第186页)。相较之下,当时郭老师虽然年轻,但其言行思理,预新潮流,堪称先进,闪烁着"五四"新文化精神而令人敬仰。我虽曾随侍先师多年,但于歌谣之道,却少沾边,成了终身遗憾。现在有白君弥补,发扬光大,亦可称稍慰我心。

就我所见，有关汉代歌谣研究，虽说论文如林，但是，白君之著，在借鉴前贤的基础上，后出转精，其所论议，最为具体、细致、系统而全面，我是一气呵成，读完为快，如入深山而发现了丰富的宝藏。作者在浩如烟海的史书、丛书、笔记和子集、别集中，仔细搜寻，爬梳剔抉，采撷了二百五十首汉代歌谣，用功勤而功夫深，使人一览而知现存汉代歌谣的面貌，言之番番，持之有故。其中，有关政治性内容的一百九十几首，约占五分之四。这和其他的时代歌谣相较，政治性强烈是其明显特点。这一方面与史家职责及其采录标向有关，另一方面也可见汉代人民运用歌谣参政预政的意识强烈，因而显现了汉代风习的特殊需要。汉代政治制度，沿习先秦而加变化，重"观风察政"，当时社会上有"行风俗""举谣言"的活动，以便作为朝廷政治的重要参考。一个时代的风气，赋予了汉代歌谣的特殊使命。歌谣之于汉代，如班固《汉书》所称，"感于哀乐，缘事而发"（见《艺文志》）；"人人问以谣俗"（见《韩延寿传》），颜师古注曰"谣俗谓闾里歌谣，政教善恶也"；汉之歌谣，其批判矛头，甚至直指高高在上的君皇，如《五行志》载："君亢阳而暴虐，臣畏刑而钳口，则怨谤之气发于歌谣。"歌谣借助天心来宣泄民意，天子怎能轻忽天心民意呢？于此可见，汉代歌谣，植根于时代土壤，沾溉了传统的民族精神和文化品格，表现了对现实政治生活的强烈关注和参与意识，顽强地传达出了人民的心声呐喊，以期达到"下以风刺上"的政治目的，从而成为汉代的政治风向标和时代的晴雨表，其价值无可替代。中国历史，美称汉唐，故有"汉人"之称。但如要进一步了解汉之所以为汉，对汉代歌谣的研究和了解，就显得尤为重要了。

前曾提到，某前清进士痛斥歌谣，认为乖悖了"先王的大经大法"。事实不然，白君研究，恰恰相反，他非常注重汉代歌谣的经、史背景及其对传统民族精神的影响。所论"观风察政""行风俗""举谣言"，这一制度的来历及影响，大纲细目，须眉毕现，并非仅是总其大略的虚泛之论，而是在高屋建瓴的宏观理论引导下，具体到每一篇甚至是每一句，都阐发其历史根据和政治意义。这不是涉及了汉家制度礼俗的"先王大经大法"又是什么？这只要认真阅读白著，自然开卷有益，一目了然。依我的读书心得，白著第一次以专著形式，从歌谣与政治互动的辩证关系，对"下以风刺上"到"上以风化下"的上下政治交流，进行了全方位的研究，在时间流驶的历史动态中，去把握其运行规律和社会本质。作者的研究，宏观思索与微观细考相结合，深挖细掘，以史为鉴，在其汉代歌谣研究中，同时彰显了传统优秀中华文化的现代价值。汉代"观风察政",上下沟通,反映民意,这或许也是汉家政治的一种长治久安之道。两汉江山,四百余年,此中也有汉代歌谣的力量与贡献。这对后代文学与政治的互动大课题,具有重要的参考价值和借鉴意义。白君大著,岂偶然哉,岂偶然哉!

蒋　凡

2022 年 3 月

于海上半万斋

目　录

序 ··· 1

绪论　歌谣与"观风察政"概述 ································· 1
　第一节　汉代歌谣与汉代政治的关系总说 ················ 1
　　一、"观风察政"——汉代国家治理的重要模式 ········ 2
　　二、"观风察政"与汉代的政治规谏机制 ················ 6
　　三、"观风察政"与国家治理的现代启示 ·············· 10
　第二节　歌谣相关名称辨析 ································ 12
　　一、歌谣的相关名称及特征概括 ······················· 12
　　二、汉代民间歌谣与"汉乐府歌诗"关系辨析 ········ 19

第一章　"观风察政"传统溯源 ································ 28
　第一节　"观风察政"传统的理论源头 ··················· 28
　　一、《周易》是"观风察政"传统的理论源头 ········ 28
　　二、古代"天人观"为"观风察政"提供理论助力 ··· 37
　第二节　"观风察政"理念下采诗、献诗传统到《诗大序》的理论 ··· 42
　　一、从先秦到汉代对"采诗"传统的记述 ············· 43
　　二、从先秦到汉代对"献诗"传统的记述 ············· 46
　　三、《诗大序》对于"观风"思想的开拓 ············· 48

第二章　汉代"观风察政"的理论探索、制度建设及歌谣传播 ··· 51
　第一节　汉代"观风察政"的理论探索 ·················· 51
　　一、汉代风俗建设的起点 ································ 52
　　二、汉代风俗建设的探索与共识的形成 ·············· 55

第二节　汉代"观风察政"的制度建设 ·································· 63
　　一、西汉时期的"行风俗"活动 ···································· 64
　　二、东汉时期的"行风俗"及"举谣言"活动 ···················· 70
第三节　汉代"观风察政"制度下的歌谣传播 ························ 75
　　一、汉代民间歌谣的地域分布 ······································ 76
　　二、汉代民间歌谣发生影响力的方式 ······························ 81
　　三、汉代民间歌谣的传播视角分析 ································ 86

第三章　反映汉代官员治理的歌谣 ···································· 91
第一节　批判酷吏政治的歌谣 ·· 92
　　一、批判酷吏政治的歌谣 ·· 93
　　二、汉代酷吏政治的成因及评价 ·································· 104
　　三、刺贪及批判恶政的歌谣 ······································ 110
第二节　赞美循吏政治的歌谣 ·· 112
　　一、赞美地方官稳定社会秩序的歌谣 ···························· 113
　　二、赞美地方官发展农业生产的歌谣 ···························· 122
　　三、赞美地方官教化百姓、移风易俗的歌谣 ···················· 127
　　四、赞美地方官的其他仁政与人格魅力的歌谣 ················· 131
　　五、歌谣中反映出的汉代官员类型变化 ·························· 138
　　六、循吏歌谣的一种类型——"父母官"歌谣 ················· 142
第三节　赞美监察官及其他朝廷官员的歌谣 ························ 152

第四章　揭露汉代各种政治顽疾的歌谣 ······························ 162
第一节　批判豪族、外戚和佞幸的歌谣 ······························ 162
　　一、批判豪族势力的歌谣 ·· 163
　　二、批判外戚、佞幸的歌谣 ······································ 171
第二节　批判选官混乱、不公现象的歌谣 ·························· 187
　　一、汉代选官制度演变简说 ······································ 187
　　二、揭露选官活动中混乱、不公现象的歌谣 ···················· 191
第三节　表现社会不公、百姓苦难及百姓反抗的歌谣 ············ 201
　　一、表现社会不公的歌谣 ·· 201
　　二、表现百姓苦难及反抗的歌谣 ·································· 204

第五章 政治人物品评类及政治风俗类歌谣 … 210
第一节 政治人物品评类歌谣 … 210
一、政治人物赞美类歌谣 … 210
二、政治人物戏谑类歌谣 … 214
三、政治人物对比评价类歌谣 … 217
第二节 政治风俗类歌谣及其他 … 219
一、政治风俗类歌谣 … 219
二、其他政治歌谣 … 223

第六章 汉代的儒林歌谣 … 224
第一节 儒林歌谣与儒林的人物标榜 … 224
一、儒林歌谣对儒者学问成就的标榜 … 225
二、儒林歌谣对儒者道德人格的标榜 … 226
三、儒林歌谣对士人综合影响力的标榜 … 229
第二节 儒林歌谣与儒林的学术交流 … 233
一、表现太学讲论活动的儒林歌谣 … 233
二、表现朝廷经学辩论的儒林歌谣 … 234
第三节 儒林歌谣与朝廷的政治斗争 … 236
一、表现西汉时期儒林与宦官斗争的儒林歌谣 … 237
二、表现东汉时期儒林与宦官斗争的儒林歌谣 … 238
三、儒林歌谣中的特殊类型——"太学歌谣" … 240
第四节 汉代儒林歌谣评价 … 243
一、汉代选官方式与汉代儒林歌谣 … 243
二、汉代社会儒学价值观与汉代"儒林歌谣" … 245
三、汉末政治斗争与汉代儒林歌谣 … 248

第七章 汉代民间歌谣的政治功能考察 … 251
第一节 歌谣与官员的选拔、表彰与奖惩 … 251
一、以歌谣为选拔官员的重要参照 … 254
二、以歌谣为表扬或奖赏官员的依据 … 256
三、因歌谣黜免、惩治官员 … 260
第二节 歌谣与官员施政、政治人物议政 … 262

一、地方官借助歌谣施政 ·· 262
　　二、政治人物借助歌谣议政、论政、说理 ······························ 266
第三节　歌谣与汉代的政治斗争——兼论汉代的童谣、谶谣 ········ 276
　　一、汉代语境中"童谣"的成因及其特点 ······························· 277
　　二、歌谣与王莽篡位前后的政治斗争 ······································ 282
　　三、歌谣与东汉政权建立前后的政治斗争 ······························ 285
　　四、歌谣与东汉后期各派势力的斗争 ······································ 291

第八章　汉代歌谣的艺术形式角度研究 ·· 298
　第一节　汉代歌谣的句式 ·· 299
　　一、三言体歌谣句式概述 ·· 300
　　二、四言体歌谣句式概述 ·· 304
　　三、五言体歌谣句式概述 ·· 307
　　四、七言体歌谣句式概述 ·· 310
　　五、杂言体歌谣句式概述 ·· 316
　第二节　汉代歌谣的修辞特点 ··· 317
　　一、汉代歌谣句子的格式特点 ··· 317
　　二、汉代歌谣的修辞手法 ·· 319
　第三节　汉代歌谣的节奏和音韵 ··· 329
　　一、汉代歌谣句式的节奏特点 ··· 329
　　二、汉代歌谣的押韵特点 ·· 330

附　录 ·· 361
　汉代歌谣分类统计 ··· 361
　主要征引文献 ··· 376

后　记 ·· 384

绪论 歌谣与"观风察政"概述

第一节 汉代歌谣与汉代政治的关系总说

一提起汉代文学,人们自然会联想到汉赋的独步天下,津津乐道于两汉历史散文、政论散文以及乐府诗、文人诗的擅场一时,这些文学样式及其成就固然建构起汉代文学的洋洋大观,但我们不应忘记在汉代文学园地里,还有一种出身并不高贵、风格质朴泼辣,却与这些重要文学体裁一道构成了本时代文化风景的文学样式——汉代民间歌谣。

汉代民间歌谣植根于时代土壤,沾溉了汉代的民族精神和文化品格,它们"感于哀乐,缘事而发",① 表现出对现实政治的强烈关注和参与意识,顽强地传达出民众的心声、呼声,甚至可以说,汉代民间歌谣已是构成汉代政治不可分割的组成部分。汉代的国家治理,一方面就儒家的政治设计而言,称作"上以风化下",表现为统治者"观风察政""移风易俗",最终实现"化成天下"的大一统政治理想;另一方面,被治理的对象即广大民众,他们并非是束手被治、毫无生气的"乌合之众",而是有着自身政治感受、政治憧憬的人群。大量的汉代民间歌谣,传达出了广大民众对现实政治的真实感受,表达了态度鲜明的政治评价,从而呈现出"下以风刺上"这样一种独特的政治参与方式。

"上以风化下"与"下以风刺上"二者相互配合、形成合力,构成了汉代儒者心目中理想的政治模式,在汉代国家治理中共同作用于时代政治,并经由儒者阶层和政治家的努力,在一定程度上由政治理想转化为政治实践。分析"上以风化下"和"下以风刺上",二者重合的部分就是"风"。"风"在

---

① 原文为:"自孝武立乐府而采歌谣,于是有代赵之讴、秦楚之风,皆感于哀乐,缘事而发,亦可以观风俗、知薄厚云。"引自〔汉〕班固《汉书·艺文志》,北京:中华书局,1962年,第1756页。本文所有注释征引书目,凡前文已出注的,后文再出现时均略注。

中国传统文化语境里内涵纷杂,意义又互有关联,正如钱钟书先生对"风"所做的辨析:"是故言其作用,'风'者,风谏也、风教也。言其本源,'风'者,土风也、风谣也,今所谓地方民歌也。言其体制,'风'者,风咏也、风诵也。"①可见,"风"至少具有风教、风谣、风诵三方面的含义。我们还可以在钱先生辨析的基础上对"风"的内涵做进一步的拓展,这就涉及"风"的第四方面含义:风俗。风俗与风教、风谣也关联密切。这样,"风"就包含了风俗、风谣、风教、风诵四方面涵义,而本书论题"观风察政"所论述的内容包含了其中的风俗、风谣、风教三个重要方面。在汉代,中央和地方各级政府会派遣使者到民间去观览风俗、采集风谣,把握、体察歌谣中所蕴含的民情民意,国家在此基础上对广大民众进行道德教化、移风易俗,希望最终实现"六合同风,九州共贯",即"化成天下"的大一统治理图景。在这样一种治理思路之下,汉代政治制度设计实际上就包含了一条鼓励广大民众表达政治感受和政治评价的通道,使得"下以风刺上"有了变为现实的可能。

本书以"汉代歌谣与政治的互动"为论题,以汉代民间歌谣为研究对象,在对歌谣的研究中着力发掘、展现汉代国家治理过程中是如何注重巡行"风俗"、从民情民意中观采"风谣",并在此基础上实行"风教"、移风易俗的。故而,本书以"风谣"为研究中心,同时会时时照应"风俗""风教"二义在具体国家治理中的演进,由此逐层展示"观风察政"这一古老政治命题的完整内涵,并揭示命题中所蕴含的民族文化基因与民本精神内核,进一步彰显中华优秀传统政治文化在现代社会的价值与意义。

一、"观风察政"——汉代国家治理的重要模式

"饥者歌其食,劳者歌其事",②歌谣的触角四通八达,伸向社会的每一个角落,反映着社会生活的方方面面,可以说,生活有多广阔,歌谣的内容就有多丰富。尤其值得注意的是,汉代歌谣中时政方面的内容占了极大比重,它们表现出了民众格外强烈的政治参与意识,是我们认识汉代政治的一面镜子。中国古代社会信息交流不发达,不可能建立像今天这样完善的政治沟通机制,"观览风谣"就成为开明统治者了解舆情的有效方式。汉代政治家继承并完善了上古"观风察政"的政治传统,主动以各种方式搜集民间歌

---

① 钱钟书:《毛诗正义》,引自《管锥编》第1册,北京:中华书局,1979年,第58—59页。
② 语见〔汉〕何休:《春秋公羊传解诂》卷十六"什一行而颂声作矣"句后注曰:"男女有所怨恨,相从而歌。饥者歌其食,劳者歌其事。男年六十、女年五十无子者,官衣食之,使之民间求诗。乡移于邑,邑移于国,国以闻于天子。"引自〔唐〕徐彦《春秋公羊传注疏》,《十三经注疏》本,上海:上海古籍出版社,1997年,第2287页。

谣,将其中所反映的民情民意作为重要的舆情基础和施政参考。因此可以说,歌谣是汉代政治的风向标和晴雨表;"观风"是"察政"的基础,是实现政治教化、移风易俗的前提。

所谓"时政类歌谣"或者"政治类歌谣",就是表达汉代各阶层民众对现实政治的感受、评价、预测等各方面内容的歌谣,举凡内容涉及当时的政治人物、政治事件、政治现象的歌谣,都在本书选材之列。笔者首先以逯钦立先生辑校的《先秦汉魏晋南北朝诗》①中汉代"杂歌谣辞"部分的歌谣为基础,参考了清代杜文澜所辑《古谣谚》②中的汉代谣谚部分,共得到 250 首汉代歌谣,作为本书的研究素材;在此基础上又追本溯源,尽可能查找到这 250 首歌谣的第一手出处,如汉代的史志、子书等各类文献,考订版本、辨正文字,确定 250 首歌谣的最终文本。

两汉四百年社会生活,是产生各类歌谣深厚而肥沃的现实土壤,国家政治生活的方方面面都反映在歌谣之中。作为"观风察政"活动的重要成果,大量的汉代时政歌谣被记录下来。在笔者搜集到的 250 首汉代各类歌谣中,与现实政治关联性较强的时政类歌谣有 195 首之多,占总数的近 80%。这 195 首歌谣内容包括下面诸多类型:批判或赞美各级各类官员的歌谣,揭露各种政治顽疾和社会问题的歌谣,表现人物品评及政治风俗类的歌谣,反映儒林标榜、儒林交流以及儒林与宦官集团斗争的"儒林歌谣",为各政治势力、军事集团争夺政权服务的童谣、谶谣等,以上为"原创型"歌谣;此外还有一种歌谣类型比较特殊,即官员在向皇帝、诸侯王上书中使用或政论家、史家在著书立说中使用的"引用型"歌谣。

赞美或批判各级各类官员的歌谣,主要是对特定州、郡、县的地方官员的美刺,也有少量赞美各级监察官员的歌谣。这类歌谣中寄寓了对恢复社会秩序、发展农业生产、实行儒家仁政的期盼,表达了对循吏的赞美和对酷吏、贪吏的批判。这类歌谣有《上郡吏民为冯氏兄弟歌》《渔阳民为张堪歌》《临淮吏人为朱晖歌》《蜀郡民为廉范歌》《苍梧人为陈临歌(一)(二)》《乡人为秦护歌》《魏郡舆人歌》《顺阳吏民为刘陶歌》《交阯兵民为贾琮歌》《皇甫嵩歌》《洛阳人为祝良歌》《崔君歌》《彭子阳歌》《郭乔卿歌》《王世容歌》《巴郡人为吴资歌(一)(二)》《六县吏人为爱珍歌》《会稽童谣(一)(二)》《蜀郡童谣》《恒农童谣》《阎君谣》《时人为郭典语》《益都乡里为柳宗语》《宣城为封使君语》《益都为任文公语》《赵岐引南阳旧语》《考城为仇览谚》

---

① 逯钦立辑校:《先秦汉魏晋南北朝诗》,北京:中华书局,1983 年。
② 〔清〕杜文澜:《古谣谚》,周绍良校点本,北京:中华书局,1958 年。

《吏民为赵张三王语》《时人为桓典语》《鲍司隶歌》《京师为诸葛丰语》《京师为鲍永鲍恢语》《三府为朱震语》《巴人歌陈继山》《京师为唐约谣》《京兆为李燮谣》《京兆民语》(以上为赞美类),以及《关东为宁成号》《时人为宁成语》《长安为尹赏歌》《凉州民为樊晔歌》《益州民为尹就谚》《东门奂谣》《武陵人为黄氏兄弟谚》《宣城为封使君语》《汝南鸿郤陂童谣》(以上为批判类)等。

揭露各种政治顽疾和社会问题的歌谣,具体又包括批判豪族、外戚和佞幸的歌谣,批判选官混乱、不公现象的歌谣,以及表现社会不公、百姓苦难及百姓反抗的歌谣。这类歌谣有《颍川儿歌》《涿郡歌谣》《时人为戴遵语》《二郡谣》《天下为卫子夫歌》《长安百姓为王氏五侯歌》《长安为谷永楼户号》《间里为楼护歌》《时人为郭况语(一)(二)》《顺帝末京都童谣》《成帝时童谣》《长安为韩嫣语》《更始时长安中语》《时人为贡举语》《京师为光禄茂才谣》《时人为作奏语》《通博南歌》《汉末洛中童谣》《汉末江淮间童谣》等。

表现人物品评及政治风俗类的歌谣,有《世称王贡语》《长安为萧朱王贡语》《益都为任文公语》《京师为李氏语》《京师为扬雄语》《时人为周泽语》《京师为胡广语》《京师为袁成谚》《时人为应曜语》《时人为蒋诩谚》《时人为陈氏语》《城中谣》等。需要说明的是,政治人物品评类歌谣与美刺各级各类官员的歌谣,在涉及对象、表现内容及表达情感等方面均有明显不同,这类歌谣中的主人公既有驰骋沙场的将军,也有朝廷的高官,甚至还有方术之士和高蹈的隐士,超越了循吏、酷吏及各类朝廷官吏等身份;就内容而言,其关注的重点不在于表现政治人物的具体政绩或劣迹,而在于表现他们的政治追求、人生价值选择甚至人格的弱点;在情感态度上,有赞美、有批评、有艳羡、有戏谑,并非单纯的美刺态度所能涵盖。

反映儒林人物标榜、儒林学术交流以及儒林与宦官集团斗争的"儒林歌谣",代表性作品有《诸儒为匡衡语》《诸儒为张禹语》《时人为陈嚣语》《关中[东]为鲁丕语》《时人为许慎语》《京师为周举语》《京师为景丹语》《京师为黄香号》《京兆乡里为冯豹语》《敦煌乡人为曹全谚》《长安为王吉语》《范史云歌》《人为高慎语》《乡人谣》《时人为王君公语》《光武述时人语》《蜀中为费贻歌》《时人为王符语》《诸儒为杨震语》《时人为任安语》《人为许晏谚》《时人为缪文雅语》《颍川为荀爽语》《天下为贾彪语》《公沙六龙》《京师为杨政语》《京师为祁圣元号》《诸儒为贾逵语》《诸儒为朱云语》《京师为戴凭语》《时人为丁鸿语》《诸儒为刘恺语》,以及《牢石歌》《长安谣》《天下为四侯语》《太学诸生语》《太学中谣(一)(二)(三)(四)(五)》等。

为各政治势力、军事集团争夺政权服务的童谣、谶谣,有《元帝时童谣》

《成帝时歌谣》《更始时南阳童谣》《王莽末天水童谣》《公孙述闻梦中人语》《后汉时蜀中童谣》《桓帝初天下童谣》《桓帝初城上乌童谣》《桓帝末京都童谣》《灵帝末京都童谣》《董逃歌》《献帝初京都童谣》《兴平中吴中童谣》《后汉献帝初童谣》等。

官员在向皇帝(皇后)、诸侯王上书中使用或政论家、史家在著书立说中使用的"引用型"歌谣,在题目上有一个"引"字,如某某引语、某某引里语、某某引俗语、某某引鄙语等。里语、俗语、里谚、鄙语等,本来是广大人民群众生活经验、人生智慧的总结。这种歌谣与"原创型"歌谣不同,它们之前是以普通谚语的形式在民间广为流传,被引用后才有了明确的针对性和特定指向,被赋予了政治功能。这类歌谣具体又分为官员在向皇帝(皇后)、诸侯王上书中引用,或政治家、史家在个人著述中引用等不同情况。"引用型"歌谣有《韩安国引语》《桓宽引语》《桓宽引鄙语》《邹阳引谚》《贾谊引鄙谚》《司马相如引谚》《贡禹引俗语》《司马迁引谚》《路温舒引俗语》《薛宣引鄙语》《刘辅引里语》《王嘉引里谚》《李固引语》《应劭引里语》《崔寔引语》《崔寔引里语》《陈蕃引鄙谚》《陈琳引谣》等。

从时政歌谣所发挥的功能角度看,汉代各级统治者都非常重视歌谣在治国理政中的作用,概括表现为:郡县等地方官员将了解各地谣俗作为施政的基础;朝廷官员引用民间谣谚作为向皇帝进谏、议政的有力依据;政论家将民间谣谚写进书中以增强议事说理的效果;中央政府派遣刺史巡查各州部时,刺史经常以百姓风谣作为评价官员的重要指标,奏请朝廷奖励或惩罚;皇帝还不定期地派遣风俗使者巡行天下,根据各地风谣情况任免、黜陟官吏;东汉光武帝甚至"亟以谣言单辞,转易守长",[1]开创了汉代政治生活中著名的"举谣言"制度。具体来说,歌谣在汉代国家政治生活中发挥的功能主要体现为以下几个方面。

1. 歌谣是地方察举选官、朝廷考核官员时的重要考量因素。

汉代官员选拔以察举为主,这是一种基于主观印象、主观感受的评价方法,也就是说,地方上的舆论意见对于一个人是否能被察举起着至关重要的作用。正是在这样一种时代氛围下,儒家人物标榜的歌谣应运而生;中央政府对地方官的考察,除了有偏重客观指标的"上计"考察之外,还有偏重社会舆论方面的主观考察,那就是察考广大民众的舆论,其中就包括对民间歌谣的利用。在汉代,因歌谣而受到各级褒奖、被皇帝特殊表彰,乃至因歌谣而被罢黜的事例,都是不胜枚举的。当然,歌谣发挥作用也要有相关事实的

---

[1] 〔南朝宋〕范晔:《后汉书·循吏列传》序,北京:中华书局,1965年,第2457页。

印证。

2. 歌谣是地方政府施政、各级官员参政议政的参考和依据。

歌谣既是汉代民众心理的真实反映,也是统治者重要的舆情来源,更是联系中央和地方之间、官和民之间一条不可或缺的纽带,是各级统治者决策、施政的重要参照因素。歌谣的一端,连接着社会底层的民情民意,表达了他们对国家政令或宽松美善、或局促苛暴的直接感受,表现了对地方治理或敦厚温良、或残酷贪腐的爱憎评价。歌谣的另一端,则牵连着各级地方政府官员,很多官员上任伊始,就把采集民谣、了解民情民意作为制定政策的重要参照;受时代大环境影响,朝廷官员和思想家们除了引《诗》引《书》之外,也把民间谣谚引进自己的奏章和著述中,作为重要的议政、说理依据。

3. 歌谣是各派政治势力鼓舞士气、打击敌人的有力舆论武器。

在汉代重视"观风"的时代氛围下,歌谣的功能也不断扩张。在汉代一些历史阶段,不同政治集团、利益阵营的人物,还将童谣、谶谣作为神化自我、打击敌人的舆论武器。对之前政权和敌对势力不利的舆论,正是后面政权和阵营存在的理由与可借助的武器,因此,主动制造对自己政权有力的歌谣以获取民心,编造一些对敌方不利的歌谣以瓦解敌人,是汉代各军事、政治势力集团在军事战场之外开辟的另一战场。西汉末年、新莽时期、东汉开国之前、东汉末年变乱之际,一些居心叵测或心怀远大的逐鹿者,往往会主动利用歌谣,甚至指使人编造歌谣,以制造舆论、争取广大百姓和各方政治势力的支持。

二、"观风察政"与汉代的政治规谏机制

汉代的君主和政治家们何以如此重视歌谣?歌谣何以上升到关乎国家治理的高度?从一般意义上来理解,歌谣似乎只是社会生活中之琐屑小事,与国家政治何干?歌谣本是一种精神层面的存在,《史记》《汉书》《后汉书》及历代史书中所收录的民间歌谣,如果被尘封在故纸堆中,它影响社会的力量就极其有限。但是,歌谣一旦被广大人群口耳相传,就会产生一种巨大的宣传舆论魔力,其能量可以穿越时间和空间,甚至关乎社稷安危,儒家学者们还从理论上将歌谣与天意联系起来,这就使得古代君主对歌谣不得不重视。古代君主重视歌谣,表面上看是重视民意,说到底则是敬畏天命。

北宋刘敞在提到歌谣的政治功能时严肃地说:"圣王所甚畏事者莫如天,所甚听用者莫如民。是故观天意于灾祥,详民情于谣俗,因灾祥以求治

之得失,原谣俗以知政之善否。"①刘敞将谣谚与灾祥放在同等地位来考察,在他看来,谣谚与灾祥一样承载着天命,关系着社稷兴衰。清代人刘毓崧在为杜文澜编辑的《古谣谚》所作的序中,也将歌谣的功能和价值提到了治国理政的高度,他说:"盖谣谚之兴,由于舆诵。为政者酌民言而同其好恶,则刍荛葑菲,均可备询,访于輶轩。昔者观民风者,既陈诗,亦陈谣谚。"②在中国古代文化观念中,民意与天意并不是隔绝的,也绝非是两回事,民意和天意是二而一、一而二的,百姓的意见其实就是天意,上天的意志最终还是来自百姓的意见。汉代人对歌谣的看法也是如此,他们从歌谣中察考到了民意,也感知到了天意。

1. "详民情于谣俗"

刘敞提到歌谣的一个重要功能是"详民情于谣俗",汉代社会从上到下无不高度重视歌谣的这一功能。鉴于前代故事,汉初政治人物深切体会到"防民之口"所带来的灾难性恶果,因此,深刻而持久地反思强秦二世而亡的原因、吸取历史教训、确保汉家政权的长治久安,就成为汉代国家治理的逻辑起点。汉代人的政治智慧表现在,他们不仅重视总结历史以避免秦亡的惨痛教训,还善于汲取汉前政治文化中的宝贵遗产,加以发扬光大,注入时代特色,从而建立了包括舆情采集在内的政治规谏机制。

正如阎步克先生所说,(汉儒)"要在帝国行政体制中增加一个具有相对独立性的规谏机制,它不只是服从于君主意志,而是服从于君主与儒生所共同遵循的'道',以此来约束和纠矫君主和官员对于'道'的偏差"。③ 这种规谏机制在现实政治生活中表现为各阶层人士对国家政治的规劝、指摘和批评,我们可以称其为"人谏"。人谏,在汉代一方面指任职于朝廷有谏诤权的国家官员,如谏议大夫、光禄大夫、议郎、博士等,他们有专门向皇帝提意见、挑毛病的职守;同时也包括从民间广泛招揽有识之士,广开直言之路,匡正帝王过失。据史书记载,两汉诸帝发布举贤良方正诏书达33次之多,其中19次把"直言极谏"作为选拔官员的主要条件。④ 此外,汉代还有一种重要的人谏方式,那就是上至皇帝、下至地方官员都高度重视的舆情采集形式——观采风谣。

---

① 〔宋〕刘敞:《论灾变宜使儒臣据经义以言疏》,引自曾枣庄、刘琳主编《全宋文》第59册,第1280卷,上海:上海辞书出版社,2006年,第84页。
② 〔清〕杜文澜:《古谣谚》中之刘毓崧序言,第1—2页。
③ 阎步克:《士大夫政治演生史稿》,北京:北京大学出版社,1996年,第328页。
④ 〔宋〕徐天麟:《西汉会要·选举·贤良方正》,上海:上海古籍出版社,1977年,第509—511页;及〔宋〕徐天麟:《东汉会要·选举·贤良方正直言极谏》,上海:上海古籍出版社,1978年,第383—385页。

时政歌谣的本质是什么？时政歌谣的本质是舆论，是民情民意的载体和表达媒介，有别于国家官僚机构内部的规谏，它是来自民间的规谏。以收集舆情、了解民意为目的的歌谣采集活动，是汉代人对上古采诗观风优良政治传统的继承。费孝通先生通过对中国古代政治的考察，提出古代政治存在着"自上而下"与"自下而上"双轨并行的传统，这对我们分析评价中国古代政治甚有启发意义。他说："从表面上看来中国以往的政治只有自上而下的一个方向，人民似乎完全是被动的，地方的意见是不考虑的。事实上果真如是的话，中国的政治也成了最专制的方式，除非中国人是天生的奴才，这样幅员辽阔的皇国，非有比罗马强上多少倍的军队和交通体系，这种统治不太可能维持。不论任何统治如果要加以维持，即使得不到人民积极的拥护，也必须得到人民消极的容忍。换句话说，政治决不能只在自上而下的单轨上运行。人民的意见是不论任何性质的政治所不能不加以考虑的，这是自下而上的轨道。在一个健全的、能持久的政治必须是上通下达、来往自如的双轨形式。这在现代民主政治中看得很清楚，其实即使在所谓专制政治的实际运行中也是如此的。如果这双轨中有一道淤塞了，就会发生桀纣之类的暴君。专制政治容易发生桀纣，那是因为自下而上的轨道是容易淤塞的缘故。可是专制政治下也并不完全是桀纣，这也说明了这条轨道并不是永远淤塞的。"①

费孝通先生所说的"自下而上"的轨道，其实就是民间舆情上达并被统治者所了解的通道，以此观照汉代政治可以说是颇为契合的。汉代统治者重视采集歌谣，重视获取民情民意，这是汉代国家治理能力提升的表现。在汉代，民众以创作歌谣的形式表达对国家政治的评价，这并非是无足轻重的。民众的政治参与热情，从比较宽泛的意义上看，其实与费孝通先生所说的"自下而上"的轨道有重合之处。各类规谏制度的实施，可以使统治者在很大程度上及时改正错误、规避风险，使国家政治机器在大方向正确的轨道上运转，而不至于滑向危险的深渊。当然，我们也不能因此而把民众参政的作用人为拔高或者无限夸大，因为这种机制毕竟是处于皇权政治的大格局之中，君主个人素质和国家政治生态对其作用的发挥将产生直接影响，在此我们要以历史主义的眼光观察和分析问题，而不能作出超越历史阶段的评价。

2."观天意于灾祥"

重视天意、天命是中国古代政治文化一个重要特点。一个普遍性的看法是，君王在人世间的统治权力乃是上天所授，即所谓"君权神授"，国君、皇

---

① 费孝通：《乡土重建》，北京：群言出版社，2016年，第155—156页。

帝是上天之子,他们代天牧民。上天既然能够赋予君主统治人间的权力,顺理成章的,上天还借天象向人世间传达其对君主统治的评价态度,这就是所谓的"上天谴告";若君主胡作非为,不爱惜百姓,不能处理好各种关系,上天多次"谴告"无效,那下一步就要终结君主的统治权力,这就是《周易·系辞上》所说的"天垂象,见吉凶"。① 正因如此,历代君主对于"上天垂象"无不持夕惕若厉、战战兢兢的态度。据学者吴青统计,两汉皇帝因灾异所下罪己诏书多达58条,其中西汉28条,东汉30条。②

汉代思想家们将"天命"文化引申发挥到国家政治的每一个层面、每一个角落。汉代大儒董仲舒在"天人三策"、《春秋繁露》中反复论证的,其实就是天与人的关系问题,具体来说也就是帝王统治与天命、天意的关系问题。董仲舒提出:"且天之生民,非为王也,而天立王以为民也。故其德足以安乐民者,天与之;其恶足以贼害民者,天夺之。"③这样一种对天人关系的思考是汉代政治文化的逻辑起点,并且一脉相承地贯穿汉代思想史的始终,如东汉思想家王符承续着董仲舒的思想,他说:"凡人君之治,莫大于和阴阳。阴阳者,以天为本。天心顺则阴阳和,天心逆则阴阳乖。"④这样一种理论设计的出发点,诚如清人皮锡瑞所言:"当时儒者以为人主至尊,无所畏惮,借天象以示儆,庶使其君有失德者犹知恐惧修省。此《春秋》以元统天、以天统君之义,亦《易》神道设教之旨。汉儒藉此以匡正其主。"⑤皮氏所言,切中肯綮。

表面看"君权神授"理论是有巨大漏洞的,容易造成桀纣之类的暴君,但是,中国古代思想家们在天意天心与帝王统治之间设计安排了民意这一环节,将天意、天心与民意、民心关联起来。与董仲舒将"安乐民""贼害民"视为上天"与之""夺之"的标准一样,王符也将天意、天心的顺逆落实在民意、民心之上,提出"天以民为心,民安乐则天心顺,民愁苦则天心逆……君臣法令善则民安乐,民安乐则天心慰,天心慰则阴阳和"。⑥ 必须承认,这是一个巧妙的理论设计。这些提法,都体现了鲜明的民本意识,对于古代政治总体

---

① 《周易·系辞上》,引自黄寿祺、张善文撰《周易译注》,上海:上海古籍出版社,1989年,第556页。
② 吴青:《灾异与汉代社会》,载自《西北大学学报》1995年第3期,第40页。
③ 〔汉〕董仲舒:《春秋繁露·尧舜不擅移、汤武不专杀第二十五》,引自〔清〕苏舆义证、钟哲点校《春秋繁露义证》,北京:中华书局,1992年,第220页。
④ 〔汉〕王符:《潜夫论·本政》,引自〔清〕汪继培笺、彭铎校正《潜夫论校正》,北京:中华书局,1985年,第88页。
⑤ 〔清〕皮锡瑞:《经学历史》,北京:中华书局,1959年,第106页。
⑥ 〔汉〕王符:《潜夫论·本政》,第88—89页。

在理性的轨道上运行,产生了巨大影响。当然,这种理论上的贡献,我们不能将其只归功于汉代个别思想家的天才创造,它其实是持儒家立场的思想家、政治家们,吸收了西周至春秋战国时期各家各派的思想成果熔为一炉之后,探索达成的理论共识,是历代思想智慧的结晶。《尚书·泰誓》中借周武王之口提出的"天视自我民视,天听自我民听。百姓有过,在予一人"①的民本观念,其实就是将天意、天心与民意、民心联系在一起思考的理论先导。

根据"天人感应"理论,上天不会无缘无故地降灾于世间的天子,它要"自我民视""自我民听",也就是根据百姓的意见来评判帝王的统治优劣,从而决定降下祥瑞或者是灾异;与此同时,地上的君王要行使好"为民父母"的角色,使民心安乐祥和,以此来慰藉天心,使阴阳和顺。无论是从哪个角度看,民间意见向来都是首要考虑的要素,民间歌谣则是表现民间意见最重要的载体。"天意"从民意中来,"天意"最后要落实到民意上,"天"代民立言,故天意与民意并非二事,更不相悖。

汉人既重"天意",又重民意,这样,天与人就一体无间地沟通、贯穿起来了,"观天察政"与"观风察政"二者也就可以互相补充说明。这样我们就可以理解,为什么政治家们在上疏论政时总要引用民间谣谚以增强说服力;为什么朝廷仅凭借民间流传的歌谣来褒奖或黜陟官吏;为什么那些问鼎逐鹿的政治人物总要为自己制造一些"天命在己"的谶谣;为什么王莽在篡位之前处心积虑地派遣使者去全国各地采集颂声;为什么汉代帝王在面对具有政治预言功能的童谣、谶谣时表现出敬畏交织的态度。就是因为民意中见天意,天意中见民意,二者浑融一体,密不可分。

三、"观风察政"与国家治理的现代启示

汉代是一个社会制度建设不断发展完善的时期,如同我们今天引以为豪的"汉语""汉族"这些称谓因汉代而起,汉代的制度建设对于后世又何尝不具有重要的奠基作用呢?汉代人在制度建设的过程中,既有对古代政治经验、政治智慧的理性继承,又有在融合消化各种经验智慧基础上的创新。农业经济的政治土壤、上古的文化积淀,以及秦代的失败政治实践,都是汉代人在创建自己的政治文化时可以参照考虑的重要元素。

儒家学者的参与,使汉代的政治理念、政治文明达到了时代的新高度。儒家政治文化浓厚的理性精神和民本意识,为后人提供了进行政治反思和

---

① 《尚书·周书·泰誓中》,引自〔汉〕孔安国传、〔唐〕孔颖达正义《尚书正义》,上海:上海古籍出版社,2007年,第412页。

反抗暴政的思想资源。正如《剑桥中国秦汉史》中所概括的:"汉代把一个长达两千年基本上保持原状的帝国理想和概念传给了中国。在汉之前,帝国政府是试验性的,并且名声不佳;在汉以后,它已被接受为组织人的正统的规范形式。"①汉代儒家参与设计并精心维护着的仁政善治理念、礼乐教化观念、察举选官制度、太学教育制度、观风察政模式、化成天下理想,都是这个时代留给后人的宝贵遗产。

"观风察政",是儒家理性精神和民本意识在国家治理中的具体表现。这样一种治理模式,不仅涤荡了秦政的苛暴无情,使汉代的政治呈现出温润之色,更重要的是为后代的王朝统治提供了可借鉴的范本。汉代享祚四百余载,不仅超出之前的秦王朝远甚,就是与其后的历朝历代相比,也无有出其右者,其中难道没有值得深刻思考的东西吗?一个国家"良好的治理不但体现为社会秩序和权威被自觉认可和服从,而且也体现为治理主体能及时回应公民的要求,因为这些都可以通过参与予以实现",②在这个意义上,费孝通先生所说的"自下而上"的轨道,在汉代总体上是保持畅通的。重视民意,主动搜求民间舆论,回应民间诉求,是及时化解社会矛盾、避免统治危机的重要政治智慧。事实上,古今中外一切健全的国家治理,都应以慎重对待舆情民意为前提,汉代的国家治理无疑是为中国传统政治树立了一个典范。当然,我们是从相对意义上、在传统政治范围内做这样一个大体的评判,这并不意味着汉代政治就是尽善尽美、无可挑剔的,我们无意做出这样的结论,事实上也无法得出这样的结论。

汉代的国家治理为我们提供了非常丰富的理论资源和可资评价、参照的政治样本,但这并不意味着我们可以毫无批判地接受过去的一些具体制度,因为"时移世易",政治体制发生了本质性的变化,在这种情况下对古代国家治理的细枝末节的继承那就无异于刻舟求剑。冯友兰先生在20世纪50年代提出的"抽象继承法",在今天还有着指导性意义。我们所要做的,是对传统政治资源实现创造性的转化,从而激发社会成员的"文化自信"和精神活力,"使建立在中华优秀传统文化基础上的软治理资源成为涵养社会主义核心价值观的重要源泉,形成适应国家软治理体系和治理能力建设的话语体系"。③ 这是人文社会科学研究者在当下应予充分关注和考虑的。

---

① (英)崔瑞德、鲁惟一:《剑桥中国秦汉史》第二章,北京:中国社会科学出版社,1992年,第98页。
② 蒋建湘、李沫:《治理理念下的柔性监管论》,载自《法学》2013年第10期,第36页。
③ 任勇、肖宇:《软治理与国家治理现代化:价值、内容与机制》,载自《当代世界与社会主义》2014年第2期,第150页。

第二节　歌谣相关名称辨析

本节所探讨的歌谣特指民间歌谣。歌谣是一个比较宽泛的概念,它看似简单、人人心知肚明,但是要对其做出确切的解释,特别是对一些相关名词做出清晰的区分,则非下一些条分缕析的功夫不可。正如朱自清先生所指出的:"中国所谓歌谣的意义,向来极不确定:一是合乐与徒歌不分,二是民间歌谣与个人诗歌不分。"[1]如果我们进一步追问,就会提出一些问题来,如歌与谣的意思是完全相同的还是有一定的区别? 歌谣与谣谚、谣俗、谣言、风谣、谚等又有何具体的关联与区别? 汉代民间歌谣与所谓的"汉乐府民歌"又是否是一回事? 这些问题都需要一一做出回答。对以上名称做出清晰、准确的厘定,进而确定研究对象,是立论的前提和基础。同时,笔者也想借助这样一项循名责实的辨析工作,廓清人们对于歌谣与"汉乐府"关系的一些误解。

一、歌谣的相关名称及特征概括

1. 歌与谣

在汉代人看来,"歌"与"谣"并非一事,这从毛诗对《诗经·魏风·园有桃》中"心之忧矣,我歌且谣"一句的解释可以看出。这里的歌与谣,用作动词,与作为名词用的歌、谣词性并不相同,但在语义上还是相通的。《毛传》释此句曰:"曲合乐曰歌,徒歌曰谣。"[2]也就是说,配上了乐曲、用乐器伴奏加以歌唱的歌词,属于歌的范畴;而没有配乐、没有乐器伴奏的徒歌则属于谣了。无独有偶,《韩诗章句》中对歌与谣的区别也给出了解释:"有章曲曰歌,无章曲曰谣。"[3]二者都不约而同地强调了歌具有配曲、乐器伴奏的属性。不过,谣虽然不合乐、没有章曲,却并不排除它也具备一定的音乐性,应该是有一定调子的清唱。

对于谣的徒歌属性,各家意见并无不同,如《尔雅·释乐》中也说过"徒

---

[1] 朱自清:《中国歌谣》,引自《朱自清全集》第六册,南京:江苏教育出版社,1996年,第314—315页。
[2] 《诗经·魏风·园有桃》,引自〔唐〕孔颖达《毛诗正义》,《十三经注疏》本,第357页。
[3] 〔汉〕薛汉撰:《韩诗章句》,引自〔唐〕徐坚《初学记》卷十五,北京:中华书局,1962年,第376页。

歌谓之谣"。① 而当我们深入考察古代文献时便可发现,古人对于歌的认识有着更丰富的视角,而与《毛诗》《韩诗》的解释表现出认识上的差异。如《尚书·舜典》中说"诗言志,歌永言",对此,西汉学者孔安国的解释是:"谓诗言志以导之,歌咏其义以长其言。"②孔氏主要强调了"歌"具有"长其言"的特点。东汉许慎《说文解字》中释"歌"为"咏"。而"咏"是什么呢?许慎又释"咏"为"歌"。③ 这种循环阐释的方法,汉代人可能了然于心、无需多费唇舌,但两千年之后的今人就摸不着头脑了。南唐时期徐锴在《说文系传》中的解释倒是给人以启发,他说:"歌者,长引其声以诵之也。"④这样,徐锴"长引其声"的概括就与孔安国"长其言"的解释互相印证了。孔、徐二家抓住了"歌"具有"长言"的特点,却都没有提及"合乐"和"章曲"的属性。

通过对具体史料的检视,也能证明这一点,那就是古人的"歌"既包括合乐、有乐器伴奏的情况,也有不合乐、无伴奏的情况。前者如《韩非子·外储说左上》所引的一则材料:"昔者舜鼓五弦之琴,歌《南风》之诗而天下治。"⑤这里的歌是与乐器伴奏相配合的。歌不与音乐伴奏相结合的情况,如《战国策·齐策》中记载的"冯谖客孟尝君"故事,冯谖曾"倚柱弹其剑,歌曰:'长铗归来乎,食无鱼!'"后来,"复弹其铗,歌曰:'长铗归来乎,出无车!'"⑥弹剑、弹铗只是起到打节奏的作用,并非是乐器伴奏,而从其所歌的内容来看,更谈不上什么章曲了。

各家描述所表现出的差异该如何理解呢?笔者觉得唐人孔颖达《毛诗正义》中的解释较为融通,他对《诗经·魏风·园有桃》中"我歌且谣"句所做的义疏为:"谣既徒歌,则歌不徒矣,故云曲合乐曰歌……歌谣对文如此,散则歌为总名……未必合乐也。"⑦在孔氏看来,汉代人说的合乐曰歌、徒歌曰谣,这是没问题的,但这是从"对文"角度、也就是从差异性角度说的;如果从大类看,则歌为总名,歌可以统谣,孔颖达所说"未必合乐"的原因正在于此。如此说来,冯谖的"弹剑而歌""弹铗而歌"是笼统的说法,严格讲应是

---

① 《尔雅·释乐》,引自胡奇光、方环海《尔雅译注》,上海:上海古籍出版社,2012年,第219页。
② 《尚书·舜典》,第106页。
③ 〔汉〕许慎:《说文解字》,引自班吉庆等《说文解字校订本》,南京:凤凰出版社,2004年,第246页。
④ 〔南唐〕徐锴:《说文解字系传》,北京:中华书局,1987年,第176页。
⑤ 《韩非子·外储说左上》,引自陈奇猷《韩非子集释》,上海:上海人民出版社,1974年,第622页。
⑥ 〔汉〕刘向:《战国策·齐策》,引自范祥雍《战国策笺证》,上海:上海古籍出版社,2006年,第620页。
⑦ 〔唐〕孔颖达:《毛诗正义》,《十三经注疏》本,第358页。

谣。孔安国、许慎、徐锴等人对歌的解释,显然是从"总名"角度对歌的属性的概括,其实无论歌也好,还是谣也好,都是用以"长其言""长引其声"的。

以上我们对歌谣的内涵做了辨析,简而言之,从"对文"的角度看,"歌"重在合乐、伴奏,"谣"是不合乐、无伴奏的徒歌;从"总名"的角度看,则歌统括了谣在内。

当歌、谣连用成为一个双音节合成词的时候,各自的专门属性不再成为关注的焦点,它就变成为对歌谣大类的总称,与今天"民间歌谣"的通称大致接近了。如《史记·商君列传》中写道:"五羖大夫死,秦国男女流涕,童子不歌谣,舂者不相杵。"①再如《汉书·辛庆忌传》"赞"中所说的"其风声气俗自古而然,今之歌谣慷慨,风流犹存耳"。② 又如,"自孝武立乐府而采歌谣,于是有代赵之讴、秦楚之风"。这几处史传中的"歌谣"一词,都大体相当于民间歌谣的意思,至于是徒歌的谣,还是合乐的歌,其实是很难辨别出来的。

2. 歌谣别名内涵辨析

随着社会生活内容的不断丰富,以及双音节词语的增多,歌谣的边界也有所扩大,与歌谣相关的名称如谣俗、风谣、谣言、谚等也不断涌现,我们应对这些概念加以厘定。

先看"谣俗"。《史记》《汉书》中有多处使用"谣俗"的句子。如《史记·货殖列传》中司马迁在列举了中国各地的物产之后接着说:"此其大较也。皆中国人民所喜好,谣俗被服饮食奉生送死之具也。"同篇中又说:"种、代,石北也,地边胡,数被寇……其谣俗犹有赵之风也。"此外还有"夫天下物所鲜所多,人民谣俗,山东食海盐,山西食盐卤",③等等。可见谣俗已经作为一个合成词被使用。除此之外,《汉书·韩延寿传》中也用过"谣俗"一词,班固记载韩延寿为颍川太守后,"乃历召郡中长老为乡里所信向者数十人,设酒具食,亲与相对,接以礼意,人人问以谣俗"。对于谣俗的含义,唐颜师古注曰:"谣俗谓闾里歌谣、政教善恶也。"④可见,谣俗与歌谣意思大体接近。

再看"风谣"。《后汉书》中多处使用"风谣"一词,如《羊续列传》中载:"(羊续)当入郡界,乃羸服间行,侍童子一人,观历县邑,采问风谣,然后乃进。"⑤《循

---

① 〔汉〕司马迁:《史记·商君列传》,北京:中华书局,1959 年,第 2234 页。
② 〔汉〕班固:《汉书·辛庆忌传》,第 2999 页。
③ 〔汉〕司马迁:《史记·货殖列传》,第 3254、3263、3269 页。
④ 〔汉〕班固:《汉书·韩延寿传》,第 3210、3211 页。
⑤ 〔南朝宋〕范晔:《后汉书·羊续列传》,第 1110 页。

吏列传》序中记载光武帝即位后,"广求民瘼,观纳风谣"。①《李郃列传》中亦载:"和帝即位,分遣使者,皆微服单行,各至州县,观采风谣。"②这些材料中的"风谣"泛指反映民间舆情的歌谣,蕴含了民间心声,所以为政治家们所重视。我们也可以从后代的文献中找到对风谣含义的印证,如《南齐书·皇后传》论中说:"后妃之德,著自风谣,义起闺房,而道化天下。"③这里的风谣,很明显就是指以《关雎》为代表的《诗经》中的"二南"部分。

在汉代,还有以"谣言"代指歌谣的用法。"谣言",在现代汉语里指的是没有事实根据的传闻或凭空捏造的假话,如传谣、造谣等;而在汉代,"谣言"则特指民间流行的歌谣,而现代意义上的谣言在古代则被称为"谣诼",如屈原《离骚》中说"众女嫉余之蛾眉兮,谣诼谓余以善淫"。④《后汉书》中多有以"谣言"指代歌谣的用法,如《循吏列传》序中记载光武帝即位后,"以谣言单辞,转易守长";《杜诗列传》赞中对杜诗的歌颂是"诗守南楚,民作谣言";⑤《刘焉列传》中记载益州刺史郗俭"在政烦扰,谣言远闻";⑥《刘陶列传》亦载:"光和五年,诏公卿以谣言举刺史、二千石为民蠹害者。"此句中的"谣言",李贤注曰:"谓听百姓风谣善恶而黜陟之也。"⑦

再看"谚"。在古代,对谚语的解释有多种,许慎在《说文解字》中说"谚,传言也";⑧《左传·隐公十一年》杜预注曰:"谚,俗言也。"⑨刘勰在《文心雕龙·书记》中更发挥道:"谚者,直语也……夫文辞鄙俚,莫过于谚,而圣贤《诗》《书》,采以为谈,况逾于此,岂可忽哉!"⑩综合以上文献中的解释,我们可以确认的是,"谚"是在民间流传的风格更为直率、粗鄙的一种歌谣形式,这一特点从汉代谚的不少别名中也可以看出,如语、鄙语、俗语、里语、里谚、鄙谚、号,等等。

谣、谚并称的时候,是一个通称,相当于歌谣之意,清代杜文澜编撰的古代歌谣总集就以《古谣谚》为名。如果谣、谚分称,则各有各的畛域,大体还

---

① 〔南朝宋〕范晔:《后汉书·循吏列传》序,第 2457 页。
② 〔南朝宋〕范晔:《后汉书·方术列传·李郃传》,第 2717 页。
③ 〔南朝梁〕萧子显:《南齐书·皇后传》论,北京:中华书局,1972 年,第 394 页。
④ 〔战国〕屈原:《离骚》,引自马茂元《楚辞选》,北京:人民文学出版社,1958 年,第 13 页。
⑤ 〔南朝宋〕范晔:《后汉书·杜诗列传》赞,第 1115 页。
⑥ 〔南朝宋〕范晔:《后汉书·刘焉列传》,第 2431 页。
⑦ 〔南朝宋〕范晔:《后汉书·刘陶列传》,第 1851 页。
⑧ 〔汉〕许慎:《说文解字》,班吉庆校订本,第 67 页。
⑨ 《左传·隐公十一年》,〔晋〕杜预注、〔唐〕孔颖达正义:《春秋左传正义》,《十三经注疏》本,第 1735 页。
⑩ 〔南朝梁〕刘勰:《文心雕龙·书记》,引自王运熙、周锋《文心雕龙译注》,上海:上海古籍出版社,2010 年,第 128 页。

是可以明确区分的。《古谣谚》一书的"凡例"对谣、谚的辨析、概括都非常清楚，杜氏说道："谣谚二字之本义，各有专属主名。盖谣训徒歌，歌者咏言之谓，咏言即永言，永言即长言也。谚训传言，言者直言之谓，直言即径言，径言即捷言也。长言生于咏叹，故曲折而纡徐；捷言欲其显明，故平易而疾速；此谣谚所由判也。"①谣与谚的区别大致有这样几点：一，谣是一种可以歌唱的徒歌，多用韵；"谚"虽多用韵，但不用于歌唱。二，谣相对而言篇幅较大，谚则短小精炼。

应该说明的是，古代谚的内涵和今天所说的"谚语"有重合也有区别。古代的"谚"，包括了今人所理解的对社会生活经验总结的谚语，如农事谚"土长冒撅，陈根可拔，耕者急发"（《氾胜之引古语》），生活智慧谚"尺有所短，寸有所长"（《司马迁引鄙语》），民俗风情谚"关西出将，关东出相"（《虞诩引谚》），以及政治智慧谚"不知为吏，视已成事"（《汉人引鄙语》），等等。此外，古代的"谚"中，还包括今天已经消失了的政治批判内容的谚，如《贡禹引俗语》"何以孝弟为，财多而光荣。何以礼义为，史书而仕宦。何以谨慎为，勇猛而临官"，《时人为郭况语》"洛阳多钱郭氏室，月夜书昼富无匹"；以及表现政治歌颂内容的谚，如《吏民为赵张三王语》"前有赵张，后有三王"，《南阳为杜师语》"前有召父，后有杜母"；还包括人物标榜的谚，如《诸儒为朱云语》"五鹿岳岳，朱云折其角"，《京师为黄香号》"天下无双，江夏黄童"，等等。不难看出，古代的"谚"要比今天谚语的内涵宽泛得多。

谣、谚虽是两种不同的文学样式，但古人在使用中，并不截然判为二体，如杜文澜所说的，"二者皆系韵语，体格不甚悬殊，故对文则异，散文则通，可以彼此互训"。② 也就是说，谣与谚无非一个长言一个短言，两者可以相通，区别并不明显，所以古人辑录时经常将两者混用。如《马廖引长安语》"城中好高髻，四方高一尺。城中好广眉，四方且半额。城中好大袖，四方全匹帛"，就体式而言它属于谚语，但它的另一个名字是《城中谣》；再如，东汉时期的《时人为贡举语》"举秀才，不知书。举孝廉，父别居。寒素清白浊如泥，高第良将怯如鸡"，这则谚语还有另一个名字叫《后汉桓灵时谣》；又如东汉时的《京师为唐约谣》"治身无嫌唐仲谦"，七言一句，这就与很多一句式的东汉谚语如"关东觥觥郭子横"（《光武述时人语》）、"避世墙东王君公"（《时人为王君公语》）、"重亲致欢曹景完"（《敦煌乡人为曹全谚》）等毫无二致了。这些都说明，在汉代谣和谚的区别不是很明显，经常被混用。不

---

① 〔清〕杜文澜：《古谣谚》"凡例"，第3页。
② 〔清〕杜文澜：《古谣谚》"凡例"，第3页。

仅谣和谚之间的区别不那么明显，即便歌和谚之间的差别也并非泾渭分明，如西汉成帝时的《闾里为楼户歌》"五侯治丧楼君卿"、东汉初年的《董少平歌》"枹鼓不鸣董少平"，它们不具备歌的任何特征，即所谓合乐、章曲等特点，而与谚的规模、特点完全吻合。

通过以上的辨析我们不难发现，自其异者而观之，歌、谣、谚之间的区别大体须有，而"自其同者而观之"，则无论是在规模、体式还是功能上，都有诸多相通之处，不可拘泥固守。

3. 汉代歌谣特征概括

以上我们对歌、谣的内涵进行了界定，并对与歌谣相关的概念进行了梳理，这样就对歌谣特点有了更深一层的认识。下面从"总名"的角度对汉代民间歌谣的特征加以概括。

首先，从创作者角度看，汉代民间歌谣属于集体创作。

本书的研究对象只限于无主名的歌、谣、谚，即民间歌谣。民间歌谣出于众口，无法确定具体的创作者，也缺乏"个体诗学"那种风格鲜明的个性特征，属于"群体诗学"①时代的文学样式。这些民间歌谣在郭茂倩《乐府诗集》里被收入"杂歌谣辞"之中，在逯钦立先生辑校的《先秦汉魏晋南北朝诗》中也一仍其旧地被统称为"杂歌谣辞"。所谓杂歌谣辞，是指汉代入乐的乐府歌辞之外的那些歌、谣及韵文体的谚语，它们反映出更强烈的民间原生形态，合乐、章曲也不是判断它们的本质特点，它们可能有一定的音乐性，但并非主要因素。基于这样的标准，本书有主名的歌不选，如刘邦的《大风歌》、梁鸿《五噫歌》等；有主名的诗当然也不选，如韦孟的《讽谏诗》、班固的《咏史诗》；而《古诗十九首》，其作者虽已不可考，但显然属于文人的个体创作，亦不在本书选材范围之内；乐府诗源于民间，具有一定的民间属性，但被采进宫廷乐府，由乐师配乐协律，内容也被进行了一定的改写和修饰，而与原初意义上的民间歌谣渐行渐远，更重要的是其内容也不以政治美刺为主，因此不能再以民间歌谣的身份视之了，故乐府诗也不在本书的选材范围之内，下文会专门论及。

其次，从内容上看，汉代民间歌谣主要反映的是各社会群体的政治诉求。

民间歌谣反映的是群体的情感和心理，具体来说是某一地域范围内某一利益群体的喜怒哀乐、利益关切，而非一己的悲欢。汉代歌谣中，反映现

---

① 参见钱志熙《从群体诗学到个体诗学——前期诗史发展的一种基本规律》，载自《文学遗产》2005 年第 2 期。

实政治状况、对政治予以批判或赞颂的内容占了最大的比重。正如前面已经介绍过的,在全部250首民间歌谣中,各类政治性的歌谣有195首之多,占比近80%。随之而来就出现一个问题,那就是歌谣的每一类型如歌、谣、谚是否对应着不同的内容,承担着不同的文化功能呢?是否歌以政治歌颂为主、谣的内容以批判和政治预言为主呢?我们不妨做一个关于歌谣功能类型的分类统计,以考察歌谣类型与其所发挥的功能之间的关系。

通过统计发现,西汉歌14首,其中政治歌颂、标榜的内容为4首;东汉歌28首,其中表现政治歌颂、标榜内容的为24首。两汉歌合计42首,反映歌颂内容的歌谣共有28首,占歌总数的66%。再看谣,西汉谣有9首,其中反映政治批判和政治预测内容的有8首;东汉谣有39首,其中批判和政治预测的歌谣为18首。两汉谣合计48首,反映政治批判和政治预测内容的谣为26首,占总数的54%。由此不难看出,两汉歌、谣大体上有着自己的特定内涵、功能限定,即歌以表现歌颂的内容为主,谣则以政治批判和政治预测为主。不过,这只是一个相对的特点,并非是绝对规律。西汉歌中有不少政治批判的内容,如《民为淮南厉王歌》《天下为卫子夫歌》《颍川儿歌》《牢石歌》《长安为尹赏歌》《长安百姓为王氏五侯歌》等,这些都是明显的批判类型的歌谣;所统计的东汉的谣中有15首表现了政治歌颂和标榜内容,如《会稽童谣(两首)》《河内谣》《恒农童谣》《京兆为李燮谣》《阎君谣》《京师为唐约谣》等都是歌颂地方官员的,《太学中谣(五首)》则是对儒家官员的标榜。这些都说明,在汉代人心目中,歌、谣有相对明确的分工,但其功能界限并不绝对,职能分工经常会被打破。

再看谚的职能分工。谚所承担的功能要比歌、谣都丰富,或者说,除了自身原有任务之外,谚还兼行歌、谣的功能。西汉谚共57首,其中反映生活经验、人生智慧、政治智慧的谚有25首,政治歌颂和人物标榜的谚有18首,政治批判的谚有14首;东汉谚总数有103首,其中经验、智慧类的为33首,歌颂和标榜类的为51首,批判类的为19首。合而观之,两汉谚的总数为160首,歌颂、标榜类的谚为69首,经验、智慧类的有58首,批判类的为33首。为方便对比归类,下面再以表格简示:

汉代歌、谣、谚对应不同功能的分类统计表

歌谣类型	歌谣功能	政治歌颂及标榜	政治批判及预测	生活经验及人生智慧	其他
两汉歌	西汉(14首)	4	7		3
	东汉(28首)	24	3		1

(续表)

歌谣类型		歌谣功能	政治歌颂及标榜	政治批判及预测	生活经验及人生智慧	其他
两汉谣	西汉(9首)		1	8		
	东汉(39首)		17	18		4
两汉谚	西汉(57首)		18	14	25	
	东汉(103首)		51	19	33	
总　计	250首		115	69	58	8

再次,从风格特点角度看,汉代民间歌谣形式灵活、风格多样。

民间歌谣来自全国各地,带有浓郁的生活气息和质朴的口语特色,"(它们)不是供人享乐和欣赏的艺术,而是自我情感的抒发和对现实生活的美刺。它们是发自天然的质朴无华的艺术,其中虽然也有如璞玉般的珍品,但是大多数都缺乏艺术加工"。① 这就决定了民间歌谣在表现形式上非常灵活,并不追求精致与典雅,也不囿于格律与束缚,显示出了生动活泼的民间品格。

首先,从句式上看,汉代民间歌谣有三言、四言、五言、七言以及杂言等多种形式;每一种句式又有句子数量上的不同,有一句(只限七言)、两句、三句、四句、多句等;此外,歌谣在句子结构上形成了一些常用的句格,如"……不如……"式、"……有……,……有……"式、"欲……,……"式、"宁……,不(无)……"式等。与同时期的乐府诗及文人诗创作相比,显得多姿多彩。其次,汉代歌谣还使用各种修辞手法,如对偶、比喻、重叠、夸张、颠倒等。再次,汉代歌谣在节奏、韵律上也形成了鲜明的特色,特别是押韵方式上,有句内押韵、句尾押韵、隔句押韵、若干句换韵、逐句押韵等多种押韵方式,呈现出比文人诗和乐府诗的押韵更加多样化的特点。

二、汉代民间歌谣与"汉乐府歌诗"关系辨析

汉代还有一种一枝独秀的文艺样式——汉乐府歌诗。《汉书·艺文志》称:"自孝武立乐府而采歌谣,于是有代赵之讴、秦楚之风,皆感于哀乐,缘事而发,亦可以观风俗,知薄厚云。"班固这段话,引起后人一些误解:一是人们误以为乐府歌诗全都是采自各地的歌谣,从而将乐府当作朝廷的采诗机

---

① 赵敏俐:《论汉代乐府诗中的流行艺术与民间歌谣——兼谈"民歌"概念在汉代诗歌研究中的泛用》,载自《中国文化研究》2013年夏之卷,第16页。

构;二是使人误以为乐府歌诗的主要功能是政治功能,即"观风俗,知薄厚"。今人习惯性地称乐府歌诗为"汉乐府民歌",并大力发掘其中所蕴含的现实主义精神,不得不说,有很大一部分原因是受班固的影响。实际上,这是一种严重的误解,本书的研究对象"汉代民间歌谣"与所谓的"汉乐府歌诗"或曰"汉乐府民歌"并非同义,它们是两套不同的文化系统,差异是很明显的。

对于班固的误导以及今人的误解,潘啸龙先生撰文明确指出:"后世的研究家大多以为,汉代的乐府机关担负有'采诗'以'观风俗'的重要职能。这其实是极大的误解。须知汉代之立乐府,主要是适应汉家制礼作乐的需要,为郊祀天地、朝贺置酒为乐以及巡狩、游览娱乐所用。也就是说,汉代乐府只是一个主管乐队、乐器,提供鼓舞、歌乐的机构,并无'采诗''观风俗'的政治职能。""两汉乐府既无'采诗'的职能,更无'依古遒人徇路采取百姓歌谣'的采诗人员;当时的'采诗'即'观采风谣',全由朝廷所遣使者以及州郡地方长官担负。"①潘先生的判断有历史依据,令人信服,我们将在下文不厌其烦地来展示这些依据。对于二者的关系,钱志熙先生的概括也很能给人启发,他说:"通常很容易将杂歌谣辞与乐府歌辞的区别简单地理解为入乐与未入乐之区别,甚至将它们看作是乐府歌辞的候补。其实就现在被编为'杂歌谣辞'的作品来看,谚语与乐府邈不相干不待言,即是体制与乐府歌辞比较接近的杂歌辞与谣辞,也是性质很不相同的两类诗歌,两者在创作状况与目的、传播形态与功能等方面都是不相同的。它们在诗学上与乐府歌辞属于不同的系统,一为歌谣系统,一为乐歌系统。"②受时贤研究观点启发,下面本书从来源、内容、功能等方面对汉代民间歌谣(杂歌谣辞)与乐府歌诗的区别做出辨析。

1. 汉代民间歌谣与乐府歌诗的来源区别

民歌歌谣来源于民间,这毫无问题,不必多说。

乐府歌诗的情况就比较复杂了。乐府本是音乐机构的名称,孙尚勇先生对乐府职能概括道:"乐府承担采集民间音乐、异域音乐以造作新声的特殊职能。"③后来,人们习惯上把在乐府表演的音乐的歌辞称作乐府诗。与民间歌谣不同,乐府歌辞的来源有二:一是搜集的各地歌谣,一是组织文人进行创作。无论是源于民间还是来自文人,这些歌辞首先都要由专门人员

---

① 潘啸龙:《汉乐府的娱乐职能及其对艺术表现的影响》,载自《中国社会科学》1990年第6期,第160、161页。
② 钱志熙:《从群体诗学到个体诗学——前期诗史发展的一种基本规律》,载自《文学遗产》2005年第2期,第22页。
③ 孙尚勇:《乐府建置考》,载自《云南艺术学院学报》2002年第4期,第39页。

加以修饰润色,使之适合音乐表演,再经乐师配曲协律,使之成为一种有歌词、有音乐、有表演的综合的艺术系统,因此就本质而言,不得以单纯的民歌视之了。

2. 汉代民间歌谣与乐府歌诗的内容区别

汉代民间歌谣所表现的内容,我们在上一节中已经做过大体的介绍,后文更是要详细叙述,这里不再赘述。对汉代乐府歌辞的内容,需要做具体的辨析。逯钦立先生辑校的《先秦汉魏晋南北朝诗》中,汉代"乐府古辞"部分共收录歌辞134首,其中相合曲10首、吟叹曲1首、平调曲3首、清调曲5首、瑟调曲11首、楚调曲2首、大曲1首、舞曲歌辞4首、杂曲歌辞54首、琴曲歌辞43首。这些歌辞从内容上看,主要表现了帝王将相、公子王孙、士人商贾的人生感叹,题材涉及对生老病死、悲欢离合的感叹,对荣华富贵、及时享乐的向往,对爱情、亲情、友情的渴望等。"汉乐府"中为世人耳熟能详的《陌上桑》《古诗为焦仲卿妻作》,内容都是歌咏坚贞不渝的爱情,"观风俗,知薄厚"的功能并不明显。倒是"瑟调曲"中的《东门行》《妇病行》《孤儿行》等几首歌辞,在一定程度上反映了社会底层百姓艰难的生活状况,有一定的政治认识价值。如果用"观风俗,知薄厚"的标准去衡量,这几首庶几近之,但也只是寥寥几首而已,在134首乐府歌辞中比重极低。

对于班固的表述所引起的误导,越来越多的学者都在坚实分析的基础上予以辩驳、澄清。如学者廖群论述道:"就汉乐府的内容而言,以往人们多强调其'缘事而发'的现实性。其实,具体考察就会发现,汉乐府的时事政治性并不强,较少直接涉及政教德化和治国安民的讽谏或抒怀之作,多是日常生活、家庭生活的描摹和叙述,即便是在今天看来属于反映社会问题的歌曲,其实也都是讲述个体的或家庭的悲情故事。"①廖群以"日常生活、家庭生活"来概括汉代乐府歌辞的核心内容,这是很有概括性的见解。学者王志清对此也有深入的认识,他说:"汉代乐府所采歌诗主要收录在《乐府诗集》相和歌曲中。这些歌曲中有一些反映家庭悲剧的歌诗,认为汉乐府采诗观风者以此作为证据。但汉相和歌中尚有夸耀富贵、描写游仙、抒发人生感慨、意在劝诫的歌诗,内容丰富,具有娱乐性和抒写情志的特点,就这些歌诗而言,若认为采集的目的在观察风俗、裨补时政,就太牵强了。"②这些学者的见解都建立在深入细腻分析的基础上,而非人云亦云地照搬古人的成说,

---

① 廖群:《厅堂说唱与汉乐府艺术特质探析——兼论古代文学传播方式对文本的制约和影响》,载自《文史哲》2005年第3期,第37页。
② 王志清:《〈汉书〉"采诗"叙述的生成与双重语境下的意义暗示》,载自《西南大学学报》2017年第1期,第156页。

或大而化之地做肤廓之谈,这对于推进汉乐府的认识,是很有价值的。

3. 汉代民间歌谣与乐府歌诗的功能区别

民间歌谣的功能在政治方面的主要体现,具体言之表现为政治歌颂和标榜、政治批判和政治预测等几个大的方面。钱志熙先生对此也有过概括,他说:"杂歌谣辞的主要功能,是反映社会全部或某一部分人的意志、起褒贬是非及干预时事政治、品评人物良窳的作用。与乐府的以通过娱乐功能产生伦理功能不同,杂歌谣辞是直接以讽喻美刺为功能,不仅娱乐功能几乎不存在,其修辞饰事的艺术功能也是很其次的。"①正因为社会对于杂歌谣辞的要求主要是在提供民间舆论上而不是艺术娱乐上,因此对表演场所和伴奏乐器都没有要求,曲调很简单,甚至连音乐章曲也没有,只是徒歌而已。

但反过来,正如赵敏俐先生所说,"两汉乐府歌诗艺术是以娱乐和观赏为主的,为了达到更好的娱乐和观赏效果,自然要在表演方面下功夫。它不是简单的吟唱,而是诗乐舞相结合的表演"。② 乐府歌诗主要由各类专业艺术人才用于表演,它要与音乐、歌舞等紧密配合,表演者需要有专门的艺术训练,掌握专门的表演技能,而且有时还需要有专门的表演场所。汉乐府歌诗的功能以娱乐和观赏而非政治讽谏为主,还可以从汉代朝臣对其不断非议、责难之声不绝于耳中看出。我们也不妨将汉人的意见依次展示出来,以供读者明辨。如《汉书·王褒传》载:"(宣帝)神爵、五凤之间,天下殷富,数有嘉应。上颇作歌诗,欲兴协律之事,丞相魏相奏言知音善鼓雅琴者渤海赵定、梁国龚德,皆召见待诏。"③王吉却上书宣帝建议"去角抵,减乐府,省尚方,明视天下以俭"。④ 王吉将"减乐府"与"去角抵"并列,可见乐府花费不赀且不切实用。此后,元帝竟宁年间,召信臣被征为少府,他上疏奏请"省乐府黄门倡优诸戏,及宫馆兵弩什器减过泰半"。⑤ 召信臣将乐府与黄门倡优诸戏等量齐观,可见乐府绝非治国理政之紧要关节者。据《汉书·翼奉传》可知,元帝在关东发生水灾的情况下,确实做出了"损大官膳,减乐府员,省苑囿马……太仆少府减食谷马,水衡省食肉兽"⑥等一系列压缩开支之举。这说明在元帝的眼里,乐府并非是补益教化的严肃机构,至少存在满足个人声色享受的职能,对其人员加以减损也理所应当。

---

① 钱志熙:《从群体诗学到个体诗学——前期诗史发展的一种基本规律》,第 22 页。
② 赵敏俐:《汉乐府歌诗演唱与语言形式之关系》,载自《文学评论》2005 年第 5 期,第 147 页。
③ 〔汉〕班固:《汉书·王褒传》,第 2821 页。
④ 〔汉〕班固:《汉书·王吉传》,第 3065 页。
⑤ 〔汉〕班固:《汉书·循吏传·召信臣》,第 3642 页。
⑥ 〔汉〕班固:《汉书·翼奉传》,第 3171 页。

汉哀帝对于乐府音乐更是完全没有好感,于绥和二年颁布诏书曰:"郑声淫而乱乐,圣王所放,其罢乐府。"①对于这一历史事件,《汉书·礼乐志》中有详尽的描写:"(哀帝)性不好音,及即位,下诏曰:'惟世俗奢泰文巧,而郑卫之声兴。夫奢泰则下不孙而国贫,文巧则趋末背本者众,郑卫之声兴则淫辟之化流,而欲黎庶敦朴家给,犹浊其源而求其清流,岂不难哉! 孔子不云乎"放郑声""郑声淫"? 其罢乐府官。郊祭乐及古兵法武乐,在经非郑卫之乐者,条奏,别属他官。'"②从哀帝的诏书中可以看出当时人关于音乐与乐教的理念,乐府音乐与"郊祭乐""古兵法武乐",前者代表了淫辟的郑卫之音,后者代表了有益政教的庙堂雅乐,前者可罢,后者应留。丞相孔光、大司空何武在随后的奏书中向哀帝汇报了裁撤乐府的情况:"大凡八百二十九人,其三百八十八人不可罢,可领属大乐,其四百四十一人不应经法,或郑卫之声,皆可罢。"③奏书中详尽罗列了哪些乐员须保留,哪些可部分保留,哪些属于必须全部裁撤的,具体可详参《汉书·礼乐志》中的相关记述,此处不予赘述。

乐府机构终因其音乐的"郑声"性质而被撤销。从宣帝到哀帝期间,几乎每朝都有减省乐府或罢乐府的动议,这说明了什么? 如果汉乐府之设,真的如班固所说的是"观风俗,知薄厚",何以招来诸多的谴责和不满,并最终招致罢黜的命运呢? 答案只有一个,那就是乐府之设主要是满足帝王的声色享受,其娱乐和艺术功能是首位的,并非是关乎国家讽谏教化的大事。两相对照,两汉朝臣对于使者"观风采谣"却自始至终都表达出了浓厚的政治热情,民间歌谣在国家政治生活中的重大意义是不言而喻的。

以往学界普遍将汉代民间歌谣与汉乐府歌诗的内容、功能相混淆,这样不仅张冠李戴、将政治性的大帽子错戴在了乐府歌诗头上,使得乐府歌诗的本来面目受到遮蔽;也使得对民间歌谣的研究远远不足,其政治价值就无法得到彰显。我们今天应该还二者以本来面目,特别是通过展现汉代民间歌谣的独特价值,为现代国家治理提供借鉴。

在阐述了本书的选题缘起和选题意义并对歌谣的诸多相关概念进行辨析之后,随后将进入正文部分。为使读者对本书内容有一个宏观把握,有必要对各章内容做概括性介绍。本书正文部分共分八章,第一、二章先是对

---

① 〔汉〕班固:《汉书·哀帝纪》,第335页。
② 〔汉〕班固:《汉书·礼乐志》,第1072—1073页。
③ 〔汉〕班固:《汉书·礼乐志》,第1074页。

"观风察政"进行理论追溯,对"观风"的历史进行回顾,并展现汉代政治家们对"观风察政"的理论探讨,汉代各级政府的制度建设以及民间歌谣在传播过程、传播方式等方面形成的特点;第三、四、五、六章从政治影响歌谣的层面加以探讨,也就是对汉代歌谣的内容做全面分类展示,介绍在汉代政治环境下形成的针对官员治理或美或刺的歌谣、揭露各种社会问题的歌谣、政治人物品评类及政治风俗类歌谣、儒林歌谣四个大的方面;第七章则从歌谣影响政治的层面加以探讨,侧重揭示时政歌谣在汉代政治生活中所发挥的各种作用。这一章实际上兼顾介绍了汉代歌谣的另外两种类型——"引用型"歌谣和为争夺政治权力服务的童谣、谶谣;第八章主要分析汉代歌谣在艺术形式的探索方面所形成的经验。

具体而言,各章主要内容如下。

第一章:"观风察政"传统溯源。

本章分两节加以分说,即"观风察政"传统的理论源头,"观风察政"理念下采诗、献诗传统到《诗大序》的理论。具体思路如下。

"观风察政"作为汉代重要的治理模式,继承了上古先民理论思考的成果,是政治智慧的结晶。儒家思想文化宝库《周易》中所蕴含的观察民风思想、"观民设教"理念以及"化成天下"理想,共同奠定了中国古代政治文化的基本格局,是"观风察政"治理模式的理论源头;与此同时,蕴含在《周易》《尚书》《墨子》等著作中的"天人感应"思想,经由阴阳五行因素的渗入,在汉代发展为"灾异谴告"观念,这些都为"观风察政"传统提供了不竭的理论助力,更为汉代童谣、谶谣的盛行提供了理论依据。"观风察政"思想对同时代及后代的影响深远而持久,又具体发展出了大量的"采诗""献诗"的论述,以及《诗大序》中"风化""风刺"的理论,这些都是对"观风察政"思想的深化和细化。

第二章:汉代"观风察政"的理论探索、制度建设及歌谣传播。

本章从汉代"观风察政"的理论探索、"观风察政"的制度建设、"观风察政"制度下的歌谣传播三节内容加以论述。具体思路如下。

从汉初开始,诸多有识之士针对国家治理提出了自己的思考,但囿于汉初的社会形势,清静无为思想占了主导地位;文景之后,"有为"治理理念渐趋抬头,但直到汉武帝时期,移风易俗、礼乐教化和政治大一统的治国方略才提上日程,从此之后,风俗建设成为国家治理的关键词。在地方治理中,越来越多的地方官自觉推行儒家礼乐教化,把提升地方道德风貌和塑造社会风气作为重要使命。从国家行政层面看,从汉武帝时期起,国家派遣"风俗使者"到各地考察风俗,了解地方官的治理情况,代表朝廷存恤百姓、宣示关切,察举贤良、举拔独行君子,考察吏治得失,观览民间社会风俗,其中就包括了采集风谣的任务。东汉时期,"巡行风俗"活动一仍其旧,从光武帝时代开始,国家又实行"举谣言"活动,由三公府专门派员收集各地歌谣,作为考核地方官治绩的一项重要标准,甚至是唯一标准。从思想家们对风俗建设的理论探讨,到地方官的齐整风俗实践以及国家派遣使者"巡行风俗",这些步骤之间环环相扣、相互关联,有机地构成了以"风俗"为中心的汉代国家治理及评价体系。第三节中,首先列表展示了汉代歌谣的地域分布,其次概括了歌谣发生影响力的四种方式,具体表现为:1. 歌谣在当地发挥影响力、实现其政治功能;2. 歌谣从特定地域向京城传播、实现其政治功能;3. 歌谣跨地域传播、实现其政治功能;4. 歌谣在特定群体内传播、实现其政治功能。最后,又从歌谣的传播主体、传播内容、传播渠道、传播对象、传播效果五个要素对汉代歌谣传播过程进行归纳概括。

第三章:反映汉代官员治理的歌谣。

本章具体从批判酷吏政治的歌谣、赞美循吏政治的歌谣、赞美监察官员及其他朝廷官员的歌谣三个大的方面加以论述。具体思路如下。

郡县长官在汉代国家政治运行中起着承上启下的枢纽作用,汉代民众为太守、县令长等地方行政主官所作的歌谣,占汉代地方官歌谣的绝大多数。汉代地方官总体上表现为两大类型:一类呈现出冷酷威严的法家作风,具体身份表现为以严厉打击、无情杀戮手段整肃社会秩序的"酷吏";另一类是重视礼乐教化和移风易俗,更多地使用柔性方式治理地方的"循吏","酷吏歌谣"和"循吏歌谣"由之而得名。本章首先介绍了批判汉代治狱苛深的歌谣、批判酷吏治理的歌谣,并对汉代酷吏的成因加以探讨、对酷吏政治进行评价;其次,分别从赞美地方官稳定社会秩序的颂谣、赞美地方官发展农业生产的颂谣、赞美地方官教化百姓及移风易俗的颂谣、赞美地方官的其他仁政与人格魅力的颂谣四个方面展现汉代循吏治理的特点,进而探讨了歌谣中反映出的汉代官员类型变化,并分析了汉代循吏歌谣的一种特殊类型——"父母官"歌谣,概括其特点并挖掘了"父母官"文化的成因及其在汉代的表现;本章最后一节介绍了赞美监察官的歌谣及几首赞美朝廷官员的歌谣。汉代政治监察系统强力而高效,监察官员的工作受到了社会各界的肯定和表彰,歌谣对此有所反映。

第四章:揭露汉代各种政治顽疾的歌谣。

本章内容又分批判豪族、外戚和佞幸的歌谣,批判选官活动中的混乱、不公现象的歌谣,以及表现社会不公、百姓苦难和百姓反抗的歌谣三节。具体思路如下。

汉代政治在运行过程中,存在着一些专制政治自身难以避免和根除的问题,表现为地方豪强势力在经济、政治、文化各方面垄断社会资源,并对大一统皇权构成离析和掣肘之势;外戚势力把持朝政,遍树党羽,大搞裙带政治,败坏政治规则;皇帝所宠爱的佞幸破坏社会风气。其次,还有因地方豪强势力坐大、外戚专权、宦官干政、大一统皇权式微等各种因素交互作用而造成的察举制实施过程中出现的各种混乱和弊端,汉代歌谣对这些内容都有深入的表现。此外,还有一部分歌谣表现了其他社会不公现象、百姓所遭受的苦难以及百姓的抗争精神。

第五章:政治人物品评类及政治风俗类歌谣。

这一章包括政治人物品评类歌谣和政治风俗类歌谣两方面内容。

第一节从政治人物赞美类歌谣、政治人物戏谑类歌谣、政治人物对比评价类歌谣三个小类来把握汉代政治人物品评歌谣的概貌;第二小节分析政治风俗类歌谣及几首无法归类的政治歌谣。

社会生活并非整齐划一,理论框架难以精准地概括丰富多彩的现实,对汉代歌谣的类型用几个专题加以分类概括,是不得已而为之的无奈之举。这一章歌谣的内容超出了官员类歌谣、社会批判类歌谣及儒林歌谣等内容,无法归入其余大类之中。但这些歌谣表现了汉代各阶层人群精神世界的丰富性和社会生活的多样性。通过对这一大类歌谣的分析,将有助于我们完整了解和把握汉代政治人物的总体面貌和广阔的社会生活。

第六章:汉代的儒林歌谣。

这一章分四方面内容,即儒林歌谣与儒林的人物标榜、儒林歌谣与儒林的学术交流、儒林歌谣与朝廷的政治斗争、汉代儒林歌谣评价。具体思路如下。

儒林歌谣与汉代政治的关联亦非常紧密,是汉代政治风气影响的产物。儒林歌谣主要表现儒者的学术造诣、学术影响、师徒传承,以及儒林的学术讲论、学术交流、赞颂标榜,还包括儒林与宦官势力集团的斗争等内容。本章首先介绍儒林歌谣中儒林人物标榜的内容,具体从儒林歌谣对儒者学问成就的标榜、儒林歌谣对儒者德行的标榜两个方面展开;其次,介绍儒林歌谣中儒林学术交流的内容,具体又分儒林歌谣中所见太学讲论活动、儒林歌谣中所见朝廷经学辩论两个部分;再次,介绍儒林歌谣中表现朝廷政治斗争的内容,具体呈现为:从儒林歌谣中所见西汉时期儒林与宦官的斗争、儒林歌谣中所见东汉时期儒林与宦官的斗争、儒林歌谣中的特殊类型——"太学歌谣"三个层面;最后,从汉代的选官方式与汉代儒林歌谣、汉代社会儒学价值观与汉代儒林歌谣、汉末政治斗争与汉代儒林歌谣三个层面对汉代儒林歌谣进行评价。

第七章：汉代民间歌谣的政治功能考察。

本章具体分三节，内容包括歌谣与官员的选拔、表彰、奖惩，歌谣与官员施政、政治人物议政，歌谣与汉代的政治斗争三个方面。具体思路如下。

两汉民间歌谣通过反映现实政治而实现其价值，但歌谣并不仅仅是被动地反映汉代政治的"晴雨表"和"风向标"，"观风察政"模式下的汉代政治歌谣在国家治理中切实发挥了特定作用。在第一节中，分别从以歌谣作为选拔官员的重要参照、以歌谣为表扬或奖赏官员的依据、因歌谣而黜免官员三个方面展开论述；在第二节中，从官员借助歌谣施政，政治人物借助歌谣议政、论政、说理两个层面加以论述；第三节，既介绍歌谣与汉代的政治斗争，同时也将汉代歌谣的一种特殊类型——童谣、谶谣放在这一部分论述。首先从"荧惑守心"现象入手探讨童谣预言性质的成因，从歌谣与谶纬神学结合的角度来把握童谣、谶谣的特点，接着分别从歌谣与王莽篡位前后的政治斗争、歌谣与东汉政权建立前后的政治斗争、歌谣与东汉后期各派政治势力的斗争三个历史阶段，论述歌谣与汉代政治斗争的关系。

第八章：汉代歌谣的艺术形式角度研究。

本章从艺术形式角度对汉代歌谣的特点进行分析，包括三节：汉代民间歌谣的句式考察、汉代歌谣的修辞特点考察、汉代歌谣的节奏和音韵考察。具体思路如下：汉代歌谣形成了三言、四言、五言、七言、杂言等多种句式，形成了"……不如（无如）……"式、"……有……，……有……"式、"欲……，……"式、"宁……，不（无）……"式等多种句格；使用了并列式、顺承式、对比式等多种形式的对偶修辞，使用明喻和隐喻以强化论事说理效果，使用重叠手法及各种夸张词以营造气势、强化标榜效果，使用颠倒修辞以造成违反常情常理的惊诧效果等；形成了三、四、五、七言规律性的音节节奏，探索出了句内（第四、七音节）押韵、句尾押韵、偶数句句尾押韵、逐句押韵、两句（若干句）换韵、选择性押韵等多种押韵形式。这些句式、修辞以及节奏音韵特点，都是为了使歌谣更好地传播、发挥其独特的政治功能。

第一章 "观风察政"传统溯源

"观风察政"传统是中华民族宝贵的政治智慧,它的精神实质是理性行政和民本政治,而理性行政和民本政治是我们的先民经过长久的理论探索和政治实践而逐渐确立并继承下来的政治文化遗产。"秦汉以降,中国大多数思想家都是民本思想的信奉者和诠释者,重视民情舆论,强调厚利民生。而历朝伟大的政治家也都以民本思想为基础,直面时代问题,施行治理教化。"[①]对这份宝贵的政治文化遗产,我们应给予高度重视,还原其本来面目,挖掘其有益于当今时代的合理元素,并将其传承下去。

第一节 "观风察政"传统的理论源头

"观风察政"既是政治实践,又是政治理念。可以说,它是有着高度政治智慧为其提供理论滋养的政治实践,亦是有着坚实的政治实践为其提供现实支撑的政治理念。弄清楚"观风察政"传统的理论源头和思想脉络,对于我们更好地把握其作用和价值,都是极其重要的。通过追本溯源发现,古老文化典籍《周易》为"观风察政"传统提供了深厚的理论滋养,《周易》《尚书》等一系列古代典籍中所蕴含的"天人观"也为"观风察政"传统提供了强大的思想助力。

一、《周易》是"观风察政"传统的理论源头

《周易》是一座思想文化的宝库,蕴含了丰富的政治思想宝藏。由周人确立并实践、汉人加以继承并改造的"观风察政"政治模式,可以从《周易》中寻找到理论渊源。

---

① 时亮:《天视自我民视,天听自我民听》,载自《光明日报》2017年2月6日第2版。

一般认为,《周易》"卦爻辞"作于周初,"传"的完成则迟至春秋战国间,①但《周易》思想借鉴、吸收了商代人的文化创造则是无可置疑的。孔子曾说:"殷因于夏礼,所损益,可知也;周因于殷礼,所损益,可知也。"②依孔子的看法,周礼是在对殷礼的因袭和损益的基础上建立起来的。孔子去古不远,其说法有相当的可信性。儒家另一经典《礼记》中也说:"三代之礼,一也,民共由之。或素或青,夏造殷因。"③意思是说,夏商周三代之礼的源头是相同的,不过是代有损益。此处表述与孔子的话大体一致,这里所说的"礼",代表的是整个社会的礼乐文化系统,含礼俗、礼节、礼德等综合含义。20世纪80年代以来,考古学界通过对商周甲骨文、陶文、金文中一些"奇字"的考证、探研后指出,这些"奇字"是商周时期以数字形式刻写下来的八卦、六十四卦符号,由此认为《易》筮时代当至少前推至商代。④ 周文化对商文化"因袭""损益"的观点,还可以从商周青铜器及商周文字的演变中得到印证。青铜礼器方面,李学勤先生在《从青铜器看商周文化的关系》一文中,根据考古发掘的研究做出论断说:"商周青铜器是一脉相承的,其间的差异是细微的、非本质的……在商代,许多诸侯国的文化,有种种特点,但是礼器多与王朝相同或相似,这说明当时存在比较统一的礼制教化,这是研究古代文化时必须注意的。"⑤就文字系统而言,他又在《从甲骨文看商周文化的关系》一文中说:"根据周原甲骨,说明了商朝末年商人与周人应用着基本相同的文字,而商周两代的文字完全是一脉相承,其间不能划出明显的分界。周取代商,与秦兼并六国后禁绝六国古文的情形根本不同。这对于汉字发展变迁的研究,是一个有重要意义的论点,同时也从一个侧面表明了商周文化的连续性。"⑥笔者在这里之所以引古援今,意在说明这样一个事实,即《周易》的思想观念虽由周人确立,但绝非与商文化两相隔绝,而是吸收、保留了商文化中的优秀传统,与商文化形成了继往开来的关系。

下面具体分析《周易》经、传中所蕴含的"教化""观风"思想,以钩沉出"观风察政"传统的理论渊源。

《周易》《临卦》中所蕴含的"教化"观念,《观卦》中所包含的"观察民风""观民设教"理念,以及《贲卦》中所昭示的"化成天下"理想等,都与"观

---

① 此处观点表述取自黄寿祺、张善文《周易译注》前言中的观点,第12—13页。
② 《论语·为政》,引自〔清〕刘宝楠《论语正义》,北京:中华书局,1990年,第71页。
③ 《礼记·礼器》,引自杨天宇《礼记译注》,上海:上海古籍出版社,1997年,第402页。
④ 相关观点可参看:张政烺《试释周初青铜器铭文中的易卦》,载自《考古学报》1980年第4期;张亚初、刘雨《从商周八卦数字符号谈筮法的几个问题》,载自《考古》1981年第2期。
⑤ 李学勤:《中华古代文明的起源》,北京:三联书店,2019年,第216页。
⑥ 李学勤:《中华古代文明的起源》,第226页。

风察政"传统具有密切的关联。

1.《临卦》中的"教民""保民"思想

《临卦》蕴含了统治者如何治理国家的道理。"临"者,统治者君临天下之谓也,可视为"统治"的代名词。"靡不有初,鲜克有终",历代"家天下"的君王,没有一个不希望社稷永固、福祚悠长的,但有的王朝仅二世而亡,有的却享祚三四百年,甚至还有八百年的王朝,这仅仅说是运气所致而不应从治国之道上去寻找根本原因吗?《临卦》正是对君主的统治之道给出了自己的理解。

《临卦》的六爻辞分别为:"初九,咸临,贞吉";"九二,咸临,吉无不利";"六三,甘临,无攸利;既忧之,无咎";"六四,至临,无咎";"六五,知临,大君之宜,吉";"上六,敦临,吉,无咎。"①

初九、九二爻辞皆是"咸临",分别与六四、六五构成相互感应的关系,"咸"即"感",指的是心灵的感应。"咸临"意在说明,统治者的"临民"是以君民的同生共感为条件的,换言之,政治统治必须以君民上下同心为基础。"甘临",比喻有的统治者虽善于辞令,以甜言蜜语哄骗百姓,这样虽收效一时,最终却不是长久之计,只有时刻警惕,方能免于祸患。六四的"至临"、上六的"敦临",是至诚、至恳的临民态度,象征着统治者实行德政,也即实行与民相感、相亲而为一体的善政。通过对六爻的辨析,我们不难看出,"《周易》清楚地表达了周人对君民关系的清醒认识,实质上说穿了,君与民是一个互相依赖、互感共生的有机体,有了这样的认识,才会自觉仁民……这种久治安然,是以德为政,诚恳临于天下的结果"。②

《临卦》的《大象传》发挥道:"泽上有地,临。君子以教思无穷,容保民无疆。"③这就象征着:君主亲临天下,花费无穷的思虑教导百姓,发扬无边的美德容纳养育民众。这样才能上下融洽,政权长久。《大象传》所阐发的"教思无穷,容保民无疆"的意思,流露出统治者在"治人"的同时重视教化、注重保育人民;从历史的角度考察,这可以从汉代以后的统治者注重礼乐教化、实行仁政的临民实践中得到印证。对此,《程氏易传》也给予了清晰的阐释:"君子观亲临之象,则教思无穷,亲临于民,则有教导之意思也。"④蒋凡先生《周易演说》中在谈到《临卦》的《大象传》时加以阐说道:"在上的统治者,对于在下的臣民,所谓'临',虽是居高临下,却不是随心所欲的胡作妄

---

① 《周易·临卦》,黄寿祺、张善文译注本,第168—170页。
② 李笑野:《〈周易〉的观念形态论》,上海:上海古籍出版社,2016年,第65页。
③ 《周易·临卦·大象传》,黄寿祺、张善文译注本,第167页。
④ 〔宋〕程颐:《周易程氏传》,引自《二程集》,北京:中华书局,1981年,第795页。

为,而是必须教民以德,通过思想教化,上下互相理解,彼此包容,而形成一个安定的社会局面。"①各家学说都清晰地阐发了"临"的深刻内涵。

《临卦》中所记录的咸临、至临、知临、敦临的临民方式以及《大象传》中所阐发的教民、保民思想,意在说明统治者与被统治者之间的和谐关系,以及统治者对于民众所负有的保育、教化职责。在这样一种至诚至恳的临民态度之下,统治者在临民之际自然会高度重视对舆情民意的搜求,"观风察政"制度也就呼之欲出了;同样地,统治者既然以教民、保民使命自任,"为民父母"文化也顺理成章地孕育而生。我们作出这样的论断,并非牵强附会、生搬硬套,而是有大量的史实作为基础,本书将在随后的章节中予以论证。

2.《观卦》中的"观风设教"思想

与《临卦》侧重阐发和谐共感的政治环境相比,《观卦》重点说明统治者对自身的政治要求,而其中所阐释的"观风设教"思想对中国古代政治影响更为持久深远。

《观卦》六爻的爻辞分别为:"初六,童观,小人无咎,君子吝";"六二,窥观,利女贞";"六三,观我生,进退";"六四,观国之光,利用宾于王";"九五,观我生,君子无咎";"上九,观其生,君子无咎"。②

初六"童观",指像儿童一样去观察事物,当然有很大的局限性,失之于短浅幼稚。这对于普通人来说,没有什么过失,但对身负教化职责的统治者来说,则是耻辱与遗憾。这一爻,似意在告诫统治者,观察应当高瞻远瞩。六二"窥观",象征妇女由门缝中偷看,看不清楚。古代妇女生活视野有限,其观察事物也受到影响。这一爻,仍然意在告诫人们观察不可偏狭。六三"观我生",观察自我,对照省察自己的行为,谨慎进退。六四"观国之光",指有德之人被天子以宾客的礼仪招待,足以观察君王德行的光辉。一说,由一国的风俗民情,就足以观察到君王的德行如何。九五"观我生",与六三"观我生"不同,《小象传》阐发曰"'观我生',观民也",意即君王应当通过观察民风来自我审察。上九"观其生",为人所观之意,说明在上位者时刻都被人注目,不可掉以轻心,君子德见,乃得无咎。

六爻辞赋予了"观"在现实生活中的种种意义,根据爻位的变化,从观察方式到观察内容,依次表现为"童观""窥观""观我生,进退""观国之光,利用宾于王""观我生,君子无咎""观其生,君子无咎"。不难发现,"观"的对象和内容大大地拓展了,不但自观,亦观人;不仅观人,亦被众人所观;不仅

---

① 蒋凡:《周易演说》,长沙:湖南文艺出版社,1998年,第157页。
② 《周易·观卦》,黄寿祺、张善文译注本,第174—177页。

观察自身的生存环境,亦观察民俗风情,以察治道。

其中,九五爻《小象传》中提出了"观我生,观民也",将观我与观民二者合而观之,至为重要,蕴含了深刻的政治智慧。三国时期思想家王弼《周易注》对此解释为:"居于尊位,为观之主,宣弘大化,光于四表,观之极者也。上之化下,犹风之靡草,故观民之俗,以察己之道,百姓有罪,在予一人,君子风著,己乃无咎。上为化主,将欲自观,乃观民也。"①这里,王弼深刻地指出了"自观"与"观民"二者之间的密切关联,因为上九君王乃是"化主",对百姓负有教化的责任,从民间风气的好坏可以反映出君王治理之道的善恶,因此君主对于观风化民的重任须臾不可忽视。同时,王弼又以"风之靡草"为喻,象征君王教化所产生的无穷威力,这一说法与孔子政治思想相合,又与《诗大序》"上以风化下"思想遥相衔接,但源头都在《周易》这里。

《观卦》的《彖传》中有"下观而化"及"圣人以神道设教,而天下服矣"②的说法,指出圣人效法大自然的神妙规律而设置教化,则天下万民通过观仰能够领受美好的教化而纷纷顺服。《大象传》中说:"风行地上,观;先王以省方观民设教。"③和风吹行地上,万物广受感化,这象征君王治理国家如风之行,无远弗届地考察各地民情风俗,然后有针对性地施以教化。"省方",宋代杨万里《诚斋易传》中阐发道:"天王省天下而无不至,故天下曰见;圣人随其地观其俗,因其情设其教,此省方之本意也。"④合而观之,《大象传》与《彖传》互为补充、有机关联,都极其重视教化在国家治理中的关键作用。

孔子政治思想注重道德教化,与《观卦》的内容可以互相印证、补充说明。《论语·颜渊》中关于"君子之德"和"小人之德"的比喻与《观卦》的《彖传》《象传》中的教化思想如出一辙,《论语·颜渊》载季康子问政于孔子,曰:"如杀无道,以就有道,何如?"孔子对曰:"子为政,焉用杀?子欲善而民善矣。君子之德风,小人之德草,草上之风,必偃。"⑤由此可见,孔子思想受到了《周易·观卦》中"上以风化下"思想影响,这种以教民、化民为主的治理方式彰显了柔性治理理念,与季康子所代表的"杀无道,以就有道"的暴力治理有着本质区别,反映了周人在国家治理的探索上所取得的可贵认识。当然,周人高度重视柔性治理的价值、赋予其优先地位,这并不意味着就此舍弃了刚性治理手段。事实上,《周易》中也有表现严明刑罚、肃正法令

---

① 〔三国魏〕王弼:《周易注》,引自〔唐〕孔颖达《周易正义》,《十三经注疏》本,第36页。
② 《周易·观卦·彖传》,黄寿祺、张善文译注本,第173页。
③ 《周易·观卦·大象传》,黄寿祺、张善文译注本,第174页。
④ 〔宋〕杨万里:《诚斋易传》,上海:上海古籍出版社,1990年,第68页。
⑤ 《论语·颜渊》,〔清〕刘宝楠正义本,第506页。

的《噬嗑》卦。刚柔并用、仁治在先,这是我们理解《周易》治国理政思想的"三昧"要义。

后来,"观"作为一种重要认知活动,又从"观风""观政"发展为"观诗"。儒家诗学对诗歌功能的认识有"兴、观、群、怨"的看法,其中的"观",既包括通过诗歌了解社会政治与道德风尚的内涵,也包括了春秋时期通过一个贵族卿大夫在外交场合的"赋诗"而观其意志、志向的视角。其实,观风、观诗、观志等,都是理性的认知、评价过程,相互之间是有共通性的。

3.《贲卦》中的"化成天下"思想

《贲卦》的《彖传》明确提出了古代国家治理的最高境界——"化成天下",《大象传》则蕴含了柔性治理的思想。"化成天下"的前提和基础是"教化",与《临卦》《观卦》中所表现的临民、保民、观风、设教等国家治理思想一脉相承,共同构成了古代国家治理的理论基石。

《贲卦》《彖传》中说:"刚柔交错,天文也;文明以止,人文也。观乎天文,以察时变;观乎人文,以化成天下。"①这几句的意思是说,刚柔交错成文,这是天象;社会制度、风俗教化是人类生活的基础,是社会人文现象。通过观察天象,可以察觉到时序的变化;观察社会人文现象,就可用于教化,改造成就天下之人。《贲卦》的《大象传》说:"山下有火,贲;君子以明庶政,无敢折狱。"②《大象传》所表达的意思是:贲卦上卦为艮为山,下卦为离为火,山下有火,火燎群山,这是贲卦的卦象。君子观此卦象,思及猛火燎山,草木俱焚,当以此为戒,从而明察各项政事,不敢以威猛断狱。王弼《周易注》中解释此句道:"处贲之时,止物以文明,不可以威刑,故'君子以明庶政',而'无敢折狱'。"③李笑野先生在《〈周易〉的观念形态论》中对此有精当的阐发,他说:"观乎天文,可以把握'天之神道',得天之规律,悟知天之神妙运行,从容应天行之,获得人类实践的自由;而观乎人文,就可以教以化之,从容治理社会,成就社会大治的完美境界。这里强调了社会止于文明的理想境界,这个'止'是让人自觉归向于礼仪制度的'化'的过程,而不是强加于人的蛮横刚暴的外在力量的结果。"④这一阐发可谓深得"易"之神髓。

《彖传》中"观乎人文,以化成天下"一句,堪称周人治国理政的最高理想。《大象传》中蕴含了柔性治理的思想,亦与之相通。王国维对周人政治理念的认识至为宏通,他孤明先发地指出:"古之所谓国家者,非徒政治之枢

---

① 《周易·贲卦·彖传》,黄寿祺、张善文译注本,第 188 页。
② 《周易·贲卦·大象传》,黄寿祺、张善文译注本,第 189 页。
③ 〔三国魏〕王弼:《周易注》,引自〔唐〕孔颖达《周易正义》,《十三经注疏》本,第 37 页。
④ 李笑野《〈周易〉的观念形态论》,第 71 页。

机,亦道德之枢机也。使天子、诸侯、大夫、士各奉其制度典礼,以亲亲、尊尊、贤贤,明男女之别于上,而民风化于下,此之谓治,反是则谓之乱。是故天子、诸侯、卿大夫、士者,民之表也;制度、典礼者,道德之器也。周人为政之精髓,实存于此。"①也就是说,在周人看来,国家不仅是政治机构,更是道德机构,从天子至于士都是道德表率,国家的制度、仪式是道德的外在表现,这与《大学》中"自天子以至于庶人,壹是皆以修身为本"②的表述并无二致。明乎此,我们就可以充分理解何以《贲卦》中提出"文明以止,人文也",何以《周易》和《论语》,乃至所有儒家典籍无不特别看重道德教化的作用,而非以政刑为国家治理的首选手段。因为在周人看来,国家治理与道德教化本为一事,修、齐、治、平本是一脉相承。

通过考察汉代许慎《说文解字》中对"教""化"二字的解释,可以切实看出远古教化思想对于汉代文化的巨大影响力。《说文解字》释"教"曰:"上所施下所效也。从攴,从孝。"③"孝"字,上"爻",下"子","爻"很可能是所受教育的内容,"子"即"童蒙",是受教的对象。《说文解字》释"化"曰:"教行也。从匕,从人。"④《说文解字》又释"匕"字曰:"变也。从到人。"⑤段玉裁《说文解字注》释"教行也"曰:"教行于上,则化成于下。"段氏认为"匕"是"化"字的本字,"今变匕字尽作化,化行而匕废矣",并解释"从到人"曰:"到者,今之倒字。人而倒,变匕之意也。"⑥在许慎看来,教育最为本质的目标,是对人的改造,从字源上看,还把爻辞作为教育的内容。关于"化"字,冯时先生的阐释或许能够加深我们的认识,他说:"字象正逆二人之形。二人正逆的不同姿态并不是没有意义的,古人素有以人之正逆形象喻指德行高下之传统……'化'字本义是以逆形之人喻指未经教化之逆子逆民,而逆子经教化必由反而正,自成有德之君子,故又以正形之人象之。显然,'化'字的本义即在阐释教化的作用,其目的就是通过文德教化而使逆人为正。"⑦这一段解释,使我们对许慎"从到人"的理解更深入了一层,也使我们对远古以来所逐渐形成并由周人确立的教化思想有了更为透彻的认识。

这里应该特别说明的是,"教化"观念在周人这里基本定型,成为后代教

---

① 王国维:《殷周制度论》,引自《观堂集林》,北京:中华书局,1959年,第475页。
② 《大学》,引自〔宋〕朱熹《四书章句集注·大学章句》,北京:中华书局,1983年,第4页。
③ 〔汉〕许慎:《说文解字》,班吉庆校订本,第90页。
④ 〔汉〕许慎:《说文解字》,班吉庆校订本,第231页。
⑤ 〔汉〕许慎:《说文解字》,班吉庆校订本,第231页。
⑥ 〔清〕段玉裁:《说文解字注》,南京:凤凰出版社,2007年,第674页、第673页。
⑦ 冯时:《文明以止——上古的天文、思想与制度》,北京:中国社会科学出版社,2018年,第8—9页。

育思想的圭臬,但古人对于教化活动的认识,并非从周人才开始起步,而是经历了漫长的探索和历史积淀。如教、化、爻这三个字在甲骨文中均有其字。"教",见于甲骨一期、三期,见收于罗振玉《殷虚书契前编》、郭沫若《殷契粹编》。甲骨文与《说文》中"教"之篆文、古文形同。① "化",见于甲骨一期,收于董作宾《小屯阴虚文字乙编》。徐中舒先生主编的《甲骨文字典》解"化"字曰:"象人一正一倒之形,所会意不明。"② "爻",亦见于甲骨一期,见收于容庚《殷契卜辞》。这些都说明商代人已经产生了教化思想,从甲骨文中的"教"字与《说文》中"教"相同、且字形中均包含了"爻"的成分,我们可以推测:商代人对百姓教化的内容对周人是有影响的,或者说周人的教化观对前代有高度继承。

综上,《周易》思想构成了一个全方位的治理体系,其中教育和政治的联系又最为紧密,因为在周人看来,教育的本质就是化人。参之以孔子的政治思想,我们更能加深对这种柔性教化的理解。《论语·为政》中引述孔子的话:"道之以政,齐之以刑,民免而无耻;道之以德,齐之以礼,有耻且格。"③《论语·颜渊》中更进一步提出:"听讼,吾犹人也。必也使无讼乎!"④都提出了在超越一般的政刑和狱讼基础上要达到一种更高的治理境界,那就是使民"有耻且格",进而达到"无讼"的境界。汉代自确立以儒家思想作为立国的统治思想以来,逐渐出现了一大批奉行儒家治国理念的地方官,特别是东汉以后,大量的循吏涌现出来,他们秉承孔子"先富后教"的理念,采取措施稳定社会秩序,发展农业生产,着力垦田及兴修水利工程,使得儒家所倡导的"近者悦,远者来"成为现实;与此同时,这些优秀地方官还注重对当地百姓进行礼乐教化,兴办学校、培养人才,致力移风易俗,以道德感化和民事调解的方式处理各类纠纷,有的地方甚至还出现了息讼、无讼的情况;在面临集体性叛乱活动时,很多地方官也首先采取对话沟通的方式,力争做到"不战而屈人之兵"。另一方面,民众对地方官的感戴方式之一,是为其创作歌谣歌颂赞美,使其声名远播。这样的记载在汉代史料中比比皆是,甚至还出现了民众称呼地方官为"父"、为"母"的现象,召父、杜母、贾父、仁慈父等美誉不绝于史,成为中国政治史上一道亮丽的风景。费孝通先生在《乡土中国》中对他眼中的中国农村景况也做过类似的描绘,那就是,"无讼"观念成

---

① 徐中舒:《甲骨文字典》,成都:四川辞书出版社,2014年,第347页。
② 徐中舒:《甲骨文字典》,第912页。
③ 《论语·为政》,〔清〕刘宝楠正义本,第41页。
④ 《论语·颜渊》,〔清〕刘宝楠正义本,第503页。

为普通百姓心目中一种普遍性的共识；①钱穆先生回忆录《八十忆双亲》中回忆了其父亲早年曾经对族人提出过诉讼，后由县官进行调解而息讼，但其父临终前以曾诉讼族人为平生唯一憾事。② 这些实例都可以对儒家政治理想加以印证。

观澜而探源、振叶以寻根，从两千年后中国乡村士绅乡民所传承下来的"无讼"思想及以诉讼为憾的观念，不难看出儒家礼乐教化观念与政权的力量结合后所产生的绵延两千多年的持久精神力量。对此，我们完全可以做出这样的断定：《周易》中所提出的观风思想、保民思想、教化思想以及"化成天下"的目标，并非是可望而不可即的空想，而是可以在一定程度上落地生根、付诸实践的政治理想。

张汝伦先生分析西方政治理念中"教化"观念的起源富有启发意义，他说："为政绝非教化一端，但教化无疑是为政的目的而不是手段。之所以如此，是因为政治的目的在于维持人类的基本存在方式——以共同体成员的方式存在。但人的自然本性都是贪得无厌、唯利是图，只知有己、不知有人；用西方人的话说，人的本性是不合群的。任人人遵从自己的自然本性行事，共同体是无法长久存在下去的。要维持人类的共同生活，维持人类共同体，有两个可能的选择：一个是刑法，另一个则是教化。前者着眼于从外在来限制人的行为；而后者试图通过养成人的第二天性、发展人的德性潜能，来改变人的行为方式和确立共同体的规范。"③这里将"刑法""教化"诉诸两端，并特别注重教化对于培养人的"第二天性"的功能，这与中国传统理念并无二致。但是，张氏提出"教化无疑是为政的目的而不是手段"，以及引述西方人的说法"人的自然本性都是贪得无厌、唯利是图，只知有己、不知有人"，这就与儒家文化主导的政治理念有着本质的分歧。这里表现出的第一个分歧是，以《周易》《论语》等儒家经典所代表的儒家政治观念认为，教化不仅是为政的目的，同时也是为政的手段，所谓"君子以教思无穷，容保民无疆""圣人以神道设教""先王以省方观民设教""文明以止""无敢折狱""导之以德，齐之以礼"等思想，无不在在表明儒家将"教化"作为政治的手段。由第一个分歧引出的第二个分歧是，西方对人性论的看法普遍持"人性恶"的观点，而儒家文化对人性的主流看法是"性善"。正因为持"性善"（或"人性向善"），儒家才将政治治理的重点放在"教化"的手段上。"人性恶"是刚性

---

① 费孝通：《乡土中国·无讼》，第60—65页。
② 钱穆：《八十忆双亲·师友杂忆》，北京：九州出版社，2017年。
③ 张汝伦：《作为政治的教化》，载自《哲学研究》2012年第6期，第78页。

治理的逻辑起点,"人性善"则为柔性治理的"教化"方式提供了理论依据。

当然,为了维护社会的长治久安,使政治在和谐稳定的秩序轨道上良性运转,柔性的礼乐教化与刚性的刑政治理两个方面都是不可或缺的,儒家思想并不回避、否认刚性治理的价值,但一个社会的发展必须有更高层次的目标,不能仅停留在民众不敢犯罪的层面,百姓还需要精神引领,要有价值追求,也就是说,要"文明以止""止于至善"。国家与社会,无论是在表层的政治运转层面还是在深层次的价值观层面,都要成为一个"政治共同体",所以,"教化"治理被放在了优先考虑的地位,这里的"优先",既包括时间上的在先,也包含了逻辑上的优先。

二、古代"天人观"为"观风察政"提供理论助力

汉代的"观风察政"活动,继承了《周易》"省方观民设教"等政治理念;同时,古代"天人观"也为"观风察政"传统提供了不竭的思想助力。

对此,余英时先生的概括会给我们带来一些启发,他说:"汉代儒家的大传统在文化史上显然有两种意义:一是由礼乐教化而移风易俗,一是根据'天听自我民听,天视自我民视'的理论来限制大一统时代的皇权。'观采风谣'在这两方面都恰恰发挥了关键性的作用。"①余先生所说的"观采风谣"在礼乐教化、移风易俗中的作用,确实可以从《周易》的"观民设教""化成天下"理念中找到源头;而根据"天人观"来限制皇权,我们可以从先秦到汉代诸多典籍中捕捉到这样一条线索。值得一提的是,重视天人关系的思想、重视以天统君的观念不是儒家一家的认识,而是生长于同一政治背景下的中国古代各流派思想家们所形成的共识,这些共识为春秋战国以迄秦汉以来的思想家、政治家所继承、吸收、融合、改造,一俟时机成熟就被儒家首先运用到汉代的政治设计之中。

《周易·系辞上》说:"天垂象,见吉凶,圣人象之;河出图,洛出书,圣人则之。"②《系辞》虽然晚出于《易经》,却是基于《易经》的"象"思维而做的合理发挥,与《易经》的思想一脉相承。《系辞》中所说的"天垂象",意指大自然示人的征象,是大自然在"说话"。在古人的观念中,天与人虽远却并不隔绝,天是万物的主宰者,能降祸福于人;而人的责任就是修明人事,使之符合自然规律。相关的表述,还见于《观卦·象传》中的"观天之神道,而四时不

---

① 余英时:《汉代循吏与文化传播》,引自《士与中国文化》,上海:上海人民出版社,2003年,第122页。
② 《周易·系辞上》,黄寿祺、张善文译注本,第556页。

弑;圣人以神道设教,而天下服矣"。① 这里提出圣人用自然规律来创设教化,不仅以天统民,同时更是以天统君,这种思维方式对于中国古代政治的影响非常深远,绝非表面理解的"封建迷信"所能涵盖。

《中庸》也提出:"至诚之道,可以前知。国家将兴,必有祯祥;国家将亡,必有妖孽;见乎蓍龟,动乎四体。祸福将至:善,必先知之;不善,必先知之。故至诚如神。"②《中庸》中所提出的"祯祥""妖孽"其实与《周易·系辞》中的"天垂象,降吉凶"观念一脉相承。对天人关系的思考并不是儒家人物的专利,各学派的思想家们都纷纷提出了思考,并且给出了大体相近的回答。墨家代表人物墨子的"天志"思想也体现了对天人关系的思考,他说:"天子为善,天能赏之。天子为暴,天能罚之。"③墨子认为,"天志"时刻在规范、制约着人们的思想和行为,任何人包括最高统治者都不能违背"天志"。除此之外,先秦杂家思想的集大成之作《吕氏春秋》中,也提出了帝王统治与天降灾祥的关系,如《应同》篇中明确提出"凡帝王者之将兴也,天必先见祥乎下民",④这与《周易·系辞》《墨子》《中庸》等各家的表述精神实质并无二致,说明先秦思想家在这个问题上已然形成了大致相近的认识。

与此同时,古代思想家还从另外一个方向对此加以拓展。《尚书》对天人关系的认识就不仅局限于天赏天罚、降灾降祥的层次,还对人世间的君主统治提出了更高要求,《泰誓上》提出:"天矜于民,民之所欲,天必从之。"⑤《泰誓中》记录周武王在伐纣前誓师大会上的讲话:"天视自我民视,天听自我民听。百姓有过,在予一人。"⑥周武王虽然推翻了商朝的统治,但他的做法被称为"于汤有光",即发扬了商汤的精神、继承了商汤的事业,因为从本质上看,武王伐纣是顺应了天心天意的正义之举。"民之所欲,天必从之"与"天视自我民视,天听自我民听"代表了先秦思想家在天—君主—人民这三者关系的平衡上达到了时代的高度,且成为古代民本政治的重要理论资源,给后代以深厚的理论滋养。

先秦诸子的思考是汉代思想探索的理论起点,而汉代人又赋予天人关系命题以新的时代元素,这一时代元素就是阴阳、五行的思维方式。顾颉刚

---

① 《周易·观卦·彖传》,黄寿祺、张善文译注本,第173页。
② 《中庸》,引自〔宋〕朱熹《四书章句集注·中庸章句》,第34页。
③ 《墨子·天志中》,引自〔清〕孙诒让《墨子间诂》,上海书店,《诸子集成》本第4册,第123页。
④ 《吕氏春秋·有始览第一·应同》,引自陆玖译注《吕氏春秋》上,北京:中华书局,2011年,第375页。
⑤ 《尚书·周书·泰誓上》,上海古籍出版社本,第406页。
⑥ 《尚书·周书·泰誓中》,上海古籍出版社本,第412页。

先生指出:"汉代人的思想骨干,是阴阳五行。无论在宗教上,在政治上,在学术上,没有不用这套方式的。"①阴阳五行思想一个很重要的表现就是强调气类相感,气成为连接天地人之间的纽带。

汉初思想家陆贾在《新语·明诫》中提出:"恶政生恶气,恶气生灾异。螟虫之类,随气而生;虹蜺之属,因政而见。治道失于下,则天文变于上;恶政流于民,则螟虫生于野。"②这实际上是接续先秦思想家们的思考继续申说,并开启了汉代天人思考的新篇章。《韩诗外传》中也说:"国无道则飘风厉疾,暴雨折木,阴阳错氛,夏寒冬温,春热秋荣,日月无光,星辰错行,民多疾病,国多不祥,群生不寿,而五谷不登。"③将君主无道对自然环境的影响说得非常严重。具有道家思想的《淮南子》也有类似的论述,从正反两方面展示了顺天与逆天所带来的不同结果:"精诚感于内,形气动于天,则景星见,黄龙下,祥凤至,醴泉出,嘉谷生,河不满溢,海不溶波……逆天暴物,则日月薄蚀,五星失行,四时干乖,昼冥宵光,山崩川涸,冬雷夏霜……天之与人,有以相通也。"④到汉武帝时期,儒家学者董仲舒对天人关系的思考更全面丰富,将汉代政治的方方面面都纳入"天人感应"的全景监控之中,对天人关系的思考达到了时代的新高度,班固因此在《汉书·五行志》中誉之曰:"始推阴阳,为儒者宗。"⑤

董仲舒为汉武帝设计了一套"君权神授"的理论,提出"唯天子受命于天,天下受命于天子",⑥强化君权的权威性、神秘性;但同时又提出灾、异的区分以及灾异谴告的理论。在《春秋繁露·必仁且智》中,董仲舒提出:"天地之物有不常之变者,谓之异,小者谓之灾。灾常先至而异乃随之。灾者,天之谴也;异者,天之威也。谴之而不知,乃畏之以威……凡灾异之本,尽生于国家之失。国家之失乃始萌芽,而天出灾害以谴告之,谴告之而不知变,乃见怪异以惊骇之,惊骇之尚不知畏恐,其殃咎乃至。以此见天意之仁而不欲陷人也。"⑦这里,董仲舒提出灾、异的具体区别,并提出上天以灾异对世间的人君进行谴告。

董仲舒之后,"灾异谴告"思想就定型化为汉代思想界约定俗成的认识,

---

① 顾颉刚:《秦汉的方士与儒生》,上海:上海古籍出版社,1998年,第1页。
② 〔汉〕陆贾:《新语·明诫》,引自王利器《新语校注》,北京:中华书局,1986年,第155页。
③ 〔汉〕韩婴:《韩诗外传》,引自许维遹《韩诗外传集释》,北京:中华书局,1980年,第74页。
④ 〔汉〕刘安:《淮南子·泰族训》,引自何宁《淮南子集释》,北京:中华书局,1998年,第1375页。
⑤ 〔汉〕班固:《汉书·五行志》,第1317页。
⑥ 〔汉〕董仲舒:《春秋繁露·为人者天》,〔清〕苏舆义证、钟哲点校本,第319页。
⑦ 〔汉〕董仲舒:《春秋繁露·必仁且智》,〔清〕苏舆义证、钟哲点校本,第259页。

不断为后来的思想家所重复、发挥,成为制约君主行为、修正君主过失的有力思想武器。如成帝时期的谷永在上疏时就说:"臣闻灾异,皇天所以谴告人君过失,犹严父之明诫。畏惧敬改,则祸销福降;忽然简易,则咎罚不除。"①东汉后期的思想家王符在《潜夫论》中说:"帝以天为制,天以民为心,民之所欲,天必从之。"②这些都是在重申从《尚书》到董仲舒以来的具有民本主义色彩的天人感应观。

那么,天象与人事又是如何互相影响的呢?在汉代人看来,地上的"州国官宫物类之象"与天上的星宿都有着对应关系,各种天文星象,它们都是阴阳之精,导致其变化的根源在地上,具体来说:"凡天文在图籍昭昭可知者,经星常宿中外官凡百一十八名,积数七百八十三星,皆有州国官宫物类之象。其伏见蚤晚,邪正存亡,虚实阔狭,及五星所行,合散犯守,陵历斗食,彗孛飞流,日月薄食,晕适背穴,抱珥虹霓,迅雷风祅,怪云变气:此皆阴阳之精,其本在地,而上发于天者也。政失于此,则变见于彼,犹景之象形,响之应声。是以明君睹之而寤,饬身正事,思其咎谢,则祸除而福至,自然之符也。"③人事影响天象,反过来天象又作用于人世政治。

以上我们对周代以来的"天人观"做了简略的梳理,这有助于我们了解这种文化的精神实质。"天人观"与"观风察政"传统也有密切关联,正如学者范丽敏所指出的,"天人观"所传达出来的灾异思想在历史上表现出巨大的政治意义,具体而言,一是"制衡君权",二是"表达民意",三是"规范臣道"。④ 这里我们着重讨论"表达民意"的功能。表面上看,歌谣表现的是民意,但说到底,歌谣又表现天意。天意从何而来?"天视自我民视,天听自我民听",天意还是从民意中来。与大自然的灾异、祥瑞一样,歌谣也被视为上天意志的表现,所以世间的统治者不仅警惕、惧怕灾异的降临,期待祥瑞的出现,而且也极其看重民间歌谣所表现出的内容。因此,汉代的歌谣不仅承载着民心,也承载着天心,汉代天人感应思想对于歌谣创作特别是童谣、谶谣的创作产生了强大推动力。

汉代政治家不仅认识到了"歌谣"与"民心"的关系,从而在歌谣—民心之间建立起了关联;而且,他们还在"歌谣"与"民心"之外又增加了"天心"这一环节,于是乎变成了歌谣—天心—民心这样的认识模式。不仅灾异被

---

① 〔汉〕班固:《汉书·谷永传》,第3450页。
② 〔汉〕王符:《潜夫论·遏利》,〔清〕汪继培笺、彭铎校正本,第26页。
③ 〔汉〕班固:《汉书·天文志》,第1273页。
④ 范丽敏:《天人感应思想与汉代的社会保障制度》,载自《南都学坛》2007年第4期,第14—15页。

视为上天谴告的直接呈现方式,歌谣亦被视作天意的呈现方式。天意如何体现,其方式有二:一表现为灾异谴告或祥瑞呈现,一表现为民间谣谚。前者是上天直接说话,后者是上天让百姓代言。出现歌颂、赞美之类的歌谣,是上天对地上君王的统治满意,可借百姓的美谣、颂谣来加以传达;童谣、谶谣流传,与自然界出现灾异一样,皆是上天的谴告,是上天对人世间帝王统治的不满而借出自百姓之口的童谣、谶谣以发出警告。汉哀帝时期朝臣李寻劝诫执政大臣大司马王根说:"《书》曰:'历象日月星辰',此言仰视天文,俯察地理,观日月消息,候星辰行伍,揆山川变动,参人民繇俗,以制法度、考祸福。""繇俗",颜师古注曰:"繇读与谣同。繇俗者,谓若童谣及舆人之诵。"①李寻认为,统治者要根据天上的日、月、星辰变化,地上的地震、洪水等灾异,以及民间歌谣来制定法律、政策。这是将天文、地理以及人的因素(歌谣)三者并列起来,反映了汉代政治文化对民心的高度重视。

清代学者赵翼在《廿二史札记》中概括指出:"汉诏多惧词。"②考诸汉史确实如此。据学者谢仲礼的统计,《后汉书》诸帝纪中,共记载东汉皇帝诏书251份,其中涉及灾异内容的共97份,占总数的38.6%,尤其在和帝、顺帝、桓帝期间,这个比例更高,分别为50%、60%强和70%弱。③ 与此同时,"两汉统治者对赈灾工作十分重视,西汉诸帝下达的救灾诏书,据《史记》和《汉书》记载达60多次,东汉据《后汉书》记载高达80多次"。④ 汉代帝王对灾异的反应可谓是"战战兢兢",其背后的原因则是"惧失天心"。⑤ 当然,也可以理解为"惧失民心",因为天心与民心本为一事,是一事两说。

上天发出"灾异谴告"后,皇帝首先要下罪己诏,进一步地还要广泛吸取各方面的意见、批评,举"贤良方正"、命百官直言进谏,这都是广开言路的具体方式。如地节三年,宣帝下诏说:"乃者九月壬申地震,朕甚惧焉。有能箴朕过失,及贤良方正直言极谏之士以匡朕之不逮,毋讳有司。"⑥汉代帝王在灾异之后诏书中的口吻,大体上都遵循这样一个路数。对于臣民在奏折、对策中针对地震等灾异发生原因的剖析和就帝王失德、失政等行为的"指陈得失",两汉帝王都能虚心接受,对言论控制相对宽松,即使言辞激烈也多不怪罪。臣民假天道以进谏,借灾言政,在上书言事时确实能做到"靡有所讳",

---

① 〔汉〕班固:《汉书·李寻传》,第3180—3181页。
② 〔清〕赵翼:《廿二史札记》卷二,沈阳:辽宁教育出版社,2000年,第31页。
③ 谢仲礼:《东汉时期的灾异与朝政》,载自《中国社会科学院研究生院学报》2002年第2期,第76页。
④ 刘太祥:《汉代巡行使的职能和作用》,载自《史学月刊》1997年第1期,第14页。
⑤ 〔汉〕班固:《汉书·哀帝纪》,第337页。
⑥ 〔汉〕班固:《汉书·宣帝纪》,第249页。

甚至直指帝王的隐私。① 与此同时,大灾之后,汉代皇帝往往主动派遣风俗使者到民间抚慰灾民,展开搜求风谣、舆论的"采诗观风"活动,以慰藉天心。如元帝初元元年夏四月诏书曰:"间者地数动而未静,惧于天地之戒,不知所繇。方田作时,朕忧蒸庶之失业,临遣光禄大夫褒等十二人循行天下,存问耆老鳏寡孤独困乏失职之民,延登贤俊,招显侧陋,因览风俗之化。"②在大灾之后,皇帝派遣具有儒学背景的官员作为特使代表自己赴各地访贫问苦、观览风俗,其中也包含了采集歌谣这一步骤,这是汉代朝廷应对灾异、抚慰天心所采取的基本做法。

根据日本学者串田久治先生的研究,汉代的灾异谴告除了借助自然界的天灾来表现外,还发展出了童谣、谶谣的形式,他说,"灾异说的本来精神是监督君主的行为、限制君主的权力和抑制政治的腐败,但是当为封建统治作论证的谶纬逐渐取代了灾异说之后,灾异说的本来精神便由'谣'继承下来。从西汉后期开始,以隐射形成批评社会政治的'谣'逐渐流行开来,并且取代了以往盛行的那种与灾异说相结合的预言。这种具有社会批判性质的'谣'的出现与谶纬取代灾异说的时间大体一致。汉代史书中记载的这一时期的'童谣''民谣''百姓谣''儿谣'等等,往往是表达知识分子及一般民众对社会政治的不满和对当权者的怨恨的匿名之作,其中有很多是用曲折的言辞批评黑暗的现实和预言当时政治的变化。"③串田氏所言不为无据,那些被记录在《汉书》《后汉书》的《五行志》中的童谣、谶谣被汉代上下各阶层所重视,甚至成为各派政治势力所利用的舆论武器,在汉代政治生活中发挥了重大作用。

第二节 "观风察政"理念下采诗、献诗传统到《诗大序》的理论

"《周易》关于教化的思想……正是另外一部经典《诗经》产生的原因,作为观风问俗治理天下的思想的产物,《诗经》以另一形式承载着周人的政治理想,实现着观风俗、行教化的作用,这也足以证明《周易》教化、教育作为为政方

---

① 陈冬仿:《基于灾异背景下的汉代地震及其政治功能论析》,载自《江汉论坛》2017年9期,第117页。
② 〔汉〕班固:《汉书·元帝纪》,第279页。
③ (日)串田久治:《汉代的"谣"与社会批判意识》,载自《中国哲学史》1996年第1—2期,第116页。

法的原则意义。"①这一段论述将《诗经》与《周易》综合考察，确有见地。《周易》所阐发的"观风设教"思想，在先秦儒家典籍"采诗""献诗"的记述中都得到了具体说明，又在儒家学者围绕《诗经》功能、价值的阐述中得到了发挥。

一、从先秦到汉代对"采诗"传统的记述

对"采诗"活动的记录，较早见于《尚书·夏书·胤征》："每岁孟春，遒人以木铎徇于路。官师相规，工执艺事以谏。"②这里提到了"遒人"的活动。"遒人"的职责见下段西晋杜预的解释。

《左传·襄公十四年》中记载了师旷与晋悼公谈治国理政时而发的一段议论，师旷提出从天子、诸侯、卿、大夫、士到庶人，都需要他人的辅助；然后落实到晋国的治理，提出国君要接受父兄子弟及朝廷、社会上各阶层人士的"补察其政"。兹将师旷的话引述如下："自王以下，各有父兄子弟，以补察其政。史为书，瞽为诗，工诵箴谏，大夫规诲，士传言，庶人谤，商旅于市，百工献艺。故《夏书》曰：'遒人以木铎徇于路，官师相规，工执艺事以谏。'正月孟春，于是乎有之，谏失常也。"师旷这段话中，包含了非常宝贵的治国智慧，是对《周易》中"先王以省方观民设教"提法的富有创造性的发挥和补充。之所以这样说，是因为一般对于"先王以省方观民设教"这句话的理解，指君王派遣使者到各地巡行，了解风俗民情。师旷则强调了对于各职业、各阶层民情民意都要重视，各职业、各阶层包括：史、瞽、师官、大夫、士、庶人、商旅、百工；民情民意的表现形式包括：书、诗、箴谏、规诲、传言、谤以及各地歌谣，等等。这样，就将《周易》"观风"的内涵大大扩展了，包括且不限于民间歌谣范畴。在对话中，师旷也引用了《尚书·夏书·胤征》中"遒人"采诗的记述。对于《左传》中引述的"遒人"一句，杜预的解释是："遒人，行令之官也。木铎，木舌金铃。徇于路，求歌谣之言。"③夏朝是否存在过"遒人"采诗活动，它是儒家学者对于远古政治的一种理想化的想象，还是在夏朝的确存在过这样一种制度设计？囿于史料的缺乏，这里无法判定，只能存而不论。

此后，作为儒家学者心目中理想的政治制度，"采诗观风"被汉代学者反复提及，并不断被添枝加叶，成为一种"真实性"不容置疑的上古政治制度。托名秦汉之际孔子后人孔鲋所撰的《孔丛子》里《巡狩篇》中，记载了子思向

---

① 李笑野：《〈周易〉的观念形态论》，第72页。
② 《尚书·夏书·胤征》，上海古籍出版社本，第270页。
③ 《左传·襄公十四年》，引自［春秋］左丘明撰、［晋］杜预集解《春秋经传集解》，上海：上海古籍出版社，1997年，第916、917页。

陈庄伯介绍古代天子巡狩泰山的过程:"岁二月,东巡守。至于岱宗,柴于上帝,望秩于山川。所过诸侯,各待于境。天子先问百年者所在而亲见之,然后觐方岳之诸侯。"之后一项重要活动就是"命史采民诗谣,以观其风;命市纳贾,察民之所好恶,以知其志"。① 与《尚书》和《左传》中的记述有所不同,《孔丛子》中所记载的"采诗观风"发生在天子巡狩泰山的途中,天子命史官沿途采集民间歌谣,而不是在固定的时间派固定的职官赴四方采诗观风。

《礼记·王制》中也记载了天子巡狩过程中的采诗环节:"天子五年一巡守。岁二月东巡守,至于岱宗。柴而望祀山川,觐诸侯,问百年者就见之。命大师陈诗,以观民风。"郑玄注:"陈诗,谓采其诗而视之。"孔颖达云:"此谓王者巡守,见诸侯毕,乃命其方诸侯大师,是掌乐之官,各陈其国风之诗,以观其政令之善恶。若政善,诗辞亦善;政恶,则诗辞亦恶。观其诗,则知君政之善恶。"②大师为乐官之首,负责审音调乐,对于从各地采集上来的歌谣,都要经由大师的比于音律,才能讽诵给天子。郑玄在《周礼·春官·宗伯》"大师,下大夫二人。小师,上士四人"句下注曰:"凡乐之歌,必使瞽矇为焉。命其贤知者以为大师、小师。"③可见,大师乃是先秦时期国家政治活动中不可或缺的重要角色。在天子巡狩过程中,命大师陈诗以观民风,这种活动是在庄严的典礼中进行,其象征意义大于实际意义。但是,这种"陈诗"活动,意在昭示天子对于各地民情民意的高度重视,其象征意义绝非可有可无,其精神实质与《周易》中所揭示的"先王省方观民设教"本意正合。

汉代刘歆《与扬雄书》中曰:"诏问三代周秦轩车使者、遒人使者,以岁八月巡路,求代语、童谣、歌戏,欲得其最目。"④也就是说朝廷想要了解上古輶轩之使的详情,故向大儒扬雄请教。扬雄《答刘歆书》回复曰:"常闻先代輶轩之使,奏籍之书,皆藏于周秦之室。及其破也,遗弃无见之者。独蜀人有严君平、临邛林闾翁孺者,深好训诂,犹见輶轩之使所奏言。"⑤从扬雄的话可知,到了西汉后期,能够对輶轩使者的事情知之甚详的,只有蜀人严君平和林闾了。"輶轩之使"是什么样的职官呢?从刘歆的描述可以得出这样的印象,他们是奔赴各地负责调查全国各地方言、习俗、民谣的官吏,三代周

---

① 〔汉〕孔鲋:《孔丛子·巡狩篇》,引自白冶钢《孔丛子译注》,上海:上海三联书店,2014年,第119页。
② 《礼记·王制》,引自〔唐〕孔颖达《礼记正义》,《十三经注疏》本,第1327—1329页。
③ 《周礼·春官·宗伯》,引自〔唐〕贾公彦《周礼注疏》,《十三经注疏》本,第754页。
④ 〔汉〕刘歆《与扬雄书》,引自〔清〕严可均《全汉文》,北京:中华书局,1958年,第349页。
⑤ 〔汉〕扬雄《答刘歆书》,引自〔清〕严可均《全汉文》,第411页。

秦时期的每年八月，中央朝廷都派出使者乘坐轩车、輶车，到全国各地调查方言、习俗、民谣。不言而喻，"輶轩使者"所从事的活动，实际上与《观卦·象传》中所说的"省方观民设教"精神实质是一致的。对于此事，《华阳国志》中也有记述："古者天子有輶车之使，自汉兴以来，刘向之徒但闻其官，不详其职，惟间与严君平知之，曰：'此使考八方之风雅，通九州之异同，主海内之音韵，使人主居高堂知天下风俗也。'"①

汉代对上古"采诗"说持之甚力且影响较大的学者，当属班固。在《汉书》中，班固视"采诗"活动为信史而多次阐扬。在《汉书·艺文志》，他提出"诗"之来源及其政治功能："古有采诗之官，王者所以观风俗，知得失，自考正也。"②这与《周易》中的"观风"理念若合符契。此外，在《汉书·食货志》中，他更进一步描写道："孟春之月，群居者将散，行人振木铎徇于路，以采诗，献之大师，比其音律，以闻于天子。故曰：王者不窥牖户而知天下。"③班固赋予"采诗"活动一定细节，即"献之大师，比其音律"，这在前人的论述中是未曾见到的。

东汉学者何休在《春秋公羊解诂》"宣公十五年"中，对于歌谣的来源，做出了较为具体的阐发："男女有所怨恨，相从而歌，饥者歌其食，劳者歌其事。男年六十，女年五十，无子者，官衣食之，使之民间采诗。乡移于邑，邑移于国，国以闻于天子。故王者不出牖户，尽知天下所苦，不下堂，而知四方。"与诸论者的观点相较，何休对于"采诗"活动的描述，有两点颇为不同，值得关注：一是采诗者的身份为贫苦的鳏寡老年，与之前的"行人"或"輶轩使者"身份不同；二是所采之诗逐级上达，从乡邑最后上达到天子，与之前的由使者直接将"诗"带回朝廷有所不同。

综上，对于上古采诗活动可以做出这样的类型归纳：一是天子巡狩，经过各诸侯国国境，在沿途中命史官顺便采问民间的诗谣以观民风，《孔丛子》对此有所记述；二是何休在《春秋公羊解诂》中所概括的，由鳏寡无依的老年男女在民间采诗，然后逐级上达，乡移于邑，邑移于诸侯国，诸侯国再上报天子以闻；第三种类型是较为普遍的说法，就是由天子派遣"行人"或"輶轩使者"，振木铎徇于道路以采诗。

以上三种形式的"采诗观风"活动，形式虽有差异，却殊途同归。它们不但不矛盾，反而互相补充，共同构成了古代国家循行制度的全方位体系。这

---

① 〔晋〕常璩：《华阳国志》卷十"先贤士女总赞"，引自刘琳《华阳国志校注》，成都：巴蜀书社1984年，第708页。
② 〔汉〕班固：《汉书·艺文志》，第1708页。
③ 〔汉〕班固：《汉书·食货志》，第1123页。

就如晋武帝在泰始四年的诏书中,对于政府舆情搜求机制所作的三种概括:"古之王者,以岁时巡狩方岳,其次则二伯述职,不然则行人巡省,𢶈人诵志。故虽幽遐侧微,心无壅隔。人情上通,上指远喻。"①晋武帝概括了天子巡狩、诸侯述职、行人巡省三种舆情来源形式,似与上面所提到的三种"采诗"类型存在着大体上的对应关系。"𢶈人",官名。西周时期置,掌宣传。《周礼·夏官司马》贾公彦疏曰:"𢶈人掌诵王志,道国之政事,以巡天下之邦国而语之。"②也就是说,𢶈人的职责是负责宣传国家政策,"𢶈人诵志"与"行人巡省"恰好构成了国家治理不可或缺的两大方面。

以上对于上古"采诗"活动的各种记载,虽然在具体细节上有些出入,但本质都是一致的。这些不同的描述,都在"采诗"与"观风"之间建立起了一种固定的关联,且不同的叙述在回溯这一活动时,都是抱着一种赞叹和神往的态度。根植于《周易》诸卦中的周人的政治理念,作为一种理想化的政治蓝本被确立下来,并被后代的政治家、学者不断回顾,可见《周易》政治思想对于后代的巨大影响力。

当代战国楚竹书的发掘与整理,同样为"采诗"活动的存在提供了一份强有力的证据。《上海博物馆藏战国楚竹书·孔子诗论》,经学者鉴定属于先秦文献,时间可以上推到春秋时代。《孔子诗论》第三简论《邦风》,有言:"邦风其纳物也,溥观人俗焉,大敛材焉,其言文,其声善。""溥观人俗"和"大敛材"之语,整理者认为,"敛材"是指收集邦风佳作,其实就是"采诗";"溥观人俗"即根据《诗》观察民风民俗。③ 此后研究者均认同并发挥了此种说法。由此可见,"采诗观风"传统,可以从《孔子诗论》中找到明确的考古学支持。

二、从先秦到汉代对"献诗"传统的记述

与"采诗"理论描述同时存在的,是从先秦到汉代对于"献诗"活动的记载。

《国语·周语上》记载了"邵公谏厉王弭谤"一事,邵公借此提出了天子对于民情民意所应持有的正确态度:"为川者决之使导,为民者宣之使言。故天子听政,使公卿至于列士献诗,瞽献曲,史献书,师箴,瞍赋,矇诵,百工谏,庶人传语,近臣尽规,亲戚补察,瞽史教诲,耆艾修之,而后王斟酌焉,是

---

① 〔梁〕沈约:《宋书·礼志》,北京:中华书局,1974年,第379页。
② 《周礼·夏官司马》,引自《周礼注疏》,十三经注疏本,第833页。
③ 《孔子诗论释文考释说明》,引自马承源《上海博物馆藏战国楚竹书》第一册,上海:上海古籍出版社,2001年,第129—130页。

以事行而不悖。"①邵公提出了"天子听政"要广泛听取各阶层人士的意见并加以斟酌损益,这样国家政治才会在正确的轨道上运行。邵公的理念与春秋时期晋国政治家师旷的想法如出一辙,这就反映出在西周到春秋这一段历史时期,伟大的政治家们在治国理念方面都达到了时代的高度。邵公还提出了"使公卿至于列士献诗"的建议,至于"献诗"的内容及"献诗"的目的,综合考虑邵公论政的内容,不难判定,"献诗"的内容是对于国家政治的批评或建议方面的,目的是补察时政,为国君决策提供参考。

《国语·晋语》中也有关于献诗的记载,文中借范文子之口,描述了上古君王听政的场景,包含了类型多样的"听于民"的形式。范文子说:"吾闻古之王者,政德既成,又听于民,于是乎使工诵谏于朝,在列者献诗使勿兜,风听胪言于市,辨妖祥于谣,考百事于朝,问谤誉于路,有邪而正之,尽戒之术也。"②从这段描述中我们可以知道,在先秦时代,举凡谏、诗(歌谣)、胪言、谣、谤誉等一切在民众中间流传的具有一定态度倾向的言论,都是上古君王听政的重要内容,可作为国家治理的借鉴;再加上前文《左传》《国语·周语》中所提及的曲、赋、诵等,形式就更加丰富了。在此,我们要对古代先哲的语言智慧深表敬意,他们认为"政治"要建立在"听"的基础上,由此而创造出了"听政"这一内涵非常深邃的词语。这一词语意在启示人们,为政者不仅要善于"观"(观风),也要善于"听"(听政),总之要动用各种感官,广泛了解民间想法,以实现"人情上通,上指远喻"的双向沟通,最终目标是政通人和、化成天下。究其实质,"观"和"听"都是动用感觉器官的功能,去向身边的人、向远方的人,了解自己耳力、目力所不察的现象、所不及的信息,以克服自身局限。就最终获得所需要的信息而言,"观"和"听"的区分已经不那么重要了。

对于《国语》中两次提到的"献诗"活动及所献之"诗"的作者,学界有不同观点。顾颉刚、朱自清分别认为,"公卿列士的讽谏是特地做了献上去的,庶人的批评是官吏打听了告诵上去的",③"献诗只是公卿列士的事,轮不到庶人"。④ 戴伟华则认为,"其中'献诗'当为由公卿大夫士进献于王的采自民间的风谣之类的讽谏之诗"。⑤ 其实,无论是"采诗"还是"献诗",无论所

---

① 《国语·周语上》,引自陈桐生《国语译注》,北京:中华书局,2013年,第10页。
② 《国语·晋语》,陈桐生译注本,第455页。
③ 顾颉刚:《诗经在春秋战国间的地位》,引自《古史辨》第三册下,《民国丛书》本,北京:北京书局,第326页。
④ 朱自清:《诗言志辨》,引自《朱自清全集》第六册,第137页。
⑤ 戴伟华:《论五言诗的起源——从"诗言志""诗缘情"的差异说起》,载自《中国社会科学》2005年第6期,第156页。

献之诗是由公卿列士所作还是采自民间,只要是有益国家治理的,都有其存在价值。即便是公卿列士所做之诗,目的是献给天子,其所讽诵的内容一定是民间性的话题,与"观风察政"的精神实质都是相通的。

从《周易》当中所蕴含的"省方观民设教"思想,到《尚书》《左传》《国语》《礼记》对于采诗、献诗传统的记载,我们可以看出,"观风察政"这一具有民本思想的政治理念被继承下来,继而被确立为国家治理的宝贵经验。在先秦时代,最能集中体现这一传统活动的文本承载,就是《诗》十五"国风"及"小雅"中的作品。这里须加说明的是,在"群体诗学"的时代,"诗"一般是《诗经》的专称,其来源是民间歌谣,又可称为"风""风谣"。到了文人创作"个体诗学"的时代来临,"诗"的指称就远为宽泛,能不能用来作《诗经》的特指,要根据具体文意来判断。

三、《诗大序》对于"观风"思想的开拓

根据儒家的政治理念,"采诗"是统治者了解民情民意的重要渠道,为统治者观风设教打下基础。只有在了解民情民意基础上才可以实施教化、化民成俗。完整地讲,"观民设教"其实是包含了前后衔接的两个阶段:首先是统治者派人到各地采集民间歌谣以考察民风,这些民间歌谣里面既可能包括了对统治者的颂歌、颂谣,同时按照常理来说,也一定包含了表达批判、讽刺情绪的怨歌、刺谣,这是第一个阶段"观风";在"观风"的基础上,统治者要"设教",对百姓进行教化。《周易》的《临卦》《观卦》中,孕育了朴素的"观风设教"思想,《诗大序》则给出了更为具体、更为完整的说明。将"下以风刺上"(君主观风)与"上以风化下"(君主设教)的关系讲得较为全面了。《诗大序》说:"故正得失,动天地,感鬼神,莫近于诗。先王以是经夫妇,成孝敬,厚人伦,美教化,移风俗……上以风化下,下以风刺上。主文而谲谏,言之者无罪,闻之者足以戒,故曰风。"[1]这里提出了"诗"要承担"美教化,移风俗"的功能,这指的是"上以风化下"的一面;同时又提出"诗"要承担"刺上"的重任。这样就将在上位者"化下"的权威与在下位者对上的"劝谏"责任完整地统合在一起,使二者之间形成一个双向交流关系,也就是说在下位者并非只能束手听命于统治者的教化,他们对于国家政治也负有补益之责。

难能可贵的是,《诗大序》的作者提出了"下以风刺上",却没有另提"下以风颂上",可能在他们看来,风、雅、颂三种诗,各承担其不同的职能。"刺

---

[1] 《毛诗大序》,引自〔汉〕郑玄笺、〔唐〕孔颖达疏《毛诗正义》,十三经注疏本,第270—271页。

上"是"风诗"应该承担的重要社会责任,而歌颂的职能,更多地由"三百篇"中的"颂诗"来承担。《诗大序》中还说:"颂者,美盛德之形容,以其成功,告于神明者也。"①显然,颂诗的内容多是歌颂祖先的功业,而与反映民俗民情的"风诗"异趣。学者毛宣国对于"风诗"的刺上功能深有会心,他说:"既然《毛诗》的教化理论是在中国文化大传统与小传统的相互影响与渗透的背景下形成的,具有向下移风易俗和向上反映民心民情的双重功能,那么教化就不仅仅是对下层民众的教化,而且也包含向上的渗透并对统治阶级的政策和心理的影响。"②这段话的分析较为透辟,给人启发。

"下以风刺上"的提法,令人联想到《论语·阳货》中孔子讲过的"诗"的四大功用,即"诗,可以兴,可以观,可以群,可以怨",③可见表现"怨"的情绪和功用,孔子也是认可的。但孔子所说的"诗可以怨",可能不仅包括了风诗,也包括了小雅。"怨"的内容就不仅是民间的集体性情绪,也有一部分可能表达了诗人的个体性情绪。从"诗可以怨"发展到"发愤著书"理论、再到"不平则鸣"以及"诗穷而后工"的说法,都是一脉传承的,逐渐发展为侧重指诗人自身的不幸遭遇、穷困经历对其创作的影响。而"下以风刺上"主张,关注的是民间集体性的不满情绪。可见,"诗可以怨"与"下以风刺上"既有关联又有区别,但都有其价值。

在上位者以"风教"化下,在下位者以"风诗"刺上,上下之间的政治沟通以"风"为中介进行。《诗大序》虽是针对《诗经·国风》而发,但客观上,也为后世民间歌谣特别是怨谣、刺谣的政治价值,提供了理论依据。《诗大序》所确立的传统从此成为深刻影响中国文学格调的强大基因。当然,"成也萧何,败也萧何",因为《诗大序》将"诗"与政治教化的联系看得过于紧密,其影响力又特别强大,使得后来的论"诗"者往往千方百计从"诗"中寻找"美教化,移风俗"的痕迹,使得"诗"的其他认知价值和审美功能反倒被淹没了。幸与不幸,难以一言蔽之。

以上,我们探求了中国古代"观风察政"传统的理论渊源,现在可以做几点概括。

首先,《周易》《临卦》中所蕴含的"教民""保民"思想,《观卦》中所蕴含的"观风设教"思想,以及《贲卦》中所表现出来的"化成天下"的政治理想等,对于国家政治生活产生的深刻影响表现为"采诗""献诗""移风易俗"

---

① 《毛诗大序》,引自〔汉〕郑玄笺、〔唐〕孔颖达疏《毛诗正义》,十三经注疏本,第272页。
② 毛宣国:《〈毛诗〉"教化"理论及其对后世诗学的影响》,载自《中国文学研究》2011年第1期,第21页。
③ 《论语·阳货》,〔清〕刘宝楠正义本,第689页。

"使者巡行"等一系列政治活动。如果说,在《周易》中,"观风"还只是作为一种观念形态而出现,那么在《尚书》《左传》《国语》《礼记》以及《汉书》等典籍的记述中,"采诗""献诗"已经成为具体的舆论采集制度而付诸实践了。虽然存在着天子巡狩、诸侯述职以及輶轩使者三种不同采诗形式,以及公卿列士献诗的方式,但它们的本质是相通的,都是统治者了解各地舆情的有效形式,不必强分轩轾。特别是《诗大序》中在提出了"上以风化下"的同时,又强化了"下以风刺上"的功能,这是对民间底层意见、情绪表达的肯定,对国家治理最终会形成良性影响。

其次,"观风察政"理念下的"采诗(献诗)"活动,表达了古代政治家对政治参与机制的充分重视。上古政治家们早就认识到,开明的统治者总是在一定范围内允许舆论流播,社会各阶层、各职业的言路形式,如瞽献曲、史献书、师箴、瞍赋、蒙诵、风听胪言于市、辨妖祥于谣、考百事朝、问谤誉于路等,一同构成了上古治国理政的重要舆论采集机制,以帮助统治者做出正确的决策及不被表面的或虚假的信息蒙蔽迷惑,也就是《国语》中所说的"勿兜"。师旷、邵公、范文子与国君的对话中,提到了"诗"或"谣",这两种舆论形式其实都是民间歌谣。

再次,采诗、献诗等活动,其意义不在于娱乐或审美价值,而在社会政治功用。虽然这些歌谣在展示给君王的时候,为了更好地被统治者所接受,可能已经由乐师配上了音乐(比其音律),进行了艺术加工并作为一种音乐艺术形式呈现出来,但其用意还是为王朝政治服务的,政治功能是首要的,审美考虑应该是后起的,我这里所谓"后起",主要是从逻辑角度来说而非从时间角度来说的。

如果说,周人确立了以"观风察政"作为国家治理的重要模式,汉人则继承了这一传统,赋予这一古老传统以新的生命。在汉代政治生活中,广采各地民间歌谣,从中察考各地民风、民情、民意,作为治国理政的借鉴,逐渐奠定了中国古代国家治理的基调。

第二章 汉代"观风察政"的理论探索、制度建设及歌谣传播

第一节 汉代"观风察政"的理论探索

汉代紧承秦后,对秦政的反思、批判贯穿了汉代政治的始终,对非理性苛政和严刑峻法的抵抗、拒斥,是汉代儒家自觉承担的使命。"前事不忘,后事之师",在借鉴历史、避免重蹈覆辙这一点上,汉代人总体上交出了令人满意的答卷。

秦政的模式已被摒弃,但一个国家的治理总要有所凭借,汉代人确立的政治模式,乃是西周以来具有浓厚人文精神的王道政治模式。当然,继承中有开新,汉人对待周政亦有取舍,正如汉人对秦政也并未完全弃之如敝屣一样,在摒弃中同时亦有吸收。总体来讲,汉代人对周的远绍偏重于文化精神和文化传统,对秦的继承则偏重某些较为具体的制度,但对秦朝的总体治国理念是摒弃的。汉人"观风察政",是在继承周人政治智慧的基础上,确立的一系列治国理政措施中卓有成效的一项。"观风察政"是一个系统工程,伴随其实现过程,各级政府以儒家的礼乐教化移风易俗,涤荡了秦政的苛暴威猛,塑造了新的社会风气,使汉代政治呈现出了温润之色。由于儒家思想的持久发力、久久为功,终汉一代虽有昏主却无暴君,这正是儒学长期滋养的结果。

汉代政府重视民间舆论,注重从风俗中考察民情民意,以判断一个地区乃至全国政治的隆窳、美恶;同时又充分意识到了风俗对于政治的巨大影响,因此利用国家政权的力量对百姓进行礼乐教化以移风易俗。这样做,就是将"风俗""风谣""风教"结合在一起,这三者都成为了国家治理不可或缺的思考维度。概括地说,统治者不仅要"观风"、接受"下以风刺上";与此同时也要主动"设教",通过礼乐教化实现移风易俗,这就是"上以风化下"的过程。可以这样说,统治者接受"下以风刺上",这考验的是统治者的政治胸

襟；统治者实行"上以风化下"，要求的是统治者的责任担当与治理能力。"下以风刺上"与"上以风化下"的提法，显得有些老套，但这两个简单的命题蕴含了深刻的政治智慧，在今天仍有启迪借鉴意义。

余英时先生独具慧眼地将汉代的"观风察政"活动与汉人"化成天下"的政治理想联系起来，他提出，观察风俗活动"是为'移风易俗'作准备的，是整个儒家'礼乐教化'理论中的一个重要环节"，又说："'观采风谣'是儒家'礼乐教化'的预备工作，其目的在推动文化的统一。这种文化统一的努力当然有助于政治统一，因此才获得汉廷的积极支持。"①从这样一个宏通的视角来观照汉代社会的理论探索和政治建设，令人豁然开朗且耳目一新。

一、汉代风俗建设的起点

正如刘仲一先生所说，"汉代儒家学派在总结秦朝灭亡教训的问题上，更多地着眼于社会文化传统，他们认为，秦朝统一后'专任刑罚'，'仁义不施'，这不但导致社会风俗的败坏，而且在很大程度上丧失了民心。因而他们主张，要施德教、施仁政于民。"②此言可谓得之。汉代国家治理的出发点和目标，乃是吸取秦亡教训，避免重蹈覆辙，探求长治久安之道。汉初陆贾在汉高祖刘邦面前时时称说《诗》《书》，并不失时机地向其灌输"居马上得之，宁可以马上治之"的道理，刘邦很开明地要求陆贾"著秦所以失天下，吾所以得之者何，及古成败之国"，③于是有了《新语》的诞生。从这一刻起，汉代帝王和思想家们就已经开启了对汉代国家治理模式的思考。汉文帝时，廷尉张释之"言秦汉之间事，秦所以失而汉所以兴"，文帝表示很感兴趣。武帝即位后，召董仲舒进行策问，核心内容也是探讨如何巩固汉朝的统治，于是有了著名的《天人三策》。从汉初几代帝王的事例足以看出，他们具有较强的政治危机意识，并展示出了虚己尊贤的姿态。

根据阎步克先生的研究，汉代儒家对秦政的批判可以概括为以下几点："秦帝国政权，缺乏使权益分配合于'仁义'之最高道义原则的指导，缺乏足以'缀万民之心'的礼乐教化，缺乏能够约束君主、纠矫失误的规谏机制；最终，其弊政被归结为缺乏一个能够同时承担道义、教化和规谏之责的君子贤人集团。"④这几点概括切中肯綮，它们之间也是互为关联的。由于研究角度的不同，我们将这里的第二点和第三点拿出来，加以讨论，即秦政缺乏礼

---

① 余英时：《士与中国文化》，第 121 页。
② 刘仲一：《法家思想与秦朝的速亡》，载自《求是学刊》，1998 年第 3 期，第 95 页。
③ 〔汉〕司马迁：《史记·陆贾列传》，第 2699 页。
④ 阎步克：《士大夫政治演生史稿》，第 324 页。

乐教化和规谏机制。汉代政治则以史为鉴，高度重视礼乐教化和规谏机制。当然，规谏机制是一整套完善的体系，包括但并不等同于"观风"，除了面向民间的"观风"活动外，还包括朝廷官员向皇帝进谏的廷谏行为、征召地方上的"贤良方正"以垂询国策的礼贤活动，以及允许吏民上书活动等。① 总之，汉代的规谏渠道是较为多样的。由于本书论题的限定，这里以"观风察政"为中心，只讨论与其关系更为密切的风俗问题。

睡虎地秦墓出土的竹简中，有南郡郡守腾在秦始皇二十年对县、道官员发布的告示，在这篇名为《语书》的告示中，郡守腾表达了他对地方风俗的忧虑，并提出了改变风俗的措施。兹将《语书》相关内容引述如下，以方便讨论：

> 古者民各有乡俗，其所利及好恶不同，或不便于民，害于邦。是以圣王作为法度，以矫端民心，去其邪避（僻），除其恶俗。法律未足，民多诈巧，故后有间令下者。凡法律令者，以教道（导）民，去其淫避（僻），除其恶俗，而使之于为善殹（也）。今法律令已具矣，而吏民莫用，乡俗淫失（泆）之民不止，是即法（废）主之明法殹（也），而长邪避（僻）淫失（泆）之民，甚害于邦，不便于民。故腾为是而修法律令、田令及为间私方而下之，令吏明布，令吏民皆明智（知）之，毋巨（矩）于罪。今法律令已布，闻吏民犯法为间私者不止，私好、乡俗之心不变，自从令、丞以下智（知）而弗举论，是即明避主之明法殹（也），而养匿邪避（僻）之民。如此，则为人臣亦不忠矣。若弗智（知），是即不胜任、不智殹（也）；智（知）而弗敢论，是即不廉殹（也）。此皆大罪殹（也），而令、丞弗明智（知），甚不便。今且令人案行之，举劾不从令者，致以律，论及令、丞。有（又）且课县官，独多犯令而令、丞弗得者，以令、丞闻。以次传；别书江陵布，以邮行。②

首先，郡守腾提出了自古以来各地区都形成了自己的风俗，其中有的风俗对于当地百姓和国家治理发生了负面影响；其次，他提出君王通过创制法律以正民心、除恶俗；再次，他又指出，有不遵守法令的现象存在，恶俗无法遏止，对政府和民众危害甚大，因此他重新整理了法令公示于众；最后，他强

---

① 可参看赵凯：《汉代官方舆论收集机制》，载自《南都学坛》2006年第5期。
② 睡虎地秦墓竹简整理小组撰《睡虎地秦墓竹简》，北京：文物出版社，1978年，第15—16页。

调上级要巡视检查,各地方要检举、查处违法官员。

窥一斑而见全豹,通过南郡郡守的告示,我们不难推测秦朝其他郡守治理地方的态度和方式。文中虽然也提到了"乡俗"和"教道(导)"等字样,但他对待恶俗的处置办法是以法令去除之,教导百姓是以法度矫正之;对于仍存在的不遵守法律的现象,则是重申法令、强化上级巡查,鼓励地方检举、查处。在这里,我们看到的关键词是令、法、法律、法令、法度等同一类型的词汇,粗略统计共出现十一次之多。不难看出,在秦朝官员眼里,法律似乎是地方治理的唯一法宝。岂不知,严刑峻法虽可以收一时之效,但终究从根本上败坏人性与社会,导致信任崩溃。而汉代以后在皇帝诏书、地方官的告示、条教中经常出现的德治、德政、仁爱、礼乐教化、移风易俗、为民父母等儒家政治语汇,无不彰显了汉政与秦政的鲜明差异。

那么,汉人理解的"风俗",其内涵指的是什么?下面对历史上出现过的几种情况,分别加以考察。第一种情况:风俗指某一地区由自然条件不同而造成的人们生活习惯、行为方式的差异(风);以及精神状态方面如伦理道德、审美好尚等差异(俗)。《汉书·地理志》谓:"凡民函五常之性,而其刚柔缓急,音声不同,系水土之风气,故谓之风;好恶取舍,动静亡常,随君上之情欲,故谓之俗。"①这里,由水土条件不同导致的人们性情的不同、音声的不同是"风",而上层社会的情志嗜欲影响到百姓的好尚、审美、道德等方面,则是"俗"。《荀子·强国》中写应侯向荀子询问其入秦见闻,荀子谈道:"入境,观其风俗,其百姓朴,其声乐不流污,其服不挑,甚畏有司而顺,古之民也。及都邑官府,其百吏肃然,莫不恭俭、敦敬、忠信而不楛,古之吏也。"②这里荀子着重描述了秦国百姓的思想状态(朴)、流行的音乐(不流污)、百姓服饰(不挑)、官吏的精神面貌(恭俭、敦敬、忠信而不楛)等,与班固《汉书·地理志》中提到的"俗"更为接近。第二种情况:风俗指民间歌谣。司马迁在《史记·乐书》中说:"以为州异国殊,情习不同,故博采风俗,协比声律。"③采集之后又协比声律的,必然是各地的民间歌谣。

汉代人所认识的"风俗",其实是一个偏义名词,其含义偏重在"俗"的方面,即偏重于一个地区的精神状态、道德风貌、审美好尚等,因为它们有优劣、高下之别,对于政治影响极大,是汉儒关注的重点。汉代应劭所谓的"为政之要,辩风正俗,最其上也",④表达的是这一层面的意思;而一个地区民

---

① 〔汉〕班固:《汉书·地理志》,第1640页。
② 《荀子·强国》,引自张觉《荀子译注》,上海:上海古籍出版社,1995年,第339页。
③ 〔汉〕司马迁:《史记·乐书》,第1175页。
④ 〔汉〕应劭:《风俗通义》,引自王利器《风俗通义校注》,北京:中华书局,1981年,序第8页。

众性情的刚柔缓急、方言的不同、饮食的口味差异等,则不是为政者所要关注的问题。与此同时,汉代人所理解的"风俗"又经常与歌谣交织缠绕在一起,很多时候汉代人所说的风俗就包括了歌谣在内。"风谣""谣俗"等词语,将风与谣搭配、俗与谣搭配,说明了风俗与歌谣之间你中有我、我中有你、密不可分的存在方式。在汉代人看来,歌谣并不是纯粹的歌咏,里面包含了民间的情感和精神面貌,就像《诗经》的十五国风中所反映出的各地民情民俗一样。

二、汉代风俗建设的探索与共识的形成

汉代思想家们在文化建设方面普遍提出了"齐同风俗"的主张,也就是用国家政权的力量推行儒家教化,从而实现思想层面的统一,这是对周人"观民设教"思想的继承和发展。周代作为分封制社会,各诸侯国虽然也在一定程度上重视移风易俗、推行礼乐教化,但由于政治体制的先天特点,其推行的力度和覆盖的广度恐均无法与大一统的汉王朝相提并论。汉代风俗建设的发展,就逐渐克服了这一先天不足。正如意大利政治家安东尼奥·葛兰西所说:"每个国家都是伦理国家,因为它们最重要的职能就是把广大国民的道德文化提到一定的水平,与生产力的发展要求相适应,从而也与统治阶级的利益相适应。学校具有正面的教育功能,法院具有镇压和反面的教育功能,因此是最重要的国家活动。但是在事实上,大批其他所谓的个人主动权和活动也具有同样的目的,他们构成统治阶级的政治文化霸权的手段。"①汉代政府重视移风易俗、推行礼乐教化,正是建设"伦理国家"的具体活动,同时也是以柔性方式实现"统治阶级的政治文化霸权"的过程。从客观效果来衡量,汉代"政治文化霸权"的目标实现得相当成功,经由汉代统治者、政治家和儒家学者几百年的努力,儒家的礼乐教化和仁政思想牢牢扎根在社会各阶层人士心中,其后虽历经其他文化的碰撞与挑战,但其作为统治阶级的意识形态的"霸权"地位一直没有改变。

(一)汉初教化思想的萌芽

汉高祖刘邦最初还延续着战争时代的思维习惯,没有来得及认真考虑治国理政的路径转换。陆贾劝其改变国策,并在《新语》十二篇中系统阐述治国主张。陆贾的治国方略,一言以蔽之,是"无为"与"德治"并重。《至德》篇中描述了治国理政的理想境界:"君子之为治也,块然若无事,寂然若

---

① (意)安东尼奥·葛兰西:《狱中札记》,开封:河南大学出版社,2014年,第335—336页。

无声,官府若无吏,亭落若无民。"①《无为》篇中,更明确提出:"道莫大于无为,行莫大于谨敬……寂若无治国之意,漠若无忧天下之心,然而天下大治。"与此同时,陆贾还前瞻性地提出了德治的思想,具体说就是强调教化和风俗,通过对比"尧舜之民,可比屋而封,桀纣之民,可比屋而诛",从而提出"化使其然也"。② 陆贾进而提出:"(中圣)设辟雍庠序之教,以正上下之仪,明父子之礼,君臣之义";"(后圣)乃定五经,明六艺,承天统地,穷事察微,原情立本,以绪人伦……乃调之以管弦丝竹之音,设钟鼓歌舞之乐,以节奢侈,正风俗,通文雅"。③ 在陆贾看来,虽有中圣和后圣时代的不同,但重视学校教育、重视人伦礼仪、重视风俗教化的精神实质是相通的。

陆贾的观念带有汉代初期黄老之学的特点,但也表现出了儒学的基调,是黄老与儒家思想的杂糅。黄老无为的本质是安静,是不变;风俗教化的本质是有为,是变。当时的社会形势不具备实行"有为政治"的社会基础,无法为政府的有为行动提供足够的财力支持,但能够前瞻地认识到教化和风俗的重要性,是难能可贵的。

(二) 汉代政治家齐整风俗的理论探索

汉初郡县制与分封制并存,诸侯国各自为政,问题也随之而来,那就是诸侯国势力膨胀,渐成尾大不掉之势;与此同时,地方豪强骄奢淫逸,鱼肉百姓;社会风气浇漓,政治上离心化趋向严重。由此,思想家们关注的重心从清静无为转到"齐整风俗"上。齐整风俗的本质就是要实现政治、文化上的大一统。

文帝时期的思想家贾谊有着强烈的忧患意识,他在《治安策》中对汉王朝命运进行了整体性的思考,提出了诸多全局性的建议,针对地方离心势力转强的现实,贾谊主张以儒家的"礼"来恢复社会秩序,以实现移风易俗的目标。他认为,"夫礼者,禁于将然之前;而法者,禁于已然之后",通过礼可以实现"立君臣,等上下,使父子有礼,六亲有纪"的政治秩序。当时,秦政余风尚存,法家俗吏充斥官场,贾谊对国家政治生活中仍然盛行的法家势力和法家思维习惯深恶痛绝,他认为法家俗吏无法完成移风易俗的重大任务,他说:"夫移风易俗,使天下回心而乡道,类非俗吏之所能为也。俗吏之所务,在于刀笔筐箧,而不知大体。"④他提出,移风易俗的工作,只能由具有远大理想的儒家士人来完成。无独有偶,汉文帝时期的思想家贾山在《至言》中

---

① 〔汉〕陆贾:《新语·至德》,王利器校注本,第118页。
② 〔汉〕陆贾:《新语·无为》,王利器校注本,第59、65页。
③ 〔汉〕陆贾:《新语·道基》,王利器校注本,第17、18页。
④ 〔汉〕贾谊:《治安策》,引自〔清〕严可均校辑《全汉文》,第212、211页。

也提出了"定明堂,造太学,修先王之道"的建议,以实现"风行俗成"的万世基业。①

贾谊等人改造风俗、恢复儒家政治的设想虽然没有被提上议事日程,但启发了武帝时期的大儒董仲舒。一俟具有了合适的风气和社会土壤,齐整风俗、实行礼乐教化的主张也就呼之欲出了,董仲舒进一步设计出了一套立太学、设庠序、教化百姓的治国方略。

经过"文景之治"的休养生息,汉朝国力迅速强大,但风俗败坏的现象也开始凸显,这时朝野上下意识到,齐整风俗、实行礼乐教化的时机已经成熟。初掌权力的汉武帝真心实意地向董仲舒垂询治国方略,探讨天人关系及如何实现美政德治。针对汉武帝的征问,董仲舒连上三篇策论作答,因首篇专谈"天人关系",史称"天人三策"(或《贤良对策》)。

董仲舒认为完善的教化如同坚固的堤防,可以抵御洪水的冲击;如果教化废弛了,单靠刑罚一维,违法犯罪现象将无法得到遏止,他具体阐述道:"夫万民之从利也,如水之走下,不以教化隄防之,不能止也。是故教化立而奸邪皆止者,其隄防完也;教化废而奸邪并出,刑罚不能胜者,其隄防坏也。古之王者明于此,是故南面而治天下,莫不以教化为大务。"②但他也辩证地提出国家治理应文武并用、刚柔相济,《春秋繁露·为人者天》中就表达了这种思想:"天地之数,不能独以寒暑成岁,必有春夏秋冬。圣人之道,不能独以威势成政,必有教化。"③也就说是威势与教化这两种手段都是必需的。

太学及地方各级学校的职责在于培养教化工作的承担者,是教化活动的渊薮,因此须备加重视。董仲舒说,"太学者,贤士之所关也,教化之本原也……臣愿陛下兴太学,置明师,以养天下之士";④又提出"立太学以教于国,设庠序以化于邑,渐民以仁,摩民以谊,节民以礼,故其刑罚甚轻而禁不犯者,教化行而习俗美也"。⑤ 而地方官则直接负有教化百姓之责,即董仲舒所说的"今之郡守、县令,民之师帅,所使承流而宣化也"。⑥ 将地方官视为民之师帅,这是上古政治理念的传承,并不是什么新鲜的见解,但董仲舒重新加以提倡,将其作为儒学上位过程中的一环,这预示着汉代的政治理念将发生重大转变。

---

① 〔汉〕贾山:《至言》,引自〔汉〕班固《汉书·贾山传》,第2336页。
② 〔汉〕董仲舒:《天人三策》,引自〔汉〕班固《汉书·董仲舒传》,第2503页。
③ 〔汉〕董仲舒:《春秋繁露·为人者天》,〔清〕苏舆义证、钟哲点校本,第319页。
④ 〔汉〕董仲舒:《天人三策》,第2512页。
⑤ 〔汉〕董仲舒:《天人三策》,第2503—2504页。
⑥ 〔汉〕董仲舒:《天人三策》,第2512页。

董仲舒的治国理念本质上是儒家德政,以教化治国、教育为先、注重人才培养和齐整风俗,这顺应了时代潮流和历史趋势,与周人"观民设教"的治国理念遥相衔接,不仅与秦朝以法律刑罚禁锢民众的治理思路大相径庭,也与汉初黄老无为政治拉开了距离。

汉武帝时期,终军上书提出"及臻六合同风,九州共贯,必待明圣润色,祖业传于无穷",期待武帝成为周成王一流的圣王,并建议武帝"宜因昭时令日,改定告元"。① 汉武帝宠臣东方朔在《非有先生论》中,拟设非有先生劝诫吴王,表达了他本人的政治主张。东方朔提出帝王应"深念远虑,引义以正其身,推恩以广其下,本仁祖义,褒有德,禄贤能,诛恶乱,总远方,一统类,美风俗",②这实际上是变相对汉武帝提出建议,与董仲舒的治国主张基本一致。由此可见,在这一时期,重教化、美风俗的观念已经成为朝廷上下的共识。

《淮南子》对风俗教化的观点,与汉代其他思想家有所不同,带有较为明显的道家黄老思想的痕迹,其《泰族训》篇中"圣主在上,廓然无形,寂然无声,官府若无事,朝廷若无人"③的表述,令人联想到汉初陆贾在《新语》中提出的类似观点。受时代风气影响,《淮南子》也认识到风俗的重要性,但他主张顺应民性、采用自然引导的办法以实现社会的风俗美善。刘安认为,水处在深谷里会长青苔、会变浑浊,而如果"循势而行,乘衰而流","虽有腐髊流渐,弗能污也"。水性本身没有变化,因为采取了疏通的办法,水质就会变清。同理,"风俗犹此也。诚决其善志,防其邪心,启其善道,塞其奸路,与同出一道,则民性可善,风俗可美也"。④ 刘安对风俗的认识,具有一定的启示意义。一个社会的"公序良俗"必须以顺应人性的基本欲望为基础,应满足人们对于物质和精神生活的多重需求;相反,靠压制、禁锢人性绝不能维持长久统治,法家愚民统治的灾难性后果已经证明了这一点。此外,刘安还反对以整齐划一的方式、不分地域和实际情况地齐整风俗,即他在《淮南子·齐俗训》中提出的:"今握一君之法籍,以非传代之俗,譬由胶柱而调瑟也。"⑤不过,刘安的这种强调,可能是出于政治本位主义的考虑,作为淮南国的国王,肯定要避免自身利益受到中央朝廷政令的过多干预,以保持王国的独立地位。事实证明,汉代的"齐整风俗"主要指的是政治上和思想的统

---

① 〔汉〕班固:《汉书·终军传》,第2816页。
② 〔汉〕东方朔:《非有先生论》,引自〔汉〕班固《汉书·东方朔传》,第2871页。
③ 〔汉〕刘安:《淮南子·泰族训》,何宁集释本,第1382页。
④ 〔汉〕刘安:《淮南子·泰族训》,何宁集释本,第1402、1403页。
⑤ 〔汉〕刘安:《淮南子·齐俗训》,何宁集释本,第790页。

一,而不是各地的自然风俗、生产方式和民间生活习惯的整齐划一,因为这样做既不现实,也无必要。但如果刘安反对政治上和思想的统一,则是徒劳,这说明他没有前瞻地意识到汉代政治不可阻挡的大一统走向。

通过朝野上下几代人的探索,到武帝时代,政治风气发生了巨大转变,这意味着儒家德政理念终于替代了法家政治和黄老政治而被最终确立下来,这是中国政治史上一件标志性的大事,古今人物均不惮辞费地予以赞美,其中钱穆先生的评价是:"其欲以教化代刑名与无为之意,亦诚不可不谓是当时一贴对症之良药。"①

之后,汉宣帝时,丞相魏相在上宣帝的条奏中阐发道:"臣闻明主在上,贤辅在下,则君安虞而民和睦。臣相幸得备位,不能奉明法,广教化,理四方,以宣圣德。民多背本趋末,或有饥寒之色,为陛下之忧,臣相罪当万死。"魏相以"奉明法,广教化,理四方,以宣圣德"等目标作为对辅佐大臣的基本要求,这就说明了武帝时期确立的教化治国方针,已经成为汉家政治的基本国策,由一代代政治家加以落实贯彻。魏相还对前朝昭帝时期风俗建设的做法予以肯定,他提出:"(先圣)遣谏大夫博士巡行天下,察风俗,举贤良,平冤狱,冠盖交道……所以周急济困,慰安元元,便利百姓之道甚备。"②认为昭帝时期朝廷派遣风俗使者巡行天下、观风察政的做法,是国家治理中非常重要的举措。

与此同时,汉初以来所累积的社会矛盾依然存在,宣帝时期大臣王吉上疏言得失,他眼中的政治现状是,俗吏牧民"独设刑法以守之""各取一切,权谲自在",因此出现了"百里不同风,千里不同俗,户异政,人殊服,诈伪萌生,刑罚亡极,质朴日销,恩爱浸薄"的严重社会问题。在王吉看来,文化的离心力依然存在,地方官自行其是,没有严格遵守教化治国方针,各地区的政治状况和社会风俗各不相同,王吉因而重提"六合同风,九州共贯"③的大一统政治理想,对汉宣帝治国理政提出极高期待。

自此之后,儒家士人对于风俗教化问题的思考愈加细腻而深入,提出了很多富有建设性的建议。汉元帝时名臣匡衡对此有着深入的思考,他一针见血地指出当时的社会风气是"贪财贱义,好声色,上侈靡,廉耻之节薄,淫辟之意纵,纲纪失序",并指出造成社会风气骄奢放纵的根源,在于统治者上层如外戚和贵族之家首先败坏了风气,无法为社会大众提供良好的示范,

---

① 钱穆:《秦汉史》,北京:九州出版社,2015年,第94页。
② 两段引文均见〔汉〕班固:《汉书·魏相传》,第3137页。
③ 此段引文见〔汉〕班固:《汉书·王吉传》,第3063页。

"其习俗无以异于远方,郡国来者无所法则,或见侈靡而放效之",匡衡提出,国家的风俗能否向理想方向发展,"审所上而已",也就是说,上层人物是"教化之原本,风俗之枢机,宜先正者也"。① 《白虎通义》中对"教"的解释是"教者,何谓也? 教者,效也。上为之,下效之。民有质朴,不教而成"②这与匡衡的意见是相通的,"正人先正己",以身示范、由近及远,是儒家学者对风俗教化方式所达成的共识。汉成帝元延元年,谷永向成帝上疏,劝诫成帝体恤民力、减少宫廷用度,并建议在立春日"遣使者循行风俗,宣布圣德,存恤孤寡,问民所苦,劳二千石,敕劝耕桑,毋夺农时,以慰绥元元之心"。③ 汉代朝廷派遣使者循行风俗的内容,一方面体现了统治者"为民父母"的职责,包括存恤、赈济、慰劳、劝勉等环节;另一方面则是询问民间疾苦、搜求民间意见,采集歌谣也在这个过程中完成。

在汉代重视风俗教化的大环境下,东汉思想家们在讨论风俗教化问题时,显得更具信心和底气,把风俗教化的功用看得更高。思想家王符指出:"人君之治,莫大于道,莫胜于德,莫美于教,莫神于化",故"圣帝明王,皆敦儒而薄威刑。"④王符将教化治理的效果形容为"美""神",可以说是抬到了无以复加的高度,但他并也没有完全否定刑罚的功用,认为治理衰乱之世,刑罚也不可不施,即"法令赏罚者,诚治乱之枢机也,不可不严行也"。⑤ 应该说,王符的观点是全面的、辨证的。政论家应劭在《风俗通义》序言中也提出"为政之要,辩风正俗,最其上也",因为风俗"或直或邪,或善或淫",需要"圣人作而均齐之,咸归于正"。⑥ 应劭提出了先辨正风俗、再齐整风俗的治理路径,这与汉代大思想家们的大目标基本一致。东汉末期思想家仲长统认为,风俗的改善非朝夕之功,改变风俗也要从本源上进行,所以他提出"风有所从来,俗有所由起,病其末者刘其本,恶其流者塞其源",并主张"敦教学以移情性,表德行以厉风俗"。⑦

东汉后期政治家崔寔也深刻认识到移风易俗的重要性,提出"夫风俗者,国之脉诊也",不过,由于具体历史阶段的政治状况不同,思想家个人观照问题的角度不同,崔寔眼中的社会现状是:"自汉兴以来,三百五十岁矣。政令垢玩,上下怠懈,风俗凋敝,人庶巧伪,百姓嚣然,咸复思中兴之救矣。"

---

① 以上几处引文均见〔汉〕班固:《汉书·匡衡传》,第 3333、3335 页。
② 〔汉〕班固:《白虎通义》,引自〔清〕陈立《白虎通疏证》,北京:中华书局,1994 年,第 371 页。
③ 〔汉〕班固:《汉书·谷永传》,第 3471 页。
④ 〔汉〕王符:《潜夫论·德化》,〔清〕汪继培笺、彭铎校正本,第 371、第 378 页。
⑤ 〔汉〕王符:《潜夫论·三式》,〔清〕汪继培笺、彭铎校正本,第 207 页。
⑥ 〔汉〕应劭:《风俗通义》序,王利器校注本,第 8 页。
⑦ 〔汉〕仲长统:《昌言》,引自孙启治《昌言校注》,北京:中华书局,2012 年,第 331、288 页。

他给出的治理药方是严刑重罚,即"参以霸政,则宜重赏深罚以御之,明著法术以检之"。① 崔寔的主张似乎与汉兴以来思想家们所主张的柔性治理的精神背道而驰,但仔细寻味,这种视角也有其原因,因为每一个历史阶段的政治风气有所不同,甚至同一个皇帝的前后期政治都可能表现出高下的差异,这样的情况不胜枚举。对于崔寔的这个"异见",宋代史学家司马光颇为关注,他对此加以解释,认为当时"权幸之臣有罪不坐,豪猾之民犯法不诛,仁恩所施,止于目前,奸宄得志,纪纲不立。故崔寔之论,以矫一时之枉,非百世之通义也"。② 在司马光看来,严刑重罚针对的是享受法外特权的"权幸之臣"和"豪猾之民",而不是普通的底层百姓,崔寔的政见和秦政的苛暴之风还是有本质区别的。

经由两汉思想家们前赴后继地努力推动,汉代朝廷确立了以移风易俗和礼乐教化的治国方针,对地方官进行考核时,将地方风俗的改善与否作为评价地方官政绩好坏的重要标准。东汉安帝时期的刘恺就曾明确指出:"今刺史一州之表,二千石千里之师,职在辩章百姓,宣美风俗,尤宜尊重典礼,以身先之。"③也就是说,作为一州表率的刺史和一郡之长的太守,他们都有以道化下、移风易俗的使命。每个历史阶段社会风俗建设的侧重点也应与时变化,如武、昭、宣几代帝王,风俗建设的重点是抵制国家政治运行中法家苛政思维和法家俗吏的惯性势力;随着国家经济发展和贵族阶层壮大,特别是从汉元帝朝开始,在统治者上层中,一种追求奢靡享乐的风气逐渐养成,儒家士人对骄奢淫逸社会风气的抵制随之而成为时代风俗建设的重点。儒家士人认为,"正人先正己",统治者上层首要培养成优良的习惯,才能为万众所仰观,这正是《周易》"观卦""观国之光,利用宾于王"早已表达出来的思想。到了东汉后期,风俗教化的重点则转移到了惩治不法豪强、力矫地方离心倾向。

对风俗教化的思考,是贯穿两汉政治思想史的主题,儒家士人牢牢抓住这一关捩,赋予其在国家治理中的优先地位。与西汉相比,东汉时期对于风俗教化又有了新的认识和体会,社会上下都感受到了风俗建设所带来的新面貌。这是因为,经由西汉中后期以来的提倡和实践,到东汉以后风俗教化的成效已经开始显现,不仅体现在太学及地方各级学校教育的繁荣、儒家经典被立于学官、私人传授的儒学经师大量涌现,更体现在深层次的价值观念

---

① 〔汉〕崔寔:《政论》,引自孙启治《政论校注》,北京:中华书局,2012年,第34、38、57页。
② 〔宋〕司马光:《资治通鉴》"汉纪四十五",上海:上海古籍出版社,1997年,第465页。
③ 〔南朝宋〕范晔:《后汉书·刘般列传附刘恺传》,第1307页。

的嬗变,即崇尚礼义廉耻的社会风气开始养成,众多有民本情怀的儒家循吏开始涌现,歌颂循吏的歌谣在各地唱响。由此而带来民间风气的变化,齐整风俗的观念深入人心,内化为读书人的人生目标。如《后汉书》中记载的缪肜事迹,就典型地折射了这种时代风气。《后汉书》载:"(缪肜)少孤,兄弟四人,皆同财业。及各娶妻,诸妇遂求分异,又数有斗争之言。肜深怀愤叹,乃掩户自挝曰:'缪肜,汝修身谨行,学圣人之法,将以齐整风俗,奈何不能正其家乎!'弟及诸妇闻之,悉叩头谢罪,遂更为敦睦之行。"①这就在客观上反映出了"齐整风俗"已经成为儒家士人的人伦关系指向,儒家的礼义廉耻观念甚至还点点滴滴地渗透到了村夫村妇(缪肜之弟及弟妇)的血液里面,使他们知错能改、更为敦睦之行。

汉代人深刻反思秦亡的前车之鉴,并从《周易》以及儒家经典的源头活水中获得理论滋养,进而探索出了一套治国理政的政治模式。这一政治模式的主要特点就是柔性治理与刚性治理并用,但赋予柔性治理以优先价值;超越急功近利的事功评价观,而以化成天下为政治理想。具体来讲,就是以儒家仁政理念为指导原则,注重观览风俗并搜求民间舆论,注重对百姓进行教化以移风易俗,不断提升百姓的道德修养和精神面貌。经过汉代人几百年的努力,礼乐教化治国的方针得以普遍实施,移风易俗的目标也成为现实,教化理念深入人心且获得了坚韧、持久的精神力量,这些价值信念对于政权稳固起到了坚定的支撑作用。史家范晔在《后汉书·儒林列传》中描写经过长期儒学熏陶后的东汉社会风气是:"人识君臣父子之纲,家知违邪归正之路。"范晔进而认为东汉后期政治虽分崩离析但还能勉力维持,"斯岂非学之效乎"? 在他看来,汉代几百年风俗教化产生了强大的精神力量,因此"权强之臣,息其窥盗之谋;豪俊之夫,屈于鄙生之议者,人诵先王言也,下畏逆顺势也"。②

范晔提到的风俗教化力量对东汉末期政权的支撑,令人联想到法国思想家卢梭在《社会契约论》中对社会风俗力量的高度评价。卢梭说道:"在这三种法律(即政治法、民法、刑法)之外,还要加上一个第四种,而且是一切之中最重要的一种;这种法律既不是铭刻在大理石上,也不是铭刻在铜表上,而是铭刻在公民们的内心里;它形成了国家的真正宪法;它每天都在获得新的力量;当其他的法律衰老或消亡的时候,它可以复活那些法律或代替那些法律,它可以保持一个民族的创制精神,而且可以不知不觉地以习惯的

---

① 〔南朝宋〕范晔:《后汉书·独行列传·缪肜传》,第2685—2686页。
② 〔南朝宋〕范晔:《后汉书·儒林列传》论,第2589、2590页。

力量代替权威的力量。我说的就是风尚、习俗,而尤其是舆论……其实这些规章都只不过是穹窿顶上的拱梁,而唯有慢慢诞生的风尚才最后构成那个穹窿顶上的不可动摇的拱心石。"①卢梭认为,一个社会的风尚、习俗,是远比具体的法律规章更重要的精神力量,乃至将其比作"构成穹窿顶上的不可动摇的拱心石"。在这一点上,汉代儒家与卢梭的认识可谓不谋而合。儒家认为,风俗作用于人的内心之后,将产生远比刑罚的威慑力更为强大、更为持久的精神力量,且在刑罚薄弱、消失之处,恰是风俗大显身手之际,这正是中国古代政治家们高度重视风俗教化并将"化成天下"作为至高理想的深远用心所在。

"教化"既是动态的过程,也是逐渐趋近于善政的结果。教化的实施和实现离不开以国家政权为支撑的强力推动,离不开各级官员持久为功的不懈努力,离不开太学、各级学校及私人传授的儒者们的树人之功。各层面、全方位持久发力,终于塑造成了以儒学价值观为底蕴的新型社会风尚。这一社会风尚不仅深刻地影响了汉代人的精神世界,甚至还成为了两千多年历代政府的治国纲要,成为了中国人立身行事的行为指南。汉代思想家、政治家们因时而变,根据时代的需要"与时更化",取得了超越前人的辉煌成就,创立了前承古人、后启来者的"汉代模式",为后世留下许多具体的政治经验。"汉代模式"为后来的历代统治者所遵循,甚至被历代王朝奉为圭臬。这种治理方式虽未必为最优,它却是在当时的历史环境下所能探索到的合适的治理方式。

第二节 汉代"观风察政"的制度建设

伴随着思想家们坚持不懈地致力于国家长治久安的理论探索,汉代社会从上到下逐渐认识到文化风俗对于社会整合和社会控制所具有的重要作用,汉代政府遂将风俗建设作为国家治理的重点加以确立和贯彻。法国思想家勒庞曾经说过这样一句话:"制度可以补救社会的不足,国家的进步是制度与统治得到改善的结果,社会变革可以通过颁布法令来产生效力。"②勒庞的话从某种意义上看是对的,一个国家的进步确实是制度与统治得到

---

① (法)卢梭:《社会契约论》,何兆武译,北京:商务印书馆,1980年,第70页。
② (法)古斯塔夫·勒庞:《乌合之众:大众心理研究》,王浩宇译,北京:北京联合出版公司,2016年,第66页。

改善的结果。如果一种设想停留于观念形态而不能落实为制度的话,则其效力无从实现。但是进一步探讨的话,我们不得不承认,一旦制度变成传统(当然这里指的是进步的制度),渗透到人的灵魂和血液中了,这时候观念和惯性所产生的力量要比制度来的更加稳固、更加持久,卢梭"拱心石"的比喻就形象地说明了这个道理。这就是观念和制度二者之间的辩证关系,对汉代的风俗建设,也可以作如是观。

理论的兴起需要合适的土壤,制度的确立同样需要因缘际会。汉武帝即位后,从政治、经济、文化各方面强化中央集权。在法家思想大受挞伐且黄老政治力不从心之际,蓄势已久的儒家学者终于迎来了一展身手的机会。建元六年(公元前135年),窦太后死;元光元年(公元前134年)武帝召集各地贤良方正、文学之士到长安,亲自策问。董仲舒系统地提出了治国理政的各项建议,得到了汉武帝的认同。其中教化治国、教育为先、注重人才培养和齐整风俗的儒家德政理念,都在随后的政治实践中依次得到了落实。

如果说礼乐教化是治国的方式手段,齐整风俗便是国家治理的目标,是最终实现"化成天下"的必经之路。齐整风俗的本质是国家通过对社会的控制,进而实现政治、文化上的大一统;教化、教育则是用以实现"齐整风俗"的柔性方式。从汉武帝确立以儒家思想治国之后,风俗建设遂成为国家治理中的关键词,具体表现为:在地方治理中,越来越多的地方官自觉推行儒家礼乐教化,把提升地方道德风貌和塑造社会风气作为重要使命;从国家行政层面看,自汉武帝时期起,国家派遣风俗使者到各地考察风俗,了解地方的治理情况,代表朝廷赈济灾民、慰劳鳏寡孤独、表彰道德楷模、纠弹不法官吏,这就是从汉武帝时期开始并一直贯穿于汉代始终的"行风俗"活动。

在"行风俗"活动中,被派遣的使者肩负一项重要职责,就是要采集关涉地方治理状况的歌谣,带回朝廷供皇帝和三公府考核官员之用。除此而外,从东汉光武帝时期开始,国家又实行"举谣言"制度,由三公府专门派员收集各地歌谣,作为考核地方官治绩的一项重要标准,有时甚至成为具有"一票否决权"的标准。从"观风察政"到地方官的齐整风俗和国家派遣使者"行风俗",这之间是环环相扣、相互关联的,有机地构成了以"风俗"为中心的汉代国家治理体系。

一、西汉时期的"行风俗"活动

地方官代表国家在各地推行风俗教化的同时,朝廷也派遣风俗使者代表皇帝奔赴郡县,传达皇帝的恩旨、询问百姓疾苦,考察地方官治绩、了解各地区齐整风俗情况,同时采集民间歌谣上报皇帝、作为制定政策的依据,这就是汉代政治史上影响深远、意义重大的"行风俗"活动。

钱穆先生曾说过:"任何一制度之创立,必然有其外在的需要,必然有其内在的用意,则是断无可疑的。纵然事过境迁,后代人都不了解了;即其在当时,也不能尽人了解得;但到底这不是一秘密。在当时,乃至在不远的后代,仍然有人知道得该项制度之外在需要与内在用意,有记载在历史上。"①此言不差。作为一项制度建设,"风俗使"的派出,既是使者们代表皇帝到各地了解治理情况,也象征着皇帝宣示治权,即"普天之下,莫非王土;率土之滨,莫非王臣",任何地区、任何个人都要接受大一统政治的管控。可以说,"行风俗"活动标志着西汉王朝由"无为而治"进入"有为而治"阶段。与此同时,这项制度的出台,也是对《周易》"观民省方设教"思想的具体实践,它并非横空出世,而是在民族政治文化土壤上长期孕育成长的结果。

根据刘太祥先生的研究,"仅据《汉书》和《后汉书》本纪所载,西汉遣出巡行使 45 次,东汉一代达 44 次"。② 又据张强、杨颖《两汉循行制度考述》:使者巡行始于汉文帝前元元年(公元前 179 年),终于灵帝光和二年(公元 179 年),文帝时即有委派"风俗"使者巡行郡国的记录。③ 张、杨二人以汉文帝前元元年作为汉代派遣使者巡行的依据是《汉书·文帝纪》中的诏书及相关记载。文帝诏曰:"方春和时,草木群生之物皆有以自乐,而吾百姓鳏寡孤独穷困之人或阽于死亡,而莫之省忧。为民父母将何如?其议所以振贷之。"于是遂有如下记载:"有司请令县道,年八十已上,赐米人月一石,肉二十斤,酒五斗……赐物及当禀鬻米者,长吏阅视,丞若尉致。不满九十,啬夫、令史致。二千石遣都吏循行,不称者督之。"④张、杨通过"二千石遣都吏循行,不称者督之"中"循行"一词,认定这是国家层面的使者巡行。笔者以为,这样对使者巡行的理解过于宽泛了,两汉使者巡行,是由皇帝派出特使巡行郡县的活动。据黄今言先生《西汉"都吏"考略》一文:"西汉'都吏'之称,沿用了先前的旧名;它是郡府掾、史等属吏的泛指或统称。"⑤《文帝纪》中"二千石遣都吏循行",属于地方政府的工作,与国家层面的使者出行并非一事。

笔者的看法是,西汉政府派遣使者"循行风俗"始于汉武帝元狩元年

---

① 钱穆:《中国历代政治得失》,北京:九州出版社,2012 年,第 2 页。
② 刘太祥:《汉代巡行使的职能和作用》,第 14 页。
③ 张强、杨颖:《两汉循行制度考述》一文对此述之甚详,见《南京师范大学学报》2008 年第 3 期,第 56 页。
④〔汉〕班固:《汉书·文帝纪》,第 113 页。
⑤ 黄今言:《西汉"都吏"考略》,载自《中华文史论丛》2015 年第 1 期,第 199 页。

(公元前 122 年)夏,这一年武帝诏书曰:"朕嘉孝弟力田,哀夫老眊孤寡鳏独或匮于衣食,甚怜愍焉。其遣谒者巡行天下,存问致赐。"①原因非常明显,"谒者"为光禄勋的属官,属于朝廷官员;"巡行天下",代表皇帝行使巡狩权力。此后,汉武帝元狩六年(公元前 117 年)也有遣使巡行的记载,武帝诏书曰:"今遣博士大等六人分循行天下,存问鳏寡废疾,无以自振业者贷与之。谕三老孝弟以为民师,举独行之君子,征诣行在所。朕嘉贤者,乐知其人。广宣厥道,士有特招,使者之任也。详问隐处亡位,及冤失职,奸猾为害,野荒治苛者,举奏。"②这次巡行的内容包括:慰问贫弱、晓谕乡贤、荐举贤士、纠弹苛政等。汉武帝在位期间,又于元鼎二年(公元前 115 年)秋九月"遣博士中等分循行"江南之地,并谆谆告诫使者:"吏民有振救饥民免其厄者,具举以闻。"③汉武帝确立了遣使巡行的制度,标志着国家对地方、对社会全面管控的开始。自此之后,"行风俗"活动不绝如缕。

汉昭帝始元元年(公元前 86 年),"遣故廷尉王平等五人持节行郡国,举贤良,问民所疾苦、冤、失职者"。④ 宣帝于即位后不久的本始元年(公元前 73 年)春,"遣使者持节诏郡国二千石谨牧养民而风德化",⑤又于地节四年(公元前 66 年)秋,"遣使者循行郡国问民所疾苦",⑥此后,元康四年(公元前 62 年)春正月,"遣大中大夫强等十二人循行天下,存问鳏寡,览观风俗,察吏治得失,举茂材异伦之士"。⑦ 因发生日蚀,又于五凤四年(公元前 54 年),"使使者问民所疾苦,复遣丞相、御史掾二十四人循行天下,举冤狱,察擅为苛禁深刻不改者"。⑧

元帝即位后不久,于初元元年(公元前 48 年)夏,"临遣光禄大夫褒等十二人循行天下,存问耆老鳏寡孤独困乏失职之民,延登贤俊,招显侧陋,因览风俗之化",⑨建昭四年(公元前 35 年)夏,诏书曰:"临遣谏大夫博士赏等二十一人循行天下,存问耆老鳏寡孤独乏困失职之人,举茂材特立之士。相将九卿,其帅意毋怠,使朕获观教化之流焉。"⑩成帝建始三年(公元前 30

---

① 〔汉〕班固:《汉书·武帝纪》,第 174 页。
② 〔汉〕班固:《汉书·武帝纪》,第 180 页。
③ 〔汉〕班固:《汉书·武帝纪》,第 182 页。
④ 〔汉〕班固:《汉书·昭帝纪》,第 220 页。
⑤ 〔汉〕班固:《汉书·宣帝纪》,第 239 页。
⑥ 〔汉〕班固:《汉书·宣帝纪》,第 252 页。
⑦ 〔汉〕班固:《汉书·宣帝纪》,第 258 页。
⑧ 〔汉〕班固:《汉书·宣帝纪》,第 268 页。
⑨ 〔汉〕班固:《汉书·元帝纪》,第 279 页。
⑩ 〔汉〕班固:《汉书·元帝纪》,第 295 页。

年)九月因郡国被水灾,乃"遣谏大夫林等循行天下",①河平四年(公元前25年)三月,"遣光禄大夫博士嘉等十一人行举濒河之郡",要求使者安置伤民、善待流民、安葬死者。"行举",颜师古注曰:"巡行而举其状也。"②阳朔二年(公元前23年)秋,因关东大水,成帝"遣谏大夫博士分行视",③鸿嘉四年(公元前17年)春正月,又因水旱灾"遣使者循行郡国",并根据受灾情况分别给予不同的赋税减免等。④永始三年(公元前14年),因为日食,成帝又"临遣大中大夫嘉等循行天下,存问耆老,民所疾苦。其与部刺史举淳朴逊让有行义者各一人",⑤绥和二年(公元前7年)秋,因地震、水灾哀帝"遣光禄大夫循行举籍",⑥并出台一系列抚恤措施。

平帝元始四年(公元4年)春,"遣太仆王恽等八人置副,假节,分行天下,观览风俗"。⑦当时名义上是平帝为君,实际上却是王莽秉政。王莽派遣使者巡行风俗,真实目的是为了采集颂声,他希望使者领会自己的意图,采集歌颂自己的歌谣,以为日后的篡夺行为造势铺路。当权者要采集颂声,阿谀奉承者便自然迎合上意,制造虚假舆论。于是,使者巡行后的第二年,也就是元始五年,戏剧性的结果出现了:"风俗使者八人还,言天下风俗齐同,诈为郡国造歌谣,颂功德,凡三万言。莽奏定著令。又奏为市无二贾,官无狱讼,邑无盗贼,野无饥民,道不拾遗,男女异路之制,犯者象刑。刘歆、陈崇等十二人皆以治明堂,宣教化,封为列侯。"⑧王莽派遣使者到各地采集颂谣,其实是利用汉代盛行的"天命观"来欺骗百姓,为自己篡权活动做舆论准备,正如前文论述过的:歌谣中蕴含着民意,也承载着天意。王莽采集颂谣,无异于是在向世人昭示,天命已然在己。

这件事虽然是一出闹剧,不过也传达出了极为重要的信息,那就是汉代的"行风俗"活动,确实是包含了采集歌谣这一重要内容在内的。除《汉书·王莽传》中的记载外,《后汉书》记录东汉时期的"行风俗"活动,有的目的很单一,就是皇帝派使者专门到各地采集歌谣,如和帝即位后,就"分遣使者,皆微服单行,各至州县,观采风谣"。⑨"微服单行",即私服独行之意,这

---

① 〔汉〕班固:《汉书·成帝纪》,第307页。
② 两处引文均见《汉书·成帝纪》,第310、311页。
③ 〔汉〕班固:《汉书·成帝纪》,第313页。
④ 〔汉〕班固:《汉书·成帝纪》,第318页。
⑤ 〔汉〕班固:《汉书·成帝纪》,第323页。
⑥ 〔汉〕班固:《汉书·哀帝纪》,第337页。
⑦ 〔汉〕班固:《汉书·平帝纪》,第357页。
⑧ 〔汉〕班固:《汉书·王莽传》,第4076—4077页。
⑨ 〔南朝宋〕范晔:《后汉书·方术列传·李郃传》,第2717页。

可能是因为"行风俗"过程中出现了某些弊端，使者们难以听到民众的真实心声，于是想出办法加以改进，目的是让百姓解除心理压力、道出真实想法。

在汉代人看来，歌谣是反映一个地区风俗最有效的方式，"辨正风俗"的一个重要途径就是观采风谣，通过考察一个地区的歌谣，可以看出该地的社会风气和治理情况。正因如此，有人将"歌谣"与"风俗"等量齐观，如之前所引司马迁《史记·乐书》中说的："以为州异国殊，情习不同，故博采风俗，协比音律。"这里的风俗，就是歌谣之意。在汉人看来，歌谣与风俗常被视为一事。正如学者李传军所说："假如要使用一个适当的词汇表达这种含义的话，那么古人所说的'风俗'其实就相当于'风俗民情'，即民众的生存状况和思想意愿。歌谣作为一种社会舆论，反映的正是民众的心声和愿望，而且是风俗民情的最直接和形象的反映。"① 笔者以为此说是很有道理的。汉代流传下来的诸多时政歌谣，虽然今天已经很难考证出哪些是由风俗使者在"行风俗"过程中带回朝廷的，但可以肯定的是，"行风俗"一定是采集歌谣的重要渠道之一。

从汉武帝时期开始的"行风俗"活动，实际上是对上古"采诗观风"活动的继承与发展。但风俗使者考察内容之丰富、权力之大非采诗官可比，这里不妨将二者加以对比以见异同。

首先，让我们来看汉代风俗使者的身份。汉代的风俗使者，就出使的人选来看，都是"耆儒知名，多历显位"②"明达政事、能班化风俗者"，③具体身份大多为：博士、谒者、光禄大夫、谏大夫、谏议大夫、太中大夫、廷尉、御史、侍御史、侍中等，以他职出任使者也要兼任光禄大夫、谒者等职。这些职掌，据《后汉书·百官志》所载，其中博士隶属太常卿，员额十四人，"掌教弟子。国有疑事，掌承问对"。④ 博士多为通今博古的学问之士，可备天子顾问，参加朝廷重大会议，提出建设性意见，为皇帝决策提供依据；而光禄大夫、太中大夫、中散大夫、谏议大夫、谒者、议郎隶属于九卿之一的光禄勋，各种名号的大夫及议郎"皆掌顾问应对，无常事，唯诏令所使"。⑤ 大夫及议郎属于皇帝的顾问或智囊性质，无固定职司，正适合代表皇帝出使四方。谒者，本有奉使之职，故后世官名，或用"使者"，或用"谒者"，如汉哀帝时置河堤谒者，掌防河事。谒者在品德上的要求是孝廉出身，谒者出使巡行与其职

---

① 李传军：《魏晋南北朝时期风俗巡使制度初探》，载自《晋阳学刊》2004 年第 2 期，第 73 页。
② 〔南朝宋〕范晔：《后汉书·张皓列传》，第 1817 页。
③ 〔南朝宋〕范晔：《后汉书·独行列传·谯玄传》，第 2667 页。
④ 〔晋〕司马彪：《后汉书·百官志》，第 3572 页。
⑤ 〔晋〕司马彪：《后汉书·百官志》，第 3577 页。

司正和。通过对以上职官的考察可见,博士、大夫、谒者等作为朝廷顾问、智囊的性质是非常明显的,朝廷派遣他们巡行四方、了解情况,可谓是用其所长。

考察风俗使者的职责,可以归纳出以下几项内容:第一项内容是存问百姓、宣示关切。这主要是表达皇帝对百姓的关心,对于鳏寡孤独和高年者多致存问,对于地方三老、孝悌、力田、贞妇、顺孙等都要加以鼓励晓谕;特别是灾害之后,抚恤伤者、安置难民、招抚流民、安葬死者及灾后减免赋税的工作,都要由使者一并负责。第二项内容是察举贤良,举拔独行君子。皇帝诏书中所说的"举独行之君子""举茂材异伦之士""延登贤俊,招显侧陋",都是指此而言。第三项内容是考察吏治得失。两汉书中常见的"平冤狱""考长吏治""数使录冤狱""多所称举贬黜"等用语,都是指使者考察地方吏治、平反冤狱、向朝廷建议表彰或贬黜官吏的活动。第四项内容是观览民间社会风俗。皇帝诏书中所说的"览风俗之化""获观教化之流",都是指这种目的。统治者观览风俗以了解各地的风俗民情,最终是为了有针对性地实行礼乐教化,从而实现化成天下的远大目标。

如对以上四项内容再加以提炼,其实就是"班宣风化"和"观风察政"两大重点。"班宣风化"昭示了皇帝的权威和恩德,宣传了治国理念和政策导向,象征了"上以风化下";"观风察政"则是了解地方情况,无论是举贤良还是察吏治,都可以归结为观风俗,这其实是"下以风刺上"的过程。只不过汉代的观风俗不像西周时代以"采诗"为唯一任务,包括了"采诗",但功能又大大拓展了。

如此看来,西周时代无论是"采诗官",抑或所谓的"行人",再或是鳏寡孤独,其身份均无法与汉代的风俗使者相比。再者,周代的"采诗官"只负有采诗的任务,而汉代使者的职司是繁杂的,肩负着如上所述的多重使命。在这个意义上我们说,汉代的"行风俗"活动,是对上古"采诗"活动的继承与发展,这并非无根之谈。汉代对周代采诗的继承,主要还是继承"观风察政"的文化精神,至于具体做法,则多有新创。

汉代政府在国家治理中所确立的"行风俗"传统,不仅对于汉代政治产生了切实的影响,而且流风所及,成为之后被历朝历代不断继承的政治遗产。笔者检视史料发现,从三国以迄清朝,历朝历代都有类似的"行风俗"活动。如北魏大臣张彝在给宣武帝拓跋恪的上表中,回忆孝文帝拓跋宏曾命其出使观采风谣的经历,张彝在文中说:"(高祖)虑独见之不明,欲广访于得失,乃命四史,观察风谣。臣时忝常伯,充一使之列,遂得仗节挥金,宣恩东夏,周历于齐鲁之间,遍驰于梁宋之域。询采诗颂,研检狱情,实庶片言之不遗,美刺之俱显。"①这就留下了北魏时期"采诗观风"的真实记录。唐太宗贞观年间风俗使者被称为"观风俗使",唐德宗时期又改称"黜陟使";清雍正年间也曾一度设置"观风整俗使"。这些林林总总的称谓,其实都是"风俗使者"的别称,实质并未发生变化。因此,我们说这一传统影响了中国政治两千余年,并不为过。

二、东汉时期的"行风俗"及"举谣言"活动

东汉以来,对"行风俗"活动最早的记载,是在和帝时期。据《后汉书·方术列传·李郃传》记载:"和帝即位,分遣使者,皆微服单行,各至州县,观采风谣。""风俗使者"向来是以公开身份出使,现在他们微服单行又刻意隐瞒身份,是为了收集到更加真实可靠的消息,这就说明公开出行很难获取真实舆情,统治者不得不改变行事策略。和帝即位十余年后,即永元十一年(公元99年)春,又"遣使循行郡国,禀贷被灾害不能自存者,令得渔采山林池泽,不收假税"。②之后,安帝时期也有巡行风俗的记录,安帝延平元年(公元106年)九月,因六州大水,"遣谒者分行虚实,举灾害,赈乏绝"。③顺帝时期有两次行风俗的记载,这两次活动都重在对地方官的监察,执行得都非常严格,影响很大。其中的一次具体时间未详,当时雷义为守灌谒者,受顺帝委派,"使持节督郡国行风俗,太守令长坐者凡七十人"。④雷义确实雷厉风行,一次巡行活动就纠弹了七十个郡县长官。另外一次是在顺帝汉安元年(公元142年)八月,顺帝"遣侍中杜乔、光禄大夫周举、守光禄大夫郭遵、冯羡、栾巴、张纲、周栩、刘班等八人分行州郡,班宣风化,举实臧否"。⑤这次巡行活动也进行得声势浩大,《后汉书·周举传》补充了《顺帝纪》中没有的细节:"时诏遣八使巡行风俗,皆选素有威名者,乃拜举为侍中,与侍中杜乔、守光禄大夫周栩、前青州刺史冯羡、尚书栾巴、侍御史张纲、兖州刺史郭遵、太尉长史刘班并守光禄大夫,分行天下。其刺史、二千石有臧罪显明者,驿马上之;墨绶以下,便辄收举。其有清忠惠利,为百姓所安,宜表异者,皆以状上。于是八使同时俱拜,天下号曰:'八俊'。"⑥顺帝此次遣使巡行确实力度很大,"皆选素有威名者",足以见其整顿吏治的决心。刺史、郡守等

---

① 〔北魏〕张彝:《上采诗表》,引自〔北齐〕魏收《魏书·张彝传》,北京:中华书局,1974年,第1431页。
② 〔南朝宋〕范晔:《后汉书·孝和帝纪》,第185页。
③ 〔南朝宋〕范晔:《后汉书·孝安帝纪》,第205页。
④ 〔南朝宋〕范晔:《后汉书·独行列传·雷义传》,第2688页。
⑤ 〔南朝宋〕范晔:《后汉书·孝顺帝纪》,第272页。
⑥ 〔南朝宋〕范晔:《后汉书·周举列传》,第2029页。

二千石长官犯罪有证据者，便向朝廷禀报；县令、长有罪者，当时收捕；有德行兼备的地方官，使者也向朝廷荐举。可见，这次使者巡行不折不扣地完成了皇帝交付的使命。

东汉时期，光武帝又在"行风俗"活动的基础上开创了"举谣言"制度，即命令三公府（东汉初以大司马、大司徒、大司空为三公；建武二十七年，改称太尉、司徒、司空为三公）官员奔赴各地采集地方歌谣，然后带回汇总、集体讨论，将歌谣中反映的民情民意作为考核官吏重要的、甚至是唯一的评判指标。《后汉书·循吏列传》序中对光武帝的用意初衷有较为深入的描写："光武长于民间，颇达情伪，见稼穑艰难，百姓病害，至天下已定，务用安静，解王莽之繁密，还汉世之轻法……数引公卿郎将，列于禁坐。广求民瘼，观纳风谣。故能内外匪懈，百姓宽息。自临宰邦邑者，竞能其官。"光武帝把"观纳风谣"作为监督吏治的主要举措，收到了很好的效果。这样做的出发点是出于对百姓的仁爱之心，但对官吏却是比较严厉的，因此也出现了一定偏颇，那就是"建武、永平之间，吏事刻深，亟以谣言单辞，转易守长"。①"谣言"，在现代汉语语境里，指没有事实依据而捏造出来的传言，多数是指负面的传言，但在汉代人的语境里，谣言则是指"民间流传评议时政的歌谣、谚语"，②与前面提到的"风谣"是同一件事情，这一点我们在绪论部分已经做了详细论证，此不赘言。建武、永平是光武帝刘秀和继体之君明帝的年号，这里用以指代光武帝与明帝。这样的评价意味着，在史家眼里，二帝对官员是失之于苛的，甚至出现了仅凭民间歌谣就罢免迁转官员的情况，这也从另一方面反证了东汉之初国家治理对于民间歌谣的倚重程度何其高也！

那么，"举谣言"考察官吏是一个怎样的过程呢？《后汉书·百官志》"司徒"条注引东汉应劭的话描述其过程为："每岁州郡听采长吏臧否、民所疾苦，还条奏之，是为之举谣言者也。顷者举谣言者，掾属令史都会殿上，主者大言某州郡行状云何，善者同声称之，不善者默尔衔枚。"③应劭在《汉官仪》中对此也有记录，略有不同，可以参看："三公听采长吏臧否、人所疾苦，还条奏之，是为举谣言也。顷者举谣言，〔掾〕属令史都会殿上，主者大言某州郡行状云何，善者同声称之，不善者默尔衔枚。"④应劭的叙述不够清晰，

---

① 两处引文均见《后汉书·循吏列传》序，第2457页。
② 《辞源》"谣言"条，北京：商务印书馆，1988年，第1583页。
③ 〔晋〕司马彪：《后汉书·百官志》注引，第3560页。
④ 〔汉〕应劭：《汉官仪二卷》，引自〔清〕孙星衍《汉官六种》，北京：中华书局，1990年，第124页。

有必要对这一过程加以明确。黄宛峰在《汉代考核地方官吏的重要环节——"举谣言"与"行风俗"》①一文中,将"举谣言"的程序概括为采谣、尚书查证核实、公卿会奏三个步骤,笔者在黄宛峰先生概括的基础上略加补充,概括为四个步骤:

  第一步"采谣",即三公府派掾属到各地采集针对地方长吏的歌谣。("每岁,州郡听采长吏臧否。")
  第二步"条奏",即三公府掾属回朝廷汇报上奏。("还条奏之。")
  第三步"尚书查证核实",即尚书对三公府所条奏的"谣言"及纠弹地方长吏的建议进行查证核实。("尚书责滂所劾猥多,疑有私故。滂对曰……")
  第四步"公卿会奏",即掾属令史会集殿上进行公众评判。("掾属令史都会殿上,主者大言某州郡行状云何,善者同声称之,不善者各尔衔枚。")

其中第三步"尚书查证核实",《后汉书·百官志》及应劭《汉官仪》均未载,但根据《后汉书·范滂列传》内容可知,这是必不可少的一步。《后汉书·范滂列传》中记载了一次三公府"举谣言"活动,范滂作为太尉府掾属,参与了此次活动。《范滂列传》载:"(范滂)为太尉黄琼所辟,后诏三府掾属举谣言,滂奏刺史、二千石权豪之党二十余人。尚书责滂所劾猥多,疑有私故。滂对曰:'臣之所举,自非叨秽奸暴,深为民害,岂以污简札哉!间以会日迫促,故先举所急,其未审者,方更参实。'"②由此可知,对于三公府掾属所"条奏"的内容,要经由尚书、具体可能是二千石曹尚书查证核实,并要求上奏者做出答辩,根据答辩结果确定是否提交公卿会奏。《后汉书·百官志》载"二千石曹尚书主郡国二千石事",③为我们的推测提供了佐证。

那么,"举谣言"与"行风俗"是什么关系,是否为同一事情呢?在笔者看来,"行风俗"与"举谣言"既非同一事情,也不相互矛盾。它们都是"下以风刺上"理念之下顺理成章的政治举措。只不过"举谣言"活动明确为搜集歌谣而发,而搜求歌谣不过是"行风俗"过程中的任务之一。汉灵帝熹平六

---

① 黄宛峰:《汉代考核地方官吏的重要环节——"举谣言"与"行风俗"》,载自《南都学坛》1988年第3期。
② 〔南朝宋〕范晔:《后汉书·范滂列传》,第2204页。
③ 〔晋〕司马彪:《后汉书·百官志》,第3597页。

年(公元 177 年),蔡邕上封事,其中说:"五年制书,议遣八使,又令三公谣言奏事。是时奉公者欣然得志,邪枉者忧悸失色。未详斯议,所因寝息。……今始闻善政,旋复变易,足令海内测度朝政。宜追定八使,纠举非法,更选忠清,平章赏罚。三公岁尽,差其殿最,使吏知奉公之福、营私之祸,则众灾之原庶可塞矣。"①这段话传达出很多重要信息,其中通过蔡邕所说的"议遣八使,又令三公谣言奏事",可以确知"遣八使"("行风俗")与"三公谣言奏事"("举谣言")是两种不同的活动。并且在当时正直的官员看来,它们都是令人期待的"善政",因此蔡邕建议二者仍要照常进行。那么,"行风俗"与"举谣言"的区别到底有哪些?笔者以为至少有如下数端。

一,"举谣言"活动是每年举行一次,《后汉书·百官志》引应劭的话说:"每岁,州郡听采长吏臧否、民所疾苦,还条奏之",又根据《后汉书·蔡邕列传》中蔡邕所说的"三公岁尽,差其殿最,使吏知奉公之福"可知,"举谣言"活动的第四步"公卿会奏",是在每岁岁末举行。

"行风俗"活动则是不定期的,一般间隔几年举行一次,有时根据需要随时派出。若地震、洪水等灾害频仍,遣使出行也就随之而密集,总之有时间隔长、有时间隔短。据前引刘太祥的研究,"西汉遣出巡行使 45 次,东汉一代达 44 次",则大约平均四年左右派遣一次。

二,"举谣言"的被派出者是三公府的掾属,代表政府行使权力;"行风俗"的被派出者是博士、谒者及光禄勋的各类大夫等朝廷官员,对外统一的身份是风俗使者,他们直接由皇帝派出,代表的是皇帝。

三,"举谣言"活动的唯一目的就是搜求针对地方长吏的歌谣;而"行风俗"活动的任务我们之前概括了四项,包括班宣风化、慰问表彰、监察吏治、搜求歌谣等,搜求歌谣仅是其中一项内容。

"举谣言"活动,其本质是以民间舆论来监督官吏,是光武帝以"柔道"治民、以"严猛"治吏的表现。《后汉书·循吏列传》中说:"建武、永平之间,吏事刻深,亟以谣言单辞,转易守长。""谣言",指的是百姓歌谣,上文已经做了阐释;"单辞",指的是诉讼中无对质、无证据的单方面言辞。也就是说,在光武帝和随后的汉明帝统治期间,甚至出现了单凭百姓的歌谣就更换地方长官的情况。光武帝重视民间舆情的初衷是好的,其做法则可能产生一定弊端。因为百姓对官员德行的了解、对官员决策的理解、对官员政绩的认识,都需要一个过程。春秋时期鲁国人对孔子的评价、郑国人对子产的评价,都经历过一个由痛恨、咒骂到尊敬、赞美的过程,如果只截取前

---

① 〔南朝宋〕范晔:《后汉书·蔡邕列传》,第 1996 页。

一阶段来评价孔子、子产,那只能得出极其负面的看法。正因如此,范晔在《后汉书》的不少人物列传中,不时流露出对光武帝严猛治吏的微词。如《申屠刚列传》中说:"时内外群官,多帝自选举,加以法理严察,职事过苦。"①《朱浮列传》中亦说:"帝以二千石长吏多不胜任,时有纤微之过者,必见斥罢。"②《第五伦列传》中也指出:"光武承王莽之余,颇以严猛为政,后代因之,遂成风化。"③

尽管如此,笔者还是认为"举谣言"活动的正面意义大于其负面影响。"举谣言"活动的本质是抬高百姓舆论监督的地位,加强对官吏的管控,使权力不至于被滥用,距离"将权力锁进笼子里"更近了一步。这一活动虽然在一定程度上造成了官吏"职事过苦"的弊端,但总比官吏无视民意、肆意妄为要好得多。中国古代文化中,官员向来以"民之父母"自称,既然做了百姓的"父母",吃些苦、受些累、甚至受些埋怨,又有何不可呢?

史料中对"举谣言"活动也不乏正面评价或记载,如前引蔡邕上封事中称"行风俗"和"举谣言"为善政,就属于正面评价。此外,《后汉书·刘陶列传》中载太学生刘陶上疏陈事曰:"愿陛下宽锲薄之禁,后冶铸之议,听民庶之谣吟,问路叟之所忧,瞰三光之文耀,视山河之分流……"④刘陶向灵帝建议的"听民庶之谣吟",也是希望灵帝重视歌谣的作用。

"行风俗"和"举谣言"制度,从主观方面说,是皇帝、统治阶级上层监察吏治、了解民情民意的有效形式;同时从客观方面看,也是社会各阶层民众臧否官员、表达政治感受的主要途径,民众当然倍加珍惜。正如张永鑫先生所指出的:"东汉一代,'举谣言制'虽然只是一项政治措施,但正是由于施行了以'谣言''风谣'所反映出的是非标准来'黜、陟'官吏的措施,因此也激发了人民群众用歌谣谚讴来考评、指陈国事与官吏得失,所以间接引发和推动了东汉民歌的繁兴。"⑤在"行风俗"及"举谣言"活动的推动和激励之下,各地民众的参政热情被极大地激发起来。从横向看,很多州、郡、县都有大量时政歌谣传唱;从纵向看,几乎每个皇帝当政时期,都涌现出了一批或赞美或针砭时政的歌谣。这可以看作是汉代民众独特的参政方式,既是民众对国家政策的迎合,也是他们心声的真实袒露。

---

① 〔南朝宋〕范晔:《后汉书·申屠刚列传》,第 1017 页。
② 〔南朝宋〕范晔:《后汉书·朱浮列传》,第 1141 页。
③ 〔南朝宋〕范晔:《后汉书·第五伦列传》,第 1400 页。
④ 〔南朝宋〕范晔:《后汉书·刘陶列传》,第 1846 页。
⑤ 张永鑫:《汉乐府研究》,南京:江苏古籍出版社,1992 年,第 68 页。

第三节　汉代"观风察政"制度下的歌谣传播

"汉家廓地辽远,州牧行部,远者三万余里",①这是王莽在向汉平帝上书中对汉代地理特点的概括,汉代政治就是在这样一个巨大的舞台空间上拉开帷幕并逐渐展开的。中国政治传统植根于东亚大陆的地理、文化土壤,广袤而相对封闭的地理空间,自给自足的小农经济生产方式以及在此基础之上形成的政治结构、社会文化心理,都对舆论表达机制和政治沟通、反馈机制,发生了深刻而持久的影响。

诚如钱穆先生所说,"中国的立国体制和西方历史上的希腊、罗马不同。他们国土小,人口寡……他们所谓的'国',仅是一个城市。每一城市的人口,也不过几万。他们的领袖,自可由市民选举。只要城市居民集合到一旷场上,那里便可发表所谓人民的公意",而"汉代的国家体制,显与罗马帝国不同。何况中国又是一个农业国,几千万个农村,散布全国"。② 显而易见地,中国地理环境的独特性,对于中国古代的国家治理模式、社会生活方式、信息交流方式无不发生着决定性影响。葛剑雄先生《统一与分裂》一书中,引用了一组数据来说明王朝地方与中央的信息交流速度,具有启发意义。他说:"在驿站完整、效率正常的情况下,边远地区与首都的公文往来也得数十天之久。明朝每十年一修的黄册(户籍册)都要以省为单位上报到南京后湖,《南京户部志》记载的官方规定的'黄册到湖期限'如下:

浙江	二十日	江西	二十二日
江西行都司	二十二日	河南	三十日
山东	四十日	北直隶	五十八日
福建	六十五日	辽东	八十五日
广西	九十日	湖广	九十日
山西	九十日	陕西	一百五日
四川	一百五十日	贵州	一百五十日
福建行都司	一百五十日	云南	一百八十日"③

---

① 〔汉〕班固:《汉书·王莽传》,第4077页。
② 钱穆:《中国历代政治得失》,第7页。
③ 葛剑雄:《统一与分裂:中国历史的启示》,北京:商务印书馆,2013年,第173页。

以中国疆域之大,中国古代交通条件之有限,信息传播媒介之缺乏,中央与地方政府之间所谓上情下达、下情上达,主要渠道是靠驿使的传递,这主要限于国家政令、诏书,以及地方政府上报中央有关部门的文书之传递。中央和地方郡县之间的信息沟通不可能事无巨细,也不可能保证事事及时快捷。这样一种信息交流速度,使得古代的政府不可能建立像古希腊那样一种城邦民主政治模式和政治沟通机制。

独特的地理环境,以及在此基础之上形成的自给自足的小农经济经济生产方式,造就了一种由中央政府推动的自上而下的舆论采集制度,即"观风察政"模式。汉代实行的刺史监察制度、使者巡行制度,以及"举谣言"制度等等,都与"观风察政"治理模式相适应。这样看来,汉代产生的大量时政歌谣,无异于是中国古代民主的一种独特表达形式。对这些歌谣,从传播的角度分析其产生地域、传播形式,以及政治功能的实现方式,可以使我们加深对"观风察政"的理解,并在一定程度上深化对汉代民意采集机制的认识。

一、汉代民间歌谣的地域分布

下面以列表的形式展示汉代歌谣的地域分布情况(本文研究对象为195首汉代时政类歌谣,但为了使读者对汉代民间歌谣有一个全局性的了解,此处展示全部250歌谣):

汉代歌谣产生的地域统计表

一、产生地域不详或笼统的歌谣(144首)

1. 产生地域不详或笼统的"原创型"歌谣(小计77首)

产生地域不详的"原创型"歌谣:

《平城歌》《画一歌》《民为淮南厉王歌》《天下为卫子夫歌》《郑白渠歌》《劳石歌》《刘圣公宾客醉歌》《匈奴歌》《华人为高昌人歌》《元帝时童谣》《成帝时童谣》《成帝时歌谣》《汉人为黄公语》《时人为应曜语》《世称王贡语》《诸儒为匡衡语》《诸儒为张禹语》《时人为甄丰语》《时人为王莽语》《时人为蒋诩谚》《时人为扬雄桓谭语》《时人为戴遵语》《时人为张氏谚》《时人为宁成语》《通博南歌》《乡人为秦护歌》《范史云歌》《董逃歌》《崔君歌》《桓帝初天下童谣》《桓帝初城上乌童谣》《献帝初童谣》《商子华谣》《时人谣》《摛洛谣》《蒋横遭祸时童谣》《锡山古谣》《时人为三茅君谣》《光武述时人语》《时人为郭况语(一)》《时人为郭况语(二)》《时人为廉范语》《人为高慎语》《天下为贾彪语》《时人为庞氏语》《民为二鲵语》《公沙六龙》《民为五门语》《时人为作奏语》《时人为杨氏四子语》《时人为郭典语》《时人为周泽语》《时人为贡举语("举秀才")》《天下为四侯语》《人为徐闻县谚》《时人为折氏谚》《时人为贡举语(古人欲达勤诵经)》《时人为孔氏兄弟语》《华容女子狱中歌吟》《时人为王符语》《乡里为雷义陈重语》《时人为吕布语》《时人为王君公语》《时人为许慎语》《时人为任安语》《时人为陈嚣语》《诸儒为刘恺语》《时人为缪文雅语》《时人为陈氏语》《陇水歌》(共70首)

(续表)

产生地笼统的"原创型"歌谣：
《邹鲁谚》《关东为宁成号》《东方为王匡廉丹语》《三辅为张氏何氏语》《汉末江淮间童谣》《关中为游殷谚》《关中[东]为鲁丕语》(共7首)

2. 具体产生地域不详的"引用型"歌谣①(小计67首)
《曹邱生引楚人谚》《汉人引鄙语》《吕太后引鄙语》《韩安国引语》《桓宽引语》《桓宽引鄙语》《邹阳引谚》《司马相如引谚》《贡禹引俗语》《司马迁引谚》("桃李不言")《司马迁引谚》("千金之子")《司马迁引谚》("谁为为之")《司马迁引谚》("力田不如逢年")《司马迁引鄙语》《褚先生引谚》("美女入室")《太史公引谚论游侠》《褚先生引谚》("相马失之瘦")《褚先生引鄙语论梁孝王》《贾谊引里谚论廉耻》《贾谊引鄙谚》《路温舒引俗语》《刘向引谚》《淮南子引谚》《薛宣引鄙语》《刘辅引里语》《王嘉引里谚》《泛胜之引谚》《泛胜之引古语》《桓谭引谚论巧习》《桓谭引关东鄙语》《孟康引民语》《光武引谚》《宋弘引语》《章帝引谚》《王逸引谚》《虞诩引谚》《李固引语》《应劭引里语论正失》《应劭引俚语论愆礼》《应劭引里语论日蚀》《应劭引里语论主客》《应劭引里语论谳狱》《应劭引里语》《应劭引语论正失》《高诱引谚论毁誉》《羊元引谚》《古谚》《马皇后引俗语》《崔寔引谚》《崔寔引里语》(一岁再赦)《崔寔引里语》(州郡记)《崔寔引农语》(一)《崔寔引农语》(二)《崔寔引农家谚》《王符引谚论守边》《王符引谚论考绩》《王符引谚论得贤》《阚骃引语》(一)《阚骃引语》(二)《郑玄引俗语》《班固引谚论刑法》《班固引谚论货殖》《班固引谚论经方》《班昭女诫引鄙谚》《陈蕃引鄙谚》《陈琳引谣》

二、产生地域较明确的"原创型"歌谣(106首)

各州部小计	州：歌谣名称	郡：歌谣名称	县：歌谣名称
司隶部57首：其中京兆及各郡51首，县6首		京兆长安16首：《鲍司隶歌》《长安百姓为王氏五侯歌》《闾里为楼护歌》《长安谣》《长安为韩嫣语》《诸儒为朱云语》《长安为王吉语》《长安为萧朱王贡语》《吏民为赵张三王语》《京师为诸葛丰语》《长安为谷永楼护号》《长安为张竦语》《京师为扬雄语》《更始时长安中语》《初平中长安谣》《城中谣》(又名《马廖引长安语》)	长安县1首：《长安为尹赏歌》

---

① "歌谣"乃一总名,具体又可分为歌、谣、谚等不同形式,故歌谣有时又被称为"谣谚",故清代杜文澜所辑歌谣总集名为《古谣谚》,实则囊括了历朝历代的歌、谣、谚等各种形式,而非仅为谣和谚的合集。刘毓崧在为该书所作的序中,对歌、谣、谚三者的区别和联系有细致的辨析。"谚"既然属于歌谣的一种形式,本质上也是口耳相传的,但汉代的官员或政治家、史家习惯于在上书帝王(皇后)、诸侯王或著书立说中引用各类民谚以增强说理效果,这类歌谣因其为政治服务,从宽泛的意义上讲也属于"观风察政"活动的组成部分。

(续表)

各州部小计	州：歌谣名称	郡：歌谣名称	县：歌谣名称
		京师洛阳35首：《顺帝末京都童谣》《桓帝时京都童谣》《桓帝末京都童谣（"白盖小车何延延"）》《桓帝末京都童谣（"茅田一顷中有井"）》《太学中谣（一）（二）（三）（四）（五）》《京兆为李燮谣》《灵帝末京都童谣》《献帝初京都童谣》《汉末洛中童谣》《京师为光禄茂才谣》《京师为唐约谣》《京师为黄香号》《时人为桓典语》《京师为袁成谚》《京师为张盘语》《京师为鲍永鲍恢语》《三府为朱震语》《京师为戴凭语》《京师为井丹语》《京师为杨政语》《京师为祁圣元号》《时人为丁鸿语》《京兆乡里为冯豹语》《诸儒为贾逵语》《诸儒为杨震语》《京师为周举语》《京师为胡广语》《人为许晏谚》《京兆民语》《京师为李氏语》《太学诸生语》	洛阳县2首：《董少平歌》《洛阳人为祝良歌》
		河内郡	温县1首：《河内谣》
			汲县1首：《汲县长老为崔瑗歌》
		恒农郡	恒农县1首：《恒农童谣》
益州12首：其中州5首，郡6首，县1首	益州5首：《后汉时蜀中童谣》《益都民为王忳谣》《益州民为尹就谚》《益都乡里为柳宗语》《益都为任文公语》	蜀郡3首：《蜀郡民为廉范歌》《蜀郡童谣》《蜀中为费贻歌》	
		巴郡3首：《巴郡人为吴资歌（一）（二）》《巴人歌陈纪山》	
		广汉郡	绵竹县1首：《阎君谣》

(续表)

各州部小计	州：歌谣名称	郡：歌谣名称	县：歌谣名称
荆州10首： 其中州2首， 郡7首， 县1首	荆州2首： 《郭乔卿歌》 《建安初荆州童谣》	南阳6首： 《二郡谣》《更始时南阳童谣》《南阳为杜师语》《南阳为卫修陈茂语》《赵岐引南阳旧语》《乡里为茨充号》	顺阳县1首： 《顺阳吏民为刘陶歌》
		武陵郡1首： 《武陵人为黄氏兄弟谚》	
扬州7首： 其中郡4首， 县3首		九江郡	寿春县1首： 《寿春乡里为召驯语》
		庐江郡	六县1首： 《六县吏人为爱珍歌》
		吴郡1首： 《兴平中吴中童谣》	吴县1首： 《彭子阳歌》
		会稽郡2首： 《会稽童谣(一)(二)》	
		丹阳郡1首： 《宣城为封使君语》	
冀州4首： 其中州1首， 郡1首， 县2首	冀州1首： 《皇甫嵩歌》	魏郡1首： 《魏郡舆人歌》	
		清河国	东武城县1首： 《王世容歌》
			甘陵县1首： 《乡人谣》
豫州4首： 其中郡3首， 县1首		颍川郡2首： 《颍川儿歌》《颍川为荀爽语》	
		汝南郡1首： 《汝南鸿隙陂童谣》	
		陈留郡	考城县1首： 《考城为仇览谚》
凉州3首： 其中州1首， 郡2首	凉州1首： 《凉州民为樊晔歌》	天水郡1首： 《王莽末天水童谣》	
		敦煌郡1首： 《敦煌乡人为曹全谚》	

(续表)

各州部小计	州：歌谣名称	郡：歌谣名称	县：歌谣名称
交州3首：其中州1首，郡2首	交州1首：《交阯兵民为贾琮歌》	苍梧郡2首：《苍梧人为陈临歌（一）（二）》	
幽州2首：其中郡2首		渔阳郡1首：《渔阳民为张堪歌》	
		涿郡1首：《涿郡歌谣》	
徐州1首：其中郡1首		临淮郡1首：《临淮吏人为朱晖歌》	
并州1首：其中郡1首		上郡1首：《上郡吏民为冯氏兄弟歌》	
兖州1首：其中郡1首		济阴郡1首：《东门叟谣》	
长沙国1首		长沙国1首：《长沙人石虎谣》	

在250①首歌谣中，产生地不详或产生地比较笼统的歌谣有144首，其中"原创型"有77首，"引用型"有67首。产生地较明确的106首歌谣全是"原创型"歌谣，也全部是时政类歌谣。这106首歌谣的地域分布情况，可以从两个标准加以考察，一是从州、郡、县纵向统属的角度看：在州层面产生并传播的有10首，在郡（含京兆长安及京师洛阳）级层面产生并传播的有

---

① 笔者从逯钦立辑《先秦汉魏晋南北朝诗》中搜集到两汉民间歌谣230首，又从清代杜文澜《古谣谚》中辑录到18首逯集中未收的汉代歌谣，此外，笔者又从《汉书·酷吏传·严延年传》和《汉书·贾谊传》中分别搜得《涿郡歌谣》（"宁负二千石，无负豪大家"）、《贾谊引鄙谚》（"前车覆，后车诫"）两首，合计250首。从《古谣谚》中辑录的18首歌谣为：《华人为高昌人歌》（"驴非驴，马非马"）、《贾谊引里谚论廉耻》（"欲投鼠而忌器"）、《司马迁引谚》（"谁为为之，孰令听之"）、《吕太后引鄙语》（"儿妇人口不可用"）、《褚先生引鄙语论梁孝王》（"骄子不孝"）、《太史公引谚论游侠》（"人貌荣名，岂有既乎"）、《时人为宁成语》（"谨上操下，如束湿薪"）、《孟康引民语》（"金可作，世可度"）、《陇水歌》（"陇头流水，分离四下。念我行役，飘然狂野。登高远望，涕零双堕"）、《公孙述闻梦中人语》（"八厶子系，十二为期"）、《时人为陈氏语》（"公惭卿，卿惭长"）、《京师为李氏语》（"父不肯立帝，子不肯立王"）、《陈蕃引鄙谚》（"盗不过五女家"）、《京兆民语》（"前有赵张三王，后有边延二君"）、《太学诸生语》（"天下模楷李元礼，不畏强御陈仲举，天下俊秀王叔茂"）、《陈琳引谣》（"掩目捕雀"）、《班固引谚论刑法》（"鬻棺者欲岁之疫"）、《班固引谚论货殖》（"以贫求富，农不如工，工不如商。刺绣文，不如倚市门"）。

82 首,①在县辖范围内产生并传播的有 14 首。显而易见,郡(含京兆长安和京师洛阳)级层面产生并流行的歌谣占了最大的比重,远远超过州、县歌谣的总和,这与汉代实行郡县两级行政建制、郡的地位又高于县有关,郡级官员与郡务容易成为广大民众关注的重点。在这 82 首歌谣中,两汉首都即京兆长安和京师洛阳的歌谣占了 51 首。京城是全国的政治中心,是各种重大政治事件的发源地,是各类人员辐辏聚集的大本营,歌谣数量多顺理成章。另外一种考察角度,即从全国 13 州部横向分布观照,数据统计如下:两汉司隶部产生并传播的歌谣有 57 首,益州 12 首,荆州 10 首,扬州 7 首,冀州、豫州各 4 首,交州、凉州各 3 首,幽州 2 首,徐州、兖州、并州各 1 首。在全国 13 州部中,只有青州未见歌谣记载。两汉司隶部歌谣最多,也与京城的政治辐射作用有关。

从起源上讲,歌谣属于口耳相传的民间文学形式,以出乎口、入乎耳、感诸心的形式完成其传播使命,而非像书面文字那样以著之竹帛的形式传诸后世、实现价值。在汉家天下如此"辽远"的空间之内,在传播媒介较为简单低效的汉代社会,歌谣是如何突破地域限制而发挥影响力的?歌谣发挥影响力的途径有哪些?质言之,歌谣"观风察政"的功能是如何实现的?下面试着对此加以回答。

二、汉代民间歌谣发生影响力的方式

经归纳、概括,汉代时政歌谣发生影响力的方式有如下数种:1. 歌谣在当地发挥影响力、实现其政治功能;2. 歌谣从特定地域向京城传播、实现其政治功能;3. 歌谣跨地域传播、实现其政治功能;4. 歌谣在特定群体内传播、实现其政治功能。现分述如下。

(一)歌谣在当地发挥影响力、实现其政治功能。

在当地发挥影响力、实现其政治功能的歌谣,主要是一些美刺地方官员、评价地方政治的歌谣。这部分歌谣的议题主要针对的是地方治理情况,具体包括对地方官员的评价,反映地方政治中的突出矛盾等。地方官员如能注重采集歌谣并对其考察,则对地方治理大有助益。如西汉昭帝时期颍川太守韩延寿,在治理颍川之初进行调查研究,"人人问以谣俗,民所疾苦"。颜师古注曰:"谣俗谓闾里歌谣,政教善恶也。"在观采风谣的基础上,韩延寿

---

① 有 2 首是分别在异地传播,它们是《东门兴谣》和《二郡谣》。《东门兴谣》中分别提及东门兴任官的吴郡和济阴郡。《二郡谣》中写了汝南和南阳二郡的政治状况,应该在两地同时传播。这 2 首歌谣并未重复计算。

开始施行礼乐教化,"因与(郡中长老)议定嫁娶丧祭仪品,略依古礼,不得过法。延寿于是令文学校官诸生皮弁执俎豆,为吏民行丧嫁礼。百姓遵用其教"。在数年之后,"(延寿)徙为东郡太守,黄霸代延寿居颍川,霸因其迹而大治"。① 不难看出,韩延寿的礼乐之治为颍川郡治理奠定了良好基础,继任郡守黄霸在其基础上更上了一个台阶。这些成就的取得,离不开最初的调查研究工作,观风采谣是其治理颍川取得成绩的第一步。再如汉灵帝时期的南阳太守羊续拜官后,"当入郡界,乃羸服间行,侍童子一人,观历县邑,采问风谣,然后乃进"。羊续"羸服间行",也就是故意穿得寒酸、从小路前行,目的是躲避地方官吏的注意,以便了解地方治理的真实情况。正是因为有了前期的"观历县邑,采问风谣",羊续治理南阳才能做到"其令长贪洁,吏民良猾,悉逆知其状,郡内惊竦,莫不震慑"。② 羊续对南阳郡所辖37个县全部暗访摸排,这样就对各县官员的工作作风、民风民俗了然于心。正因如此,他之后出台的各项措施才是有极强针对性的。韩延寿、羊续作为颍川太守和南阳太守,拜官之初就搜求第一手材料,进而有针对性地进行地方治理,他们所倚重的是蕴含了民情民意的地方性歌谣。他们询问、采集的风谣是什么,由于史料阙载,今已无从得知,但他们注重"观风察政",尊重民情民意,是值得高度肯定的。

(二)歌谣从特定地域向京城传播、实现其政治功能

有的歌谣在当地发挥影响力,也有相当数量的歌谣被刺史、巡行使者、上计掾、三公府的长吏等各类官员所掌握,于是突破地域限制传播到了朝廷,甚至为皇帝所知悉。

美刺地方官的歌谣、揭露各种政治顽疾的歌谣以及儒林歌谣中,都有相当数量的歌谣由地方向京城传播,这里仅举几例加以说明。如汉顺帝时的汲县县令崔瑗,"在事数言便宜,为人开稻田数百顷。视事七年,百姓歌之"。百姓所作之歌当是《汲县长老为崔瑗歌》:"天降神明君,锡我仁慈父。临民布德泽,恩惠施以序。穿沟广灌溉,决渠作甘雨。"歌谣中所描述内容与崔瑗事迹相合。由于崔瑗政绩突出,又有歌谣为其鼓吹,于是,"(顺帝)汉安初,大司农胡广、少府窦章共荐瑗宿德大儒,从政有迹,不宜久在下位,由此迁济北相"。③ 大司农、少府为朝廷九卿,均是有人事荐举权的高官,他们了解到崔瑗"从政有迹",不可能不掌握这首百姓的颂歌。而歌谣的传播,应该是由

---

① 以上各处引文均引自《汉书·韩延寿传》,第3210、3211页。
② 以上两处引文均引自《后汉书·羊续列传》,第1110页。
③ 以上两处引文均引自《后汉书·崔骃列传附崔瑗传》,第1724页。

刺史、巡行使者、上计掾或三公府的长吏来完成的。

再以《益州民为尹就谚》("虏来尚可,尹来杀我")为例说明歌谣由地方向京城传播的情况。这是一首益州百姓对被派往益州进行平叛的中郎将尹就创作的怨谣,它本在益州地区传播。顺帝永和二年(公元137年),日南、象林蛮夷叛乱,朝廷商讨应对之策,多数朝臣主张派兵镇压,大将军府掾属李固在朝廷集议时引用了这首怨谣,作为反对朝廷派兵镇压西南夷叛乱的有力证据。由李固在朝廷议政中信手拈来地引用这首益州怨谣可以看出,歌谣以某种渠道从遥远的边疆益州传播到了东汉京城洛阳。

儒林歌谣向京城传播的事例,举《京兆乡里为冯豹语》以说明情况。东汉明帝、章帝时期的儒者冯豹敬事后母的故事广为流传,《后汉书》载:"豹字仲文,年十二,母为父所出。后母恶之,尝因豹夜寐,欲行毒害,豹逃走得免。敬事愈谨,而母疾之益深,时人称其孝。长好儒学,以《诗》《春秋》教丽山下。乡里之语曰:'道德彬彬冯仲文。'举孝廉,拜尚书郎,忠勤不懈。"①由《后汉书》中的记载可知,"乡里之语"为冯豹后来的"举孝廉"起到了铺路石的作用。根据汉代考选制度,举孝廉是郡太守(含京兆尹)的重要职责,京兆尹在了解冯豹事迹的同时,也一定掌握了这首歌谣,在向朝廷荐举冯豹的同时,也将歌谣作为重要材料随之而上报。侯外庐先生在《中国思想史》中有一段针对汉代儒林歌谣的论述,颇能给人以启示,他说:"汉朝的察举与征辟,所凭借的品评标准,是出自乡里的意见;其在太学中的,则依据学中之语。所以'乡里之号''时人之语''时人之论''京师之语''学中之语''天下之称',乃是一种有力的荐举状。这种风谣,赅括了个人的德业学行,简短有力,采取歌的形式,便于流传,是延誉上达的利器。朝廷常常派出人采访风谣,或诏举谣言……其实所听采的,不仅是长吏臧否,人所疾苦而已,各地标榜个人(主要的是未登仕途的处士)的风谣也一定乘机听采了去的。"②受侯先生观点启发,我们似乎可以认为,各地乡里产生的儒林歌谣,普遍的传播途径都是从乡里到京城。

(三)歌谣跨地域传播、实现其政治功能

严格来讲,歌谣从产生地向中央传播,也属于跨地域传播。如果将这两种情况合而论之,则显得过于笼统、宽泛;分而论之,则有助于使论题深化。

歌谣的跨地域传播,与歌谣从地方向中央传播的传播渠道有所不同。

---

① 〔南朝宋〕范晔:《后汉书·冯衍列传附冯豹传》,第1004页。
② 侯外庐主编:《中国思想通史》第二卷,北京:人民出版社,1957年,第367页。

之前说过,歌谣从地方向中央传播,刺史、巡行使者、上计掾或三公府的长吏在其中起到了重要作用;而歌谣的跨地域传播,主要是由地域间人员流动带来的,其中既有人员的自然流动的因素,也有人为授意的人员流动的情况。歌谣人为授意的跨地域传播,以童谣、谶谣体现得最为明显。

先以东汉桓帝时期的《二郡谣》为例说明情况,谣曰:"汝南太守范孟博,南阳宗资主画诺。南阳太守岑公孝,弘农成瑨但坐啸。"歌谣内容是,汝南太守宗资任命当地名士范滂为功曹,放手让其整顿吏治;南阳太守成瑨则聘请当地名士岑晊为功曹,委任政事。二郡所作歌谣风格统一、形制相同,很有可能是二郡人士互通声气,一郡的歌谣产生之后,借助人员流动传播到了另一郡,另一郡则加以仿作,这中间存在着歌谣的异地流传过程。因为这首四句歌谣,拆分成2首七言两句歌谣,也是成立的。据笔者统计,汉代七言两句歌谣共有21首之多,与《二郡谣》的体式完全一致。

再如《长安谣》(又名《马廖引长安语》),《后汉书·马廖列传》记载了东汉章帝舅马廖上书章帝母马太后时,就引用了这首《长安谣》:"城中好高髻,四方高一尺;城中好广眉,四方且半额;城中好大袖,四方全匹帛。"马廖引用这首歌谣,希望马太后能约束宫廷、力戒奢靡、改政移风。歌谣原是针对西汉时期长安城中王公贵族妇女的奢靡风气而创作的,后来从西汉首都长安跨地域、且跨越时代流传到东汉首都洛阳,说明了其影响之广远持久。

军事、政治集团争夺政权时使用的童谣、谶谣,多数情况是跨地域传播,并且是人为授意的跨地域传播。易代之际,各军事势力集团充分利用在社会各阶层中间广泛流行的"天命观",将歌谣与谶纬结合起来,创作出大量于己方有利的童谣、谶谣,以鼓舞士气、争取广大民众的支持、加速敌对势力瓦解。这些童谣、谶谣起到了宣传武器的作用,它们的功能也只有在跨地域传播中才能实现,如果仅是在本地传播,其价值则大打折扣。下面以《公孙述闻梦中人语》("八厶子系,十二为期")、《后汉时蜀中童谣》("黄牛白腹,五铢当复")及《后汉献帝初童谣》的传播为例加以说明。

据《后汉书·公孙述列传》,公孙述决定称帝,招兵买马、壮大实力,并广泛造势、进行舆论宣传。眼见公孙述的舆论宣传渐生成效,刘秀一方并不安于被动局面,主动发起舆论反击,于是制作童谣向蜀中传播:"蜀中童谣言曰:'黄牛白腹,五铢当复。'好事者窃言王莽称'黄',述自号'白',五铢钱,汉货也,言天下并还刘氏。"以上是双方舆论战的第一阶段。此后,公孙述"数移书中国,冀以感动众心",又对谶谣"八厶子系,十二为期"进行有利自己的解释,以争取"天命"的支持。在公孙述看来,"八厶子系"即"公孙"二字,其应在己,"十二为期",从汉高祖传至汉平帝正好十二代,"历数尽也,一姓不得再受命"。公孙述以谶谣和自己的阐释相配合,不断向东方进行舆论渗透。在此情况下,刘秀积极应对,对"公孙"一词进行了另一番解释,据《后汉书》载:"(光武)帝患之,乃与述书曰:'图谶言"公孙",即宣帝也。代汉者当涂高,君岂高之身邪?……'署曰'公孙皇帝'。"①意谓自己才是真正的公孙皇帝。这是两派势力之间的又一轮交锋。这两首歌谣的传播,其实就是蜀中公孙述政权与东方的刘秀势力集团之间互相进行舆论渗透的过程,典型地体现了歌谣的跨地域传播。

再如《后汉献帝初童谣》("燕南垂,赵北际,中央不合大如砺,唯有此中可避世")也是跨地域传播。裴松之在《三国志·魏书·公孙瓒传》"注"中提出,这首歌谣很可能是公孙瓒的政敌故意创作并传播开来的,目的是为了麻痹公孙瓒、使其丧失有利的战略时机:"臣松之以为童谣之言,无不皆验;至如此记,似若无征。谣言之作,盖令瓒终始保易,无事远略。"②从当时军事斗争实际情况看,故意作谣并传播者最大可能是袁绍,公孙瓒最后就死于袁绍之手。"易",即易京,是公孙瓒"避世"自守的地方。

(四)歌谣在特定群体内传播、实现其政治功能

一部分儒林歌谣(指的是除了地方标榜性儒林歌谣之外的其他儒林歌谣)和"引用型"歌谣发生影响力的方式比较特殊,它们并非以跨地域传播为主要传播方式,而是以在特定人群之间传播为特征。

相当数量的儒林歌谣,主要在儒家学子和儒家士大夫中间传播,传播范围有限。这里以《诸儒为朱云语》("五鹿岳岳,朱云折其角")为例具体分析。歌谣描写的是汉元帝朝堂之上的一次易学辩论。据《汉书·朱云传》载:少府五鹿充宗以治"梁丘易"擅名当时,汉元帝要考察"梁丘易"与其他易学师派的异同,遂令五鹿与诸"易"家辩论。五鹿利口善辩,又是皇帝宠臣,诸儒皆称疾不敢应答。有人推荐布衣朱云入宫辩论,朱云"摄齋登堂,抗首而请,音动右左。既论难,连拄五鹿君,故诸儒为之语曰:'五鹿岳岳,朱云折其角。'"③歌谣具有双重含义,既表现了朝廷上朱云与五鹿充宗之间的学术较量,同时也折射出了当时儒家势力与宦官势力集团的政治斗争。五鹿充宗本人虽不是宦官,但他攀附权势熏天的大宦官石显,属于宦官势力集团

---

① 以上各处引文均引自〔南朝宋〕范晔:《后汉书·公孙述列传》,第537—538页。
② 〔晋〕陈寿:《三国志·魏书·公孙瓒传》裴松之注,北京:中华书局,1959年,第245页。
③ 〔汉〕班固:《汉书·朱云传》,第2913页。

的重要成员。歌谣中鹿的被"折角",象征着颐指气使的宦官集团受到了一次教训。不言而喻,这种题材的歌谣基本上是在京师儒林群体内传播,不大可能走进广大民众的视野,更不以跨地域传播为特征。

"引用型"歌谣发生影响力的方式,一是官员在向皇帝(皇后)、诸侯王上书建言中引用,这类歌谣的传播不追求受众的广泛性,而是寄希望于建言内容为统治者所接纳;另一类是史家、政论家在著书立说中引用,希望论说内容为社会各阶层人士所广泛接受。这里以《刘辅引里语》("腐木不可以为柱,卑人不可以为主")为例,说明"引用型"歌谣传播的特点。"腐木不可以为柱,卑人不可以为主",本是一首蕴含着百姓智慧的民间里语,当汉成帝想立倡女出身的赵飞燕为皇后时,谏大夫刘辅上封事对其加以谏阻,引用了这首里语。刘辅借助自然和社会现象,以"腐木"和"卑人"比喻出身卑贱的赵飞燕,意在表明倡女出身的赵飞燕没有资格成为母仪天下的皇后。于是,一则原本很普通的表达民间智慧的谚语就被赋予了现实政治功能,完成了向最高统治者汉成帝的传播;后来,史家班固又将这一事件完整地记录于《汉书·刘辅传》中,于是这一引谚所承载的政治事件被更广大的读者所知晓,从而实现了向更大范围读者的传播。需要说明的是,"引用型"歌谣不能独自发挥其政治功用,它一定是附着在官员的上书之中或政治家、史家的论说之中,借助相关语篇才能起到强化说理的效果。

三、汉代民间歌谣的传播视角分析

以上概括了歌谣发生影响力的四种方式,这只是相当粗线条的勾勒,并未涉及歌谣传播的具体环节。为了使歌谣传播的具体路径得到清晰的呈现,本文拟借鉴现代传播学理论进行分析。美国学者 H·拉斯维尔于 1948 年在《传播在社会中的结构与功能》一书中,首次提出了构成传播过程的五种基本要素,即"五 W 模式",这五 W 用汉语和英语词汇表示分别是:传播主体(Who)——传播内容(Says What)——传播媒介(In Which Channel)——传播对象(To Whom)——传播效果(With What Effect)。① 笔者认为,传播活动古今中外都有,存在一定的共性,拉斯韦尔的理论框架可以借鉴;但随着时代、国情的变化,其中个别要素可以稍作调整。

拉斯维尔"五 W"中的第三个要素"传播媒介",主要指的是现代媒体,包括期刊、报纸、广播、电视等媒介形式,这一要素不适用于对汉代歌谣的分

---

① 参见〔美〕H·拉斯维尔《传播在社会中的结构与功能》,北京:中国传媒大学出版社,2012 年。

析,我们加以变通,修改为"歌谣的传播渠道"。在汉代,广大民众、儒林士人、地方官员、刺史、巡行使者、三公府的掾属等各类人物,都能成为歌谣的传播渠道。拉斯韦尔五要素中的其余要素则可直接借用过来。

下面根据调整之后的五要素对汉代歌谣的具体传播情况进行分门别类的归纳、分析:

汉代歌谣的传播视角分析表

	歌谣的传播主体	歌谣的传播内容	歌谣的传播渠道	歌谣的传播对象	歌谣的传播效果
美刺各类官员、揭露政治顽疾及政治人物和风俗品评类歌谣	各地民众	批判或赞美各级各类官员,反映地方治理情况	1. 当地百姓 2. 刺史/巡行使者/三公府掾属	1. 当地地方官 2. 朝廷相关部门/皇帝	在一定程度上影响地方政治;在官员考评机制中发挥影响力
		揭露国家政治生活中各类顽疾	1. 社会各阶层民众 2. 各类官员	1. 社会各阶层民众 2. 朝廷各部门官员/皇帝	实现了情感宣泄功能;对现实政治有一定的干预效果
		对各类政治人物及各地政治风俗的品评	社会各阶层民众	社会各阶层民众	实现了情感宣泄功能;具有社会评价功能
儒林歌谣	儒林士人	对儒林人物经学成就或道德人格的标榜;结成儒林同盟、反对宦官专权	1. 州郡主要官员(或有察举权的朝廷高官) 2. 儒林士人及儒家官员	1. 朝廷相关部门官员/皇帝 2. 儒林士人及儒家官员	在地方察举选官、朝廷征辟活动中起推荐作用;结成反对宦官势力的联盟
为争夺政权服务的童谣、谶谣	易代之际各政治势力集团中人	神化自身阵营领袖,瓦解敌对势力	1. 自身阵营中的广大民众 2. 敌对阵营中的广大民众	1. 自身阵营中的广大民众 2. 敌对阵营中的广大民众	争取广大民众支持;瓦解打击敌对势力
引用型歌谣	广大民众	传达人生经验和政治智慧	各级官员	皇帝(皇后)/诸侯王	在参政、议政时增强说理效果
			政论家/史家	社会各阶层读者	在著书立说中增强说理效果

下面对汉代歌谣各传播要素具体分析。

(一)"歌谣的传播主体"

歌谣是集体创作的精神产品,根据钱志熙先生的说法,它属于"群体诗学"时代的产物,歌谣的传播主体与创作主体基本上是同一群人。根据社会群体的不同,汉代时政歌谣的传播者包括以下几类人群:各地的吏民、儒林士人、各类军事政治集团中的人物。在这些人群中,各地吏民是大众群体,是歌谣的主要传播主体,大量美刺地方官的歌谣、批判各类政治顽疾的歌谣,以及品评政治人物和政治风俗的歌谣,流传于这个群体;各类"引用型"歌谣的原初形态也流传于广大群众中间;儒林士人以及各类军事政治集团中的代表人物则是歌谣传播的小众群体。

(二)"歌谣的传播内容"

"歌谣的传播内容",也就是歌谣所表达的内容,依次包括这样一些类别:美刺各级各类官员、揭露各类政治顽疾、品评政治人物及政治风俗、儒林生活、神化自身阵营领袖、瓦解敌对势力、传达人生经验和政治智慧。各类歌谣的代表作品前文已经展示。

(三)"歌谣的传播渠道"

歌谣的传播渠道,就是指歌谣经过什么中间环节最终到达接受者那里。如果把汉代的社会政治结构比作一个下宽上窄的金字塔的话,处于金字塔底端的是人数最多的底层民众,依次向上则是出身于广大民众的儒林学子,以及从儒林学子中选拔出来的地方官吏和各级各类朝廷官员,金字塔最顶端的是以皇帝为代表的统治者上层。为了明晰地展示歌谣的传播渠道,下面对具体情况分类考察。

先分析"美刺各类官员、揭露政治顽疾及政治人物和风俗品评类歌谣"所含三个小类的传播渠道。

美刺各级各类官员的歌谣有两条传播渠道,一条传播渠道是当地民众,进而歌谣为地方官员听闻并接受后,反馈到之后的地方治理中;另一条传播渠道是刺史、巡行使者或者三公府的掾属诸人,他们搜集歌谣后带回朝廷,作为对地方官考核评价的依据。美刺官员类歌谣的内容非常具体,歌谣中往往指名道姓,因而针对性最强,对政治的影响力最大,故最容易受到关注。

揭露国家政治生活中各类痼疾的歌谣,也有两条传播渠道:一条传播渠道是社会各阶层民众。这一类歌谣的议题往往不是地域性议题,而是超越了地域局限而为全国各阶层民众所普遍关心的议题,所以这里的传播渠道为"社会各阶层民众"而非"某地民众";另一传播渠道是各类官员,由于这类歌谣对现实政治的关注度也比较高,针对性较强,很可能被刺史、巡行使者等各类官员所听闻,带回朝廷,进而对现实政治产生一定干预效果。

政治人物及风俗品评类歌谣的传播渠道是社会各阶层民众的口耳相传。这类歌谣美刺程度较弱,政治诉求度不高,对现实生活干预度较低,不易成为各类官员关注的重点。

以上三个小类歌谣的传播渠道,归纳起来不外乎两种,一个渠道是各地区(各阶层)的广大民众,另一个渠道是以刺史、巡行使者、三公府的掾属为主的朝廷派出官员。各类官员的派出,既代表朝廷行使了汉儒所憧憬的"上以风化下"的职能,又成为"下以风刺上"的中间渠道,没有他们,"观风察政"活动的使命就无法完成。

再看第二大类"儒林生活歌谣"的传播渠道。

这里又分两个小类,各自传播渠道也不同。标榜儒林人物经学成就或道德人格的歌谣,传播渠道是州郡主要长官及朝廷中有察举权的高级官员,包括三公、九卿、大将军等二千石以上的高官。察举选官制度确立以后,这些有察举权的官员所荐举的儒林才俊是汉廷官员的主要来源。另一个小类,即结成儒林同盟、反对宦官专权的儒林歌谣,以东汉桓灵时期的"太学歌谣"为主,其传播渠道是儒林士人及儒家官员。

接着分析第三大类"为争夺政权服务的童谣、谶谣"的传播渠道。

为争夺政权服务的童谣、谶谣,通过神化自身阵营领袖、打击敌对势力而实现其功能,这类歌谣的传播渠道有两个,一个是自身阵营中的民众,另一个是敌对阵营中的民众,合而言之是作为统治基础的广大民众。无论是窥伺神器的野心家、还是割据一方的军阀,都深知"天命"和"民心"的决定性意义,向广大民众宣扬自己的"天命",扯掉敌人身上的"天命"外衣,是取得政权的重要步骤,这是童谣、谶谣以广大民众为传播对象的根本原因。

最后看"传达人生经验和政治智慧类"歌谣的传播渠道。

此类歌谣的传播渠道有两个,一个是各类官员,通过上书向皇帝(皇后)或诸侯王传播;另一个是政论家或史家,通过著书立说向社会各阶层传播。

(四)"歌谣的传播对象"

根据拉斯韦尔的传播理论,传播对象需明确是"向谁说"(To whom)中的"谁",也就是歌谣的最终接收者是什么人。

美刺官员类歌谣的传播对象,一是各地的地方官,二是朝廷相关部门的负责人乃至皇帝。批判各类政治顽疾类的歌谣,传播对象主要是广大民众,但也很有可能被刺史或国家相关官员带回朝廷,因此朝廷官员甚至皇帝也有可能成为被传播的对象。政治人物品评和政治风俗品评类歌谣的传播对象是广大民众。儒林歌谣的传播对象,一是地方州郡长官和朝廷有察举权的高官,一是儒林学子及儒家官员。"传达人生经验和政治智慧类"歌谣的传播对象,可以从两个方面分析,一是具有至高权力的皇帝(皇后)或诸侯王;另一种是社会各阶层广大读者,当然,皇帝(皇后)、诸侯王、各级官员等决策者也可能成为读者。

(五)"歌谣的传播效果"

不难看出,各类歌谣不同程度地发生了现实影响,实现了一定传播效果。由于歌谣所传达的内容及表现方式不同,它们对政治的影响力可分为"弱效果"和"强效果"。像揭露各类社会痼疾的歌谣,既有情感宣泄功能,也有一定的政治参预功能;政治人物品评及政治风俗品评类歌谣,主要体现的是情感宣泄和社会评价功能,政治参预功能比较弱。总体来看,这两类歌谣的传播效果都属于"弱效果"。其他如美刺各级各类官员的歌谣、儒林歌谣、易代之际的童谣和谶谣、"传达人生经验和政治智慧类"歌谣等,与现实政治的关系密切,政治参预的目的性强,歌谣的传播效果体现出"强效果"。

如果加以高度凝练,歌谣传播的"强效果"可以概括为这样三个方面:一是歌谣成为朝廷考核官员和地方察举选官时的重要考量因素,这主要体现在一部分美刺各级各类官员的歌谣以及标榜儒家士人学术成就、道德人格的儒林歌谣;二是歌谣成为地方政府施政以及各级官员参政、议政时的参考和依据,这主要体现在一部分美刺地方官员的歌谣以及"引用型"歌谣;三是在易代之际,歌谣成为各派政治势力鼓舞自身士气、打击敌人的有力舆论武器,主要体现于童谣和谶谣。

歌谣传播的"强效果"固然值得关注,"弱效果"也不容忽视。歌谣的情感宣泄功能、社会评价功能,从短期看,不会引起什么社会变动。但是,任何一个政权的"民意基础"或所谓"天命支撑",都是一点一滴地累积起来的,统治者对民意的任何动向都必须高度关注,"防民之口,甚于防川",前代教训不可谓不惨痛。"观风察政"的"风"反映的是多方面、各层次的社会生活,那些体现了情感宣泄功能和社会评价功能的歌谣,对统治者而言,同样具有不可或缺的借鉴、启示意义,这才是对"观风察政"内涵更为完整的理解。

汉代朝廷在国家治理过程中通过搜集歌谣了解民意,以考察政治、改进治理。在"观风察政"传统的影响下,各政治群体也充分利用歌谣这一政治资源为自身谋求利益,如儒林士人和儒家士大夫利用歌谣团结同道、与宦官势力集团进行斗争,再如易代之际的各政治、军事集团利用童谣、谶谣夺取政权,这些都是"观风察政"活动的衍生形式。

第三章 反映汉代官员治理的歌谣

意大利政治家安东尼奥·葛兰西曾经说过:"官员是认识国家的唯一途径。"①这句论断未免显得有些武断,却蕴含了深刻的道理,尤其是在信息交流并不通畅、信息获得渠道并不便捷的古代社会,其合理性就更加显而易见。因为,国家的任何法律、政策、规定,归根结底要由人来执行,也就是由大大小小的官员来执行,对于普通百姓而言,他们可能并不了解方针政策的意义,但和官员的接触是实实在在的,以百姓的眼光看,官员代表了国家;由此,自然而然地,在百姓眼中,具体官员的素质和能力就意味着国家政策的优劣和国家治理能力的高低,简言之,官员的水平就代表着政府的水平。因此,在某种意义上,普通百姓美刺具体的官员,就是在评价当时的政治。正是在这个意义上说,反映汉代官员治理的歌谣,就承载了葛兰西所说的通过官员"认识国家"及评价国家的功能。

汉宣帝对于国家治理有深刻独到的体会,他曾对于地方官员的重要性发出过这样的感叹:"庶民所以安其田里而亡叹息愁恨之心者,政平讼理也。与我共此者,其唯良二千石乎!"②在汉代,太守是皇帝非常倚重的重要职位,赋予其出则牧守一方、入则为卿为相的迁转便利。据《后汉书·百官志》"太守"条本注可知,汉代太守肩负民政、司法乃至军事等多重职守;与此同时,县官的作用也不可低估。据《后汉书·百官志》"县令、长"条本注,县官亦身兼民事与司法两职。③ 太守与县令、长之间,无论缺少了哪一环节,国家机器都无法正常运转。正是在这个意义上,钱穆先生在《中国历代政治得失》一书中高度评价汉代绝大部分时期实行的郡、县二级管理体制,认为是别具匠心的政治设计,"永为后世称美"。④

正因为郡、县长官在国家政治运行中起着承上启下的重要作用,所以汉

---

① (意)安东尼奥·葛兰西:《狱中札记》,第356页。
② 〔汉〕班固:《汉书·循吏传》序,第3624页。
③ 〔晋〕司马彪:《后汉书·百官志》,第3621—3623页。
④ 钱穆:《中国历代政治得失》,第15页。

代民众为太守以及县令、长等地方行政主官所作的歌谣占了汉代地方官歌谣总数中的绝大多数,是毫不足奇的。在汉代,民众利用立祠奉祀、离任挽留、以姓名子、造作歌谣,以及在歌谣中"称父称母"等民间特有的方式,表达出了对优秀地方官的爱戴、依恋之情。这些方式有别于朝廷自上而下的提拔升迁、赏赐黄金等更加"实惠"的方式,都是精神层面的颂扬和感激。"立祠奉祀"的纪念方式,如桐乡百姓为乡啬夫朱邑起冢立祠;①"离任挽留"的方式,如种暠为凉州刺史,"甚得百姓欢心。被征当迁,吏人诣阙请留之,太后叹曰:'未闻刺史得人心若是。'乃许之。暠复留一年,迁汉阳太守"。②"以姓名子"的方式,如安丘男子毋丘长为感念吴祐的恩德,死前遗言:"妻若生子,名之'吴生'。"③

民众为地方官创作歌谣,口耳相传、人心不欺,更拥有千古不灭的价值。那些因贪污搜刮或残酷暴虐而声名狼藉的地方官,不会因天高皇帝远就能躲过监察、躲过惩罚,刺史、风俗使者及三公府每年派出的掾属会将刺谣、怨谣与颂谣同时呈报给朝廷,使贪官、恶官受到惩罚,使优秀官员得到表彰。

汉代的"地方官"歌谣,与《诗经》时代风、雅的创作取向近似,大体表现为颂美型和刺讥型两大类型。不过,一时代有一时代之政治,汉代政治有其自身的独特性,汉代的地方官歌谣自然也就呈现出鲜明的汉代特色。汉代地方官总体上表现为两大类型,一类表现为冷酷威严的法家作风,他们以严厉打击、无情杀戮的手段整肃社会秩序,这一类官员一般被称为"酷吏",在西汉武帝、宣帝时期较为多见;另一类是儒家的循循君子,他们重视礼乐教化和移风易俗,更多地使用柔性方式治理地方,这一类官员被称为"循吏",东汉后逐渐成为地方官队伍的主流。我们把批判酷吏治理的歌谣称为"酷吏歌谣",而把赞美循吏的歌谣称为"循吏歌谣"。此外,汉代还有很多尽职负责的监察官,他们在汉代吏治中起到了威慑和监督的作用。除以上几类,还有几首描写朝廷官吏的歌谣,也都在本章研究框架之内。

第一节 批判酷吏政治的歌谣

这一节从两个层面对汉代的"酷吏歌谣"加以探讨:一是反映汉代治

---

① 〔汉〕班固:《汉书·循吏传·朱邑传》,第 3637 页。
② 〔南朝宋〕范晔:《后汉书·种暠列传》,第 1828 页。
③ 〔南朝宋〕范晔:《后汉书·吴祐列传》,第 2101 页。

狱苛深风气的歌谣;二是直接反映汉代酷吏行政的歌谣。反映汉代治狱苛深风气的歌谣,不以具体的酷吏个人为对象,而是针对汉代某些阶段文法吏的严刑苛法而发,其内容与直接反映酷吏行政的歌谣相互呼应,对于我们了解汉代酷吏之治的全貌是一个不可或缺的视角。此外,反映地方官贪腐和其他恶政的歌谣,这部分数量较少,无以成章、成节,故附于酷吏歌谣之后。

一、批判酷吏政治的歌谣

(一)批判治狱苛深的歌谣

虽然汉代士人从一开始就对秦政,以及作为秦政指导思想的法家理念进行了持之以恒的批判和清算,但法家以严刑重罚治国的思维方式及其在现实政治中所表现出来的文吏作风,并未一劳永逸地被根除,特别是皇帝本人对文吏治理倚重之时,官场上治狱苛深风气就大行其道,这种风气则成为儒家官员坚决抵制的对象。如哀帝时谏大夫鲍宣上书,言辞激烈地指出底层百姓面临着"七亡七死","七亡"指的是七种困苦、缺憾,"七死"则是导致七种惨死的根源,其中"七死"的前三种都与酷吏有直接或间接的关系:"酷吏殴杀,一死也;治狱深刻,二死也;冤陷亡辜,三死也。"[1]看来汉代酷吏苛政实为汉代政治中一大弊端。

酷吏治理端赖法家文吏得以施行。文吏,又称文法吏,是与儒家官员相对的一种官吏类型,其主要特点是唯主上之命是从,他们娴习法律、善于按照法律规范处理各种纷繁复杂的公文、特别是法律事务,拒绝、也不习惯进行理性思考,缺乏人本精神,"由于汉代仕进途径的差异,官僚出身背景的差异,以及统治阶级对二者倚重程度的不断调整,从整体上说,不可能完全消弭彼此之间的矛盾"。[2] 据《汉书·刑法志》可知,从汉初立国,经孝惠帝、吕后到文景之时,虽未能尽善,但总体上"刑罚用稀""有刑错之风";但汉武帝即位后,"外事四夷之功,内盛耳目之好,征发烦数",其对内对外政策引发了一系列社会问题,导致"百姓贫耗,穷民犯法,酷吏击断,奸轨不胜",[3]这就给法家文法吏制定更严密的法律、酷吏重用滥用刑罚以大显身手的空间,由此引发儒家官员在上疏或著述中,引用当时民间广为流传的批判性歌谣,与苛政作风进行针锋相对的斗争。

---

[1] 〔汉〕班固:《汉书·鲍宣传》,第3088页。
[2] 卜宪群:《秦汉官僚政治》,北京:社会科学文献出版社,2002年,第240页。
[3] 〔汉〕班固:《汉书·刑法志》,第1097、1101页。

1."画地为狱,议不入;刻木为吏,期不对。"(《路温舒引俗语》)

这是路温舒在向汉宣帝的上疏中引用的歌谣,表达了对酷吏滥用刑罚、草菅人命的揭露和控诉。这句歌谣描述当时司法界的景象:即便在地上划一个界限做牢狱,人们单单听到其名称,就不愿跨进去;即使是木头刻成的狱吏摆在那,百姓也不愿面对他。这就显示出当时狱吏是多么残暴凶狠,令人不寒而栗。

路温舒是狱吏出身,后来学习《春秋》经义,举孝廉,担任过一系列司法类职务。路温舒虽出身于低级狱吏,但他通过学习儒家经典,思想发生了转变,因此其看待问题相比从纯粹的法家狱吏视角看问题,就拥有了更为宏通、更为人性化的情怀。在路温舒时代,存着在严刑拷打以求口供、残贼刻深以保职位的乱象。这一方面是秦政的惯性驱动使然,另一方面也与汉武帝时代重用酷吏、重视惩罚的治理理念有关。汉武帝虽然"独尊儒术",倡导行教化、美风俗,但无论是汉武帝本人还是当时的官吏队伍,对于教化治国的认识还需要经历一个认识的转变过程,当社会上出现危害社会治安的犯罪问题时,按照惯性,他们自然而然地想到要开动暴力机器无情扑灭绞杀。为了迎合皇帝的个人意志、解决社会治安的紧迫问题,张汤、赵禹等人制定了严密的法律,据《汉书》记载,"律令凡三百五十九章,大辟四百九条,千八百八十二事,死罪决事比万三千四百七十二事。文书盈于几阁,典者不能遍睹。是以郡国承用者驳,或罪同而论异。奸吏因缘为市,所欲活则傅生议,所欲陷则予死比,议者咸冤伤之。"①武帝时代以来,法律条文繁多,酷吏个人掌握标准不同,生杀任意,造成了大量冤假错案。

作为一名从基层成长起来的狱吏,路温舒耳闻目睹了大量刑讯逼供惨象,对刑讯产生的社会原因进行了深入的思考,在上宣帝的《尚德缓刑疏》中,他指出当时狱吏"上下相驱,以刻为明;深者获公名,平者多后患。故治狱之吏皆欲人死,非憎人也,自安之道在人之死。是以死人之血流离于市,被刑之徒比肩而立,大辟之计岁以万数……棰楚之下,何求而不得?故囚人不胜痛,则饰辞以视之;吏治者利其然,则指道以明之;上奏畏却,则锻练而周内之。盖奏当之成,虽咎繇听之,犹以为死有余辜。何则?成练者众,文致之罪明也。是以狱吏专为深刻,残贼而亡极,偷为一切,不顾国患,此世之大贼也。故俗语曰:'画地为狱,议不入;刻木为吏,期不对。'此皆疾吏之风,悲痛之辞也。"②从路温舒的描述中,我们不难看到,当时治狱以酷狠为风

---

① 〔汉〕班固:《汉书·刑法志》,第1101页。
② 〔汉〕班固:《汉书·路温舒传》,第2369—2370页。

气,酷狠能获得好名声,致人死亡狱吏才能自安,而治狱平允则为狱吏本人留下后患。获得口供的办法是严刑拷打,为使罪名无懈可击,靠的是文法吏的"锻练周纳"。造成这一司法乱象的根源在于皇帝本人,皇帝为追求破案效率、为追求近期效果,向司法官施加巨大压力,使得他们不得不违背司法程序和正义精神做出违心的判决。

其实在路温舒上疏之前,司马迁本人也亲历了武帝时期残暴的治狱风气,在《报任少卿书》中,他描写了自己所遭受的惨痛经历,其中的两句话就是路温舒所引歌谣的雏形,司马迁说:"故有画地为牢势不可入,削木为吏议不可对,定计于鲜也。今交手足,受木索,暴肌肤,受榜箠,幽于圜墙之中。当此之时,见狱吏则头抢地,视徒隶则正惕息,何者? 积威约之势也。"①

2. "县官漫漫,冤死者半。"(《应劭引里语论谳狱》)

这是东汉政论家、学者应劭在《风俗通义》中引用的歌谣,用来批判东汉后期文法吏草菅人命、滥杀无辜的情况。歌谣的意思是:官员办案态度轻慢,以致许多人含冤而死。

应劭在《风俗通义》中的原文是:"顷者,廷尉多墙面,而苟充兹位;治书侍御史,不复平议谳当纠纷,岂一事哉! 里语曰:'县官漫漫,冤死者半。'昔在清平之世,使明恕君子,哀矜折狱,尚有怨言,况在今时耶!"②应劭从政经历比较丰富,耳闻目睹了东汉后期司法界存在的混乱状况,因此能对廷尉及治书侍御史的无所作为、滥竽充数行为做出恰当的评判。

据《汉书·百官公卿表》,廷尉为九卿之一,其职掌是管理天下刑狱,郡国疑难案件要报请廷尉判处,廷尉也常派属员到地方处理一些重要案件,甚至可以驳正皇帝、三公所提出的判决意见。颜师古注云:"廷,平也。治狱贵平,故以为号。"③可是,东汉后期的廷尉大多"墙面"而"苟充兹位",也就是态度消极,尸位素餐;治书侍御史的职掌本是依据法律评议疑狱,但现在也不再对郡国疑难案件进行复查质疑。这样,可能存在的地方司法腐败、黑幕现象就得不到纠正,从而形成"县官漫漫,冤死者半"的乱象。笔者以为,应劭描写的情况,主要原因可能是东汉后期大一统政权的控制力逐渐衰微,外戚、宦官轮流操控、干扰朝廷及地方政治,包括操控司法审判,从而造成"政失准的"、正直的官吏无所适从。

"冤死者半"的情况在两汉政治生活中并非偶然现象,只不过在不同阶

---

① 〔汉〕司马迁:《报任少卿书》,引自〔南朝梁〕萧统编《文选》,上海:上海古籍出版社,1986年,第1860—1861页。
② 〔汉〕应劭:《风俗通义·佚文》,王利器校注本,第586页。
③ 〔汉〕班固:《汉书·百官公卿表》,第730页。

段成因也有所不同。如西汉武帝时期文法吏受到推崇，导致百姓流亡、盗贼频发，反过来文法吏又要进行镇压，从而造成"冤死者半"，这就与应劭时代的"廷尉多墙面，而苟充兹位"的情况恰成两极。汉武帝时期酷吏杜周为廷尉，每年要办一千多个案子，大者涉及数百人，小者数十人；远者数千里，近者数百里。犯人如有不服，以掠笞定之，最终"诏狱逮至六七万人，吏所增加十有余万"。① 这方面的具体事例，如汉明帝永平十三年轰动全国的楚王英"谋反案"，牵连人数众多，造成了"冤死者半"的悲剧。《后汉书》中描述这一惨剧道："楚狱遂至累年，其辞语相连，自京师亲戚诸侯州郡豪桀及考案吏，阿附相陷，坐死徙者以千数。"②按说"明帝察察"，怎么会察觉不到其中的冤情呢？根源在于所谓的楚王英"谋反案"，关系到汉明帝的皇帝宝座。皇帝最怕的就是有人觊觎他的龙椅，为了揪出"谋反"大臣不惜血流成河。皇帝权力太大而缺少强有力的制衡机制，皇帝大开杀戒时，臣下所能制衡皇帝的"杀手锏"是各种自然界的灾异，但自然灾异并不总是恰逢其时地到来，这时候臣子们苦口婆心的劝说就会显得苍白无力，难以撼动皇帝的想法。虽然大臣们心知肚明很多人是被诬陷、受株连的，但为了自身利害考虑，他们选择了沉默或附和。至于那些负责断狱的官员，出于免责的心理，"宁可信其有，不可信其无"，于是无限株连，使很多无辜者入狱。当时负责参与审断楚王英案件的官员寒朗，冒着杀身的危险向明帝说出了实情："臣见考囚在事者，咸共言妖恶大故，臣子所宜同疾，今出之不如入之，可无后责。是以考一连十，考十连百。又公卿朝会，陛下问以得失，皆长跪言，旧制大罪祸及九族，陛下大恩，裁止于身，天下幸甚。及其归舍，口虽不言，而仰屋窃叹，莫不知其多冤，无敢牾陛下者。"寒朗的这段话，从朝臣的真实内心出发回答了造成"冤死者半"的原因，如醍醐灌顶，使明帝猛醒，"后二日，车驾自幸洛阳狱录囚徒，理出千余人"。③ 后来，章帝建初元年，大旱谷贵，章帝召名臣鲍昱问策，鲍昱在回答中引用了明帝诏书中说过的话"大狱一起，冤者过半"，并顺势建议章帝"蠲除禁锢，兴灭继绝"。④ 汉明帝在诏书中公开宣称"大狱一起，冤者过半"，这说明他对于造成这场冤狱颇有悔悟与反思。"大狱一起，冤者过半"与"县官漫漫，冤死者半"，都将矛头指向了汉代司法界残酷、滥杀的一面。

在中国古代，两汉吏治总体来说算是清明的，但各种政治丑恶现象仍不

---

① 〔汉〕班固：《汉书·杜周传》，第2660页。
② 〔南朝宋〕范晔：《后汉书·光武十王列传·楚王英传》，第1430页。
③ 〔南朝宋〕范晔：《后汉书·寒朗列传》，第1417页。
④ 〔南朝宋〕范晔：《后汉书·鲍永列传附鲍昱传》，第1022页。

能避免。《论语·为政》中说："道之以政，齐之以刑，民免而无耻。"以政令和刑罚治理国家，百姓仅求免于被惩罚，却不能生成羞耻之心。司法官如果滥用权力刑讯逼供、滥杀无辜，则又等而下之，连"齐之以刑"的标准也够不上。相较而言，那些秉持儒家思想教化百姓，达到了息讼、无讼境界的地方治理，是多么得难能可贵。

3．"苛政不亲，烦苦伤恩。"（《薛宣引鄙语》）

歌谣的大概意思是：苛政之下无亲情，烦劳苦恼伤恩义。这首歌谣由汉成帝时期御史中丞薛宣上书时引用，借以说明刺史监察过程中出现的权力越界现象。众所周知，刺史是监察官，其职责在于发现地方官员在地方治理过程中出现的各种问题并上报，监察官可谓是国家政治大树上的"啄木鸟"。但任何一项制度设计在具体的运行过程中，都有可能因个体理解差异和尺度把握不同而导致实际效果不同，甚至出现一定弊端。汉代刺史在监察过程中一个很大弊端就是，有时超出了"六条问事"的规定，过多干预郡县事务，以察察之明苛求官吏过失，由此而出现"苛政不亲，烦苦伤恩"的负面效果。

刺史监察过程中出现苛政，恐怕不是刺史个人性格所致，也不是一时一地出现的问题，而是整个时代的风气所致。联系到成帝之前各位皇帝统治时期所形成的治理惯性，可以断定是汉武帝以来官场的酷吏思维、酷吏作风作祟的结果，这种作风恐怕也不是短时间内所能完全清除的。

（二）批判酷吏治理的歌谣

这一节主要介绍反映酷吏治理的歌谣。汉代所谓"酷吏"，主要是在镇压"盗贼"、打击豪猾、压制贵戚商贾过程中表现出残酷苛暴作风的官吏。酷吏为政，杀戮数量过大，手段亦非常残忍，缺少人道情怀，与儒家教化治理水火不容。酷吏，在两汉时有"苍鹰""乳虎""虎冠""卧虎"等不同称呼，不论何种称呼，其本质都是残酷苛暴。

1．"宁见乳虎，无值宁成之怒。"（《关东为宁成号》）

"号"是民间谣谚的一种形式，类似于为某人起绰号的意思。这首歌谣的意思是：宁可遇到正在哺乳的母虎，也不要碰上宁成发怒，宁成发威比护仔的母虎还要令人恐惧。"乳虎"有两义，一是幼虎，一是正在哺乳的母虎。这里取后一义。《汉书·酷吏传·宁成传》引颜师古注曰："猛兽产乳，养护其子，则搏噬过常，故以喻也。"[1]正在哺乳的母虎护仔心切，其威猛超过往时，故此处"乳虎"释为正在哺乳的母虎，于义更佳。宁成似乎天生具有成为

---

[1] 〔汉〕班固：《汉书·酷吏传·宁成传》，第3654页。

酷吏的潜质,在京城权贵宗室屡触法网的形势下,汉景帝启用宁成为中尉以整肃社会秩序。《汉书·百官公卿表》曰:"中尉,秦官,掌徼循京师。"①宁成不辱使命,完成了整肃秩序的重任,但同时也在朝廷上下留下了残暴苛狠的恶名。后来,当汉武帝即位后想任命宁成为郡守时,御史大夫公孙弘坚决反对,认为宁成不适合做治民的地方官,理由是宁成在做济南都尉时,其治如狼牧羊,名声极差。汉武帝退而求其次,任命其为关都尉。

汉代在关隘所在地设置关都尉,驻扎一定数量的军队,负责守备关隘,控制人员往来,查验违禁物品、缉拿罪犯,仅放行持有合法证件者出入,有关通缉犯的情况皆在关隘张榜公布。对无证出入关、以其他非法手段过关被发现者均给予严厉制裁。②如《汉书·武帝纪》中就记载了天汉二年冬十一月朝廷发给关都尉的一道诏书,内容为:"今豪杰多远交,依东方群盗。其谨察出入者。"③汉武帝以铁腕治国,但治安形势依然非常严峻,为防止关西豪杰与东方群盗串联,国家制定了极其严格的盘查制度。如此说来,朝廷任命宁成这样的酷吏为关都尉,也算是用其所长了。任关都尉后,宁成"其治如狼牧羊"的特点很快又暴露出来了,据《汉书·酷吏传·宁成传》记载:"岁余,关吏税肆郡国出入关者,号曰'宁见乳虎,无值宁成之怒'。"④所谓"关吏税肆郡国出入关者"是些什么人呢?是关东各郡国派往首都长安办理各种差事的官吏和底层差役,属于正常的公务往来,身份正当、手续齐全,按说应该予以放行,可是还受到了宁成的刁难、凌辱。宁成能让宗室豪强人人惴恐,岂能把区区底层小吏放在眼里?由此可见,宁成在对国家制度、规定的把握上,显然是走向了极端,他不分青红皂白地将公务人员与可疑分子同样对待,这就不能不引起各地官吏的抱怨。

2. "谨上操下,如束湿薪。"(《时人为宁成语》)

汉代还有关于宁成的另一则歌谣:"谨上操下,如束湿薪。"歌谣的正式成型,是在唐代白居易《白帖》⑤之中,但早在司马迁和班固笔下已见出雏形。《史记》中作:"好气,为人小吏,必陵其长吏;为人上,操下如束湿薪。滑贼任威。"⑥《汉书》中作:"好气,为少吏,必陵其长吏;为人上,操下急如束

---

① 〔汉〕班固:《汉书·百官公卿表》,第732页。
② 参见李均明:《汉简所反映的关津制度》,载自《历史研究》2002年第3期,第29页。
③ 〔汉〕班固:《汉书·武帝纪》,第204页。
④ 〔汉〕班固:《汉书·酷吏传·宁成传》,第3653页。
⑤ 《白帖》曰:"史,宁成为汉中尉,严酷。时人语曰:'谨上操下,如束湿薪。'"〔唐〕白居易原本、〔宋〕孔传续撰:《白孔六帖》卷第十六,"薪柴条"二十三,宋刻本。
⑥ 〔汉〕司马迁:《史记·酷吏列传·宁成传》,第3134页。

湿。"①两书大同小异，都有"束薪"之喻。"束薪"乃日常生活经验，要点是将薪柴一层一层压紧、踩实，最后用绳子绑扎的时候一定用最大力气勒紧，这样薪捆才不至于散开。以"束薪"方法治人，其情状可以想见，那就是使用极端暴力，将人狠狠地踩在脚底、令人丝毫动弹不得，宁成凶残、暴虐之状由此可见一斑。

3."安所求子死？桓东少年场。生时谅不谨，枯骨后何葬？"（《长安为尹赏歌》）

这是汉成帝时期很有名的《长安为尹赏歌》，将其翻译成现代汉语就是：到哪里去寻找孩子的尸首？在华表东面的少年场。生前放纵不修身，死后枯骨何处葬？

汉成帝怠于朝政，纲纪松弛，国家缺乏应有的控制力，社会秩序异常混乱，各方势力纷纷登场，法律秩序遭到肆意踩躏、践踏，就连政府官吏都随时面临人头落地的危险，普通百姓的生存状态可想而知。《汉书·酷吏传·尹赏传》记载当时的情况是："长安中奸猾浸多，闾里少年群辈杀吏，受赇报仇，相与探丸为弹，得赤丸者斫武吏，得黑丸者斫文吏，白者主治丧；城中薄暮尘起，剽劫行者，死伤横道，枹鼓不绝。"②长安城变成了一座黑恶势力、盗贼恣意横行的人间地狱。这样的政府、这样的国家机器，已然威信尽失，威严扫地。

在由贵戚、奸猾、游侠等势力勾结、交织所造成的社会乱象之下，以"治剧"闻名的尹赏被任命为长安令，并被授予"得一切便宜从事"的特权。尹赏上任后，采取以暴制暴的镇压手段，第一步工作是修治长安狱，建成方、深各数丈的"虎穴"，为后来处置罪犯做好前期基建准备。第二步，召集掾属及地方领袖，"杂举长安中轻薄少年恶子，无市籍商贩作务，而鲜衣凶服被铠扞持刀兵者，悉籍记之，得数百人。"这是尹赏所做的信息收集工作，也就是说，将危害社会和有潜在危害性的各色危险人物全部登记造册。第三步，重拳抓捕。"一朝会长安吏，车数百辆，分行收捕，皆劾以为通行饮食群盗。"第四步，挑选有利用价值的嫌犯。尹赏亲自阅视嫌犯，"见十置一"，也就是从这几百人中挑选出十分之一，留其活路，让他们立功赎罪。尹赏拣选出来这些嫌犯，"皆其魁宿，或故吏善家子失计随轻黠愿自改者"，留待将来用为爪牙。最后一步是镇压，"其余尽以次内虎穴中，百人为辈，覆以大石。数日一发视，皆相枕藉死，便舆出，瘗寺门桓东。楬著其姓名，百日后，乃令死者家各

---

① 〔汉〕班固：《汉书·酷吏传·宁成传》，第 3649 页。
② 〔汉〕班固：《汉书·酷吏传·尹赏传》，第 3673 页。

自发取其尸。亲属号哭,道路皆歔欷。长安中歌之曰:'安所求子死?桓东少年场。生时谅不谨,枯骨后何葬?'"①可以想象当时尸横遍地、家属号哭的惨象,千载之下读此一段,令人心塞。这些被处死的嫌犯中,并非全是元凶大恶,有的是年少轻薄的浪荡子,有的是逃税避税的商贩,纵然违背了国家法律,但罪不至死。尹赏没有经过审判程序、轻罪重罪一律处死,其手段未免过于残忍!但这些无知少年立身不谨,轻起祸端,践踏社会秩序,在当时社会情势下,也是引火烧身、咎由自取,埋怨不得别人。所以当时长安城流传的这首《长安为尹赏歌》,情绪较为复杂,它不是简单地对酷吏的批判、诅咒,还多少表达了对这些死者立身不谨的同情。正因为其情感复杂、耐人寻味,就产生了动人的艺术效果,与一般歌谣的直抒胸臆、毫无余蕴迥异其趣。

汉成帝时期社会治安混乱到了极点,国家治理能力和政府权威受到了公然挑衅,豪强、游侠、无赖亡命之徒出没京城,烟尘四起,官吏平民死伤不绝,这是尹赏以酷吏手段进行强力反击的时代背景。尹赏治理手段可以归纳出以下几点:第一,依靠基层官吏和群众领袖确定抓捕目标,由于有基层的检举揭发,就能够将危险分子和具有潜在危害的人物一网打尽。第二,给一部分误入歧途而愿意改过自新的轻薄子弟以一条活路,让他们充当自己的爪牙戴罪立功,使他们心甘情愿冲锋陷阵、抓捕不法之徒。其实,以贼制贼、以恶制恶、以暴制暴,正是酷吏治理的常用手段。

尹赏的高压、铁腕治理,并非是一时的权宜之计,而是由其自身的政治理念决定的,即这种高压、铁腕政治是其一贯风格。尹赏在临死之前对子弟的谆谆告诫,足以说明其作风的连续一贯,以及当时国家选拔官吏的风气导向。尹赏诫其诸子曰:"丈夫为吏,正坐残贼免,追思其功效,则复进用矣。一坐软弱不胜任免,终身废弃无有赦时,其羞辱甚于贪污坐臧。慎毋然!"②尹赏将"残贼"总结为戒子的"家法",认为官吏苛暴凶残并不可耻,软弱不胜任则臭名昭著、永无出头之日。这就说明,当时政府选官倾向于威严专断之吏,此乃当时风气,尹赏很清醒地认识到了这一点、并利用了这一点。

4."游子常苦贫,力子天所富。宁见乳虎穴,不入冀府寺。大笑期必死,忿怒或见置。嗟我樊府君,安可再遭值。"(《凉州民为樊晔歌》)

这首著名的《凉州民为樊晔歌》大意为:游手好闲的人大多贫苦,勤劳

---

① 〔汉〕班固:《汉书·酷吏传·尹赏传》,第3673—3674页。
② 〔汉〕班固:《汉书·酷吏传·尹赏传》,第3675页。

的人上天会厚待他;宁可进入正在哺乳的母虎穴中,也不愿意进入天水县衙(古时,天水属冀州,东汉时治所在冀县,即今甘谷。冀府寺,即天水县衙)。他要是放声大笑,那罪犯是必死无疑;他要是愤怒的话,说不定还会得到饶恕。好一个樊太守!这辈子再也不想和他打交道了。

这样一个让人不寒而栗的樊府君,到底是一个什么样的人呢?据《后汉书·酷吏列传·樊晔传》,光武帝时,陇右地区社会动荡,光武帝任命樊晔为天水太守,樊晔"政严猛,好申韩法、善恶立断。人有犯其禁者,率不生出狱,吏人及羌胡畏之。道不拾遗。行旅至夜,聚衣装道傍,曰'以付樊公'。凉州歌之曰:'游子常苦贫,力子天所富。宁见乳虎穴,不入冀府寺。大笑期必死,忿怒或见置。嗟我樊府君,安可再遭值!'"① 不难看出,为了打击陇右地区不轨的大姓豪族及少数民族叛乱势力,樊晔采取了严猛的镇压手段。虽然史书中说他"好申韩法",似乎意味着其治理是有法律依据的,实际并非如此,因为史书中同时还提到他另一个特点,就是"人有犯其禁者,率不生出狱"。稽之常理,违法犯罪行为有轻有重,怎么可能"率不生出狱"呢?这只能从樊晔断狱的严酷上找原因,也就是轻罪判重,重罪判死,这就是其治理下的天水"道不拾遗。行旅至夜,聚衣装道傍,曰'以付樊公'"的真正成因。不难想象,一个地区在地方官十四年高压严猛手段治理之下,怎能不形成"井然"秩序。不过这是一种恐惧统治之下的"井然",与孔子所说的"齐之以刑,民免而无耻"相差无几,百姓只是暂时求得免于法律的处罚,并没有形成真正的羞耻之心,所以百姓才会在歌谣里唱道:"嗟我樊府君,安可再遭值!"

从国家政权稳定的角度来说,皇帝很需要像樊晔这样杀伐立断、稳定一方的地方官,为其免除很多后顾之忧。至于地方官采取什么治理手段,这要取决于当时具体的社会状况,如果时局动荡,皇帝一般会默许地方官"自行其是",给予其杀伐专断之权,不多加干涉;如果是承平时代,则多鼓励教化行政、以平和的手段齐整风俗,这时地方官的残酷做法也会更多地遭到抵制和纠弹。

5."枹鼓不鸣董少平。"(《董少平歌》)

东汉光武帝时期,官员董宣治理洛阳,"搏击豪强,莫不震慄。京师号为'卧虎'。歌之曰:'枹鼓不鸣董少平'"。② 这就是著名的《董少平歌》。歌谣大意说,由于董宣治理有方,洛阳社会秩序安定,甚至到了"无讼"的程度,公堂的枹鼓为此而弃置不用。

---

① 〔南朝宋〕范晔:《后汉书·酷吏列传·樊晔传》,第 2491 页。
② 〔南朝宋〕范晔:《后汉书·酷吏列传·董宣传》,第 2490 页。

董宣是凭什么做到"枹鼓不鸣"的？这与董宣勇于搏击豪强、大力整顿地方秩序有关，特别是董宣惩治光武帝姐姐湖阳公主家奴一事尤其值得关注。据《后汉书·酷吏列传·董宣传》载，"湖阳公主苍头白日杀人，因匿主家，吏不能得"。家奴光天化日之下杀人，触犯国家法律，地方官有捉拿嫌犯的职责。无奈家奴"狗仗人势"，藏匿在公主府第，官府不敢贸然上门抓捕。但是洛阳令董宣有胆识、有毅力，他坚持守候在公主家门外，伺机抓捕。"及主出行，而以奴骖乘，宣于夏门亭候之，乃驻车叩马，以刀画地，大言数主之失，叱奴下车，因格杀之。"董宣先是大声数落公主的过失，然后将犯罪的家奴当场击毙，以防事后再生枝节。如果将事件写成小说或是拍成电影，相信场面足够惊心动魄的了。接下来的发展更是一波三折，引人入胜。意料之中的是，湖阳公主跑到刘秀面前哭诉，光武帝听后竟勃然大怒，要将董宣棰杀、替公主出这口恶气。董宣的了不起之处，是向光武帝刘秀争得一次发言机会，将真实情感一道倾泻，他说："陛下圣德中兴，而纵奴杀良人，将何以理天下乎？臣不须棰，请得自杀。"本来，刘秀是从公主的尊严被侵犯这一狭隘的角度考虑问题的，而董宣是从国家司法公正的层面来认识问题。不能不说，董宣的境界要比光武帝刘秀高出许多。不过，光武帝毕竟是一代明君，只是一时犯了糊涂，董宣的一番话使其猛醒，于是退而求其次，命令董宣向公主叩头承认错误，给公主一个台阶下，让事情画一个句号。没想到董宣誓死不从，坚持自身的正义性而绝不认错。僵持之下，刘秀也无可奈何，只以一句解嘲之语为自己圆场。刘秀的可贵之处是知错即改，能够瞬间醒悟，认识到良吏董宣的价值所在，因此不仅没有惩罚董宣，反而赐钱三十万，至此，刘秀的立场表达得极其清晰。①

董宣与公主、光武帝刘秀之间其实是在进行一场较量，那就是董宣所代表的"法治"与刘秀所代表的"人治"之间的较量，较量的结果是"法治"占了上风。实际上，这样的结果是可遇不可求的，它有一个前提，就是皇帝本人认可法治的价值，能够认识到士大夫阶层的道义坚守对于国家政权的稳固，具有正向的促进作用。董宣幸遇明主，给了他一次高调展示其道德理想主义的机会，如果换作昏庸之主，董宣唯有一死或免官下狱的下场。这次事件的结局说明了光武帝对董宣秉公执法采取支持态度，这无异于向社会释放一种政治信号，那就是意在告诫皇亲国戚、豪家大族不要心存侥幸，这是对董宣大胆"搏击豪强"的有力支撑。因而，在董宣治下出现"枹鼓不鸣"的安定局面也就不足为怪了。

---

① 〔南朝宋〕范晔：《后汉书·酷吏列传·董宣传》，第 2489—2490 页。

单凭湖阳公主家奴事件而给董宣贴上酷吏的标签,似乎显得毫无道理。实际上,史家置董宣于《酷吏列传》并非无据。董宣在任北海相时,处理公孙丹父子杀人事件,就颇显出酷吏作风。《董宣传》记载:"(公孙)丹新造居宅,而卜工以为当有死者,丹乃令其子杀道行人,置尸舍内,以塞其咎。宣知,即收丹父子杀之。丹宗族亲党三十余人,操兵诣府,称冤叫号。宣以丹前附王莽,虑交通海贼,乃悉收系剧狱,使门下书佐水丘岑尽杀之。青州以其多滥,奏宣考岑,宣坐征诣廷尉。"①董宣判公孙丹父子俱死,量刑偏重;特别是将公孙丹宗族亲党三十余人一律处死,明显属于滥杀行为。尽管董宣担心这些人与海贼勾结,但属于主观猜测,并无实据,因此,董宣被置于《酷吏传》也并不"委屈"。只不过与西汉相比,东汉时期这样大规模的镇压行动明显少了许多。

6."虏来尚可,尹来杀我。"(《益州民为尹就谣》)

歌谣反映了东汉时期巴郡人民对朝廷派来平叛的中郎将尹就的怨怒。据《后汉书·南蛮西南夷列传》,(顺帝)永和二年(公元 137 年),日南、象林地区发生了蛮夷叛乱事件,顺帝召集公卿百官讨论应对措施,普遍性的意见是派遣大将、征调四万大军镇压,只有大将军从事中郎李固予以反驳。李固提起了之前朝廷派遣中郎将尹就平定益州叛羌旧事为依据,认为派军镇压不如命州郡进行安抚。李固说:"前中郎将尹就讨益州叛羌,益州谚曰:'虏来尚可,尹来杀我。'后就征还,以兵付刺史张乔。乔因其将吏,旬月之间,破殄寇虏。此发将无益之效,州郡可任之验也。"②最后,朝廷采纳了李固的提议,任命祝良为九真太守、张乔为交阯刺史进行招降。李固在发言中引用的这首益州百姓谚是其说服众人的强有力论据。

《后汉书》中记载的这次朝廷集议,虽是讨论应对日南、象林叛乱问题,但大将军从事中郎李固的一段话,却带出了中郎将尹就被派往益州平叛的旧事。大概尹就并未严加甄别就大肆杀戮,不但没有压服羌人,反而伤及了无辜平民。尹就平叛无效被征还,只"收获"了一则怨谣。可见"妄动兵戈""以暴制暴"在很多时候并不能收到预期效果,反而会陷自身于被动局面。这件事情还透露出了另一信息,那就是日南、象林等地的"反叛蛮夷",并非野蛮到顽冥不化、不可理喻的程度,他们的反叛有地方官处事不当的因素,这样就激起了当地人的对立情绪,否则就不会出现后来张乔、祝良仅以"慰诱""威信"等平和手段就顺利平叛的结果。

---

① 〔南朝宋〕范晔:《后汉书·酷吏列传·董宣传》,第 2489 页。
② 〔南朝宋〕范晔:《后汉书·南蛮西南夷列传》,第 2838—2839 页。

二、汉代酷吏政治的成因及评价

（一）汉代酷吏的成因

1. 外戚、豪强、各种不法势力横行是酷吏存在的直接原因

两汉时期，危害大一统政治的破坏性势力各阶段性有所不同，汉初是反叛的异姓诸侯，文景时期是诸侯宗室与贵戚列侯，武帝以后主要是地方豪强，东汉以后则转而为外戚与宦官势力。镇压这些反动势力，酷吏出手、严刑痛杀，往往立竿见影。这里举几个例子，便能看出当时国家的治理困境。汉景帝时，"济南瞯氏宗人三百余家，豪猾，二千石莫能制。"①武帝之初，"网疏而民富，役财骄溢，或至并兼豪党之徒以武断于乡曲。"②宣帝时，"东海大豪郯许仲孙为奸猾，乱吏治，郡中苦之。二千石欲捕者，辄以力势变诈自解，终莫能制。"③宣帝时的涿郡，"大姓西高氏、东高氏，自郡吏以下皆畏避之，莫敢与牾，咸曰：'宁负二千石，无负豪大家。'宾客放为盗贼，发，辄入高氏，吏不敢追。浸浸日多，道路张弓拔刃，然后敢行，其乱如此。"④地方豪强势力之大，官府不能制，在这样的社会情势下，凡是豪族势力强盛的地区，也往往成为汉代酷吏大显身手之处。

2. 帝王本人的喜好

汉武帝虽然独尊儒术、主张教化治国，但"以儒术缘饰法律"，同时也呈现出鲜明的霸道治理特征。通过汉武帝对酷吏王温舒的倚重，颇能看出武帝本人的好尚。

武帝时酷吏王温舒以滥杀为能，升任河内太守后，"以九月至，令郡具私马五十匹，为驿自河内至长安，部吏如居广平时方略，捕郡中豪猾，相连坐千余家。上书请，大者至族，小者乃死，家尽没入偿臧。奏行不过二日，得可，事论报，至流血十余里。河内皆怪其奏，以为神速。尽十二月，郡中无犬吠之盗。其颇不得，失之旁郡，追求，会春，温舒顿足叹曰：'嗟乎，令冬月益展一月，卒吾事矣！'"这段叙述中有一细节颇值得注意，就是王温舒在任河内太守后，为了将河内奸猾势力一网打尽，偷偷命令郡衙准备五十匹快马，诛杀的奏报很快就通过快马呈送到都城长安审批，得到批准后快马返回，立即下令问斩。其速度之快，罪犯家属想要去京城打通关节，已然来不及了。王

---

① 〔汉〕班固：《汉书·酷吏传·郅都传》，第3647页。
② 〔汉〕班固：《汉书·食货志》，第1136页。
③ 〔汉〕班固：《汉书·尹翁归传》，第3208页。
④ 〔汉〕班固：《汉书·酷吏传·严延年传》，第3668页。

温舒以杀人为乐,但是"上闻之,以为能,迁为中尉"。① 这就说明,汉武帝眼中的能吏就是像王温舒这样雷厉风行、办案高效的滥杀之辈。

此外,汉宣帝以"霸王道杂之"的方式治理国家,在其与太子(即后来的汉元帝)的对话中,清晰地呈现出来了。元帝见汉宣帝"所用多文法吏,以刑名绳下",于是从容进谏曰:"陛下持刑太深,宜用儒生。"宣帝作色曰:"汉家自有制度,本以霸王道杂之,奈何纯任德教,用周政乎?"②不难看出,一个阶段的行政风气亦取决于皇帝本人的态度,酷吏群体之所以能够无所顾忌、勇往直前,正是有皇帝的撑腰或默许;而当国家提倡教化治国,相关诏书不绝于耳的时候,酷吏也就逐渐失去了施展空间,儒家循吏就该大显身手了。对于循吏、酷吏的并用不辍,余英时先生有一段论述揣摩出了汉代统治者的心曲:"终两汉之世,循吏和酷吏两大典型虽因各时期的中央政策不同而互为消长,但始终有如二水分流,未曾间断。从思想源流的大体言之,循吏代表了儒家的德治,酷吏代表了法家的刑政;汉廷则相当巧妙地运用这两种相反而又相成的力量,逐步建立了一个统一的政治秩序。"③此言可谓得之。

3. 法家行政方式的惯性使然

酷吏得势还有一层原因,那就是法家行政方式的惯性使然。虽然元帝之后,国家大力推行儒家行政,但法家惯性势力依然存在,酷吏行政习惯也就依然存在。比如,《汉书·朱博传》载:"博尤不爱诸生,所至郡辄罢去议曹,曰:'岂可复置谋曹邪!'文学儒吏时有奏记称说云云,博见谓曰:'如太守汉吏,奉三尺律令以从事耳,亡奈生所言圣人道何也!且持此道归,尧舜君出,为陈说之。'其折逆人如此。视事数年,大改其俗。"此则材料可见法家文吏作风与儒家官员行政方式的激烈冲突,朱博做郡守时罢去议曹,对儒家之道及文学儒吏没有一丝好感,只对皇帝唯命是从,这就体现了极端功利主义的法家作风。甚至因为朱博的长期坚持,几乎改变了当地的风俗习惯,也就是说,他那种以极端功利为指向的思维方式、工作作风,不仅改造了地方政府的风格,也影响了当地百姓,这就使得此前文学儒吏的努力前功尽弃了。班固《汉书·朱博传》的"赞语"中称其"驰骋进取,不思道德",④基本上是秉持儒家的道德标准对朱博的为人处世风格加以否定。朱博是成帝、哀帝时人,当时儒家思想已逐渐深入人心,但法家行政惯性并未完全退出历史舞台,可见其影响并非一朝一夕就能被清除的。

---

① 两处引文均引自〔汉〕班固:《汉书·酷吏传·王温舒传》,第 3656、3657 页。
② 三处引文均引自〔汉〕班固:《汉书·元帝纪》,第 277 页。
③ 余英时:《士与中国文化》,第 139 页。
④ 两处引文均引自〔汉〕班固:《汉书·朱博传》,第 3400、3409 页。

某些时候,法家酷吏的治理方式依然有其市场,仍被认为是有能力、有功效的表现;反之,软弱不胜任,则被打入另册,永无出头之日。"残贼",在某种场合其实可视作"能治剧"的同义语,指的是地方大员有魄力,敢于查处豪门显贵的不法行为以及闾巷少年的团伙犯罪,甚至不惜错杀无辜、血流成河。反之,仁慈、宽恕则是软弱无能、不能胜任职务的表现,是耻辱的标志。

(二) 对酷吏政治的评价

两汉酷吏镇压叛乱、抓捕盗贼、摧折外戚豪强、整肃社会秩序,为国家的大一统政治建设廓清道路,也在一定程度上代表了普通百姓对安定社会秩序的诉求,他们在中央集权建设中发挥了重要作用。司马迁在《史记·酷吏列传》中评价西汉酷吏:"其廉者足以为仪表,其污者足以为戒,方略教导,禁奸止邪,一切亦皆彬彬质有其文武焉。虽惨酷,斯称其位矣。"①也即是说,虽然这些酷吏有或廉或污的差异,但都"称其位",在维护社会秩序、履行使命这一点上,他们是敢于担当、尽职尽责的。范晔在《后汉书·酷吏列传》序中,也对酷吏一往无前的勇气予以高度肯定:"若其揣挫强势,摧勒公卿,碎裂头脑而不顾,亦为壮也。"②这些都堪当公允之评。

酷吏治理在社会治安方面取得了有目共睹的成效,这方面史书记载颇多。如义纵为河内都尉,"至则族灭其豪穰氏之属,河内道不拾遗",③王温舒为河内太守时"郡中无犬吠之盗",④严延年为河南太守时,"豪强胁息,野无行盗,威震旁郡",⑤董宣为洛阳令时"枹鼓不鸣",⑥樊晔为天水太守时,"道不拾遗。行旅至夜,聚衣装道傍,曰:'以付樊公。'"⑦周紆为洛阳令时,"贵戚局蹐,京师肃清"。⑧

酷吏在整肃社会治安方面还积累了一些经验,可为基层工作提供借鉴。如尹赏为长安令时,"乃部户曹掾史,与乡吏、亭长、里正、父老、伍人,杂举长安中轻薄少年恶子,无市籍商贩作务,而鲜衣凶服被铠扞持刀兵者,悉籍记之,得数百人"。⑨ 这就是依靠基层官吏和群众领袖的力量,帮助其获得第

---

① 〔汉〕司马迁:《史记·酷吏列传》赞,第 3154 页。
② 〔南朝宋〕范晔:《后汉书·酷吏列传》序,第 2487 页。
③ 〔汉〕班固:《汉书·义纵传》,第 3653 页。
④ 〔汉〕班固:《汉书·王温舒》,第 3656 页。
⑤ 〔汉〕班固:《汉书·严延年传》,第 3669 页。
⑥ 〔南朝宋〕范晔:《后汉书·酷吏列传·董宣传》,第 2490 页。
⑦ 〔南朝宋〕范晔:《后汉书·酷吏列传·樊晔传》,第 2491 页。
⑧ 〔南朝宋〕范晔:《后汉书·酷吏列传·周紆传》,第 2494 页。
⑨ 〔汉〕班固:《汉书·酷吏传·尹赏传》,第 3673 页。

一手信息资料。再如赵广汉为京兆尹时,"长安少年数人会穷里空舍谋共劫人,坐语未讫,广汉使吏捕治具服"。①若未安排线人耳目,不可能做到如此精准、神速。

两汉酷吏大多做过御史大夫、廷尉、中尉、郡守、都尉等与监察或司法相关的官职,其思想底色多是法家申韩之术。两汉酷吏对法律条文、司法程序烂熟于心,但在具体执法过程中往往破坏司法程序的公正,违背"以讼止讼""以刑止刑"的法律精神,对生命缺少基本的敬畏,对"人道"缺乏基本的概念,因内心深处缺乏道德力量的制衡,故在执法时往往矫枉过正、肆意滥杀。如汉武帝时酷吏杜周就将法律精神与帝王本人的意志等同起来,这就不可能做到真正的"法治",而沦为了"法制"。《汉书·杜周传》载,有人问杜周:"君为天下决平,不循三尺法,专以人主意指为狱,狱者固如是乎?"杜周回答:"三尺安出哉?前主所是著为律,后主所是疏为令;当时为是,何古之法乎!"②将皇帝的意志奉为法律,这是西汉酷吏的一大通病,但皇帝也很欣赏酷吏的做法。在帝王的赏识或默许下,酷吏之风焉得不兴?这实际上是专制集权制度自身的缺陷。

极端的高压并不能培养人内心知耻向善的根苗,只能激起恐惧和仇恨,所谓的"路不拾遗",效果不会长久,一旦法律松弛、必然人心涣散。《史记·酷吏列传》载:"自温舒等以恶为治,而郡守、都尉、诸侯、二千石欲为治者,其治大抵尽放温舒,而吏民益轻犯法,盗贼滋起。"③也就是说,违法犯罪分子在与地方官府周旋、抗拒的过程之中,逐渐培养起了轻视法律、抗拒法律的顽习,这比单纯的违法犯罪行为的后果更加可怕。张汝伦先生说:"世人只知教化之'无用',却不见一任刑罚对人心的败坏将使天下不可收拾。一旦政治不再讲教化,政治本身也就必然堕落成与人文无关的权术和暴力。"④信哉斯言!汉武帝时代"盗贼滋起",就是一任刑罚导致人心败坏的结果。如果政治堕落成了与人文无关的权术和暴力,那又与秦政有何区别?

《汉书·刑法志》对国家法律的使用原则有具体的辨析:"昔周之法,建三典以刑邦国,诘四方:一曰,刑新邦用轻典;二曰,刑平邦用中典;三曰,刑乱邦用重典。"⑤能够具体问题具体分析,这是可贵的政治理念。余英时先生也曾说

---

① 〔汉〕班固:《汉书·赵广汉传》,第 3202 页。
② 两处引文均引自〔汉〕班固:《汉书·杜周传》,第 2659 页。
③ 〔汉〕司马迁:《史记·酷吏列传·王温舒传》,第 3151 页。
④ 张汝伦:《作为政治的教化》,第 82 页。
⑤ 〔汉〕班固:《汉书·刑法志》,第 1091 页。

过:"中国各地风俗不同,有宜于宽治而用循吏者,有宜于严治而用酷吏者;更有宜先严后宽或先宽后严者,则循吏、酷吏交互为用。"①笔者以为,其中"有宜于严治而用酷吏者",可与"有宜先严后宽"句合并——笔者并不是一味反对严治,具体要看当时、当地政治情况的特点,如果一味地讲求仁义而无杀伐专断之手腕,这样的官员就不具备治剧的能力,甚至会被敌对势力反噬。治平之时,可以实施柔性管理,不妨春风化雨;而如果情况紧急,则不能慢条斯理,必须当机立断,采取疾风暴雨式的打击手段。但"严治"之后要有"宽治",不能将铁腕镇压作为常态、变成习惯。"法令者治之具,而非制治清浊之源也",②司马迁这句话是对的。法令、刑罚只不过是治理国家的一种工具,绝非长治久安的源泉。《史记》及"两汉书"种所介绍的酷吏,在"严治"之后,并未随之而采取教化手段,这是很遗憾的。教化治理可以迟到,但不能长久缺席!

　　作为儒家学派在战国时期集大成式的学者,荀子对国家统治和社会治理的思考较为全面且有深度,在混乱的战国和短命的嬴秦之际,荀子的治国思想没有真正的用武之地,到了汉朝,政治家和思想家们终于有了从容思考的时间,以及在现实政治中加以实践的机会。《荀子·强国篇》中提出治国之威有三种:"有道德之威者,有暴察之威者,有狂妄之威者。此三威者,不可不孰察也。"第三种"狂妄之威",属于自取灭亡之道,毫无可取之处。第一种"道德之威"和第二种"暴察之威"其间差异值得辨析。第一种"道德之威"主要是基于儒家礼义,近乎儒家念兹在兹的"礼乐教化"之威,是效果最持久、最为民众所拥戴的治理方式,具体说就是:"礼乐则修,分义则明,举错则时,爱利则形。如是,百姓贵之如帝,高之如天,亲之如父母,畏之如神明。故赏不用而民劝,罚不用而威行。夫是之谓道德之威。"第二种"暴察之威"则靠的是诛杀、刑罚,靠的是国家机器的强制力量,也能收到使百姓畏服的效果,具体说就是:"礼乐则不修,分义则不明,举错则不时,爱利则不刑,然而其禁暴也察,其诛不服也审,其刑罚重而信,其诛杀猛而必,黭然而雷击之,如墙厌之。如是,百姓劫则致畏,嬴则敖上,执拘则聚,得间则散,敌中则夺,非劫之以形势,非振之以诛杀,则无以有其下。夫是之谓暴察之威。"③第二种威严近于法家酷吏的苛暴,但显然不能深入人心,更不能持久,一旦强力不在,则其效力瞬间冰泮,因而不值得效法和弘扬。

---

① 余英时:《士与中国文化》,第138页。
② 〔汉〕司马迁:《史记·酷吏列传》序,第3131页。
③ 以上三处引文均引自《荀子·强国篇》,张觉译注本,第326—327页。

汉宣帝时渤海太守龚遂平定盗贼的办法与酷吏之治大相径庭，但效果更好，启人深思。宣帝即位不久，渤海郡左右发生饥荒，导致盗贼并起，先后在任的郡守都不能平息。七十多岁的龚遂被推荐担任渤海太守平叛。龚遂对于理乱有自己的一番思路，他认为"治乱民犹治乱绳，不可急也；唯缓之，然后可治"，他向朝廷申请"无拘臣以文法，得一切便宜从事"的特权赴任。到了渤海地界，郡衙听说新太守至，发兵相迎，"遂皆遣还，移书敕属县悉罢逐捕盗贼吏。诸持锄钩田器者皆为良民，吏无得问，持兵者乃为盗贼。遂单车独行至府，郡中翕然，盗贼亦皆罢。渤海又多劫略相随，闻遂教令，即时解散，弃其兵弩而持钩锄。盗贼于是悉平，民安土乐业。遂乃开仓廪假贫民，选用良吏，尉安牧养焉。"①龚遂不发一兵一卒就平定了渤海郡的盗贼，用的是解除百姓心理压力和分化瓦解的做法。他先是遣散郡中专门设置的逐捕盗贼的官吏，这就首先向公众展示了化解矛盾的诚意；又宣布那些手持农具的盗贼为良民而既往不咎，就给那些一时糊涂参与抢劫盗窃的百姓以改过自新的机会，也就分化了盗贼队伍。不能不说，龚遂的做法非常高明且效果明显，不仅"郡中翕然，盗贼亦皆罢"，而且其他抢劫团伙闻听后，"即时解散，弃其兵弩而持钩锄"。平定叛乱之后，龚遂并未就此以为万事大吉，而是进一步赈济灾民、选用良吏、安抚百姓并劝民农桑，这就从本质上解决了百姓的生存难题，也就从根源上消除了危害社会治安的潜在危险。

歌谣有时只是一两句话，言简却不一定意赅，需要结合史传中本事加以全面把握。如为临淮吏民所爱戴的太守朱晖，就鲜明地表现出了循吏、酷吏两种作风交织的特点。《临淮吏人为朱晖歌》："强直自遂，南阳朱季。吏畏其威，民怀其惠。"歌谣中的"强直自遂"，指的是朱晖个性刚正而自行其意、不为他人所动摇的做事特点。其实，朱晖行政既有法家刚峻的作风，又有儒家原心断狱的特点。《后汉书·朱晖列传》载朱晖断狱，"其诸报怨，以义犯率，皆为求其理，多得生济。其不义之囚，即时僵仆"。② 所谓"原心断狱"，即以《春秋》的精神和事例作为审判的法律依据，确切地讲，就是以儒家的"义"的标准断狱，将儒家的经义应用到法律中去，注重考察犯罪时的心理动机，这有一定的合理性；但是过分强调主观动机而忽视罪行轻重及社会危害，则容易导向主观定罪，偏颇显而易见。"不义之囚，即时僵仆"，就显示出了酷吏作风，但是朱晖的理念是儒家的。由此可见，基于法家理念的官吏在执法时容易表现出酷吏倾向，而以儒家自命的官员，也并非就与酷暴完全绝

---

① 以上三处引文均引自〔汉〕班固：《汉书·龚遂传》，第 3639 页。
② 〔南朝宋〕范晔：《后汉书·朱晖列传》，第 1458—1459 页。

缘，其间细微差异须仔细辨析。朱晖的作风能够受到吏民的畏爱、怀念，说明这种刚猛的行政作风在一定时期、一定地域内有其合理性，但从法律的公平正义的角度衡量，还是有失偏颇的。

随着时移世易，儒家理念日益深入人心，儒家官员逐渐用"天人感应"理论对现实政治做出解释。如东汉初年宋均的观点极其具有代表性，据《后汉书》载，"均性宽和，不喜文法，常以为吏能弘厚，虽贪污放纵，犹无所害；至于苛察之人，身或廉法，而巧黠刻削，毒加百姓，灾害流亡所由而作"。① 宋均的观点，与西汉时期酷吏尹赏临终遗言形成了鲜明对比，反映了儒家与法家治理理念的巨大差异，也折射了时代的变化。宋均这样的认识，应该说是儒家的天人感应观和灾异理论长期熏陶、滋养的结果，说明了这样一种理论和认识已经深入儒家士人的血液之中了，他们看问题就会不知不觉地从这一视角出发，且将法家酷吏作风和法家思维方式作为对立面加以批判。当然，宋均对于"贪污放纵"的包容，我们是不能同意的，这一点须辨析清楚。

三、刺贪及批判恶政的歌谣

汉代针对地方官的批判类歌谣主要是指向酷吏政治的，刺贪的歌谣则寥寥无几。这一方面可能与汉代出台了一系列严格的监察制度有关，另一方面也可能是百姓对酷吏的关注度过高而掩盖了对贪腐的关注。下面对几首刺贪和批判恶政的歌谣进行分析。

1. "东门㚖，取吴半。吴不足，济阴续。"（《东门㚖谣》）

这首《东门㚖谣》讥刺东门㚖贪浊成性、搜刮地皮的恶行，他搜刮了吴郡的一半财富，到济阴郡任太守后仍不收手。这位东门太守到底是何许人也，他到底有何贪浊的劣迹？文献中实在找不出更多的信息，《太平御览》中保留了《鲁国先贤志》的一段记载曰："东门㚖，历吴郡、济阴太守，所在贪浊。谣曰：'东门㚖，取吴半。吴不足，济阴续'。"② 东门㚖事迹见收于《鲁国先贤志》，但他贪婪成性，走到哪里贪到哪里，实在有辱鲁国先贤。

2. "天有冬夏，人有二黄。"（《武陵人为黄氏兄弟谚》）

《襄阳耆旧传》载："黄穆，字伯开，博学，为山阳守，有德政。弟㚖，字仲开，为武陵太守，贪秽无行。武陵人谚曰：'天有冬夏，人有二黄。'"③ 武陵人以自然界的冬、夏比喻黄穆、黄㚖兄弟的官德差异，说他们兄弟的声誉就如

---

① 〔南朝宋〕范晔：《后汉书·宋均列传》，第1414页。
② 〔宋〕李昉：《太平御览》第492卷"人事部·贪条"，北京：中华书局，1960年，第2250页。
③ 〔宋〕李昉：《太平御览》第22卷"时序部·夏中条"，第107页。

同冬、夏两个季节一样，形成了鲜明的对比。

3."无作封使君，生不治民死食民。"（《宣城为封使君语》）

南朝梁任昉《述异记》载："汉宣城郡守封邵，一日忽化为虎，食郡民。民呼之曰封使君，因去不复来。故时人语曰：'无作封使君，生不治民死食民。'夫人无德而寿则为虎，虎不食人，人化虎则食人，盖耻其类而恶之。"①这则歌谣颇有些灵怪色彩。"使君"，是太守的别称。将太守比作食人的老虎，可见其贪婪凶狠的程度以及百姓对他的恐惧。

4."坏陂谁？翟子威。饭我豆食羹芋葵。反乎覆，陂当复。谁云者？两黄鹄。"（《汝南鸿隙陂童谣》）

歌谣载于《汉书·翟方进传》，以汉成帝时丞相翟方进为批判对象。汝南郡原有一座鸿隙陂，对于农业灌溉发挥了很大作用，当地百姓大获其利。到了汉成帝时，关东地区屡次发大水，这座鸿隙陂反而成了水害的源头，丞相翟方进与御史大夫孔光派下属巡视，提出整治方案。他们提出将这座陂池中的水放掉，将陂池改造成良田，这样既节省了加固堤防的费用，又不必再担心池水为害。"及翟氏灭，乡里归恶，言方进请陂下良田不得而奏罢陂云。王莽时常枯旱，郡中追怨方进，童谣曰：'坏陂谁？翟子威，饭我豆食羹芋魁［葵］。反乎覆，陂当复。谁云者？两黄鹄。'"②翟方进决策毁陂造田，是出于为当地百姓造福的公心，还是出于一己之私怨，现已无从得知。但是从当时效果来看，翟方的治水方案也有其合理性。面对大自然的水灾或旱灾，以两千年前古人所掌握的科学知识是难以应付的。乡里归恶、郡中追怨，恐怕背后有人为因素作祟，单从这一件事来看，乡人的"归恶"未免苛刻。一种观点认为，翟方进与王莽是政敌，"乡里归恶"、散布童谣等是王莽一方主导舆论的结果，"（王莽）把持着舆论，在翟方进奏罢鸿郤陂的问题上，完全撇开当时水患等事实，而抓住旱灾增多、人们需要陂塘之时机，乘机归罪于翟氏，以图借此把已经垮台的翟氏在政治上彻底搞臭，求得自己政治地位的进一步巩固"。③ 这种推测不能说毫无道理。

童谣中预测"反乎覆，陂当复"，实际情况果真如此吗？光武帝建武十八年，汝南太守邓晨组织人力重修鸿郤陂，"兴鸿郤陂数千顷田，汝土以殷，鱼稻之饶，流衍它郡"。④ 可见鸿郤陂重新成为造福当地人民的福泽之陂。关

---

① 〔南朝梁〕任昉：《述异记》上卷，引自《丛书集成初编》本，北京：中华书局，2010年，第5页。
② 〔汉〕班固：《汉书·翟方进传》，第3440页。
③ 刘啸：《我国古代著名的水库鸿郤陂》，载自《史学月刊》1983年第2期，第47页。
④ 〔南朝宋〕范晔：《后汉书·邓晨列传》，第584页。

于邓晨重修鸿郤陂之事,《后汉书》中有详细记载:"汝南旧有鸿郤陂,成帝时,丞相翟方进奏毁败之。建武中,太守邓晨欲修复其功,闻(许)杨晓水脉,召与议之。杨曰:'昔成帝用方进之言,寻而自梦上天,天帝怒曰:"何故败我濯龙渊?"是后民失其利,多致饥困。时有谣歌曰:"败我陂者翟子威,饴我大豆,亨我芋魁。反乎覆,陂当复。"昔大禹决江疏河以利天下,明府今兴立废业,富国安民,童谣之言,将有征于此。诚愿以死效力。'晨大悦,因署杨为都水掾,使典其事。杨因高下形势,起塘四百余里,数年乃立。百姓得其便,累岁大稔。"①鸿郤陂得以重修,首先要归功于汝南太守邓晨的决策和组织,具体实施则要靠水利专家许杨的领导。许杨搬出了汉成帝梦中与天帝的对话并引述童谣,看似荒诞不经,实则别有深意。据笔者的猜测,这既是为了坚定太守邓晨的意志,更大的可能是为了统一汝南各界的认识,因为兴修如此浩大的水利工程,如何确定工程的路线走向,必然要关系到当地豪族大家的利益。根据刘海峰的研究,修复鸿隙陂遇到的阻力着实不少,"原来,鸿隙陂废弃后,陂内大片肥沃的良田大都被当地的豪强地主所占有,有的还盖起了庄园。修复鸿隙陂,这些土地当然被划在陂内。在确定陂堤施工位置时,那些豪强地主都站出来公开非难,有的豪强地主私下向许杨行贿,希望更改施工路线,有的豪强地主请许杨免除自己的工役"。②但许杨事先散布了天帝的"意志"及童谣,以"天"压人,就很可能在一定程度上为修复鸿郤陂减轻了阻力。

第二节 赞美循吏政治的歌谣

"循吏"是相对"酷吏"而言的一种地方官类型。两汉酷吏以"虎狼之治"打击不法豪强与奸邪作恶之辈,稳定了社会秩序,为社会发展创造了条件;与此同时,循吏则以"爱民如子"的情怀发展生产、教化百姓,塑造了良好的社会风气,与酷吏政治形成了既相互补充又相互抗衡的关系。必须辨析清楚的是,"循吏"指的是地方官,而与各级监察官或朝廷官员无涉。因为地方官是亲民之官,百姓的日常政治参与主要是地方政治,而朝廷官员以及监察系统的官员,从理论上来讲,并不与地方事务直接接触,与百姓之间隔了一层,百姓为地方官创作歌谣的可能性较大,而为朝廷官员和监察官员创作

---

① 〔南朝宋〕范晔:《后汉书·方术列传·许杨传》,第2710页。
② 刘海峰:《汉代大型水利工程鸿隙陂考》,载自《天中学刊》2007年第4期,第110页。

歌谣的机率则很小。被载入《汉书》"循吏传"和《后汉书》"循吏列传"中的官员，其生平经历中闪耀光彩及为史家所着力渲染的部分，都是他们在地方从政的阶段，西汉的文翁、王成、黄霸、朱邑、龚遂、召信臣，东汉的卫飒、任延、王景、秦彭、王涣、许荆、孟尝、第五访、刘矩、刘宠、仇览、童恢，等等诸人，无不如此。所以，这一节介绍的"循吏歌谣"指的是专为优秀地方官创作的歌谣，而为朝廷官员和监察官员创作的歌谣不在此列，将在下一节专门介绍。

从地方政治制度设计的角度，钱穆先生高度评价汉代政治，他说："中国历史上讲到地方行政，一向推崇汉朝，所谓'两汉吏治'，永为后世称美。"（前文已引）此论确为灼见，汉代政治不唯在制度设计上可为后代取法，即从实际运行效果而言，后世亦鲜能匹及。

太守的常规工作是维护治安、劝课农桑、征租督赋、平断狱讼、选举孝廉，东汉以后更把兴办学校及推行礼乐教化纳入治理重心。毫不夸张地讲，地方政治的每一领域都能看到太守的影响力。当然，不唯太守，县令长的作用也是不可或缺的。诚如周振鹤先生所言，"中央政府必须通过各级地方政府才能管理国家，因此国家的发展与社会的进步无不依赖于中央与地方行政制度的协调与完善，尤其地方政府是联系中央与民众的中介机构，基层地方政府更是直接管理的行政机构，因此在某种意义上来说，地方行政组织的重要性有时还超过中央政府"。[①]

地方官不仅是广大百姓眼中的"父母官"，他们也是朝廷派出的代表皇帝的治理者，对他们，不仅有民众层面的评价，也有上级政府的考察。由于朝廷对地方官的考核指标集中在户口数目、垦田数目、租税收入、治安情况等指标，地方官在治理过程中也就自然地把这些方面作为关注重点，以应对上级的考核，这就体现了考评"指挥棒"的决定性作用。顺理成章地，各地百姓为地方官创作的歌谣，也相应地集中在地方官维护地方治安、发展农业生产、平断狱讼等方面；受时代风气影响，东汉以降，地方官实行礼乐教化、移风易俗等活动，也成为歌谣中着力描写的内容，从而催生了内容各有侧重的循吏歌谣。

一、赞美地方官稳定社会秩序的歌谣

对于历代统治者来说，保持政权长期稳定，不仅是家天下统治得以维系的前提条件，也是广大百姓生存的基本诉求，离开政权稳固和社会稳定谈治

---

① 周振鹤：《中国地方行政制度史》，上海：上海人民出版社，2014年，绪言第1页。

理无异于空谈。汉代地方治理体制基本上是军政不分、军警不分、司法刑狱不分,这对地方官的素质和能力提出了相当高的要求。由于职责所系,汉代地方官必须允文允武,不仅要治民、理财、断狱,还要防盗缉贼。

威胁地方稳定的因素包括地方上的不法豪强、奸猾分子、盗贼群体、叛乱势力等,地方官若能瓦解、清除这些奸恶势力,为社会发展创造安定和平的生存空间,就能够赢得百姓的认可和接受。这方面可从如下歌谣中窥得一斑。

1."前有赵张,后有三王。"(《吏民为赵张三王语》)

西汉成帝时期歌谣"前有赵张,后有三王",虽然只有寥寥两句八字,却赞美了赵广汉、张敞、王尊、王章、王骏前后五位作风强硬的京兆尹的治绩。这五位京兆尹治理京师各有特长,但都以刚峻为共性。他们敢于摧折豪强、惩治暴邪,在他们的治理下京都长安地区"枹鼓稀鸣,市无偷盗",①社会治安明显好转,这五位京兆尹也赢得了百姓爱戴。具体来说,这五个人各有特点:赵广汉刚直不挠,无所回避,善长刑侦工作;张敞依靠基层群众,掌握一手信息,善于把握罪犯心理、瓦解分化;王尊善于拨剧整乱,诛暴禁邪;王章刚直守节;王骏亦有能名。

京城政治对于整个国家治理具有示范意义,因为京城治理关系着国家形象、天子威严,人们对此期望甚高,要求其为全国提供效法和示范的标杆。《周易·观卦》的卦辞"观:盥而不荐,有孚颙若",②以及六四爻辞"观国之光,利用宾于王",传达出了在下位者通过仰观王者道德之美以领受美好的教化,以及通过仰观王朝光辉盛治而达到施泽天下的目的,在上位者的一举一动都成为天下仰观的对象,不可不慎。在这种期待之下,京师官员如能维护社会秩序、保障人民生活、生产,就顺应了时代的要求和民众的心声,获得民众的爱戴和赞美是自然而然的。

现实情况是,京兆在天子车辇之下,各方势力奔走辐辏,更有皇亲国戚、豪强、游侠、盗贼、奸猾势力盘根错节、骄纵不法、为非作歹,对社会安定构成威胁和挑战。班固在《汉书·地理志》中对京兆难治有着透辟的分析,他说:"汉兴,立都长安,徙齐诸田,楚昭、屈、景及诸功臣家于长陵。后世世徙吏二千石、高赀富人及豪桀并兼之家于诸陵。盖亦以强干弱支,非独为奉山园也。是故五方杂厝,风俗不纯,其世家则好礼文,富人则商贾为利,豪桀则游侠通奸。濒南山,近夏阳,多阻险轻薄,易为盗贼,常为天下剧。"③概括起来

---

① 〔汉〕班固:《汉书·张敞传》,第 3221 页。
② 《周易·观卦》,黄寿祺、张善文译注本,第 172 页。
③ 〔汉〕班固:《汉书·地理志》,第 1642—1643 页。

就是人员复杂、地形复杂,由此而导致风俗复杂。班固还在《两都赋》中以赋家生动的笔法,将京兆地区人员的复杂性描摹得淋漓尽致:"游士拟于公侯,列肆侈于姬姜。乡曲豪举,游侠之雄。节慕原尝,名亚春陵。连交合众,骋骛乎其中。"①这段描写与《汉书·地理志》互相印证和呼应。

情况如此复杂,给京兆治理带来了极大难度。《汉书·张敞传》中说:"京兆典京师,长安中浩穰,于三辅尤为剧。郡国二千石以高弟入守,及为真,久者不过二三年,近者数月一岁,辄毁伤失名,以罪过罢。""浩穰",颜师古注曰:"浩,大也。穰,盛也。言人众之多也。"②人众之多并非关键,人众之杂且各怀异心才是治理的难题。这足以说明,官员若没有强硬的统御手腕和高超的治理技巧,是难以胜任如此艰巨任务的。"颍川太守黄霸以治行第一入守京兆尹。霸视事数月,不称,罢归颍川。"③黄霸等二千石为何无法胜任京兆一职呢?赵张三王又有何特殊本领而为百姓所认可呢?

史载赵广汉为京兆尹时,创造性地发明了一种"钩距法"以了解基层信息。"钩距者,设欲知马贾,则先问狗,已问羊,又问牛,然后及马,参伍其贾,以类相准,则知马之贵贱不失实矣。唯广汉至精能行之,他人效者莫能及也。"此外,赵广汉还重视情报工作,安排了线人或耳目,打入不法分子内部,以致"郡中盗贼,闾里轻侠,其根株窟穴所在,及吏受取请求铢两之奸,皆知之"。在赵广汉治理之下,京城政治清明,百姓称赞不绝于口,"长老传以为自汉兴以来治京兆者莫能及",④可见赵广汉被认为是汉兴以来治理京兆的第一人。

张敞为京兆尹之后,重视依靠基层群众以掌握罪犯信息,《汉书·张敞传》载:"(敞)求问长安父老,偷盗酋长数人,居皆温厚,出从童骑,闾里以为长者。敞皆召见责问,因贳其罪,把其宿负,令致诸偷以自赎。偷长曰:'今一旦召诣府,恐诸偷惊骇,愿一切受署。'敞皆以为吏,遣归休。置酒,小偷悉来贺,且饮醉,偷长以赭污其衣裾。吏坐里间阅出者,污赭辄收缚之,一日捕得数百人。穷治所犯,或一人百余发,尽行法罚。"⑤也就是说,先通过情报工作挖出那些偷盗的首领,免其前罪,命他们协助抓捕同伙。张敞善于把握犯罪分子心理,通过分化瓦解、以贼制贼的办法来达到打击罪犯、整肃秩序的目标。

---

① 引自〔南朝梁〕萧统《文选》第 1 册第 7—8 页。
② 〔汉〕班固:《汉书·张敞传》,第 3222、3223 页。
③ 〔汉〕班固:《汉书·张敞传》,第 3221 页。
④ 〔汉〕班固:《汉书·赵广汉传》,第 3202、3203 页。
⑤ 〔汉〕班固:《汉书·张敞传》,第 3221 页。

"三王"之一的王尊为京兆尹时,社会治安正处于非常恶劣的状态,《汉书·王尊传》载当时:"长安宿豪大猾东市贾万、城西萬章、翦张禁、酒赵放、杜陵杨章等皆通邪结党,挟养奸轨,上干王法,下乱吏治,并兼役使,浸渔小民,为百姓豺狼。更数二千石,二十年莫能禽讨。"也就是说二十年来,长安城已经被各种邪恶势力所控制、裹挟,地方政府沦为有名无实,权力被架空。在这种严峻的社会情势下,王尊以刚性手段"拨剧整乱,诛暴禁邪",结果是"奸邪销释,吏民说服",收到了前所稀有的治理效果。①

"三王"之二的王章,任京兆尹期间的治迹史所不载。不过《汉书》载其任谏大夫、司隶校尉时,"大臣贵戚敬惮之",可以推见其为人处世之大端。特别是在代替王尊为京兆尹之后,王章敢于抗击如日中天的帝舅大将军王凤,"章虽为凤所举,非凤专权,不亲附凤。会日有蚀之,章奏封事,召见,言凤不可任用",遂被王凤构陷,终获大罪。班固评价其:"刚直守节,不量轻重,以陷刑戮,妻子流迁,哀哉!"②敬重的感情之中寄予了无限的同情,一句"不量轻重"的赞词中包含了多少无奈!

"三王"之三的王骏是名臣王吉之子,"成帝欲大用之,出骏为京兆尹,试以政事。先是京兆有赵广汉、张敞、王尊、王章。至骏皆有能名"。③

2. "前有赵张三王,后有边延二君。"(《京兆民语》)

歌谣"前有赵张,后有三王"流传久远,到了东汉时期,人们又为其补充了新的内容,发展为"前有赵张三王,后有边延二君。"边、延二君是何许人物?《后汉书·循吏列传》序中介绍说,"边凤、延笃先后为京兆尹,时人以辈前世赵、张"。④ 由此可知边凤、延笃是东汉时期著名的京兆尹,他们的能力、功绩堪与西汉时期的赵、张等人相提并论。关于边凤,囿于史料的缺乏,我们无从得知其立身行事的轨迹;延笃,《后汉书》专为其立传,可见影响之大。《后汉书·延笃列传》载:"(笃)徙京兆尹,其政用宽仁,忧恤民黎,擢用长者,与参政事,郡中欢爱,三辅咨嗟焉。先是陈留边凤为京兆尹,亦有能名,郡人为之语曰:'前有赵张三王,后有边延二君。'"⑤由此可见,延笃治理京兆沾溉了时代精神气质,以宽仁爱民为特色。但如果我们对延笃的印象仅止于仁柔,那就失之于偏颇了。《后汉书》本传记载了他不惧权势、刚直不阿的事迹:"时皇子有疾,下郡县出珍药,而大将军梁冀遣客赍书诣京兆,并

---

① 以上三处引文均引自〔汉〕班固:《汉书·王尊传》,第 3234 页。
② 以上三处引文分别引自〔汉〕班固:《汉书·王章传》,第 3238、3240 页。
③ 〔汉〕班固:《汉书·王骏传》,第 3066—3067 页。
④ 〔南朝宋〕范晔:《后汉书·循吏列传》序,第 2458 页。
⑤ 〔南朝宋〕范晔:《后汉书·延笃列传》,第 2103—2104 页。

货牛黄。笃发书收客,曰:'大将军椒房外家,而皇子有疾,必应陈进医方,岂当使客千里求利乎?'遂杀之。冀惭而不得言,有司承旨欲求其事。笃以病免归,教授家巷。"①延笃敢于搏击如日中天的外戚梁冀,无异于自断前程,这说明他把正义原则看得至高无上,正道直行,并不在乎个人仕途,宜乎其与先贤赵张三王并列而称!

陈鸿彝在《中国治安史》中概括道:"在具体治安措施方面,汉代一些地方长吏也积累了不少经验……如记籍、钩稽、类推、跟踪、耳目、灰线、奖励告密、分化瓦解、一网打尽等等。"②通过考察赵张三王等京兆尹的治理轨迹,可以发现他们所使用的一些手段如钩稽(钩距)、耳目、奖励告密、分化瓦解、一网打尽等手法与陈著一一对应。这几位京兆尹的治理有以下特点颇能给人启发。

首先,注重信息情报工作。

这几位京兆尹治理的一大特点是重视信息情报工作,如赵广汉亲自到市井民间,使用"钩距"法了解民间情况;还在各处安排了线人或者耳目,这样才能做到"郡中盗贼,闾里轻侠,其根株窟穴所在,及吏受取请求铢两之奸,皆知之。"③张敞也"以耳目发起贼主名区处,诛其渠帅"。④ 汉代社会管理体制为地方官了解基层情况提供了方便,据司马彪《后汉书·百官志》可知,"里有里魁,民有什伍,善恶以告"。本注曰:"里魁掌一里百家。什主十家,伍主五家,以相检察。民有善事恶事,以告监官。"⑤这种制度旨在加强社会控制,是汉代对先秦以来社会治安控制之术的继承和发展,为汉代地方官依靠基层群众、获得一手真实信息提供了制度保障,否则地方官的信息情报工作将无所依托、难有收获。

其次,是运用心理策略分化瓦解盗贼。

如张敞为京兆尹后,"求问长安父老,偷盗酋长数人,居皆温厚,出从童骑,闾里以为长者。敞皆召见责问,因贳其罪,把其宿负,令致诸偷以自赎"。⑥ 张敞使用了典型的攻心策略,对犯罪分子起到了分化、瓦解作用,也给那些并非顽冥不化、有一定向善之心的盗贼改过自新的机会。张敞的治安工作思路正好迎合了一部分盗贼的心理,给他们提供了重新做人、回到社

---

① 〔南朝宋〕范晔:《后汉书·延笃列传》,第 2104 页。
② 陈鸿彝:《中国治安史》,北京:中国人民公安大学出版社,2002 年,第 107 页。
③ 〔汉〕班固:《汉书·赵广汉传》,第 3202 页。
④ 〔汉〕班固:《汉书·张敞传》,第 3225 页。
⑤ 〔晋〕司马彪:《后汉书·百官志》,第 3625 页。
⑥ 〔汉〕班固:《汉书·张敞传》,第 3221 页。

会的机会。

再次,对于不同地区风俗民情不同,治理亦难用统一模式。

颍川太守黄霸以治行第一入守京兆尹,却因不能胜任而罢归,说明京兆情况复杂、矛盾集中,一时难用儒家循循善诱的礼乐教化,至少短时间内难以奏效;相反张敞采用儒法结合、刚柔相济的治剧作风控制了局面,这说明地方治理需要因地、因时制宜,不可一概而论。

3. "我府君,道教举。恩如春,威如虎。刚不吐,弱不茹。爱如母,训如父。"(《京兆为李燮谣》)

歌谣大意是:我们的京兆尹李燮,以道德教化百姓,他的恩情如春天般温暖,他的威严如猛虎般不可侵犯。他不惧权贵,敢啃硬骨头,他充满仁德,不辱弱小。他的慈爱如母,他的教训如父。司马彪《续汉书》中载:"李燮拜京兆,诏发西园钱,燮上封事,遂止不发。吏民爱敬,乃谣曰:'我府君,道教举。恩如春,威如虎。刚不吐,弱不茹。爱如母,训如父。'"①李燮是名臣李固之子,李固正道直行,坚持立德行兼备的清河王刘蒜为帝,触忤了外戚大将军梁冀,下狱被迫害致死。歌谣"直如弦,死道边"就是为其而发。李燮颇有乃父之风,或者更确切地说,他身上传承了儒家士人刚正不阿的风骨,他上封事为民请命,为老百姓免去了一笔额外苛税,深受百姓爱戴。对此,范晔《后汉书》中也有记载:"擢迁河南尹。时既以货赂为官,诏书复横发钱三亿,以实西园。燮上书陈谏,辞议深切,帝乃止。"②

4. "弃我戟,捐我矛。盗贼尽,吏皆休。"(《会稽童谣》一)

歌谣赞颂东汉和帝时期的会稽太守张霸。据《后汉书·张霸列传》可知,张霸在和帝永元年间任会稽太守,"霸始到越,贼未解,郡界不宁,乃移书开购,明用信赏,贼遂束手归附,不烦士卒之力。童谣曰:'弃我戟,捐我矛。盗贼尽,吏皆休。'"③张霸不费一兵一卒,避免了血流成河,凭智谋就使盗贼归附,会稽地区的危险因素得以解除。与酷吏惯用的铁腕镇压相比,张霸化解危机的方式不仅富于人性化,而且更加高效,其做法有极强的启示意义。

5. "时岁仓卒,盗贼纵横,大戟强弩不可当,赖遇贤令彭子阳。"(《彭子阳歌》)

《彭子阳歌》是东汉时期吴地百姓为县令彭循所作的颂谣,彭循以智勇劝退海盗,与张霸的做法似如出一辙。彭循(一名彭修)的史料流传下来的

---

① 〔晋〕司马彪:《续汉书·李固传附李燮传》,引自〔清〕汪文台辑、周天游校《七家后汉书》,石家庄:河北人民出版社,1987年,第276页。
② 〔南朝宋〕范晔:《后汉书·李固列传附李燮传》,第2091页。
③ 〔南朝宋〕范晔:《后汉书·张霸列传》,第1242页。

很少，谢承《后汉书》载："海贼丁义欲向郡，郡内惊惶，莫敢捍御。太守秘君闻修义勇多谋，请守吴令。身与义相见，宣国威德，贼遂解去。民歌之曰：'时岁仓卒，盗贼纵横，大戟强弩不可当，赖遇贤令彭子阳。'"①海盗作乱一直是困扰沿海地区政府和百姓的治安难题，他们烧杀抢掠，出没无踪，对官府权威构成挑战，对百姓生命财产构成巨大威胁，却很难对其进行精准打击。政府官员对海盗的踪迹向来警惕，董宣在担任北海相时，就因为担心公孙丹宗族成员与海盗勾结，将三十多人处死。这一方面反映了董宣的残酷，另一方面也说明了海盗问题确实严重。所以，当彭修亲身与海盗见面，以其胆识说服海盗放弃了劫掠计划，自然就受到当地百姓的真心感戴。

6."我有枳棘，岑君伐之。我有蟊贼，岑君遏之。狗吠不惊，足下生螫。含哺鼓腹，焉知凶灾。我喜我生，独于斯时。美矣岑君，于戏休兹。"（《魏郡舆人歌》）

这首《魏郡舆人歌》歌颂东汉安帝时期魏郡太守岑熙。歌谣共十二句，内容可以分为两部分。前四句为第一部分，介绍岑熙的治理成绩，写他带领百姓铲除枳棘、开辟土地，并瓦解盗贼，为百姓生活创造了安定环境。后八句为第二部分，描写在岑熙的治理下魏郡百姓过上了安静平和、休养生息的生活。我们对岑熙所知不多，《后汉书·岑彭列传附岑熙传》中介绍他的经历不过寥寥数语："尚安帝妹涅阳长公主。少为侍中、虎贲中郎将，朝廷多称其能。迁魏郡太守，招聘隐逸，与参政事，无为而化。视事二年，舆人歌之曰：'我有枳棘，岑君伐之。我有蟊贼，岑君遏之。狗吠不惊，足下生螫。含哺鼓腹，焉知凶灾。我喜我生，独于斯时。美矣岑君，于戏休兹。'"②值得注意的是，岑熙"招聘隐逸，与参政事，无为而化"，其治理魏郡所采取的策略，既非法家、亦非儒家，而更似西汉初年的"黄老无为"之治，却取得了令百姓满意的效果。这就足见地方官应根据当地情况，因地制宜地采取灵活的治理策略。

7."邑然不乐，思我刘君。何时复来，安此下民。"（《顺阳吏民为刘陶歌》）

歌谣歌颂的是东汉桓帝时期顺阳县长刘陶，他清除了顺阳地区的奸猾势力，使社会秩序得以安定。《后汉书·刘陶列传》载："县多奸猾，陶到官，宣募吏民有气力勇猛，能以死易生者，不拘亡命奸臧，于是剽轻剑客之徒过晏等十余人，皆来应募。陶责其先过，要以后效，使各结所厚少年，得数百人，皆严兵待命。于是复案奸轨，所发若神。以病免，吏民思而歌之曰：'邑

---

① 〔三国吴〕谢承：《后汉书·独行列传·彭修传》，〔清〕汪文台辑、周天游校本，第95页。
② 〔南朝宋〕范晔：《后汉书·岑彭列传附岑熙传》，第663页。

然不乐,思我刘君。何时复来,安此下民。'"①顺阳地区民风不够醇朴,奸猾人物很多。所谓"奸猾",指的是那些诡计多端的无赖之徒,其特点与盗贼不同,大概很难用规劝、教化的方法感化。刘陶采用以暴止奸的办法,招募一批敢死队员,免除这些人之前的犯罪记录,给他们立功赎罪的机会。这样做的效果是"复案奸轨,所发若神",将奸猾势力一网打尽,还百姓以安定和平的社会风气。虽说刘陶所作所为是出于权宜之计,但他并没有肆意滥杀,与酷吏动辄血流成河的残酷镇压还是截然不同的。

8. "两日出,天兵戢。"(《蜀郡童谣》)

谢承《后汉书·黄昌传》载:"昌为蜀郡太守,未至郡时,蜀有童谣曰:'两日出,天兵戢。'"②歌谣表现了蜀郡百姓期待贤明太守黄昌上任,以猜字谜的方式先为其营造声势。"两日",昌也;"天兵戢",寓示黄昌上任则混乱自消。黄昌果然不负众望,到任后不仅审理了历年积压的冤案,还肃清了境内的宿恶大奸,维护了社会公平。人尚未到任,童谣早已传出,这说明了当地人民对这位新太守寄予厚望,希望他铲除蜀郡盗贼势力,创造安定和平的社会环境。

《后汉书·酷吏列传·黄昌传》具体写道:"(昌)迁蜀郡太守。先太守李根年老多悖政,百姓侵冤。及昌到,吏人讼者七百余人,悉为断理,莫不得所。密捕盗帅一人,胁使条诸县强暴之人姓名居处,乃分遣掩讨,无有遗脱。宿恶大奸,皆奔走它境。"③《后汉书》记载黄昌的政绩主要有两条,一是断理了积压多年的狱讼,维护了公平正义;二是用"擒贼先擒王"的办法铲除盗贼,先是抓捕了盗贼首领,迫使其交代出分布在各县的余党,精准打击,逐一抓捕,终于一举解决了蜀郡的治安问题。黄昌名在《酷吏列传》,足见其在各地任职时曾使用残酷镇压手段,可能正因如此,朝廷才派他来蜀郡收拾前太守遗留下来的烂摊子。黄昌治蜀,成绩卓著,且手段较为平和,因此获得了百姓的好评。这就提示我们评价循吏、酷吏,不能以僵化、静止的眼光一贴标签了事,还要根据具体情况做具体的分析。

9. "贾父来晚,使我先反。今见清平,吏不敢饭。"(《交阯兵民为贾琮歌》)

这是汉灵帝时期交州兵民为刺史贾琮所作的颂歌。贾琮在交阯地区屯兵叛乱之际临危受命,被朝廷派往交阯平叛。事情的起因是这样:交阯地区出产很多名贵的特产,如明玑、翠羽、犀、象、玳瑁、异香、美木,"前后刺史

---

① 〔南朝宋〕范晔:《后汉书·刘陶列传》,第1848页。
② 〔三国吴〕谢承:《后汉书·黄昌传》,〔清〕汪文台辑、周天游校本,第88页。
③ 〔南朝宋〕范晔:《后汉书·酷吏列传·黄昌传》,第2497页。

率多无清行,上承权贵,下积私赂,财计盈给,辄复求见迁代,故吏民怨叛",也就是说,前后交阯刺史贪图财富而多行搜刮之事,不仅自己中饱私囊,还要贿赂权贵以求升迁,百姓因赋敛过重而致生活贫困无依。因为地处边陲,使者巡行的足迹难以到达,交阯地区成了政治监控的死角,地方官贪腐搜刮的劣迹就难以上达朝廷,百姓"告冤无所,民不聊生,故聚为盗贼"。贾琮到职后,并未急于发兵镇压,而是首先摸清"叛乱"的原因;旋即动用刺史权力,大刀阔斧地按照自己的意志处理"叛乱":"移书告示,各使安其资业,招抚荒散,蠲复徭役,诛斩渠帅为大害者,简选良吏试守诸县,岁间荡定,百姓以安。巷路为之歌曰:'贾父来晚,使我先反。今见清平,吏不敢饭。'"①贾琮处理问题的方式,是"导之以德"、待之以仁,基本上遵循了儒家循吏的执政理念。具体来说,采取了安抚百姓、招徕流民、豁免徭役、诛斩渠帅、精选良吏等深得民心的几步措施。

　　交阯地区"叛乱"事件的起因以及贾琮平"叛"的经过,启人深思:当百姓被逼得走投无路、难以生存的时候,其爆发出来的破坏力是巨大的,特别是当军队参与到反叛队伍中,更是将国家拖向动荡深渊的前兆。这时是动用国家机器摧灭之?还是因势利导抚平之?儒家、法家理念指导下的官员会有不同的处理方式。当然,处理效果、社会影响也有天壤之别。贾琮并未采取简单粗暴的平乱方式,这是其聪明之处,也是其知民、爱民使然,发布告示安顿贫民,使各安其业、蠲复徭役,这是善政。因为这些百姓本身就不是奸猾暴民,只是受地方官压迫才铤而走险。由于采取了适当的处理方式,交阯事态很快得以平息,贾琮受到了百姓拥戴。当然,贾琮担任刺史之职,使其更容易从全局角度选择良吏、安排交阯地区人事,易于取得积极的效果。

　　10. "天下大乱兮市为墟,母不保子兮妻失夫,赖得皇甫兮复安居。"(《皇甫嵩歌》)

　　皇甫嵩先为北地太守,因在黄巾起义爆发后上疏请求解除党禁,被授为左中郎将,又在镇压黄巾起义中立下很多战功,乱平后拜冀州牧。在冀州任上,皇甫嵩考虑到朝廷与黄巾军激烈交战给当地造成了巨大损耗,奏请免除冀州百姓一年的田租,得到了皇帝批准。汉代末年天灾人祸频仍,史料中对冀州百姓的苦难多有客观的记录,如《后汉书·孝桓帝纪》载永兴元年(公元153年)秋七月的天灾:"郡国三十二蝗。河水溢。百姓饥穷,流冗道路,至有数十万户,冀州尤甚。"②永寿元年(公元155年)二月,"司隶、冀州饥,

---

① 以上三处引文均引自〔南朝宋〕范晔:《后汉书·贾琮列传》,第1111—1112页。
② 〔南朝宋〕范晔:《后汉书·孝桓帝纪》,第298页。

人相食"。① 在黄巾起义与朝廷镇压起义的厮杀过程中,农业遭到破坏是势所必然的,甚至发生了"天下饥荒,人民相食"②的惨剧。在这样的民生惨状下,免除一年的田租,对百姓而言无异于天大的恩德。冀州百姓感念皇甫嵩的仁政,为其传唱歌谣。《后汉书·皇甫嵩列传》载此歌谣。

其实,皇甫嵩能够实施造福于民的善政,与其本人浓厚的"为民父母"情怀密不可分。本传载:"嵩温恤士卒,甚得众情,每军行顿止,须营幔修立,然后就舍帐。军士皆食,己乃尝饭。吏有因事受赂者,嵩更以钱物赐之,吏怀惭,或至自杀……嵩为人爱慎尽勤,前后上表陈谏有补益者五百余事,皆手书毁草,不宣于外。又折节下士,门无留客。时人皆称而附之。"③由此可见,皇甫嵩属于儒家循吏型的官员,他能够体恤人民疾苦,对待民众,对待军中士兵都是如此。"军士皆食,己乃尝饭",他身上似乎有西汉飞将军李广的风采。在平定农民起义的过程中,他目睹了底层百姓所遭遇的苦难,遂请求朝廷以冀州一年的田租来将养因战乱而流离失所的饥民,只有具有浓厚民本情怀的政治家才能生出如此仁爱之心。

以上歌谣赞美的地方官,共同点都是在维护社会秩序方面做出了贡献,从而都受到了百姓的爱戴。诸人治理手段各不相同,张霸靠智谋使盗贼归附,彭修靠胆识阻止海盗攻击,岑熙铲除盗贼后实行"无为而治",刘陶以暴止奸,黄昌"擒贼擒王",贾琮以德平乱,皇甫嵩平"乱"后爱民以德。有的使用武力重拳出击,有的不发刀兵而危机自解,反映出地方官不同的治理思路。这些地方官的治理有文治、武治之别,即便使用武力手段平定盗贼和奸猾势力,也体现出了节制意识,并未滥杀无辜,这是与酷吏施政明显不同之处。

二、赞美地方官发展农业生产的歌谣

与农业社会的特点相适应,汉代地方官的主要职责之一是发展农业,即广拓土田、劝课农桑、兴修水利、改进农具,促进农业增产增收,满足百姓及朝廷粮食需求。

马克思曾经说过:"赋税是官僚、军队、教士和宫廷的生活源泉,一句话,它是行政权力整个机构的生活源泉。强有力的政府和繁重的赋税是同一个概念。"④这段话虽是针对近代国家而发,但古代王朝又何尝不是如此呢?

---

① 〔南朝宋〕范晔:《后汉书·孝桓帝纪》,第 300 页。
② 〔晋〕陈寿:《三国志·魏书·王昶传》注,第 748 页。
③ 〔南朝宋〕范晔:《后汉书·皇甫嵩列传》,第 2302、2307 页。
④ (德)马克思:《路易·波拿巴的雾月十八日》,引自《马克思恩格斯选集》第 1 卷,北京:人民出版社,1972 年,第 697 页。

赋税、钱粮,不仅是各级政府运转的源泉,也是军队战斗力的保证,因此汉代中央政府将农业生产的优劣与丰歉,作为考核郡守政绩的主要指标,并规定郡内粮食减产到一定水平,郡守要免职。如《汉书·何武传》载何武为清河太守时,"坐郡中被灾害什四以上免"。① 由于朝廷将农业生产情况与郡守的个人仕途相挂钩,这就促使郡守着意发展农业生产。汉代"地方官"歌谣中,赞美地方官发展农业生产就成为歌谣反映的核心内容。

1. "田于何所?池阳谷口。郑国在前,白渠起后。举臿为云,决渠为雨。泾水一石,其泥数斗。且溉且粪,长我禾黍。衣食京师,亿万之口。"(《郑白渠歌》)

这首《郑白渠歌》歌颂的是汉武帝时期能臣赵中大夫白公,白渠就是由其建议开凿的,这是继郑国渠之后又一条引泾水灌溉的重要工程。人民感激郑国和白公的贡献,因人命名,故名"郑白渠"。这首歌谣内容丰富,写出了白渠的位置、开渠的过程以及渠成后对于京师粮食保障的重要意义。《汉书·沟洫志》在介绍这段经历时说:"(汉武帝)太始二年(公元前95年),赵中大夫白公复奏穿渠。引泾水,首起谷口,尾入栎阳,注渭中,袤二百里,溉田四千五百余顷,因名曰白渠。民得其饶,歌之曰:'田于何所?池阳谷口。郑国在前,白渠起后。举臿为云,决渠为雨。泾水一石,其泥数斗。且溉且粪,长我禾黍。衣食京师,亿万之口。'"②

2. "前有召父,后有杜母。"(《南阳为杜师语》)

这首歌谣言简意赅地歌颂了汉代南阳地区两位受人尊敬的太守召信臣和杜诗。说它言简意赅,是因为百姓将对二位太守的深厚感激之情浓缩在"父""母"称谓之中,任何时代、任何语言,对人的最高评价都无出父、母二字。

汉元帝时召信臣为南阳太守,他勤政爱民,把为民兴利作为执政的首要任务。他治理南阳期间最大的功绩是兴修水利,为南阳地区持久发展奠定了基础。据《汉书·循吏传·召信臣传》,召信臣"行视郡中水泉,开通沟渎,起水门提阏凡数十处,以广溉灌,岁岁增加,多至三万顷。民得其利,畜积有余"。③ 关于召信臣兴修水利的事迹,王先谦《汉书补注》中提供了一些细节,可以参看:"信臣于南阳水利,无所不兴,其最巨者,钳卢陂、六门堨,并在穰县之南,灌溉穰、新野、昆阳三县。"④在此基础上,他又制定法规、力行

---

① 〔汉〕班固:《汉书·何武传》,第3484页。
② 〔汉〕班固:《汉书·沟洫志》,第1685页。
③ 〔汉〕班固:《汉书·循吏传·召信臣传》,第3642页。
④ 〔清〕王先谦:《汉书补注》第89卷,上海:上海古籍出版社,2008年,第258页。

教化,使得南阳地区出现了"百姓归之,户口增倍,盗贼狱讼衰止"①的大治局面。召信臣得到了来自民间的赞颂和来自朝廷的褒奖,民间号之曰"召父",朝廷赏赐其黄金,后来又升迁为河南太守。

杜诗是东汉光武帝时期的南阳太守,他与召信臣治理的相似之处,是在提高农业生产效率方面花费了很大心思。他的一大成果是发明了水排,这是机械工程史上的一大创举,比欧洲要早一千多年。水排利用湍急水流产生的动力鼓风铸铁、锻造农具,以代替此前的人排和马排,用力少而见功多。此外,杜诗还修治陂池,对召信臣时期的水利工程加固完善,广拓土田,使得南阳百姓过上富足的生活。南阳百姓感念这两位先后为民造福的太守,为他们创作歌谣:"前有召父,后有杜母"。

3. "桑无附枝,麦穗两岐。张君为政,乐不可支。"(《渔阳民为张堪歌》)

该歌谣赞颂的是东汉光武帝时期渔阳太守张堪,这位张太守在发展农业生产方面也做出了可圈可点的成绩。歌谣大意是说:大叶的桑条不分杈,小麦长出两个穗。张太守治理渔阳,百姓快乐无比。歌谣中的"麦穗两岐""乐不可支"两句后来固化为成语。

《后汉书·张堪列传》中记载了张堪主政渔阳期间开辟稻田的事迹:"乃于狐奴开稻田八千余顷,劝民耕种,以致殷富。百姓歌曰:'桑无附枝,麦穗两岐。张君为政,乐不可支。'"②张堪开垦稻田、教民种植水稻,得益于当时稻作技术的广泛传播。据日人西嶋定生先生的研究,汉武帝时期,国家将东越等东南地方的稻作民迁移到江淮地区,后又迁移到华北,使得南方的水稻栽培技术对华北产生了影响。③ 因此,东汉时关于北方种植水稻的记载逐渐增多,张堪开稻田八千余顷就是稻作技术北移的成果之一。此外,狐奴县有丰富的水资源,东有鲍丘水(今潮河),西有沽水(今白河),这就为渔阳种植水稻创造了得天独厚的条件。

4. "天降神明君,锡我仁慈父。临民布德泽,恩惠施以序。穿沟广溉灌,决渠作甘雨。"(《汲县长老为崔瑗歌》)

这首《汲县长老为崔瑗歌》歌颂的东汉顺帝时期的汲县县令崔瑗,《太平御览》引《崔氏家传》曰:"崔瑗为汲令,乃为开沟造稻田,薄卤之地更为沃壤。民赖其利,长老歌之曰:'天降神明君,锡我仁慈父。临民布德泽,恩惠施以序。穿沟广溉灌,决渠作甘雨。'"④歌谣以白描手法描写了崔瑗带领百

---

① 〔汉〕班固:《汉书·循吏传·召信臣传》,第3642页。
② 〔南朝宋〕范晔:《后汉书·张堪列传》,第1100页。
③ 〔日〕西嶋定生:《中国经济史研究》,冯佐哲等译,北京:农业出版社,1984年,第150页。
④ 〔宋〕李昉:《太平御览》第268卷,"职官部·良令长条",第1255页。

姓苦干实干、将盐碱地开辟成数百顷稻田的劳动场景。因为崔瑗解决了百姓的吃饭问题,活人无数,故被尊称为"仁慈父";也因为崔瑗治理汲县有功,受到了百姓的赞颂,朝廷高官联名举荐其担任更高职位,"汉安初,大司农胡广、少府窦章共荐瑗宿德大儒,从政有迹,不宜久在下位,由此迁济北相"。①

5. "习习晨风动,澍雨润我苗。我后恤时务,我人以优饶。"(《巴郡人为吴资歌》其一)

"望远忽不见,惆怅尝徘徊。恩泽实难忘,悠悠心永怀。"(《巴郡人为吴资歌》其二)

歌谣赞颂的是巴郡太守吴资。这位吴太守留存下来的史料不多,只有《华阳国志·巴志》中的寥寥数语:"永建中,泰山吴资元约为郡守,屡获丰年。民歌之曰:'习习晨风动,澍雨润我苗。我后恤时务,我人以优饶。'及资迁去,民人思慕,又曰:'望远忽不见,惆怅尝徘徊。恩泽实难忘,悠悠心永怀。'"②这两首歌谣并未正面涉及吴资的治理行为,而是分别从他施政后丰收在望的前景和离任后百姓的思念着笔,抒发了对他的敬仰爱戴之情,这与大多数直接描写的歌谣有所不同。不难看出,吴资是一位着力发展农业生产的实干型官员,因此获得了当地百姓的爱戴。考察两首歌谣的语言特色,它们不像民间歌谣那样质朴直白,想必是经过了文人润色,但并不影响其在民间流传。

6. "天久不雨,烝民失所。天王自出,祝令特苦。精符感应,滂沱而下。"(《洛阳人为祝良歌》)

歌谣赞美洛阳令祝良以精诚之心为百姓求雨。据《长沙郡耆旧传》可知,祝良在汉顺帝时为洛阳令,"时亢旱,天子祈不得。良乃曝身阶庭,告诚引罪,自晨至中,紫云沓起,甘雨登降。民为之歌曰:'天久不雨,烝民失所。天王自出,祝令特苦。精符感应,滂沱而下。'"③在"天人感应"思维甚为盛行的汉代社会,世人普遍认为人事与天意相通。如果天降灾祸,那一定是上天对世间的治理不满而实行惩罚。在此情况下,地方官为民求雨以求获得上天的宽宥,是其职责所系,这种记载古来不绝。祝良"曝身阶庭,告诚引罪,自晨至中",其初衷乃是执政为民、一心为公,这就理所当然地得到洛阳百姓的爱戴和歌颂,在百姓看来,大雨"滂沱而下",是祝良的精诚感动了上天的结果。

---

① 〔南朝宋〕范晔:《后汉书·崔瑗列传》,第 1724 页。
② 〔晋〕常璩:《华阳国志》卷一"巴志",刘琳校注本,第 43 页。
③ 〔宋〕李昉:《太平御览》第 529 卷,"礼仪部·祷祈条",第 2402 页。

7."我有田畴,爱父殖置。我有子弟,爱父教诲。"(《六县吏人为爱珍歌》)

歌谣载自《太平御览》所引《陈留耆旧传》,其文曰:"爱珍除六令,吏人讼息,教诲其子弟。歌之曰'我有田畴,爱父殖置。我有子弟,爱父教诲。'"①歌谣赞美六县县令爱珍在发展农业生产的基础上教化百姓,使得吏人讼息。这种"先富后教"型官员,在东汉以后的官僚队伍中比重逐渐加大,这就说明了教化治理深入人心,顺应了人民在物质富足基础上追求精神生活的需求。

通过对以上地方官治理轨迹的归纳、概括,不难发现一些共性特征,其中最明显的就是汉代地方官普遍注重兴修水利工程,如汉武帝时期白公主持修建白渠;召信臣在南阳地区开通沟渎,修建很多陂、堨,灌溉田地最多的时候达三万顷;杜诗又在其基础上加以完善加固,等等。恩格斯曾经深刻地指出:"政治统治到处都是以执行某种社会职能为基础,而且政治统治只有在它执行了它的这种社会职能时才能持续下去。不管在波斯和印度兴起或衰落的专制政府有多少,它们中间每一个都十分清楚地知道自己首先是河谷灌溉的总的经营者,在那里,如果没有灌溉,农业是不可能进行的。"②以农业生产为基本生产方式的古代中国,情况更是如此。汉代统治者高度重视水利工程,并将其作为一项基本国策始终贯彻执行,这是由中国古代农业社会的特点,以及由此而来的国家对农业生产资源的汲取所决定的。中国古代农业以一家一户的家庭生产为主,但是农业灌溉系统的开发与利用,端赖强有力的政府集中组织人力建造、安排疏浚维修、制定用水规章,甚至调节用水纠纷。这就如马克思所说的:"在东方,由于文明程度太低,幅员太大,不能产生自愿的联合,所以就迫切需要中央集权的政府来干预。因此亚洲的一切政府都不能不执行一种经济职能,即举办公共工程的职能。这种用人工方法提高土地肥沃程度的设施靠中央政府办理,中央政府如果忽略灌溉或排水,这种设施立刻就荒废下去。"③

《汉书·沟洫志》中说:"农,天下之本也。泉流灌寖,所以育五谷也。"这是汉代人的共识。同时,汉代黄河频繁决口也促使汉代人重视水利问题,思考如何变灾为利、造福苍生。《汉书·沟洫志》具体介绍了西汉时期各地兴修水利的壮举:"自是(汉武帝元封二年,即公元前109年,武帝亲临黄河瓠子决口处,征集数万人堵口,终于成功)之后,用事者争言水利。朔方、西

---

① 〔宋〕李昉:《太平御览》第465卷,"人事部·歌条",第2139页。
② (德)恩格斯:《反杜林论》,引自《马克思恩格斯选集》第3卷,第219页。
③ (德)马克思:《不列颠在印度的统治》,引自《马克思恩格斯选集》第2卷,第64页。

河、河西、酒泉皆引河及川谷以溉田。而关中灵轵、成国、湋渠引诸川,汝南、九江引淮,东海引钜定,泰山下引汶水,皆穿渠为溉田,各万余顷。它小渠及陂山通道者,不可胜言也。"①

马新先生的研究可资参考,她说:"综观西汉王朝的水利事业,一个最突出的特点就是大规模综合灌溉网的建设与大型灌区的形成,主要有庐州七门三堰灌区、湔江灌区、泾水灌区、渭水灌区、南阳灌区、河套灌区、河西灌区、酒泉灌区、汝南九江引淮灌区、巨定灌区、汶水灌区等等……就上述大型灌区相加,西汉时代,仅大型灌区的受益土地即达18万顷以上,若再加上各地修筑的中小沟渠陂池,就更加可观了。这在当时的历史条件下,不能不说是蔚为大观,可歌可颂",而东汉王朝,"通常是地方长吏在西汉水利事业的基础上,因循利用,修浚整顿,地方性的水利工程比较发达"。② 这里将两汉修治水利工程的特点和差异概括得非常清晰。我们通过考察汉代史料也可以验证这一点,如东汉和帝在永元十年(公元98年)春三月下诏说:"堤防沟渠,所以助顺地理,通利壅塞。今废慢懈驰,不以为负。刺史、二千石其随宜疏导。勿因缘妄发,以为烦扰,将显行其罚。"③再如,安帝元初二年(公元115年)二月诏,令三辅、河内、河东、上党、赵国、太原各郡,"各修理旧渠,通利水道,以溉公私田畴"。④ 地方官注重修建水利设施的记载,屡屡见诸《后汉书》列传中,如马援、马棱、鲁丕、杜诗、任延、鲍昱、何敞、张禹、崔瑗等人在地方郡(国)、县任职时,都有兴修水利的事迹。

歌谣中所见汉代地方官发展农业的另一个特点,是他们在推进农业技术水平的广度、高度上做出了贡献。如汲县县令崔瑗带领群众将数百顷盐碱地开辟成稻田,渔阳太守张堪开辟稻田八千余顷,将稻作技术引入当地,造福一方百姓。其中张堪在渔阳引进稻种技术,这是今北京地区历史上种植水稻的最早记录。此外,还有杜诗发明水排,利用水能鼓风冶铁锻造农具,经过推广以后,无疑将农业技术提升到了一个新的高度。

三、赞美地方官教化百姓、移风易俗的歌谣

在发展生产的同时,汉代地方官为齐整风俗、推进礼乐教化也做出了诸多努力,很多歌谣表现了这一内容。

《论语·子路》中记载了孔子和冉有之间关于政治治理的一段对话:

---

① 以上两处引文分见〔汉〕班固:《汉书·沟洫志》,第1685、1684页。
② 马新:《两汉乡村社会史》,济南:齐鲁书社,1997年,第15、19页。
③ 〔南朝宋〕范晔:《后汉书·孝和帝纪》,第184页。
④ 〔南朝宋〕范晔:《后汉书·孝安帝纪》,第222页。

"子适卫,冉有仆。子曰:'庶矣哉!'冉有曰:'既庶矣,又何加焉?'曰:'富之。'曰:'既富矣,又何加焉?'曰:'教之'。"①孔子提出了"先富之后教之"的治理路数,后成为儒家政治理念的核心内容,这一主张还可以从《尚书·洪范》的记述中得到印证。在《洪范》的"八政"之中,"一曰食,二曰货,三曰祀,四曰司空,五曰司徒……"对于"司徒",孔安国传曰:"主徒众,教以礼义。"②将礼义教化安排在食货之后,是有深意在内的。《荀子·大略》中也说:"不富无以养民情,不教无以理民性。"③将"教民"与"富民"的关系辨析得颇为清晰。汉代王符在《潜夫论·务本》中也详细谈及了富民与教民二者的前后关联及辩证关系,他说:"夫为国者以富民为本,以正学为基。民富乃可教,学正乃得义,民贫则背善,学淫则诈伪,入学则不乱,得义则忠孝。故明君之法,务此二者,以为成太平之基,致休征之祥。"④由此可见,"先富后教"之义,从先秦到汉代一直是儒家治国理政所遵循的基本路径。

从武帝独尊儒术、建立太学以来,儒家出身的官员逐渐成为政府官员的主流,到东汉时期,从公卿到郡太守,行政主官大都具有儒学背景。但如余英时先生所言,"循吏首先是'吏',自然也和一般的吏一样,必须遵奉汉廷的法令以保证地方行政的正常运作。但是循吏的最大特色则在他同时又扮演了大传统的'师'(teacher)的角色"。⑤ 儒家循吏"在本朝则美政,在下位则美俗",⑥在地方治理中,官员们不仅表现出仁民爱物的本色,还以行政权力推行儒家礼乐教化,地方官歌谣中就鲜明地表现出了这种特征。本书对这类歌谣介绍如下。

1. "大冯君,小冯君,兄弟继踵相因循。聪明贤知惠吏民,政如鲁卫德化钧,周公康叔犹二君。"(《上郡吏民为冯氏兄弟歌》)

歌谣见载于《汉书·冯奉世传》,其文曰:"(冯立)治行略与(冯)野王相似,而多知有恩贷,好为条教。吏民嘉美野王、立相代为郡守,歌之曰:'大冯君,小冯君,兄弟继踵相因循。聪明贤知惠吏民,政如鲁卫德化钧,周公康叔犹二君。'"⑦歌谣赞颂汉成帝时先后任上郡太守的冯野王、冯立兄弟,他们的治理表现出了儒家循吏的本色,对百姓有恩德,且好为条教。吏民以"政

---

① 《论语·子路》,〔清〕刘宝楠正义本,第528页。
② 《尚书·洪范》,〔汉〕孔安国传、〔唐〕孔颖达疏,上海古籍出版社本,第456页。
③ 《荀子·大略》,张觉译注本,第604页。
④ 〔汉〕王符:《潜夫论·务本》,〔清〕汪继培笺、彭铎校正本,第14页。
⑤ 余英时:《士与中国文化》,第139页。
⑥ 《荀子·儒效》,张觉译注本,第112页。
⑦ 〔汉〕班固:《汉书·冯奉世传附冯野王冯立传》,第3305页。

如鲁卫""周公康叔"来比拟冯氏兄弟的关系及为政特色,可谓恰如其分。《论语·子路》中孔子说过:"鲁、卫之政,兄弟也。"①鲁是始封君周公的封国(其子伯禽代为赴任),卫是周公之弟康叔的封国,两国的政治情况也像兄弟一样差不多。这样的比喻,既符合冯野王、冯立二人的关系,又隐约地反映出了作歌者希望国家能有更多这样具有"聪明贤知"的人来管理,以惠泽吏民百姓。

2."阎尹赋政,既明且昶。去苛去辟,动以礼让。"(《阎君谣》)

歌谣赞颂东汉章帝章和年间的绵竹县令阎宪。根据歌谣内容可知,这位阎县令任职期间对原来的苛刻、琐碎的县政做了不少破旧立新的举措,百姓感到政治充满了阳光,心情格外舒畅。歌谣中还唱道,阎宪还大力推行儒家礼乐教化,这有史料为证。《华阳国志》载:"男子杜成夜行,得遗物一囊,中有锦二十五匹,求其主还之,曰:'县有明君,何敢负其化?'童谣歌曰:'阎尹赋政,既明且昶。去苛去辟,动以礼让。'迁蜀郡,吏民泣涕送之以千数。"②

阎宪是一位典型的儒者型官吏,在他的教化之下,绵竹路不拾遗,呈现出了安定祥和的社会局面。故事中提到的"锦"当是蜀锦,因为绵竹距成都不远,同为蜀锦产地。按当时的生产效率,一台织锦机两个月才能织成一匹蜀锦,二十匹蜀锦相当于一个织工三年多的劳动,对于普通百姓来说,这不亚于一笔巨额财富。杜成能做到拾金不昧,可见当地民风淳朴,而这正是县令阎宪礼让教化的成果。正因如此,当其升迁离任时才会出现百姓泣送的感人场景。

3."城上乌鸣哺父母,府中诸吏皆孝子。"(《会稽童谣》二)

歌谣载自《太平御览》所引《益都耆旧传》,其文曰:"张霸字伯饶,为会稽太守,举贤士,劝教讲授,一郡慕化,但闻诵声,又野无遗寇。民语曰:'城上乌鸣哺父母,府中诸吏皆孝子。'"③这首东汉和帝时期的《会稽童谣》从城头乌鸦反哺写起,落笔到会稽郡府中官吏皆有孝友之德,从而歌颂会稽太守张霸以儒家礼乐教化吏民所取得的成就。据《后汉书》本传可知,张霸从小就有孝行,"年数岁而知孝让,虽出入饮食,自然合礼,乡人号为'张曾子'"。④ 又据《华阳国志》,张霸在会稽太守任上的表现是:"拨乱兴治,立

---

① 《论语·子路》,〔清〕刘宝楠正义本,第 527 页。
② 〔晋〕常璩:《华阳国志》卷十"先贤仕女总赞",刘琳校注本,第 806 页。
③ 〔宋〕李昉:《太平御览》第 262 卷,"职官部·良太守条",第 1228 页。
④ 〔南朝宋〕范晔:《后汉书·张霸列传》,第 1241 页。

文学,学徒以千数,风教大行,道路但闻诵声,百姓歌咏之。"①可见张霸将兴学校、行教化作为治理的重点,实现了移风易俗的目标。

4."父母何在在我庭,化我鸱枭哺所生。"(《考城为仇览谚》)

歌谣载自《后汉书·循吏列传·仇览传》,歌颂河南考城县蒲亭长仇览以儒家孝道教化顽冥虐子陈元、终使这个忤逆子变成孝子的事迹。据《后汉书》本传,仇览任蒲亭长,辖区有个叫陈元的人不孝敬母亲,他母亲到仇览这里状告其不孝。仇览并未急于惩治,而是反思出现问题的原因,认为是缺乏礼义教化所致。《后汉书》仇览本传注引谢承《后汉书》曰:"览呼元,诮责元以子道,与一卷《孝经》,使诵读之。元深改悔,到母床下,谢罪曰:'元少孤,为母所骄。谚曰:"孤犊触乳,骄子骂母。"乞今自改。'母子更相向泣,于是元遂修孝道,后成佳士也。"②歌谣中的"化我鸱枭哺所生",指仇览将像鸱枭一样无情无义的恶人转化为孝子。谚中的"鸱枭",即鸱鸮,民间俗称猫头鹰,据说枭长大以后食其母而飞,故被视为恶鸟。《说文解字》释"枭"为:"不孝鸟也。"③这里的"鸱枭",比喻之前的顽嚚子陈元。"化我鸱枭哺所生",则指仇览感化了陈元,使其能孝养老母。仇览于陈元有教化之恩,故歌谣称"父母在我庭"。作为汉代政权基层的亭长,仇览不是采取法家酷吏的"惩治"手段,而是用儒家"感化"的办法去对待一个"倒人"(这里用的是《说文解字》中"匕"字"从倒人"之意),使其化而变正、回到文明的礼乐社会秩序中来,这样的治理手段是多么高明,对社会风气的影响何其深远!

仇览虽是一介卑微的乡官,但他的善行德政却因歌谣而声名远播,永载史册。仇览治理蒲亭也明显地体现了儒家"先富后教"的治理路径。仇览富民的做法是,"劝人生业,为制科令,至于果菜为限,鸡豕有数……其剽轻游恣者,皆役以田桑,严设科罚"。"劝人生业"的结果就使得乡村中的游手好闲之辈也收获了基本的生活来源,不至于因穷困铤而走险;在此基础上,仇览实行教化的做法则是:"农事既毕,乃令子弟群居,还就黉学……躬助丧事,赈恤穷寡。"④可以说,仇览所作所为正遵循了儒家循吏的常规做法。

5."课治小序兮稼穑分,天赐我兮此崔君。"(《崔君歌》)

歌谣描写一位姓崔的县令劝民务农,并兴办学校,受到人民的爱戴。

---

① 〔晋〕常璩:《华阳国志》卷十"先贤仕女总赞",刘琳校注本,第716页。
② 〔南朝宋〕范晔:《后汉书·循吏列传·仇览传》,第2480页。
③ 〔汉〕许慎:《说文解字》,班吉庆校订本,第170页。
④ 以上两处引文均引自〔南朝宋〕范晔:《后汉书·循吏列传·仇览传》,第2479—2480页。

《略出籑金》"县令子男之篇"载:"《汉书》:'崔君为令,有德化,百姓百业,公私不废。歌曰……'"①这里的崔君是否就是汲县县令崔瑗,囿于资料的匮乏无从查考,暂且存疑。

张晋藩先生对"礼"在中国传统文化中的地位有精辟论断,他说:"从个人到家庭,从社会到国家,从生产到生活,从言论到行为,无不为礼文化所包容、所调整……这是中华民族文化的重要构成部分,这是了解中国传统国情、社情、民情的一把钥匙。"②诚如斯言,礼确实是中国古代文化的精髓,只有了解礼的重要意义,才能理解汉代地方官何以孜孜以求、前仆后继地推行礼乐教化,因为他们怀着移风易俗、化成天下的政治理想而施政。美国学者亨廷顿在《文明的冲突》中,把儒家文化提升到了宗教的高度,称其为"儒教",与基督教和伊斯兰教并称。就汉代循吏忠实履行文化传播职能、将礼乐教化植入人心、使之成为中国文化精神的基石这一点来说,儒家文化确实起到了类似宗教的作用,儒家循吏则扮演了传教士的角色。

四、赞美地方官的其他仁政与人格魅力的歌谣

自汉朝尊儒术、兴太学、举贤才、行教化以来,儒家循吏广施教化和德政,儒家思想观念日益渗透到帝国的法令制度和社会生活的方方面面,使各地的风俗随之而嬗变,到东汉时期颂美地方官德政的歌谣开始层出不穷。德政,在中国古代政治语境下即儒家仁政,它是儒家官员基于民本思想而实行的一系列爱民利民的制度、举措,具体包括减轻徭役、赈济灾民、解民困苦,以及兴办学校、注重教化等。这一专题介绍的歌谣侧重表现地方官在稳定社会秩序、发展农业生产、注重礼乐教化之外的其他方面的仁政,以及展现了人格魅力的事迹。

(一)赞美地方官减轻徭役、革除弊政的歌谣

这里具体指地方官以民为本,在地方行政中能够以一颗仁爱之心,对妨害百姓便利或损害百姓利益的苛碎之政予以纠正、革除,下面的歌谣中都表现了这一内容:

1. "君不我忧,人何以休。不行界署,焉知人处。"(东汉《恒农童谣》)

《太平御览》引《陈留耆旧传》曰:"吴祐为恒农令,劝善惩奸,贪浊出境,甘露降,年谷丰。童谣曰'君不我忧,人何以休。不行界署,焉知人处。'"③

---

① 〔唐〕李若立:《略出籑金》,民国影印《鸣沙石室古籍丛残》第五册,"县令子男之篇第二十四条"。
② 张晋藩:《论礼——中国法文化的核心》,载自《政法论坛》1995年第3期。
③ 〔宋〕李昉:《太平御览》第465卷,"人事部·谣条",第2140页。

吴祐对百姓利益念念不忘、兢兢业业，歌谣中的一个"忧"字展现了他"万家忧乐到心头"的大爱境界；"行界署"一句，则描绘了他为地方事业奔走劳碌的身影。

2. "王世容，治无双。省徭役，盗贼空。"(《王世容歌》)

《太平御览》引《吴录》曰："王谭字世容，为武城令，民服德化，宿恶奔迸。父老歌之曰……"①歌谣赞颂东汉时期武城令王世容的德政，写他减省徭役，使百姓有更多精力从事农业生产，从而改善生活水平。民众服其德化，甚至盗贼也受到触动而改恶向善，于是出现了监狱为之而一空的安定图景。王世容受到武城父老的爱戴，其政绩被夸赞为"无双"。

3. "王稚子，世未有。平徭役，百姓喜。"(《河内谣》)

这首东汉和帝时期的《河内谣》载自《华阳国志》，歌颂温县县令王涣的德政，写他均平徭役，百姓为此而欣喜。②据《后汉书·循吏列传·王涣传》，王涣除温令，"县多奸猾，积为人患。涣以方略讨击，悉诛之。境内清夷，商人露宿于道。其有放牛者，辄云以属稚子，终无侵犯"。后为洛阳令，"以平正居身，得宽猛之宜。其冤嫌久讼，历政所不断，法理所难平者，莫不曲尽情诈，压塞群疑。又能以谲数发擿奸伏。京师称叹，以为涣有神算"。从中不难看出，无论是在温县还是在洛阳为令，王涣在铲除奸猾方面，颇有些刚猛威严的手段，从而肃清了一县治安，为百姓生活营造了和平环境。《后汉书》本传中说他"得宽猛之宜"，这是非常关键的评价，也就是说，王涣针对不同人群施以不同的治理手段，并非一味用强。本传又载其病卒后，"百姓市道莫不咨嗟。男女老壮皆相与赋敛，致奠醊以千数。涣丧西归，道经弘农，民庶皆设盘案于路。吏问其故，咸言平常持米到洛，为卒司所钞，恒亡其半。自王君在事，不见侵枉，故来报恩。其政化怀物如此。民思其德，为立祠安阳亭西，每食辄弦歌而荐之"。③从史料描述中不难看出，王涣在任上整肃吏治、革除弊政，受到了百姓爱戴。

《华阳国志》中还留下了王涣去世后的一些记载："百姓痛哭，二县吊丧，行人商旅，莫不祭之。贾胡左威，遭其清理，制服三年。"④也就是说，他曾经任职的温县、洛阳两地百姓同时为其吊丧，甚至行人商旅都对其祭祀，可见"王稚子，世未有"的赞誉绝非虚套之语。

逯钦立先生在《先秦汉魏晋南北朝诗》校记中指出，这里的王涣即汉乐

---

① 〔宋〕李昉：《太平御览》第465卷，"人事部·歌条"，第2138页。
② 〔晋〕常璩：《华阳国志》卷十"先贤仕女总赞"，刘琳校注本，第744页。
③ 以上两处引文均引自〔南朝宋〕范晔：《后汉书·循吏列传·王涣传》，第2468—2469页。
④ 〔晋〕常璩：《华阳国志》卷十"先贤仕女总赞"，刘琳校注本，第745页。

府"相和歌辞"《雁门太守行》中的主人公洛阳令王君,笔者以为逯说可信。因为《雁门太守行》中的洛阳令王君,也是益州广汉人,也做过温县令,与王涣的生平经历无不吻合。兹将这首乐府歌诗加以引述,以供读者明辨:"孝和帝在时,洛阳令王君,本自益州广汉蜀民。少行宦,学通五经论。明知法令,历世衣冠。从温补洛阳令。治行致贤,拥护百姓,子养万民。外行猛政,内怀慈仁。文武备具,料民富贫。移恶子姓,篇著里端。伤杀人,比伍同罪对门,禁鋈矛八尺,捕轻薄少年,加笞决罪,诣马市论。无妄发赋,念在理冤。敕吏正狱,不得苛烦。财用钱三十,买绳礼竿。贤哉贤哉,我县王君。臣吏衣冠,奉事皇帝。功曹主簿,皆得其人。临部居职,不敢行恩。清身苦体,夙夜劳勤。治有能名,远近所闻。天年不遂,早就奄昏。为君作祠,安阳亭西。欲令后世,莫不称传。"①

4."廉叔度,来何暮。不禁火,民安作。平生无襦今五绔。"(《蜀郡民为廉范歌》)

这首东汉章帝时流传的《蜀郡民为廉范歌》,是成都人民为感激太守廉范而作,主要歌颂廉范的一件德政,即他废除了前任太守禁止夜间点灯的弊政,给百姓带来了方便,廉范因而受到了百姓爱戴,百姓用"平生无襦今五绔"这样鲜明的对比,来彰显前后太守施政效果的巨大差距。

据《后汉书·廉范列传》可知,此前蜀郡太守制定了禁止民间夜作的制度,即禁火制度。当时成都街巷狭窄,而当地纺织业发达,百姓有夜晚劳作的习惯,一旦发生火灾,火势延绵造成烧伤极广,因此过去的地方官竟严禁百姓晚上点灯,以杜绝火灾发生。事实上,百姓为了求生计,只是更加隐蔽地点灯,不可能真正停止夜作,禁火制度成了一纸空文。从光明正大地生产转向偷偷摸摸夜作后,火灾情况更加严重。这是因为民众惧怕官吏巡查,不得已只能采取躲藏式生产,与巡检吏员周旋,由公开转入隐蔽,这样更容易引发火灾进而连成一片。廉范担任蜀郡太守后,采取了正面措施,废除了禁火令,"但严使储水而已。百姓为便,乃歌之曰:'廉叔度,来何暮。不禁火,民安作。平生无襦今五绔。'"②廉范并不回避问题,也未采取冰冷的禁绝措施,而是积极地督促百姓严加储水以备不测,这就将火灾隐患降至最低。廉范以破旧立新、敢负责任的态度为百姓解决了实际困难,体现了地方官应有的责任担当,值得各级当政者深思。

---

① 〔宋〕郭茂倩:《乐府诗集·相和歌辞》第 39 卷,上海:上海古籍出版社,1998 年,第 450 页。

② 〔南朝宋〕范晔:《后汉书·廉范列传》,第 1103 页。

(二) 赞美地方官"兴灭继绝"的歌谣

儒家文化主张的"兴灭继绝",指的是复兴灭亡的国家、延续断绝的世代。《论语·尧曰》中讲道:"兴灭国,继绝世,举逸民,天下之民归心焉。"① 后以"兴灭继绝"泛指让衰亡的事物重新兴起。在汉代政治实践中,具有儒家人本情怀的地方官将这一政治伦理贯彻到地方治理中,受到了百姓的拥戴。如下面这两首歌谣就赞美了地方官"兴灭继绝"的德政。

"苍梧陈君恩广大,令死罪囚有后代,德参古贤天报施。"(《苍梧人为陈临歌》其一)

"苍梧府君惠及死,能令死人不绝嗣。"(《苍梧人为陈临歌》其二)

歌谣赞颂东汉时期苍梧太守陈临的德政,这两首歌分别见载于谢承《后汉书》②及《舆地纪胜》。③ 据谢承《后汉书》,陈临为苍梧太守时,有一遗腹子为父报仇而杀人,捕得系狱,按罪当死。陈临怜悯死刑犯无子,令其妻入狱同房,后产得一子。据儒家经典《礼记·曲礼上》:"父之雠,弗与共戴天。"④遗腹子为父报仇而杀人,并非穷凶极恶之辈,也在私德上占据了一定舆论优势。汉代治狱思想深受儒家"原心定罪"影响,出于为父报仇的心理而杀人,在一定程度上能够得到地方官的理解和同情,这是陈临对其同情、并为其提供方便的深层原因。陈临此举,在奉"不孝有三,无后为大"为至高伦理的汉代,被视为莫大恩德,受到了广大民众的歌颂。这一德政体现出了鲜明的时代特征,也折射出了地方官陈临浓厚的人本情怀。

(三) 赞美地方官人格魅力的歌谣

1. "前队大夫范仲公,盐豉蒜果共一筒。"(《赵岐引南阳旧语》)⑤

新莽时期,王莽改南阳郡为前队郡,置大夫一人,职如太守,前队大夫相当于汉家官制的南阳郡太守。范仲公基本上受汉代文化大传统影响,新莽时间较短,范仲公总体上可以汉代官员视之。南阳太守范仲公日常饮食"盐豉蒜果共一筒",可见其生活极其简朴,保持了清廉本色。

2. "冬无袴,有秦护。"(《乡人为秦护歌》)

谢承《后汉书·秦护传》对秦护事迹有简略记载:"秦护清廉,不受礼

---

① 《论语·尧曰》,〔清〕刘宝楠正义本,第 763—764 页。
② 〔三国吴〕谢承:《后汉书·陈临传》,〔清〕汪文台辑、周天游校本,第 110 页。
③ 〔宋〕王象之:《舆地纪胜》第 108 卷"广西南路梧州",北京:中华书局,1992 年,第 3295—3296 页。
④ 《礼记·曲礼上》,十三经注疏本,第 1250 页。
⑤ 歌谣见载于《颜氏家训·书证》引〔汉〕赵岐《三辅决录》中语,引自王利器《颜氏家训集解》,北京:中华书局,1993 年,第 470 页。

赂。家贫,衣服单露,乡人歌之曰:'冬无袴,有秦护。'"①秦护官居何职,今已不得而知,只知道他居官清廉,不受贿赂;不仅如此,秦护还对百姓有德政,自己衣服单露,却让百姓冬天有裤可穿,实在是了不起。

3. "闻清白,张子石。"(《京师为张盘语》)

歌谣出自谢承《后汉书》,原文为:"磐(盘)以操行清廉见称。为庐江太守,京师谚曰:'闻清白,张子石。'"歌谣赞颂庐江太守张磐为官清白。谢书中还记载了张磐的一个处事细节,那就是他在任庐江太守时,"浔阳令尝饷一奁甘。其子年七岁,就取一枚,磐夺取甘付外。卒因私以两枚与之,磐夺儿甘,鞭卒曰:'何故行赂于吾子!'"②对于浔阳令馈赠的柑子,张磐坚决不受,当下属拿了两枚柑子偷偷塞给小公子时,张磐愤怒不已,将下属痛揍一顿。此举虽然不近人情,但由此可见张磐治家严谨、居官清廉的廉吏本色。这样防微杜渐、于小事上不放松的态度,最终成就了其"清白"品格。古人云"从善如登,从恶如崩",古往今来很多贪浊狼藉、身败名裂之人,不都是从贪恋芝麻绿豆大小的好处开始的吗?

关于张磐的"清白",还有一例不得不说。张磐与荆州刺史度尚之间曾发生过一段纠葛,事情由度尚而起,以张磐自证清白而告终。桓帝延熹七年(公元164年),"(度尚)见胡兰余党南走苍梧,惧为己负,乃伪上言苍梧贼入荆州界,于是征交阯刺史张磐下廷尉。辞状未正,会赦见原。磐不肯出狱,方更牢持械节,狱吏谓磐曰:'天恩旷然而君不出,可乎?'磐因自列曰:'前长沙贼胡兰作难荆州,余党散入交阯。磐身婴甲胄,涉危履险,讨击凶患,斩殄渠帅,余尽鸟窜冒遁,还奔荆州。刺史度尚惧磐先言,怖畏罪戾,伏奏见诬。磐备位方伯,为国爪牙,而为尚所枉,受罪牢狱。夫事有虚实,法有是非。磐实不辜,赦无所除。如忍以苟免,永受侵辱之耻,生为恶吏,死为敝鬼。乞传尚诣廷尉,面对曲直,足明真伪。尚不征者,磐埋骨牢槛,终不虚出,望尘受枉。'廷尉以其状上,诏书征尚到廷尉,辞穷受罪,以先有功得原。磐字子石,丹阳人,以清白称,终于庐江太守"。③

荆州辖区内出现贼寇,刺史度尚平定不利,为了推卸责任,反诬贼寇是由临州交阯流窜而来,交阯刺史张磐因此被征下狱,这是明显的"恶人先告状"行为。审理环节尚未结束,恰巧碰到大赦,张磐也在被赦免之列。但张磐不肯就这样不明不白地出狱,一定要与度尚当面对质,最终证明自身的清

---

① 〔三国吴〕谢承:《后汉书·秦护传》,〔清〕汪文台辑、周天游校本,第145页。
② 以上两处引文均引自〔三国吴〕谢承:《后汉书·张盘传》,〔清〕汪文台辑、周天游校本,第156页。
③ 〔南朝宋〕范晔:《后汉书·度尚列传》,第1286—1287页。

白。这一事例为张磐的"清白"增加了一条注脚,丰富了歌谣的内涵。

4."得黄金一笥,不如为伯骞所识。"(《益都乡里为柳宗语》)

歌谣赞颂的是益州治中从事柳宗,他为人称道的优点是善于奖掖后进。《华阳国志》中对他的这种美德予以记载:"及为州郡右职,务在进贤。拔致求次方、张叔辽、王仲曾、殷智孙等,终至牧守。州里为谚曰:'得黄金一笥,不如为伯骞所识。'"①"笥"乃盛物的竹箱,一笥黄金价格不菲,但没有柳伯骞的赏识宝贵,为什么呢?因为黄金有价,柳伯骞的赏识却是无价的,柳伯骞的赞誉可以改变一个人的命运,成就一个人的一生,士人以得到他的赏识为莫大荣耀。

还有一首歌谣较为特殊,与其他官员类歌谣很难划归为一类,但其所反映的内容却是非常重要的,须单独阐释,这就是西汉初年的《画一歌》。

"萧何为法,顜若画一。曹参代之,守而勿失。载其清靖,民以宁一。"(《画一歌》)

西汉初年这首著名的《画一歌》大意是:萧何设立法规,就像画"一"那样清楚明白。曹参接任后,遵守而不偏移。因为施政清净,人民安宁欢喜。这里的"顜",司马贞索隐曰:"训直,又训明,言法明直若画一也。"②这里的"一",是简单明了,并非整齐划一之意。在当时社会条件下,萧曹施政只求简单明了,百姓易懂易行而已。至于追求整齐划一,那是法家中央集权思维下对"一"的理解,所有国家权力全部集中于君主一人,就像《商君书·赏刑》中所说的,"圣人之为国也,壹赏,壹刑,壹教。壹赏则兵无敌,壹刑则令行,壹教则下听上。"③同样重视"一",黄老道家与法家实大相径庭。

歌谣歌颂汉高祖及汉惠帝时期丞相萧何、曹参实行黄老无为政治、还民以清静,使社会生产得以恢复并发展。歌谣表现了汉朝初年独特的国家治理风格,有极强的时代性,这里所表现出的官员类型比较特殊,既非法家察察酷吏、也与汲汲推行礼乐教化的儒家循吏有明显区别,是汉初黄老无为治理背景下的"奉职循理"④的"循吏"类型。

萧何施政如何清静,《史记·萧相国世家》并未展开,《曹相国世家》记

---

① 〔晋〕常璩:《华阳国志》卷十"先贤士女总赞",刘琳校注本,第721页。
② 〔汉〕司马迁:《史记·曹相国世家》,第2031页。
③ 〔战国〕商鞅:《商君书·赏刑》,引自蒋礼鸿《商君书锥指》,北京:中华书局,1986年,第97页。
④ "奉职循理",司马迁语,原文为:"法令所以导民也,刑罚所以禁奸也。文武不备,良民惧然身修者,官未曾乱也。奉职循理,亦可以为治,何必威严哉?"引自〔汉〕司马迁《史记·循吏列传》序,第3099页。司马迁所理解的"循吏"与一般意义上理解的"循吏"内涵不同,下文将予详释。

载甚详,可以使我们了解萧、曹为政的特点。《曹相国世家》中先是详述了曹参任齐相时,重金聘请言黄老之术的胶西盖公为其智囊,采纳了盖公"治道贵清静而民自定"的理念,"相齐九年,齐国安集,大称贤相",接着又记载曹参代萧何为汉相国后,仍实行黄老无为之术,具体做法是:一,"举事无所变更";二,"择郡国吏木诎于文辞,重厚长者,即召除为丞相史。吏之言文刻深,欲务声名者,辄斥去之";三,"见人之有细过,专掩匿覆盖之"。①《曹相国世家》中记载的曹参为政风格,其实在这一时期思想家陆贾的《新语》中得到了生动的印证,在《新语·至德》篇中,陆贾指出:"君子之为治也,块然若无事,寂然若无声,官府若无吏,亭落若无民。闾里不讼于巷,老幼不愁于庭,近者无所议,远者无所听,邮驿无夜行之卒,乡无夜召之征……"②所谓"画一",其实就是这么简单、淳朴。

　　汉初"画一"之政有其现实社会背景,是汉初朝野上下一种无奈的选择。《汉书·食货志》描述汉初社会经济状况:"汉兴,接秦之敝,诸侯并起,民失作业,而大饥馑。凡米石五千,人相食,死者过半。高祖乃令民得卖子,就食蜀汉。天下既定,民亡盖臧,自天子不能具醇驷,而将相或乘牛车。"③在此羸弱不堪的经济形势下,统治者确实不宜有过度的作为,"黄老无为"之治实乃无奈的选择。司马谈《论六家要旨》对道家的评价是:"其为术也,因阴阳之大顺,采儒墨之善,撮名法之要,与时迁移,应物变化,立俗施事,无所不宜,指约而易操,事少而功多。"④司马谈本人思想源于道家,他对道家的评价未免带有情感偏向,但他所说的"指约而易操,事少而功多",确实是汉初政治家选择黄老道家之治的深层原因。钱穆先生也从汉初君臣特点、汉初社会状况、汉初学者的推动三方面因素具体说明了汉初选择"宽简之治"的原因:"盖汉廷君臣,崛起草野,粗朴之风未脱,谨厚之气尚在。又当久乱后厌倦之人心,而济之以学者间冷静之意态。三者相合,遂成汉初宽简之治。故汉初之规模法度,虽全袭秦制,而政令施行之疏密缓急,则适若处于相反之两极焉。"⑤

　　然而所谓黄老无为政治,并非没有态度,并非真的毫无作为,而是"以无为为有为",在维护统治阶级根本利益的前提下,对人民减少干预,任其休养生息,这在当时可谓正确的政治选择。在曹参和陈平等人的努力之下,"君

---

① 〔汉〕司马迁:《史记·曹相国世家》,第2029—2030页。
② 〔汉〕陆贾:《新语·至德》,王利器校注本,第118页。
③ 〔汉〕班固:《汉书·食货志》,第1127页。
④ 〔汉〕司马谈:《论六家要旨》,引自〔汉〕司马迁《史记·太史公自序》,第3289页。
⑤ 钱穆:《秦汉史》,第48页。

臣俱欲休息乎无为,故惠帝垂拱,高后女主称制,政不出房户,天下晏然。刑罚罕用,罪人是希。民务稼穑,衣食滋殖"。① 黄老治术在汉初实行了约七十年之久,取得了较好的社会效果,助成后来出现的"文景之治"。

然而,经过休养生息之后,黄老思想已经不能满足汉武帝开疆拓土、移风易俗的政治雄心,于是董仲舒向汉武帝提出"罢黜百家,独尊儒术",实行礼乐教化,且将诸子哲学整合成最有利于统治者的天人感应神学,为汉武帝就此转向积极有为的国家治理提供了理论支持。

五、歌谣中反映出的汉代官员类型变化

通过对包括循吏歌谣和酷吏歌谣在内的汉代地方官歌谣的分析,可以发现汉代地方官的类型经历了三个发展阶段,第一阶段以汉初"黄老无为"政治下的"长者"型官员为代表;第二阶段是西汉中期以后,呈现出法家"鹰犬"型酷吏与儒家"君子"型循吏并行又互相抵牾的特点;第三阶段则是东汉以后,表现出儒法既有互渗交融、同时又以儒家"君子"型循吏占主导的特点。

(一)汉初"黄老无为"政治下的淳厚长者

根据阎步克先生的说法,"汉初黄老政治所推崇的理想治国者,既不同于'法治'之能吏,也不同于'礼治'之君子,而是所谓'长者'"。② "长者"称谓概括恰切精准,确实很难找出比"长者"这个称谓更能够代表汉初官员少文多质、宽厚朴野气质特点的了。我们看曹参"择郡国吏木讷于文辞,重厚长者,即召除为丞相史"以及"见人之有细过,专掩匿覆盖之"的做法,无不鲜明地表现出了醇厚、包容的"长者"风范。

《史记·张释之列传》所记汉文帝与张释之君臣之间的一段对话,可以增进我们对于汉初"长者"型官员特点的认识。事情经历如下:张释之时任谒者仆射,跟随汉文帝临上林苑观虎,文帝就虎圈所养动物提了十几个问题,上林尉环顾左右,不能回答。看管虎圈的啬夫从旁代答,周全得体。汉文帝认为做官就应该这样,上林尉不合格,当即拟下诏命令张释之任命啬夫顶替上林尉。张释之不赞同汉文帝的做法,由此向文帝展开一番劝诫:

> 释之久之前曰:"陛下以绛侯周勃何如人也?"上曰:"长者也。"又复问:"东阳侯张相如何如人也?"上复曰:"长者。"释之曰:"夫绛侯、东

---

① 〔汉〕司马迁:《史记·吕太后本纪》,第412页。
② 阎步克:《士大夫政治演生史稿》,第274页。

阳侯称为长者,此两人言事曾不能出口,岂效此啬夫谍谍利口捷给哉!且秦以任刀笔之吏,吏争以亟疾苛察相高,然其敝徒文具耳,无恻隐之实。以故不闻其过,陵迟而至于二世,天下土崩。今陛下以啬夫口辩而超迁之,臣恐天下随风靡靡,争为口辩而无其实。且下之化上疾于景响,举错不可不审也。"文帝曰:"善。"乃止不拜啬夫。①

张释之援引历史,以秦朝重用苛刻明察、毫无恻隐之心的刀笔之吏、终致亡国为例,建议文帝不要因为啬夫伶牙俐齿就越级提拔,以免上行下效,掀起不正之风。汉文帝采纳了张释之的建议,没有提拔啬夫。这一段对话传达出了丰富的信息:首先是何为长者?在汉文帝、张释之君臣眼中,周勃、张相如这样立有大功却又厚重质朴的大臣,才是当时为国家治理最需要的"长者",他们与曹参具有相似的风格。汉文帝虽然欣赏办事高效的察察文吏,却更担心因此而破坏了醇厚质朴的社会风气。其次,我们可以看出,汉初朝廷中存在着一股抵制法家文吏作风的强大警惕性力量,继体之君汉文帝对于强秦土崩瓦解的惨痛有深刻的感受,于是欣然接受了张释之的劝谏。

"长者"型官员活动的时间大约从汉高祖建国到汉武帝即位前约七十年左右时间,这段时间国家政治风格主要特点是因循无为,"萧规曹随"就是这一时期政治的写照。汉文帝时期学者贾谊在上文帝的《治安策》中论政说理,引用了当时鄙谚"不知为吏,视已成事",这其实很能够代表当时人们对国家治理的主导性看法。汉初直到汉武帝之前,国家政治以奉职循理为主,注重因循,而非积极有为。

(二)西汉中期以后"君子"型的儒家循吏与"鹰犬"型的法家酷吏

司马迁在《史记·循吏列传》中期待的是一种官员奉职循理、百姓惧然修身的治理状态,但司马迁眼中的循吏,与班固、范晔笔下的两汉儒家循吏,本质上并不相同。

余英时先生对汉代两种不同循吏区分得较为清楚,在此引用以助说明问题,他说:"《史记》中的循吏和宣帝以下的循吏虽同名而异实,其中一个最显著的分别便在前者是道家的无为,而后者是儒家的有为。'所居民富,所去见思'决不是'奉法循理'所克俾致,而是只有通过积极的努力才能取得的收获。"②此说甚是。萧何、曹参的"画一"之政表现出来的是"奉职循

---

① 〔汉〕司马迁:《史记·张释之列传》,第 2752 页。
② 余英时:《士与中国文化》,第 137—138 页。

理"的无为风格。而到了西汉文景时期,一些政治家们对于国家治理的认识已然开始有了新的内容,提出了移风易俗、与时更化的要求,如贾谊、贾山诸人在向皇帝上疏中所倡议的那样;与此同时,地方官员在治理中也着手移风易俗、与时更化的实践,不过当时还没有上升到国家战略来推动,所以这里的循吏还属于地方官个人的试验阶段,只有少数几人可以称道。

从汉武帝接受董仲舒的建议尊儒术、立太学、举贤士、行教化、美风俗以来,博士、谏大夫开始出任地方官,到元帝、成帝后大批儒生沿着先察举为郎、再外任的途径进入地方政府,担任郡、县守令,这就使得地方官的类型发生了明显的变化。这时期循吏的内涵已与汉初"奉法循理"的"长者"型循吏有了本质的变化,班固在《汉书·循吏传》序中说:"王成、黄霸、朱邑、龚遂、郑弘、召信臣等,所居民富,所去见思,生有荣号,死见奉祀,此廪廪庶几德让君子之遗风矣。"①班固大体概括出了这一时期"君子"型官员的特点,他们践行儒家"有为之治",兴修水利、劝课农桑、体恤鳏寡、建立学校、选拔贤士、推行礼乐教化,行政风格是以文治为特色,集教化、事功于一身,治理的成效可用"所居民富,所去民思"一语概括。此后,历代正史中的循吏含义均与《汉书·循吏传》一脉相承。阎步克先生对"君子"型官吏有较深入的认识,他说:"'君子'决不仅仅是处理兵刑钱谷、唯务奉法行令的行政工具,'举贤错诸枉',也决不仅仅是为某一官位觅得了胜任其事的能吏而已。甚至不妨说,培养和选拔这种'君子'并使之居于上位,这本身就是政治成就,本身就是社会已臻至境的标志与内容。"②此话不错,儒家文化不正是把培养文质彬彬的君子作为重要目标吗?

及至东汉,"君子"型官员数量更多,出现了一个官吏的儒化过程,从民众歌谣中可以清晰地看出这一点。这与东汉君主注重吏治建设有着直接的关联,范晔在《后汉书·循吏列传》序中写光武帝"数引公卿郎将,列于禁坐。广求民瘼,观纳风谣。故能内外匪懈,百姓宽息。自临宰邦邑者,竞能其官。若杜诗守南阳,号为'杜母',任延、锡光移变边俗,斯其绩用之最章者也。又第五伦、宋均之徒,亦足有可称谈"。又写道"自章、和以后,其有善绩者,往往不绝。如鲁恭、吴祐、刘宽及颍川四长,并以仁信笃诚,使人不欺;王堂、陈宠委任贤良,而职事自理:斯皆可以感物而行化也"。③由此可见,吏治之趋向随最高统治者之态度导向而发生转移。

---

① 〔汉〕班固:《汉书·循吏传》序,第3624页。
② 阎步克:《士大夫政治演生史稿》,第189页。
③ 〔南朝宋〕范晔:《后汉书·循吏列传》序,第2457—2458页。

另一方面，在无为政治下积累起来并被掩盖了的各种社会问题，开始成为中央政府所要着力解决的问题，在此情况下，"鹰犬型"的法家酷吏也应运而生。鹰犬是捕猎时供猎人驱使追捕猎物的猎鹰和猎狗，它们的特点是耳聪目明、驯服听话、凶猛残暴、唯主人指令是从，西汉酷吏也正表现出类似的特点。酷吏在皇帝的默许和支持下，实施铁腕治理，杀戮犯罪分子毫不容情，但出现了过度滥杀、血流成河的惨剧。

《史记·酷吏列传》中记载酷吏十二人，其中汉武帝时期十人，有宁成、周阳由、张汤、赵禹、义纵、王温舒、尹齐、杨仆、咸宣、杜周；另外还有侯封（吕后时）、郅都（景帝时）。《汉书·酷吏传》中记载酷吏十四人，其中汉武帝时期八人为：宁成、周阳由、赵禹、义纵、王温舒、尹齐、杨仆、咸宣；另外六人为：侯封（吕后时）、郅都（景帝时）、田广明（昭帝时）、田延年（宣帝时）、严延年（宣帝时）、尹赏（成帝时），可见，"酷吏"现象在西汉武帝时期比较突出。

酷吏到东汉时期仍存在于地方政治舞台上，但较西汉有所收敛，也发生了一些变化。《后汉书·酷吏列传》序说："自中兴以后，科网稍密，吏人之严害者，方于前世省矣。"①《后汉书·酷吏传》记载酷吏七人，其中董宣、李章、黄昌、王吉四人身上都有儒生的特点，只有樊晔、周紆、阳球三人好申韩之术，是明显的法家。不难看出，东汉时期酷吏有一定的儒家化倾向，这要归功于汉代儒家推行礼乐教化的影响。

循吏与酷吏之区别，不在于是否杀人。在触犯了国家法律底线的情况下，循吏与酷吏都会使用刑杀之典，这一点毋庸置疑。但二者的区别判然可分：首先，循吏治理以教化为先，注重精神世界的改造，最终目的是实现齐同风俗、化成天下；酷吏则是以杀伐立威，以实现社会净化，他们不借助道德感化，也无法达到化民成俗的效果。这是酷吏和循吏的根本区别所在。其次，循吏本着"兴灭继绝"的精神，认为刑杀是不得已而为之，有时还为死刑犯留下后代，这是残酷中显现出的人道光芒；酷吏身上体现的是君主意志，秩序是唯一考虑的因素，毫无人性的考量。再次，从儒家循吏身上，可以看到政治权威、经术权威、道德权威三位一体的存在；对于酷吏而言，经术权威、道德权威是不存在的，不必做到文化、道德、政治的统一，而只是单方面的政治权威。

（三）东汉以后，儒家循吏与法家文法吏交融

东汉王充曾对法家文吏和儒家官吏加以对比，提出"文吏以事胜，以忠负；儒生以节优，以职劣。二者长短，各有所宜；世之将相，各有所取。取儒

---

① 〔南朝宋〕范晔：《后汉书·酷吏列传》序，第2488页。

生者,必轨德立化者也;取文吏者,必优事理乱者也"。① 如果说在某一阶段儒生与文吏表现出这样的差异是成立的,但若将这些差异静止化,将其作为儒生、文吏的标签,则未免胶柱鼓瑟了。

其实,儒家循吏与法家酷吏、文法吏的特点并非是一成不变的。在汉代,儒家思想与法家思维既有冲突、对立,也有逐渐走向融合的过程。在这个过程中,一些法家官吏不得不在修习法律之学后改治儒家经学,如西汉的丙吉、于定国、黄霸等;东汉酷吏在教化治国的大原则下,也在一定程度上受到儒学滋养,如董宣虽在狱中"晨夜讽诵,无忧色",②如李章"习《严氏春秋》,经明教授",③黄昌"数见诸生修庠序之礼,因好之,遂就经学",④王吉"少好诵读书传"⑤等。与此同时,儒家出身的官吏也要熟悉文书、法律事务,以胜任繁琐的行政事务。这样,出身于文法吏的官员,或是儒术出身的官员,身上或多或少地沾染了着对方的某些气息,显示出你中有我、我中有你、互有渗透的态势。

六、循吏歌谣的一种类型——"父母官"歌谣

所谓"父母官"歌谣,并不是另有一种专门类型的歌谣叫作"父母官"歌谣,而是汉代循吏歌谣的某些作品中,地方官常被称为父、母或父母,笔者把这些作品抽绎出来专门分类,以"父母官"歌谣名之并加以解读。

在中国政治文化传统中,有一种耐人寻味的现象,那就是各级统治者,从分封制时代的天子、诸侯,到郡县制时代的皇帝以及地方的太守、县令,都把其治理下的百姓称为"子民",而自称"民之父母";与此相应地,百姓也把治理他们的各级地方官乃至君主称作"父母",这样就形成了独具一格的"为民父母"文化。正如张丰乾所指出的,"自古以来,'民之父母'是被各个社会阶层普遍接受的观念,儒家的理论正是建立在这种现实的社会结构和普遍的社会观念之上"。⑥

"为民父母"文化在汉代表现得尤为突出,治理与被治理两方对这种"父母—子民"式称呼均表示出高度认同,从皇帝的诏书、大臣的奏议、地方官的教令,乃至民众的"父母官"歌谣中,都表现得淋漓尽致。"父母官"歌

---

① 〔汉〕王充:《论衡·程材》,引自黄晖《论衡校释》,北京:中华书局,1990年,第535页。
② 〔南朝宋〕范晔:《后汉书·酷吏列传·董宣列》,第2489页。
③ 〔南朝宋〕范晔:《后汉书·酷吏列传·李章传》,第2492页。
④ 〔南朝宋〕范晔:《后汉书·酷吏列传·黄昌传》,第2496页。
⑤ 〔南朝宋〕范晔:《后汉书·酷吏列传·王吉传》,第2501页。
⑥ 张丰乾:《"家""国"之间——"民之父母"说的社会基础与思想渊源》,载自《中山大学学报》2008年第3期,第129页。

谣，可以说是"为民父母"文化在汉代的一个典型而集中的表现。本节首先从"父母官"歌谣入手，对其内容、特点、成因进行探索，再对"为民父母"文化进行评价。

（一）汉代的"父母官"歌谣及特点

1. 汉代的"父母官"歌谣

汉代的"父母官"歌谣，最早的当属东汉初年的《南阳为杜诗语》"前有召父，后有杜母"，将汉元帝时期的南阳太守召信臣称为"召父"，将光武帝时期的南阳太守杜诗称为"杜母"。此后，东汉和帝时期的《汲县长老为崔瑗歌》，称颂汲县县令崔瑗为"仁慈父"，歌曰："上天降神明，锡我仁慈父。临民布德泽，恩惠施以序。穿沟广溉灌，决渠作甘雨。"东汉桓帝时期，考城地区为乡官仇览创作的歌谣《考城为仇览谚》曰"父母何在在我庭，化我鸱枭哺所生"，将亭长仇览比喻为"父母"。汉灵帝时的《交阯兵民为贾琮歌》曰"贾父来晚，使我先反。今见清平，吏不敢饭"，将交阯刺史贾琮称为"贾父"。汉灵帝时期的《京兆为李燮谣》，歌曰"我府君，道教举。恩如春，威如虎。刚不吐，柔不茹。爱如母，训如父"，李燮被百姓赞誉为"如母""如父"。东汉时期还有《六县吏人为爰珍歌》："我有田畴，爰父殖置。我有子弟，爰父教诲。"爰珍被百姓誉为"爰父"。

以上歌谣有的直呼地方官为"父母"，或"如父""如母"；有的在地方官姓氏后面加上"父"或"母"，如召父、杜母、贾父、爰父等。此外，汉代还有很多循吏歌谣，虽然其中并没有出现"父母"字样，但这些歌谣中所表现出来的百姓对地方官的爱戴之情，与前文"父母官"歌谣如出一辙。还有一种情况值得注意，就是有些地方官也具有"为民父母"的特点，但可惜没有歌谣流传，如东汉明帝永平期间，张翕为邛都太守，"政化清平，得夷人和。在郡十七年，卒，夷人爱慕，如丧父母。苏祈叟二百余人，赍牛、羊送丧，至翕本县安汉，起坟祭祀。诏书嘉美，为立祠堂"。① 不难看出，邛都夷人不仅从心理上，且从实际行动上将张翕视为父母了；再如东汉顺帝时期宋登为汝阴令，"政为明能，号称神父"。② 从文化角度考察，这两则事例也颇有启发意义，虽然没有相关的歌谣流传下来，但它们同样传达出了"父母官"文化的特点。

2. 汉代"父母官"歌谣的特点

这些歌谣中称地方官为"父母"，乃是一种比喻修辞。比喻，要有本体、喻体，最重要的是二者之间要有密切的关联度。地方官和父母之间的关联

---

① 〔南朝宋〕范晔：《后汉书·西南夷列传·邛都夷传》，第2853页。
② 〔南朝宋〕范晔：《后汉书·儒林列传·宋登列传》，第2557页。

度是什么？从歌谣的内容看，主要体现在地方官的保民、教民之功，与父母对子女的哺育、教育之间具有一定的相似性。对此，阎步克先生精辟地指出："（儒家）意识形态赋予统治者'为民父母'、保障民生的责任；自高帝、文帝以来，统治者就已日益表示他们将要承担这一责任……对'仁义'原则的接受，确实导致了政策的诸多变化，它使民众的福利，成为决策的参考之一。"①这一概括深刻指出了统治者执政理念的嬗变所带来的一系列具体治理方式的变化。

首先，地方官鼓励百姓发展农业生产、广辟田土、提高粮食产量，从而提高了当地的人口出生率、存活率，减少了死亡率，这与"父兮生我，母兮鞠我"（《诗经·小雅·蓼莪》）在本质上有一致之处。

地方官致力于提高人口数量，不仅迎合了广大百姓的切身利益，也符合国家对地方官的要求。王毓泉先生曾经分析过："作为汉代封建国家经济基础的七项征敛中，以人身为本的征敛比以土地为本的征敛重，而且重得多……换句话说，汉代封建政权所赖以维持其统治的物质基础（土地和人户），人户具有更大的重要性。"②蒙文通先生经过测算得出的数据，更能说明这一问题。他提出，按照人口计征的力役之征重于按照田亩计算的米粟之征，是二千六百和七百之比。③由此可见，地方官开辟土地、发展生产、增加人口，能为国家缴纳更多的赋税，提供更多的兵役、力役，支撑政府机构运行。在这个意义上，底层百姓人口数越多，国家财政收取的赋税也就越充足，国家财力支出也就越自由，摊派兵役、力役也就越容易。"有人此有土，有土此有财，有财此有用"，④对于国家而言，人口的重要意义不言自明。早在先秦时期，改革家商鞅就高度重视人力资源，将人口数量与国家的富强联系起来，他主张治国须知十三数，包括"竟内仓口之数，壮男壮女之数，老弱之数，官士之数，以言说取食之数，利民之数，马牛刍稿之数"。并说："举民众口数，生者著，死者削。民无逃粟，野无荒草，则国富。国富则强。"⑤

正因如此，中央朝廷对地方官增加百姓人口的事迹予以特别表彰，如《汉书·宣帝纪》中记载胶东国相王成因"劳来不息，流民自占八万余口，治

---

① 阎步克：《士大夫政治演生史稿》，第337页。
② 王毓泉：《莱芜集》，北京：中华书局，1983年，第44页。
③ 蒙文通：《中国历代农产量的扩大和赋役制度及学术思想的演变》，载自《四川大学学报》1957年第2期。
④ 《大学》，引自〔宋〕朱熹《四书章句集注》，第11页。
⑤ 两处引文分别引自〔战国〕商鞅：《商君书·去强》，引自蒋礼鸿《商君书锥指》，第34、32页。

有异等",而获得了增秩中二千石并赐爵关内侯的殊荣。① 再如,南阳在太守召信臣的治理下,"百姓归之,户口倍增",召信臣"(获)赐黄金四十斤,迁河南太守"。②

与此相应的,南阳太守杜诗、汲县县令崔瑗、蒲亭亭长仇览、六县县令爰珍等人,在发展农业生产方面鞠躬尽瘁,取得了卓然实绩,他们或带领民众开垦耕地、改造盐碱地,或组织民众兴修水利工程,或发明改造农具,这些地方官的壮举对改善人民生活、增加人口数量功劳至著。须知,这些大规模的劳动均非一家一户所能完成,要有地方官的组织推动方能见成效。在这个过程中,地方官要花费大量心血,筹集物资、组织人力、调动各种社会资源,若非具有高度的政治责任感和仁民爱物的情怀,是很难做到的。从这个意义上说,这些地方官被百姓赞为"父母",可谓实至名归。

其次,召信臣、仇览、爰珍、李燮等地方官,都以儒家伦理教化百姓,在一定程度上体现了"教民"的特点。西汉中期以后,儒家意识形态对国家政治的影响在在可见,很多地方官都身体力行孔子所教导的"先富后教"理念,使得地方政治呈现出了温润之色。这样,地方官的身份就不仅仅是治民的官吏,还同时身兼教化的师长以及爱民如子的"父母"等多重身份。"每一个居身上位者相对于其下属,都同时地拥有官长、兄长、师长这三重身份,都同时地具有施治、施爱、施教这三层义务。'尊尊、亲亲、贤贤'之相维相济,吏道、父道、师道之互渗互补,'君、亲、师'之三位一体关系,再一次地成为王朝赖以自我调节与整合社会的基本维系,并由此造就了一种特殊类型的专制官僚政治——士大夫政治。"③这种文化理念,如果找寻其更早的理论表述,《尚书》中就有"天佑下民,作之君,作之师"④的思想萌芽;《礼记》中也有类似的观念:"能为师,然后能为长;能为长,然后能为君。故师也者,所以学为君也。"⑤这就说明,在儒家看来,为君(为官)、为亲、为师这三种身份并不矛盾,它们三位一体地统一于君主(地方官)身上。在这种理念下,各级统治者除了要负起保民之责外,还要自觉肩负起教民的责任。在君、亲、师三位一体治国理念指导下,各级地方官兴办学校,劝民入学,制定乡俗村约,改造婚丧嫁娶旧俗,以儒家孝悌、慈爱教导百姓,将"为民父母"的内涵落实了、拓展了。地方官的这些职责,在具体社会生活中多有反映,如东汉桓帝时期的

---

① 〔汉〕班固:《汉书·宣帝纪》,第248页。
② 两处引文均引自〔汉〕班固:《汉书·循吏传·召信臣传》,第3642页。
③ 阎步克:《士大夫政治演生史稿》,第477页。
④ 《尚书·周书·泰誓》,上海古籍出版社本,第404页。
⑤ 《礼记·学记》,十三经注疏本,第1523页。

《敦煌长史武斑碑》中写武斑去世后当地民众的悲痛之情时,就用了"学夫丧师,士女凄怆"①来描述;东汉末年献帝时期的《巴郡太守樊敏碑》的碑文中赞美樊敏时也用了"州里金然,号曰'吏师'"②这样的称谓。可见地方官不仅执行"官"的职能,也负有为"师"的责任。

(二)"父母官"文化的成因及其在汉代的表现

若深入探讨"父母官"文化及"父母官"歌谣的成因,笔者认为可以从远因(民族文化基因)和近因(汉代的制度推动)两个层面加以挖掘。

从民族文化基因的角度看,阎步克先生给出了颇具说服力的解释,他认为,在中华先民早期的氏族内部,氏族领袖、家长、师长等各种身份往往集中于一人,具有混融不分的特点。也就说是,氏族首领所代表的政统,氏族家长身份所代表的亲统,和氏族教师所代表的道统,三者存在着高度的一致性。进入封建社会(笔者按,此"封建"乃是中国传统文化语境下的"分封建国"之意)后,"政统、亲统和道统之间依然分化有限,并存在着高度的一致性。父道亦尚'尊尊',因为父爱之外他还有统辖宗族的父权……而君道亦尚'亲亲'。宗法制与封建制高度整合,各级领主,无非大小宗主。君主们依然有'收族''合族'的义务,并有责任惩戒那些破坏宗族道德者"。③ 原始社会及至封建制下政统、亲统、道统的合一,这种观念在文化中形成积淀,"家国两分之后君主和官员已非臣民事实上的父母或族长,然而意识形态上他们仍被比拟于或'认定'为'民之父母',其身份中依然浸透着父权或父爱,君道、吏道与父道相'和'而不相离,如同'父母官'之类词语所反映的那样"。④

早期文化基因流淌在中国人的文化血液里面,我们可以从古代文献中发现其印记。《尚书·周书·洪范》中提出"天子作民父母,以为天下王";⑤《尚书·周书·泰誓》中强调"惟天地,万物父母。惟人,万物之灵。亶聪明,作元后,元后做民父母";⑥《诗经》中有"岂弟君子,民之父母"⑦之诗句,歌颂周王或诸侯爱护人民,得到了人民拥护;也用"乐只君子,民之父母"⑧作为贵族宴饮聚会时的颂德之歌;《吕氏春秋》中进一步提出,"爰有大圜在

---

① 《敦煌长史武斑碑》,引自〔清〕严可均《全后汉文》,第1001页。
② 《巴郡太守樊敏碑》,引自〔清〕严可均《全后汉文》,第1039页。
③ 阎步克:《士大夫政治演生史稿》,第91页。
④ 阎步克:《士大夫政治演生史稿》,第488—489页。
⑤ 《尚书·周书·洪范》,上海古籍出版社本,第465页。
⑥ 《尚书·周书·泰誓》,上海古籍出版社本,第401—402页。
⑦ 《诗经·大雅·泂酌》,程俊英:《诗经译注》,上海:上海古籍出版社,1985年,第545页。
⑧ 《诗经·小雅·南山有台》,程俊英译注本,第316页。

上,大矩在下,汝能法之,为民父母",①认为君主应效法天地之道,治理人民;而《左传》中所载"师旷对晋侯问"一节,尤其将这种"父母—子民"关系说得更为清楚。师旷曰:"(良君)养民如子,盖之如天,容之如地。民奉其君,爱之如父母,仰之如日月,敬之如神明,畏之如雷霆。"②师旷这段话中所表达的基本理念,代表了先秦时期思想家们对良性君民关系的认识和期待,这种理念被中国古代具有民本思想的君主、政治家们继承并不断阐发,从而形成了独具特色的"为民父母"文化。

进入汉代,"为民父母"成为汉代政治的一种基本理念,成为对皇帝的要求。如《汉书·五行志上》中班固就径称:"国君,民之父母。"③《汉书·刑法志》也说:"圣人取类以正名,而谓君为父母,明仁爱德让,王道之本也。"④《后汉书·宦者列传》中记载,汉灵帝时的宦官吕强上书对灵帝提出期望说:"君道得,则民戴之如父母,仰之犹日月,虽时有征税,犹望其仁恩之惠。"⑤

在这样的社会风气之下,"为民父母"观念深植到最高统治者皇帝心中,他们以此为标准来约束、检视自己的统治。如《汉书·文帝纪》载文帝前元年(公元前179年)春三月诏:"方春和时,草木群生之物皆有以自乐,而吾百姓鳏寡孤独穷困之人或阽于死亡,而莫之省忧,为民父母将何如?其议所以振贷之。"⑥诏书的内容是命令官员讨论如何振贷鳏寡孤独穷困的百姓,讨论问题的出发点就是要实现国君"为民父母"的责任。《史记·孝文本纪》记载了汉文帝期间发生的"缇萦救父"故事,文帝因此下诏废除肉刑。诏曰:"夫刑至断支体,刻肌肤,终身不息,何其楚痛而不德也,岂称为民父母之意哉!其除肉刑。"⑦最终促使汉文帝取消残酷的肉刑,乃是出于"为民父母"的考虑。文帝的仁心仁术世所公认,在汉代官员眼里,文帝是一位"敬贤如大宾,爱民如赤子"⑧的好皇帝。汉元帝时期,天灾频发、百姓饥馑,元帝永光二年(公元前42年)大赦天下,诏书曰:"朕为民父母,德不能覆,而有其刑,甚自伤焉。其赦天下。"⑨这是出于对"为民父母"角色的责任担当。在东汉光武帝刘秀的心目中,成为"民之父母"是一件极其严肃、神圣的事

---

① 《吕氏春秋·季冬纪·序意》,〔汉〕高诱注,上海:上海古籍出版社,1996年,第185页。
② 《左传·襄公十四年》,〔晋〕杜预集解《春秋经传集解》,第915页。
③ 〔汉〕班固:《汉书·五行志上》,第1322页。
④ 〔汉〕班固:《汉书·刑法志》,第1079页。
⑤ 〔南朝宋〕范晔:《后汉书·宦者列传·吕强传》,第2529页。
⑥ 〔汉〕班固:《汉书·文帝纪》,第113页。
⑦ 〔汉〕司马迁:《史记·孝文本纪》,第428页。
⑧ 〔汉〕路温舒:《尚德缓刑书》,引自《汉书·路温舒传》,第2368页。
⑨ 〔汉〕班固:《汉书·元帝纪》,第290页。

情,是上天将老百姓托付给他照管,在登基的诏书中郑重提出"为人父母,秀不敢当"。① 东汉章帝于元和三年(公元86年)春诏书中明确宣称:"盖君人者,视民如父母,有惨怛之忧,有忠和之教,匍匐之救。"②将"为民父母"者的责任从保育扩展到了教化。汉桓帝时,寇荣上书桓帝为自己申冤,其中就以"人之父母"来要求皇帝,寇荣认为桓帝"统天理物,为万国覆,作人父母",应该"先慈爱,后威武,先宽容,后刑辟,自生齿以上,咸蒙德泽"。寇荣还在文中表达了自己被奸臣陷害、桓帝却不能明察,从而对桓帝提出了委婉的批评:"臣兄弟独以无辜为专权之臣所见批抵……遂作飞章以被于臣,欲使坠万仞之坑,践必死之地,令陛下忽慈母之仁,发投杼之怒。"③这实际上是以"慈母"来要求皇帝。

"为民父母"观念还进一步从"一国之君"的天子,扩展到了地方官身上,不仅太守,甚至是县令、长、丞、尉都被纳入"民之父母"的体系之中,"为民父母"日益成为汉代官员的"时代形象"和"身份认同"。如汉元帝时期召信臣为南阳太守,史称"其治爱民如子",获得了"召父"的美誉。东汉章帝建初五年(公元80年)三月诏书,告诫地方官不要滥杀无辜,因为滥杀行为与地方官"为人父母"之意南辕北辙。诏书曰:"今吏多不良,擅行喜怒,或案不以罪,迫胁无辜,致令自杀者,一岁且多于断狱,甚非为人父母之意也。"④这就是以"为人父母"标准要求地方官吏。汉灵帝时巨鹿太守司马直就以"为民父母"的标准要求自己,不惜牺牲自身生命保护百姓利益。司马直新除巨鹿太守,当时官场规则是官员任命后要交钱买官,以助军修宫殿,太守禄位二千石就要交二千万钱,明码标价。⑤ 司马直为官清正廉洁,出不起买官钱,虽然受优待被减免了三百万,还是交不出。他不愿搜刮百姓,遂上书灵帝痛陈当世弊病,随即吞药自杀。他临死前说:"为民父母,而反割剥百姓,以称时求,吾不忍也。"⑥司马直牺牲自己、维护百姓利益的这一做法本身充满了"为民父母"者的大爱。在汉代,不仅郡太守、县令、长,就连县丞、尉等官员也被称为"民之父母"。如《汉书·王尊传》载王尊任安定太守时,到任后给所辖各县官员发布教令说:"令长丞尉奉法守城,为民父母,抑

---

① 〔南朝宋〕范晔:《后汉书·光武帝纪》,第22页。
② 〔南朝宋〕范晔:《后汉书·肃宗孝章帝纪》,第154页。
③ 三处引文均引自〔南朝宋〕范晔:《后汉书·寇恂列传附寇荣传》,第628页。
④ 〔南朝宋〕范晔:《后汉书·肃宗孝章帝纪》,第140页。
⑤ 〔南朝宋〕范晔:《后汉书·孝灵帝纪》载:"初开西邸卖官,自关内侯、虎贲、羽林,入钱各有差。"唐章怀太子李贤等注:《山阳公载记》曰:'时卖官,二千石二千万,四百石四百万,其以德次应选者半之,或三分之一,于西园立库以贮之。'见《后汉书》第342页。
⑥ 〔南朝宋〕范晔:《后汉书·宦者列传·张让传》,第2536页。

强扶弱,宣恩广泽,甚劳苦矣。太守以今日至府,愿诸君卿勉力正身以率下。"①不难看出,"为民父母"的角色意识不断被推广、强化。

与此同时,"为民父母"的观念在汉代深入人心,甚至成为朝廷辩论、上书议政、著书立说时持论的标准。如汉昭帝时期的"盐铁会议"上,贤良文学与大夫辩论,大夫曰:"县官之于百姓,若慈父之于子也:忠焉能勿诲乎? 爱之而勿劳乎? 故春亲耕以劝农,赈贷以赡不足……"②哀帝时期谏大夫鲍宣在上书中首先提出"天下乃皇天之天下也,陛下上为皇天子,下为黎庶父母,为天牧养元元",又随后指出底层社会"贫民菜食不厌,衣又穿空,父子夫妇不能相保",而与此同时哀帝却放纵外戚、宠幸董贤、赏赐无度,鲍宣对其提出了激烈批评。③ 东汉崔寔在其《政论》中提出:"是以有国有家者甚畏其民,既畏其怨,又畏其罚,故养之如伤病,爱之如赤子,兢兢业业,惧以终始,恐失群臣之和,以堕先王之轨也。"④崔寔的憧憬,多大程度被实现了,并不是一个容易回答的问题,但必须承认,汉代诸多具有民本情怀的政治家身体力行儒家这一政治理念,使得汉代的各级治理在一定程度上呈现出了温暖的底色。

"为民父母"的观念甚至渗透到了道家著作中,西汉中后期道家学者严君平(严遵)所著《老子指归》中就以"君如父母"这样的理念来诠释老子的思想,在解释《道德经》第三十八章即"上德不德"章的内容时,严君平认为上仁之君应"养生处德,爱民如子",并以"君如父母,民如婴儿,德流四海,有而不取"⑤加以诠释。"爱民如子"之说,"父母""婴儿"之喻,显然打上了儒家思想的印记,呈现出了汉代特色。

"为民父母"的理念深入人心,也就意味着酷吏作风遭到诟病、抵制,即便是在酷吏比较得势的武帝、宣帝时代,否定之声亦是不绝如缕。《汉书·酷吏传》记载了严延年事例,颇能给我们这样一种感受。严延年在宣帝朝曾任河南太守,因滥杀导致吏民恐惧,严氏的行为就遭到严母严厉的斥责:"幸得备郡守,专治千里,不闻仁爱教化,有以全安愚民,顾乘刑罚多刑杀人,欲以立威,岂为民父母意哉!"⑥严母认为,地方官应以仁爱教化为本,过度诛伐与"为民父母"之本意背道而驰,她甚至预测严延年不久必遭刑戮。显然,

---

① 〔汉〕班固:《汉书·王尊传》,第 3228 页。
② 〔汉〕桓宽:《盐铁论·授时》,引自王利器《盐铁论校注》,北京:中华书局,1992 年,第 423 页。
③ 两处引文均引自〔汉〕班固:《汉书·鲍宣传》,第 3089 页。
④ 〔汉〕崔寔:《政论·阙题六》,孙启治校注本,第 131 页。
⑤ 〔汉〕严遵:《老子指归》,引自王德有点校本,北京:中华书局,1994 年,第 5 页。
⑥ 〔汉〕班固:《汉书·酷吏传·严延年传》,第 3672 页。

严母受到了儒家文化较深的影响。

我们判断一种文化的影响力是否足够强大,要看它是否为广大民众所接受并传承,也就是说看它是否由少数上层人士中间所流行的"小传统"演化为被社会底层所掌握、拥有强大生命力的"大传统"。"为民父母"文化是一种实践性的、知行一体的文化,如果以这个标准来衡量,由于诸多循吏身体力行地展示了"为民父母"文化,使得这种文化被普通百姓所感知、所认同。"父母官"歌谣,以及在史料中各地百姓称呼地方官为父、为母的记载,都是百姓对"为民父母"文化高度认同的表现。

以上从民族文化基因的角度挖掘了"为民父母"现象的成因,并归纳了这种基因在汉代政治文化中的深刻烙印,这是汉代"父母官"歌谣产生的深厚的政治文化土壤。汉代"父母官"歌谣的产生,既有中华政治文化的源头活水为其提供理论滋养,也有汉代的各项政治制度为其提供现实动力。汉代统治者在秦帝国的废墟上建立起新生政权,他们在反思和批判秦王朝暴政的基础之上,将民本精神和仁政理念注入国家治理的精神血脉之中,试图探索出一种颇具"柔性"特质的统治方式,以保证王朝的长治久安。汉代统治者重视采集歌谣以"观风察政",特别是东汉光武帝强化"举谣言"制度以考课官吏,这些因素对于"父母官"歌谣的产生,都是直接的推动力量,是"父母官"歌谣产生的近因。

(三)"父母官"文化评价

毋庸讳言,政治理想和现实之间有时会存在较大差距。早在先秦时期,思想家孟子在其所著《梁惠王》篇中就描绘了当时诸侯国治下的社会状况:"庖有肥肉,厩有肥马,民有饥色,野有饿莩,此率兽而食人也。"从而发出了"为民父母,行政,不免于率兽而食人,恶在其为民之父母也"①的质疑。在汉代,即便是以"民之父母"自我标榜的汉元帝,其统治时期也发生了"(百姓)大饥而死,死又不葬,为犬猪食。人至相食,而厩马食粟,苦其大肥"的惨状,从而引起具有强烈正义感的谏大夫贡禹的批评:"王者受命于天,为民父母,固当若此乎?"②孟子、贡禹的质问启人深思。

在漫长的中国古代社会,"为民父母"的称谓同时也隐含了一种自上而下的治理思路,被称作"民之父母"的各级官员形同一个地区的大家长。在父母之爱的名义下,地方官生杀予夺的权力很容易膨胀,特别是在行政监察不严、不到位的时期,地方官践踏民意甚至摧残人民的情况亦时有发生。到

---

① 《孟子·梁惠王》,杨伯峻译注本,第9页。
② 〔汉〕班固:《汉书·贡禹传》,第3070页。

了封建社会后期,"父母官"称呼泛滥,逐渐演化为颂扬地方官的套语,甚至连贪官、庸官也以"父母官"自谓,"父母官"的本意变了味。

但是,"为民父母"理念的产生有其深刻的社会基础和思想渊源,就像特定的民族生理基因造成我们黑头发、黑眼睛、黄皮肤的体质一样,我们不能用二元对立式的"好"或"坏"来评判这种文化基因。我们应该反思,这种文化对社会发展到底起到了促进作用还是破坏作用?这种文化是受大多数百姓欢迎的还是拒斥的?这种文化在当今还有没有一定的存在意义?我们可以有当代眼光,但绝不能摒弃历史视角。必须承认,这种"为民父母"文化,在本质上具有一定的民本色彩,也就是说要求统治者把百姓的利益放在了较为重要的位置上来考虑。各级地方官若要把"保民"和"教民"视为政治责任来认真对待,那他们就必须劝农躬耕、开垦田地、发展水利、提高农业产量,以及抚恤鳏寡、表彰孝悌、赈济灾民、拔举贤良,并在此基础上兴办学校、劝民入学、实行礼乐教化、改善当地风俗等,这些都不仅代表了王朝的利益,也符合广大百姓的利益。与此同时,当官员同时以"父母"的身份而不仅仅是威严的"官员"出现在地方乡里时,同时也就意味着获得了一份信任,这种令人感到亲切的身份有利于地方官整合社会各种力量,维护稳定的社会秩序。阎步克先生也意识到了这个问题,他分析道:"学人或称中国的君主专制在相当程度上来源于父家长制,但这父家长制除了强调父权之外还强调着父爱,这就影响了由之演生的君权的性质——被统治者多少也有权利以'子民'身份向之要求'父母'式的恩爱,贤明的君主也在着意承担起为父之责,施予这种父爱,因为这与其统治的合法性息息相关。"①

如果我们站在历史主义的立场考察问题,那就应该承认,"为民父母"观念是中国古代有价值的政治遗产。与历史上其他政治文化相比,更易见出"为民父母"思想的可贵。中世纪后期意大利政治思想家马基雅维里所著《君主论》曾经风靡一时,至今仍有人对其赞不绝口。然而,这本书中表现出了什么政治理念呢?在马基雅维里笔下,古代许多君主"被交给半人半马的怪物基罗尼喂养,并且在它的训练下管教成人",由此,"他就必须知道:怎样运用人性和兽性,并且必须知道:如果只具有一种性质而缺乏另一种性质,不论哪一种性质都是不经用的"。② 这种一半人性、一半兽性的政治观对君主角色的看法,与儒家的"为民父母"文化是何其大相径庭,而与法家文

---

① 阎步克:《士大夫政治演生史稿》,第 92—93 页。
② 两处引文均引自(意)尼科洛·马基雅维里:《君主论》,北京:商务印书馆,1985 年,第 83 页。

化更为臭味相投。在法家政治理念中,被统治者是一件尽可驱使而不必考虑其感受的工具,是一群只须用法律镇压和利益驱使的贱民,一句话,法家眼中的百姓是没有人性、也不必考虑其人性的。在法家的视界中,父子之间遵循的是赤裸裸的利益考虑,"父母之于子也,产男则相贺,产女则杀之……虑其后便、计之长利也。故父母之于子也,犹用计算之心以相待也,而况无父子之泽乎!"法家极力反对将人际温情带入政治统治当中,从而提出:"母之爱子也倍父,父令之行于子者十母;吏之于民无爱,令之行于民也万父。母积爱而令穷,吏用威严而民听从,严爱之策亦可决矣……明主知之,故不养恩爱之心而增威严之势。"①在韩非子看来,将"父母"式温情带入行政之中,使办事效率大大降低,毫不可取。因此,法家不屑于采取道德感化的方式,也不可能实行礼乐教化,因为仁、义、礼、智、忠、恕、孝、慈这些东西,在法家看来是不可计算、不可控制的,应全部剔除。故而,儒家政治理念虽并非尽善尽美,却是当时中国人所能探索到的最佳治国理念。儒家治理闪烁着人性的光辉,其效果更为持久,其价值应予充分肯定。儒家抑或法家?汉代人也不是没有对比、争论,但汉代人最终选择了儒家政治理念。西汉思想家贾谊曾发过有力的诘问:"今或言礼谊之不如法令,教化之不如刑罚,人主胡不引殷、周、秦事以观之也?"②殷鉴不远,值得深思。

第三节 赞美监察官及其他朝廷官员的歌谣

汉代国家的治理水平,不仅体现在地方官的治理能力,即地方官在维护社会秩序、发展农业生产、实行礼乐教化、移风易俗等方面所做出的贡献;还体现在国家对各级地方官的监察和问责能力方面,也即国家层面的监察制度的设计和实施水平上。

汉代太守权重,具有治民、理财、司法、领军等多方面权力,类似于古代的诸侯封国,只是不能世袭而已。③ 为了避免地方官员因"天高皇帝远"而滥用权力或行贪污贿赂之实,对这样一个"特权"阶层进行有效的监督,就显得十分必要。君主个人的耳目见闻是极其有限的,"墙之外,目不见也;里之前,耳不闻也",但"人主之守司,远者天下,近者境内,不可不略知也",④君

---

① 《韩非子·六反》,陈奇猷校注本,第949、950页。
② 〔汉〕班固:《汉书·贾谊传》,第2253页。
③ 具体观点参见钱穆:《秦汉史》,第278页。
④ 《荀子·君道》,张觉译注本,第267页。

主要掌控全局、了解各级官员的情况,就必须借助监察官的力量。

汉代将民间歌谣纳入对官员的评价体系中,成为对地方官考评、黜陟的一项重要指标,这种自下而上的监督机制就相当于"三明治"的底层;与此同时,汉代也有自上而下的监督机制,那就是国家对官员的监察制度,这里又分为常规性的制度设计及非常规性的制度安排。常规性的监察制度具体包括中央层面的和地方层面的。中央设立有御史台,作为最高监察机关,御史台长官在西汉初期为御史大夫,与丞相、太尉同为"三公",其职责是"内承本朝之风化,外佐丞相统理天下",①兼有行政与监察长官之性质,相当于副丞相。御史大夫以察举违法为职责,对官吏的违法行为,不问是否有皇帝和丞相的指令,均有权进行案问。在地方,全国被分为十三个监察区,是为州部,每个州部设刺史一人,为专职监察官,以"六条问事",对州部内所属各郡进行监督。刺史于每年八月"周行郡国,省察治政,黜陟能否,断理冤狱",②同时还负责"课第长吏不称职者为殿,举免之。其有治能者为最。察上尤异州"。③后来,刺史变成了常设官,在地方设立了固定的办公机关。在地方政府之下,郡一级监察官有督邮,代表太守,督察县乡。此外,还有一些活动,也包含了一定的监察行为,如使者巡行制度、举谣言等。这样,从中央到地方,汉代建立了体系完备、目标明确的全方位的监察制度。

汉代监察制度对于整肃吏治、纠弹非法、促进大一统王朝政治有序运行发挥了重要作用;与此同时,监察官的活动也代表了广大百姓的利益,因为相对公平的政治秩序和稳定的社会环境,不仅是统治者上层所需要的,也是百姓生存和社会发展的前提。对于那些坚持正义,勇于纠弹非法、搏击豪强的监察官,广大百姓给予了高度敬佩和赞美,我们把这一类型的歌谣称为赞美监察官的歌谣。下面予以具体分析。

1."间何阔,逢诸葛。"(《京师为诸葛丰语》)

这是一首赞美汉元帝时期司隶校尉诸葛丰的歌谣,意思是说:天地间何其开阔,你怎么就偏偏遇到了诸葛丰了呢?《汉书·诸葛丰传》载:诸葛丰在汉元帝时被擢为司隶校尉,他刺举非法行为无所回避,京师为之语曰:"间何阔,逢诸葛。"④可见在不法权贵们眼里,诸葛丰似乎是个能带来厄运的"瘟神",避之唯恐不及。但在广大京师百姓眼里,诸葛丰是公平正义的化身。为此,汉元帝很欣赏诸葛丰的勇气,加秩为光禄大夫。最能反映诸葛丰

---

① 〔汉〕班固:《汉书·薛宣传》,第3391页。
② 〔晋〕司马彪:《后汉书·百官志》注引蔡质《汉仪》,第3617页。
③ 〔晋〕司马彪:《后汉书·百官志》注引胡广语,第3618页。
④ 〔汉〕班固:《汉书·诸葛丰传》,第3248页。

做事风格、也最值得人们敬佩的一件事情,是他弹劾外戚许章的行动。《汉书》本传载:"侍中许章以外属贵幸,奢淫不奉法度,宾客犯事,与章相连。丰案劾章,欲奉其事,适逢许侍中私出,丰驻车举节诏章曰:'下!'欲收之。章迫窘,驰车去,丰追之。许侍中因得入宫门,自归上。丰亦上奏。"①诸葛丰与外戚许章搏击的场面,一声大喝"下",掷地有声,有"虽千万人吾往矣"的震撼力,维护了法律的尊严,维护了公平正义。

这里有必要对司隶校尉的职官特点和权力范围加以补充介绍。司隶校尉是汉代监督京师和京城周边地方的监察官,汉武帝时期为加强京城的治安而置,监察京师百官和三辅(京兆尹、左冯翊、右扶风)、三河(河东、河内、河南)及弘农七郡的官员,职司与刺史相同,但地位比刺史高,朝会时,司隶校尉与尚书令、御史中丞一样平起平坐,号曰"三独坐"。司隶校尉不仅有督察权,而且有逮捕权、惩治权,蔡质《汉仪》云:"(司隶校尉)职在典京师,外部诸郡,无所不纠。封侯、外戚、三公以下,无尊卑。入宫,开中道称使者。每会,后到先去。"②正因为制度赋予了司隶校尉以极大权力,他们在执法时才能义无反顾、无所回避,这是司隶校尉敢于搏击豪强的底气所在。

但是,司隶校尉的权力再大,也是由皇权所赐,在触及皇帝的裙带关系时,就要看皇帝本人的情感天平倾向哪边了。如诸葛丰弹劾外戚许章,就触动了汉元帝的底线,元帝也就把之前对诸葛丰的欣赏抛诸脑后了。诸葛丰后来因为坚持正义毫无忌讳,被一贬再贬,最后贬为庶人、终老于家。

2."贵戚敛手避二鲍。"(《京师为鲍永鲍恢语》)

汉代像诸葛丰这样直道而行、不避个人安危的监察官可谓前仆后继。东汉初年鲍永做司隶校尉时,召鲍恢为都官从事,他们均以惩治豪强、整肃法度著称。《太平御览》载:"《[后]汉书》曰:鲍永辟鲍恢为从事,京师语曰:'贵戚敛手避二鲍。'"③

据《后汉书·鲍永列传》,鲍永于光武帝建武十一年征为司隶校尉,他以"大不敬"罪名弹劾光武帝的叔父赵王刘良,从而引起官场震动,使得"朝廷肃然,莫不戒慎"。事情经过如下:(建武十一年,即公元35年)六月,中郎将来歙在武都郡河池县军中被刺身亡,来歙的灵柩抵京之际,刘秀亲自率领百官到城外迎接。刘秀扶柩进城之后,公卿百官也随之入城。"时赵王良从送中郎将来歙丧还,入夏城门中,与五官将车相逢,道迫,良怒,召门候岑尊,

---

① 〔汉〕班固:《汉书·诸葛丰传》,第3249页。
② 〔汉〕蔡质:《汉官典职仪》,引自〔清〕孙星衍等辑、周天游点校《汉官六种》,第208页。
③ 〔宋〕李昉:《太平御览》第370卷,"人事部·手条",第1703页。笔者按,《汉书》当为《后汉书》。

叩头马前"。赵王良自恃帝叔之尊,不思恭谨自守,反而仗势欺人,令皇权尊严蒙羞。作为司隶校尉的鲍永,其职责就是要纠举这种非礼行为,于是鲍永上奏弹劾刘良,措辞严厉地说:"案良诸侯藩臣,蒙恩入侍,宜知尊帝城门候吏六百石,而肆意加怒,令叩头都道,奔走马头前。无藩臣之礼,大不敬也。"刘良为光武帝刘秀亲叔父,在刘秀父亲去世后,刘良叔行父责,将刘秀兄弟抚养成人,刘良于刘秀而言,情同父母。刘秀虽未处置刘良,但也并不责怒鲍永,其深意不言自明。鲍永的这次举动使朝廷政治风气为之而一变,光武帝刘秀因此常说:"贵戚且宜敛手,以避二鲍。"①后来被人简化为一句七言歌谣"贵戚敛手避二鲍",在京师广泛流传。

3."厥德仁明郭乔卿,忠正朝廷上下平。"(《郭乔卿歌》)

郭贺(字乔卿)是东汉光武帝、明帝时期宠遇优渥的大臣,《后汉书·郭贺列传》载其任职经历道:"建武中为尚书令,在职六年,晓习故事,多所匡益。拜荆州刺史,引见赏赐,恩宠隆异。及到官,有殊政。百姓便之,歌曰:'厥德仁明郭乔卿,忠正朝廷上下平。'"郭贺官拜荆州刺史,采取了一些便民措施,给百姓带来了实惠,受到百姓的爱戴。百姓为郭贺作歌中有"仁明""忠正"这两个关键词,说明他不仅有仁德之政,还能处理好朝廷与地方的关系。能做到"上下平",非有高超的政治水平不可。汉明帝到南阳巡狩,特地召见了郭贺,对其政绩嗟叹不已,"赐以三公之服,黼黻冕旒。敕行部去襜帷,使百姓见其容服,以章有德。每所经过,吏人指以相示,莫不荣之"。②"襜帷"指的是车上四周的帷帐,"去襜帷"的目的是为了使百姓瞻仰刺史的威仪,表彰郭贺的德行。《华阳国志》中亦载郭贺事迹曰:"(蔡茂)表贺明律令,稍迁侍中、尚书仆射、司隶校尉、荆州刺史。百姓歌之曰:'厥德仁明郭乔卿。'明帝南巡狩,善其治,赐三公服,去襜露冕,使百姓见之,以彰有德。征河南尹,卒。天子痛惜,赐钱三十万。"③与《后汉书》相互印证。

4."鲍氏骢,三入司隶再入公。马虽疲,行步转工。"(《鲍司隶歌》)

鲍宣、鲍永、鲍昱祖孙三代都曾担任过司隶校尉一职,且三代人都曾骑乘过同一匹青骢马。鲍氏廉洁奉公的祖训和节俭朴素的家风,颇受时人赞誉,京都为其做歌。④"行步转工"一句运用了双关手法,以马的行步稳健来比喻马主人做事的刚直不阿。

---

① 以上四处引文均引自〔南朝宋〕范晔:《后汉书·鲍永列传》正文及注引《东观汉记》,第1020页。
② 两处引文均见〔南朝宋〕范晔:《后汉书·郭贺列传》,第908—909页。
③ 〔晋〕常璩:《华阳国志》卷十"先贤士女总赞",刘琳校注本,第748—749页。
④ 〔宋〕李昉:《太平御览》第250卷,"职官部·司隶校尉条",第1182页。

鲍永弹劾赵王刘良的事迹已如前述,这里只介绍鲍宣和鲍昱。鲍宣在汉哀帝时先为谏大夫,对哀帝宠幸、纵容佞幸董贤及滥封外戚傅商的行为予以严厉批评,表现出了正道直行、一往无前的精神。《汉书·鲍宣传》记载了鲍宣的《谏哀帝书》,其中写道:"奈何独私养外亲与幸臣董贤,多赏赐以大万数,使奴从宾客浆酒霍肉,苍头庐儿皆用致富! 非天意也。及汝昌侯傅商亡功而封。夫官爵非陛下之官爵,乃天下之官爵也。陛下取非其官,官非其人,而望天说民服,岂不难哉!"①这里虽然只是截取了其上书的个别段落,但仍可以看出其落笔处字字铿锵,具有振聋发聩的语言效果。鲍宣做司隶校尉以后,甚至把监察的触角指向了丞相孔光,"丞相孔光四时行园陵,官属以令行驰道中,宣出逢之,使吏钩止丞相掾史,没入其车马,摧辱宰相。事下御史中丞侍御史至司隶官,欲捕从事,闭门不肯内"。② 鲍宣为何摧辱丞相? 这涉及"驰道"的特殊性质。按秦汉制度,驰道中央专供皇帝使用,其他人不得行驶。也就是说,孔光车马行越驰道是僭越名分,违背礼治。但鲍宣"使吏钩止丞相掾史,没入其车马,摧辱宰相"的做法显然值得商榷;在侍御史来抓捕从事时,鲍宣"闭门不肯内",更是挑战了法律的尊严。因此,我们在为鲍宣一往无前的精神表示敬意的同时,也对其僵直的性格持一份保留态度。果然,鲍宣落得减死一等、免官髡钳的徒刑。

到了鲍昱这一代,光武帝刘秀对鲍氏祖孙三代刚直不回的品格高度赞赏、特别表彰,拜鲍昱为司隶校尉。《后汉书·鲍永列传附鲍昱传》中提到一个细节,那就是光武帝将本来应由司徒承担的"封胡降檄"工作(一种发给胡人的通关文书)专门安排鲍昱来做,并且打破惯例让鲍昱在文书上署名,光武帝的用意就是要让全天下的人都知道忠臣鲍永之子又为司隶。原文如下:"(光武帝)诏昱诣尚书,使封胡降檄。光武遣小黄门问昱有所怪不? 对曰:'臣闻故事通官文书不著姓,又当司徒露布,怪使司隶下书而著姓也。'帝报曰:'吾故欲令天下知忠臣之子复为司隶也。'昱在职,奉法守正,有父风。"③

5."车如鸡栖马如狗,疾恶如风朱伯厚。"(《三府为朱震语》)

这首歌谣是三公府(即太尉、司徒、司空)官员们为兖州刺史从事朱震所作,赞美了朱震作为监察官吏刚直不阿、嫉恶如仇的品质。朱震敢于将斗争的矛头指向当时炙手可热的大宦官,为时人所敬重。这首歌谣的大意是说:朱震所乘之车就像一只鸡,虽在休息却随时保持警醒;为他拉车的马也像猎

---

① 〔汉〕班固:《汉书·鲍宣传》,第3089—3090页。
② 〔汉〕班固:《汉书·鲍宣传》,第3093页。
③ 〔南朝宋〕范晔:《后汉书·鲍永列传附鲍昱传》,第1022页。

狗一样时刻待命;朱震打击恶势力的风格,就如同狂风扫落叶般猛烈迅疾。

对于"车如鸡栖马如狗"这一句,解释说法较多。一说:宦官的车辆像鸡栖成群,宦官的马如走狗成群,用来形容宦官声势浩大。一说:朱震的车寒酸如鸡笼,他的马猥琐如瘦狗。这两种解释都不够妥帖,就在于诸解释都没有把这前后两句话作为一个有机整体来看待,而是将其分裂开来单独解释,这样就无法表现出朱震不畏强权、随时准备重拳搏击的精神面貌。

从东汉中后期开始,皇帝多以幼冲登基,朝政由外戚把持,等到皇帝长大成人后,不甘心再受外戚摆布,就利用身边的宦官除掉外戚,这样宦官又掌握朝纲,遂形成外戚与宦官交替专权的奇特现象。汉桓帝利用单超、徐璜、唐衡等五名宦官消灭了外戚梁冀,但宦官从此居功自傲,其家族成员在各地更是目无国法、胡作非为,严重破坏社会秩序。《后汉书·陈蕃列传附朱震传》载,"震字伯厚,初为州从事,奏济阴太守单匡赃罪,并连匡兄中常侍车骑将军超。桓帝收匡下廷尉,以谴超,超诣狱谢。三府谚曰:'车如鸡栖马如狗,疾恶如风朱伯厚。'"①根据汉制,刺史有佐吏,亦称从事。汉武帝初设刺史时,刺史于秋季监察郡国。郡国遣吏至界上迎接,"得载别驾自言受命移郡国,与刺史从事尽界罢"。② 后来以"从事"为刺史属吏之称,分为别驾从事史、治中从事史,又有部郡国从事史,大致刺史辖几郡,即设几人。每人主管一郡(国)文书,察举非法。朱震不畏强权、搏击宦官,这既是监察官的职责要求,也与其刚直不阿的品格直接相关。

6."行行且止,避骢马御史。"(《时人为桓典语》)

歌谣赞颂的是汉灵帝时的侍御史桓典,歌谣意思是:人们行路要当心啊,一定要避开骑着青骢马的侍御史。据《后汉书·桓荣列传附桓典传》,桓典在汉灵帝时拜侍御史,"是时宦官秉权,典执政无所回避。常乘骢马,京师畏惮,为之语曰:'行行且止,避骢马御史。'"③骢马,本指青白色相杂的马,由于桓典影响力大,后人遂以"骢马使"指代御史。骢马和骢马使在后代作为文学形象,时常出现于诗文之中,如《红楼梦》第 105 回的回目是"锦衣军查抄宁国府,骢马使弹劾平安州",其中的"骢马使"就是源出于汉代的桓典故事。

侍御史是一种什么职官?这里有必要加以介绍。侍御史在西汉时期为御史大夫属官,由御史中丞统领,入侍禁中兰台,给事殿中。《后汉书·百官

---

① 〔南朝宋〕范晔:《后汉书·陈蕃列传附朱震传》,第 2171 页。
② 〔汉〕卫宏:《汉旧仪》,引自〔清〕孙星衍等辑、周天游点校《汉官六种》,第 68 页。
③ 〔南朝宋〕范晔:《后汉书·桓荣列传附桓典传》,第 1258 页。

志》载:"侍御史十五人,六百石。本注曰:掌察举非法,受公卿群吏奏事,有违失举劾之。凡郊庙之祠及大朝会、大封拜,则二人监威仪,有违失则劾奏。"①此外,侍御史或供临时差遣,出监郡国,持节典护大臣丧事,收捕、审讯有罪官吏等;有时亦受命执行办案、镇压农民起义,号为"绣衣直指"。到东汉时期,侍御史为御史台属官,于纠弹本职之外,常奉命出使州郡,巡行风俗,督察军旅,职权颇重。

汉灵帝时政治失范,当时宦官专权、"政失准的"的现象非常严重,正直士人在朝廷的活动空间严重受阻。在这种情况下,桓典能够"执政无所回避",需要强大的政治勇气,令人尊敬。

就汉代的监察制度而言,权力的源头是皇帝。监察官的地位独立,也只是相对于其他职官具有一定的独立处置权,绝不可能独立于皇权之外,皇帝自然不在被监察之列。这种局限所导致的后果就是,高居于监察制度之上的皇帝,只能依赖于道德理性来约束自己。从鲍氏祖孙三代的经历来看,司隶校尉是否能够发挥其作用、能发挥多大作用,主要还要看皇帝本人的态度。有皇帝支持,司隶校尉弹劾非法行为就能勇往直前、无所顾忌;如果皇帝本人头脑昏聩或立场不稳,对权贵势力姑息纵容的话,司隶也就只能"拍拍苍蝇"而不可能放开手脚"打老虎"了。这种视皇帝的主观意志而行动的政治,是典型的人治,人存则政举,人亡则政息,这是值得深刻反思的历史困境。

以上我们通过六则歌谣分析了汉代监察官员的活动,这样使读者对汉代监察制度和监察官员的特点有一个初步的了解。应该说,汉代官员贪腐行为并不突出,是与国家"高压治吏"的制度设计有很大关系的。当然,反腐败、反特权活动能否一查到底,最终还要看最高统治者的个人意愿,专制制度下的当政者无法走出这一历史怪圈。

除了以上赞美监察官的歌谣外,还有两首赞美其他朝廷官员的歌谣,不足以专节介绍,暂附于此。

1."筑室载直梁,国人以贞真。邪娱不扬目,狂行不动身。奸轨僻乎远,理义协乎民。"(《巴人歌陈纪山》)

歌谣大意是:建造房屋要选笔直的梁柱,治理国家需要刚贞正直的贤臣。陈纪山一举一动都符合礼制,他对邪偏的娱乐不看一眼,狂妄的举止也与他无缘。奸佞之人不敢靠近他,他用儒家礼义教化百姓。《华阳国志》载陈纪山事曰:"巴郡陈纪山为汉司隶校尉,严明正直。西房献眩王庭,试之,

---

① 〔晋〕司马彪:《后汉书·百官志》,第3599页。

分公卿以为嬉,纪山独不视。京师称之。巴人歌曰'筑室载直梁,国人以贞真。邪娱不扬目,枉行不动身。奸轨辟乎远,理义协乎民。'"①歌谣集中在对陈纪山"非礼勿视"的描写和对其"贞真"品格的赞美。在歌谣中,陈纪山似乎和皇帝、群臣构成了正邪相对的两方,陈纪山代表了坚贞正义的一方。《后汉书·陈禅列传》中对陈纪山的经历及"西房献眩"一事有更详细的记载:"陈禅字纪山,巴郡安汉人也。……入拜谏议大夫。(安帝)永宁元年,西南夷掸国王献乐及幻人,能吐火,自支解,易牛马头。明年元会,作之于庭。安帝与群臣共观,大奇之。禅独离席举手大言曰:'昔齐鲁为夹谷之会,齐作侏儒之乐,仲尼诛之。又曰:"放郑声,远佞人。"帝王之庭,不宜设夷狄之技。'尚书陈忠劾奏禅曰:'古者合欢之乐舞于堂,四夷之乐陈于门,故《诗》云"以《雅》以《南》,《韎》《任》《朱离》"。今掸国越流沙,逾县度,万里贡献,非郑、卫之声,佞人之比,而禅廷讪朝政,请劾禅下狱。'有诏勿收,左转为玄菟候城障尉……顺帝即位,迁司隶校尉。"②

上述史料中提到的"眩""幻",指的是魔术;"眩人"或"幻人"则是汉朝对魔术师的称呼。史载,早在汉武帝元封年间(公元前 110 年—前 105 年),安息就曾以"大鸟卵及黎轩善眩人献于汉"。③《华阳国志》记陈纪山反对在王庭观眩,误将时间系于其任职司隶校尉时,实则是在其任谏议大夫时,陈禅任司隶校尉是在顺帝即位后,《后汉书》本传言之甚详。司隶校尉是纠弹非法行为的监察官,其职司与谏官相去甚远,不得混为一谈。谏议大夫为光禄勋的属官,专掌议论谏诤,也就是给朝廷提意见,陈纪山在朝廷上反对观眩,是其忠于职守的表现。陈纪山发言拘泥于儒家礼教和华夷之辨,缺少变通的眼光,并不高明;但这是其职掌所系,尽管观点不当,也不应治罪。尚书陈忠的观点显然更为融通,但朝廷将陈禅贬官,于制不合。陈纪山在朝廷放言高论、痛斥群臣的观技活动,这一举动应如何评价?笔者以为这是见仁见智的问题,并无绝对的是非曲直,秉持不同的价值观念,就会得出不同的看法。但有一点是毋庸置疑的,那就是陈纪山本着谏官的职责,对于他所认为的不合理行为"知无不言,言无不尽",即便触怒了皇帝、惹恼了同僚也毫不畏惧,这种精神值得大书一笔。

2."治身无嫌唐仲谦。"(《京师为唐约谣》)

关于唐约的史料,只有谢承《后汉书》中的寥寥数语:"唐约字仲谦,拜

---

① 〔晋〕常璩:《华阳国志》卷一"巴志",刘琳校注本,第 40 页。
② 〔南朝宋〕范晔:《后汉书·陈禅列传》,第 1684—1686 页。
③ 〔汉〕司马迁:《史记·大宛列传》,第 3173 页。

尚书,闲书旧典,质素密静。自典枢机,数有直言美策,每作表疏,皆手自书之,不宣于外。处官不言货利之事,当法不阿所私。京师谣曰:'治身无嫌唐仲谦。'"①根据汉代官志的特点及谢承书中对唐约的概括,我们还是能够对唐约的特点做一个基本概括。

对于唐约立身行事所表现出的特点,须从其所担任的"尚书"一职入手,方能有的放矢、不落虚谈。尚书本为少府属官,负责管理少府文书和传达命令,职轻而权重。汉武帝出于加强皇帝中央集权的需要,削弱相权、巩固皇权,尚书遂成为内朝重要机构,实际上是皇帝的秘书处。司马彪《后汉书·百官志》对尚书职责有详细记载:"尚书令一人,千石。本注曰:承秦所置,武帝用宦者,更为中书谒者令,成帝用士人,复故。掌凡选署及奏下尚书曹文书众事……尚书六人,六百石。本注曰:成帝初署尚书四人,分为四曹:常侍曹尚书主公卿事;二千石曹尚书主郡国二千石事;民曹尚书主凡吏上书事;客曹尚书主外国夷狄事。世祖承遵,后分二千石曹,又分客曹为南主客曹、北主客曹,凡六曹。"②由此可见,尚书机构相当于皇帝在宫廷内设置的一套小型政府架构,并与外朝各政府部门相互衔接。西汉末年王莽以宰相身份夺取汉朝政权,更促使后来的光武帝吸取教训,架空宰相权力,赋予尚书这个秘书班子以更重要的职责。尚书令的独坐之宠(尚书令与御史中丞、司隶校尉为"三独坐"),实际上就是强调其代表皇帝权威的性质。对于尚书的重要地位,当时人士在各种场合时有提及,如安帝永宁年间,尚书陈忠上疏推荐周兴为尚书郎时说:"尚书出纳帝命,为王喉舌。"③顺帝阳嘉二年(公元133年),李固对策曰:"今陛下之有尚书,犹天之有北斗也。斗为天喉舌,尚书亦为陛下喉舌。斗斟酌元气,运平四时。尚书出纳王命,赋政四海,权尊势重,责之所归。若不平心,灾眚必至。"④喉舌、北斗之喻,说明尚书在汉代政治生活中地位至关重要。

尚书是皇帝的高级政治秘书处,尚书令及各曹主事代替皇帝处理国家的重要文书、诏令,掌握国家的最高政治机密,如杜佑《通典》所言,"后汉众务,悉归尚书,三公但受成事而已。尚书令主赞奏事,总领纪纲,无所不统。"⑤位虽不高而职权极重,这就要求尚书熟悉国家的典章制度,能够提出解决各种政治问题的方案,具有沉静慎密、不事张扬的个性,具有不贪财、不

---

① 〔三国吴〕谢承:《后汉书·唐约传》,〔清〕汪文台辑、周天游校本,第154页。
② 〔晋〕司马彪:《后汉书·百官志》,第3596—3597页。
③ 〔南朝宋〕范晔:《后汉书·周荣列传附周兴传》,第1537页。
④ 〔南朝宋〕范晔:《后汉书·李固列传》,第2076页。
⑤ 〔唐〕杜佑:《通典·职官典》"尚书令"条,北京:中华书局,1988年,第592页。

徇私的品格。唐约恰好具备了这些优秀品质，这是其胜任尚书职务不可或缺的素质。因此可见，"治身无嫌唐仲谦"这则歌谣，虽只有简短的七个字，却包含了非常丰富的内容。

第四章　揭露汉代各种政治顽疾的歌谣

第一节　批判豪族、外戚和佞幸的歌谣

终汉一代,地方上的豪族势力、朝廷内的外戚专政和宦官专权,是影响国家政治机体健康运转的几大顽疾。其中任何一个问题如任其发展而不采取处置手段,都将使国家治理能力下降,引起负面的连锁反应,甚至断送王朝政治的性命。有研究者说,"国家能力意味着国家执行政策的能力,尤其是面对社会集团的强力反对以及在恶劣的社会经济条件下执行国家政策的能力。如果国家被社会团体所俘获,丧失自主性,那就没有国家能力可言"。① 如果我们将汉代的豪强势力、外戚集团看成是这样的"社会集团"或"社会团体",那么这个论断也是非常切合汉代实际的。

应该说,在汉代历史的某些阶段,对于这些"社会集团"的处置是有效的,比如说,西汉在元帝之前外戚问题并不突出;又如西汉武帝、宣帝时期对于地方豪强的打击坚定果决;再如,东汉前期各种社会势力也被处置得较为平稳妥当。但是,"大风起于青萍之末",两汉之亡,并非亡在朝夕之间,而是亡于社会痼疾的累积、矛盾无法彻底解决,最终由量变到质变,导致重新洗牌。如西汉之灭亡,就是由于土地兼并严重、豪族势力膨胀、社会矛盾激化,从而给外戚王莽篡汉自立以可乘之机;东汉的灭亡,则是由于外戚专政与宦官专权挑起祸端,引发军阀混战,最终以三分天下收场。这几种政治势力对大一统政权的掣肘作用,汉代歌谣中都有一定反映。歌谣给我们提供的是负面的视角,其中蕴含的历史教训却是深刻而惨痛的。此外,西汉皇帝多有佞幸,即男宠,歌谣中也对此予以鞭挞。批判宦官势力的歌谣我们将在"儒林歌谣"一章中进行分析,本章不再赘述,而集中介绍批判汉代豪族、外戚和佞幸的歌谣。

---

① 陈慧荣:《国家治理与国家建设》,载自《学术月刊》2014年7期,第10页。

一、批判豪族势力的歌谣

两汉四百年的历史,是豪族通过各种途径渗透国家政权的过程,同时也是国家抑制打击豪强的过程。在对待豪族的问题上,广大百姓与中央政府的利益具有一致性,歌谣中也表现出了对豪族的批判态度。

(一)豪族及豪族势力的危害

汉代文献中,对于"豪族"的称呼很多,有豪强、豪右、豪杰、豪民、豪人、豪猾、豪大家、强宗、强族、大姓等,不一而足。其中,豪族、强宗、强族、大姓等词语侧重于血缘纽带关系的联接;豪杰、豪民、豪人等词语,既可以指有势力的家族群体,也可以指强势的个人;豪猾一词兼涉强势与奸猾之义;豪强则是一个包容性较强的词语。以上这些词语,我们只能根据史感和语感,指出它们大体上的区别,至于更为具体的区分,实在是无能为力的,因为史家在运用这些词语的时候,也并非刻意追求精准,而是采用了颇多笼统的用法。至于现代研究者的研究,则多指向豪族。如 20 世纪 30 年代杨联陞先生《东汉的豪族》一文具有开创意义,他在文中指出:"所谓豪族,并不是单纯的同姓宗族集团,是以一个大家族为中心,而有许多家或许多单人以政治或经济的关系依附着它。这样合成一个豪族单位。"①杨氏的观点可以归纳为两点,一是豪族以某大家族为中心,但又不限于这一同姓家族,还包括了其他的家族和许多个人;二是豪族是政治或经济的利益共同体。20 世纪 80 年代日本学者山田胜芳对豪族概念的解释是:"宗族性强,富于财力(尤其是占有土地的比重大),通过婚姻关系相互结合,既是地方上的统治阶层又是文化享受的垄断者。"②山田氏提到了豪族之间相互通婚的事实,并提到豪族是"文化享受的垄断者",这是很具补充性的视角。此后,日本学者谷川道雄在 90 年代的著作中也提出了对豪族的理解,他认为:"所谓豪族,乃是在乡里以本家为中心的同族结合,其中又加上宾客、部曲等非血缘关系的从属者的集团,拥有广大的土地并在乡里扩充势力。"③谷川氏将宾客、部曲等非血缘关系的从属势力也纳入豪族,实际上是将豪族所包括的范围扩大了,从汉代的实际情况看,这是比较合适的。

综合以上各家的看法,汉代的豪族,就是指地方上以某一同姓家族势力

---

① 杨联陞:《东汉的豪族》,载自《清华学报》1936 年第 4 期,第 1017 页。
② (日)山田胜芳:《近年来的秦汉史研究——以好并隆司、谷川道雄、渡边信一郎三人的研究为中心》,《中国史研究动态》1980 年第 11 期,第 12 页。
③ (日)谷川道雄:《中国的中世》,刘文俊译,引自《日本学者研究中国史论著选译》,北京:中华书局,1992 年,第 121 页。

为中心,通过家族之间婚姻关系的连接,并吸引非血缘性的宾客、部曲为其服务,从而形成了在经济、政治、文化等各方面具有垄断性势力的利益集团。我们这里所提出的豪族概念,既包括了以血缘为纽带的家族势力的结合体,也包括了附着在这一大家族势力周围的其他不同家族,以及附属于他们的宾客部曲等社会力量。

豪族在地方经济、政治、文化三方面具有垄断性的控制力量,与此同时,豪族的潜在性危害也表现在这三个层面。首先,豪族在经济上霸占公共资源,侵吞小民利益。如《盐铁论·复古篇》借大夫桑弘羊之口描述了西汉前期豪强之家霸占国家公共资源的现实:"往者,豪强大家,得管山海之利,采铁石鼓铸,煮海为盐,一家聚众,或至千余人……成奸伪之业,遂朋党之权。"①对于东汉时期豪强之家兼并土地、垄断财富的状况,仲长统在《昌言·理乱》中予以描写:"豪人之室,连栋数百,膏田满野,奴婢千群,徒附万计。船车贾贩,周于四方;废居积贮,满于都城。"②桑弘羊曾说过:"民大富,则不可以禄使也;大强,则不可以罚威也。"③豪强之家在经济上占有垄断地位之后,必然要求政治上的发言权,从而对地方政治造成侵害。正如仲长统所言:"权移外戚之家,宠被近习之竖,亲其党类,用其私人,内充京师,外布列郡,颠倒贤愚,贸易选举。"④劳幹先生也指出:"西汉晚期乡举里选制度,使地方官吏往往给豪族以优先,使原本为豪族的,更从选举上巩固了他们的政治地位。"⑤在文化上,西汉豪强大族在通经入仕渠道上,较社会底层百姓拥有不可比拟的优势,因此由经济上的富豪之家逐渐发展为文化上的儒学世家。

豪强势力发展壮大后,对于两汉政治生态不可避免地产生了一定的破坏作用,有论者说:"豪民势力的壮大,不仅瓦解小农经济,腐蚀社会政治,破坏封建法治,败坏社会风俗,而且其影响还远远超越乡里范围,豪民在切身利益受到侵害时,往往结党谋反,或武装对抗,从一种王朝政治的潜在威胁质变为公开的分裂力量。"⑥豪强势力在汉代是一股不可忽视的社会力量,很多皇帝对此非常警惕,采取了一系列措施予以打击压制,以避

---

① 〔汉〕桓宽:《盐铁论·复古篇》,引自王利器校注《盐铁论校注》,北京:中华书局,1992年,第78—79页。
② 〔汉〕仲长统:《昌言·理乱》,孙启治校注本,第264—265页。
③ 〔汉〕桓宽:《盐铁论·错币》,王利器校注本,第56页。
④ 〔汉〕仲长统:《昌言·法诫》,孙启治校注本,第308—309页。
⑤ 劳幹:《汉代的豪强及其政治上的关系》,引自《古代中国的历史与文化》,北京:中华书局,2006年,297页。
⑥ 王彦辉:《汉代豪民与乡里政权》,载自《史学月刊》2000年第4期,第24页。

免其成为危及大一统政治的掣肘力量,但这要求国家有强大的控制能力,能够调配各种政治资源,保证社会稳健有序运行,维持相对的公平与正义。

汉代国家实施的一系列应对措施包括:任命酷吏整肃地方秩序,实行徙陵制度以分化豪强势力,颁布告缗令以削弱豪强的经济实力,任命州刺史以监督地方豪强的不法行为、地方官与豪强势力的勾结行为等。任命酷吏之举,我们在前面已经做过详细的论述,简而言之,汉代任命酷吏为地方官,主要打击目标就是地方的豪强势力。汉代的徙陵制度,从汉初建国开始实施,到汉元帝时废止,出发点是针对"天下豪杰兼并之家,乱众民",通过徙陵可以"内实京师,外销奸猾"、以达到"不诛而害除"的目的。① 班固在《两都赋》中描述这一历史现象时说:"州郡之豪杰,五都之货殖。三选七迁,充奉陵邑,盖以强干弱枝,隆上都而观万国。"②"强干弱枝"与"内实京师,外销奸猾"语意恰为补充。在抑制富商大贾势力方面,汉武帝时期颁布了算缗令和告缗令。算缗是国家向商人征收的一种财产税,由过去的一万钱交税一算(120钱),转变为二缗(一缗为一千钱)交税一算;告缗是当时针对商人瞒产漏税的一种强制办法,鼓励民间对富豪大贾告密,罚没家产由政府与举报者对分。在政府强势打击之下,中等以上的商贾之家大多破产。自此以后,工商业领域的豪强转而致力于土地兼并,发展成为武断乡曲的土豪。除以上措施,汉代政府打击豪强势力最为常规化、制度化的做法,就是实施刺史监察。刺史之设,其职责主要是为了监察地方官的行政,也有针对地方豪强的内容。刺史以六条问事,具体监察内容在表现六个方面:"一条,强宗豪右田宅逾制,以强凌弱,以众暴寡。二条,二千石不奉诏书遵承典制,倍公向私,旁诏守利,侵渔百姓,聚敛为奸。三条,二千石不恤疑狱,风厉杀人,怒则任刑,喜则淫赏,烦扰刻暴,剥截黎元,为百姓所疾,山崩石裂,妖祥讹言。四条,二千石选署不平,苟阿所爱,蔽贤宠顽。五条,二千石子弟恃怙荣势,请托所监。六条,二千石违公下比,阿附豪强。通行货赂,割损正令也。"③这六条之中,第一和第六两条均关涉地方豪强势力。其中第一条限制地方大族兼并土地;第六条打击地方官员和地方大族相互勾结。由此可见,豪强大族势力,如果任其发展而不加控制,将愈演愈烈,不仅危害到底层民众利益,也会侵蚀地方政权基础,这对汉朝大一统政权来说,是不可容忍的社会顽疾,必须予以清除。

---

① 以上三处引文均引自〔汉〕班固:《汉书·主父偃传》,第2802页。
② 〔汉〕班固:《两都赋》,引自〔南朝梁〕萧统《文选》第1册,第8页。
③ 〔汉〕班固:《汉书·百官公卿表》引颜师古注,第742页。

(二) 批判豪强势力的歌谣

对于地方上豪强势力扩张，感受最深、最直接的当属普通百姓，因为豪强在地方上所拥有的政治、经济、文化上的优势、特权，是以侵占百姓利益为前提的。歌谣对此有深刻的反映，下面加以分析。

1. "颍水清,灌氏宁。颍水浊,灌氏族。"(《颍川儿歌》)

这首《颍川儿歌》载自《史记·魏其武安侯列传》，是汉武帝时期颍川地区百姓为当地豪强势力灌夫家族而作。从字面上理解，歌谣的意思是说：颍水清澈，灌氏家族就是平安的；颍水变浑浊了，灌家就要灭门了。

那么，颍水的清澈或浑浊与灌氏家族命运有什么关系呢？原来，灌夫在颍川积累了大量产业，由于宗族成员及宾客横行乡里、巧取豪夺，灌氏家族成为颍川第一恶霸，广大百姓深受其害。颍水是颍川地区第一大水流，百姓很自然地想到用颍水来比喻灌夫家族。意思是说，别看你家现在安宁，但你们家族的命运就如同这颍水一般，早晚有浑浊的一天，那时就是你们大难来临之际。两汉时期，颍川郡靠近京畿，多豪强大族，其宾客宗族势力横行霸道，号称难治，使得中央政府颇为头疼。

《史记·魏其武安侯列传附灌夫传》在介绍灌夫性格特点及生活时，说他"不喜文学,好任侠,已然诺。诸所与交通,无非豪桀大猾。家累数千万,食客日数十百人"。那么，灌夫是靠什么积累了数千万家财、并有能力供养几十、上百个食客的呢？原来，灌夫在颍川家乡拥有大量田产，有宗族、宾客为其经营，这是其雄厚经济实力的支撑。与此同时，灌夫的宗族、宾客倚仗着他在地方上的势力，多为不法之事，成为地方一害。《史记》本传载其"陂池田园,宗族宾客为权利,横于颍川。颍川儿乃歌之曰：'颍水清,灌氏宁。颍水浊,灌氏族。'"①马新《两汉乡村社会史》中概括了豪强在乡村的横行不法之事，指出"他们在乡村的土地主要是依靠宗族宾客经营之,这些人实际上就成为其代表,横行乡里,鱼肉百姓,俨然是乡间的太上皇"。② 江海陂湖园池属于国家管理的资源，具体说归少府管理，收入由政府支配，灌夫的宗族、宾客将陂池等国有资源占为己有，实际上是违法行为。《汉书·元帝纪》记载了汉元帝初元元年(公元前48年)夏四月的一封诏书，其中说："关东今年谷不登,民多困乏。其令郡国被灾害甚者毋出租赋。江海陂湖园池属少府者以假贫民,勿租赋。"③诏书的内容清楚地表明了政府对于江海陂湖

---

① 〔汉〕司马迁：《史记·魏其武安侯列传附灌夫传》，第2847页。
② 马新：《两汉乡村社会史》，第114页。
③ 〔汉〕班固：《汉书·元帝纪》，第279页。

园池的所有权。显然,灌夫可能没有意识到,或是意识到了而没有引起重视,那就是其宗族、宾客在乡里豪横不法的作为,为其日后的被揭发检举埋下了隐患。

汉武帝元光四年(公元前131年)春,丞相田蚡因与灌夫发生矛盾,向武帝告状:"灌夫家在颍川,横甚,民苦之。请案。"后来又检举灌夫"通奸猾,侵细民,家累巨万,横恣颍川,凌轹宗室,侵犯骨肉"。① 田蚡状告、检举灌夫,想必也会搜集这首《颍川儿歌》作为有力的证据,因为这首歌谣形象生动地体现了"民苦之"的内容。田蚡乃汉武帝母王太后的同母异父弟,于武帝为舅父,以外戚先后出任太尉、丞相,《史记》亦称其"治宅甲诸第,田园极膏腴,而市买郡县器物相属于道。前堂罗钟鼓,立曲旃;后房妇女以百数。诸侯奉金玉狗马玩好,不可胜数"。② 田蚡鱼肉乡里的程度与灌夫相较,不过是九十九步与一百步之间的差异,并无本质区别。但田蚡是武帝母舅,受王太后包庇,武帝的感情天平自然倾向于他;特别是田蚡抓住了当时国家政治的最大忌讳,即灌夫结交奸猾豪杰,这是可怕的"杀手锏"。田蚡对自己声色犬马的生活轻描淡写,认为自己的喜好不过是"音乐狗马田宅""倡优巧匠之属",属于细枝末节问题而无伤大雅;而灌夫就不同了,灌夫与魏其侯窦婴"日夜招聚天下豪桀壮士与论议,腹诽而心谤,不仰视天而俯画地,辟倪两宫间,幸天下有变,而欲有大功"。③ 其实,窦婴、灌夫并没有什么不可告人的政治企图,这完全是丞相田蚡的栽赃陷害之辞。但田蚡的构陷之辞却戳中了汉武帝的痛处,因为当时朝廷正着力打击豪强势力,强化中央集权;厚招宾客,客观上就会被认为危及中央集权,汉王朝对此是着意防范的,汉武帝怎么能够容忍所谓的"日夜招聚天下豪桀壮士"的举动呢?所以灌夫后来满门被杀也是实属必然。灌夫的个性气质有正直、仗义、直爽等可爱的一面,这是其为人处世的优长之处;但由于他"不喜文学",缺少了生存智慧的滋养,在波谲云诡的朝廷政治斗争中,其率真、张扬的个性反而成为肇祸的根源。

2. "宁负两千石,无负豪大家。"(《涿郡歌谣》)

两汉时期,豪族地主以及游侠势力是有很大影响的社会势力,这对专制集权统治是一大威胁。范晔在《后汉书·酷吏列传》的序中说:"汉承战国余烈,多豪猾之民,其并兼者则陵横邦邑,杰健者则雄张闾里。"④其中的"并

---

① 〔汉〕司马迁:《史记·魏其武安侯列传附灌夫传》,第2849、2851页。
② 〔汉〕司马迁:《史记·魏其武安侯列传附灌夫传》,第2844页。
③ 〔汉〕司马迁:《史记·魏其武安侯列传附灌夫传》,第2851页。
④ 〔南朝宋〕范晔:《后汉书·酷吏列传》序,第2487页。

兼者"和"杰健者"指的是地方上大量兼并土地的豪强地主和有一定势力的游侠之家。如汉景帝时,"济南瞯氏宗人三百余家,豪猾,二千石莫能制";①汉宣帝时,在涿郡一带,亦有游侠集团西高氏、东高氏独霸一方,"大姓西高氏、东高氏,自郡吏以下皆畏避之,莫敢与忤。咸曰:'宁负二千石,无负豪大家。'宾客放为盗贼,发,辄入高氏。吏不敢追,浸浸日多。道路张弓拔刃,然后敢行,其乱如此"。②

豪强地主和游侠势力二者之间往往是相互转化、互为支撑的,豪强地主在兼并了大量土地之后要借助游侠势力为其奔走效劳;游侠势力也要借助豪强之家发展自己的经济力量和政治地位,二者一拍即合,为了各自所需而形成利益集团。他们作威作福,鱼肉乡里,破坏社会秩序,破坏法律正义,也破坏了政府的权威,局势甚至发展到了百姓要随身携带武器才敢出行的混乱程度,连地方官府都不敢干涉。从歌谣中表现出的百姓宁愿得罪政府官员、也不敢得罪豪强之家的内容来看,豪强和豪侠之家事实上已经控制了当地的政治、经济,国家基层政权形同虚设。

酷吏严延年到涿郡任太守后随即着手解决涿郡的政治困局,《汉书》本传载:"延年至,遣掾蠡吾赵绣案高氏得其死罪。绣见延年新将,心内惧,即为两劾,欲先白其轻者,观延年意怒,乃出其重劾。"新任太守严延年让掾属赵绣调查高氏的罪状,可是,赵绣却因为惧怕高氏的势力,宁可欺骗太守,却不敢得罪豪家,于是事先准备了高氏罪行的一轻一重两套材料,以便根据严延年的要求酌情献上。赵绣这种瞒天过海的手法,就典型地印证了歌谣"宁负二千石,无负豪大家"的内容。不仅普通百姓的心理如此,就连政府官员也唯豪强之家马首是瞻,可见豪强势力对这一地区的控制已经到了无孔不入的程度。没想到赵绣的做法瞒不过严延年的"火眼金睛","延年已知其如此矣。赵掾至,果白其轻者,延年索怀中,得重劾,即收送狱。夜入,晨将至市论杀之,先所案者死,吏皆股弁。更遣吏分考两高,穷竟其奸,诛杀各数十人。郡中震恐,道不拾遗"。③ 可见,乱世用重典,镇压豪强的不法行为也须用果敢、坚决的手段,才能收到显著的效果。但问题是酷吏往往滥杀无辜,从而引发了另外的问题。

3."关东大豪戴子高。"(《时人为戴遵语》)

这是西汉后期人们为关东豪侠戴遵(戴子高)所作的歌谣,赞美其慷慨仗

---

① 〔汉〕班固:《汉书·酷吏传·郅都传》,第3647页。
② 〔汉〕班固:《汉书·酷吏传·严延年传》,第3668页。
③ 两处引文均引自〔汉〕班固:《汉书·酷吏传·严延年传》,第3668页。

义、为人排忧解难的美德。《后汉书·逸民列传·戴良传》记戴遵曰:"平帝时,为侍御史。王莽篡位,称病归乡里。家富,好给施,尚侠气,食客常三四百人。时人为之语曰:'关东大豪戴子高。'"①歌谣中戴遵被称为"大豪",这说明他不是一般的游侠,而是有着雄厚经济实力的豪侠。这在其本传中也可以找到证明,"食客常三四百人",可见其家财颇巨。汉代人所说的"关东",指的是函谷关以东的中国东部广大地区,这是一片地理面积极广的区域。戴遵的歌谣在关东地区流传,可见其事迹传扬之广,他在人们心目中地位之高。

游侠、豪侠作为一种社会现象,在汉代蔚然成风。汉代游侠之风在汉代大赋中也时时可见相关描绘,如张衡《西京赋》中有对游侠势力的描写:"都邑游侠,张赵之伦。齐志无忌,拟迹田文。轻死重气,结党连群。寔蕃有徒,其从如云。"②司马迁在《史记·游侠列传》中对游侠的精神品质大加赞赏,说"其言必信,其行必果,已诺必诚,不爱其躯,赴士之厄困,既已存亡死生矣,而不矜其能。羞伐其德。盖亦有足多者焉"。③ 在百姓眼里,游侠为百姓排忧解难,是倍受尊敬的人物。但是游侠自有一套所谓江湖上的行事规则,这套规则所秉持的所谓"义气",很多时候与国家的法律规范、礼仪制度、等级制度背道而驰,甚至发生冲突。汉代盛行复仇之风,复仇者往往并不信任官府,而是自己找到仇家了结恩怨,或是寻求游侠的帮助。汉政府提倡的名节、孝道以及"原心定罪"的司法审判方式对这种民风的盛行客观上起了推波助澜的作用。《后汉书·党锢列传》序中说:"人怀陵上之心,轻死重气,怨惠必仇,令行私庭,权移匹庶,任侠之方,成其俗矣。"④这样就形成了封建王权之外对民间社会的另一主宰。游侠还投靠豪族,为自己寻觅保护伞,连地方州郡的官员也奈何不得,《汉书·元后传》载:"红阳侯立父子臧匿奸猾亡命,宾客为群盗,司隶、京兆皆阿纵不举奏正法。"⑤这就说明了有时候游侠与豪族、地方政府三者沆瀣一气,勾结为奸。

《汉书·游侠传》序中所说的"以匹夫之细,窃杀生之权",⑥以及《汉书·酷吏传》中所记载的"二千石莫能制"⑦以及"自郡吏以下皆畏避之,莫敢与忤",⑧都说明游侠、豪侠势力已经严重威胁到政府的权威和法制的威

---

① 〔南朝宋〕范晔:《后汉书·逸民列传·戴良传》,第2772—2773页。
② 〔汉〕张衡:《西京赋》,引自〔南朝梁〕萧统《文选》第1册,第62页。
③ 〔汉〕司马迁:《史记·游侠列传》,第3181页。
④ 〔南朝宋〕范晔:《后汉书·党锢列传》序,第2184页。
⑤ 〔汉〕班固:《汉书·元后传》,第4025页。
⑥ 〔汉〕班固:《汉书·游侠传》序,第3699页。
⑦ 〔汉〕班固:《汉书·酷吏传·郅都传》,第3647页。
⑧ 〔汉〕班固:《汉书·酷吏传·严延年传》,第3668页。

严,必定会遭到打击和压制。比如戴遵的三四百名食客,实际上已经构成了一股不可轻忽的社会力量,再加之其富于财力、好施舍,就能够召集一大批为其效力的"死士",这其实也是政府最为担心的,一旦到了难以制御的程度,政府必然以铁腕镇压。

4. "汝南太守范孟博,南阳宗资主画诺。南阳太守岑公孝,弘农成瑨但坐啸。"(《二郡谣》)

歌谣载自《后汉书·党锢列传》序,①大意是:汝南太守成了范孟博,南阳来的宗资只管签个诺。南阳太守成了岑公孝,弘农来的成瑨只需闲坐啸歌。

这首歌谣的主角可以说有四个,按照特点可以分成两类:汝南太守宗资和南阳太守成瑨是一类,他们都将郡务交给各自的功曹,自己只管坐享其成;范滂(字孟博)和岑晊(字公孝)是另一类,他们被两位太守分别聘请为郡功曹,大刀阔斧地整顿政治、纠弹非法,反而更像是真正的太守。汝南太守宗资和南阳太守成瑨不理政务、坐享清闲;反之,当地出身的功曹范滂和岑晊却在实际上行使太守权力。这种情况的出现,与东汉后期地方豪族势力的高涨有关。作为外来的太守,人生地不熟,不了解当地政治,若没有熟悉当地情况的属吏配合、帮忙,自己贸然采取行动,毫不夸张地说,恐怕将会一事无成、无功而返。正如有的论者所说,"汉代社会中的豪强从西汉时期开始发展,到东汉时期已经从武断于乡曲发展到州郡区域,势力大张,在一定程度上操控了地方政权,甚至籍属于外地的地方长吏只有'画诺''坐啸'"。② 歌谣正是对这种现实情况的生动摹写。

深入一层分析便可发现,太守宗资、成瑨将实际权力交给功曹范滂、岑晊,是要借重这两位地方领袖的声望和能力而做出一番事业,并非真的尸位素餐、不恤政事。宗资是在事先了解了范滂的威望和处事风格后主动聘请其做功曹的,成瑨也是出于"欲振威严"的目的而礼聘岑晊。宗资、成瑨二太守,看似毫无能为,但他们在背后支持范滂、岑晊二位功曹大刀阔斧地整肃地方政治,甘做幕后英雄,颇为难能可贵。《后汉书·党锢列传·范滂传》中描写范滂做汝南郡功曹之后的表现:"太守宗资先闻其名,请署功曹,委任政事。滂在职,严整疾恶。其有行违孝悌,不轨仁义者,皆扫迹斥逐,不与共朝。显荐异节,抽拔幽陋。滂外甥西平李颂,公族子孙,而为乡曲所弃,中常

---

① 〔南朝宋〕范晔:《后汉书·党锢列传》序,第2186页。
② 沈刚:《汉代国家统治方式研究:列卿、宗室、信仰与基层社会》,北京:社会科学文献出版社,2017年,第180页。

侍唐衡以颂请资,资用为吏。滂以非其人,寝而不召。"①同书《岑晊传》亦载南阳太守成瑨礼聘岑晊和张牧,"委心晊、牧,褒善纠违,肃清朝府。宛有富贾张泛者,桓帝美人之外亲,善巧雕镂玩好之物,颇以赂遗中官,以此并得显位,恃其伎巧,用势纵横。晊与牧劝瑨收捕泛等,既而遇赦,晊竟诛之,并收其宗族宾客,杀二百余人,后乃奏闻。于是中常侍侯览使泛妻上书讼其冤。帝大震怒,征瑨,下狱死。晊与牧亡匿齐鲁之间"。② 可见,如果我们只对歌谣字面意思就事论事,则难得其详;要透过歌谣的表面含义做一番深入的索考功夫,才能真正读懂歌谣的深意。

对于这首歌谣,我们可以从地方豪强势力高涨、地方官不得不重用当地人士的角度加以解读;也可以从太守礼贤下士、重用地方名流的角度做出解读。应该说,两种不同的解读都是说得通的。

二、批判外戚、佞幸的歌谣

清代史家赵翼指出:"两汉以外戚辅政,国家既受其祸,而外戚之受祸亦莫如两汉者。"③此乃平允之言。西汉昭帝以后,外戚霍氏、上官氏、史氏、许氏、丁氏、傅氏、王氏先后擅权,走马灯般在政治舞台上轮流登场并控制朝廷大权,外戚王莽甚至行反噬之实,将西汉政权葬送;东汉外戚势力则在章帝之后愈演愈烈,《后汉书·皇后纪》对外戚专权的情况归纳道:"东京皇统屡绝,权归女主,外立者四帝(指安、质、桓、灵四帝),临朝者六后(指窦、邓、阎、梁、窦、何六太后),莫不定策帷帘,委事父兄,贪孩童以久其政,抑明贤以专其威。"④可见,外戚在政治舞台上扮演了重要角色。

当然,如果全面客观地分析,外戚也并非"天下乌鸦一般黑",其中也不乏在修身、齐家、治国各方面都能兼顾且颇有政绩者。如安帝时临朝称制的邓太后,"自太后临朝,水旱十载,四夷外侵,盗贼内起。每闻人饥,或达旦不寐,而躬自减彻,以救灾厄,故天下复平,岁还丰穰"。⑤ 再如顺帝时,梁皇后之父大将军梁商执掌政权,"商以戚属居大位,每存谦柔,虚己进贤,辟汉阳巨览、上党陈龟为掾属,李固、周举为从事中郎,于是京师翕然,称为良辅,帝委重焉。每有饥馑,辄载租谷于城门,贩与贫馁,不宣己惠。检御门族,未曾

---

① 〔南朝宋〕范晔:《后汉书·党锢列传·范滂传》,第 2205 页。
② 〔南朝宋〕范晔:《后汉书·党锢列传·岑晊传》,第 2212 页。
③ 〔清〕赵翼:《廿二史札记》卷三"两汉外戚之祸",第 51 页。
④ 〔南朝宋〕范晔:《后汉书·皇后纪》序,第 401 页。
⑤ 〔南朝宋〕范晔:《后汉书·皇后纪·和熹邓皇后纪》,第 425 页。

以权盛干法"。①

然而,外戚中的个别优秀分子无法改变外戚政治的危害性实质。正如有的学者所分析的,"外戚是一种政治暴发户,特别是在东汉,他们与宦官交替对政权进行控制,每一次循环都意味着一个政治集团对另一个政治集团的清洗,因而这就决定了外戚世官化的短暂特性,如梁氏失势时,就出现了'朝廷为之一空'的可怕局面"。②

外戚专权实乃两汉政治一大顽疾,并且这种疾病,已是深入骨髓。这种顽疾的发生,从其根源上说,是两汉皇帝强化中央专制集权所带来的必然后果,外戚既是得益者,也是受害者。汉初中央政府在解决诸侯国离心倾向及叛乱问题上,可谓煞费苦心。统治集团的内部斗争使朝廷得出了一条教训,即同姓王侯和异姓藩王一样不足以倚恃,必须另外寻找忠于皇家的政治势力,于是外戚势力群体就成为皇帝所倚重的腹心股肱。外戚势力受到青睐并逐渐增强势力,肇源于从汉武帝时期开始的裁抑相权、加强皇权。一方面是裁抑相权,皇帝通过外戚控制尚书台,他们以"领尚书事""平尚书事""视尚书事"等名义出任内朝官领袖,主持尚书台工作,成为皇权控制朝政的代表;另一方面是将"外朝"的行政之权转移到"中朝",外戚和皇帝宠信的近臣出入禁中,参赞机密,充当大司马、大将军、中书令、侍中、给事中等高级侍从官员,从汉昭帝时期的霍光以后,"大司马兼将军一官遂永为外戚辅政之职"。③管理国家行政事务的实权逐渐由相府向宫廷转移,因而出现了"中朝"与"外朝"之分。以丞相为首的中央政府成了"外朝",管理普通行政事务,而以大司马为首的"中朝"直接秉承皇帝旨意,成了实际上的决策集团。大司马大将军的职权和地位之所以会高出丞相,关键就在于这一职务为外戚所垄断,成为他人不可染指的"禁脔"。中朝制的形成,使君权专制得到进一步加强,同时为外戚内干枢机、外控军政创造了极为有利之机。从西汉昭帝以后,大司马大将军成为参预机密、兼管军政的朝廷重臣,与丞相、大司空合称为三公,皆为宰相。

皇帝采取一系列中央集权措施,引外戚为股肱腹心,自以为从此解决了权力分散的问题,其实是败坏了政治规则,打破了权力平衡。由于缺失了制衡机制,外戚极容易成为政治寡头,成为政治秩序的破坏者。当皇帝的专制统治力量强大时,以外戚、近臣控制朝政,外戚、近臣不过是听宣承命,实际

---

① 〔南朝宋〕范晔:《后汉书·梁统列传附梁商传》,第1175页。
② 沈刚:《汉代国家统治方式研究:列卿、宗室、信仰与基层社会》,第50页。
③ 〔清〕赵翼:《廿二史札记》卷三"汉外戚辅政",第51页。

上行使的是类似于"秘书"的职能，一切尽在皇帝掌握之中，外戚也掀不起大风大浪，不过是多贪、多占一些现实利益，于政权的根基无损。这时候的外戚也颇能够充分行使职责，维护国家利益；但当皇权统治衰弱，同样的制度就为外戚势力擅作威福打开了方便之门，一旦外戚膨胀到一定程度，就将形成"亢龙有悔"的态势，引起士大夫阶层或者宦官势力的反弹，造成血淋淋的党争倾轧，引发朝廷政治动荡。清代史家赵翼曾对于东汉时期外戚权专权的后果有过概括，指出外戚权势太盛，"不肖者辄纵恣不轨，其贤者亦为众忌所归"，①对大多数时代的外戚来说，这一判断都是成立的。

外戚是政治暴发户，在家族文化上缺少积淀，不似以忠孝仁义、诗书礼乐传家的儒门士大夫有坚固的人格支撑，能够"富贵不能淫，贫贱不能移，威武不能屈"，外戚一旦得势则飞扬跋扈、作威作福；外戚在政治上具有强烈的依附属性，他们可资依靠的皇帝不过一代、两代，到第三代亲情就会衰退。随着帝座易主，昔日的贵戚则成为明日黄花，被弃之如敝屣，甚至还有可能遭遇整个家族被清洗的命运。由于这样的宿命，促使大多数外戚一旦上位，就抱着一种"一朝权在手，便把令来行"的心理，为其家族拼命捞取政治、经济资源，培植社会关系，筑就可进可退的"三窟"之业。如西汉哀帝时的凉州刺史杜邺所云："诸外家昆弟无贤不肖，并侍帷幄，布在列位，或典兵卫，或将军屯，宠意并于一家，积贵之势，世所稀见所希闻也。"②又如东汉和帝十岁登基，朝政由窦氏一门把持，"威权震朝廷，公卿希旨……刺史、守令多出其门"。③

经济上，大多数外戚往往是穷奢极欲，缺少理性、缺少节制、甚至突破法律和道德底线，而成为政治秩序的害群之马。东汉人王符对外戚的经济生活有过一番概述："今京师贵戚，衣服、饮食、车舆、文饰、庐舍，皆过王制，僭上甚矣。"④其实，王符所见所述未免有些局限或保守了，东汉外戚的奢豪生活要远远超出人们的想象，这里仅举几例便足见其一斑。如东汉章帝时期，窦宪、窦笃"兄弟亲幸，并侍宫省，赏赐累积，宠贵日盛，自王、主及阴、马诸家，莫不畏惮。宪恃宫掖声势，遂以贱直请夺沁水公主园田，主逼畏，不敢计"。⑤ 外戚窦宪气焰嚣张，连公主的田产都敢侵占，哪里还把皇权放在眼里？再如外戚梁冀，其贪婪奢侈的程度更是登峰造极，《后汉书·梁冀列传》

---

① 〔清〕赵翼：《廿二史札记》卷三"两汉外戚之祸"，第52页。
② 〔汉〕班固：《汉书·杜邺传》，第3477页。
③ 〔南朝宋〕范晔：《后汉书·窦融列传附窦宪传》，第818、819页。
④ 〔汉〕王符：《潜夫论·浮侈》，〔清〕汪继培笺、彭铎校正本，第130页。
⑤ 〔南朝宋〕范晔：《后汉书·窦融列传附窦宪列传》，第812页。

中描写梁冀道:"(梁冀)乃大起第舍,而寿(指冀妻孙寿)亦对街为宅,殚极土木,互相夸竞。堂寝皆有阴阳奥室,连房洞户。柱壁雕镂,加以铜漆;窗牖皆有绮疏青琐,图以云气仙灵。台阁周通,更相临望;飞梁石蹬,陵跨水道。金玉珠玑,异方珍怪,充积臧室。远致汗血名马。又广开园囿,采土筑山,十里九坂,以像二崤,深林绝涧,有若自然,奇禽驯兽,飞走其间。冀寿共乘辇车,张羽盖,饰以金银,游观第内,多从倡伎,鸣钟吹管,酣讴竟路。或连继日夜,以骋娱恣。客到门不得通,皆请谢门者,门者累千金。又多拓林苑,禁同王家,西至弘农,东界荥阳,南极鲁阳,北达河、淇,包含山薮,远带丘荒,周旋封域,殆将千里。又起菟苑于河南城西,经亘数十里,发属县卒徒,缮修楼观,数年乃成。移檄所在,调发生菟,刻其毛以为识,人有犯者,罪至刑死。尝有西域贾胡,不知禁忌,误杀一兔,转相告言,坐死者十余人。冀二弟尝私遣人出猎上党,冀闻而捕其宾客,一时杀三十余人,无生还者。冀又起别第于城西,以纳奸亡。或取良人,悉为奴婢,至数千人,名曰'自卖人'。"①以上记述可谓怵目惊心,超出一般人的想象力。

　　外戚拼命为自家门户攫取利益,与此同时也是在为自身挖掘坟墓,更进一步说,是为汉王朝挖掘坟墓。《后汉书·邓禹列传》的传论说:"汉世外戚,自东、西京十有余族,非徒豪横盈极,自取灾故,必于贻孽后主,以至颠败者,其数有可言焉。"唐李贤等注此条曰:"高帝吕后、昭帝上官后、宣帝霍后、成帝赵后、平帝王后、章帝窦后、和帝邓后、安帝阎后、桓帝窦后、顺帝梁后、灵帝何后等家,或以贵盛骄奢,或以摄位权重,皆以盈极被诛也。"②教训何其惨痛!对于外戚之祸的危害,东汉末期思想家仲长统曾深恶痛绝地指出:"权移外戚之家,宠被近习之竖,亲其党类,用其私人,内充京师,外布列郡,颠倒贤愚,贸易选举,疲驽守境,贪残牧民,挠扰百姓,忿怒四夷,招致乖叛,乱离斯瘼。怨气并作,阴阳失和,三光亏缺,怪异数至,虫螟食稼,水旱为灾,此皆戚宦之臣所致然也。"③仲长统所说的阴阳灾异等现象,乃是汉代天人感应神学思维的说法,可以不必当真;但是他指出的"招致乖叛,乱离斯瘼",则所言不虚。下面对汉代批判外戚的歌谣进行具体分析。

　　1."生男无喜,生女无怒,独不见卫子夫、霸天下。"(《天下为卫子夫歌》)

　　歌谣载自《史记·外戚世家》,大意是:生了男孩不要太高兴,生了女孩子也不要气馁,你难道没见那卫子夫虽然是一介女子,却成为母仪天下的皇

---

① 〔南朝宋〕范晔:《后汉书·梁统列传附梁冀列传》,第1181—1182页。
② 两处引文均引自〔南朝宋〕范晔:《后汉书·邓禹列传》,第619页。
③ 〔汉〕仲长统:《昌言·法诫篇》,孙启治校注本,第308—309页。

后。歌谣中对外戚卫氏无限风光表现出了艳羡之情,也传达出了谴责和批判的情绪。一个家族的命运升腾竟然动摇了人们千百年来所形成的"重男轻女"观念,可见现实利益对于民间观念的影响是何其显著!

卫子夫出生于汉景帝年间,其家世寒微,母亲卫媪曾为平阳侯家僮,她本人在年少时被送往平阳侯家教习歌舞,遂为平阳侯府歌女。但时来运转,她因为一个偶然的机会被汉武帝宠幸并被迎接入宫,于建元三年(公元前138年)封为夫人,元朔元年(公元前128年)立为皇后,成为汉武帝刘彻继陈皇后之后的第二任皇后,史称孝武卫皇后。然而,卫子夫一生也经历了大起大落,晚年因年长色衰而遭冷落,并于征和二年(公元前91年)在太子刘据的所谓"巫蛊之祸"中受到牵连、被迫自杀身亡。生前虽极尽荣耀,最后虽求寿终正寝亦不可得,不知当初作谣者在知道了卫子夫的结局后,还会那么羡慕吗?

关于卫子夫被汉武帝发现并看中的过程,《汉书·外戚传》有详细的描述,兹援引如下:"武帝即位,数年无子。平阳主求良家女十余人,饰置家。帝祓霸上,还过平阳主。主见所侍美人,帝不说。既饮,讴者进,帝独说子夫。帝起更衣,子夫侍尚衣轩中,得幸。还坐驩甚,赐平阳主金千斤。主因奏子夫奉送入宫。子夫上车,主拊其背曰:'行矣,强饭勉之。即贵,愿无相忘。'入宫岁余,不复幸。武帝择宫人不中用者斥出之,子夫得见,涕泣请出。上怜之,复幸,遂有身,尊宠。"①

在古代皇权社会,个人的平步青云亦是家族势力飞腾的开始,正所谓"一人得道,鸡犬升天"。卫子夫亦是如此,在她被立为皇后之后,其弟卫青因击胡有功而被封为长平侯,并被任命为大司马、大将军,参与朝政。卫青的三个儿子虽在襁褓中,竟都被封为列侯。卫皇后的外甥霍去病,也以军功被封为冠军侯、骠骑将军。这样,卫氏家族因卫子夫的偶然得宠,而将其弟卫青,外甥霍去病、霍光推向政治舞台的中心,同时又因为裙带关系而坐享五人封侯的荣宠局面,形成了"烈火烹油,鲜花着锦"的全盛势头。这样的权势之家,自然引起了民间的欣羡与不平之情,遂不免将卫氏的贵震天下归因于卫子夫的封后,为之而作《卫子夫歌》。这首歌谣与唐代诗人白居易在《长恨歌》中"姊妹弟兄皆列土,可怜光彩生门户。遂令天下父母心,不重生男重生女"的感叹,有异曲同工之妙。杨玉环因有宠于唐玄宗而令杨家飞黄腾达,卫子夫因被汉武帝立为皇后而使卫氏成为世人艳羡的对象。虽然卫氏家族属于汉代外戚中少有的贤者,但还是不免为众人所忌。

---

① 〔汉〕班固:《汉书·外戚传·孝武卫皇后传》,第 3949 页。

其实,杨家与卫氏同为外戚,论品行、作风却不可同日而语。杨氏家族恃宠而骄,胡作非为,杨国忠以市井无赖而官至宰相,不学无术、专权误国,引发了"安史之乱";卫子夫弟卫青、外甥霍去病却是汉代抗击匈奴的英雄,他们驰骋疆场、浴血大漠,凭借赫赫武功拜将封侯,可谓名正言顺。卫青、霍去病这一对舅甥虽然战功显赫,但从不结党养士,其见识、胸襟都是高人一筹。卫青曾说:"自魏其、武安之厚宾客,天子常切齿。彼亲附士大夫,招贤绌不肖者,人主之柄也。人臣奉法尊职而已,何与招士!"① 霍去病也是将国家利益置于首位,曾主动拒绝汉武帝为其建造府邸的赏赐,著名典故"匈奴未灭,何以家为"就出自其口。歌谣的核心人物卫皇后是具有"母仪天下"美德的女性,她在后宫复杂的环境中,做了三十八年的皇后,并不是"霸天下",而是小心谨慎,以恭谨谦和赢得了汉武帝的恩宠。汉武帝后来虽然移情别恋,但对卫后还很信任,每次出行,都将后宫事务托付给她。平心而论,卫氏外戚虽出身寒微,却是汉代外戚中少有的有节制、懂退让、有贡献的家族,实属两汉外戚中之佼佼者。只可惜卫太子刘据在"巫蛊之祸"中被江充等人诬陷、无法自明心迹,拒绝被捕受辱而自杀,卫皇后也被逼迫自杀,卫氏家族自此崩塌。

若对歌谣背景做进一步分析,我们便不得不将批判的矛头指向悲剧的始作俑者专制帝王,是专制帝王汉武帝的滥情、薄情、猜忌、刚愎自用造成了卫氏的悲剧。

2."五侯初起,曲阳最怒。坏决高都,连竟外杜。土山渐台西白虎。"(《长安百姓为王氏五侯歌》)

这首歌谣批判的是汉成帝时期外戚王氏骄奢淫逸、恣意妄为的生活。歌谣的大意是说:王氏五侯在刚刚得势的时候,曲阳侯王根气势最为猖狂。五侯为了修筑宫室,把高都河水穿过长安城引到杜门之外。在建筑物中,王根园中的土山渐台的规模形制竟与皇帝宫廷中的白虎殿相似。"曲阳最怒"的"怒",意为健、强。

歌谣中批判的人物"五侯",指的是汉成帝的五个舅舅,他们是平阿侯王谭、成都侯王商、红阳侯王立、曲阳侯王根、高平侯王逢。元帝时,外戚王氏子弟倚仗皇后王政君的权力作威作福,权倾人主;汉成帝即位之后,以母舅王凤为大司马、大将军领尚书事,又于同日封王凤兄弟五人为侯,合称王氏五侯。此后,王氏家族先后出了十侯、五大司马,"王氏子弟皆卿大夫侍中诸曹,分据势宫满朝廷",成为权倾朝野的外戚集团。在物质享受上,"五侯群

---

① 〔汉〕司马迁:《史记·卫将军骠骑列传》,第2946页。

弟,争为奢侈,赂遗珍宝,四面而至;后庭姬妾,各数十人,僮奴以千百数,罗钟磬,舞郑女,作倡优,狗马驰逐;大治第室,起土山渐台,洞门高廊阁道,连属弥望。百姓歌之曰:'五侯初起,曲阳最怒。坏决高都,连竟外杜。土山渐台西白虎。'"五侯兄弟贪婪成性,竟然不把皇权放在眼里,从而做出一些僭越礼制之事,险些为自己引来杀身之祸。史载:"成都侯商尝病,欲避暑,从上借明光宫。后又穿长安城,引内澧水注第中大陂以行船,立羽盖,张周帷,辑濯越歌。上幸商第,见穿城引水,意恨,内衔之,未言。后微行出,过曲阳侯第,又见园中土山渐台似类白虎殿。"①凿穿长安城的城墙引水成陂、建筑仿照白虎殿而兴建,这些行为在当时都是公然藐视皇家、僭越无礼的行为,任何一条都足以治其重罪,而对于这一切,皇帝都被蒙在鼓里。按说城墙不仅是京城重要的防御工程,而且代表着帝王的尊严,岂可随便凿穿?王商竟然穿城引水以满足其个人享受。成帝微服出游,又发现王根居然敢藐视皇家,采用天子的皇宫式样,这也是欺君之罪。

当时社会土地兼并十分严重,西汉的统治基础已经开始不稳,王家人所作所为对如此严重的局势无异于火上浇油。汉成帝永始、元延年间,多次发生日食、地震,"吏民多上书言灾异之应,讥切王氏专政所致"。②将灾异的发生归咎于王氏专权,这虽然不是科学的认识,但这些意见反映了社会各阶层的不平之鸣,与歌谣一样是广大民众心声的真实坦露。当汉成帝发现这些不法之事后勃然大怒,欲治王氏之罪,然而"车骑将军音藉槁请罪,商、立、根皆负斧质谢。上不忍诛,然后得已"。③雷声大雨点小,事情不了了之,法制规范对于外戚不起丝毫作用。

成帝崩、哀帝即位之后,舅甥亲情关系渐行渐远,为处理外戚跋扈专权提供了方便,哀帝的处理方式是将王根遣归侯国,王况(王商子)免为庶人,王根及王商所荐举为官者一皆罢免。虽然做出了一些处置,但处置得还是颇为软弱,王氏外戚的根系没有拔尽,为日后王莽专政、篡夺留下了祸根。

3."谷子云笔札,楼君卿唇舌。"(《长安为谷永楼护号》)

《长安为谷永楼护号》与下一首《闾里为楼护歌》,歌谣中的主角谷永与楼护虽然都不是外戚,但他们与外戚关系极其密切,他们与外戚的交往,从一个侧面折射出了外戚政治活动的状态,故将这两首歌谣系于此处。

歌谣标榜谷永(谷子云)的生花妙笔和楼户(楼君卿)的伶牙俐齿,这是

---

① 以上三处引文分别引自〔汉〕班固:《汉书·元后传》,第4018、4023—4024、4025页。
② 〔汉〕班固:《汉书·张禹传》,第3351页。
③ 〔汉〕班固:《汉书·元后传》,第4025页。

二人游走权门长久不衰的资本。

《汉书·游侠传·楼护传》载:"(楼护)少随父为医长安,出入贵戚家。护诵医经、本草、方术数十万言,长者咸爱重之,共谓曰:'以君卿之材,何不宦学乎?'繇是辞其父,学经传,为京兆吏数年,甚得名誉。是时王氏方盛,宾客满门,五侯兄弟争名,其客各有所厚,不得左右,唯护尽入其门,咸得其欢心。结士大夫,无所不倾,其交长者,尤见亲而敬,众以是服。为人短小精辩,论议常依名节,听之者皆竦。与谷永俱为五侯上客,长安号曰'谷子云笔札,楼君卿唇舌',言其见信用也。"①

从这段描述中不难看出,楼护是有一个有着强大人格魅力的人,受到了权势熏天的五侯的敬重与礼遇。当时的五侯各有自己的宾客群体,互相之间不相重属,楼护却能悠游其间,成为每家的座上客,获得各家的礼遇,这一定要有过人的本领才行。楼户知识广博,掌握了正统教育不曾教授的社会杂学,医经、本草、方术,在五侯看来样样都新鲜神秘;并且他精于论辩,谈吐议论时常常能够遵从名誉和节操,听他议论的人都严肃恭敬。这是他以"唇舌"动人的前提条件。

谷永则是汉代从灾异角度批评时政的儒家学者,具有较强的民本情怀。他与楼户一样,也是王氏外戚的座上客,深得王凤、王谭、王商等当轴权贵的赏识。《汉书·谷永传》中说他"自知有内应,展意无所依违,每言事辄见答礼"。又评价他:"其于天官、京氏易最密,故善言灾异,前后所上四十余事,略相反覆,专攻上身与后宫而已。党于王氏,上亦知之,不甚亲信也。"②所谓"谷子云笔札",指的是谷永善于上书言灾异,以阐发这方面的题材为特长;并且谷永上书言事有一个特点,专以攻击皇帝与后宫私生活为能事,对当轴的王氏外戚则偏袒有加,时时加以回护。因为他知道成帝为人宽厚,自己在朝廷又有内应,故放言无忌,落得个直言敢谏的美名。但实际上,谷永的人格还是有很大缺陷的。

4."五侯治丧楼君卿。"(《闾里为楼护歌》)

这首歌谣标榜的对象是西汉时期的游侠楼护(字君卿),他游走于王氏五侯之间,成为五侯坐上的高朋贵客。楼护母亲去世时,五侯等权势之家助其治丧,送葬者致车二三千辆,可谓风光无限,备受闾里艳羡,为之歌曰:"五侯治丧楼君卿。"③楼护虽说只是外戚坐上清客,但他与外戚及京城的权贵

---

① 〔汉〕班固:《汉书·游侠传·楼护传》,第 3706—3707 页。
② 两处引文分别引自〔汉〕班固:《汉书·谷永传》,第 3465 页、第 3472—3473 页。
③ 〔汉〕班固:《汉书·游侠传·楼护传》,第 3707 页。

势力交往密切,属于外戚的附属势力。

当楼护免官家居长安城中时,时为大司马、卫将军的王商在罢朝之后竟然屈尊来到楼护仄陋的里弄,"(商)主簿谏:'将军至尊,不宜入闾巷。'商不听,遂往至护家。家狭小,官属立车下,久住移时,天欲雨,主簿谓西曹诸掾曰:'不肯强谏,反雨立闾巷!'商还,或白主簿语,商恨,以他职事去主簿,终身废锢"。① 这说明楼护不是靠花言巧语取悦一时,而是有受人尊重的资本。楼护与五侯之间的投合其实可以从双方角度考虑,从外戚的角度看,他们需要有门客为其装点门面,《汉书·元后传》中说,五侯虽然奢僭,"然皆通敏人事,好士养贤,倾财施予,以相高尚"。② "以相高尚",就说明五侯养客的真正目的是贪求虚名、以资夸耀,并且越是能把名士请到自家的客厅,就越是能显示出贵族的品位和格调(这类似法国大文豪巴尔扎克笔下巴黎贵族家庭和托尔斯泰笔下俄国贵族沙龙奢华、虚荣的待客风气);从楼护的角度看,他精通医经、本草、方术等民间实用知识,这些无论对于哪个阶层来说都是不可或缺的实用知识,加之他自幼出入贵戚家庭,耳濡目染大家族的为人处事、生活方式,说话办事玲珑得体;再者,他能够同时成为五侯座上客,可能与其不持政治立场、不做现实评断的风格有关。《世说新语·言语》载高僧竺法深故事道:"竺法深在简文坐,刘尹问:'道人何以游朱门?'答曰:'君自见其朱门,贫道如游蓬户。'"③竺法深游走于帝王将相之间,却心无挂碍,并无现实利益的索求,这样才不受俗世的羁绊,无欲则刚。楼护的走红,恐也与自身这种特点有关。

以上是正史记载,较为可信。此外,还有关于楼护与五侯来往的野史逸闻,这里不妨加以补充。如汉代《西京杂记》卷二"五侯鲭"条记载:"五侯不相能。宾客不得来往。娄〔楼〕护丰辩,传食五侯间。各得其欢心,竞致奇膳。护乃合以为鲭。世称五侯鲭。以为奇味焉。"④裴启《裴子语林》也有类似记载:"娄〔楼〕护,字君卿,历游五侯之门。每旦,五侯家各遗饷之。君卿口厌滋味,乃试合五侯所饷之鲭而食,甚美。世所谓五侯鲭,君卿所致。"⑤两书中都介绍了"五侯鲭"的来历,其实这个"五侯鲭"倒象征了楼护本人的风格,具有折中调和、博采众长的特点。

---

① 〔汉〕班固:《汉书·游侠传·楼护传》,第 3707 页。
② 〔汉〕班固:《汉书·元后传》,第 4024 页。
③ 〔南朝宋〕刘义庆:《世说新语·言语》,引自蒋凡等著《全评新注〈世说新语〉》,北京:人民文学出版社,2009 年,第 114 页。
④ 〔汉〕刘歆等:《西京杂记》(外五种),王根林校点,上海:上海古籍出版社,2012 年,第 16 页。
⑤ 〔晋〕裴启:《裴子语林》,引自《西京杂记》(外五种),王根林校点本,第 107 页。

5."洛阳多钱郭氏室,月夜昼星富无匹。"(《时人为郭况语(一)》)

"洛阳多钱,郭氏万千。"①(《时人为郭况语(二)》)

这两首歌谣的内容为东汉光武帝时期人们批判外戚郭氏聚敛财富。歌谣中的郭氏指的是光武帝皇后郭圣通之弟郭况。郭况贵为皇后之弟,被赏赐无数,故民间有"月夜昼星富无匹"和"郭氏万千"之语。"郭氏万千"言其钱财之多,意思很好理解;"月夜昼星富无匹",指的是郭家珠宝错杂悬挂,"昼视之如星,夜望之如月"。

"洛阳多钱郭氏室,月夜昼星富无匹"两句出自《拾遗记》卷六,其文曰:"郭况,光武皇后之弟也,累金数亿,家僮四百余人,以黄金为器,工冶之声,震于都鄙,时人谓:'郭氏之室,不雨而雷。'言其铸锻之声盛也。庭中起高阁长庑,置衡石于其上,以称量珠玉也。阁下有藏金窟,列武士以卫之。错杂宝以饰台榭,悬明珠于四垂,昼视之如星,夜望之如月。里语曰:'洛阳多钱郭氏室,夜日昼星富无匹。'其宠者皆以玉器盛食,故东京谓郭家为'琼厨金穴'。"②后以"郭家金穴"喻豪富之家。"不雨而雷""琼厨金穴"等形容词,说明郭氏所积聚的财富达到了罕有其匹的程度。这种积聚是建立在对百姓财富的剥夺基础上的,外戚对财富的占有行为本身缺少正义性。刘秀与郭圣通本是政治联姻,郭氏家族在刘秀打江山过程中立有汗马功劳,因此不妨将刘秀的赏赐看作是政治回报。郭氏家族虽然表面上赢得了世人的艳羡,但这种优势地位并不见得永远稳固,一旦世事迁移,很容易发生命运的变化,后来光武帝废郭圣通而立阴丽华为皇后,郭后只能独居而终老。不过,刘秀对于郭后所生的皇子及郭后之弟郭况留了情面,使他们得以善终而免遭清洗悲剧。

《后汉书·光武郭皇后纪》中对光武帝与郭氏家族的关系有过较为深入的描写:"帝善(郭)况小心谨慎,年始十六,拜黄门侍郎……以后弟贵重,宾客辐凑。况恭谦下士,颇得声誉。(建武)十四年,迁城门校尉。其后,后以宠稍衰,数怀怨怼。十七年,遂废为中山王太后……况迁大鸿胪,帝数幸其第,会公卿诸侯亲家饮燕,赏赐金钱缣帛,丰盛莫比,京师号况家为金穴。"③由此可见,光武帝优待郭况,出于两方面考虑:一是因为郭皇后的原因。郭皇后在位的时候,郭况以后弟而受宠,郭后被废为中山王太后之后,光武则

---

① 逯钦立:《先秦汉魏晋南北朝诗》上册第231页中说,"洛阳多钱,郭氏万千"出自《太平广记》第236卷,然笔者查阅该书,并未见此歌谣,逯书可能误记,其出处待考。

② 〔晋〕王嘉撰、〔梁〕萧绮录《拾遗记》卷六,齐治平校注本,北京:中华书局,1981年,第150页。

③ 〔南朝宋〕范晔:《后汉书·皇后纪·光武郭皇后纪》,第402、403页。

是出于一种愧疚、补偿心理而厚待郭氏家族;另一方面则与郭况本人的性格特点有关,郭况为人"小心谨慎""恭谦下士",在士林中间颇得声誉,光武帝对此也非常欣赏。

但外戚无限风光的背后也有外人难以体会的心酸和悲凉。光武帝刘秀当初之所以娶郭圣通为后,是想借助郭圣通舅父河北豪族真定王刘扬的军事实力收复河北,刘扬也将政治赌注押在了刘秀身上,两方一拍即合,达成一桩政治联姻,刘秀于真定迎娶郭圣通,并于立国后立郭氏为皇后。但是,刘秀心中最钟爱的女子是其原配阴丽华,刘秀尚未发迹时就十分仰慕阴丽华的美貌,发愿"娶妻当如阴丽华",虽然立了郭氏为后,但刘秀对阴丽华的喜爱并未衰减,在郭氏做了十七年皇后之后,将郭后废黜而册立阴丽华为后,郭圣通抑郁终老。透过郭皇后的命运沉浮,我们可以清楚地看到,有时候外戚的命运实际上悬于皇帝个人的喜怒哀乐,《后汉书·光武郭皇后纪》中论及皇帝的感情变化与外戚命运沉浮的关系时,有一段分析颇为精彩:"物之兴衰,情之起伏,理有固然矣。而崇替去来之甚者,必唯宠惑乎? 当其接床笫,承恩色,虽险情赘行,莫不德焉。及至移意爱,析嬿私,虽惠心妍状,愈献丑焉。爱升,则天下不足容其高;欢坠,故九服无所逃其命。斯诚志士之所沉溺,君人之所抑扬,未或违之者也。"①范晔所言不虚,"爱升""欢坠"实乃外戚两种常态命运,比"欢坠"还要惨的人头落地、满门抄斩也有可能发生。当然,郭氏家族的境遇还是比较幸运的,光武帝还念及旧情,在郭后被废之后,还经常去郭况府第饮宴并赏赐无数,以示优宠。

6."直如弦,死道边。曲如钩,反封侯。"(《顺帝末京都童谣》)

歌谣载自《后汉书·五行志》,②内容是批判东汉后期外戚梁冀专权时党同伐异、诛杀异己的暴行。与此同时,也对朝廷中投机获利的官员予以鞭挞。歌谣大意是:性格如弓弦般正直的人,最终不免曝尸路旁;而趋炎附势之辈,反而能封侯拜相。

为什么会出现这样反常的情况呢? 这与外戚梁冀近二十年的寡头政治有直接关系。梁冀为汉顺帝岳父大将军梁商之子,冀妹为顺帝皇后。梁商病逝后,梁冀接任大将军,袭爵乘氏侯。顺帝崩后,其年仅一岁的儿子冲帝即位,梁冀与太尉李固等录尚书事。冲帝不久暴崩,梁冀坚持拥立年仅八岁的汉章帝玄孙刘缵为帝,承汉顺帝嗣,是为质帝,这样梁太后依然以皇太后的身份临朝称制,而朝政实际上仍操控在梁冀手中,这样梁冀"贪孩童以久

---

① 〔南朝宋〕范晔:《后汉书·皇后纪·光武郭皇后纪》,第404—405页。

② 〔晋〕司马彪:《后汉书·五行志》,第3281页。

其政,抑明贤以专其威"①的心理昭然若揭。梁冀主持朝政期间,专横跋扈、肆意妄为,引起了一批正直士大夫的抵制,以太尉李固为首的官员纷纷上书,批评梁冀的所作所为,力求矫正时弊,但都遭到了梁冀的打击、报复。质帝虽然年纪幼小,为人却聪慧早熟,对梁冀的做法极其不满,一次朝会中公开称梁冀为"跋扈将军",这导致梁冀极其愤怒,且担心质帝年长后难以操控,遂令左右心腹在给质帝的煮饼中下毒,鸩杀质帝。质帝死后,又一次面临着择立继承人的问题,这时以太尉李固为一派势力,有司徒胡广、司空赵戒及大鸿胪杜乔等附议,他们从国家利益出发,提议拥立明德著闻、血缘最亲的清河王刘蒜为帝;梁冀则是从"富贵长保"的自私心理出发,坚持拥立与冀妹有婚约的蠡吾侯刘志。在朝廷辩论中,"冀意气凶凶,而言辞激切。自胡广、赵戒以下,莫不慑惮之。皆曰'惟大将军令',而固独与杜乔坚守本议。冀厉声曰'罢会'。固意既不从,犹望众心可立,复以书劝冀。冀愈激怒,乃说太后先策免固,竟立蠡吾侯,是为桓帝"。② 李固自始至终坚持己见,为国家利益不惜一搏,宜其名之为"固",名副其质。而司徒胡广与司空赵戒从个人地位、利益出发,不敢再坚持先前立场,而完全听命于梁冀,这就无异于背叛了李固,也背叛了良知与正义。后来,梁冀无法容忍专权道路上李固这块绊脚石,伺机将其杀害,李固时年五十四岁。

　　李固在临刑前给胡广、赵戒写了一封信,信中说:"固受国厚恩,是以竭其股肱,不顾死亡,志欲扶持王室,比隆文、宣。何图一朝梁氏迷谬,公等曲从,以吉为凶,成事为败乎?汉家衰微,从此始矣。公等受主厚禄,颠而不扶,倾覆大事,后之良史,岂有所私?固身已矣,于义得矣,夫复何言!"信中,李固表现出了坚持真理的贞刚之质,以及对胡、赵二人曲意阿从的嘲讽。胡、赵"得书悲惭,皆长叹流涕。"③胡、赵二人也只不过是流涕而已,若有机会重新选择,恐怕他们还是以全身保家为先。李固为正义而死,"幽毙于狱,暴尸道路",与此同时,"太尉胡广封安乐乡侯、司徒赵戒厨亭侯、司空袁汤安国亭侯"。④ 这正是歌谣"直如弦,死道边。曲如钩,反封侯"的具体所指,"直如弦,死道边"指的是李固;"曲如钩,反封侯"指的是胡广和赵戒等衮衮诸公。

　　歌谣虽然简单,却包含了极其丰富的社会内涵,它绝不限于对正直官员李固悲惨遭遇的同情,对胡广、赵戒、袁汤等人委曲逢迎、见风使舵做法的讽刺,其批判的矛头直指造成这出悲剧的罪魁祸首——跋扈权臣梁冀。梁冀

---

① 〔南朝宋〕范晔:《后汉书·皇后纪》序,第401页。
② 〔南朝宋〕范晔:《后汉书·李固列传》,第2086页。
③ 两处引文均引自〔南朝宋〕范晔:《后汉书·李固列传》,第2087页。
④ 〔晋〕司马彪:《后汉书·五行志一》,第3281页。

一生杀人无数,骄横气盛到了极点,"专擅威柄,凶恣日积,机事大小,莫不咨决之。宫卫近侍,并所亲树。禁省起居,纤微必知。百官迁召,皆先到冀门笺檄谢恩,然后敢诣尚书","在位二十余年,穷极满盛,威行内外,百僚侧目,莫敢违命,天子恭己而不得有所亲豫"。① 梁冀实际上成了无冕皇帝,而皇帝不过是其用以装点门面的傀儡。不仅如此,他还在皇帝周围安排了自己的亲信耳目,为其传递信息,以实现其操控国政的野心,皇帝沦为无所隐藏的"透明人"。一再迁就梁冀的汉桓帝终于忍无可忍,于延熹二年(公元159年),借宦官单超、徐璜、具瑗、左悺、唐衡等势力杀死梁冀、将其灭族。梁冀家族无论从经济上、还是从政治上,都对汉帝国形成了事实上的垄断。梁冀倒台后,从梁冀家里抄得的财产,"合三十余万万,以充王府,用减天下税租之半",梁冀一门"前后七封侯,三皇后,六贵人,二大将军,夫人、女食邑称君者七人,尚公主者三人,其余卿、将、尹、校五十七人"。② 这仅是梁氏家族在政治上捞取的好处,此外,梁冀所培植的党羽、关系网也是一股不可小觑的政治势力,梁冀倒台后,"所连及公卿列校刺史二千石死者数十人,故吏宾客免黜者三百余人",甚至出现了"朝廷为空"③的局面,可见外戚专权对国家政治的侵蚀、损害到了何种程度!

下面三首歌谣有所不同,批判的对象是皇帝所宠爱的美色,包括女色和男色,他们是汉成帝时期赵飞燕姐妹及汉武帝男宠韩嫣等人。

1."燕燕尾涎涎,张公子,时相见,木门仓琅根。燕飞来,啄皇孙。皇孙死,燕啄矢。"(《成帝时童谣》)

这是汉成帝时期的一首童谣,也是一首具有政治预言性质的谶谣,反映了赵飞燕姐妹从专宠到败亡的过程。歌谣的大意是:你看那燕子尾巴光润漂亮、惹人喜爱,成帝在富平侯张放家与它一见,它从此就飞进了装有铜环的宫门。燕子飞来,啄死皇子;皇子已死,燕子也在劫难逃。歌谣意思比较隐晦,但都围绕燕子而发,显然用来比附汉成帝皇后赵飞燕及其妹赵合德。在中国历史上,赵飞燕以美貌著称,所谓"环肥燕瘦","燕瘦"即赵飞燕,后来也通常用以比喻体态轻盈瘦弱的美女;"燕啄皇孙"也成了宫妃残害皇族的常用典故。

赵飞燕出身平民之家,曾在阳阿公主处学舞,因其舞姿轻盈如燕而得名"飞燕"。汉鸿嘉三年(公元前18年),汉成帝常微服出游,与富平侯张放

---

① 两处引文均引自〔南朝宋〕范晔:《后汉书·梁冀列传》,第1183、1185页。
② 两处引文均引自〔南朝宋〕范晔:《后汉书·梁冀列传》,第1187、1185页。
③ 两处引文均引自〔南朝宋〕范晔:《后汉书·梁冀列传》,第1186页。

(即歌谣中的"张公子")一起,自称富平侯家人。后来成帝在阳阿公主家见到能做"掌上舞"的舞女赵飞燕,一见倾心,便召其入宫,其妹赵合德亦被召,姐妹二人"俱为婕妤,贵倾后宫"。① 后来,许皇后姊许谒用媚道祝诅后宫有身孕的王美人一事被发觉,许皇后受牵连被废。在这场风波中,赵飞燕亦参与其中,《汉书·外戚传·孝成班婕妤传》载:"鸿嘉三年,赵飞燕潛告许皇后、班婕妤挟媚道,祝诅后宫,詈及主上。"②许皇后被废,赵飞燕被立为第二任皇后。绥和二年(公元前7年)春,素来身强体健的汉成帝暴死,对此各界舆论一致集矢于赵合德,认为她引诱成帝纵欲,成帝刘骜服用丹药过度,死在了赵合德的床上,赵合德也畏惧自杀身亡。成帝去世后,养子刘欣作为太子即位,是为汉哀帝,他感念赵飞燕当初为其关说立为太子之功,依礼法尊赵飞燕为皇太后。但好景不长,六年后汉哀帝去世,在王氏外戚主政之后,赵飞燕失去了靠山,先是被贬为孝成皇后,徙居北宫。一个多月后又被贬为庶人、看守陵园,当日赵飞燕自杀身亡,死后陪葬延陵(汉成帝刘骜墓)。

那么,歌谣中"燕飞来,啄皇孙"这两句又是何指呢? 成帝死、哀帝即位几个月后,司隶解光弹劾赵昭仪(赵合德),称:"许美人及故中宫史曹宫皆御幸孝成皇帝,产子,子隐不见。"原来,被成帝宠幸的许美人及中宫史曹宫都曾为成帝产下婴儿,但孩子都被杀死,罪魁祸首就是赵合德,她怂恿皇帝杀死这两个婴儿。解光认为"赵昭仪倾乱圣朝,亲灭继嗣,家属当伏天诛"。③ 赵合德虽然畏罪自杀了,但是还要追究赵氏一族的罪过,矛头直指赵飞燕,但汉哀帝并未处置。哀帝驾崩后,赵飞燕的最后靠山倒了,王氏外戚集团东山再起,这一次赵飞燕遭受致命打击。外戚王莽以太皇太后王政君诏书名义说:"前皇太后与昭仪俱侍帷幄,姊弟专宠锢寝,执贼乱之谋,残灭继嗣以危宗庙,悖天犯祖,无为天下母之义。"④借口皇子被杀,将赵飞燕贬为庶人。这就是"燕飞来,啄皇孙"的来历。至于是否真的有"燕啄皇孙"之事,宫闱之私,迷雾重重,恐怕是很难说得清楚了。

2."力田不如逢年,善仕不如遇合。"(《司马迁引谚》)

司马迁在《史记·佞幸列传》中开篇引用了此则民间谚语,它的意思是说:勤奋耕田不如赶上好年景;努力做官不如交上好官运。

诚然,人生世上,除了努力做事外,机遇也是极为重要的,宫廷生活更是

---

① 〔汉〕班固:《汉书·外戚传·孝成赵皇后传》,第3988页。
② 〔汉〕班固:《汉书·外戚传·孝成班婕妤传》,第3984页。
③ 两处引文分别引自〔汉〕班固:《汉书·外戚传·孝成赵皇后传》,第3990、3996页。
④ 〔汉〕班固:《汉书·外戚传·孝成赵皇后传》,第3998—3999页。

如此,"非独女以色媚,而士宦亦有之。昔以色幸者多矣"。① 司马迁《史记》和班固《汉书》中都为佞幸人物设传,描绘了一些男性以美色、柔佞得到皇帝宠爱的事例,并对此畸形的宫廷生活予以批判。

所谓佞幸,即佞而见幸,就是说通过谄佞手段而得到君主宠爱。除了拥有众多的女性充斥后宫供其声色享受外,西汉时期的皇帝大多都有与同性的性爱经历,男色在西汉宫廷生活中扮演了一种独特角色。高祖时有籍孺,孝惠时有闳孺,孝文时士人则有邓通、宦者则有赵谈、北宫伯子,景帝时有郎中令周仁,孝武时士人则有韩嫣、宦者则有李延年,元帝时宦者则有弘恭、石显,成帝时士人则有张放、淳于长,哀帝时则有士人董贤。(以上据《史记》《汉书》中《佞幸列传》)《史记》中只详写了汉文帝时的邓通、汉武帝时的宠臣韩嫣、李延年这三人。《汉书》中则叙述邓通、赵谈、韩嫣、李延年、石显、淳于长、董贤七个弄臣的经历。在这些人身上,鲜明地体现出了"力田不如逢年,善仕不如遇合"这一歌谣所蕴含的世俗智慧,不过,世人所羡慕的只是他们的无限风光,实际上他们的下场远比常人凄惨。

比如汉文帝的佞幸邓通,他并没有什么本领,不过是"独自谨其身以媚上而已",但因为文帝宠爱,前后赏赐他的钱财以数十万计,并官至上大夫。相面者预言邓通"当贫饿死",文帝说:"能富通者在我也。何谓贫乎?"②于是赏赐邓通开采蜀地铜山的权力,可以自行铸钱,从此"邓氏钱"遍布天下。当然,邓通也并非毫无付出,当文帝身上长了脓包,邓通竟然用嘴将里面的脓液吸出,这种行为非常人能及,故而文帝对邓通的宠爱也并非毫无缘由。但是风光不能永驻,文帝驾崩、景帝即位后,邓通被惩治,最后落魄到"寄死人家"的下场。

汉武帝时有佞幸李延年,其父母兄弟姐妹皆为倡家,也就是从事音乐歌舞的艺人。李延年曾因犯罪被处以腐刑,任职狗监。颇令人费解的是,李延年善歌、其女弟善舞,同时为汉武帝所宠幸。延年女弟就是历史上著名的李夫人,为武帝生下儿子昌邑哀王刘髆。李夫人产后不久病死,武帝对其思念不已。李延年被封协律都尉,佩二千石印,负责乐府的管理工作,为汉武帝创制新声。李延年歌声曼妙动人,想必相貌亦不逊色,否则不可能受到汉武帝宠幸。《史记·佞幸列传》载:"(延年)与上卧起,甚贵幸,埒如韩嫣也。久之,浸与中人乱,出入骄恣。"③在李夫人去世之后,武帝对李延年的宠爱也日渐衰减,后来

---

① 〔汉〕司马迁:《史记·佞幸列传》序,第 3191 页。
② 〔汉〕司马迁:《史记·佞幸列传》,第 3192 页。
③ 〔汉〕司马迁:《史记·佞幸列传》,第 3195 页。

受其弟李季奸乱后宫牵连,李延年被灭族,帝王的万千宠爱就此画上句号。

汉哀帝时有佞幸董贤。董贤本在宫中任郎官,哀帝在一个偶然的机会望见了"为人美丽自喜"的董贤,被其仪貌打动,于是拜为黄门郎、后升为驸马都尉侍中,备受恩宠。董贤父亲也即日被征为霸陵令,迁光禄大夫。从此哀帝与董贤整日腻在一起,"出则参乘,入御左右,旬月间赏赐累巨万,贵震朝廷"。历史上著名的"断袖"故事就是关于哀帝与董贤的同性恋情。故事细节是这样,"(董贤)常与上卧起。尝昼寝,偏籍上袖,上欲起,贤未觉,不欲动贤。乃断袖而起。其恩爱至此"。从这样一个细节不难看出哀帝对董贤的体贴,哀帝之所以宠爱董贤,除了相貌因素之外,还与董贤"性柔和便辟,善为媚以自固"有莫大关系。靠着漂亮的脸庞和妩媚的功夫,董贤为自己赚足了好处,家族也跟着飞黄腾达,董贤女弟被封为昭仪,地位仅次于皇后。董贤妻子也索性搬到皇宫中,与董贤一起服侍皇帝,《汉书·佞幸列传》记载董贤、贤妻与董昭仪"旦夕上下,并侍左右",也就是说董贤夫妻、兄妹全都自愿为哀帝献身。当然哀帝也懂得投桃报李,给予了若干大方的赏赐:"赏赐昭仪及贤妻亦各千万数。迁贤父为少府,赐爵关内侯,食邑,复徙为卫尉,又以贤妻父为将作大匠,弟为执金吾。诏将作大匠为贤起大第北阙下,重殿洞门,木土之功穷极技巧,柱槛衣以绨锦。下至贤家僮仆皆受上赐,及武库禁兵,上方珍室。其选物上弟尽在董氏,而乘舆所服乃其副也。"①也就是说董贤所享用的与皇帝的标准完全无二。"力田不如逢年,善仕不如遇合"这句谚语,在董贤及其家族身上体现得淋漓尽致。然而,好花不常开,好景不常在,元寿二年(公元前1年),哀帝去世,董贤的好日子也到了头。不久,王莽指使尚书弹劾董贤,又以太皇太后的名义下诏罢免董贤的大司马之职,董贤当日自杀。

3. "苦饥寒,逐弹丸。"(《长安为韩嫣语》)

歌谣为汉武帝时期佞幸韩嫣而作,批判了韩嫣生活奢靡,不知民间疾苦,但批判的锋芒直指韩嫣背后的靠山汉武帝刘彻。汉代刘歆《西京杂记》卷四"韩嫣金弹"条中对此予以记载:"韩嫣好弹,常以金为丸,所失者日有十余。长安为之语曰:'苦饥寒,逐金丸。'京师儿童,每闻嫣出弹,辄随之,望丸之所落,辄拾焉。"②韩嫣所失弹丸日有十余,所费不赀,但因为有皇帝的赏赐,故毫不吝惜。

韩嫣是汉武帝两位佞幸中的一位,另一位就是李延年。韩嫣因曾祖父

---

① 本段各处引文均引自〔汉〕班固:《汉书·佞幸传》,第3733—3734页。
② 〔汉〕刘歆等:《西京杂记》(外五种)卷四,王根林校点本,第32页。

韩信曾被封韩王,故被人称为"韩王孙"。当汉武帝刘彻还是胶东王的时候,韩嫣和刘彻是同学关系,二人感情较为深厚。当刘彻成为太子直至成为皇帝后,二人关系更加亲近,"嫣善骑射,善佞。上即位,欲事伐匈奴,而嫣先习胡兵,以故益尊贵,官至上大夫,赏赐拟于邓通。时嫣常与上卧起"。①不论从何种角度看,男宠都是一种不被看好的身份,特别是当皇帝对于男宠的封赏过度,就会惹起众怒。韩嫣受武帝宠爱,恃宠而骄,渐渐有些忘乎所以,从而做出一些放肆的举动。一是得罪了武帝弟江都王,二是和宫中女性产生奸情,最后惹恼了皇太后,必欲置之于死地而后快,连武帝也救之不得。《史记·佞幸列传》中有详细的记载:"江都王入朝,有诏得从入猎上林中。天子车驾跸道未行,而先使嫣乘副车,从数十百骑,骛驰视兽。江都王望见,以为天子,辟从者,伏谒道傍。嫣驱不见。既过,江都王怒,为皇太后泣曰:'请得归国入宿卫,比韩嫣。'太后由此嗛嫣。嫣侍上,出入永巷不禁,以奸闻皇太后。皇太后怒,使使赐嫣死。上为谢,终不能得,嫣遂死。"②永巷,是指宫女或失宠妃嫔居住的地方,是容易招惹是非的地方,瓜田李下,君子避之唯恐不及,韩嫣竟然自由出入,其行事动机确实不易解释得清楚。

钱钟书先生曾一针见血地指出:"盖古之女宠多仅于帷中屏后,发踪指示。而男宠均得出入内外,深闱广廷,无适不可,是以宫邻金虎,为患更甚。"③综观以上几位佞幸宠臣的经历,不难发现一些共同的特点:一是貌美;二是善佞,善以口才取悦皇帝;三是本人及家族得到超越常规的物质赏赐和政治上的升迁。由此,佞幸更容易招致关注和嫉恨,成为众人攻击的目标,一旦失宠或失势,失落感远比常人强烈。这就引出佞幸的第四个共同点,那就是难得善终,或自杀、或被杀、或忧郁而死、或困厄而死,少有结局圆满者,这样普遍性的结局确实引人深思。

第二节 批判选官混乱、不公现象的歌谣

一、汉代选官制度演变简说

所谓选官,就是国家按照一定的标准将所需要的人才选拔出来,将他们

---

① 〔汉〕司马迁:《史记·佞幸列传》,第 3194 页。
② 〔汉〕司马迁:《史记·佞幸列传》,第 3194—3195 页。
③ 钱钟书:《毛诗正义》,引自《管锥编》第 1 册,第 122 页。

安排到各级政府机构中去发挥作用。合理的选官制度，对于维护社会稳定、促进社会发展都具有关键意义。中国历史上很多政治清明的时代，其中一个很重要的标志是官得其人、人尽其才，虽不能说实现"野无遗贤"，但基本上做到了如唐太宗李世民所说的"天下英雄入吾彀中矣"！正如厉以宁先生所指出的："恰当的官员选拔制度相当于社会的减压阀，使得君主专制统治可以获得社会上最具影响力的精英阶层的认可与支持，这是秦朝以后许多朝代能够在如此广袤的疆域内维持政权相对稳定的重要原因之一。"①任何形式的选官制度都必须与当时的历史状况相适应，汉代政治家们在这方面做出了不懈的探索，以使选官制度能够为国家政治服务。从汉初军功集团全面垄断国家政治资源，到发展出"荫任""赀选"等出仕方式，再到"察举"选官从开始萌芽到逐渐凸显、并最终制度化为汉王朝主导性的选官方式，这些选官方式变迁背后，其实反映了军功集团、权贵势力、豪富之家、儒生文士等各种势力群体的迭兴代迁。各种选官形式都不是孤立存在的，它们与时代政治、经济、文化等各要素发生着密切的关联，是社会各阶层为获取社会资源进行博弈并不断互相替代的结果。汉代歌谣对汉代的选官活动有所记录，尽管留存下来的这些记录多是负面性的，其价值却不可小觑。这些歌谣形象地记录了汉代选官活动中出现的某些弊端和混乱无序的情况，表达了世人的嘲讽和愤怒，表现了人们对公正政治秩序的向往。

  在具体介绍这些歌谣之前，这里有必要对中国古代选官制度的演变做简要的勾勒。商周时期实行的是"世卿世禄制"，其特点是以宗法制为基础，依血缘亲疏确定等级尊卑和官爵的高下。战国时期，与各诸侯国力图富国强兵、统一中国的愿望相适应，出现了按军功授爵的制度，这就打破了贵族世袭爵位的藩篱，是历史的一大进步。汉初建国，跟随汉高祖刘邦东征西讨的将士必须得到安抚，于是一个庞大的军功受益阶层构成了汉初国家政权的骨干，垄断了政治权力和经济财富，同时也发展成为地方豪强势力中一股不可忽视的力量，这就是按军功授爵的选官方式。但是，随着国家政治生活发生变化，按军功授爵的做法显然已不合时宜，这就促使国家出台新的官员选拔制度，以满足社会需要。于是，"荫任""赀选""察举"等选官方式陆续出现。"荫任"，汉代一般称之为"任子"，简单地说就是高级官员可以保任其子弟为官，史书上一般作"以父任为郎"。西汉时期有《任子令》，明确高级官吏所享有的这一特权，官秩在二千石以上，任职满三年，都可获得任其子弟为官的资格。官员的保任对象除了子、弟、孙外，还扩大到宗族、门从

---

① 厉以宁：《资本主义的起源：比较经济史研究》，北京：商务印书馆，2003年，第419页。

等,人数由最初1人后扩大到2人至3人。由于任子制选任官员依据的是家族的政治地位,而不是当事人的德、才,因此它并不具有普遍吸收人才的意义,也不能起到应有的激励作用。与"任子"同时还有一种"赀选"的任官方式,西汉文帝时期规定,除有市籍的商人外,凡向政府缴纳一定资财就具备做官资格,可自备车马到京师长安待诏。汉景帝后元二年(公元前142年)以前,有资财十万可以赀选;后元二年以后,有四万家资就可以赀选为郎。此外,汉代还有一种上书拜官制度,这是春秋战国时期发展而来的求官方式。具体做法是允许士人到京城上书皇帝,如对策称意则可录用授官,一般留在皇帝身边为郎,为皇帝亲近侍臣,以后根据才能和现实需要随才擢升。据《汉书·东方朔传》,武帝时"四方士多上书言得失,自炫鬻者以千数"。颜师古注曰:"炫,行卖也。鬻亦卖也。"① 上书者以对策称意而授官,甚至朝奏暮见,汉武帝朝廷著名人物东方朔、朱买臣、主父偃、司马相如等,都以上书拜官的方式而活跃于政坛。

与此同时,察举制也在悄然发展。汉高祖刘邦在十一年(公元前196年)下诏求贤以辅佐帝业,要求郡国推荐具有治国才能的贤士大夫,这是察举的萌芽。惠帝、吕后执政期间,也下诏举"孝弟力田",察举开始有了科目。汉文帝即位的第二年发生了两次日蚀,他深信这是因为上天对他施政不满而发出的警告,所以下诏要求举贤良方正、能直言极谏者,以匡其为政之不逮。这些做法无异于为无功劳、无资财的贤德之士开了一扇小门。以上所列举的察举活动都是偶然性的,并未发展为规范化、制度化的选官方式。汉武帝时期,董仲舒在回应汉武帝的贤良对策中,提出了建立太学以养天下之士,以及举吏民、求贤者的建议,武帝接受了董仲舒的建议,于元光元年(公元前134年)下诏"初令郡国举孝廉各一人"。② 这一诏令标志着察举制以岁举常科成为汉代仕进制度的主体。与此同时,丞相公孙弘也对人才选拔制度做出了贡献,在武帝下诏"予博士弟子"之后,公孙弘与太常、博士进行了讨论,向汉武帝提出了具体的实施建议并获采纳,这项建议就是:"为博士官置弟子五十人,复其身。③ 太常择民年十八已上仪状端正者,补博士弟子。""(博士弟子)一岁皆辄课,能通一艺以上,补文学掌故缺;其高弟可以为郎中,太常籍奏。即有秀才异等,辄以名闻。"公孙弘在向汉武帝提交的建

---

① 两处引文分别引自〔汉〕班固:《汉书·东方朔传》,第2841、2842页。
② 〔汉〕班固:《汉书·武帝纪》,第160页。
③ 关于"复其身"的含义,张景贤《略谈"复其身"的涵义》一文指出:"战国秦汉时期国君所颁复除之令,因为情况不同,所免除的事项也有差别。但是,除了诏令中明确指出复除某事外,若一般笼统言之,则是单指免除徭役而言。"载自《历史教学》2002年第7期,第59页。

议中,不仅具体地提出了博士弟子的参选条件,还提出在现任地方官吏中选拔优秀人才加以擢升,即汉代察举制岁科中的"察廉",这就丰富了察举制的内涵,具体做法是:"秩比二百石以上及吏百石通一艺以上补左右内史、大行卒史;比百石以下补郡太守卒史,皆各二人,边郡一人。先用诵多者,不足,择掌故以补中二千石属,文学掌故补郡属,备员。"①这样,就以制度化的方式将察举选官形式确定下来,从此,汉代选官方式从看重父祖资历、家庭财产转向了基于个人的德行和才能,这就为下层人士参与国家政治提供了上升通道,从而奠定了中国古代文官政治的基础。

对于察举取士的深远历史影响,钱穆先生曾经有一段评价极高的论断,对于我们认识汉代政治有一定参考意义,兹引录如下:"一个青年跑进太学求学,毕业后,派到地方服务。待服务地方行政有了成绩,再经长官察选到中央,又经过中央一番规定的考试,然后才始正式入仕。那是当时入仕从政的唯一正途,政府一切官吏,几乎全由此项途径出身。这样的政府,我们再也不能叫它做贵族政府。郎官之中虽然也尽有贵族子弟,但究竟是少数。我们也不能称之谓军人政府,因郎官并不是由军人出身的。我们也不能称之为资本主义的政府,因这些郎官,都不是商人资本家的子弟。这样的政府,我们只能叫它做'读书人的政府',或称'士人政府'……我们可说中国历史上此下的政府,既非贵族政府,也非军人政府,又非商人政府,而是一个崇尚文治的政府,即'士人政府'。只许这些人跑上政治舞台,政府即由他们组织,一切政权也都分配在他们手里。"②

察举选官制度对于汉代政治意义重大。首先,察举选官制度与汉代经学结缘,开始注重德行、能力和学术水平,大批儒生学士涌入政界,用人途径得以拓宽,促进社会阶层的流动,统治基础得以扩大,对社会起到了"减压阀"的作用,有利于社会稳定。阎步克先生通过数据做出了说明:"父祖无任何官位的平民、贫民以 24.4% 的比例,经孝廉一途经常地加入政府,并且能够得到迁至高位的机会,这实际意味着身份制、世袭制的削弱。"③

其次,汉代察举选官对汉代政治生态产生了持久而积极的正面影响。察举制下的察廉举孝,造成了"在家为孝子,出仕做廉吏"的舆论和风尚,这对于一个地区的社会风气起到了正向的引导作用;更进一步地,当这部分人群到各地去做地方官,实行仁政德政,又将儒家价值观带到各地,以儒家礼

---

① 以上引文分别引自〔汉〕班固:《汉书·儒林传》序,第 3593、3594 页。
② 钱穆:《中国历代政治得失》,第 21 页。
③ 阎步克:《察举制度变迁史稿》,北京:中国人民大学出版社,2009 年,第 25 页。

乐教化百姓移风易俗,这样,"全国各地方声教相通,风气相移,却可使各地文化经济水平,永远走向融合,走向平均,不致隔绝,不致分离"。① 但是,任何一项制度经过长时间的发展,很容易滋生弊端,会出现漏洞,这就需要对此制度加以完善、调整,或是以更具有历史进步意义的制度替代之,这就是所谓的"推陈出新"。

二、揭露选官活动中混乱、不公现象的歌谣

汉代歌谣对汉代选官活动中的混乱和不公现象有所反映。下面所分析的六首歌谣,都是针对汉代选官活动中出现的弊端而做出的批评,其中包括对西汉武帝时期实行的"赀选"的批判,以及对东汉灵帝时期卖官现象的揭露,对更始帝刘玄时期官员任命无序、混乱状况的嘲讽,特别是对察举制下选官活动中所出现的种种弊端和荒诞予以生动刻画,这些都有助于我们更全面地了解汉代选官活动的全貌。

1."何以孝弟为,财多而光荣。何以礼义为,史书而仕宦。何以谨慎为,勇猛而临官。"(《贡禹引俗语》)

歌谣反映了汉武帝时期因政府财政匮乏而以赀选任官,地方政府任用了一大批巧佞而善于欺谩的文法吏和奸猾暴虐的酷吏,由此造成了价值观的混乱及社会风气的严重败坏。歌谣大意是:做人孝顺慈爱有什么好处?还不如钱多就能带来荣誉;讲究礼义正义又有什么好处?只要会写文书就能出仕为吏;做人又何必要小心谨慎,奸猾悖逆的无赖之徒都可以做官。

汉武帝统治期间,大一统中央集权得以加强,对匈奴采取强硬手段,使得汉初以来对匈奴的屈辱性政策得以扭转。但汉武帝对外采取扩张政策,穷兵黩武,引发统治危机。对于武帝统治期间出现的重大决策错误,汉代政治家给予了深刻反思和批判,如汉元帝时名臣贡禹上书中对武帝错误政策予以严厉批评:"武帝始临天下,尊贤用士,辟地广境数千里,自见功大威行,遂从耆欲,用度不足,乃行一切之变,使犯法者赎罪,入谷者补吏,是以天下奢侈,官乱民贫,盗贼并起,亡命者众。郡国恐伏其诛,则择便巧史书习于计簿能欺上府者,以为右职;奸轨不胜,则取勇猛能操切百姓者,以苛暴威服下者,使居大位。故亡义而有财者显于世,欺谩而善书者尊于朝,悖逆而勇猛者贵于官。故俗皆曰:'何以孝弟为?财多而光荣。何以礼义为?史书而仕宦。何以谨慎为?勇猛而临官。'故黥劓而髡钳者犹复攘臂为政于世,行虽犬彘,家富势足,目指气使,是为贤耳。故谓居官而置富者为雄桀,处奸而得

---

① 钱穆:《中国历代政治得失》,第36页。

利者为壮士,兄劝其弟,父勉其子,俗之坏败,乃至于是!察其所以然者,皆以犯法得赎罪,求士不得真贤,相守崇财利,诛不行之所致也。"①

汉武帝为"从耆欲"而"行一切之变",是导致一系列社会矛盾的根源。汉武帝穷兵黩武、征伐四夷,大量的军费和后勤物资保障需要国库强有力的财政支撑,政府遂采取赀选任官、算缗、告缗、盐铁官营等一系列措施以解决财政危机。虽然以赀选方式选官也涌现出了一些各方面的能臣,但碌碌无为者占多数,更重要的是,它并不是一项具有历史进步意义的政策。再者,穷兵黩武行为引发了激烈的社会反弹,造成"盗贼并起,亡命者众"的无序状态,这就需要地方政府及时扑灭、剿杀,于是"勇猛而临官"的酷吏应运而生。同时,朝廷对平定叛乱催逼严苛,郡国守相"恐伏其诛",纷纷选择那些会做假账、会写欺骗性公文的文法吏担任州郡要职,由此催生"史书而仕宦"的现象。由此可见,汉武帝实行的一系列变通性的选官方式,都是抱薪救火、扬汤止沸的权宜之计,只能暂时解决燃眉之急,并不能真正化解社会危机,反而造成了更大的社会矛盾。

对于"史书而仕宦"一句中"史书"一词的词义,阎步克先生有独到的理解,他认为:"史书"在这里并非指历史书籍,而是文吏令史所习之书写,亦即隶书,又称"佐书","史""佐"均为吏员之称。根据汉廷《尉律》,讽书九千字、通八体书法者乃得为吏,这是文吏必备的基本技能。② 在有识之士看来,会写九千字、通八体书法仅是具备了入仕为吏的基本前提条件,绝非充分条件,为官从政最可宝贵的仁爱精神、礼乐修养、人文情怀,是无法用钱财买来的,只能通过长期的儒学教化获得。

2."灶下养,中郎将。烂羊胃,骑都尉。烂羊头,关内侯。"(《更始时长安中语》)

歌谣大意是:那些从小到大在厨房里做饭的大厨,煮羊头、羊胃的伙夫,都被封为中郎将、骑都尉和关内侯等官爵。歌谣讥讽了更始帝刘玄时期,之前良性的官员选拔制度遭到破坏,特殊时期成就了一群缺乏基本从政素质的乌合之众,从而上演了一出出政治闹剧。

要了解歌谣所反映的具体内容,首先要从更始政权及其首领刘玄说起。"更始政权"(公元23—25年)是王莽篡汉后,由一支反抗新莽的农民起义军"绿林军"为恢复汉朝而建立的一个政权,由绿林军中"更始将军"西汉皇族刘玄掌权执政。新莽地皇三年(公元22年),绿林农民起义爆发。次年二

---

① 〔汉〕班固:《汉书·贡禹传》,第3077页。
② 阎步克:《士大夫政治演生史稿》,第15页。

月,刘玄因是刘姓宗室(汉景帝之子长沙定王刘发之后),被绿林军在淯水之滨拥立为皇帝,年号更始,恢复汉朝国号。

其实,更始帝刘玄及其跟随者并不具备成就大事的品质,他们是一群缺乏远见、缺乏政治谋略的乌合之众,刘玄分封那些群小贾竖、膳夫庖人以高官厚禄,并不令人惊讶,因为刘玄本人的格调、品位与那些人是极为合拍的,刘玄称帝后的表现在在都说明了这一点。二月初一日,在淯水边(今河南南阳白河城南淯水之滨)的沙滩上设立坛场,陈列军队、举行大会。刘玄即皇帝位,南面而立,接受群臣朝拜。刘玄向来懦弱,见此场面,羞愧流汗,举着手连话都说不出来。于是大赦天下,建年号为更始,史称更始帝。"时李轶、朱鲔擅命山东,王匡、张卬横暴三辅。其所授官爵者,皆群小贾竖,或有膳夫庖人,多着绣面衣、锦裤、襜褕、诸于,骂詈道中。长安为之语曰:'灶下养,中郎将。烂羊胃,骑都尉。烂羊头,关内侯。'"①在打家劫舍思维指使下,更始帝刘玄选用官吏不可能依据一套成熟的察举制度,更不可能做高瞻远瞩的远景规划,不过是强盗分赃的逻辑驱使他们临时蚁聚乌合。

公元25年,更始政权在赤眉军和刘秀军两路夹击之下,土崩瓦解,刘玄向赤眉军投降,更始政权灭亡,不久,刘玄被赤眉军所杀。极其短暂的更始政权上演的是闹剧,而非悲剧,并无值得人们同情之处,它的覆亡是必然的。但这也从反面昭示了一个道理,任何一个政权要想实现良性治理,获得社会公信力,都必须由一群有政治理想、有道德底线、有执政能力的人士担当,更始诸人显然不具备这样的素质。

3. "举秀才,不知书。察孝廉,父别居。寒素清白浊如泥,高第良将怯如鸡。"(《时人为贡举语》)

歌谣大意是:州里举荐上来的秀才,却没有真才实学;郡里察举出来的孝廉,却不孝敬父母;那些以寒素、清白科目察举出来的官员,却肮脏污浊如泥;而由高第、良将科目察举出来的官员,却胆怯如鸡。

东晋葛洪在《抱朴子外篇·审举》篇中引用了这首歌谣并介绍了其时代背景:"灵献之世,阉宦用事。群奸秉权,危害忠良。台阁失选用于上,州郡轻贡举于下。夫选用失于上,则牧守非其人矣;贡举轻于下,则秀、孝不得贤矣。故时人语曰:'举秀才,不知书。察孝廉,父别居。寒素清白浊如泥,高第良将怯如鸡。'"②歌谣批判了东汉后期察举选官活动逐渐被豪门大族把持而失去

---

① 〔南朝宋〕范晔:《后汉书·刘玄列传》,第471页。
② 〔晋〕葛洪:《抱朴子外篇·审举》,引自杨明照《抱朴子外篇校笺》上册,中华书局,1991年,第393页。

社会公信力,察举出来的人才多名不副实,察举制日益走向没落。歌谣虽只有六句话,却集中出现了秀才、孝廉、寒素、清白、高第、良将六个汉代察举选官的科目。除秀才、孝廉外,寒素、清白、高第、良将等科并不多见,须加以介绍。

汉代察举选官的科目,按照举期分类,可分为岁科(或称常科)与特科两大类。岁科有孝廉、秀才(东汉光武帝以后,为避刘秀之讳而改称"茂才")、察廉(察廉吏)、①光禄四行(包括质朴、敦厚、逊让、有行者);特科中则以贤良方正为最重要。如果按照四科标准分类,以"德"为主的有孝廉、孝廉方正、至孝、敦厚等科;以"文法"为主的有明法科;以"才能"为主的有尤异、治剧、勇猛知兵法、明阴阳灾异、有道等科。

汉武帝元封四年(公元前107年),命公卿、诸州每年各举荐秀才一名。秀才偏重于经学,要求宽博有谋、清白行高。儒家思想强调立身行事以孝悌为本,任官从政以廉正为方,因此孝廉在各种科目中最受重视、影响最为深远。据学者统计,察举孝廉的人数,西汉每年约为206人,东汉永元新规定前每年约189人,新规后每年约228人,平均约占总人口数的0.0004%,整个汉代共举孝廉约74 000人。② 从数字上来看,尤其是从占全国人数总数比来看,这个数字算不上庞大,但其垂范意义特别重大。

下面解释寒素、清白、高第、良将等科。先说"寒素"科。《晋书·范乔传》载范乔:"凡一举孝廉,八荐公府,再举清白异行,又举寒素,一无所就。"③文中将举孝廉、举清白异行、举寒素等词语并列,可见西晋时期尚存在以"寒素"科目察举取士。《晋书·李重传》载:"时燕国中正刘沈举霍原为寒素,司徒府不从,沈又抗诣中书奏原,而中书复下司徒参论。司徒左长史荀组以为:'寒素者,当谓门寒身素,无世祚之资。原为列侯,显佩金紫,先为人间流通之事,晚乃务学,少长异业,年逾始立,草野之誉未洽,德礼无闻,不应寒素之目。'"④荀组的应答中特别提到,"寒素"之科目本是为"门寒身

---

① 岁科中的"孝廉"与"察廉"实为两种不同的察举形式。关于二者的区别,前文所引公孙弘的上书中已经做出了区分,当代学者牟吉信在《汉代察举中的孝廉和察廉之分》一文中特地做了辨析:在"孝廉"与"察廉"之间,存在着许多实质性的区别:"孝廉"是郡国向中央"贡士"之科目,而"察廉"是长官报请上级擢升优秀属吏之科目;"孝廉"察举面向全体吏民,而"察廉"仅限于已仕之低级官吏;"孝廉"的任用一般要入三署为郎,学习"汉家故事",进行必要的业务技能训练,一如现在的"岗前培训"之后才能予以升补,而"察廉"一般都根据本秩直接迁补;"孝廉"的举主仅限于郡国守相,而"察廉"的举主则广泛得多。以上观点引自《甘肃高师学报》2000年第6期,第75页。
② 黄留珠:《汉代的选廉制度》,载自《唐都学刊》1998年第1期,第27页。
③ 〔唐〕房玄龄:《晋书·隐逸列传·范粲传附·范乔传》,北京:中华书局1974年,第2432—2433页。
④ 〔唐〕房玄龄:《晋书·李重传》,第1311页。

素,无世祚之资"的士人而开设的察举科目,且要求被选者有"草野之誉"、德礼为世人所知。以晋朝的察举情况来反推汉代的以"寒素"选官,可知应选"寒素"者,当是出身低下、没有家族背景,但在民间享有盛誉、德行高尚的寒门人士。

次说"清白"科。范晔在《后汉书·左周黄列传》的传论中说:"汉初诏举贤良、方正,州郡察孝廉、秀才,斯亦贡士之方也。中兴以后,复增敦朴、有道、贤能、直言、独行、高节、质直、清白、敦厚之属。"①可见,"清白"是东汉以后新增的察举科目,这一科到东晋时仍然存在,《晋书·孝友传·庾衮传》中载庾衮"乡党荐之,州郡交命,察孝廉,举秀才,清白异行,皆不降志,世遂号之为异行"。② 庾衮虽曾被举过"清白",但并不就命。

寒素、清白二者都是选举科目,顾名思义,以寒素、清白察举出来的人应是在民间享有美誉、志节清白之人。但在东汉后期,实际情况却与察举之初的宗旨相反,百姓讥讽这些被察举出来的人士"浊如泥",可见选官活动已经堕落不堪了。

再说"高第"科。高第是从西汉讫至魏晋时期一直实行的察举科目,如《汉书·昭帝纪》中记载了昭帝始元五年(公元前82年)六月诏书:"其令三辅、太常举贤良各二人,郡国文学高第各一人。"③西汉元帝时期的南阳太守召信臣就曾有"举高第,迁上蔡长"④的经历;东汉蔡邕也曾"举高第,补侍御史,又转持书御史,迁尚书"。⑤ 这里的高第并非"高等门第"之意,而是高等、优等之意。如果理解成高等门第之意,似乎歌谣的批判性更强,但这是望文生义,并非历史真相。《史记·儒林列传》介记载汉武帝时期丞相公孙弘向武帝奏请博士弟子的选官办法为:"(博士弟子)一岁皆辄试,能通一艺以上,补文学掌故缺;其高第可以为郎中者,太常籍奏。即有秀才异等,辄以名闻。其不事学若下材及不能通一艺,辄罢之,而请诸不称者罚。"⑥可以看出,公孙弘将博士生员分为四等,从低到高依次是:下等(不事学、下材、不能通一艺者)、通一艺者、高第、秀才异等。高第乃是"通一艺"中的优秀者。这里仅举一实例加以印证,如《后汉书·方术列传·公沙穆传》说公沙穆"家贫贱",后"举孝廉,以高第为主事"。⑦ 事实上公沙穆绝非出自高等门

---

① 〔南朝宋〕范晔:《后汉书·左周黄列传》传论,第2042页。
② 〔唐〕房玄龄:《晋书·孝友列传·庾衮传》,第2282页。
③ 〔汉〕班固:《汉书·昭帝纪》,第223页。
④ 〔汉〕班固:《汉书·循吏传·召信臣传》,第3641页。
⑤ 〔南朝宋〕范晔:《后汉书·蔡邕列传》,第2005页。
⑥ 〔汉〕司马迁:《史记·儒林列传》,第3119页。
⑦ 两处引文均引自〔南朝宋〕范晔:《后汉书·方术列传·公沙穆传》,第2730页。

第。据阎步克先生的研究,"这种'高第'性质同于考课,与尤异无大不同,只不过西汉多称'高第',东汉多称'尤异'"。①

最后说"良将"科。两汉史料中未见关于举良将的记载,但《魏书》《晋书》中不乏其例。如《魏书·明帝纪》载太和二年冬十月诏书曰:"诏公卿近臣举良将各一人。"②《晋书·赵王伦传》载赵王司马伦僭即帝位,改元建始,"是岁,贤良方正、直言、秀才、孝廉、良将皆不试。"③可见,良将是与贤良方正、直言、秀才、孝廉等并列的一个科目。歌谣中将高第与良将并列,说明其内涵接近,其意思可以互相参考。

为何察举选官活动中选拔出来的官员多名不副实,甚至还顽劣不堪呢?这主要是因为到了东汉中后期,高门望族、外戚及宦官势力把持、操纵地方政治、经济、文化,控制了地方选举,选官活动日益成为少数大族巩固自身地位的重要手段,于是就出现了所谓的"选士而论族姓阀阅"④"贡荐则必阀阅为前"⑤的现象,因此出现像袁绍家族那样"四世三公、门多故吏"的情况也就并不稀奇了。其实,察举选官论族姓阀阅的问题也并非从东汉后期才开始,早在章帝时期就已出现了端倪。《后汉书·章帝纪》载章帝建初元年(公元76年)诏书云:"夫乡举里选,必累功劳,今刺史、守相不明真伪,茂才、孝廉岁以百数,既非能显,而当授之政事,甚无谓也。每寻前世举人贡士,或起畎亩,不系阀阅。敷奏以言,则文章可采;明试以功,则政有异迹。"⑥那就是说,之前的察举选官"必累功劳"且"不系阀阅",选拔出来的人才不仅"文章可采",而且"政有异迹",真正做到了文质彬彬。而章帝时期察举出来的茂才、孝廉能力并不突出("既非能显"),这种现象与"论族姓阀阅"大有关系。章帝以后,外戚专权渐趋严重,对于察举选官的负面影响也越来越大。外戚专权,遍树党羽,"权门贵仕,请谒繁兴",⑦造成选官秩序的紊乱。如东汉章帝时郅寿为尚书仆射,"是时大将军窦宪以外戚之宠,威倾天下。宪尝使门生赍书诣寿,有所请托"。⑧ 又据《后汉书·种暠列传》载,顺帝时河南尹田歆察举孝廉,对其外甥王谌说:"今当举六孝廉,多得贵

---

① 阎步克:《察举制度变迁史稿》,第 27 页。
② 〔晋〕陈寿:《三国志·魏书·明帝纪》,第 94 页。
③ 〔唐〕房玄龄:《晋书·赵王伦列传》,第 1601 页。
④ 〔汉〕仲长统:《昌言·佚文》,孙启治校注本,第 423 页。
⑤ 〔汉〕王符:《潜夫论·交际》,〔清〕汪继培笺、彭铎校正本,第 355 页。
⑥ 〔南朝宋〕范晔:《后汉书·肃宗孝章帝纪》,第 133 页。
⑦ 〔南朝宋〕范晔:《后汉书·左周黄列传》传论,第 2042 页。
⑧ 〔南朝宋〕范晔:《后汉书·郅恽列传附子寿传》,第 1033 页。

戚书命,不宜相违,欲自用一名士以报国家,尔助我求之。"①要选举的六孝廉中竟有五位要应"贵戚书命",可见政治干扰势力之大,很难选出令人满意的人才。

歌谣反映东汉末年选官活动的变质并非个别现象,而是一种普遍风气,对此东汉政论家王符在《潜夫论·考绩》中也有类似的激烈抨击:"群僚举士者,或以顽鲁应茂才,以桀逆应至孝,以贪饕应廉吏,以狡猾应方正,以谀谄应直言,以轻薄应敦厚,以空虚应有道,以嚚暗应明经,以残酷应宽博,以怯弱应武猛,以愚顽应治剧,名实不相副,求贡不相称。富者乘其材力,贵者阻其势要,以钱多为贤,以刚强为上。"②由此可见,察举选官已经走向了历史的死胡同,很难选出真正为国所需的各项人才,历史的大潮在涌动,正在孕育着一种能够克服察举选官制度弊端的新制度。

4. "古人欲达勤诵经,今世图官免治生。"(《时人为贡举语》)

歌谣出自东晋葛洪《抱朴子外篇·审举篇》,在那首"举秀才,不知书"之后就是这一首,前后呼应,堪称姊妹篇。歌谣意思是说:过去的人要想出仕靠的是刻苦攻读儒家经典,现在的人要做官只须多赚钱就可以了。"免"为"勉"的假借字,意为勉励、用心之意。东汉灵帝时期,为国家选材的察举选官活动堕落成了明码标价的买官、卖官交易,察举制走向穷途末路。

汉末桓灵之世的政治状况,葛洪在《抱朴子外篇·审举篇》做了概括描述,那时的情况是:"柄去帝室,政在奸臣,网漏防溃,风颓教沮,抑清德而扬谄媚,退履道而进多财。力竞成俗,苟得无耻,或输自售之宝,或卖要人之书,或父兄贵显,望门而辟命;或低头屈膝,积习而见收。"③总的来说是政去公室,外戚或宦官实际执掌政权,钱权交易成为普遍性的社会风气,权贵豪门为自己织就了仕进的关系网。对于灵帝时朝廷卖官的具体情况,葛洪描写道:"于时悬爵而卖之,犹列肆也;争津者买之,犹市人也。有直者无分而径进,空拳者望途而收迹。其货多者其官贵,其财少者其职卑。故东园积卖官之钱,崔烈有铜臭之嗤。上为下效,君行臣甚。"④

汉灵帝时期开设卖官的办公机构"西邸",把三公九卿等中央高官和各级郡县主政长官的职位都明码标价公开出售。《后汉书·孝灵帝纪》载:"(光和元年,即公元178年)初开西邸卖官,自关内侯、虎贲、羽林,入钱各有差。私令左右卖公卿,公千万,卿五百万。"唐李贤注引《山阳公载

---

① 〔南朝宋〕范晔:《后汉书·种暠列传》,第1826页。
② 〔汉〕王符:《潜夫论·考绩》,〔清〕汪继培笺、彭铎校正本,第68页。
③ 〔晋〕葛洪:《抱朴子外篇·审举》,杨明照校笺本,上册第382—383页。
④ 〔晋〕葛洪:《抱朴子外篇·审举》,杨明照校笺本,上册第396页。

记》曰:"时卖官,二千石二千万,四百石四百万,其以德次应选者半之,或三分之一,于西园立库以贮之。"①两处材料中卖官数额有较大差距,又都有据可循。《孝灵帝纪》中记载的数额标准,崔烈事例可证(下详);李贤注中的标准,前引司马直事例可证。或许《孝灵帝纪》中的数额乃是针对朝廷官员,而李贤注中的数额乃是针对地方官。令人感到滑稽可笑的是,卖官活动还根据应选者的名誉声望而区别对待,有的是原价,有的享受对半优惠,也有的只收三分之一价钱。俗话说,羊毛出在羊身上。国家既然公开卖官,实际上也就不得不默许买官者通过搜刮行为去加倍补偿自己的损失,这样丧心病狂的统治者有何资格自诩为"为民父母"?

中平二年(公元185年),时任廷尉的崔烈通过灵帝傅母程夫人,只花了五百万钱就购得司徒一职,本有很高声誉的北州名士崔烈因此而声誉扫地,"铜臭"一词即由他而来。据《后汉书·崔骃列传附崔烈传》:"灵帝时,开鸿都门榜卖官爵,公卿州郡下至黄绶各有差。其富者则先入钱,贫者到官而后倍输,或因常侍、阿保别自通达。是时,段颎、樊陵、张温等虽有功勤名誉,然皆先输货财而后登公位。烈时因傅母入钱五百万,得为司徒。及拜日,天子临轩,百僚毕会。帝顾谓亲幸者曰:'悔不小靳,可至千万。'程夫人于傍应曰:'崔公冀州名士,岂肯买官?赖我得是,反不知姝邪!'烈于是声誉衰减。久之不自安,从容问其子钧曰:'吾居三公,于议者何如?'钧曰:'大人少有英称,历位卿守,论者不谓不当为三公;而今登其位,天下失望。'烈曰:'何为然也?'钧曰:'论者嫌其铜臭。'烈怒,举杖击之。"②不过,也有正直廉洁的士人并不同流合污,他们试图在污泥浊水中保持一份清白无瑕的本色,如司马直就是这样一位誓死捍卫原则的正直官员,他的事迹前文已述,兹不赘。

5."欲得不能,光禄茂才。"(《京师为光禄茂才谣》)

歌谣大意是:光禄勋举茂才四行,却无法选出优秀人才。歌谣集中揭露了汉代末年权贵豪强把持选官、限制了寒门士人上升的通道。歌谣虽然针对的是"茂才四行"选举中的腐败现象,但见微知著,不难想见察举选官总体上已经偏离了健康、公正的轨道。

《后汉书·黄琼列传附孙黄琬传》载:"(黄琬)稍迁五官中郎将。时陈蕃为光禄勋,深相敬待,数与议事。旧制,光禄举三署郎,以高功久次才德尤异者为茂才四行。时权富子弟多以人事得举,而贫约守志者以穷退见遗,京师为之谣曰:'欲得不能,光禄茂才。'于是琬、蕃同心,显用志士,平原刘醇、

---

① 两处引文均引自〔南朝宋〕范晔:《后汉书·孝灵帝纪》,第342页。
② 〔南朝宋〕范晔:《后汉书·崔骃列传附崔烈传》,第1731页。

河东朱山、蜀郡殷参等并以才行蒙举。蕃、琬遂为权富郎所见中伤,事下御史中丞王畅、侍御史刁韪。韪、畅素重蕃、琬,不举其事,而左右复陷以朋党。畅坐左转议郎而免蕃官,琬、韪俱禁锢。"①此事在范晔《后汉书·陈蕃列传》亦有记载,可以互证:"自蕃为光禄勋,与五官中郎将黄琬共典选举,不偏权富,而为势家郎所谮诉,坐免归。"②可见,陈、黄二人秉持理想正义以革除积弊,却为此付出了巨大代价。

这段内容中涉及了汉代的很多典章制度,应该交代清楚。如"茂才四行"就与西汉以来的"秀才"(茂才)并非一事。众所周知,"秀才"(茂才)面向社会底层,其察举范围为全国各州,其举主主要为刺史、州牧;而"茂才四行",选拔对象针对的是光禄勋属下的众多郎官,举主则为光禄大夫及其主要属官五官中郎将和左、右中郎将。据汉应劭撰《汉官仪》:"郎中令(笔者按,郎中令为秦官名,汉武帝时改名光禄勋),属官有五官中郎将,左、右中郎将,曰三署。署中各有中郎、议郎、侍郎、郎中,皆无员。多至千人,主执戟卫宫陛,及诸虎贲、羽林郎皆属焉。"③光禄勋的郎官多至千人,他们为皇帝服务,但缺少升迁机会,于是光武帝时期推出了"茂才四行"。《后汉书·百官志》注引应劭《汉官目录》载:"建武十二年(公元36年)八月乙未诏书,三公举茂才各一人,廉吏各二人;光禄岁举茂才四行各一人,察廉吏三人;中二千石岁察廉吏各一人,廷尉、大司农各二人;将兵将军岁察廉吏各二人;监察御史、司隶、州牧岁举茂才各一人。"这里将茂才与茂才四行并举,可见二者并非一事。且朝廷对茂才四行要求很高,规定须具四行之一才可被察举,所谓"四行","一曰德行高妙,志节清白;二曰学通行修,经中博士;三曰明达法令,足以决疑,能按章覆问,文中御史;四曰刚毅多略,遭事不惑,明足以决,才任三辅令:皆有孝悌廉公之行。"④由此可见,茂才四行是光禄勋的主官及主要属官,从光禄勋的郎官中选择,考虑到了被选者的德行、经学、法令、治事等各个不同方面的才能。

延熹二年(公元159年),陈蕃出任光禄勋,与属官五官中郎将黄琬共同掌管郎官的选举,陈、黄二人同心协力,思欲革除旧弊,为国家选才。按照制度规定,光禄勋察举茂才四行应以"高功久次才德尤异"为标准,也就是说看重的是才德突出、政绩优异以及资历丰富这几项指标。"久次",李贤注谓

---

① 〔南朝宋〕范晔:《后汉书·黄琼列传附孙黄琬传》,第2040页。
② 〔南朝宋〕范晔:《后汉书·陈蕃列传》,第2163页。
③ 〔汉〕应劭:《汉官仪二卷》,引自〔清〕孙星衍辑《汉官六种》,第130页。
④ 两处引文均引自〔晋〕司马彪:《后汉书·百官志》注引汉应劭《汉官目录》,第3559页。

"久居官次也。"①两汉郎官始以任子、赀选形式选拔,自汉武帝确立察举选官以来,则出自郡国每年保荐的孝廉。因郎官常有出任地方长吏的机会,时人视之为出仕的重要途径,而为权富子弟所热衷。《后汉书·明帝纪》载明帝姐馆陶公主为子求郎,明帝不许,而赐钱千万作为补偿。明帝谓群臣曰:"郎官上应列宿,出宰百里,有非其人,则民受其殃,是以难之。"②帝姐为子求郎,是因为郎官有出仕机会;明帝坚执不许,是因为郎官将来"出宰百里",是亲民之官,不得不慎重对待。明帝是东汉前期的有为之君,在他统治之下选官活动尚处在健康、公正的轨道之上,而到了陈蕃主持光禄勋的桓帝时期,国家政治已经走上了下坡路,"欲得不能,光禄茂才"只是这个病入膏肓的政治肌体的一个症候而已。陈蕃、黄琬抵制巨大压力、选拔出了不少贫穷而有才行之士担任地方官员,结局却是陈蕃被免官、黄琬被禁锢。这就如汉末政论家仲长统在《昌言·法诫篇》中所揭露的:"至于近世,外戚宦竖请托不行,意气不满,立能陷人于不测之祸,恶可得弹正之哉!"③正直士人所面对的是由权贵势力所铸就的铜墙铁壁,在强大的权贵势力的反扑下,被撞得头破血流也在意料之中。

6."作奏虽工,宜去葛龚。"(《时人为作奏语》)

歌谣载于邯郸氏《笑林》,现引录如下:"桓帝时有人辟公府掾者,倩人作奏记文,人不能为作。因语曰:'梁国葛龚者,先善为记文,自可写用,不烦更作。'遂从人言写记文,不去葛龚名姓。府君大惊,不答而罢归。故时人语曰:'作奏虽工,宜去葛龚。'"④故事中的这位仁兄被公府辟为掾属,却并不熟悉奏记文的写法,于是抄袭了梁国葛龚先前的作品以蒙骗上司,但是此人水平太差,竟然连葛龚的名字都原原本本抄下来,被府君识破而遣归。

歌谣虽属戏谑,其背后却有值得深思的东西,那就是一个并不具备行政素质的不学无术之辈,是怎样堂而皇之地被公府征辟的?奏记,是汉代官府公文的一种文体,用于下级向长官陈情、奏事。不言而喻,这是一种日常文体,作为公府掾属应熟练掌握奏记写法。这位仁兄进入公府成为掾属却并不具备基本的写作能力,从很小的一个方面折射出了这样一个现实,即东汉后期豪门大族把持察举选官、外戚宦官势力干涉选举,造成了很多所选人才名不副实的流弊。

《后汉书·文苑列传·葛龚传》对葛龚事迹有简略的介绍:"葛龚字元

---

① 〔南朝宋〕范晔:《后汉书·黄琼列传附孙黄琬传》引李贤注,第2040页。
② 〔南朝宋〕范晔:《后汉书·显宗孝明帝纪》,第124页。
③ 〔汉〕仲长统:《昌言·法诫》,孙启治校注本,第313页。
④ 〔宋〕李昉:《太平御览》第496卷,"人事部、谚下条",第2268页。

甫,梁国宁陵人也。和帝时,以善文记知名……著文、赋、碑、诔、书记凡十二篇。"①从相关信息中不难看出,葛龚确以擅长写作公文而著称,其作品广为流传后,被人抄袭的可能性极大。

从汉武帝时期正式确立以"察举"选官作为汉代官员主要选拔制度以来,这一制度与"独尊儒术"相配合,为国家选拔、培养了大量各级管理人才;与此同时,儒家循吏对于移风易俗、实现文化上的"大一统"居功至伟。毫不夸张地说,两汉王朝能维系四百年国祚,离不开察举制下选拔出来的各级官员作为社会中坚力量的坚定支撑。但随着地方豪族势力的形成,以及东汉中后期开始的外戚、宦官势力把持国家政权,豪族、外戚、宦官这三种势力对于察举选官活动造成了不小的冲击和破坏。从曹魏开始,选官实行"九品中正制",既保留了汉代乡里评议的传统,又改变了汉末地方大族操纵选举的局面,把品评与选官的权力收归中央,这对破除门阀起了一定的作用,从此选官制度进入了一个新的历史阶段。

第三节　表现社会不公、百姓苦难及百姓反抗的歌谣

《礼记·礼运》中孔子所憧憬的"大道之行也,天下为公"的理想社会远未到来,"天下为家,各亲其亲,各子其子,货力为己"②的社会现实才是漫长的历史常态;一个国家、一个社会,即便在制度设计之初有诸多优点和进步意义,但基于其自身无法克服的内在矛盾,还是会不断产生很多弊端,这就考验执政者的应变能力、制度修复能力。下面介绍的歌谣,表现了汉代社会的种种不公、百姓遭受的各种苦难以及百姓的反抗等各种情况。

一、表现社会不公的歌谣

反映汉代社会各种不公平现象的歌谣有如下数则。
1. "千金之子,不死于市。"(《司马迁引谚》)
这则歌谣早在春秋时期即由陶朱公范蠡之口道出,在汉代更是广为流传,它反映出了汉代社会的司法不公现象,意思是说有钱人家的子弟犯了

---

① 〔南朝宋〕范晔:《后汉书·文苑列传·葛龚传》,第2617—2618页。
② 《礼记·礼运》,十三经注疏本,第1414页。

罪,可以用钱买通关节,可免在大庭广众下之下被公开处决,甚至还有可能逃避法律的惩处。歌谣的言外之意是,若贫家之子犯了罪,便没有别的选择,只能被斩首示众。歌谣表面涉及的是司法腐败,背后揭示的则是国家制度设计存在的问题。

歌谣载自司马迁《史记·货殖列传》序,原文为:"谚曰:'千金之子,不死于市。'此非空言也。故曰:'天下熙熙,皆为利来;天下壤壤,皆为利往。'夫千乘之王,万家之侯,百室之君,尚犹患贫,而况匹夫编户之民乎!"① 这段话告诉读者:社会是由经济利益推动的,对于财富的追求是人的本能,上至帝王将相、下到平民百姓,无不对财富汲汲以求。结合司马迁所生活的时代情况,以及司马迁个人的遭际来分析,歌谣就更能显示出其现实针砭意义。众所周知,司马迁因在朝廷上为投降匈奴的李陵辩护而触怒了汉武帝,被判处死刑。按照当时的政策规定,有两种免死的办法,一是交纳赎金五十万钱,一是以宫刑代替。交纳赎金五十万钱就可以买回一条人命,这不是街谈巷议的无稽谣传,而是有据可查的国家政令,如《汉书·武帝纪》载:天汉四年(公元前97年)秋九月,下诏"令死罪入赎钱五十万减死一等",太始二年(公元前95年)秋九月,又下诏"募死罪入赎钱五十万减死一等"。② 在这种政策干预之下,"入钱赎死"的事例史不绝书,如发生在李陵的祖父飞将军李广身上的,"广所失亡多,为虏所生得,当斩,赎为庶人"。③ 发生在"凿空西域第一人"张骞身上的,"与李广俱出右北平击匈奴。匈奴围李将军,军失亡多,而骞后期当斩,赎为庶人"。④ 将军公孙敖有两次入钱赎死的经历,一次是,"出代,亡卒七千人,当斩,赎为庶人",另一次是,"以将军出北地,后骠骑期,当斩,赎为庶人"。再如将军苏建,"以右将军再从大将军出定襄,亡翕侯,失军,当斩,赎为庶人"。又如将军赵食其,"从大将军出定襄,迷失道,当斩,赎为庶人"。⑤ 以上事例仅局限于青史留名的将军,至于朝廷贵戚、各地富户,赎死事例何可胜数?

然而,当事情落到司马迁头上时,他却因"家贫,货赂不足以自赎,交游莫救;左右亲近,不为一言",⑥无奈地选择了宫刑、忍辱求活。相信在经历了这种天崩地坼般的生命体验后,司马迁对于"千金之子,不死于市"的理

---

① 〔汉〕司马迁:《史记·货殖列传》序,第 3256 页。
② 两处引文分别引自〔汉〕班固:《汉书·武帝纪》,第 205、206 页。
③ 〔汉〕司马迁:《史记·李将军列传》,第 2871 页。
④ 〔汉〕班固:《汉书·张骞传》,第 2691 页。
⑤ 以上四处引文分别引自〔汉〕司马迁:《史记·卫将军骠骑列传》,第 2942、2943—2944 页。
⑥ 〔汉〕司马迁:《报任少卿书》,引自〔南朝梁〕萧统《文选》第 5 册,第 1859 页。

解,要比任何人都要深刻而独特!

司马迁在《史记·货殖列传》引用的这则歌谣,饱含了其对个人遭际的悲愤,但我们不能仅止于对司马迁个人遭际的同情,而应该将思考引向对不公正社会制度的批判。

2. "厨有腐肉,国有饥民。厩有肥马,路有馁人。"(《桓宽引语》)

歌谣载自《盐铁论·园池》,以两两对比的手法表现了社会阶层之间巨大的贫富差异。《盐铁论》是西汉昭帝时期的桓宽根据著名的"盐铁会议"记录整理而成的重要对话体著作,记载了汉武帝时期决策层代表人物御史大夫桑弘羊,与儒家的贤良、文学两方之间的对话。贤良、文学从反对盐铁官营、均输、平准开始,对汉武帝时期的政策进行了全面批评,并和御史大夫桑弘羊等进行反复辩论,内容涉及政治、经济、军事、文化等各方面。

具体到《园池》篇,御史大夫桑弘羊的出发点是因国用不足,"是以县官开园池,总山海,致利以助贡赋,修沟渠,立诸农,广田牧,盛苑囿。太仆、水衡、少府、大农,岁课诸入田牧之利,池籞之假,及北边置任田官,以赡诸用",也就是说统治者将山川园池等公共资源的获利据为己有,作为朝廷的私房财富,用于讨伐匈奴的战争花费以及皇家成员的奢靡享受。贤良、文学则反对国家强占山川园池等公共资源,反对政府与民争利,先以秦皇嬴政时期的贪婪做铺垫,指出:"秦兼万国之地,有四海之富,而意不赡,非宇小而用菲,嗜欲多而下不堪其求也。语曰:'厨有腐肉,国有饥民。厩有肥马,路有馁人。'"贤良、文学进而顺势指出汉武帝的贪欲及其统治时期社会贫富差异,比秦时更有过之而无不及,具体说就是:"今狗马之养,虫兽之食,岂特腐肉肥马之费哉!无用之官,不急之作,服淫侈之变,无功而衣食县官者众,是以上不足而下困乏也。今不减除其本而欲赡其末,设机利,造田畜,与百姓争荐草,与商贾争市利,非所以明主德而相国家也。"①秦朝的统治手段是汉代儒家口诛笔伐的对象,是汉初各级政治家所极力摈斥的反面样本,是恶政、暴政的代名词,把汉武帝说得比嬴政还不如,可见以贤良、文学为代表的儒家人士对汉武帝时期的统治是何等地深恶痛疾!御史大夫与贤良文学两派观点孰是孰非,古今聚讼不休,难成定谳。站在法家立场上,则将贤良文学说成是地主豪强的代言人;以儒家的视角看问题,则将桑弘羊说成是汉武帝与民争利的帮凶。对这一问题的评价较为复杂,这里不拟展开,只想强调一点,那就是贤良文学来自基层,相较于桑弘羊等人,更能体会底层百姓生活

---

① 以上三处引文均引自〔汉〕桓宽:《盐铁论·园池》,王利器校注本,第171—172页。

的艰辛,汉武帝连年对外用兵和肆意挥霍,导致国库空虚、百姓不堪压迫,晚年自降《轮台罪己诏》,清楚地表明了他本人对于扩张政策的悔过之意。在这样一种统治政策下,"厨有腐肉,国有饥民。厩有肥马,路有馁人",并非夸张,而是客观真实的描述。

战国时期《孟子》一书中早有类似的对比描述:"庖有肥肉,厩有肥马,民有饥色,野有饿莩,此率兽而食人也。兽相食,且人恶之,为民父母,行政,不免于率兽而食人,恶在其为民父母也?"① 而到了《盐铁论》一书中,词句及顺序稍作调整,被概括为一首民间歌谣而被定型化。到了唐代诗人杜甫的笔下,又将四句四言歌谣化作两句五言古诗"朱门酒肉臭,路有冻死骨",从此更具有了动人心魄的艺术魅力。

二、表现百姓苦难及反抗的歌谣

俄国作家托尔斯泰有一句名言是这样说的:"幸福的家庭都是相似的,不幸的家庭各有各的不幸。"这话很有道理,时代造就的不幸确实表现得千差万别,与此相似,汉代百姓的苦难也表现在社会生活的方方面面。

1. "汉德广,开不宾。度博南,越兰津。度兰仓,为它人。"(《通博南歌》)

歌谣表现了东汉明帝时期劳动人民开边辟路的劳役之苦。据《后汉书·南蛮西南夷列传》可知:"(明帝)永平十二年,哀牢王柳貌遣子率种人内属,其称邑王者七十七人,户五万一千八百九十,口五十五万三千七百一十一。西南去洛阳七千里,显宗以其地置哀牢、博南二县,割益州郡西部都尉所领六县,合为永昌郡。始通博南山,度兰仓水,行者苦之。歌曰:'汉德广,开不宾。度博南,越兰津。度澜沧,为它人。'"②

哀牢国在云南西部,是古代"西南夷"的重要组成部分。哀牢各民族人民不但创立了存续数百年之久的哀牢国,还创造了独具特色的"哀牢文化"。东汉明帝永平十二年(公元69年),哀牢国王柳貌率其民五万户归附汉朝,明帝以其地置哀牢、博南两县,又把益州郡西部都尉划出六县,即不韦、巂唐、比苏、楪榆、邪龙、云南,合八县而设永昌郡。这是东汉治理西南的一件大事,说明汉朝政府实际控制的地区,自洱海周围向西扩展,已达兰仓水(澜沧江)之西。"度博南,越兰津",歌谣中的博南,即博南山,亦称西山。博南山是通向兰津的必经之地,《后汉书·南蛮西南夷列传》注引《华阳国志》

---

① 〔战国〕孟子:《孟子·梁惠王上》,第9页。
② 〔南朝宋〕范晔:《后汉书·南蛮西南夷列传》,第2849页。

曰：" （西山）高三十里，越之度兰仓水也。" ①博南山是博南古道（古代"西南丝绸之路"永平段）的必经之路，博南古道横贯永平 100 多公里，其中以博南山这一段最为艰难险要，翻山越岭、跋涉艰难。"兰津"则指兰津古渡。澜沧江进入云南后，在横断山脉的千里深谷中奔流，两岸高山耸立，悬崖峭壁，河道险滩众多，水流湍急，几千年来，两岸百姓在澜沧江上开辟了无数津渡，其中历史最悠久的就包括兰津古渡。

汉王朝经营西南地区，具有现实的政治、军事意义，同时对于国家的经济、文化等各方面均产生了深远的历史影响；但另一方面，开山修路、铺设津渡的徭役之苦及使者的行役之苦，却要由底层百姓和下级官吏去承担，国家利益和个体利益这二者之间既有统一，也有矛盾。重读《通博南歌》，我们耳畔似乎仍在回响两千多年前跋涉在博南山间、兰仓水畔的行者和徒役的无奈歌呼。

2. "虽有千黄金，无如我斗粟。斗粟自可饱，千金何所直。" （《汉末洛中童谣》）

千两黄金和一斗粟米哪个更有价值？这个问题其实并不容易回答，要看具体时代、具体环境。升平盛世，人们酷爱黄金珠宝，视斗粟如同无物；饥荒来临时，一碗粟米可以救人性命，千两黄金却毫无用途。歌谣的语言虽然浅近，却反映出了非常朴素的道理。当然，发生这样的情况，一定是在自然灾害肆虐或社会剧烈动荡之际，正常年景是不大可能出现这种反常现象的。东汉末年洛阳地区曾出现过"千两黄金不如一斗粟米"的现象，可见饥荒达到了相当惨烈的程度。

中国古代社会是自给自足的小农经济社会，劳动人民开荒垦田、精耕细作，几乎将全部精力都投入以家庭为单位的农业生产之中，以求得基本的生存所需。如果天公眷顾、风调雨顺，小农之家的土地收获能够维持家庭的基本需求。司马迁在《史记·货殖列传》提出谷物价格的合理变动区间，"上不过八十，下不减三十，则农末俱利，平粜齐物，关市不乏，治国之道也"。② 也就是说，一石（斛）谷物价格在三十钱和八十钱之间浮动，对于农、商各业以及社会稳定来说，是比较合适的，如东汉明帝永平十一年（公元 68 年），"人无徭役，岁比登稔，百姓殷富，粟斛三十，牛羊被野"，就是"天下安平"的理想状态。③

---

① 〔南朝宋〕范晔：《后汉书·南蛮西南夷列传》，第 2849 页。
② 〔汉〕司马迁：《史记·货殖列传》，第 3256 页。
③ 〔南朝宋〕范晔：《后汉书·显宗孝明帝纪》，第 115 页。

据学者卜风贤的研究,汉代正常时节粮食价格一般为每石粟谷四、五十钱。① 《后汉书·刘虞列传》中有谷物价格的记载,可为佐证。汉献帝初平年间,刘虞为幽州牧,"务存宽政,劝督农植,开上谷胡市之利,通渔阳盐铁之饶,民悦年登,谷石三十"。② 可见,如果是正常情况,粮食价格基本上不应浮动太大。但是如果遇到大规模的灾荒,谷物的价格变动就很难受政府控制,脱离合理区间,毫无实际参考意义,这种情况因各种天灾而时常发生。据史载,元帝即位后,"天下大水,关东郡十一尤甚。二年,齐地饥,谷石三百余,民多饿死,琅邪郡人相食"。③ 王莽末年,"天下旱蝗,黄金一斤易粟一斛"。④ 光武初平赤眉、天下纷扰之际,"百姓饥饿,人相食,黄金一斤易豆五升"。⑤ 东汉中后期,自然灾害的记录更是时常见诸史籍,如桓帝延熹九年(公元166年),"司隶、豫州饥死者什四五,至有灭户者"。⑥ 献帝兴平元年(公元194年),"三辅大旱,自四月至于是月(秋七月)。帝避正殿请雨,遣使者洗囚徒,原轻系。是时谷一斛五十万,豆麦一斛二十万,人相食啖,白骨委积"。⑦ 这一年谷物的价格上涨到正常粮价的一千倍以上,就不是仅受自然灾害一个因素所影响的,天灾而外,人祸想必非常惨烈。中国幅员广阔,"东方不亮西方亮",不可能同时发生自然灾害,只要一部分地区丰收,政府会有足够的回旋余地进行宏观调控和荒政救济,使死亡人数减至最低。但是到了汉代末期,经过黄巾起义的冲击,董卓、李傕之乱的祸害与军阀间互相厮杀的折腾,汉代政府已经名存实亡,毫无能力对苦难百姓施以援手,只能任其自生自灭。《后汉书·孝献帝纪》载:"是时(建安元年,即公元196年),宫室烧尽,百官披荆棘,依墙壁间。州县各拥强兵,而委输不至,群僚饥乏,尚书郎以下自出采稆,或饥死墙壁间,或为兵士所杀。"⑧ 这是对朝廷百官状态的描述,京洛地区百姓的情况更是惨不忍睹,《三国志·魏书·董卓传》写李傕作乱的场景:"时三辅民尚数十万户,傕等放兵劫略,攻剽城邑,人民饥困,二年间相啖食略尽。"⑨ 这些都足以说明,政府系统已完全处于瘫痪

---

① 卜风贤:《周秦汉晋时期农业灾害和农业减灾方略研究》,西北农林科技大学2001届博士毕业论文,第58页。
② 〔南朝宋〕范晔:《后汉书·刘虞列传》,第2354页。
③ 〔汉〕班固:《汉书·食货志》,第1142页。
④ 〔南朝宋〕范晔:《后汉书·光武帝纪》,第32页。
⑤ 〔南朝宋〕范晔:《后汉书·冯异列传》,第647页。
⑥ 〔南朝宋〕范晔:《后汉书·孝桓帝纪》,第317页。
⑦ 〔南朝宋〕范晔:《后汉书·孝献帝纪》,第376页。
⑧ 〔南朝宋〕范晔:《后汉书·孝献帝纪》,第379页。
⑨ 〔晋〕陈寿:《三国志·魏书·董卓传》,第182页。

状态,有司各部也丧失了抗灾救荒、调控经济、稳定局势的应有功能。千两黄金和一斗粟米哪个更有价值,其答案也就不言自明了。①

3. "大兵如市,人死如林。持金易粟,粟贵于金。"(《汉末江淮间童谣》)

这首歌谣与前一首《汉末洛中童谣》堪称姊妹篇。歌谣指涉的具体时段、具体地区不详,是对汉末相当长一段时间内江淮地区百姓生活的概括。江淮地区,顾名思义指的是长江、淮河之间的广大地域,这一区域古往今来是南北势力反复争夺的重要地区。汉末军阀割据,江淮之间成为孙权、刘表、袁术、曹操等各路军阀反复争夺、碾压的战场,"大兵如市,人死如林"就是对这一时期战乱频仍、人命微贱的生动写照。另一个必须考虑的因素是,东汉中后期中国进入自然灾害高发阶段,据学者杨振红的统计,"自和帝永元元年(公元89年)至献帝建安二十四年(公元219年),131年中104年有灾害记录……这一阶段共发生旱灾40次,水灾45次,震灾62次,风灾16次,霜灾2次,雹灾19次,蝗螟灾23次,疫灾14次,冻灾6次,灾害频率较之前段骤然升高。"②《后汉书》中的记载也可以印证歌谣中的情况,如《后汉书·献帝纪》载:"建安二年(公元197年),夏五月,蝗。秋九月,汉水溢。是岁饥,江淮间民相食。"③《后汉书·袁术列传》亦载:"(建安二年)天旱岁荒,士民冻馁,江、淮间相食殆尽。"④战争及天灾双重因素叠加导致底层百姓生活在水深火热之中,"大兵如市,人死如林"背后,我们仿佛看到了大批同样挨饿忍饥饿的士兵,不仅随时可能在战争中被杀,而且也将在饥饿中倒毙;但士兵持有武器,手无寸铁的饥民更容易成为士兵抢夺的对象,他们就像处于食物链最底层的生物,朝不保夕。

4. "小民发如韭,剪复生。头如鸡,割复鸣。吏不必可畏,从来必可轻。"(《崔寔引语》)

歌谣表现出了下层百姓坚决的抗争精神,传达出了一种"民不畏死,奈何以死惧之"的决绝态度。在传统文化中,地方官是父母官,应该爱民如子。但是,在现实地方治理中,羊狼狼贪之官代不乏人,老百姓在走投无路之际,

---

① 关于汉代社会自然灾害的研究成果,可参看下列著作或论文:陈高佣:《中国历代天灾人祸表》,上海:上海书店出版社,1986年影印版;陈业新:《灾害与两汉社会研究》,上海:上海人民出版社,2004年;杨振红:《汉代自然灾害初探》,《中国史研究》1999年第4期;王文涛《东汉洛阳灾害记载的社会史考察》,《中国史研究》2010年第1期;龚胜生等:《先秦两汉时期疫灾地理研究》,《中国历史地理论丛》2010年7月刊;卜风贤:《周秦汉晋时期农业灾害和农业减灾方略研究》,西北农林科技大学2001届博士毕业论文。
② 杨振红:《汉代自然灾害初探》,载自《中国史研究》1999年第4期,第55页。
③ 〔南朝宋〕范晔:《后汉书·献帝纪》,第380页。
④ 〔南朝宋〕范晔:《后汉书·袁术列传》,第2442页。

不惜铤而走险、誓死抗争。汉代惩治罪犯，刑罚之中有一种髡刑，将犯人的头发剪短、留下三寸，以铁圈束颈；头发虽被剪短，还会像韭菜一样再长出来。罪犯虽被杀，但在最后一刻会发出愤怒的吼声，就像鸡的脖子被割破后还会乱跑乱飞，甚至发出声嘶力竭的哀鸣。歌谣以生命力极强的韭菜和求活意志极强的家鸡作比，意在鼓舞受压迫的百姓，告诉他们官吏并不可怕，要坚持抗争到最后一刻。

《太平御览》在收录这首歌谣时，在"从来必可轻"一句下，又有"奈何欲望致州厝乎"一句。这里的"州"当为"刑"之讹，"厝"有安置、措置之义，为"措"之假借。《汉书·贾谊传》中"抱火厝之积薪之下而寝其上"一句后，颜师古注曰："厝，置也。"①《列子·汤问》中："帝感其诚，命夸娥氏二子负二山，一厝朔东，一厝雍南。"②这里的"厝"亦为安置、放置之义。"措"，亦置义。《史记·周本纪》中句："成康之日，政简刑措。"《汉书·文帝纪》赞曰："断狱数百，几致刑措。"颜师古注曰："应劭曰：'措，置也。民不犯法，无所刑也。'师古曰：'断狱数百者，言普天之下死罪人不过数百。几，近也。'"③许慎《说文解字》释曰："措，置也。"④段玉裁《说文解字注》曰："置者，赦也。立之为置，舍之亦为置，措之义亦如是。经传多假'错'为之，《贾谊传》假'厝'为之。"⑤正是在这个意义上，王力先生将措、厝、错三字收进《同源字典》，认为：在措置的意义上，"措、厝、错"实同一词。⑥综上，"州厝"应为"刑措"无疑。"致刑措"意为刑罚搁置不用，"奈何欲望致州厝〔刑措〕乎"的意思是，怎么能将刑罚搁置不用呢？反问句的语意实表肯定，崔寔的意思是，绝不能将刑罚搁置不用。崔寔引用了这首民间歌谣，但其从朝廷官员的立场出发，表达了对百姓的反抗坚决镇压的立场。从押韵和语意角度判断，最后一句是作者崔寔在引述歌谣之后自己加上去的一句评论语，不应羼入歌谣正文之中，故笔者将最后一句省去。

歌谣中表现出的百姓抗争精神，从汉哀帝时谏大夫鲍宣的上书中也可以得到印证。鲍宣在向哀帝的上书中抨击时政，指出民有"七亡七死"，"七亡"指：阴阳不和、水旱为灾，县官重责更赋租税，贪吏并公、受取不已，豪强大姓蚕食亡厌，苛吏徭役、失农桑时，部落鼓鸣、男女遮列，盗贼劫略、取民财

---

① 两处引文分别引自〔汉〕班固：《汉书·贾谊传》，第2230、2231页。
② 《列子·汤问》，引自严北溟、严捷《列子译注》，上海：上海古籍出版社，1986年，第120页。
③ 两处引文均引自〔汉〕班固：《汉书·文帝纪》，第135页。
④ 〔汉〕许慎：《说文解字》，班吉庆校订本，第351页。
⑤ 〔清〕段玉裁：《说文解字注》，第1040页。
⑥ 王力：《同源字典》，北京：中华书局，2014年，第299页。

物。"七死"是：酷吏殴杀，治狱深刻，冤陷亡辜，盗贼横发，怨雠相残，岁恶饥饿，时气疾疫。鲍宣言辞激烈地指出："民有七亡而无一得，欲望国安，诚难；民有七死而无一生，欲望刑措，诚难。"①鲍宣为什么这么说呢？显而易见，如果百姓无以为生，就不惜铤而走险，触犯国家法律，从东汉末年农民大起义的实际情况看，歌谣内容并不夸张，而是真实地反映了社会现实。黄巾起义爆发后，参加的百姓多达数十万，虽然最终被东汉政府剿灭，但后续的反抗此起彼伏、久未平息。《后汉书·朱俊列传》中说："自黄巾贼后，复有黑山、黄龙、白波、左校、郭大贤、于氐根、青牛角、张白骑、刘石、左髭丈八、平汉、大计、司隶、掾哉、雷公、浮云、飞燕、白雀、杨凤、于毒、五鹿、李大目、白绕、畦固、苦哂之徒，并起山谷间，不可胜数。"②这些大大小小的农民起义真实地反映了百姓坚决的抗争精神。

---

① 〔汉〕班固：《汉书·鲍宣传》，第 3088 页。
② 〔南朝宋〕范晔：《后汉书·朱俊列传》，第 2310—2311 页。

第五章　政治人物品评类及政治风俗类歌谣

　　社会生活并不是整齐划一的，理论很难完全精准地概括丰富多彩的现实，对汉代歌谣的内容用几个专题分类概括，终究是不得已而为之的做法。这一章主要对汉代政治人物品评类歌谣和政治风俗类的歌谣进行分析、评价。表面上看，这部分内容与之前的官员美刺类歌谣、批判社会顽疾类歌谣有相近之处，其实它们的差异性更明显，无法归入前面的大类之中。这一类歌谣表现出了更为鲜明的个体丰富性和社会生活多样性，通过对这些歌谣的分析，有助于我们完整了解和把握汉代政治人物的总体面貌和社会生活的广阔状态。

第一节　政治人物品评类歌谣

　　政治人物品评类歌谣是以歌谣的形式对政治人物进行评价，其品评的对象范围超越了之前的循吏、酷吏、朝廷官吏，这些人物中既有驰骋沙场的将军，也有朝廷的高官，甚至还有方术之士和高蹈的隐士；从内容角度而言，歌谣关注的重点并不在于这些人物的具体政绩或者劣迹，而在于他们的政治追求、人生价值选择，或是他们执着坚守的品格，这就折射出了政治环境下人性的多面性以及个体表现的差异性；就歌谣所表现出的态度而言，有赞美，有批评，有艳羡，甚至还有讽刺或戏谑。总之，人物品评的内涵比政治美刺的内涵要宽泛得多，歌谣所折射出来的态度也更为参差，并非单纯美、刺二字所能涵盖。下面从政治人物赞美类、政治人物戏谑类、政治人物对比评价类三个方面，对汉代政治人物品评类歌谣进行分析。

一、政治人物赞美类歌谣

1."桃李不言，下自成蹊。"(《司马迁引谚》)

歌谣以桃、李树为喻，赞美汉武帝时期飞将军李广。桃、李虽不能言，但果实甜美、惹人喜爱,引来人们的亲近、在树下踩出小路。李广为人不善言辞、不自炫耀,但作为一名将军,他骁勇善战、保家卫国,且仁爱淳朴、爱兵如子,生前死后均受人爱戴,这就与桃、李的特点很相似。在《史记·李将军列传》中,司马迁对李广生平、功业的描述浓墨重彩、风光满眼,文末极简的八字评语里面寄托了无限感情。

李广一生与匈奴大小七十余战,匈奴畏之曰"汉之飞将军",而不敢入右北平。就是这样一个纵横朔漠、杀敌无数的名将,却因人际关系、个人运气及个性等因素,没有等来封侯的荣耀。司马迁对此着力铺垫,《史记》本传载,汉文帝时,"(李广)尝从行,有所冲陷折关及格猛兽,而文帝曰:'惜乎,子不遇时!如令子当高帝时,万户侯岂足道哉!'"因为这一时期国家实行休养生息国策,李广没有阵前立功的机会;汉景帝时,李广参加平定七国之乱、功勋卓著,"以梁王授广将军印,还,赏不行"。① 因为李广接受了地方诸侯国的将军印,违背了"政治正确"原则,中央朝廷不予封赏;到了汉武帝时代,国家对匈奴采取积极的对抗政策,李广的机遇来了,但汉武帝更为重用外戚卫青、霍去病,他们持节出征,自然不会把杀敌立功的主战场让给别人,别的将领威名再高也只能做些策应、辅助工作;加之李广性格刚介孤傲,汉武帝和卫青都不喜欢他。在一次跟随卫青出征中,李广军事失利,不愿再受酷吏审讯、凌辱,引刀自到,一代名将以这样一种令人悲怆的方式结束了生命。

由于《史记》对李广的功绩、为人介绍得非常充分,进而写其死后军民的反映就显得水到渠成、极其自然,司马迁写道:"广军士大夫一军皆哭。百姓闻之,知与不知,无老壮皆为垂涕。"行文至此,司马迁在李广身上投注了满腔激情:"余睹李将军悛悛如鄙人,口不能道辞。及死之日,天下知与不知,皆为尽哀。彼其忠实心诚信于士大夫也?谚曰:'桃李不言,下自成蹊。'此言虽小,可以谕大也。"②至此李广的魅力、风采描摹无遗矣。

2."王阳在位,贡公弹冠。"(《世称王贡语》)

歌谣内容是说王吉(字子阳,又被称为王阳)被朝廷征召为官,贡禹就取出官帽、拂去上面的灰尘,预料自己也将被朝廷征聘,此标榜王阳与贡禹心有灵犀、共同进退的友谊。

《汉书·王吉传》道:"吉与贡禹为友,世称'王阳在位,贡公弹冠',言其

---

① 两处引文分别引自〔汉〕司马迁:《史记·李将军列传》,第 2867、2868 页。
② 两处引文分别引自〔汉〕司马迁:《史记·李将军列传》,第 2876、2878 页。

取舍同也。"唐颜师古注曰:"弹冠者,且入仕也","取,进趣也。舍,止息也。"①其实深入考察便可发现,"王阳在位,贡公弹冠"很可能是时人对二人友谊的美化,在现实生活中并未曾发生。据《汉书》"王吉传""贡禹传"可知,王吉的仕宦经历止于宣帝之世,元帝即位后,同时征召王吉与贡禹,王吉却在赴任的路上病故;贡禹在宣帝朝短暂为官后便挂冠而去,一直到元帝即位后才复出、为相,而这时王吉已死。所以至少从史料上看,"王阳在位"与"贡公弹冠"并没有同时出现。

众所周知,宣帝治国是霸、王道杂用,对于儒术不甚感兴趣,王吉的诸多带有明显儒家风格的建议,宣帝"以其言迂阔,不甚宠异也"。② 而元帝为太子时"柔仁好儒",即位后"征用儒生,委之以政,贡、薛、韦、匡迭为宰相",③这里的"贡"就是贡禹。贡禹惺惺相惜的好友王吉也同时被召,却病死在应召的途中,《汉书·王吉传》载:"元帝初即位,遣使者征贡禹与吉。吉年老,道病卒,上悼之,复遣使者吊祠云。"④严格说来,歌谣的内容经不起推敲,只能宽泛地理解为王、贡二人交情匪浅,在政治理念上同进同退而已。

3."萧朱结绶,王贡弹冠。"(《长安为萧朱王贡语》)

时人在"王阳在位,贡公弹冠"的基础上,又增加了萧育和朱博一组标榜人物,变成了"萧朱结绶,王贡弹冠"(《长安为萧朱王贡语》),歌谣内容、风格均与"王阳在位,贡公弹冠"大同小异。萧、朱时代较晚,与王、贡并不同时,这两组人物之间没有直接关联,歌谣将这四人放在一起,两两一组,是并列关系,而非顺承关系,意在说明萧、朱之间互相荐达的情意与前朝的王、贡二人一致。

萧育是萧望之之子,萧望之贵为元帝太傅,历任将军、光禄勋领尚书事,萧育本人官至太守、光禄大夫。名公之子萧育却与贫家出身的亭长、功曹朱博结为挚友,朱博本人受萧育荐达、援引甚多,这就是"萧朱结绶"的来历。《汉书·萧望之传附萧育传》载:"(育)少与陈咸、朱博为友,著闻当世。往者有王阳、贡公,故长安语曰'萧朱结绶,王贡弹冠',言其相荐达也。"⑤歌谣中的"结绶"指一起佩系印绶、同时出仕为官。二人相交,并非因为官场裙带关系,而是基于二人精神上的相通和契合。不过,后来萧、朱二人关系破裂,令人感叹交友之难。

---

① 〔汉〕班固:《汉书·王吉传》,第 3066 页。
② 〔汉〕班固:《汉书·王吉传》,第 3065 页。
③ 两处引文分别引自〔汉〕班固:《汉书·元帝纪》,第 277 页、第 298—299 页。
④ 〔汉〕班固:《汉书·王吉传》,第 3066 页。
⑤ 〔汉〕班固:《汉书·萧望之传附萧育传》,第 3290 页。

4."任文公,智无双。"(《益都为任文公语》)

歌谣载自《后汉书·方术列传·任文公传》,赞美任文公高超的预测能力。

任文公获得"智无双"的赞誉,源于其高超的预测能力。《后汉书》记载了任文公预测天灾人事的四件奇事。其中预测暴雨来袭,须具备专门的天文气象知识,平常人难以得其法门;预测社会将要发生动荡,更需要对政治局势有全面的了解,并有一定的理性分析能力。这里仅举一例加以说明,"王莽篡后,文公推数,知当大乱,乃课家人负物百斤,环舍趋走,日数十,时人莫知其故。后兵寇并起,其逃亡者少能自脱,惟文公大小负粮捷步,悉得完免。遂奔子公山,十余年不被兵革"。① 任文公督促家人负重快走,看似滑稽可笑,但后来发生的事情证明了他的未雨绸缪是具有强烈忧患意识的表现。普通人关心的是眼前的人和事,难有深谋远虑,像任文公这样能够预测政治走向并用以指导现实生活的人士,确实堪称少有的智者。

5."父不肯立帝,子不肯立王。"(《京师为李氏语》)

歌谣赞美汉末名臣李固、李燮父子守正不阿的品格,他们因坚持正义或被杀、或被贬。

汉质帝被外戚梁冀鸩杀后,李固等人秉持公心,提出立清河王刘蒜为帝,梁冀则从个人私利出发坚持立蠡吾侯刘志。梁冀无法在道义上占据优势,于是采取釜底抽薪的办法,游说太后策免李固的官职,最终得立刘志登基,是为桓帝。后来,出于嫉恨与恐惧,梁冀又设法将李固杀害,以除后患,这就是"父不肯立帝"的由来,著名童谣"直如弦,死道边"就是为李固而作。

李燮为李固少子,遭值家庭变故,在李固门生王成的帮助下隐姓埋名,隐忍苟活。后来国家大赦,李燮被朝廷征召,灵帝时拜安平相。据《后汉书》本传,"先是安平王续为张角贼所略,国家赎王得还,朝廷议复其国。燮上奏曰:'续在国无政,为妖贼所虏,守藩不称,损辱圣朝,不宜复国。'时议者不同,而续竟归藩。燮以谤毁宗室,输作左校。未满岁,王果坐不道被诛,乃拜燮为议郎。京师语曰:'父不肯立帝,子不肯立王。'"②

邪恶势力借助国家机器可以罢黜一个正直士人的职务,甚至剥夺其宝贵的生命,但不能扼杀正义本身。人类社会的发展、进步,最终是靠正义而非邪恶来推动,历史也会对个体的所作所为作出公正的评价,正是因为对公

---

① 〔南朝宋〕范晔:《后汉书·方术列传·任文公传》,第 2707 页。
② 〔南朝宋〕范晔:《后汉书·李固列传附李燮传》,第 2091 页。

平、正义的信托,人们才具有了战胜苦难和邪恶的力量。李固、李燮父子就是属于在儒家文化熏陶下成长起来的"威武不能屈"的大丈夫。

二、政治人物戏谑类歌谣

"戏谑",顾名思义,具有一定的玩笑成分在内,因此与严肃的批评和严厉的批判,有本质上的区别。下面要品评的几个人,并非元凶大恶,其为人也谈不上有什么致命的污点,只是做法有些可笑,或者是并不值得人们效仿,在他们身上都表现出了人性中的某些弱点。总之,歌谣所传达出的情绪是比较复杂的。

1. "惟寂寞,自投阁。爰清静,作符命。"(《京师为扬雄语》)

歌谣以儒家大学者扬雄为嘲笑对象,嘲讽其无端卷进新莽时期的政治斗争而闹出一场虚惊。歌谣的意思是:你扬雄不是自甘寂寞吗,怎么落得几乎跳楼而死?你扬雄不是追求清静无为吗,为什么又曾经写过肉麻的符命文章?

《汉书·扬雄传》对这场虚惊的来龙去脉介绍得非常清楚:"王莽时,刘歆、甄丰皆为上公,莽既以符命自立,即位之后欲绝其原以神前事,而丰子寻、歆子棻复献之。莽诛丰父子,投棻四裔,辞所连及,便收不请。时雄校书天禄阁上,治狱使者来,欲收雄,雄恐不能自免,乃从阁上自投下,几死。莽闻之曰:'雄素不与事,何故在此?'间请问其故,乃刘棻尝从雄学作奇字,雄不知情。有诏勿问。然京师为之语曰:'惟寂寞,自投阁。爰清静,作符命。'"①刘歆的儿子刘棻在王莽篡权称帝后,误判形势,继续呈献符命之事,触犯了王莽的忌讳,被判处流放。只因扬雄曾经教授过刘棻学写奇字,从而无端卷进政治斗争,使者来捉人,扬雄从楼下跳下来差点摔死,受了一场不小的惊吓,但京师人士还是创作了这则歌谣对其加以嘲讽。

原来,扬雄曾经作过《解嘲》一文,其中有"爰清爰静,游神之廷;惟寂惟寞,守德之宅"②几句,以标明自己的清高孤傲。好事之徒摘引化用了这些自我标榜的句子,与扬雄尴尬遭遇相结合,创作出了这首三言四句戏谑歌谣。扬雄虽然标榜"清净",却不甘寂寞,早年曾献上一些为汉王朝粉饰太平的大赋;"作符命"一句,指的是扬雄曾经模仿司马相如《封禅文》而作《剧秦美新》,指斥秦朝、美化新朝,对王莽歌功颂德,这件事成为扬雄道德上的一个污点。

---

① 〔汉〕班固:《汉书·扬雄传》,第 3584 页。
② 〔汉〕扬雄:《解嘲》,引自〔汉〕班固:《汉书·扬雄传》,第 3571 页。

一介书生，不懂政治，却无端地卷进政治斗争的漩涡，并因此差点送命、成为世人的谈资和笑料，这是值得深思的。

2."居世不谐，作太常妻。一岁三百六十日，三百五十九日斋。一日不斋醉如泥。既作事，复低迷。"(《时人为周泽语》)

歌谣嘲讽明帝时太常周泽常年过着一种苦行僧式的斋戒生活，远离家人和亲情。关于歌谣的背景，《后汉书·儒林列传》中介绍甚详："(泽)复为太常。清洁循行，尽敬宗庙。常卧疾斋宫，其妻哀泽老病，窥问所苦。泽大怒，以妻干犯斋禁，遂收送诏狱谢罪。当世疑其诡激。时人为之语曰：'生世不谐，作太常妻，一岁三百六十日，三百五十九日斋。〔一日不斋醉如泥。既作事，复低迷。〕'"①

不过，要读懂歌谣嘲讽的内容，需要首先了解太常这一官职的具体执掌。据《后汉书·百官志》可知："太常，卿一人，中二千石。本注曰：掌礼仪祭祀。每祭祀，先奏其礼仪；及行事，常赞天子。每选试博士，奏其能否。大射、养老、大丧，皆奏其礼仪。每月前晦，察行陵庙。"②太常主管祭祀社稷、宗庙和朝会、丧葬等礼仪，祭祀时充当主祭人皇帝的助手；主管皇帝的寝庙园陵及其所在的县；主持对博士和博士弟子的考核荐举。汉代社会需要祭祀的项目实在太多，每次祭祀前都需要提前几日沐浴更衣，不喝酒，不吃荤，不御内，职司清苦无聊，非具有高度克己精神不能胜任，故太常事重职尊，位列诸卿之首。歌谣中"三百五十九日斋"一句，虽然不乏夸张的语气，但也道出了太常的生活状态。周泽老妻前去探问，却被周泽以干斋为由收送诏狱谢罪，"当世疑其诡激"，说明当时人已经意识到周泽做法怪异偏激、异于常情。

3."万事不理问伯始，天下中庸有胡公。"(《京师为胡广语》)

歌谣是对汉末政坛"不倒翁"胡广政治经验丰富、处事圆滑恭谨的品评。因为从政时间长、长期参与高层政治决策，胡广对政坛掌故、典章制度无所不知；又因为处事圆熟、无懈可击，受到了各派政治势力的接纳和好评。歌谣所表达的感情是非常复杂的，有欣赏、有讽刺、有艳羡、有戏谑，绝不能将其看成是单纯的赞美或批判之作。

胡广，字伯始，自汉顺帝汉安元年(公元142年)由大司农升任司徒，直到汉灵帝熹平元年(公元172年)去世，"自在公台三十余年，历事六帝，礼

---

① 〔南朝宋〕范晔：《后汉书·儒林列传·周泽传》，第2579页；又据〔汉〕应劭《汉官仪二卷》，中华书局本，第127页。《后汉书》中只引用了歌谣的前四句，疑并未全引；据应劭《汉官仪》补足后面三句。补足后的歌谣，意思更加完整，戏谑的意味更浓。

② 〔晋〕司马彪：《后汉书·百官志》，第3571页。

任甚优,每逊位辞病,及免退田里,未尝满岁,辄复升进。凡一履司空,再作司徒,三登太尉,又为太傅"。要知道这三十年来的东汉政坛,是异常混乱动荡的多事之秋,外戚专权与宦官专政交替、儒家士人与宦官的斗争异常惨烈,天灾连年不断,能够在如此复杂的政治环境下与各派政治力量和谐相处、优游其间而不倒,若没有出类拔萃的忍耐功夫和超常的心理素质则无法胜任。要说胡广尸位素餐也并不符合事实,史载他"达练事体,明解朝章。虽无謇直之风,屡有补阙之益","其所辟命,皆天下名士。与故吏陈蕃、李咸并为三司"。也就是说,胡广在提拔人才、参谋朝政方面有其贡献。但就是这样一个私德无缺的道德君子,在涉及国家利益的大是大非面前却软骨病发作,装聋作哑、唯求自保。《后汉书》本传又载其:"及共李固定策,大议不全,又与中常侍丁肃婚姻,以此讥毁于时。"①说得极其简略含糊,令人不得其详。与中常侍丁肃结成儿女亲家,容或两说;但在与李固定计立帝一事上,胡广人格上的污点难以抹去,《后汉书·李固列传》对此载之甚详:汉质帝被外戚梁冀鸩杀后,朝廷高层讨论新君人选,太尉李固、司徒胡广、司空赵戒及大鸿胪杜乔都推举清河王刘蒜为帝,但在梁冀高压恐吓之下,胡广、赵戒纷纷改弦易辙,唯梁冀马首是瞻,只有李固与杜乔坚守本议。李固为自己的正道直行付出了代价,被梁冀陷害至死。正因如此,北宋史家司马光在《资治通鉴》中评价胡广曰:"温柔谨悫,常逊言恭色以取媚于时,无忠直之风,天下以此薄之。"②评价极其犀利,与歌谣的基调差距是很大的。

4. "事不谐,问文开。"(《京师为袁成谚》)

歌谣只有短短六个字,却将袁成在京城呼风唤雨的能力写活了。说袁成具有呼风唤雨的本领,首先是有显赫的家族势力为其撑腰。《三国志·袁绍传》载:"袁绍字本初,汝南汝阳人也。高祖父安,为汉司徒。自安以下四世居三公位,由是势倾天下。"据裴注所引华峤《后汉书》可知,袁安在汉章帝时官至司徒;其子袁京官至蜀郡太守,京弟袁敞为司空;袁京子袁汤为太尉;袁汤四子,平、成、逢、隗,成为左中郎将,逢、隗皆为三公。③ 这样的官宦世家出身,使家族子弟形成强大的心理气场和超强的人际交往能力。

其次,与袁氏家风的熏陶不无关系。据裴注引《魏书》可知,袁氏家族喜好结交天下名士,"自安以下,皆博爱容众,无所拣择;宾客入其门,无贤愚皆得所欲,为天下所归"。这种家风就等于为子弟们储备了受用不尽的人脉资

---

① 四处引文均引自〔南朝宋〕范晔:《后汉书·胡广列传》,第1510页。
② 〔宋〕司马光:《资治通鉴》"汉纪四十九",第495页。
③ 〔晋〕陈寿:《三国志·魏书·袁绍传》,第188页。

源。再者,袁成攀援上了当轴权贵、握有决策权的外戚梁冀,为其呼风唤雨铺平了道路。据裴注所引《英雄记》可知:"贵戚权豪自大将军梁冀以下皆与(袁成)结好,言无不从。故京师为作谚曰:'事不谐,问文开。'"① 与大将军梁冀结好,任何事情焉有行不通之理?

以上这些戏谑类歌谣,从不同的角度触及了汉代政治的方方面面,使得汉代民间歌谣的生活范围和题材广度得以展开。这些歌谣的表达手法亦庄亦谐,读后令人忍俊不禁,同时又启迪了人们无尽的深思。

三、政治人物对比评价类歌谣

将不同人物放在一起加以对比、以见出其间高下,是汉代歌谣品评人物常用的手法,下面三首歌谣都用了对比手法。

1. "南山四皓,不如淮阳一老。"(《时人为应曜语》)

歌谣表现了汉初隐士应曜品格高洁、不应朝廷征辟。

《广韵》下平声卷第二"十六蒸"引曰:"汉有应曜,隐于淮阳山中,与四皓俱征,曜独不至。时人语之曰:'南山四皓,不如淮阳一老。'"② "南山四皓"(又称"商山四皓")分别为东园公唐秉、夏黄公崔广、绮里季吴实、甪里先生周术,这四人是秦朝末年四位信奉黄老之学的博士,据说为避秦乱而隐居商山,结茅山林。刘邦登基后,眼见太子刘盈天性懦弱、才能平庸,有意废太子刘盈而改立戚夫人所生子刘如意为帝。据《史记·留侯世家》载,在张良的建议下,吕后派人以"卑辞厚礼"请出四皓辅翼太子。刘邦见四皓出山辅佐刘盈,知道太子羽翼已成,背后帮扶的人物众多、难以撼动;反观如意这边形单影只,孤柱难撑,于是打消了改立太子的念头。

"淮阳一老",指的是西汉初年的名士应曜,汉高祖刘邦曾派大臣请他和南山四皓一起到朝廷为官,应曜坚决不去。后来,四皓被太子刘盈的诚意打动而出山,应曜仍坚持隐居不仕。当时人由此而认定:"南山四皓,不如淮阳一老。"其实,孰优孰劣,所执评价标准不一,难有定论。

2. "楚国二龚,不如杜陵蒋翁。"(《时人为蒋诩谚》)

歌谣标榜西汉末年高士蒋诩不受王莽征聘,认为蒋诩的做法表现出了高洁的品格,要比楚国的龚胜、龚舍高出一筹。

先说楚国二龚。据《汉书·王贡两龚鲍传》,龚舍多次被朝廷征召,他多次以病辞官,对于入朝做官表现出极不情愿、急于逃脱的态度,大概是王氏

---

① 两处引文均引自〔晋〕陈寿:《三国志·魏书·袁绍传》,第 188 页。
② 〔宋〕陈彭年:《钜宋广韵》,上海:上海古籍出版社,2017 年,第 131 页。

外戚专权的端倪渐露,龚舍早已慧眼独察。龚胜亦是如此,王莽篡国后征其入朝为官,龚胜一直敷衍,虚与委蛇。后来,王莽使者以极其谦恭的礼遇哀求龚胜起行,龚胜见无法拒绝,最终绝食十四日而死,以"柔性的抵抗"实践了一身不事二主的做人原则。楚国二龚在富贵诱惑面前不为所动,甚至舍生取义以保全气节,他们身上都表现出了人格的完整。

蒋诩也是这一时期的名士,官至兖州刺史,因不满外戚王莽专权而辞官隐退故里,闭门不出。蒋诩在家门前开辟三条小路,唯与高逸之士求仲、羊仲往来,后人因此用"三径"指代隐士的家园,东晋陶渊明的《归去来兮辞》中就有"三径就荒,松菊犹存"之语,乃从蒋诩典故化用而来。可能在当时人看来,蒋诩一旦脱离官场,就完全断绝与政治的瓜葛,终老林泉;楚国二龚则表现得有些拖泥带水,拒绝得不那么洒脱,故时人对他们进行品评说:"楚国二龚,不如杜陵蒋翁。"①

3."公惭卿,卿惭长。"(《时人为陈氏语》)

歌谣将汉末颍川许县陈氏家族的陈寔、陈纪、陈群祖孙三代对比、品评,认为祖父以下,一代不如一代。

祖孙三代皆入仕为官,祖父陈寔官至太丘长,第二代陈纪官拜大鸿胪、为九卿之一,孙辈陈群做到魏国的司空、为三公之一。要从事功而论,应该是"长惭卿,卿惭公"才对。据《后汉书·陈寔列传》可知,陈寔虽为县官,却在朝廷和社会上享有极高的威望,"时三公每缺,议者归之,累见征命,遂不起,闭门悬车,栖迟养老",死后,"何进遣使吊祭,海内赴者三万余人,制衰麻者以百数。共刊石立碑,谥为文范先生"。② 由此可见,陈寔政治地位虽不高,但道德感召力、人格影响力却超乎寻常。特别是陈寔对朝廷三公这样的高位并不膺心,而以栖迟养老为乐,这可能反过来更加激发了人们对名士的崇敬心理。

陈寔子陈纪,"亦以至德称。兄弟孝养,闺门雍和,后进之士皆推慕其风。及遭党锢,发愤著书数万言,号曰《陈子》"。可见,从个人私德来看,陈纪为人处世可圈可点。但在董卓执政期间,"拜五官中郎将,不得已,到京师,迁侍中。出为平原相……时议欲以为司徒,纪见祸乱方作,不复辨严,即时之郡"。"严",李贤注曰:"读曰装也。"③"不复辨严,即时之郡",意思是连行装也来不及准备,赶快逃往平原国赴任(避难)去了。陈纪在董卓肇祸

---

① 〔宋〕李昉:《太平御览》第 510 卷,"逸民部、逸民条",第 2321 页。
② 两处引文均引自〔南朝宋〕范晔:《后汉书·陈寔列传》,第 2067 页。
③ 两处引文分别引自〔南朝宋〕范晔:《后汉书·陈寔列传附陈纪传》,第 2067、2068 页。

期间出仕为官,在时评看来,属于立身不谨,与其父陈寔的"累征不起"无法相提并论,所谓"卿惭长"当指此而言。

陈氏孙辈陈群生活在三国时期,为曹魏"九品官人法"的创制者,在魏文帝曹丕践祚后,仕途不断攀升,"迁尚书仆射,加侍中,徙尚书令,进爵颍乡侯"。文帝临终之际,陈群授命与曹真、司马懿等人同为辅政大臣。魏明帝即位后,又拜司空,政治地位达到了家族顶峰。① 为什么时人说"公惭卿"呢?因为陈群是汉臣,却做了曹魏的高官,从忠于一家一姓的道德标准来衡量,这是大节有亏,故《后汉书》记述当时人的意见:"天下以为'公惭卿,卿惭长'。"②今天,当我们回顾这段公案时,应该超越忠于一朝一姓的立场,从社会发展的眼光综合评价人物的具体处境和历史贡献。

第二节 政治风俗类歌谣及其他

一、政治风俗类歌谣

诚如班固所言,"凡民函五常之性,而其刚柔缓急,音声不同,系水土之风气"。③ 一个地区的自然地理条件对该地民风民俗的形成有着制约性影响,政治风俗也在此基础上展开,进而形成了一些政治风俗类歌谣,下面分析的《虞诩引谚》及《阚骃引语(一)(二)》都反映了这方面内容。

1."关西出将,关东出相。"(《虞诩引谚》)

钱穆在《政学私言》一书中对此问题有所触及,他说:"汉代所谓关东出相、关西出将,大抵朝廷大臣皆籍山东,而陇西六郡已为边塞,人习武艺,皆以良家子从军,备羽林宿卫之选。"④这段话可以借用作对歌谣内容的阐释。

歌谣载自《后汉书·虞诩列传》虞诩的一段建言中,因关涉了东汉时期重要的边防思想,笔者这里不惮辞费将原文引出,以供读者明辨。其文曰:"(安帝)永初四年,羌胡反乱,残破并、凉,大将军邓骘以军役方费,事不相赡,欲弃凉州,并力北边,乃会公卿集议。骘曰:'譬若衣败,坏一以相补,犹有所完。若不如此,则两无所保。'议者咸同。"时为太尉李修属官的虞诩听说后,认为此计不可行,遂向李修建言:"窃闻公卿定策当弃凉州,求之愚心,

---

① 〔晋〕陈寿:《三国志·魏书·陈群传》,第635页。
② 〔南朝宋〕范晔:《后汉书·陈寔列传附陈纪陈群传》,第2068页。
③ 〔汉〕班固:《汉书·地理志》,第1640页。
④ 钱穆:《政学私言·战后新首都问题》,北京:九州出版社,2016年,第172页。

未见其便。先帝开拓土宇,劬劳后定,而今惮小费,举而弃之。凉州既弃,即以三辅为塞;三辅为塞,则园陵单外。此不可之甚者也。谚曰:'关西出将,关东出相。'观其习兵壮勇,实过余州。今羌胡所以不敢入据三辅,为心腹之害者,以凉州在后故也。其土人所以推锋执锐,无反顾之心者,为臣属于汉故也。若弃其境域,徙其人庶,安土重迁,必生异志。如使豪雄相聚,席卷而东,虽贲、育为卒,太公为将,犹恐不足当御。……弃之非计。"①

虞诩在建言中引用了民谚"关西出将,关东出相",当时朝廷想要放弃的凉州,地理范围就属于关西。西北羌胡叛乱,东汉朝廷因财力匮乏而欲弃凉保并,虞诩力谏其不可。虞诩认为,凉州为三辅(指旧京长安、左冯翊、右扶风地区)屏障,弃凉州则三辅地区变成了边塞前线,国家将更加受到羌胡的滋扰。再者,凉州迫近戎狄,百姓深受其影响而民风尚武,很多家庭子弟从小接受骑射、兵法等军事训练,汉朝在选拔军事将领时,格外着意从陇西六郡挑选,正如班固在《汉书·地理志》中所说:"(天水、陇西)及安定、北地、上郡、西河,皆迫近戎狄,修习战备,高上气力,以射猎为先……汉兴,六郡良家子选给羽林、期门,以材力为官,名将多出焉。"②虞诩提出,如果将凉州百姓迁往内地,他们中的豪侠之辈很可能形成一股反抗势力,成为东汉王朝的心腹之患。虞诩这一段建言,句句在理,成功地劝服朝廷改变了决策。至于"关东出相"一句,较容易理解,函谷关以东为中原大地、孔孟之乡,春秋战国以来饱受儒学熏陶,崇礼亲仁,文人学士多以登庸入相为人生最高理想,斯文在兹、才人辈出。

"关西出将,关东出相",大体概括了两汉时期人才分布的特点。但是,随着之后国家重心由西向东、从北向南的转移,在教育普及以及战争、移民等多重因素的综合作用下,人才分布的地理特点也逐渐发生改变,这一歌谣也就慢慢淡出了人们的视野。

2. "仕宦不偶值冀部"(《阚骃引语(一)》)

"幽冀之人钝如椎"(《阚骃引语(二)》)

《太平寰宇记》中记录了各地的风俗习惯,在谈到古代冀州的情况时说:"冀州之地,盖古京也。人患剽悍,故语曰:'仕宦不偶值冀部。'其人刚狠,浅于恩义,无宾序之礼,怀居悭啬。古语云:'幽冀之人钝如椎。'"③文中所说的"冀部",即古时候的冀州,在汉代主要指河北和河南北部地区。"仕宦

---

① 两处引文均引自〔南朝宋〕范晔:《后汉书·虞诩列传》,第1866页。
② 〔汉〕班固:《汉书·地理志》,第1644页。
③ 〔宋〕乐史撰、王文楚等点校:《太平寰宇记》第63卷"河北道,冀州",北京:中华书局,2007年,第1284页。

不偶值冀部",指冀州民性彪悍,到此做官的人普遍感觉冀州人难以统御,故视之为畏途。"幽冀之人钝如椎",与前一句大同小异,指出了幽冀一带民性悭啬、刚狠的特点。

一定地域长久以来形成的民风民俗是该地地域文化的组成部分,它与该地的地形地貌、气候物产、经济生产方式等各种因素有着较为密切的关联;且民俗一旦形成,就具有强大的惯性,除非有某种巨大的外部刺激,否则很难改变。因此,从汉代到隋唐几百年过去了,人们对冀州民风的看法并没有发生本质变化,如《隋书·地理志》仍然保留了对冀州风俗的基本看法:"人性多敦厚,务在农桑,好尚儒学,而伤于迟重。前代称冀、幽之士钝如椎,盖取此焉。俗重气侠,好结朋党,其相赴死生,亦出于仁义。故《班志》述其土风,悲歌慷慨,椎剽掘冢,亦自古之所患焉。前谚云'仕宦不偶遇冀部',实弊此也。"①但是,除了继承"幽冀之士钝如椎"的看法之外,《隋书》中似乎多了些积极的评价,如认为冀州民风有重气侠、出于仁义等特点。此后,唐代韩愈《送董邵南序》开篇第一句即称"燕赵古称多感慨悲歌之士"②(这里的"感慨",是"慷慨"的假借),可见韩愈对燕赵之士是心生崇敬的。这样的评价视角,就丰富了人们对于冀州民风的认识,也就是说,仅以剽悍、刚狠的负面眼光看待幽冀之人是不公平的。从官员的立场上来看,幽冀之人"俗重气侠,好结朋党",他们看重江湖规则,而轻视国家制度、法律,这就不能不令官员感到难以管理、无计可施,这种印象口耳相传、渐渐地就变成了对幽冀之人的刻板印象。客观地说,各地民风有正面必有反面,犹如硬币具有两面,不能绝对地说只有优点或只有缺点,关键在于地方官要采取合宜的措施引导、教化,使民风走上国家所设定的轨道。

3."城中好高髻,四方高一尺。城中好广眉,四方且半额。城中好大袖,四方全匹帛。"(《马廖引城中语》,又名《城中谣》)

歌谣因东汉外戚马廖在上疏中引用而得以保存,③使人一睹长安昔日风俗。歌谣描写了西汉京师长安城中三种时尚:好高髻、好广眉、好大袖,又说这三种时尚为各地百姓所争相效仿,且有过之而无不及,因模仿过度而适得其反,求美不成而反成丑。

从题材上看,这是一首政治风俗类歌谣,为我们留下了西汉首都长安的风情资料。"九天阊阖开宫殿,万国衣冠拜冕旒"(王维《和贾舍人早朝大明

---

① 〔唐〕魏徵:《隋书·地理志》,北京:中华书局,1973年,第859—860页。
② 〔唐〕韩愈:《送董邵南序》,引自〔清〕董诰等编《全唐文》第555卷,北京:中华书局,1983年,第5616页。
③ 〔南朝宋〕范晔:《后汉书·马援列传附马廖传》,第853页。

宫之作》),京师长安城因其重要的政治、经济、文化地位而发展成为全国的中心,在其发展的极盛阶段甚至形成了东方世界中心的地位,吸引了大批外国使节与朝拜者的到来。所以,歌谣里的"四方"不仅就包含国内的四面八方,甚至也延伸到周边的国家和地区。长安城地位极其重要,王公贵族之家鳞次栉比,富商巨贾争豪比富,能工巧匠辐辏聚集,种种优势使得长安城成为了充满了创新与花样的时尚之都,成为引领全国风气的首善之区,成为四面八方学习效仿的榜样。

细细品味,不难察觉出歌谣对四方之民不顾效果、盲目模仿的嘲讽和批评态度。发髻高一尺,眉毛且半额,袖子全匹帛,有作者故意夸大的成分,意在说明过度模仿而弄巧成拙。歌谣给人的启迪又远不止此,马廖在上疏中想要表达另一层意思,对此,我们将在"汉代歌谣的政治功能"一章予以分析。

4."仕宦不止车生耳"(《应劭引里语》)

歌谣意在告诉世人:仕宦愈久则官阶愈高,官阶愈高则官员排场愈大,一个重要标志是通过"车耳"表现出来。"车耳",指车两旁反出如耳的部分,用以遮挡尘泥;一说指车的屏障,用以遮蔽车厢。"车生耳"指官员的秩位升迁了,其排场也随之而提升了。①

汉景帝中元六年(公元前144年)五月诏书曰:"夫吏者,民之师也。车驾衣服宜称。吏六百石以上,皆长吏也。亡度者或不吏服,出入间里,与民亡异。令长吏二千石车朱两轓,千石至六百石朱左轓。车骑从者不称其官衣服,下吏出入间巷亡吏体者,二千石上其官属,三辅举不如法令者,皆上丞相御史请之。"此段唐颜师古注引应劭曰:"车耳反出,所以为之藩屏,翳尘泥也。二千石双朱,其次乃偏其左。轓以箪为之,或用革。"②从诏书可见,官吏乃民之表率,其车驾、衣服事关朝廷形象,不得与百姓混同,如若违反是要追究治罪的。其中特别规定,二千石官员"车朱两轓",六百石至千石官员"朱左轓",标志鲜明,官威俨然。在官本位社会里,官员职位不同,衣、食、住、行各方面的等级秩序都有明确差异,绝不能稍有逾越,车耳只是其中一项标志而已。正因为社会上的普遍心理是羡慕做官、向往做官,西汉扬雄甚至以"君子积善,至于车耳"③劝勉世人多行善举,理由是多行善举会有做官的福报。

---

① 〔汉〕应劭:《汉官仪·佚文》,〔清〕孙星衍等辑、周天游点校本,第199页。
② 〔汉〕班固:《汉书·景帝纪》,第149页。
③ 〔汉〕扬雄:《太玄》,引自〔宋〕司马光集注《太玄集注》,北京:中华书局,1998年,第126页。

二、其他政治歌谣

还有一些歌谣表现了一定的政治内容,但难以归类,姑置于此。如表现汉高祖刘邦讨伐匈奴、却被匈奴困于平城的《平城歌》:"平城之下亦诚苦,七日不食,不能彀弩。"①又如表现汉文帝与其弟淮南厉王之间矛盾的《民为淮南厉王歌》:"一尺布,尚可缝。一斗粟,尚可舂。兄弟二人不能相容。"写出了民间对于汉文帝未能齐家、兄弟失和的嘲讽。② 再如《锡山古谣》"有锡兵,无锡宁",出自唐代陆羽所撰《游慧山寺记》,其文曰:"慧山,古华山也……山东峰当周秦间大产铅锡,至汉兴,锡方殚,故创无锡县,属会稽。后汉有樵客山下得铭云:'有锡兵,天下争。无锡宁,天下清。有锡沴,天下弊。无锡乂,天下济。'自光武至孝顺之世,锡果竭。"③歌谣只选取了其中的两句话,生动地指出了有和无之间的辩证关系,言简而意赅,比原来的铭文更蕴藉有味。

这里需要略作辨析的是《华人为高昌人歌》("驴非驴,马非马")。《古谣谚》中所收的这首歌谣是从《太平御览》中转抄而来,《太平御览》原文为:"《汉书》曰:高昌性难伏,乃作歌曰:'驴非驴,马非马。'言高昌似骡也。"④查《汉书·西域传》可知,汉宣帝元康元年(公元前65年),龟兹王绛宾来朝贺。"王及夫人皆赐印绶。夫人号称公主,赐以车骑旗鼓,歌吹数十人,绮绣杂缯琦珍凡数千万。留且一年,厚赠送之。后数来朝贺,乐汉衣服制度,归其国,治宫室,作徼道周卫,出入传呼,撞钟鼓,如汉家仪。外国胡人皆曰:'驴非驴,马非马,若龟兹王,所谓骡也。'绛宾死,其子丞德自谓汉外孙,成、哀帝时往来尤数,汉遇之亦甚亲密。"⑤显而易见,《汉书》中所记歌谣内容与高昌人无涉,并非中原人对高昌人的评价,而是西域诸国人对龟兹国王羡慕、模仿汉王朝制度的嘲笑,讽刺龟兹王的模仿不伦不类,既没有深得汉家制度的精髓,又失去了自己的民族风格。这里,我们不拟对龟兹王的模仿做"像"抑或"不像"的判断,但有一点是可以肯定的,那就是汉朝先进的制度、文化对西域地区政权产生了较大的影响力。

---

① 〔汉〕班固:《汉书·匈奴传》,第3755页。
② 〔汉〕司马迁:《史记·淮南衡山列传》,第3080页。
③ 〔唐〕陆羽:《游慧山寺记》,引自〔清〕董诰等编《全唐文》第433卷,第4419页。
④ 〔宋〕李昉:《太平御览》第901卷,"兽部·骡条",第3999页。
⑤ 〔汉〕班固:《汉书·西域传》,第3916—3917页。

第六章 汉代的儒林歌谣

汉代社会,广大民众形成了创作歌谣以讽诵时政的传统,从而出现了大量时政类歌谣。与此同时,受时代大环境激励,作为汉代知识精英的儒者阶层也当仁不让,他们自创歌谣互通声气、互相标榜,形成了汉代歌谣园地中一道独特的风景——"儒林歌谣"。在数量较为可观的250首汉代歌谣中,儒林歌谣有51首,占歌谣总数的五分之一。儒林歌谣与其他时政歌谣相比,虽话题有异,但背后有着千丝万缕的联系,同样是汉代政治的产物。

所谓"儒林歌谣",是以儒家士人的社会生活为关注重心的歌谣,主要反映儒林人物间的标榜、表现儒林的学术交流活动等内容。这里所说的"儒林"成分较为复杂,既包括未出仕的儒者,也包括儒家出身的朝廷官员。与一般的时政歌谣相比,儒林歌谣具有自身的鲜明特色。从创作者来看,它虽然是一种集体创作,但作者应为受过儒家经典教育的学者、士大夫,或是与儒林关系密切的人物;从歌谣的内容上看,主要是标榜儒者的人格气节、学术造诣、学术影响、师徒传承,以及儒林的学术讲论、学术交流,甚至还包括儒林与宦官势力集团的斗争等。儒林歌谣看似与政治有一定距离,实则与汉代政治无不相关,是汉代政治风气下的产物,有些儒林歌谣如《太学谣》,其内容甚至就是政治生活的直接反映;从传播角度看,儒林歌谣作为精英阶层的小众创作,它的传播范围集中在儒林士人和儒家官员中间。

汉代儒林歌谣在表现内容及风格旨趣诸方面,均与"民庶之谣吟"相去甚远,但它为我们了解汉代儒家学者及士大夫的社会生活和精神世界,开启了一扇窗口,意义不可小觑。下面从儒林人物标榜、儒林学术交流、儒林与宦官的斗争三个方面展示儒林歌谣的内容。

第一节 儒林歌谣与儒林的人物标榜

儒林人物标榜,是指汉代儒林同人为了宣传、称扬某一儒者,以简短歌谣的形式,对其学术成就或道德人格加以鼓吹和赞美。这种标榜活动,在客观上起到了提升儒者社会知名度的效果。标榜的内容主要在三个方面:一是指向儒者的学问成就,二是针对儒者的道德人格,三是指向儒者的综合影响力。

一、儒林歌谣对儒者学问成就的标榜

(一)歌谣对学者专经成就的标榜

汉代儒学门户林立,学者以专攻一经为能,且多专主一经的某一家法,如治《诗》的有鲁、齐、韩、毛四家,治《尚书》的有大小夏侯、欧阳等家,治《易》的有施、孟、梁丘、京诸家。不少歌谣就是对学者专经成就的标榜,这方面的歌谣有《诸儒为匡衡语》《诸儒为张禹语》《时人为陈嚣语》等。

《诸儒为匡衡语》("无说诗,匡鼎来。匡说诗,解人颐")是西汉元帝时期著名的歌谣,标榜的对象是名儒匡衡(字鼎),他讲解《诗经》生动有趣,使听者开颜欢笑。可见匡衡不是一个拘执的腐儒,他对《诗经》理解深透、活学活用,不拘泥于文字,他解说《诗经》收到了"解人颐"的效果。① 据《汉书·翼奉传》:"(翼奉)治齐诗,与萧望之、匡衡同师。"②由此可知,匡衡师从"齐诗学派",这一派受齐学影响,着重从阴阳灾异的角度推论时政,在汉代影响很大。《诸儒为张禹语》("欲为论,念张文")标榜的对象是汉成帝的老师张禹,他针对成帝的提问编成《论语章句》一书。《后汉书》本传说:"始鲁扶卿及夏侯胜、王阳、萧望之、韦玄成皆说《论语》,篇第或异。禹先事王阳,后从庸生,采获所安,最后出而尊贵。诸儒为之语曰:'欲为《论》,念张文。'由是学者多从张氏,余家寖微。"③张禹学说虽晚出而尊贵,成为学者入门的必读书。《时人为陈嚣语》("关东说诗陈君期")则标榜的是学者陈嚣(字君期),他以善说韩诗而名闻关东。④

(二)歌谣对学者五经成就的标榜

东汉以降,儒者治学逐渐出现了综合化、贯通化的趋势,学者专主一经的拘泥气氛被打破,兼通五经的大儒不断涌现,儒林标榜方式也与时俱进,顺应了这种风气变化。这方面的歌谣有《关中〔东〕为鲁丕语》《时人为许慎语》《京师为周举语》《京师为井丹语》等。

---

① 〔汉〕班固:《汉书·匡衡传》,第 3331 页。
② 〔汉〕班固:《汉书·翼奉传》,第 3167 页。
③ 〔汉〕班固:《汉书·张禹传》,第 3352 页。
④ 〔汉〕刘珍:《东观汉记·陈嚣传》,引自吴树平校注《东观汉记校注》,北京:中华书局,2008 年,第 884 页。

《关中〔东〕为鲁丕语》("五经复兴鲁叔陵")是汉章帝时期关东人对鲁丕(字叔陵)的标榜。《后汉书·鲁恭列传附鲁丕传》曰:"(丕)性沉深好学,孳孳不倦,遂杜绝交游,不答候问之礼。士友常以此短之,而丕欣然自得。遂兼通《五经》,以《鲁诗》《尚书》教授,为当世名儒……门生就学者常百余人,关东号之曰'五经复兴鲁叔陵'。"①不言而喻,"孳孳不倦""杜绝交游"正是鲁丕兼通五经的前提和基础,"复兴"之评,大概是着眼于鲁丕教授门生众多,对于传播、复兴儒学做出了巨大努力。章帝时期另一位大儒许慎(字叔重),精通儒家经籍,获得了"五经无双许叔重"(《时人为许慎语》)的美誉。《后汉书》本传载:"(慎)少博学经籍,马融常推敬之,时人为之语曰:'五经无双许叔重。'"又载:"初,慎以五经传说臧否不同,于是撰为《五经异义》,又作《说文解字》十四篇,皆传于世。"②由此可见,世人对许慎"五经无双"的标榜,并非浮泛的虚誉,许慎能获得至高的评价,是凭借着《五经异义》和《说文解字》这样的学术巨著而奠定地位的。《五经异义》今已失传,《说文解字》则成为了语言学研究史上的一座丰碑,世人谓其"五经无双",毫不为过。"五经纵横周宣光"(《京师为周举语》),其主角是东汉安帝时期的学者周举(字宣光),《后汉书》本传称"(举)博学洽闻,为儒者所宗,故京师为之语曰:'五经纵横周宣光。'"③"纵横"云云,指周举学问游刃有余、纵横自如。再如,《京师为井丹语》("五经纷纶井大春")标榜的对象井丹(字大春),年少时曾受业于太学,"通五经,善谈论,故京师为之语曰'五经纷纶井大春'。"本传注引李贤注曰:"纷纶,犹浩博也。"④井丹与周举的特点相近,也以讲说见长,他知识渊博,旁征博引而纷纶不绝。

二、儒林歌谣对儒者道德人格的标榜

(一)标榜儒者孝道的歌谣

这方面的歌谣有《京师为黄香号》《京兆乡里为冯豹语》《敦煌乡人为曹全谚》等。

东汉黄香居母丧尽礼、侍奉父亲"扇枕温衾",因而年少成名,京师为其号曰:"天下无双,江夏黄童。"⑤东汉明帝、章帝时期的儒者冯豹敬事后母的故事广为流传,《后汉书》载:"豹字仲文,年十二,母为父所出。后母恶之,

---

① 〔南朝宋〕范晔:《后汉书·鲁恭列传附鲁丕传》,第883页。
② 两处引文均引自〔南朝宋〕范晔:《后汉书·儒林列传·许慎传》,第2588页。
③ 〔南朝宋〕范晔:《后汉书·周举列传》,第2023页。
④ 两处引文分别引自〔南朝宋〕范晔:《后汉书·逸民列传·井大春传》,第2764、2765页。
⑤ 〔南朝宋〕范晔:《后汉书·文苑列传·黄香传》,第2614页。

尝因豹夜寐,欲行毒害,豹逃走得免。敬事愈谨,而母疾之益深,时人称其孝。长好儒学,以《诗》《春秋》教丽山下。乡里为之语曰:'道德彬彬冯仲文。'"①东汉灵帝时期敦煌效谷人曹全,收养叔祖母,又孝敬继母,被乡人誉为道德典范,为之谚曰"重亲致欢曹景完"。《郃阳令曹全碑》中记载了曹全孝行并收录了此则歌谣,其文曰:"君讳全,字景完,敦煌效谷人也……君童龀好学,甄极瑟纬,无文不综。贤孝之性,根生于心。收养季祖母,供事继母。先意承志,存亡之敬,礼无遗阙,是以乡人为之谚曰:'重亲致欢曹景完。'"②

(二)标榜儒者高洁、清廉品格的歌谣

这方面的歌谣有《长安为王吉语》《范史云歌》等。

西汉昭、宣时期有一则著名的歌谣标榜儒者王吉:"东家有树,王阳妇去。东家枣完,去妇复还。"③他的妻子不过是随手摘取了东邻垂枝过墙的几颗枣子供他品尝,王吉竟然要休妻。这既反映出王吉个人严格的高道德标准,也折射了整个儒林注重修身细节的道德倾向。《范史云歌》曰:"甑中生尘范史云,釜中生鱼范莱芜。"范冉字史云,桓帝时曾被任命为莱芜长,故歌谣中有范史云、范莱芜之称。歌谣中的"甑中生尘""釜中生鱼",描写出了范冉箪瓢屡空、衣食无继的惨状。如果说王吉的义利之辨体现在对日常生活中鸡毛蒜皮小事的处理,范冉的坚守则体现了儒林士人对宦官压迫隐忍的反抗。《后汉书·独行列传》记载了范冉遭党锢之祸后的流亡生活,令人唏嘘:"遭党人禁锢,(冉)遂推鹿车,载妻子,捃拾自资,或寓息客庐,或依宿树荫。如此十余年,乃结草室而居焉。所止单陋,有时粮粒尽,穷居自若,言貌无改,闾里歌之曰:'甑中生尘范史云,釜中生鱼范莱芜。'"范冉在宦官势力的迫害下,不屈服不求饶,"穷居自若,言貌无改",这正是儒者高洁人格的体现。当然,范冉的这种品格,其早年行止中已有显露,《后汉书》本传载:"少为县小吏,年十八,奉檄迎督邮,冉耻之,乃遁去。到南阳,受业于樊英。又游三辅,就马融通经,历年乃还。"④范冉的"耻迎督邮"开了东晋陶渊明"不为五斗米折腰"的先河,在思想史是一个很有意义的先例。谢承《后汉书》中的记载与范晔《后汉书》有所不同,可以补充的信息是:"范丹(笔者按,丹为冉字形讹)朝议欲以为侍御史,因遁身逃命于梁、沛之间,徒行弊服,

---

① 〔南朝宋〕范晔:《后汉书·冯衍列传附冯豹传》,第1004页。
② 《郃阳令曹全碑并阴》,出自《金石文字记》第一卷,引自《顾炎武全集》第5册,上海:上海古籍出版社,2011年,第241—242页。
③ 〔汉〕班固:《汉书·王吉传》,第3066页。
④ 两处引文分别引自〔南朝宋〕范晔:《后汉书·独行列传·范冉传》,第2689、2688页。

卖卜于市。"①

(三) 标榜儒者敦朴、正直品格的歌谣

这方面的歌谣有《人为高慎语》《乡人谣》等。

《陈留耆旧传》介绍高慎的个性特点道："敦质少华,口不能剧谈,默而好沉深之谋。为从事,号曰'卧虎',故人谓之'巍然不语,名高孝甫'。"②《乡人谣》曰:"天下规矩房伯武,因师获印周仲进。"《后汉书·党锢列传》序中对该歌谣的背景有简单的交代:"初,桓帝为蠡吾侯,受学于甘陵周福,及即帝位,擢福为尚书。时同郡河南尹房植有名当朝,乡人为之谣曰:'天下规矩房伯武,因师获印周仲进。'"③对于这首歌谣可以有不同侧重点的解读,这里我们不妨将标榜的重点放在前一句,即房植靠着自己的能力和品德、而不是靠攀龙附凤登上高位的,这样就为天下士人树立了做官的"规矩"。蔡邕《司空房植碑》中的介绍可以使我们加深对房植的了解,蔡邕碑文曰:"公,言非法度,不出于口。行非至公,不萌于心。治身,则伯夷之洁也。俭啬,则季文之约也。尽忠,则史鱼之直也。刚平,则山甫之励也。总兹四德,式是百辟,夙夜匪懈,以事一人……"④虽然一般来说,碑文难免有夸张的成分,但不可能完全脱离现实,通过碑文各方面的赞美之词,不难看出房植的品德堪为士大夫表率。

(四) 赞美易代之际儒者品格的歌谣

儒者在易代之际的道路抉择最能凸显其人格力量,这类歌谣并非为察举出仕而作,相对来说更真实、更少夸饰成分,因此是儒林标榜中更为真实的部分。这类歌谣有《时人为王君公语》《光武述时人语》《蜀中为费贻歌》等。

易代之际儒林士人的各种表现可谓泾渭分明,其中既有谄媚逢迎之辈,也有高洁自守、拒绝趋附者。王莽篡位以后,有不少清流之士持贞守正、拒绝与新莽政权合作,《时人为王君公语》中的王君公就是典型一例。值新莽之乱,"君公遭乱独不去,侩牛自隐。时人谓之论曰:'避世墙东王君公。'"⑤再如《光武述时人语》"关东觥觥郭子横",表彰的是关东名士郭宪。"觥觥",《后汉书·方术列传·郭宪传》唐李贤注曰:"刚直之貌。"郭宪本是藉藉无名的一介儒生,为何会受到如此高调的民间赞誉呢? 这是因为郭宪拒

---

① 〔三国吴〕谢承:《后汉书·范冉传》,〔清〕汪文台辑、周天游校本,第 103 页。
② 〔宋〕李昉:《太平御览》第 265 卷,"职官部·从事条",第 1241 页。
③ 〔南朝宋〕范晔:《后汉书·党锢列传》序,第 2185—2186 页。
④ 〔汉〕蔡邕:《司空房植碑》,引自〔清〕严可均辑《全后汉文》,第 895 页。
⑤ 〔南朝宋〕范晔:《后汉书·逸民列传·逢萌传附王君公传》,第 2760 页。

绝王莽的征聘，表现出了儒家士人的气节。本传中记载了郭宪两则事迹："郭宪字子横，汝南宋人也。少师事东海王仲子。时王莽为大司马，召仲子，仲子欲往。宪谏曰：'礼有来学，无有往教之义。今君贱道畏贵，窃所不取。'仲子曰：'王公至重，不敢违之。'宪曰：'今正临讲业，且当讫事。'仲子从之，日晏乃往。莽问：'君来何迟？'仲子具以宪言对，莽阴奇之。及后篡位，拜宪郎中，赐以衣服。宪受衣焚之，逃于东海之滨。莽深忿恚，讨逐不知所在。光武即位，求天下有道之人，乃征宪拜博士。"①关东为郭宪创作歌谣，这与他坚执师道尊严以及不事新莽的气节直接相关。表现易代之际儒者品格的歌谣还有《蜀中为费贻歌》。公孙述据蜀称帝时，费贻"漆身为厉，佯狂避世"，受到了来自民间的表彰。《华阳国志》载："费贻，字奉君，南安人也。公孙述时，漆身为厉，佯狂避世。述破，为合浦守。蜀中歌之曰：'节义至仁费奉君，不仕乱世避恶君。'修身于蜀，纪名交阯，后世为大族。"②

此外，还有标榜朋友道义的歌谣《乡里为茨充号》，赞美东汉初年儒者茨充助人为乐的事迹。茨充与同伴举孝廉赴京，同伴马死，茨充先到前亭，然后舍车持马相迎，故时人发出了"一马两车茨子河"的赞叹，歌颂了他在朋友困顿之际不离不弃、施以援手的美德，茨充用实际行动诠释了儒家的交友之道。③ 此外，还有对儒者德行综合标榜的歌谣，如《寿春乡里为召驯语》。儒者召驯，"博通书传，以志义闻，乡里号之曰'德行恂恂召伯春。'"④"恂恂"，唐陆德明《经典释文》释《论语·乡党》篇"孔子于乡党，恂恂如也，似不能言者"中的"恂恂"为"温恭之貌"。⑤ 王念孙《广雅疏证》引王肃注亦云："恂恂，温恭之貌。"⑥歌谣里的召驯也是德行温恭、蔼然有儒者气象。

以上所举数例，涉及了儒家道德的忠君、孝道、朋友道义、处事原则等方方面面。

三、儒林歌谣对士人综合影响力的标榜

也有的歌谣另辟蹊径，既不是从学者治经的具体成就入手，也不着眼于道德人格的事迹表现，而是以儒者的综合影响力为切入点进行标榜，这方面的歌谣有《时人为扬雄桓谭语》《时人为王符语》《诸儒为杨震语》《时人为任

---

① 两处引文引自〔南朝宋〕范晔：《后汉书·方术列传·郭宪传》，第 2708—2709 页。
② 〔晋〕常璩：《华阳国志》卷十"先贤士女总赞"，刘琳校注本，第 775 页。
③ 〔汉〕刘珍：《东观汉记·茨充传》，吴树平校注本，第 799 页。
④ 〔南朝宋〕范晔：《后汉书·儒林列传·召驯传》，第 2573 页。
⑤ 〔唐〕陆德明：《经典释文·论语音义》，上海：上海古籍出版社，2013 年，第 1369 页。
⑥ 〔清〕王念孙：《广雅疏证》，张其昀点校本，北京：中华书局，2019 年，第 426 页。

安语》《人为许晏谚》《时人为缪文雅语》《颍川为荀爽语》《天下为贾彪语》《公沙六龙》等多首。

"玩扬子云之篇,乐于居千乘之官;挟桓君山之书,富于积猗顿之财。"(《时人为扬雄桓谭语》)载于东汉王充《论衡·佚文篇》,其文曰:"孝成玩弄众书之多,善扬子云,出入游猎,子云乘从。使长卿、桓君山、子云作吏,书所不能盈牍,文所不能成句,则武帝何贪?成帝何欲?故曰:'玩扬子云之篇,乐于居千石之官;挟桓君山之书,富于积猗顿之财。'"①扬雄、桓谭都是儒家人物,若让他们从事具体行政案牍工作恐不能胜任,但作为学者文人,他们的文章和著作散发出了迷人的魅力,超过了权位和财富对人的诱惑力。这说明儒家的价值观已日渐深入人心。

"徒见二千石,不如一缝掖"(《时人为王符语》)表现了布衣儒生王符的魅力。《后汉书·王符列传》载:"度辽将军皇甫规解官归安定,乡人有以货得雁门太守者,亦去职还家,书刺谒规,规卧不迎。既入而问:'卿前在郡食雁美乎?'有顷,又白王符在门。规素闻符名,乃惊遽而起,衣不及带,屣履出迎,援符手而还,与同坐,极欢。时人为之语曰:'徒见二千石,不如一逢掖。'言书生道义之为贵也。符竟不仕,终于家。"②书中对比描写了皇甫规对花钱买官的雁门太守和无钱无势的儒生王符截然不同的两种接待方式,对待前者不屑一顾、冷嘲热讽;对待后者则待若上宾、礼敬有加,可谓"前倨后恭"。"缝掖"是对汉代儒服之称,后成为儒生的代称。皇甫规的做法,说明了他是一位有人文情怀的儒将,另一方面也可以看出王符在儒林的影响力之大。

"关西孔子杨伯起"(《诸儒为杨震语》)标榜儒者杨震(字伯起)。《后汉书》中描述杨震:"少好学,受欧阳尚书于太常桓郁,明经博览,无不穷究。诸儒为之语曰:'关西孔子杨伯起。'常客居于湖,不答州郡礼命数十年,众人谓之晚暮,而震志愈笃。"③之所以被称为"关西孔子",因为杨震是弘农华阴人,弘农地处关西;又因为杨震学问博大、探讨问题深入、对学术用心精专,颇有先圣孔子的气象。

"欲知仲桓问任安,居今行古任定祖"(《时人为任安语》)标榜汉末以私学教授的大儒任安(字定祖)的学行。《后汉书·儒林列传》介绍任安道:"从同郡杨厚学图谶,究极其术。时人称曰:'欲知仲桓问任安。'又曰:'居

---

① 〔汉〕王充:《论衡·佚文》,黄晖校释本,第864页。
② 〔南朝宋〕范晔:《后汉书·王符列传》,第1643页。
③ 〔南朝宋〕范晔:《后汉书·杨震列传》,第1759页。

今行古任定祖。'学终,还家教授,诸生自远而至。"①"居今行古"指任安行事颇有古风,"仲桓"即杨厚字,意在赞扬任安能得乃师治学精义。

"殿上成群许伟君"(《人为许晏谚》)标榜大儒许晏(字伟君)。《陈留风俗传》曰:"许晏字伟君,授鲁诗于琅玡王政学,曰《许氏章句》,列在儒林,故谚曰'殿上成群许伟君'。"②许晏为众人所环绕、宗仰,身边儒者成群,歌谣并不直接说明许晏的学术成就,而是选取这样一个具体场景来烘托许晏的学术魅力。

《时人为缪文雅语》("素车白马缪文雅")标榜的是学者缪斐(字文雅)。皇甫谧《达士传》介绍缪文雅事迹曰:"缪斐字文雅,代修儒学,继踵六博士。以经行修明,学士称之,故时人为之语曰'素车白马缪文雅'。"③歌谣视角更加独特,超越了德行和经学成就等常见标榜重点,选取缪斐乘骑"素车白马"的气质风采,以突出其人的卓尔不群,这在汉代是罕见的,因为这一时期总体弥漫的是重经学、重德行的时代氛围,对人的外在风度气质的关注不多。

"贾氏三虎,伟节最怒"(《天下为贾彪语》),标榜的是贾氏三兄弟中的贾彪(字伟节)。《后汉书·贾彪列传》曰:"彪兄弟三人,并有高名,而彪最优,故天下称曰:'贾氏三虎,伟节最怒。'"④这里的"怒",非愤怒、生气之义,乃为"健"义。清人王念孙《广雅疏证》中引多例以证此义:《庄子·逍遥游》篇之"怒而飞,其翼若垂天之云"、《庄子·人间世》篇之"怒其臂以当其辙"、《后汉书·第五伦列传》中之"鲜车怒马"等。⑤(此处笔者再补一例,即西汉歌谣《长安百姓为王氏五侯歌》中的"五侯初起,曲阳最怒"中的"怒"亦属此义。)贾彪在太学生中享有极高的威望,据《后汉书·党锢列传》载:"诸生三万余人,郭林宗、贾伟节(贾彪字伟节)为其冠。"⑥可见其人望之高。后来的事实证明,贾彪不负众望,在"党锢之祸"发生后解救被禁锢的党人,表现出高度的社会责任感。

"荀氏八龙,慈明无双"(《颍川为荀爽语》)标榜的是著名儒者荀爽(字慈明)。颍川望族荀淑八子,知名当世,时人谓之"八龙"。荀爽是荀淑第六子,在儒林中人望特隆,获得了"慈明无双"的美誉。⑦"无双"之评看似夸

---

① 〔南朝宋〕范晔:《后汉书·儒林列传·任安传》,第2551页。
② 〔宋〕李昉:《太平御览》第496卷,"人事部·谚下条",第2267页。
③ 〔宋〕李昉:《太平御览》第496卷,"人事部·谚下条",第2267页。
④ 〔南朝宋〕范晔:《后汉书·贾彪列传》,第2217页。
⑤ 〔清〕王念孙:《广雅疏证》,张其昀点校本,第137页。
⑥ 〔南朝宋〕范晔:《后汉书·党锢列传》序,第2186页。
⑦ 〔南朝宋〕范晔:《后汉书·荀淑列传附荀爽传》,第2050—2051页。

张,但通过荀爽入仕后对国运的担当,以及他在注述群经方面的贡献,确实堪当这样的评语。

"公沙六龙,天下无双"(《公沙六龙》)标榜的是公沙穆的六个儿子,袁山松《后汉书·公沙穆传》曰:"公沙穆有六子,号曰:'公沙六龙,天下无双。'"①文句过于简单,令人无从了解公沙六龙的具体表现。《后汉书》置公沙穆于"方术列传",可见他有一些平常人并不具备的神奇本领和超常才能。但公沙六龙被世人称道,原因并不在此,《后汉书》本传中记载公沙穆经历:"自为儿童不好戏弄,长习《韩诗》《公羊春秋》",后举孝廉,历任缯侯相、弘农令、辽东属国都尉等职,可见公沙穆以儒学为底色,方术不过是其"副业"而已。《后汉书》本传注引谢承《后汉书》记载了一则公沙穆故事:"穆尝养猪,猪有病,使人卖之于市。语之云'如售,当告买者言病,贱取其直;不可言无病,欺人取贵价'也。卖猪者到市即售,亦不言病,其直过价。穆怪之,问其故。赍半直追以还买猪人。告语云:'猪实病,欲贱卖,不图卖者人相欺,乃取贵直。'买者言卖买私约,亦复辞钱不取。穆终不受钱而去也。"②故事反映了公沙穆重义轻利、为人诚信的品格,这样的做人原则对于六子的精神影响不可估量,"公沙六龙,天下无双"可谓其源有自。

本节歌谣所标榜的对象,共同点都集中在儒林人物的道德境界、经学成就或社会影响力,但仔细分析,又可看出一些细微的差异。这些歌谣或是聚焦于儒者治经的某一方面成就,如匡衡治《齐诗》,张禹说《论语》,陈嚣说《韩诗》;或是表现儒者在五经方面融会贯通、影响卓著,如鲁丕、许慎、周举、井丹等人的五经复兴、五经无双、五经纵横、五经纷纶;或是侧重表现儒者的道德人格,如黄香、冯豹、曹全的孝道,王吉、范冉的高洁,高慎、房植的敦朴守正,王君公、郭宪、费贻的不仕新主,茨充的朋友道义,召驯的温恭等;或是对儒者综合影响力的赞誉,如扬雄、桓谭的博览群书、文章满腹,布衣儒者王符的学术魅力,杨震、任安的学行兼优,许晏的生徒无数,缪文雅的魅力风采,贾彪、荀爽、公沙六龙等人的卓尔不凡,等等。这些标榜,或展现了汉代文化精英们努力建设时代文化的态度以及所达到的学术高度,或彰显了他们在为人处世方面所表现出来的克己为人、重义轻利等品质,他们的行止为时代立下了标杆,值得后世钦敬。

---

① 〔晋〕袁山松:《后汉书》,〔清〕汪文台辑、周天游校本,第396页。
② 两处引文均引自〔南朝宋〕范晔:《后汉书·方术列传·公沙穆传》,第2730页。

第二节 儒林歌谣与儒林的学术交流

汉代儒林学术交流活动密切而频繁,其中,既有纵向的师徒授受,包括京城太学里博士、弟子间的讲授活动,以及地方上名儒硕学的私人讲授活动;也有横向的不同学术流派、不同师法家法间的辩论、交锋、碰撞。汉代皇帝常把朝廷作为儒学辩论的大讲堂,鼓励大臣之间唇枪舌剑地辩论交锋,并亲自为之裁决评判;有时,皇帝还临幸太学,主持博士之间或博士与名儒之间的辩论、切磋。这方面的事例如:汉武帝命治"公羊春秋"的董仲舒与治"谷梁春秋"的瑕丘江公辩论;汉宣帝甘露年间,召集五经名儒评议"公羊""谷梁"同异的"石渠阁会议";汉元帝命师从梁丘易的五鹿充宗与其他易家学派辩论;光武帝利用一切重大场合让群臣讲经论道,甚至在"正旦朝贺,百僚毕会"这样轻松喜庆的场合,还"令群臣能说经者更相难诘"(《后汉书·儒林列传》);汉章帝时期召集名儒举行的"白虎观会议"等等。这类活动不胜枚举,它们都是由皇帝亲自推动的儒学讲论、辩论活动。

这些自上而下发起的学术交流对儒学发展起到了重要推动作用,辩论中脱颖而出的儒者声誉鹊起,因"辩论高明"而被征为博士或升官者大有人在。故此,儒者们当仁不让,为了出人头地,他们抓住一切机会表现自己,与此相关的儒林歌谣也随之而产生。

还需一提的是,汉代儒林学术交流活动,包括说经(讲经)以及辩论(论难)两种形式,不论哪一种,都以口头表达为主,对于学者的口头表达能力要求非常高,歌谣也重点表现了这个方面。下面分类说明。

一、表现太学讲论活动的儒林歌谣

表现太学中儒林讲论活动的歌谣有如下数则。

《京师为杨政语》("说经铿铿杨子行")标榜的是光武帝时期儒家学者杨政(字子行)。《后汉书》本传载:"少好学,从代郡范升受梁丘易,善说经书。京师为之语曰:'说经铿铿杨子行。'教授数百人。"①南朝时期梁顾野王《玉篇》释曰:"铿铿,金石声也。"②"铿铿"用于人,则形容人的声音响亮有力,有金石之声。《礼记·乐记》曰:"钟声铿,铿以立号,号以立横,横以立

---

① 〔南朝宋〕范晔:《后汉书·儒林列传·杨政传》,第2551—2552页。
② 〔南朝梁〕顾野王:《玉篇》,引自吕浩校点《大广益会玉篇》,北京:中华书局,2019年,第605页。

武,君子听钟声,则思武臣。"孔颖达正义曰:"钟声铿者,言金钟之声铿铿然矣。铿以立号者,言铿是〔声〕坚刚,故可以兴立号令也。"①言为心声,"铿铿"之音见出杨政说经有不容置疑的自信。杨政本人的个性及行事也足以印证这一点。《后汉书》本传描述杨政的性格是"为人嗜酒,不拘小节,果敢自矜,然笃于义",并记述了杨政一件为师请命的事迹,"范升尝为出妇所告,坐系狱,政乃肉袒,以箭贯耳,抱升子潜伏道傍,候车驾,而持章叩头大言曰:'范升三娶,唯有一子,今适三岁,孤之可哀。'武骑虎贲惧惊乘舆,举弓射之,犹不肯去;旄头又以戟叉政,伤胸,政犹不退。哀泣辞请,有感帝心,诏曰:'乞杨生师。'即尺一出升,政由是显名。"②将杨政为人处世的特点与其讲经的风格联系起来考虑不难发现,杨政果敢任情、舍我其谁的个性是一贯的,这种风格在儒林中非常鲜明。

《京师为祁圣元号》("论难幡幡祁圣元")标榜的是祁圣元的说经风采。与杨政同时的儒者祁圣元,也以善说著称,获得了美誉。③ "幡幡"当为"番番"的假借字。许慎《说文解字》释曰:"兽足谓之番。从采,田象其掌。"④此处"番番"当从"兽足"义引申而来。《尚书·秦誓》载秦穆公语曰:"番番良士,旅力既愆,我尚有之。"孔安国传曰:"勇武番番之良士,虽众力已过老,我今庶几欲有此人而用之。"⑤此处"番番"为勇武之义,故歌谣"论难幡幡祁圣元",是形容祁圣元在儒学论辩中一往无前的勇武之貌。

《诸儒为贾逵语》("问事不休贾长头")标榜的是明帝时期的学者贾逵,着重描述其切问近思的学习态度。《后汉书》本传载:"逵悉传父业,弱冠能诵左氏传及五经本文,以大夏侯尚书教授,虽为古学,兼通五家谷梁之说。自为儿童,常在太学,不通人间事。身长八尺二寸,诸儒为之语曰:'问事不休贾长头。'"⑥贾逵自幼随父在太学生活,耳濡目染了太学学风,他虽不谙世事,却对儒学情有独钟,经常向众人讨教,因身材高大,获得了"问事不休贾长头"的绰号。"不休"一词言约意丰,不难想象贾逵与被问者之间问答往还、你来我往的场面,表现出了一种真诚求知的态度。

二、表现朝廷经学辩论的儒林歌谣

汉代儒学兴盛,皇帝亦参与其间,很多皇帝亲临太学倾听博士讲论,或

---

① 《礼记·乐记》,〔唐〕孔颖达正义,《十三经注疏》本,第1541页。
② 两处引文均引自〔南朝宋〕范晔:《后汉书·儒林列传·杨政传》,第2552页。
③ 〔汉〕刘珍:《东观汉记·杨政传》附祁圣元事,吴树平校注本,第825页。
④ 〔汉〕许慎:《说文解字》,班吉庆校订本,第30页。
⑤ 《尚书·周书·秦誓》,上海古籍出版社本,第816页。
⑥ 〔南朝宋〕范晔:《后汉书·贾逵列传》,第1235页。

是在朝廷上组织儒学辩论,一睹儒者风采,歌谣表现了这一时代特点。表现朝廷经学辩论的儒林歌谣有如下数则。

《诸儒为朱云语》("五鹿岳岳,朱云折其角")描写的是汉元帝朝堂之上的一次易学辩论。《汉书·朱云传》载:少府五鹿充宗以治"梁丘易"擅名当时,汉元帝要考察梁丘易与其他易学师派的异同,遂令五鹿与诸"易"家辩论。充宗利口善辩,又是汉元帝宠臣,诸儒皆称疾不敢应答。有人推荐布衣朱云入宫辩论,朱云"摄衣登堂,抗首而请,音动右左。既论难,连拄五鹿君。故诸儒为之语曰:'五鹿岳岳,朱云折其角。'"①朱云因精彩表现而被元帝征为博士且迁官。(歌谣具体解释,详见后文。)

《京师为戴凭语》("解经不穷戴侍中")标榜的是东汉光武帝时期名儒戴凭,是对戴凭说经水平的至高赞誉。据《后汉书·儒林列传·戴凭传》:"(凭)年十六,郡举明经,征试博士,拜郎中。时诏公卿大会,群臣皆就席,凭独立。光武问其意。凭对曰:'博士说经皆不如臣,而坐居臣上,是以不得就席。'"光武帝遂令戴凭上殿辩论,戴凭果然表现出众,受到光武帝的欣赏,拜为侍中。本传又载,"正旦朝会,百僚毕会,帝令群臣能说经者更相难诘,义有不通,辄夺其席以益通者,凭遂重坐五十余席。故京师为之语曰:'解经不穷戴侍中'"②"戴凭夺席"的典故由此而来。名儒荟萃之际,戴凭连续挫败了五十余人。技压群雄、一枝独秀,场面何其风光、何其壮观!

从朱云、戴凭的经历可以看出,汉代朝廷辩论的气氛是很浓厚的,这与帝王本人的学术兴趣和大力倡导密不可分。此外,朝廷辩论注重表达能力,根据现场说经、论辩的效果决定水平高下,不拘一格地选拔人才;对儒者个人而言,朝廷公开辩论是较为客观公正的评价方式,只要有一经之长,勇于抓住机会一逞锋芒,就能出人头地、快速升迁、誉满儒林。朱云由一介布衣而征为博士,戴凭因一次精彩表现而由禄秩六百石的郎中超升为比二千石的侍中,无不印证了这一时代氛围。由此可见,朝廷辩论是官员升迁的"快车道",为儒者高度重视。

"殿中无双丁孝公"(《时人为丁鸿语》)标榜的是儒者丁鸿(字孝公)的辩论水平。歌谣的背景是汉章帝时期召开的白虎观会议,《后汉书·丁鸿列传》载:"肃宗诏鸿与广平王羡及诸儒楼望、成封、桓郁、贾逵等,论定五经同异于北宫白虎观,使五官中郎将魏应主承制问难,侍中淳于恭奏上,帝亲称制临决。鸿以才高,论难最明,诸儒称之,帝数嗟美焉。时人叹曰:'殿中无双丁孝公。'

---

① 〔汉〕班固:《汉书·朱云传》,第 2913 页。
② 两处引文分别引自〔南朝宋〕范晔:《后汉书·儒林列传·戴凭传》,第 2553、2554 页。

数受赏赐,擢徙校书,遂代成封为少府。门下由是益盛,远方至者数千人。"①在这场连续月余的儒学大讨论中,丁鸿以"论难最明"获得了儒林的称道和皇帝的赏识,由此仕途通达,门徒兴盛。这是以辩经才能打通仕途的典型实例。

《诸儒为刘恺语》("难经伉伉刘太常")标榜的主角是汉安帝时的太常刘恺。华峤《后汉书》曰:"刘恺为太常,论议常引正大义,诸儒为之语曰:'难经伉伉刘太常。'"②所谓"难经",是针对儒学经典中某些难点的论难、辩论;"伉伉",指刘恺"论议引正,辞气高雅",③表现出了刚正守礼的儒者风采。笔者以为,"伉伉"当为"抗抗"的假借字。清王念孙《广雅疏证》释"亢"条,列举了典籍中诸多例句后概括道:"亢、伉、抗,并通。"④"抗",《说文解字》释曰:"扞也。从手,亢声。"⑤"干"指盾牌,"扞"从手从干,则表示手执盾牌,乃自卫、抵御之义,故"抗"亦有自卫、抵御之义。又《说文解字》释"健"字曰:"伉也,从人建声。"⑥是故"伉"有扞、健等义。综上,"难经伉伉刘太常"中的"伉伉"指抵抗、抵御之义,用以形容刘恺在难经过程中引正大义、不容侵犯。

第三节 儒林歌谣与朝廷的政治斗争

汉代的儒学史,是儒家士人前仆后继争取政治地位的奋斗史,也是他们誓死捍卫政治话语权的抗争史。当宦官得宠专权、垄断政治资源、败坏政治风气、侵犯正直士人的政治权益时,儒家士人必然拼死抗争。到了汉末,儒林与宦官集团甚至展开了你死我活的惨烈厮杀。在此过程中,儒家士人以歌谣为"批判的武器",营造声势、声援同道、配合朝廷官员反对宦官集团,极具时代特色。

与前面两节表现儒林标榜和儒林学术交流的歌谣相比,这里表现与宦官势力斗争的歌谣则呈现出了较为复杂的面貌:有的以标榜儒家士大夫的方式来彰显儒林士人团结同道、同仇敌忾;有的则径以宦官为批判对象,儒者的形象并未出现。不难想见,作谣者必是儒林中人,而不大可能是底层百姓,因为底层百姓与宦官的距离过于遥远,不构成直接的利益冲突,与宦官

---

① 〔南朝宋〕范晔:《后汉书·丁鸿列传》,第1264页。
② 〔晋〕华峤:《后汉书·刘恺传》,〔清〕汪文台撰、周天游校本,第336页。
③ 〔南朝宋〕范晔:《后汉书·刘般列传附刘恺传》,第1307页。
④ 〔清〕王念孙:《广雅疏证》,张其昀点校本,第303页。
⑤ 〔汉〕许慎:《说文解字》,班吉庆校订本,第358页。
⑥ 〔汉〕许慎:《说文解字》,班吉庆校订本,第223页。

具有直接利益冲突的当是儒林学子和儒家出身的官员。

一、表现西汉时期儒林与宦官斗争的儒林歌谣

宦官专权,早在西汉中后期就已端倪初显,儒林批判宦官的歌谣也因此应运而生。

较早的歌谣如《诸儒为朱云语》:"五鹿岳岳,朱云折其角。"歌谣的意思是:五鹿虽然高傲不逊,却被朱云扳折了角。"岳岳",《汉书》颜师古注曰:"岳岳,长角之貌。"①五鹿本为姓,这里语意双关,又取义自然界的长角公鹿。自然界的公鹿,一般鹿角越长,攻击力越强。这里的鹿角被折,传达出的是五鹿的傲气受挫。歌谣具有双重象征含义,它既表现了朝廷上朱云与五鹿之间的学术较量,同时也折射出了当时儒家与宦官势力集团的政治斗争。五鹿本人虽不是宦官,但他攀附大宦官石显,助纣为虐,可算是宦官势力集团的重要成员。因此,五鹿被朱云"折角",不仅使朱云个人成名,更是儒者集团的一次胜利。朱云的胜利,使颐指气使的宦官集团遭到了一次教训,这无异于为儒林中人出了一口气。

汉元帝时期还有《牢石歌》:"牢邪石邪,五鹿客邪!印何累累,绶若若邪!"歌谣摄取了得势者官印硕大、绶带飘逸的傲慢神态,揭露了中书令石显、中书仆射牢梁、少府五鹿充宗结党营私、互相依附的事实。歌谣大意是:是牢梁的客、石显的客,还是五鹿的客呢?你看那硕重的官印和长飘的绶带啊!"累累""若若",《汉书·石显传》颜师古注曰:"累累,重积也。若若,长貌。"据《汉书·佞幸传》可知,汉元帝时,宦官石显为中书令,与仆射牢梁、少府五鹿充宗结为党友。汉元帝认为"中人无外党,精专可信任",于是将朝政无论大小事情都委托给石显,由其决断,由此"贵幸倾朝,百僚皆敬事显"。实际上,石显这个人并不是精忠体国的正人君子,而是一个善于打击报复、迫害异己的阴险小人。《汉书》本传描写他"为人巧慧习事,能探得人主微指,内深贼,持诡辩以中伤人,忤恨睚眦,辄被以危法。"②在石显的构陷之下,诸多朝臣或自杀、或被禁锢、或抵罪。石显是令人不齿的小人,但因为他掌握权力,趋炎附势之流不请自来,"印何累累,绶若若邪"正是对这些攀附得势者的摹写。

汉成帝时期《长安谣》曰:"伊徙雁,鹿徙菀,去牢与陈实无贾。"歌谣大

---

① 〔汉〕班固:《汉书·朱云传》,第2914页。
② 四处引文分别引自〔汉〕班固:《汉书·佞幸传·石显传》,第3728、3726页。这首歌谣代表了正直士人的心声,应该是由儒林同道所做。这里虽冠之以"民歌之曰"字样,其作者应是遭受宦官集团贬抑、压制的朝廷官员或广大儒林中人,而不可能是社会上的普通百姓。

意是说：伊嘉迁为雁门都尉，五鹿充宗迁为玄菟太守，牢梁、陈顺二人皆免官而无求取。"贾"应读若"古"，求取之意。汉成帝上台后，清除前朝宦官势力，歌谣描写了宦官垮台时"树倒猢狲散"的场景。《汉书·佞幸传》载，"元帝崩，成帝初即位，迁（石）显为长信中太仆，秩中二千石。显失倚，离权数月，丞相御史条奏显旧恶，及其党牢梁、陈顺皆免官。显与妻子徙归故郡，忧满不食，道病死。诸所交结，以显为官，皆废罢。少府五鹿充宗左迁玄菟太守，御史中丞伊嘉为雁门都尉。长安谣曰：'伊徙雁，鹿徙菟，去牢与陈实无贾。'"①于是有了这首大快人心的《长安谣》。

二、表现东汉时期儒林与宦官斗争的儒林歌谣

东汉光武帝以后，开始用宦官为中常侍，到了和熹邓太后以后，中常侍则专用宦官。中常侍常常在皇帝身边，与皇帝的关系相比其他官员要亲密得多，因而权力开始变大。汉末桓灵之季，"主荒政谬，国命委于阉寺"，②宦官父兄子弟更是横行霸道、无法无天。中常侍在朝廷上控制朝政，在地方上则把持选举，以至出现宦官"父兄子弟皆为公卿列校、牧守令长，布满天下"③的荒唐局面。经济上，宦官的贪婪骄奢亦不遑多让，据袁宏《后汉纪》，桓帝时中常侍侯览曾"前后请夺民田三百余顷，第舍十六区，皆高楼，四周连阁，洞殿驰道周旋，类于宫省"；④灵帝时"中官专朝，奢僭无度，各起第宅，拟制宫室"。⑤

这样，良性的政治环境被破坏，太学生和郡国生徒不能按照正常途径进入宦途。《后汉书·党锢列传》描写儒林士人的激烈抗争道："匹夫抗愤，处士横议，遂乃激扬名声，互相题拂，品核公卿，裁量执政。"⑥儒家士人在政权上虽处于弱势，但他们与朝臣互通声气，掌握了舆论主导权，因而扩张了影响力、获得了广泛的同情。所谓"横议""题拂""品核""裁量"等活动，既包括当时的士林"清议"在内，也包括了儒林歌谣的广泛传播。大量的儒林歌谣产生于这一社会环境下，表达了与宦官势力的激烈抗争，同时也传播了儒家士人的价值观念和政治理想。

桓帝时期有《天下为四侯语》："左回天，具独坐。徐卧虎，唐两堕。"批

---

① 〔汉〕班固：《汉书·佞幸传·石显传》，第3729—3730页。
② 〔南朝宋〕范晔：《后汉书·党锢列传》序，第2185页。
③ 〔南朝宋〕范晔：《后汉书·宦者列传·曹节传》，第2525页。
④ 〔晋〕袁宏：《后汉纪·孝桓皇帝纪下》，张烈点校本，北京：中华书局，2017年，第429页。
⑤ 〔晋〕袁宏：《后汉纪·孝灵皇帝纪下》，张烈点校本，第486页。
⑥ 〔南朝宋〕范晔：《后汉书·党锢列传》序，第2185页。

判的是桓帝时期左悺、具瑗、徐璜、唐衡四名宦官,写出了他们的骄横、凶残和毒辣。《后汉书·宦者列传》载:"其后四侯转横,天下为之语曰:'左回天,具独坐。徐卧虎,唐两堕。'皆竞起第宅,楼观壮丽,穷极伎巧。金银罽毦,施于犬马。多取良人美女以为姬妾,皆珍饰华侈,拟则宫人。其仆从皆乘牛车而从列骑。又养其疏属,或乞嗣异姓,或买苍头为子,并以传国袭封。"对于歌谣的内容,唐李贤注曰:"独坐言骄贵无偶也","两堕谓随意所为不定也。今人谓持两端而任意为两堕。诸本'两'或作'雨'"。① 这四名宦官何以能够肆无忌惮、恣意横行呢?这一切根源于东汉后期特殊的政治生态。桓帝时,外戚大将军梁冀把持朝政、骄横妄为,桓帝不甘心做梁冀手中的傀儡,遂借助宦官力量铲除梁冀及其宗族党羽。然而,"请佛容易送佛难",宦官既然救难有功,必然要求回报。五名有功的宦官同日迁官封侯,世谓"五侯",后来单超病死,成了四侯。宦官因其生理功能缺失、没有后代延续生命,容易产生强烈的补偿心理,一旦上位就变本加厉求得满足。他们在帮助桓帝消灭外戚梁冀势力之后,开始变得骄横跋扈、气焰熏天,转而成为继外戚势力之后朝廷政治新的顽疾。

不仅如此,宦官还为自己编织势力网,以加固权势基础。《后汉书·宦者列传》中说:"(宦官)兄弟姻戚皆宰州临郡,辜较百姓,与盗贼无异。超弟安为河东太守,弟子匡为济阴太守,璜弟盛为河内太守,悺弟敏为陈留太守,瑗兄恭为沛相,皆为所在蠹害。"这种利益均沾的求官方式破坏了政治规矩,破坏了察举选官规则,从而使政治失范。不仅如此,这些平步青云的宦官子弟既缺乏从政素养,又无道德底线,他们嚣张暴虐的程度令人发指,如"(徐)璜兄子宣为下邳令,暴虐尤甚。先是求故汝南太守下邳李暠女不能得,及到县,遂将吏卒至暠家,载其女归,戏射杀之,埋著寺内"。② 在这种乌烟瘴气的混乱局面下,儒林士人同宦官势力集团的激烈斗争,就不能视为仅代表儒林小规模群体的利益,应该视为代表了广大百姓的生存诉求。

《桓帝时京都童谣》("游平卖印自有平,不辟豪贤及大姓")赞颂桓帝时期外戚窦武,他与太傅陈蕃合力整顿朝政、剪除宦官势力。歌谣载自《后汉书·五行志》,原文曰:"桓帝之初,京都童谣曰:'游平卖印自有平,不辟豪贤及大姓。'案到延熹之末,邓皇后以谴自杀,乃以窦贵人代之,其父名武字游平,拜城门校尉。及太后摄政,为大将军,与太傅陈蕃合心戮力,惟德是

---

① 三处引文均引自〔南朝宋〕范晔:《后汉书·宦者列传》,第 2521 页。
② 两处引文均引自〔南朝宋〕范晔:《后汉书·宦者列传》,第 2521—2522 页。

建、印绶所加,咸得其人,豪贤大姓,皆绝望矣。"①延熹八年(公元165年),窦武长女入选为桓帝贵人,后来又立为皇后,窦武自然跟着身价倍增,成为朝廷炙手可热的人物。但是窦武与多数骄横跋扈、没有道德人文底蕴的外戚不同,他身上具有强大的人格魅力,吸引了一大批对其寄予厚望的儒林中人聚集在他周围。据《后汉书·窦武列传》:"(武)在位多辟名士,清身疾恶,礼赂不通,妻子衣食裁充足而已。是时羌蛮寇难,岁俭民饥,武得两宫赏赐,悉散与太学诸生,及载肴粮于路,丐施贫民。"窦武的行为博得了社会舆论的广泛赞赏,使其成为名士领袖。桓帝病亡后,窦太后临朝称制,与窦武和宗室刘猛等谋立刘宏为帝,是为灵帝,窦武因扶立新皇帝有功而任大将军。窦武以名士而为外戚,成为清流派士大夫的领袖,与陈蕃合作整顿朝政、剪除宦官,"引同志尹勋为尚书令,刘瑜为侍中,冯述为屯骑校尉;又征天下名士废黜者前司隶李膺、宗正刘猛、太仆杜密、庐江太守朱寓等,列于朝廷;请前越嶲太守荀翌为从事中郎,辟颍川陈寔为属,共定计策。于是天下雄俊,知其风旨,莫不延颈企踵,思奋其智力。"②这就是歌谣"游平卖印自有平,不辟豪贤及大姓"产生的时代背景。

三、儒林歌谣中的特殊类型——"太学歌谣"

自汉武帝尊儒术、立太学之后,太学既是培养人才的教育机关,也是国家未来官员的储备场所,还是国家教化风俗的发源地。所以,太学中人怀有一种责任感、使命感,对自身有很高的政治期许。东汉后期,太学生势力壮大,太学生们制作歌谣反抗宦官专权和虐政,褒贬人物、"寻其友声",将歌谣的斗争功能发挥得淋漓尽致,我们将这一类由太学生创作、从太学中流传出来的歌谣称为"太学歌谣"。

《太学诸生语》("天下模楷李元礼,不畏强御陈仲举,天下俊秀王叔茂")歌颂李膺、陈蕃、王畅三位正直的朝廷官员。《后汉书·党锢列传》描述这一时期太学生与朝廷官员互相往还、互相标榜的情况道:"诸生三万余人,郭林宗、贾伟节为其冠,并与李膺、陈蕃、王畅更相褒重。学中语曰:'天下模楷李元礼,不畏强御陈仲举,天下俊秀王叔茂。'又渤海公族进阶、扶风魏齐卿,并危言深论,不隐豪强。自公卿以下,莫不畏其贬议,屣履到门。"③

太学生自造声势、结成党人以对抗浊流势力,歌谣也反映了这一情况。

---

① 〔晋〕司马彪:《后汉书·五行志一》,第3282—3283页。
② 两处引文分别引自《后汉书·陈蕃列传》,第2239页、第2241—2242页。
③ 〔南朝宋〕范晔:《后汉书·党锢列传》序,第2186页。

太学生们之所以为李膺（字元礼）、陈蕃（字仲举）、王畅（字叔茂）等正直的朝廷官员做颂谣，称他们是"模凯""俊秀"，是对他们整顿混乱秩序、使政治重回健康轨道寄予了厚望。李膺、陈蕃等人不负太学生的信任，他们在东汉末年反对宦官专权的斗争中表现得可歌可泣，最后都为正义而牺牲。李膺在桓帝时为司隶校尉，与太学生领袖郭太结交，反对宦官专权。宦官张让弟张朔贪残无道，李膺率将吏将其捕杀，使得诸黄门常侍鞠躬屏气，休沐不敢复出宫省。这时候朝廷纲纪废弛，李膺独持风裁，以声名自高，士有被其客接者，被称为"登龙门"，这样的名士，却在第一次党锢之祸中被免官，在第二次党祸中被杀。桓帝延熹九年（公元166年）党锢之祸起后，在李膺等人以党事下狱的情势下，身为朝廷柱石的陈蕃，向桓帝上《考实党事疏》，为党人求情，痛斥桓帝听信奸佞、迫害忠良的行为，将其比作"焚书坑儒"的秦始皇。① 后来陈蕃与窦武谋划诛灭宦官，在事情泄露后被杀。被赞誉为"天下俊秀"的王畅，在打击豪强贵戚方面表现出了惊人之举，《后汉书·王畅列传》中写王畅拜南阳太守后整顿地方秩序的做法："前后二千石逼惧帝乡贵戚，多不称职。畅深疾之，下车奋厉威猛，其豪党有衅秽者，莫不纠发。会赦，事得散。畅追恨之，更为设法，诸受赃二千万以上不自首实者，尽入财物；若其隐伏，使吏发屋伐树，堙井夷灶，豪右大震。"② 为了追求社会公平正义，王畅对于不法豪强采取了超常规的做法，这是其受到太学生赞誉的根本原因。

太学生反抗宦官的歌谣规模最大的要算《太学中谣》五首了。第一次党锢之祸后，正直的儒林士人遭到废黜，但他们毫不气馁，以歌谣相砥砺、互通声气。他们模仿上古传说中"八元""八凯"之名目，赋予诸多官员和名士以"三君""八俊""八顾""八及""八厨"等称号。

《太学中谣》其一，标榜"三君"曰："天下忠诚窦游平，天下义府陈仲举，天下德弘刘仲承。""三君"为窦武、陈蕃、刘淑。"君者，言一世之所宗也。"③党人领袖就是被士人尊为"一世之所宗"的"三君"。太学生以"忠""义""德"等儒家道德标榜这三人。在三君中，"不畏强御"的陈蕃是清流派士大夫官僚的代表，是党人集团的政治领袖；窦武则以外戚的身份成为党人政治的靠山；宗室刘淑则为党人集团精神信仰的依托。窦武、陈蕃事迹已见前述，兹不赘言。宗室刘淑也与宦官展开了殊死抗争，他上书桓帝"以为宜

---

① 〔南朝宋〕范晔：《后汉书·陈蕃列传》，第2166页。
② 〔南朝宋〕范晔：《后汉书·王畅列传》，第1823页。
③ 〔南朝宋〕范晔：《后汉书·党锢列传》序，第2187页。

罢宦官,辞甚切直",灵帝即位后"宦官潜淑与窦武等通谋,下狱自杀"。①

《太学中谣》其二标榜"八俊"曰:"天下模楷李元礼,天下英秀王叔茂,天下良辅杜周甫,天下冰凌朱季陵,天下忠贞魏少英,天下好交荀伯条,天下稽古刘伯祖,天下才英赵仲经。""八俊"为李膺、王畅、杜密、朱寓、魏朗、荀翌、刘祐、赵典八人。"俊者,言人之英也。"②

《太学中谣》其三歌咏"八顾"曰:"天下和雍郭林宗,天下慕恃夏子治,天下英藩尹伯元,天下清苦羊嗣祖,天下瑶金刘叔林,天下雅志蔡孟喜,天下卧虎巴恭祖,天下通儒宗孝初。""八顾"为郭泰、夏馥、尹勋、羊陟、刘儒、③蔡衍、巴肃、宗慈。"顾者,言能以德行引人者也。"④

《太学中谣》其四标榜"八及"曰:"海内贵珍陈子鳞,海内忠烈张元节,海内謇谔范孟博,海内通士檀文友,海内彬彬范仲真,海内珍好岑公孝,海内所称刘景升。"所谓"八及",不知何故歌谣中只有七人,即陈翔、张俭、范滂、⑤檀敷、苑康、岑晊、刘表,《后汉书》中另有孔昱,则共八人。"及者,言其能导人追宗者也。"⑥

《太学中谣》其五标榜"八厨"曰:"海内贤智王伯义,海内修整蕃嘉景,海内贞良秦平王,海内珍奇胡母季皮,海内光光刘子相,海内依怙王文祖,海内严恪张孟卓,海内清明度博平。""八厨"为王章、蕃向、秦周、胡母班、刘翊、⑦王考、张邈、度尚。"厨者,言能以财救人者也。"⑧

这一组《太学中谣》,声势浩大,无论是标榜的人物数量,还是歌谣的用词风格,都是独具一格的。在太学生看来,歌咏正能量、赞美儒家官员的忠诚与道义,具有团结同道、一致对敌的作用。笔者通过对歌谣中所标榜人物遭际及结局的统计发现,除王章、蕃向、秦周三人情况不详外,其余的三十二人中,有十三人死于宦官的迫害,或被杀害,或被迫自杀。其中被杀的有陈蕃、李膺、朱寓、荀昱、巴肃、范滂六人,被迫自杀的有窦武、刘淑、杜密、魏朗、尹勋、刘儒、刘翊七人。可见,儒家士大夫与宦官之间的斗争是极其惨烈的。

---

① 〔南朝宋〕范晔:《后汉书·党锢列传·刘淑传》,第2190页。
② 〔南朝宋〕范晔:《后汉书·党锢列传》序,第2187页。
③ 〔南朝宋〕范晔:《后汉书·党锢列传》"八顾"中无刘儒而有范滂,第2187页。
④ 〔南朝宋〕范晔:《后汉书·党锢列传》序,第2187页。
⑤ 〔南朝宋〕范晔:《后汉书·党锢列传》"八及"中无范滂而有翟超,第2187页。
⑥ 〔南朝宋〕范晔:《后汉书·党锢列传》序,第2187页。
⑦ 〔南朝宋〕范晔:《后汉书·党锢列传》"八厨"中无刘翊而有刘儒,第2187页。
⑧ 〔南朝宋〕范晔:《后汉书·党锢列传》序,第2187页。

第四节　汉代儒林歌谣评价

儒林歌谣是汉代歌谣大家族的一个类别,它的产生及兴盛,除了植根于"观风察政"的时代文化土壤,还受汉代儒学兴盛背景下时代政治、文化等因素的深刻影响。具体分析,有以下几种因素对其起作用:一是汉代实行的"察举"选官制度,催生了人物标榜活动,反映在了儒林歌谣中;二是汉代儒学生活方式孕育了儒学价值观,二者又发生相互影响,在儒林歌谣中都得到表现;三是汉末儒家士人为争取生存空间,以歌谣为斗争的武器,与专权的宦官展开斗争。以上三者形成合力,构成了汉代儒林歌谣勃兴的时代驱力。

一、汉代选官方式与汉代儒林歌谣

两汉察举取士,给儒家知识群体提供了参政的机遇,而察举过程中注重考察士人名望的导向,也刺激儒林中人创作歌谣相互标榜、张扬名声,这是汉代儒林歌谣兴起的一个重要原因。

汉代选官实行"察举征辟",常见的是"察举",也有由皇帝特别征辟、迁官的情况。察举征辟的标准,统而言之是儒学标准,具体来说主要有两个,一为儒者的经学成就,一为儒者的道德影响,具体衡量尺度主要依据社会上的舆论评价,即社会舆论认同度。儒者在道德方面的卓特之处或在经学方面所取得的成就,可使他们在地方舆论评价中脱颖而出,从而为州郡长官所知晓、所察举。因此,地方上的标榜是至关重要的一环,侯外庐先生主编的《中国思想史》中对此有清晰的说明:"汉朝的察举与征辟,所凭借的品评标准,是出自乡里的意见;其在太学中的,则依据学中之议,所以'乡里之号''时人之语''时人之论''京师之语''学中之语''天下之称',乃是一种有力的荐举状……是延誉上达的利器。"[①]为了实现仕进目标,儒家士人"凡可以得名者,必全力赴之",[②]于是催生了皓首穷经的苦读和高调的道德苦修,标榜歌谣由此得以产生,帮助儒者声名远扬。

综观这些被标榜的儒林人物,他们或在经学上深入钻研,或展现了儒家伦理道德所倡导的品格。从某种意义上讲,后一种品质更能获得世人的好

[①] 侯外庐:《中国思想史》第二卷,第367页。
[②] 〔清〕赵翼:《廿二史札记》卷五"东汉尚名节"条,第78页。

感而助其成名。如东汉章帝时期的尚书郎冯豹,他的人生轨迹典型地体现了刻苦修身—歌谣标榜—察举出仕这一常规路径。冯豹年少时的经历比较凶险,差点被后母害死,但他敬事后母,成就了在士林中的孝子名声,于是"乡里为之语曰:'道德彬彬冯仲文。'举孝廉,拜尚书郎,忠勤不懈。"①从乡人为他创作歌谣,到冯豹被举孝廉、并拜尚书郎,这之间环环相扣,歌谣在帮助冯豹走上仕途的过程中起到了通行证的作用。

汉代选官的另一特点,是皇帝常以儒者在经学辩论中的优异表现为依据,将儒者破格升迁。这样一种导向促使儒者在唇枪舌剑的辩说中重视说经、辩论技巧,以期在关键时刻一鸣惊人,一部分儒林歌谣就集中表现了这一时代特点。如前文所提到的朱云,是一位允文允武的儒者,之前被推荐做御史大夫,却因为他的平民身份而未获通过;但他时来运转,被招来与五鹿充宗论《易》,终于在朝廷上大放光芒,被汉元帝特征为博士并迁杜陵县令,多年的学术储备促成了朱云事业上的辉煌。又如歌谣"解经不穷戴侍中"的主角戴凭,本是太学博士、官拜郎中,在公卿大会之际,因为官卑位浅而叨陪末座,但他艺高人胆大,抓住时机与诸儒论难,解经最为精彩,因而被光武帝破格擢为侍中。由此可见,汉代选官,既有由州郡长官察举推荐给朝廷、按部就班地累积资历的;也不乏说经、辩论高超者,由皇帝不拘常规地破格提升的。这样,我们也就不难理解,何以有那么多儒林歌谣将关注点放在了儒者的说经、难经技巧上,如赞美匡衡说诗的"无说诗,匡鼎来。匡说诗,解人颐",如称美杨政说经的"说经铿铿杨子行"、祁圣元辩论的"论难僠僠祁圣元"以及刘恺难经的"说经伉伉刘太常",等等。

儒林标榜类歌谣表面上是针对儒者个人的,实际上也牵扯着儒林师法、门派的整体利益。众所周知,"汉人治经,各守家法;博士教授,专主一家",②每一部经典的解说都是一源多流,甚至是多源众流,师法、家法间泾渭分明,儒者的个人命运与其学派命运休戚相关、荣辱相系,于是就出现了《后汉书·儒林列传》中所说的汉代儒家"专相传祖,莫或讹杂,至有分争王庭,树朋私里,繁其章条,穿求崖穴,以合一家之说"③的情况。从表面上看,这种做法是展示学派个性,是追求真理的表现,而其背后则不乏学派利益(兼及个人利益)的考虑。从个人利益角度看,标榜类歌谣,乃是儒者被察举征辟、被破格升迁的"推荐信";从学派利益来看,又是其所属学派的"代

---

① 〔南朝宋〕范晔:《后汉书·冯衍列传附冯豹传》,第1004页。
② 〔清〕皮锡瑞:《经学历史》,第75页。
③ 〔南朝宋〕范晔:《后汉书·儒林列传》论,第2588页。

言",具有彰显学派价值、提升学派地位的作用,因为某家学派一旦立于学官,该学派的生徒也更容易在各种场合脱颖而出。《春秋》"公羊学"与"谷梁学"争立的曲折过程,就典型地体现了"争请立学者,所见甚陋,各怀其私,一家增置,余家怨望"①的复杂心理。今人吕思勉先生对于儒林人士相互标榜的深层动机及其所导致的负面作用也有深刻的洞察,他在《秦汉史》中一针见血地指出:"互相标榜,本系恶习。当时之士,所以趋之若鹜者,一则务于立名,一亦汉世选举,竞尚声华,合党连群,实为终南捷径耳。"②评价虽低,但并非全然无据。

二、汉代社会儒学价值观与汉代"儒林歌谣"

自汉武帝"罢黜百家、独尊儒术",儒学上升为国家意识形态且日益覆盖社会生活的方方面面。《汉书·儒林传》序中说:"(汉武帝)黜黄老、刑名百家之言,延文学儒者以百数,而公孙弘以治《春秋》为丞相封侯,天下学士靡然乡风矣。"自丞相公孙弘主定太学制度以来,"公卿大夫士吏彬彬多文学之士矣"。③ 与此相应,读经入仕成为进入官场的主要通道。汉元帝时期,儒生贡禹、薛广德、韦玄成、匡衡诸人迭为宰相,"自后公卿之位,未有不从经术进者……以累世之通显,动一时之羡慕。"④据郝建平《论汉代教育对社会的影响》一文研究成果可知:汉武帝以前,公卿中没有文化或文化偏低者,吕后时占40%,景帝时占33.3%,而自武帝兴学,以明经取士,下降到10%,宣帝时为4.6%,公卿中几乎没有非文化者了。反过来说,惠帝时公卿中儒生所占比例为11.1%,武帝时达到40%,元帝以后一直到东汉保持在70%—80%以上的比例。⑤ 与此同时,汉武帝时为博士官置弟子五十人,昭帝时博士弟子满百人,宣帝末倍增之,元帝更设员千人,成帝末增至三千人,平帝时王莽秉政,增博士至三十人,弟子万八百人,到东汉末年,太学诸生已达到三万余人。⑥

从中国疆域的广阔性来说,太学弟子虽有几万人,但名额仍属有限;加之京师路途遥远,求学不便,促使经师大儒在各地开私学、立精舍、授徒讲学,两汉时期的经学大师几乎都是私人讲学的名家。特别是东汉时期,经师

---

① 〔清〕皮锡瑞:《经学历史》,第81—82页。
② 吕思勉:《秦汉史》,北京:新世界出版社,2009年,第196页。
③ 两处引文分别引自〔汉〕班固:《汉书·儒林传》序,第3593、3596页。
④ 〔清〕皮锡瑞:《经学历史》,第101页。
⑤ 郝建平:《论汉代教育对社会的影响》,载自《阴山学刊》1993年第3期,第41—42页。
⑥ 参见〔汉〕班固《汉书·儒林传》序,及〔南朝宋〕范晔《后汉书·儒林列传》序。

私学授徒动辄成百上千、甚至上万,总量远超太学生。① 这些经学大师,有的居官同时讲授,如牟长"自为博士及在河内,诸生讲学者常有千余人,著录前后万人";②有的罢官、辞官后归乡里授徒,如董仲舒"去位归居,终不问家产业,以修学著书为事";③杨伦以直谏不合于时,辞官"讲授于大泽中,弟子至千余人";④周磐思母,弃官还乡"教授门徒常千人";⑤有的因不乐仕进而居家教授,如钟皓避隐密山,"以诗律教授门徒千余人",⑥被征为廷尉正、博士、林虑长,皆不就。据研究者统计,仅见于《后汉书》中的东汉私学有三十八家,受业弟子千人以上者十五家,万人以上者两家。⑦ 汉班固《两都赋》中描述东汉时期儒学教育繁盛的状况是:"四海之内,学校如林,庠序盈门。"⑧经学大师的私家传授,促进了经学的广泛传播,弥补了太学教育范围的有限性。学儒人数的剧增,社会上学儒读经的热情持续高涨,都印证了"欲兴经学,非导以利禄不可"⑨的时代趋势。

桓荣的事例非常能够说明问题。西汉大儒董仲舒"三年不窥园"的故事为世人熟知,殊不知两汉之交的沛郡桓荣更远为过之,史载桓荣"贫窭无资,常客佣以自给,精力不倦,十五年不窥家园"。⑩ 一个人非有强大的精神支撑是无法做到"十五年不窥家园"的,桓荣的精神支撑是什么? 在笔者看来,这其中不乏学术钻研本身的乐趣,现实功利考量恐怕也是一个不容忽视的重要因素。《后汉书》中对此有所呈现,建武二十八年(公元 52 年),光武帝刘秀拜桓荣为太子(刘庄,即后来的明帝)少傅后,"荣大会诸生,陈其车马、印绶,曰:'今日所蒙,稽古之力也,可不免哉!'"⑪桓荣大会诸生时志满意得的言辞、神情跃然纸上,折射出了他内心深处对名利的追求。建武三十年(公元 54 年),桓荣又拜太常,位列朝廷九卿之首,"荣初遭仓卒,与族人桓

---

① 据〔南朝宋〕范晔《后汉书·儒林列传》载,东汉梁丘易宗师张兴"弟子自远至者,著录万人",治欧阳尚书的牟长"诸生讲学者常有千余人,著录前后万人",治韩诗的杜抚"归乡里教授,弟子千余人",治严氏春秋的楼望"诸生著录九千余人",学通五经的蔡玄"门徒常千人,其著录者万六千人",汉末李膺早年"教授常千人",汝南名士郭太"闭门教授,弟子以千数",此类事例不胜枚举。
② 〔南朝宋〕范晔:《后汉书·儒林列传·牟长传》,第 2557 页。
③ 〔汉〕班固:《汉书·董仲舒传》,第 2525 页。
④ 〔南朝宋〕范晔:《后汉书·儒林列传·杨伦传》,第 2564 页。
⑤ 〔南朝宋〕范晔:《后汉书·周磐列传》,第 1311 页。
⑥ 〔南朝宋〕范晔:《后汉书·钟皓列传》,第 2064 页。
⑦ 孙峰、肖世民:《汉代私学考》,《西安联合大学学报》1999 年第 3 期,第 68 页。
⑧ 〔汉〕班固:《两都赋》,引自〔南朝梁〕萧统《文选》,第 38 页。
⑨ 〔清〕皮锡瑞:《经学历史》,第 73 页。
⑩ 〔南朝宋〕范晔:《后汉书·桓荣列传》,第 1249 页。
⑪ 〔南朝宋〕范晔:《后汉书·桓荣列传》,第 1251 页。

元卿同饥厄,而荣讲诵不息。元卿嗤荣曰:'但自苦气力,何时复施用乎?'荣笑不应。及为太常,元卿叹曰:'我农家子,岂意学之为利乃若是哉!'"①桓荣的自我炫耀与其族人桓元卿的评价相互呼应,都鲜明地折射出了学儒的强大利益驱动。当然,这样说并非全然否定士人学儒的学术兴趣,学术兴趣与利益追求二者之间并非水火不容,而是可以有机统一的。

在现实利益的强大刺激下,普通大众的生活方式及价值观亦随之而发生一些渐变,社会上形成了注重读经、以读经出仕为荣的心理,这种现实土壤就为歌谣提供了创作驱动力和表现素材;反过来,儒林歌谣经由传唱之后,口耳相传又影响了千家万户,进一步强化了广大民众的儒学价值观,这二者可以说是相辅相成的。

汉代社会对儒学价值观的认同,在西汉时期的《邹鲁谚》中反映得最为生动直接,谚曰:"遗子黄金满籝,不如一经。"歌谣的背景是:邹鲁地区崇儒读经之家韦贤、韦玄成父子以饱学明经而先后任宣帝、元帝朝丞相,成为人们艳羡的目标。② 韦氏父子的成功使人们认识到,营造儒学家风、使子弟走上仕途,其价值远比给他们留下万贯家财更荣耀、更持久。自此之后,中国历史上读经入仕的价值观再也没有动摇过。

价值观的嬗变在诸多儒林歌谣中得到了呈现和折射,东汉时期歌谣《时人为孔氏兄弟语》曰:"鲁国孔氏好读经,兄弟讲诵皆可听。学士来者有声名,不过孔氏那得成。"歌谣的背景为:东汉著名儒者孔僖是孔子第十九代孙,他的两个儿子长彦、季彦苦读经典并广招门徒,使渊源久远的家族学儒之风发扬光大。歌谣虽意在赞美孔氏兄弟,但也从一个侧面表现了当时学儒风气之盛。③ 东汉献帝时期流传一首《初平中长安谣》:"头白皓然,食不充粮。裹衣襄裳,当还故乡。圣王愍念,悉用补郎。舍是布衣,被服玄黄。"④歌谣再现了穷极一生精力专治一经的儒生们的悲惨生活,以及他们命运的戏剧性转折:考试失利的儒生们是要被遣散归乡的,他们却意想不到地得到了献帝的超常规录用,因而皆大欢喜。根据歌谣的内容及语言风格,似乎为儒林中人所作。儒生们"头白皓然"却仍在坚守,是因为"经生即不得大用,而亦得有出身",⑤也就是说儒生们这样执着,是因为有现实功利的召唤。

---

① 〔南朝宋〕范晔:《后汉书·桓荣列传》,第1252页。
② 〔汉〕班固:《汉书·韦贤传》,第3107页。
③ 〔汉〕孔鲋:《孔丛子·连丛子下》,白冶钢译注本,第352页。
④ 〔南朝宋〕范晔:《后汉书·献帝纪》李贤注引,第374—375页。
⑤ 〔清〕皮锡瑞:《经学历史》,第101页。

大多数人学儒读经首先是受现实功利的驱使,但是,在经过长时间的熏陶、浸润之后,也有人自觉超越了现实功利层面,而在精神层面自觉认同、钻研儒学真谛,这种风尚也在歌谣中有所表现。《时人为扬雄桓谭语》《时人为王符语》都清晰地表现了这种社会心理的深刻变化。再如《华阳国志》中所载《时人为折氏谚》,也反映了这种风气,歌谣曰:"折氏客谁?朱云卿、段节英,中有佣子赵仲平,但说天文论五经。"书中介绍,折像"家赀二亿,故奴姬八百人",但他出于浓厚兴趣而研习儒学,一心探求儒道,将家财悉数散施给宗族,朋友自远而至,其中还包括出身低微的佃农之子。① 这就以事实证明了,这群人是以儒家"道义"相交,并非出于求取现实物质利益的乌合之众。

三、汉末政治斗争与汉代儒林歌谣

汉末桓灵之季,宦官把持朝政、操纵地方官选举,父兄子弟横行霸道,良性的政治环境被破坏;正直官员受到贬抑,太学生和郡国生徒不能按照正常途径进入政治体制。儒家士人在权力上虽处于弱势,但他们与朝臣互通声气,掌握了舆论主导权,扩张了影响力,大量的儒林歌谣产生于这一时期,传播了儒家士人的价值观念和政治理念。正如侯外庐先生所说:"这种谣言,在汉末宦官们的权势膨胀以后,官僚们以及官僚的党羽们为了反抗宦官,便拿来作为政治斗争的工具,不但用以褒奖同类,且用以贬斥奸邪,赋予它以新的政争的性能,这是在新的政治形势之下谣言的新的发展。"②

两汉时期都有批判宦官专权的歌谣涌现,但与西汉相比,东汉时期批判宦官的歌谣特色更加鲜明。一是数量远比西汉多,也更成规模。《太学中谣》五首,标榜的人数多达三十五人,将当时重要士大夫悉数赞赏了一番,可见其社会影响力更大、更广,这种舆论威力连朝廷官员也不得不高度重视,"自公卿以下,莫不畏其贬议,履屣到门",③这也能从一个侧面反证东汉时期宦官势力远比西汉时期更为强大、为害也更为酷虐,儒林士人不得不高扬舆论,广结同盟。东汉时期批判宦官专权歌谣的第二个特色是,儒林中人以歌谣为武器,与宦官的斗争呈现出了间接性的特点。也就是说,歌谣内容并不直接针对宦官本人,而是通过对儒林人物和朝臣加以标榜的方式,营造声势、扩大影响,为政治斗争奠定舆论基础。歌谣中只出现了儒林士大夫,宦

---

① 〔晋〕常璩:《华阳国志》卷十"先贤士女总赞",刘琳校注本,第758页。
② 侯外庐:《中国思想史》第二卷,第367—368页。
③ 〔南朝宋〕范晔:《后汉书·党锢列传》序,第2186页。

官的姓名并未直接出现,这样就着力于凸显党人的才德和人缘,鼓舞同道者的士气,间接地向宦官集团传达了不甘屈服的决心。儒林士人之所以采用迂回的形式,主要是因为党锢之祸对儒林的迫害过于酷烈,儒林士人既要鼓舞同道的士气,又须采取一定的策略以保存实力。

袁宏《后汉纪》中对东汉党锢之祸的叙述及评价,字里行间流露出了一定的贬抑,不同于范晔在《后汉书·党锢列传》中对太学生和儒家官吏给予了更多的同情和赞许,反映了两位史家迥异的史观。袁宏在记述党锢之祸起因时说道:"是时太学生三万余人,皆推先陈蕃、李膺,被服其行,由是学生同声竞为高论,上议执政,下讥卿士。范滂、岑晊之徒仰其风而扇之,于是天下翕然,以臧否为谈,名行善恶托以谣言曰……海内诸为名节志义者皆附其风。膺等虽免废,名逾盛,希之者唯恐不及涉其流者,时虽免黜,未及家,公府州郡争礼命之。申屠蟠尝游太学,退而告人曰:'昔战国之世处士横议,列国之王争为拥彗先驱,卒有坑儒之祸,今之谓矣,'乃绝迹于梁、砀之间,居三年而滂及难。"①对于当日太学中群情激昂、议论时政的火热场面,袁宏是不以为然的,他借申屠蟠之口,将此情景比拟为战国时期的"处士横议",又进而联想到了秦世"坑儒"之祸。申屠蟠对于太学生们的做法并不认同,于是采取置身事外的逃逸自保态度。无疑地,申屠蟠对政治走向有着非凡的洞察力,在众人最激动、形势最高涨的时刻,冷眼旁观地预测了儒家士人的悲惨命运,在他看来,儒家士人以道统自命,以如此高歌猛进的方式批判现实政治,不可能成为常态,引火烧身是势所必然的。事实上,申屠之论、之预测均有一定道理。正直士人怀着肃清官场浊气的紧迫感,一旦上位,便以一种只争朝夕的态度肃清宦官势力,摧折地方上的一切不法之徒,培植儒家士人力量。他们持论高、用心急、缺乏一定的斗争策略,导致他们的整肃、诛杀牵连太广,也在一定程度上违反了办事程序,对皇权构成了挑战,失去了皇帝的同情与支持,失败也就在意料之中了。

与此相反,宦官集团却抓住了儒家官员做事的漏洞,向他们发起反击,拥有了一定的"程序正当性"。当然,出于泄愤心理,宦官的报复也是疯狂而残忍的,"自此诸为怨隙者,因相陷害,睚眦之忿,滥入党中。又州郡承旨,或有未尝交关,亦离祸毒。其死徙废禁者,六七百人","诏州郡更考党人门生故吏父子兄弟,其在位者,免官禁锢,爰及五属"。② 不难看出,宦官的反扑大有斩草除根的心理。

---

① 〔晋〕袁宏:《后汉纪》,张烈点校本,第 432 页。
② 两处引文分别引自〔南朝宋〕范晔:《后汉书·党锢列传》序,第 2188、2189 页。

明清之际的大儒顾炎武在《日知录·清议》中曾经说过:"天下风俗最坏之地,清议尚存,犹足以维持一二。至于清议亡而干戈至矣。"①笔者以为,汉代的儒林歌谣、特别是其中斗争性较强的歌谣,也是清议的一种表现形式。清议作为一种社会舆论监督,对于维持王朝命运发挥了巨大作用。清议尚存,说明舆论监督尚有一定效果,道德底线尚被承认;"清议亡"则说明维护王朝大一统的进步力量,对消解、腐蚀政权的恶性势力已经起不到制衡与抗争的作用,国家政治完全被黑暗力量所主宰,王朝政权的道义性、合理性已经完全丧失。汉末政治从士林清议走向军阀混战,充分印证了这一丛林法则。

---

① 〔清〕顾炎武《日知录·清议》,引自陈垣《日知录校注》,安徽大学出版社 2007 年,第 732 页。

第七章　汉代民间歌谣的政治功能考察

两汉时政歌谣通过反映政治现实而实现其价值,但歌谣并不仅仅是被动地反映汉代政治的"晴雨表"或"风向标",它在汉代政治生活中、在国家治理过程中,还发挥着独特的不可取代的作用。这主要表现在三个方面,即歌谣在官员的选拔、表彰与奖惩中发挥作用;歌谣在地方官员施政、朝廷官员议政中体现价值;歌谣在汉代各势力集团的争权斗争中大显身手。

第一节　歌谣与官员的选拔、表彰与奖惩

汉代政府以歌谣来选拔、评价、奖惩、黜陟官吏时,歌谣就起到了类似于"民意调查"的功能。儒家典籍《礼记·礼运》篇借孔子之口描画出了一幅理想社会的图景:"大道之行也,天下为公,选贤与能,讲信修睦……"①将贤德与有能力之人选拔出来为国家服务,在儒家治国理念中占有极为关键性的位置。先秦法家代表人物韩非也说,"明主治吏不治民",②强调国家要把"吏治"放在首要地位,因为吏治的好坏直接关系"治民"的效果。事实上,在中国古代国家治理中,"选贤举能""立政任人""设官分职"是王朝政治运行中的重要事项,这就涉及官员选拔、考核、奖惩等一系列具体事宜。在长期实践中,历代政治家逐渐确立并不断完善出一整套官员选拔、考课、奖惩体制。

汉代的官员选拔方式,从西汉初期对军功阶层授爵任官,发展到荫任、赀选、征辟、上书自荐,最终确立了以察举取士为核心的严密的选官体系。与此同时,汉代对各级官员特别是地方官员的监察与考绩,也是多渠道、制度化的,包括了由县向郡、郡向中央政府主管部门(丞相、三公府)"上计",

---

① 《礼记·礼运》,十三经注疏本,第 1414 页。
② 《韩非子·外储说右下》,陈奇猷集释本,第 759 页。

刺史分州部监察郡国，①和皇帝不定期派遣使者巡行天下等形式。这样，就形成了由行政系统考核、监察系统考核，以及使者巡视考核构成的多维度的监察、考核体系。

对于刺史监察与使者巡行，我们在前面的章节中已经做过说明，这里对上计的考核形式稍作介绍。所谓上计，就是由地方行政长官定期向上级呈报文书、报告地方治理状况的一种述职形式，具体操作流程如下：县令、长于年终将该县户口数、垦田数、钱谷出入、财物出入以及治安、刑狱、治理功劳等各方面情况，编制为计簿(亦名"集簿")，呈送郡国；②郡国守、相根据属县的统计材料，再编制本郡国的计簿，上报中央政府。各地所上计簿，最后集中到丞相府（东汉后为司徒府），由计相把这些计簿存档保管。朝廷再根据计簿对郡国守、相进行考核，予以升、降、赏、罚。③

尹湾汉墓出土文物中有一份比较完整的上计文书《集簿》，从中我们可以看到汉代地方行政考核的详尽内容，具体包括地区面积和行政机构、农业经济(包括土地面积、种植谷物面积、植树面积等)、财政(包括钱收入支出、谷收入支出)、民政(包括户口总数、赈济贫困人口数、八十岁以上和六岁以下人口数、九十岁以上和七十岁以上受杖数、三老孝悌力田数)等。④ 种种指标都说明，汉代以"上计"考核官员是一种重客观数据的考核形式，如果各环节都能严格落实，能够真实而公正地反映出地方官的实际治理能力和治理效果。

然而，出于自身现实利益的考虑，地方官在上计材料中作假的可能性也是存在的，如汉宣帝时胶东相王成，因"劳来不怠，流民自占八万余口，治有异等之效"（前文已引），宣帝下诏褒奖，赐爵关内侯并增秩中二千石，成为

---

① 〔晋〕司马彪：《后汉书·百官志》载："诸州常以八月巡行所部郡国，录囚徒，考殿最。初岁尽诣京都奏事，中兴但因计吏。"这就足以说明，西汉时期刺史除了监察职能外，也有一定的行政考核职能。引自第 3619 页。
② 〔晋〕司马彪：《后汉书·百官志》"秋冬集课，上计于所属郡国"条刘昭注引胡广语，对县、道向郡的上计记载颇为详尽："秋冬岁尽，各计县户口垦田、钱谷出入，盗贼多少，上其集簿。丞尉以下，岁诣郡，课校其功，功多尤为最者，于廷尉劳勉之，以劝其后。负多尤为殿者，于后曹别责，以纠怠慢也。诸对辞穷尤困，收主，掾史关白太守，使取法，丞尉缚责，以明下转相督察，为民除害也。"这就是郡、国依据上计情况考核县、道官吏的具体作法。引自第 3623 页。
③ 据〔汉〕班固《汉书·丙吉传》，"岁竟丞相课其殿最，奏行赏罚"。据此可知西汉时期，年终时郡国官员要向中央政府的丞相陈述自己的治绩，由丞相来进行审核奖优罚劣。引自第 3147 页。又〔晋〕司马彪《后汉书·百官志》"司徒公"条本注说，东汉时期的司徒公具有考绩郡国官员的职权，即"凡四方民事功课，岁尽则奏其殿最而行赏罚"。引自第 3560 页。
④ 见高恒《汉代上计制度论考——兼评尹湾汉墓木牍〈集簿〉》，载自《东南文化》1999 年第 1 期，第 80—82 页。

国家树立的地方官的正面典型。不过,后来王成被揭露在上计数据中"伪自增加,以蒙显赏",也就是说为了获得褒奖,竟然虚报流民归附数目;更严重的是,"是后俗吏多为虚名"。① 看来,弄虚作假已经成为不可轻忽的官场通病,连汉宣帝也对此感到头痛,他曾无可奈何地说:"上计簿,具文而已,务为欺谩,以避其课。三公不以为意,朕将何任?"连皇帝也没了办法,只好提出"御史察计簿,疑非实者,按之,使真伪毋相乱"。② 也就是通过加强审计来分辨虚实。

刺史监察、使者巡行、"举谣言"等制度设计在一定程度上可以弥补这一制度缺陷。刺史与巡行使者越过了地方官这一环节,直接与百姓接触,相对容易得到真实可信的民情民意,这样就可使朝廷尽可能多地掌握地方治理的实际情况。当然,在国家政治败坏、皇权式微之际,由于各种势力的干扰、阻挠,刺史与巡行使者同样难以了解到真实可信的吏治实情,于是就出现了有时使者(也包括地方官员了解基层实情时)微服出行的情况。甚至在极端情况下,皇帝所派遣的使者也有可能被收买、被拉拢,失去其应持的立场(下文将举例说明)。但不容否认,作为常规的或非常规的监察方式,刺史、使者出行的制度设计,以及三公府"举谣言",均有其意义和价值,并且都在汉代发挥过重要作用。

歌谣在汉代官员考课中,同样发挥了不可替代的重要作用。当然,歌谣不能独自发挥其作用,它必须附着在刺史监察与使者巡行活动之中,由刺史或使者带回、上报朝廷,才能为主管部门知晓。使者巡行风俗过程中一项重要使命就是"观风",即以搜求民间歌谣为核心内容。东汉光武帝即位以后,对于歌谣的讽谏功能尤为看重,甚至开创了以歌谣考察地方官员的"举谣言"活动,这主要是由于光武帝生长于民间,对于稼穑艰难、百姓吁求了然于心,天然地具有亲民情怀,也深知官场风气建设对于政权社稷的重要意义,在光武帝看来,源自民间的讽谏歌谣的可信度是毋庸置疑的。这种对民间舆论的"轻信"心理,虽说有可商榷之处,但光武帝整顿吏治的举措可谓用心良苦。毫不夸张地说,从光武帝开始,将官员的监察、考核手段又提升到了一个新的水准,那就是不是将歌谣中所反映的民情民意作为舆情参考,而是直接用作奖惩、黜陟地方官员的硬性指标,甚至发挥了"一票否决"的作用,从而将歌谣的政治功能发挥到了一个新的高度。

当然,歌谣作为一种精神形态的存在,不能自动产生效果,必有赖于

---

① 〔汉〕班固:《汉书·循吏传·王成传》,第 3627 页。
② 两处引文均引自〔汉〕班固:《汉书·宣帝纪》,第 273 页。

政治家的制度设计、官员的政治实践才能使其有用武之地。具体地说,当国家政治在健康的轨道上平稳有序运行时,歌谣与政治之间可以产生良性的双向互动;而当政治败坏之际,歌谣的价值是单向的,其作用也是较为有限的。光武帝铁腕治吏,推行"举谣言"制度以考查官吏,是因为君主专制主义处于上升期;而当东汉中后期外戚与宦官轮流专权时,国家政治运行的良性秩序遭到侵蚀,所以汉顺帝时期的巡行使者张纲才会发出"豺狼当路,安问狐狸"①的慨叹,上层政治动荡不已,再去基层访察风谣也只能是小修小补了。

一、以歌谣为选拔官员的重要参照

歌谣反作用于汉代政治,一个重要的方面就是其对汉代选官活动的影响。这主要是因为汉代的官员选拔以察举制为主要方式,察举选官是乡举里选,主要依据的是基层的意见和评论。有的科目如茂才科,以及东汉顺帝之前的孝廉科,经推荐后无需考试就留用观察或直接授官。虽然也有的科目要经过考试,但第一步的荐举环节是不可或缺的。三公九卿、刺史、二千石等各层面的官员,要想选拔出国家所需要的人才,就必须时时留意周围的舆论,具有人物品评和标榜功能的歌谣恰好满足了这种需求。

汉代举孝廉的机率是极其微小的,西汉武帝以来,以郡为单位由郡太守每年举荐孝者、廉者各一人。②东汉和帝永元以后,改以人口为标准,人口满二十万每年举孝廉一人,满四十万每年举孝廉两人每增加二十万人口递增一人;人口不满二十万,每两年举孝廉一人;人口不满十万,每三年举孝廉一人。③即以人口二十万的郡为例,在没有大型考试筛选的情况下,一个读书人要想在众多同龄人中脱颖而出,得有何等超凡的表现?又得用什么办法吸引太守的关注呢?太守是没有精力走街串巷、挨家挨户去访贤求能的,这时候,如果有人创作琅琅上口、且易于记诵传唱的歌谣以概括学子的事迹、成就,四处为之鼓吹、推广,使其享誉郡县、声闻太守,大概是传媒不发达时代最为有效的宣传方式。侯外庐先生主编的《中国思想史》中有一段论述,对汉代儒林歌谣和察举选官的关系说得较为透彻:"谣言或风谣的发生,与汉朝登庸官吏的制度有关。汉朝的察举与征辟,所凭借的品评标准,是出自乡里的意见;其在太学中的,则依据学中之语。所以'乡里之号''时人之

---

① 〔南朝宋〕范晔:《后汉书·张纲列传》,第1817页。
② 〔汉〕班固:《汉书·武帝纪》,第160页。
③ 〔南朝宋〕范晔:《后汉书·丁鸿列传》,第1268页。

语''时人之论''京师之语''学中之语''天下之称',乃是一种有力的荐举状。这种风谣,赅括了个人的德业学行,简短有力,采取歌的形式,便于流传,是延誉上达的利器。朝廷常常派出人采访风谣,或诏举谣言……其实所听采的,不仅是长吏臧否,人所疾苦而已,各地标榜个人(主要的是未登仕途的处士)的风谣也一定乘机听采了去的。"①

两汉察举取士,前前后后所设置的科目甚多,但所重视者,一为士子的德行、志节,一为其经学水平。与此密切相关的,汉代察举士人所依据的歌谣形式多为乡里之语(里中之语)以及学中之语(京师之语、诸儒为之语)。前者重在对士人德行之褒扬,后者则重在对士人经学成就或经学影响力之标榜。这些歌谣,就流传地域看,按从小到大有乡里、京师、关东、关西、甚至到全国;就传播人群看,有诸儒、乡人、时人等。歌谣之所以在如此广阔的地域和庞大的人群中传唱,正是出于为士人标榜与延誉的目的。

如汉宣帝时期的博士、谏大夫王吉是以举孝廉的方式走上仕途的。《汉书·王吉传》载"少好学明经,以郡吏举孝廉为郎,补若卢右丞,迁云阳令"。② 何谓孝、廉? 唐颜师古注曰:"孝谓善事父母者。廉谓清洁有廉隅者。"③王吉正是这样一位"清洁有廉隅者"。《汉书》本传记载了"王吉去妇"故事,歌谣《长安为王吉语》("东家有树,王阳妇去。东家枣完,去妇复还")言简意赅地概括了"去妇"与"妇还"的过程,表达了对王吉"清洁廉隅"、砥砺自我的赞赏,在服膺儒学的汉代人看来,这种对处世细节的苛求是儒家士人修身的重要内容,因而丝毫马虎不得。也正是在这种充满着浓郁儒学气息的社会氛围之下,王吉事迹才能不胫而走,对他标榜的歌谣才能脍炙人口,进而对王吉举孝廉起到积极促进作用。

两汉时期,标榜士人经学成就或经学影响力的歌谣为数更多,这些歌谣对于读书人迈向仕途实际上起到了"敲门砖"的作用。如汉末桓帝时期的荀爽就是得益于歌谣的标榜而被察举出仕的。据《后汉书·荀爽列传》,"(爽)幼而好学,年十二,能通《春秋》《论语》。太尉杜乔见而称之,曰:'可为人师。'爽遂耽思经书,庆吊不行,征命不应。颍川为之语曰:'荀氏八龙,慈明无双。'"荀爽在入仕之前,受到过两次大的激励,一次是太尉杜乔的赏誉,另一次是家乡颍川百姓为其创作歌谣。朝廷高官的至高赞誉和乡人的高调标榜不胫而走、口耳相传,为后来太常赵典的荐举做好了舆论准备,于

---

① 侯外庐:《中国思想史》第二卷,第367页。
② 〔汉〕班固:《汉书·王吉传》,第3058页。
③ 〔汉〕班固:《汉书·武帝纪》"元光元年冬十一月,初令郡国举孝廉各一人"条颜师古注,第160页。

是,"(桓帝)延熹九年,太常赵典举爽至孝,拜郎中"。① "至孝"是汉桓帝初年始设的一个察举科目,且常常"至孝独行"或"至孝笃行"连称,重在对士子德行的考察。② 荀爽早年求学阶段"耽思经书,庆吊不行,征命不应",堪称"笃行",后来乡里的"无双"之评,也着眼于此,这对于荀爽的被察举是不可或缺的步骤。

二、以歌谣为表扬或奖赏官员的依据

标榜类歌谣帮助未登庸的处士走上仕途,赞美类歌谣也会使各级官员获得精神上的褒扬或物质上的奖励。皇帝或朝廷的主管机构在听闻或采集到针对官员的颂美类歌谣后,会根据实际情况做出两种反应,一是对歌谣的当事人做出口头上的称扬,或是对其进行荣誉性表彰;二是进行有实际利益的奖赏。

(一) 因歌谣表扬官员

分为皇帝的表扬与朝廷专门机构的赞誉两种情况。

《后汉书·方术列传》记载了郭宪的出仕经历:"光武即位,求天下有道之人,乃征宪拜博士。再迁,建武七年,代张堪为光禄勋。"本传又着重记载了发生在光武帝刘秀和郭宪之间的故事:"时,匈奴数犯塞,帝患之,乃召百僚廷议。宪以为天下疲敝,不宜动众。谏争不合,乃伏地称眩瞀,不复言。帝令两郎扶下殿,宪亦不拜。帝曰:'常闻"关东觥觥郭子横",竟不虚也。'" "觥觥",唐李贤注曰:"刚直之貌。"③

有趣的是,郭宪在谏争无效的情况下"伏地称眩瞀""不复言""不拜",这一系列外在表现,既说明了郭宪的机智、善于自保,又折射出了他刚正直行的品格。郭宪的举动颇有不敬的意味,但光武帝并未龙颜大怒,而是以自我解嘲的方式将紧张的气氛化解,表现出了对名士优容的雅量,其反应令人赞叹。光武帝脱口而出的一句"常闻'关东觥觥郭子横',竟不虚也",传达出来的是对郭宪的欣赏、赞叹,这就客观地说明了他对民间舆论了然于心,对郭宪的刚直品格早就有所耳闻。为什么刘秀对歌谣能够脱口而出呢?这既与光武帝刘秀本人特别注重"谣言"直接相关,又与他本人大力提倡士人节义关系密切。马端临《文献通考·选举考》中提道:"范晔论曰:汉初,诏

---

① 两处引文分别引自〔南朝宋〕范晔:《后汉书·荀淑列传附荀爽传》,第 2050、2051 页。
② 〔南朝宋〕范晔:《后汉书·崔骃列传附孙崔寔传》载:"桓帝初,诏公卿郡国举至孝独行之士。"见第 1725 页。《后汉书·孝桓帝纪》亦载:"又诏大将军、公、卿、郡、国举至孝笃行之士各一人。"见第 289 页。
③ 三处引文均引自〔南朝宋〕范晔:《后汉书·方术列传·郭宪传》,第 2709 页。

举贤良、方正,州郡察孝廉、秀才,斯亦贡士之方也。中兴以后,复增淳朴、有道、贤能、直言、独行、高节、质直、清白、淳厚之属。"①何以中兴之后,官员选举增加那么多科目,且集中于士人气节品德方面呢?这与王莽篡位前后士节失落有关,虽然有不少人不仕新莽,但毕竟还是有大量汉臣做了新朝的臣子,歌谣"夜半客,甄长伯"就颇能说明问题。诚如大儒顾炎武所说:"汉自孝武表彰六经之后,师儒虽盛,而大义未明,故新莽居摄,颂德献符者,遍于天下。光武有鉴于此,故尊崇节义,敦厉名实,所举用者,莫非经明行修之人,而风俗为之一变。"②刘秀即位之后,遍征天下有道、独行之士,予以表彰、授官,郭宪正是这样一位既坚守儒家气节、又有歌谣流传的名士,其事迹、歌谣被刘秀所知晓、所熟悉,是最自然不过的了。蜀郡名士费贻的经历与郭宪有相似之处,他在公孙述据蜀称帝时漆身为厉、佯狂避世,由此有"节义至仁费奉君,不仕乱世避恶君"歌谣传世,刘秀对这种气节非常欣赏,破蜀后任命费贻为合浦太守,正是出于对这种气节的肯定和赞赏。

皇帝所表彰的儒者或官员,或是践行儒家孝道的楷模,或是坚守君臣道义的榜样,合而言之就是符合忠孝伦理。汉章帝对黄香的赞誉,就是出于表彰孝道的考虑。黄香是古代"二十四孝"人物之一,他在母丧中"思慕憔悴""殆不免丧",对父亲也是尽心奉养,典故"扇枕温衾"就是表彰他对父亲的孝行;此外,黄香还博学儒家经典、探究儒道、善于写作文章,由此获得了"天下无双,江夏黄童"的美誉。歌谣不仅帮助黄香顺利走上仕途,还使得汉章帝对其刮目相看。《后汉书》本传载,元和元年,"肃宗诏香诣东观,读所未尝见书。香后告休,及归京师,时千乘王冠(笔者按,千乘王乃章帝长子刘伉),帝会中山邸,乃诏香殿下,顾谓诸王曰:'此"天下无双,江夏黄童"者也。'左右莫不改观"。③

章帝在诸王聚会的重大场合隆重引荐、赞美黄香,可谓是莫大的荣誉。此举至少有两点值得注意,一是说明歌谣给章帝留下了深刻印象,因而烂熟于心、张口就来;二是他向诸皇子介绍黄香的目的,是想以黄香的孝行以及经学成就为标杆,引导诸皇子向黄香学习,特别是在皇子行冠礼这样一个重要仪式上,章帝对于诸皇子的期待是不言而喻的。

朝廷相关机构以歌谣褒扬官员,对官员来说也是一种莫大的精神荣誉。《后汉书·陈蕃列传附朱震传》记载了一则三公府为朱震创作的歌谣"车如

---

① 〔元〕马端临:《文献通考·选举考》下册卷二十八,北京:中华书局,1986年,第265页。
② 顾炎武:《日知录·两汉风俗》,第718页。
③ 〔南朝宋〕范晔:《后汉书·文苑列传·黄香传》,第2614页。

鸡栖马如狗,疾恶如风朱伯厚"。朱震以嫉恶如仇的态度纠弹非法地方官,并连及桓帝身边的重要宦官单超,这种做法是需要具有不怕打击报复、不怕丢官丧命的勇气的。正因如此,朱震获得了三府(即太尉府、司徒府、司空府)属吏的敬仰,他们为其创作歌谣,并将歌谣传扬开来,这是对朱震监察工作的高度肯定和认可。

张磐(盘)清廉的故事前文已经介绍过了。谢承《后汉书》载:"磐(盘)以操行清廉见称。为庐江太守,京师谚曰:'闻清白,张子石。'"①故事发生在张磐任庐江太守期间,歌谣却在京师流传。很可能是这样的:张磐的事迹被使者或三公府掾属知悉后,他们觉得张磐的行为值得表彰,于是根据其事迹创作了这首歌谣,使其在京师广泛传播。张磐事迹虽琐屑,其警示教育意义却不可低估,因而汉代各级政府非常注重歌谣的激励作用、劝善功能。

(二) 以歌谣为奖励、提拔官员的重要依据

对于官员的肯定,有来自民间的和朝廷的两种。来自民间的肯定,主要体现为精神层面上的荣誉;来自朝廷的官方肯定,则多呈现出精神鼓励和物质表彰相结合的特点,具体形式有特殊荣誉、增秩、迁官、赐金、死后赙赠等多种形式。而民众为优秀官员创作歌谣,会直接或间接地对朝廷有关部门施加一定的影响,促使朝廷对官员采取进一步的嘉奖。汉末政论家徐幹在《中论·谴交》中充满激愤地批判汉代官员考察过程中的"弊端",其中一个就是"序爵听无证之论,班禄采方国之谣"。②在徐幹看来,以地方时政歌谣中传达出来的民情民意作为奖惩官员的依据,是衰世的象征,是政治败坏的表现。徐幹观点的偏颇之处在此暂且不论,他的批判客观上道出了以歌谣奖惩官员在汉代是普遍的情况。下面举例加以说明。

东汉明帝时期官员郭贺(郭乔卿)就因歌谣而得到皇帝的特殊恩赐。《后汉书·郭贺列传》载,郭贺拜荆州刺史后,"及到官,有殊政。百姓便之,歌曰:'厥德仁明郭乔卿,忠正朝廷上下平。'显宗巡狩到南阳,特见嗟叹,赐以三公之服,黼黻冕旒。敕行部去襜帷,使百姓见其容服,以章有德。每所经过,吏人指以相示,莫不荣之。永平四年,征拜河南尹,以清静称。在官三年卒,诏书憨惜,赐车一乘,钱四十万"。③郭贺作为刺史履职荆州,受到了荆州百姓的爱戴,颂谣因此而生。当明帝(显宗)到南阳巡视的时候,必然听闻这首歌谣,于是召见郭贺并对其加以表彰。郭贺的秩位并非三公,却超常

---

① 〔三国吴〕谢承:《后汉书·张盘传》,第156页。
② 〔三国魏〕徐幹:《中论·谴交》,引自孙启治《中论解诂》,北京:中华书局,2014年,第231页。
③ 〔南朝宋〕范晔:《后汉书·蔡茂列传附郭贺传》,第908—909页。

规地"赐以三公之服,黼黻冕旒",这是表彰之一;"敕行部去襜帷",这是表彰之二,因为按规定,刺史行部车厢周围悬挂帷帐,象征着国家权威,不得擅自撤去。① 郭贺逝于河南尹任上,国家赐车及赐钱赙赠,这与其受百姓爱戴不无关系。

再如汉顺帝时的汲县县令崔瑗,"在事数言便宜,为人开稻田数百顷。视事七年,百姓歌之"。崔瑗在县令任上为百姓做了很多实事,百姓自发地为其做歌以颂美其政绩,就有了这首《汲县长老为崔瑗歌》:"天降神明君,锡我仁慈父。临民布德泽,恩惠施以序。穿沟广灌溉,决渠作甘雨。"因为崔瑗有政绩,又有舆论为之鼓吹,于是,"(顺帝)汉安初,大司农胡广、少府窦章共荐瑗宿德大儒,从政有迹,不宜久在下位,由此迁济北相"。② 崔瑗由千石县令迁升为二千石的国相,歌谣在其中起了一定作用。

又如汉灵帝时期的循吏不其令童恢,在他的治理下,"一境清静,牢狱连年无囚。比县流人归化,徙居二万余户……吏人为之歌颂"。遗憾的是,歌颂的内容没有流传下来,不过它在当时产生了一定效果,随之而来的是"青州举尤异,迁丹阳太守"。③ 文中的"尤异",即治行尤异,也就是官吏治理成绩优异,凡举尤异者多迁官或增秩。童恢也由千石的县令升迁为二千石的太守,"吏人为之歌颂"的作用亦不可低估。

还有一种情况,即朝廷官员褒扬地方官、为地方官立碑作诗时也从歌谣中寻求素材,如东汉蔡邕为酸枣令刘熊立碑并作诗一事。碑文中明言刘熊为酸枣令时的政绩:"积和感畅,岁为丰穰,赋税不烦。实我刘父,吏民爱若慈父,畏若神明,悔□令德,清越孤竹,德牟产奇,诚宜褒显,昭其宪则。"首先交代了刘熊的德政;接着又说,"乃相□咨度诹询,采撷谣言,刊□诗三章",指出下面的诗三章是在"咨度诹询,采撷谣言"的基础上创作出来的。诗三章在此略而不录,我们只看第三章的最后两句:"赖兹刘父,用说其蒙。泽零年丰,黔首歌颂。"④这里特意强调了"黔首歌颂",照应了前面的"咨度诹询,采撷谣言"之语。通过刘熊碑的碑文及碑诗的具体内容,我们不难得出这样一个结论,即碑文及碑诗的内容完全是基于刘熊本人的德政和民间百姓为

---

① 据〔南朝宋〕范晔《后汉书·贾琮列传》可知,刺史乘车垂赤帷裳象征了国家官员的权威:"以贾琮为冀州刺史,旧典,传车骖驾,垂赤帷裳,迎于州界。及琮之部,升车言曰:'刺史当远视广听,纠察美恶,何有反垂帷裳以自掩塞乎?'乃命御者褰之。百城闻风,自然竦震。其诸臧过者,望风解印绶去。"这是一个反例,贾琮命御者褰裳,是对官场礼制的突破。见第1112页。
② 两处引文均引自〔南朝宋〕范晔:《后汉书·崔骃列传附崔瑗传》,第1724页。
③ 两处引文均引自〔南朝宋〕范晔:《后汉书·循吏列传·童恢传》,第2482页。
④ 〔宋〕洪适:《隶释·隶续》,北京:中华书局,1985年,第64—65页。

其传唱的歌谣,是有舆论基础的。通过这样一个事例,我们也可以看出汉代政府及朝廷官员对民间歌谣的重视程度。

三、因歌谣黜免、惩治官员

东汉灵帝熹平六年(公元177年),时任议郎的蔡邕在上给灵帝的陈政事疏中,提到上一年即熹平五年,灵帝拟派遣八使巡行天下,及命令三公府举谣言评议官吏之事,称八使巡行和举谣言活动是"善政",具有使"奉公者欣然得志,邪枉者忧悸失色"的强大功能。为什么使者巡行和谣言奏事具有如此巨大的震慑力和影响力呢?因为使者巡行中一项重要任务就是采集歌谣访求民情民意,而三公谣言奏事更是直接以歌谣评议官员。地方官的品德、能力、政绩如何,民众感受最为真切,故最有发言权。在歌谣中,受百姓爱戴的地方官得到尽情赞美,而贪浊暴虐的贪吏、酷吏也无以遁形。《后汉书·刘瑜列传》中载刘瑜举贤良方正后来到京师向桓帝上书时说:"臣在下土,听闻歌谣,骄臣虐政之事,远近呼嗟之音,窃为辛楚,泣血涟如。"①也道出了歌谣具有反映底层政治、批判官员苛政的政治功能。在"观风察政"的政治机制下,歌谣中所涉及的不法官员有受到制裁的可能。

如汉安帝时期官员尹就因刺谣而被罢免。安帝元初二年(公元115年)春,有一支名叫先零羌的部落寇乱益州,"(朝廷)遣中郎将尹就讨之"。② 两年过去,尹就不但不能平定益州,反而不分青红皂白地杀戮无辜平民,激起民恨,当地百姓为其创作刺谣"虏来尚可,尹来杀我"以发泄愤怒。尹就因平叛不力、民怨极大,"坐征抵罪"。③

又据《后汉书·刘焉传》可知,汉灵帝末期,四方大乱,宗室刘焉鉴于刺史威轻,不足以整合军事力量平定叛乱,于是向灵帝建议改刺史之职为州牧,将州变成行政单位。当时,"益州刺史郤俭在政烦扰,谣言远闻,而并州刺史张懿、凉州刺史耿鄙并为寇贼所害,故焉议得用。出焉为监军使者,领益州牧"。④ 本来,益州刺史郤俭最有资格由刺史转任州牧,却因"在政烦扰,谣言远闻"而未获任命,这就足以说明歌谣在人事任免中发挥了重要作用。

《三国志·蜀书·刘焉传》中亦记录了此事,不妨参看:"焉睹灵帝政治衰缺,王室多故,乃建议言:'刺史、太守,货赂为官,割剥百姓,以致离叛。可选清名重臣以为牧伯,镇安方夏。'焉内求交阯牧,欲避世难。议未即行,侍

---

① 〔南朝宋〕范晔:《后汉书·刘瑜列传》,第1855页。
② 〔南朝宋〕范晔:《后汉书·孝安帝纪》,第222页。
③ 〔南朝宋〕范晔:《后汉书·西羌传》,第2891页。
④ 〔南朝宋〕范晔:《后汉书·刘焉列传》,第2431页。

中广汉董扶私谓焉曰：'京师将乱，益州分野有天子气。'焉闻扶言，意更在益州。会益州刺史郤俭赋敛烦扰，谣言远闻，而并州杀刺史张壹，凉州杀刺史耿鄙，焉谋得施。出为监军使者，领益州牧，封阳城侯，当收俭治罪。""当收俭治罪"句，裴松之注引《汉灵帝纪》曰："帝引见焉，宣示方略，加以赏赐，敕焉为益州刺史。前刺史刘儁、郤俭皆贪残放滥，取受狼藉，元元无聊，呼嗟充野，焉到便收摄行法，以示万姓，勿令漏露，使痈疽决溃，为国生梗。焉受命而行，以道路不通，住荆州东界。"①可见灵帝不仅将郤俭免官，还密令刘焉将其逮捕治罪。但因道路不通，刘焉阻滞在荆州东界。不过郤俭最终被愤怒的农民起义军所杀，也算罪有应得。

大概是最终认识到了歌谣的政治功能，抑或是受了蔡邕上疏的触动，汉灵帝于光和五年（公元 182 年）最终下决心实行"举谣言"活动。《后汉书·刘陶列传》记此事道："光和五年，诏公卿以谣言举刺史、二千石为民蠹害者。""谣言"，李贤等注云："谓听百姓风谣善恶而黜陟之也。"但这次活动的执行情况却是一波三折，"时太尉许馘、司空张济承望内官，受取货赂，其宦者子弟宾客，虽贪污秽浊，皆不敢问，而虚纠边远小郡清修有惠化者二十六人。吏人诣阙陈诉，（司徒陈）耽与议郎曹操上言：'公卿所举，率党其私，所谓放鸱枭而囚鸾凤。'其言忠切，帝以让馘、济，由是诸坐谣言征者悉拜议郎。"②此事《三国志·魏书·魏武帝纪》裴松之注中亦有记述。③ 这是举谣言制度下的一个实例，并且其过程非常富有戏剧性，清廉正直的官员先被纠察而后升官。通过这样的反转，可以看出灵帝时期宦官专权、吏治腐败非常严重，公平正义受到了极大破坏。

此外，还有最高统治者因听闻坊间里巷流传的歌谣而为忠臣平反、诛杀诬告者的事例。东汉光武帝刘秀开创了"举谣言"制度，以谣谚奖惩、黜陟官吏，他本人身体力行，接受童谣的警告而修正了错误决定、为忠臣平反。《后汉沇亭乡侯蒋澄碑》记载蒋横经历曰："（蒋澄）父横，大将军、浚遒侯，服大勋于王室。遭遇谗慝，功业不遂，所生九子，悉从降徙。公即大将军之第九子也……大将军初遭祸蔑也，为司隶羌路所谮，延以非罪。泣血枕戈，誓将仇复，时童谣曰：'君用谗慝，忠烈是殛。鬼怨神怒，妖气充塞。'帝以觉悟，覆

---

① 两处引文均引自〔晋〕陈寿：《三国志·蜀书·刘焉传》，第 865、866 页。
② 三处引文均引自〔南朝宋〕范晔：《后汉书·刘陶列传》，第 1851 页。
③ 〔晋〕陈寿：《三国志·魏书·魏武帝纪》裴松之注引（王沈）《魏书》曰："是后诏书敕三府：举奏州县政理无效，民为作谣言者免罢之。三公倾邪，皆希世见用，货赂并行，强者为怨，不见举奏，弱者守道，多被陷毁。太祖疾之。是岁以灾异博问得失，因此复上书切谏，说三公所举奏专回避贵戚之意。奏上，天子感悟，以示三府责让之，诸以谣言征者皆拜议郎。"见第一册第 3 页。

羌路之族焉。诸子各于所居之处受封,故以𰵎亭乡侯遂家于此。"①为安抚人心,刘秀以王侯之礼迁葬蒋横,赐墓号为"显忠",并将蒋横的九个儿子全部就地封侯,蒋氏因此成为中国历史上极为罕见的"九侯世家"。刘秀能够及时纠正错误,为忠臣良将平反昭雪、将构陷者处死,印证了北宋刘敞所说的治国者应时时谨记"详民情于谣俗"的古训。

类似的还有汉末的公孙度,也是因歌谣而免官。《三国志·魏书·公孙度传》载:"(公孙度)后举有道,除尚书郎,稍迁冀州刺史,以谣言免。"②至于歌谣的具体内容因史书阙载就不得而知了。

综上可知,汉代政府以歌谣作为察举、选拔官员的重要参考,以歌谣反馈出的民情民意作为肯定、褒奖、黜免官员的一项重要指标。这些歌谣大部分由民众、也有一部分由儒林中人创作出来,口耳相传经由乡亭郡县,上达令守、使者之耳,传至朝廷,甚至为皇帝所知晓。这种官员考评方式,不同于硬性的数据指标考核、评价官员,而带有一定的主观性特点。虽然是主观的,但并不是随意的,它是民众心声、情绪的反映,从而成为客观数据考评之外的有益补充,其价值、功能不可低估。

第二节　歌谣与官员施政、政治人物议政

汉代歌谣的政治功能还表现在地方官员在地方治理中注重搜求蕴含了民情民意的歌谣,从中感受百姓诉求,为地方施政提供借鉴;还表现在朝廷官员在集议、对策、上书(上疏)中时时引用民间流传的谚语、鄙语、俚语(里语)等各种形式的歌谣,作为议政、论政的有力论据。这些都是汉代政治生活中非常值得肯定的闪光之点。

一、地方官借助歌谣施政

东汉章帝时,侍御史何敞在上疏中重申儒家重视广开言路的传统,说道:"圣王辟四门,开四聪,延直言之路,下不讳之诏,立敢谏之旗,听歌谣于路,争臣七人,以自鉴照,考知政理,违失人心,辄改更之,故天人并应,传福无穷。"③何敞的言论代表了汉代儒家士大夫的普遍想法。"辟四门""开四

---

① 〔唐〕齐光乂:《后汉𰵎亭乡侯蒋澄碑》,引自〔清〕董诰等编《全唐文》第354卷,第3586页。
② 〔晋〕陈寿:《三国志·魏书·公孙度传》,第252页。
③ 〔南朝宋〕范晔:《后汉书·郅恽列传附子寿传》,第1033页。

聪"等传统见载于《尚书·舜典》,何敞还提到了"听歌谣于路",指的是政治家们听取行路之人吟唱的歌谣,因为那里面表达了民间最真实的感受。"听歌谣于路"这种了解民情民意的方式,倒是被汉代地方官借鉴并发扬光大了,地方官"入境问谣"就属于这样一种舆论采集形式。

地方官主动搜求民间歌谣,用以检视地方政治,是对民情民意的尊重,从本质上讲,是民本政治的表现。这里隐含的一个大前提就是,他们认为执政者有义务接受民众的讽谏,并认为地方治理中确实存在问题,愿意查找问题并加以修正。汉代很多循吏注重反躬自省、注重表率作用,都典型地体现了"反求诸己"的治理路径。《孟子·离娄上》曰"行有不得者皆反求诸己,其身正而天下归之",①就是这样一种治理路径的理论表述。

西汉昭帝时期颍川太守韩延寿在治理颍川过程中,就非常注重歌谣等舆论形式。韩延寿所统辖的颍川,是一个难治之地,《汉书·韩延寿传》载:"颍川多豪强,难治,国家常为选良二千石。"在韩延寿之前,赵广汉任太守时,"患其俗多朋党,故构会吏民,令相告讦,一切以为聪明",也就是说,为了达到整肃地方秩序的目的,赵广汉采取了挑拨吏民关系、鼓励告密告状、派遣耳目刺探消息等各种并不那么光明正大的手段。与此相反,韩延寿治理颍川所采取的各种举措,都基于儒家仁政理念,无一不折射出人性的光芒。《汉书》本传载:"延寿欲更改之,教以礼让,恐百姓不从,乃历召郡中长老为乡里所信向者数十人,设酒具食,亲与相对,接以礼意,人人问以谣俗,民所疾苦,为陈和睦亲爱销除怨咎之路。长老皆以为便,可施行,因与议定嫁娶丧祭仪品,略依古礼,不得过法。延寿于是令文学校官诸生皮弁执俎豆,为吏民行丧嫁娶礼。"②

对以上内容加以归纳、概括,可以看出韩延寿所采取的几个步骤:一是选择数十名有声望的长老也即民意代表饮酒叙谈;二是在轻松活泼的酒宴上"人人问以谣俗",以便了解民情民意。"谣俗",颜师古注曰:"谣俗谓闾里歌谣,政教善恶也。"③可见,韩延寿询问的内容中,对政治评价的闾里歌谣是重要一项;三是随后与长老们研讨移风易俗之道及传播儒家礼乐教化的措施。韩延寿为什么采取"设酒具食"的做法呢?是为了营造一种轻松和谐的气氛,使大家卸下包袱、畅所欲言,这样"问以谣俗"就能达到预期效果。这种做法,相当于一次听取民意的座谈会,但因为"设酒具食",大家酒后吐

---

① 《孟子·离娄上》,杨伯峻译注本,第167页。
② 三处引文均引自〔汉〕班固:《汉书·韩延寿传》,第3210页。
③ 〔汉〕班固:《汉书·韩延寿传》,第3211页。

真言,相对于普通座谈会的严肃刻板,效果更好。那么,韩延寿为什么要"人人问以谣俗"呢?这是他主动了解颍川地区民情民意的一种方式,他要将包括歌谣中所反映的意见在内的舆情加以总结分析,实施于以后的行政中。韩延寿重视民意的态度是一以贯之的,《汉书》本传载其"所至必聘其贤士,以礼待用,广谋议,纳谏争"。① 可见,韩延寿不仅能接受民间舆情,也能接纳下属的不同意见。

类似事例还可以举出一些。东汉应劭在《风俗通义·过誉》中记载了汉桓帝时高唐令赵仲让的做法:"(仲让)为高唐令,密乘舆车,径至高唐,变易名姓,止都亭中十余日,默入市里,观省风俗。"②为了得到真实的第一手信息,新任高唐县令赵仲让做出了一定牺牲。汉代官吏出行时,车马、仆从、住宿都有一定的规格待遇,前呼后拥、浩浩荡荡,以显示朝廷命官的威严。但赵仲让主动减省这些繁文缛节,暂时牺牲了县令应有待遇,密乘舆车、变易名姓、止宿都亭、默入市里,了解当地舆情,这就为下一步正确决策打好了基础。在"观省风俗"过程中,搜求歌谣是其中一项重要内容,因为歌谣能真实地表达民意,作为地方官的赵仲让非常清楚并充分利用了这一点。

汉灵帝时期的南阳太守羊续,可以说是临危受命,《后汉书·羊续列传》载:"中平三年,江夏兵赵慈反叛,杀南阳太守秦颉,攻没六县,拜续为南阳太守。"羊续一上任就要面临平叛难题。士兵叛乱,杀死了前太守秦颉,攻没了六县。为了探究清楚叛乱的原因、有针对性地采取下一步措施,羊续决定乔装改扮、一路"采问风谣"。《后汉书》本传载:"(羊续)当入郡界,乃赢服间行,侍童子一人,观历县邑,采问风谣,然后乃进。其令长贪洁,吏民良猾,悉逆知其状,郡内惊竦,莫不震慑。乃发兵与荆州刺史王敏共击慈,斩之,获首五千余级,属县余贼并诣续降,续为上言,宥其枝附。贼既清平,乃班宣政令,候民病利,百姓欢服。"③与高唐令赵仲让的做法近似,羊续"赢服间行",也就是故意穿得很寒酸、从小路前行。这样做是为了掩人耳目、避免引起当地官吏们的注意,否则就无法探知"令长贪洁,吏民良猾"的真实信息了。羊续"观历县邑,采问风谣",他带着侍童将南阳郡下属的县域全部走了一遍,并像古代"行人"一样沿途采问歌谣。如果每县都采集到一两首歌谣的话,那总数也是很可观的了。东汉时,南阳郡归属于荆州部,下辖宛、冠军、叶、新野、章陵、西鄂等三十七县。④ 羊续将这三十七县全部跑遍,做了扎实而

---

① 〔汉〕班固:《汉书·韩延寿传》,第3211页。
② 〔汉〕应劭:《风俗通义·过誉》,第203页。
③ 两处引文均引自〔南朝宋〕范晔:《后汉书·羊续列传》,第1110页。
④ 〔晋〕司马彪:《后汉书·郡国志》,第3476—3485页。

富有成效的调研工作,因此一上任就能雷厉风行地调整人事、治理腐败,使得"郡内惊竦,莫不震慑",很快就平定了叛乱,可见歌谣在其中起到了不可替代的作用。羊续这种注重基层舆论的工作作风,放在任何时代都是毫不逊色的。

作为地方官,获得第一手真实客观的情报极其重要,这是下一步施政的前提。若地方官大张旗鼓地巡行,就很难获得客观、鲜活的信息。在公开场合下,百姓担心打击、报复,不敢吐露心声;与此同时,地方豪强和各级官吏也会百般阻挠真实情况的暴露、故意提供虚假信息。因此,地方官微服私访、到民间去搜求歌谣,既是明智之举,也是负责的态度。如东汉光武帝时期,郭伋为并州牧,就遇到一件匪夷所思的怪事:"始至行部,到西河美稷,有童儿数百,各骑竹马,道次迎拜。伋问'儿曹何自远来'。对曰:'闻使君到,喜,故来奉迎。'伋辞谢之。及事讫,诸儿复送至郭外,问'使君何日当还'。伋谓别驾从事,计日告之。行部既还,先期一日,伋为违信于诸儿,遂止于野亭,须期乃入。"①数百儿童遮道欢迎郭州牧视察工作,场面可谓壮观,这似乎可以理解成郭伋赢得了百姓的爱戴,但实际上经不起推敲。正如有的学者一针见血指出的:"这些儿童在当时场合中体现出来的政治意识,远远超越了其年龄特征;数百名儿童集体行动,也体现出与其所处年龄阶段不相匹配的交际、组织能力。对于这一令人匪夷所思的现象,结论只能是一个——人为操纵。"②背后的操纵者是谁,当地政府官员的可能性最大,其目的无非是想巴结、讨好上司罢了。

东汉明帝到南阳视察时,特意召见郭贺并赐予他一项特权:"敕行部去襜帷,使百姓见其容服,以章有德。每所经过,吏人指以相示,莫不荣之。"(前文已引)这就说明了,根据朝廷制度,刺史行部时所乘车驾四周要悬挂襜帷,"去襜帷"则须经皇帝特许。这就造成一个矛盾,刺史行部是为了了解所辖各郡的治理情况,端坐高车、悬挂襜帷必然使其观听受到局限,使其与百姓的心理距离拉大。不仅刺史,各级官员出行也都有相关仪仗,问题同样存在。正因如此,真正想做实事的官员就要想方设法突破这一局限,如汉宣帝时期,黄霸为颍川太守,"尝欲有所司察,择长年廉吏遣行,属令周密。吏出,不敢舍邮亭,食于道旁,乌攫其肉"。③ 太守黄霸为什么不自己亲自出行而选择年长的廉吏代替?为什么这位被派遣的老吏不敢舍于邮亭?笔者以

---

① 〔南朝宋〕范晔:《后汉书·郭伋列传》,第1093页。
② 孙家洲:《秦汉法律文化研究》,北京:中国人民大学出版社,2007年,第185页。
③ 〔汉〕班固:《汉书·黄霸传》,第3630页。

为,只有一种可能,那就是担心走漏风声而得不到真实的民间信息,故选择廉洁、富有经验的老吏微服私访。又如东汉和帝时期,巡行使者在巡行各地的过程中,也采用微服私访的形式、并搜求歌谣,《后汉书·李郃列传》载:"和帝即位,分遣使者,皆微服单行,各至州县,观采风谣。"①这些事例都说明了,到东汉时期,无论是地方官员,还是巡行使者,要想光明正大地了解地方吏治的情况,难度极大,这就促使他们另辟蹊径,以一种迫不得已的方式来达到目的。

二、政治人物借助歌谣议政、论政、说理

汉代人使用歌谣分两种情况,一种是有本事的"原创型"歌谣,一种是无本事的"借用型"歌谣。所谓"原创型"歌谣,是指汉代人针对汉代政治人物、政治事件而创作的歌谣,其特点是针对性强,有具体的人、事所指,本书所研讨的歌谣大部分属于这一类型;而"借用型"歌谣,主要指的是在汉代广泛流传的谚语、里语、鄙语、俗语等,它们是百姓社会生活经验的总结,本来并不针对具体的人和事,但经政治人物加以引用,针对当时具体的人、事发表看法,就使这些谚语获得了具体的指向性,从而激发了这些歌谣的活力。

在汉代,不仅朝廷大臣在上书(上表)中引用谣谚说理,就连皇帝及皇后、太后等统治阶级高层人士也对民间谣谚烂熟于心、信手拈来;还有一种情况是政论家和史家在著书中大量引用谚语,以增强说理效果。众所周知,汉代人在奏议上书及著书立说中,引用《诗经》《尚书》等儒家经典语句是一种"时尚",其背后折射出来的是对经典智慧的尊重和借鉴;与此同时,引用民间谚语则表现出对民间智慧和经验的吸收,这两者虽然殊途,但是同归,共同服务于论题。

刘勰《文心雕龙·书记》中介绍诸多实用类文体,其中有一段特别阐述了谚语的价值和功用,现引述如下:"谚者,直语也。丧言亦不及文,故吊亦称谚。廛路浅言,有实无华。邹穆公云'囊漏储中'。皆其类也。《太誓》云:古人有言:'牝鸡无晨。'《大雅》云:人亦有言:'惟忧用老。'并上古遗谚,《诗》《书》所引者也。至于陈琳谏辞,称'掩目捕雀',潘岳哀辞,称'掌珠伉俪',并引俗说而为文辞者也。夫文辞鄙俚,莫过于谚,而圣贤《诗》《书》,采以为谈,况逾于此,岂可忽哉!"②这就指出了谚语的民间属性及其质朴、鄙俚的风格,刘勰并举《尚书》《诗经》、政治人物邹穆公及著名文士陈琳、潘

---

① 〔南朝宋〕范晔:《后汉书·方术列传·李郃传》,第 2717 页。
② 〔南朝梁〕刘勰:《文心雕龙·书记》,王运熙等译注本,第 128 页。

岳等使用谚语的情况,强调了谚语在抒发政见时的重要功用。从这样一种视角来看,汉代政治家引用谚语是对古老"言说"传统的延续,也是对民间经验的传承。

下面分朝廷集议中使用谣谚、属下向上级劝谏中引用谣谚、大臣上书(上表)中引用谣谚、统治者上层发表政见时借助谣谚、史家和政论家在著述中引用谣谚五种情况分别具体说明。

(一) 朝廷集议中使用谣谚

"朝廷集议"是秦汉时期群臣讨论国事以备皇帝决断的一种会议形式,上至将军、列侯,下至博士、议郎均可参加,皇帝或相关部门可以通过集议中反映出来的多方面的建议进行表决、决策。如有的论者所指出的:"集议反映的舆论主要是以中央政府官员为主体的群体舆论,即统治阶级上层的共同意见。但是由于参加者来自不同行政部门,而且时有帮派朋党现象存在,集议过程中经常出现激烈争论以至面红耳赤的情况,发言内容也经常偏出讨论主题。为了增加说服力,发言者不仅表达个人意见,还惯于追溯典故或援引舆情,执政者据此可获知流传在官僚群体之外的舆论。"①

如汉顺帝永和二年(公元 137 年),日南、象林蛮夷叛乱,朝廷群臣多倾向于派军队镇压,时任大将军从事中郎的李固坚决反对,而主张派遣有将帅之才的官员担任刺史、太守,就地解决叛乱。李固一个很重要的依据是此前益州地区流传的谣谚。李固在朝廷上发言说:"前中郎将尹就讨益州叛羌,益州谚曰:'虏来尚可,尹来杀我。'后就征还,以兵付刺史张乔。乔因其将吏,旬月之间,破殄寇虏。此发将无益之效,州郡可任之验也。"前中郎将尹就被派往益州讨伐叛羌,但大军所到之处烧杀抢掠,比叛乱羌人还要凶残,百姓对此无比痛恨,创作了歌谣加以挞伐。李固以此为依据,建议"更选有勇略仁惠任将帅者,以为刺史、太守,悉使共住交阯"。由于以民间舆情作为有力的反面论据,李固的建议显得更深思熟虑,集议的结果是"四府悉从固议,即拜祝良为九真太守,张乔为交阯刺史"。② 可以说,在这次朝廷集议中,歌谣起到了重要作用。

(二) 属下向上级的劝谏中引用谣谚

在臣下向上级的劝谏中,谣谚也起到了一定的说理作用。

西汉景帝时期,邹阳为梁孝王门客,因反对梁孝王与公孙诡、羊胜等人谋害袁盎等朝廷大臣,被公孙诡、羊胜二人诬陷下狱。邹阳在狱中作《上梁

---

① 赵凯:《汉代官方舆论收集机制》,第 2 页。
② 三处引文均引自〔南朝宋〕范晔:《后汉书·南蛮西南夷列传》,第 2838、2839 页。

王书》自明心迹。当时,邹阳处于非常尴尬的处境:一方面是梁孝王听信谗言将其下狱,若说自己无罪则等于斥梁孝王昏聩;若不将梁孝王偏信谗言挑明,就无法为自己洗冤。邹阳独辟蹊径,用大量古代君臣遇合的事例为证,劝谏梁孝王真正信用人才。文中引用了谚语"白发如新,倾盖如故",以比喻君主与臣下之间"知与不知"不在于相识时间的长短,而在于是否能够心灵契合。梁孝王读后大受感动,将邹阳释放并向他深词谢罪。①

同样,梁国内史韩安国在向梁孝王进行谏议时也引用了谚语,也起到了有力的辅助说理效果。梁孝王为汉景帝母弟,自恃娇宠而不断僭越礼制。孝王与宠臣公孙诡、羊胜谋划,谋求让景帝立孝王为其继承人,后又暗中派人刺杀袁盎等十多位汉朝大臣。待查明凶手为孝王及公孙诡、羊胜所指使后,景帝派遣使者不断往梁国反复查验,准备逮捕二人。韩安国知道这二人就藏匿在孝王后宫,遂入见孝王,当面涕泣进谏,君臣之间进行一场贴心的对话:"(安国曰)'主辱臣死。大王无良臣,故事纷纷至此。今诡、胜不得,请辞赐死。'王曰:'何至此?'安国泣数行下,曰:'大王自度于皇帝,孰与太上皇之与高皇帝及皇帝与临江王亲?'王曰:'弗如也。'安国曰:'夫太上、临江亲父子间,然而高帝曰"提三尺取天下者朕也",故太上终不得制事,居于栎阳。临江王,嫡长太子也,以一言过,废王临江;用宫垣事,卒自杀中尉府。②何者?治天下终不用私乱公。语曰:"虽有亲父,安知其不为虎?虽有亲兄,安知其不为狼?"今大王列在诸侯,悦一邪臣浮说,犯上禁,桡明法。天子以太后故,不忍致法于王。太后日夜涕泣,幸大王自改,大王终不觉寤。有如太后宫车即晏驾,大王尚谁攀乎?'"在韩安国一番鞭辟入里的劝说之下,梁孝王幡然悔悟,"(安国)语未卒,孝王泣数行下,谢安国曰:'吾今出诡、胜。'诡、胜自杀。汉使还报,梁事皆得释,安国之力也。"③在劝谏过程中,韩安国引用了当时民间流传的俗语"虽有亲父,安知不为虎?虽有亲兄,安知不为狼",意在提醒孝王,即便是具有血缘关系的父子兄弟,在特殊情境下也可能翻脸无情而大开杀戒。这无异于醍醐灌顶,使梁孝王醒悟到,没必要拿自己的政治命运为赌注而去换取宠臣的性命。毫不夸张地说,韩安国最终劝说梁孝王改变主意,民间谚语在此过程中功不可没。

---

① 〔汉〕司马迁:《史记·邹阳列传》,第 2471 页。
② 临江王,汉景帝长子刘荣。刘荣为汉景帝与宠姬栗姬所生长子,景帝前元四年(公元前 153 年),以长的原则被立为太子。景帝前元七年(公元前 150 年)因栗姬心胸隘狭失宠而受牵连,刘荣废为临江王,胶东王刘彻被立为太子。刘荣后侵占宗庙地修建宫室犯罪,因恐惧而在中尉府自杀。事见《史记·外戚世家》及《汉书·景十三王传·刘荣传》。
③ 两处引文均引自〔汉〕司马迁:《史记·韩长孺列传》,第 2859—2860 页。

再如顺帝永和元年(公元136年),太尉王龚弹劾宦官,反遭诬陷下狱。大将军梁商从事中郎李固向外戚梁商上奏记请求援救,奏记中引用了民谚"善人在患,饥不及餐",比喻事情危急需赶快出手,梁商马上向顺帝说项,王龚得以释放。①

还有如东汉末年陈琳以谚语"掩目捕雀"力谏大将军何进不要以召集四方猛将入京的方式解决宦官专权问题。灵帝崩后,皇子刘辩即位,是为少帝。何太后临朝,何进以外戚、大将军辅政。袁绍为其出谋划策,建议多召四方猛将及诸豪杰,使其引兵向京城,要挟太后下令诛杀宦官。主簿陈琳听说后,当即入谏何进,反对此计,陈琳曰:"《易》称'即鹿无虞',谚有'掩目捕雀'。夫微物尚不可欺以得志,况国之大事,其可以诈立乎……所谓倒持干戈,授人以柄,功必不成,只为乱阶。"②陈琳在说理中引用了民间谚语"掩目捕雀",谚语表面意思是遮住眼睛捕捉飞雀,比喻盲目做某件事或自欺欺人。陈琳认为,以如此轻率的方式处理庙堂大事,无异于掩目捕雀、自欺欺人。何进听不进陈琳的劝告,终于召董卓进京,但未及亲眼目睹之后董卓肇祸的乱象,就已被宦官杀掉。如果何进能听得进陈琳的劝谏,汉末政局或许会是另一番天地,但历史无法假设,在此我们只能感叹蠢人误国。

(三)统治者上层发表政见时借助谣谚

在普遍重视歌谣的时代风气下,统治者高层(如皇帝、太后、皇后等人)并不与世隔绝,他们对于饱含民间智慧的谣谚了然于心,在政治表态中信口引用、为个人见解增色不少。如汉初吕后当政时,其妹吕媭因为其丈夫樊哙与陈平昔日的矛盾,数以"陈平为相非治事,日饮醇酒,戏妇女"向吕后进谗,陷害陈平。吕后则反而借鄙语"儿妇人口不可用"当面安抚陈平,让其无须顾虑吕媭的小报告。③ 很显然,吕后此举是拉拢重臣以稳固自身统治地位的一种政治手腕。

又如,汉章帝欲制礼作乐,向班固询问改定礼制的具体事宜,班固建议将京城治礼的名儒召集起来,一起商议。章帝不同意,引里语"作舍道边,三年不成"作答,表达出了对儒生们争论不休、议而不决的不满之情。④ 后来,章帝命令曹褒独自完成这项工作。

再如,章帝欲封诸舅,其母马太后拒绝道:"吾自念亲属皆无柱石之功,

---

① 〔南朝宋〕范晔:《后汉书·王龚列传》,第1820页。
② 〔南朝宋〕范晔:《后汉书·何进列传》,第2249—2250页。
③ 〔汉〕司马迁:《史记·陈丞相世家》,第2060页。
④ 〔南朝宋〕范晔:《后汉书·曹褒列传》,第1203页。

俗语曰:'时无赭,浇黄土。'"①"时无赭,浇黄土",有滥竽充数、以次充好之意,马太后将家族成员比作"黄土"以拒绝滥封,是非常清醒、有自知之明的态度,更是出于政治上的深谋远虑。对于西汉后期外戚王莽篡汉的前车之鉴,东汉初期的有识之士记忆犹新、尚能保持警惕、诫勉防患。

(四) 大臣上书皇帝(皇后)引用谣谚

这方面的事例涉及汉代政治生活的方方面面,诸如对皇帝打猎、皇帝立后、皇帝宠幸男宠以及对刺史干预地方政治、宦官专权等各方面的谏议,题材较为广泛。

1. 司马相如上书武帝以谣谚谏猎

汉赋中一个常见的题材是表现皇帝田猎,包括司马相如在内的很多赋家都以田猎为主题作赋,多有讽谏之意,但"劝百讽一",讽谏之意反而淹没在颂圣的铺叙之中,效果适得其反。司马相如曾作为武帝的侍从行猎长杨宫,眼见武帝迷恋驰逐狩猎活动,且喜欢亲自上阵搏击熊豕,觉得有必要加以谏阻,于是写了一篇文章上呈武帝,这就是有名的《上书谏猎》。其辞曰:"臣闻物有同类而殊能者,故力称乌获,捷言庆忌,勇期贲、育。臣之愚,窃以为人诚有之,兽亦宜然。今陛下好陵阻险,射猛兽,卒然遇轶材之兽,骇不存之地,犯属车之清尘,舆不及还辕,人不暇施巧,虽有乌获、逢蒙之伎,力不得用,枯木朽株尽为害矣。是胡越起于毂下,而羌夷接轸也,岂不殆哉!虽万全无患,然本非天子之所宜近也。且夫清道而后行,中路而后驰,犹时有衔橛之变,而况涉乎蓬蒿,驰乎丘坟,前有利兽之乐而内无存变之意,其为祸也不亦难矣!夫轻万乘之重不以为安而乐,出于万有一危之途以为娱,臣窃为陛下不取也。盖明者远见于未萌而知者避危于无形,祸固多藏于隐微而发于人之所忽者也。故鄙谚曰:'家累千金,坐不垂堂。'此言虽小,可以喻大。臣愿陛下之留意幸察。"②

文中在在突出一个"险"字,处处为武帝安危着想,由于行文委婉而题旨鲜明,收到了打动武帝的劝谏效果,武帝看后称"善"。司马相如引用了当时民间鄙谚"家累千金,坐不垂堂",以强化说理效果。这句汉代民谚的意思是说:富家之子,休息的时候不要待在屋檐之下,怕被屋瓦掉下来砸到,引申为有钱或有身份的人要爱惜自己的性命,不要轻易涉险。谣谚用在此处可谓最恰当不过:普天之下,既富且贵者莫若皇帝,最爱惜生命的应该是皇

---

① 〔汉〕刘珍:《东观汉记·明德马皇后传》,吴树平校注本,第192页。
② 〔汉〕司马相如:《上书谏猎》,引自〔汉〕司马迁《史记·司马相如列传》,第3053—3054页。

帝。言虽小而可以喻大,这大概是打动汉武帝的关键因素吧。

这首歌谣又载自《史记·袁盎列传》,文字稍有差异,为"千金之子,坐不垂堂",涉及的对象变成了汉文帝:"文帝从霸陵上,欲西驰下峻阪。袁盎骑,并车揽辔。上曰:'将军怯邪?'盎曰:'臣闻千金之子坐不垂堂,百金之子不骑衡,圣主不乘危而徼幸。今陛下骋六騑,驰下峻山,如有马惊车败,陛下纵自轻,奈高庙、太后何?'上乃止。"①民谚为司马相如和袁盎两引,说明其流传很广,其意义不断被激活。

2. 路温舒上疏引用谣谚主张尚德缓刑

"画地为狱议不入,刻木为吏期不对"(《路温舒引俗语》)是路温舒在向汉宣帝上疏中引用的俗语,表达了对酷吏滥用刑罚、草菅人命的揭露和控诉。在上宣帝的《尚德缓刑疏》中,路温舒指出当时狱吏"上下相驱,以刻为明;深者获公名,平者多后患。故治狱之吏皆欲人死"②的怪异心理。汉宣帝看了路温舒的上疏后深受触动,于是下令置廷平四人,选于定国为廷尉,并任命具有明察、宽恕特点的黄霸等人为廷平,于是"狱刑号为平矣"。③ 路温舒这份上疏,对于汉代司法进步起到了重要的推动作用,而其所引用的俗语也做出了一份贡献。

3. 刘辅上书引用谣谚谏立赵飞燕为后

汉成帝微服出游,在阳阿公主家中遇见舞女赵飞燕,便一见倾心,将其带回宫中赐封婕妤,予万千宠爱于一身,欲立赵婕妤为皇后。时任谏大夫之职的宗室刘辅认为,成帝所立非其人,上书激烈反对。刘辅首先从天人感应的角度立论,认为"天之所与必先赐以符瑞,天之所违必先降以灾变,此神明之征应,自然之占验也。昔武王、周公承顺天地,以飨鱼鸟之瑞,然犹君臣祗惧,动色相戒,况于季世,不蒙继嗣之福,屡受威怒之异者乎!"刘辅提出,武王、周公"承顺天地",因此屡获嘉瑞;成帝之时,则"不蒙继嗣之福,屡受威怒之异",因为成帝即位后一直无子,且日食、地震、洪水等灾异频发,刘辅认为,这是上天对其统治不满而降怒的结果,在如此形势下,成帝要册立一个出身卑贱的女子为皇后,简直就是自取灭亡。刘辅的言辞语气异常激烈,而近乎无所顾忌的教训了:"今乃触情纵欲,倾于卑贱之女,欲以母天下,不畏于天,不愧于人,惑莫大焉。里语曰:'腐木不可以为柱,卑人不可以为主。'天人之所不予,必有祸而无福,市道皆共知之,朝廷莫肯壹言,臣窃伤心。自

---

① 〔汉〕司马迁:《史记·袁盎列传》,第 2740 页。
② 〔汉〕班固:《汉书·路温舒传》,第 2369 页。
③ 〔汉〕班固:《汉书·刑法志》,第 1102 页。

念得以同姓拔擢,尸禄不忠,汙辱谏争之官,不敢不尽死,唯陛下深察。"①刘辅引用了里语"腐木不可以为柱,卑人不可以为主",意思为,用腐朽的木头作顶梁柱,房屋要倒塌;以地位卑贱的人作主人,事情将会败乱。从生活中的"腐木不可以为柱",引申、概括出社会现象中的"卑人不可以为主",形象而生动地表达了上书主旨。刘辅犯颜直谏,虽出于一腔赤诚,却因为语气太过激烈、触痛了汉成帝的喉下逆鳞,不但未收到应有的劝谏效果,反而使自己的政治生涯画上了句号。《汉书》本传载,刘辅上书后,成帝将其关押在掖庭秘狱,后来在大臣们的营救之下,才减死罪一等,论为鬼薪(三年劳役徒刑),终老于家。这是典型的以忠言获罪。

4. 薛宣上疏引用谣谚批评刺史苛政

汉成帝即位之初,薛宣任御史中丞。御史中丞之职,内领侍御史,受公卿章奏,纠察百僚;外则督察部刺史,对刺史在监察地方政府过程中出现的弊端了如指掌。薛宣本着尽职尽责的态度向汉成帝上疏提出建议。他首先对成帝大大褒扬了一番,随后从天人感应的角度提出当时国家政治中存在的问题:"然而嘉气尚凝,阴阳不和,是臣下未称,而圣化独有不洽者也。"汉人最重天意,从天象角度出发,最能引起重视。接下来薛宣又指出问题的根源:"吏多苛政,政教烦碎,大率咎在部刺史,或不循守条职,举错各以其意,多与郡县事,至开私门,听谗佞,以求吏民过失,谴呵及细微,责义不量力。郡县相迫促,亦内相刻,流至众庶……鄙语曰:'苛政不亲,烦苦伤恩。'"在薛宣看来,汉代地方政治一个弊端就是刺史在监察过程中,有时超出了"六条问事"的规定,过多干预郡县事务,以察察之明苛求官吏过失,由此出现"苛政不亲,烦苦伤恩"的弊病。"苛政不亲,烦苦伤恩",意思是,苛政之下无亲情,烦劳苦恼伤恩义。薛宣引用这则歌谣,恰如其分地表达了他对刺史苛碎之政的批判,为文章增色不少。最后,薛宣提出建议:"方刺史奏事时,宜明申敕,使昭然知本朝之要务。"②薛宣上书内容层次清楚、娓娓道来,又颇符合儒家温柔敦厚之旨,因而得到了汉成帝的嘉纳。

薛宣在任御史中丞之前,历任各类基层职务,深谙地方政府运作,对于政治运行各环节都了然于心,这就为其上疏成帝提供了可靠的经验保障。

5. 王嘉上疏引用谣谚批评哀帝滥封董贤

汉哀帝与佞幸董贤的关系,前一章已经做过介绍,这里从另外一个视角加以观照。

---

① 两处引文均引自〔汉〕班固:《汉书·刘辅传》,第3251—3252页。
② 三处引文均引自〔汉〕班固:《汉书·薛宣传》,第3386页。

汉哀帝元寿元年(公元前 2 年),哀帝欲增封董贤二千户,并赐孔乡侯、汝昌侯、阳新侯三侯国,事下丞相、御史讨论。王嘉作为当朝丞相,感觉有责任对哀帝进行劝谏。他在向哀帝的上疏中,对哀帝轻率地以爵位赐人的做法提出批评,认为"爵禄土地,天之有也","王者代天爵人,尤宜慎之。裂地而封,不得其宜,则众庶不服,感动阴阳,其害疾自深"。董贤不过是佞幸之流,哀帝却"倾爵位以贵之,单货财以富之,损至尊以宠之,主威已黜,府藏已竭,唯恐不足"。行文至此,王嘉似乎毫无顾及,一腔激愤之情喷薄而出,他激切地警告:"往古以来贵臣未尝有此,流闻四方,皆同怨之。里谚曰:'千人所指,无病而死。'……山崩地动,日食于三朝,皆阴侵阳之戒也。"王嘉认为山崩地动、日食等灾异现象,都是哀帝宠幸董贤所致;不仅如此,在王嘉看来,哀帝"寝疾久不平,继嗣未立",也是"臣骄侵罔,阴阳失节,气感相动,害及身体"的表现。① 总而言之,王嘉上书的核心观点,就是将山崩地震、日食等自然灾异以及哀帝无子,完全归咎于哀帝宠爱董贤所致,这就惹得哀帝恼羞成怒,将王嘉下狱,并迫其自裁。王嘉虽备受凌辱,却拒不认罪,在狱中二十余日,绝食、呕血而死,表现出了儒家士大夫威武不能屈的浩然之气。上疏中,王嘉引用里谚"千人所指,无病而死",无异于诅咒董贤不得好死,又根据天人感应传统,将各种天灾、哀帝无子的遗憾与董贤受宠联系起来,这就必然触怒哀帝而无法收到应有的劝谏效果。元寿二年(公元前 1 年),哀帝去世。不久,王莽借助太皇太后王政君,指使尚书弹劾董贤,又罢免了董贤的大司马职务,董贤夫妇当日自杀,应验了"千人所指,无病而死"的悲惨结局。

6. 马廖上疏马太后引用谣谚

汉章帝母舅马廖是一位有警醒意识的政治家,他鉴于西汉末年外戚骄纵、宫廷奢靡导致社会风气败坏的历史教训,谆谆告诫其妹马太后树立节俭风气,为天下四方做出表率。马廖在上疏中指出:"夫改政移风,必有其本。传曰:'吴王好剑客,百姓多创瘢;楚王好细腰,宫中多饿死。'长安语曰:'城中好高髻,四方高一尺;城中好广眉,四方且半额;城中好大袖,四方全匹帛。'斯言如戏,有切事实。前下制度未几,后稍不行。虽或吏不奉法,良由慢起京师。"②马廖上表言辞恳切,与马太后的一贯主张非常契合,故其建议为太后采纳,朝廷以后每有大事,辄向马廖咨询。马廖上疏的重点是强调京师、更具体说是宫廷的示范作用,所谓"改政移风,必有其本"的"本",指的

---

① 以上引文均引自〔汉〕班固:《汉书·王嘉传》,第 3498 页。
② 〔南朝宋〕范晔:《后汉书·马援列传附马廖传》,第 853 页。

是统治者高层。对于这一点,两汉人士多有共识,如西汉匡衡在上疏元帝时也曾指出:"治天下者审所上而已",又说"长安天子之都,亲承圣化,然其习俗无以异于远方,郡国来者无所法则,或见侈靡而放效之。此教化之原本,风俗之枢机,宜先正者也"。① 匡衡重点强调的"教化之原本""风俗之枢机"也是指统治者上层,马廖与匡衡的观点并无二致,追本溯源,都是"观风设教"思想在汉代的具体展开。

7. 刘瑜上书陈事引录歌谣

汉桓帝延熹八年(公元165年),宗室刘瑜被太尉杨秉举贤良方正,到京师后向桓帝上书陈事,曰:"臣在下土,听闻歌谣,骄臣虐政之事,远近呼嗟之音,窃为辛楚,泣血涟如。幸得引录,备答圣问,泄写至情,不敢庸回。"也即是说,刘瑜将他在地方生活时所听闻的歌谣都抄录下来带给桓帝,希望能够对朝廷政治起到补益纠偏作用。那么,刘瑜所听闻的歌谣涉及哪些内容呢?通过上下文的关联性分析不难发现,这些歌谣内容主要是负面性的,即"骄臣虐政之事,远近呼嗟之音",也就是反映了下层百姓的痛苦呻吟以及对官吏虐政的鞭挞。刘瑜进而寄希望于桓帝能够"以须臾之虑,览今往之事,人何为咨嗟,天曷为动变"。② 同汉代众多政治家的思维方式一样,刘瑜也将人事与天变联系起来,希冀桓帝能够从歌谣中察见民意,进而探寻天意。然而桓帝并不是一个有为之君,刘瑜的上书陈事并未使其受到触动。

8. 窦武上表引用歌谣

延熹九年(公元166年)发生第一次党锢之祸,一批名士下狱受刑。太尉陈蕃上书极谏,却遭桓帝免官,于是乃有永康元年(公元167年)外戚窦武上表求情之事。窦武在上表中先是历数外戚、宦官的罪恶,指出:"陛下即位以来,梁、孙、邓、亳贵戚专势,侵逼公卿,略驱吏民,恶熟罪深,或诛灭相续。以常侍黄门窃弄王命,欺罔竞行,谤讟争入",接下来窦武又指出忠臣李固、杜乔等人受宦官陷害而死,从而造成"冤感皇天,痛入后土,贤愚悲悼,小大伤摧"的冤案;与此同时,宦官却受到封侯的表彰。窦武最后又引用当时流行的歌谣,批评汉桓帝颠倒黑白的做法,并警告桓帝不要重蹈秦二世为宦官赵高愚弄的覆辙,窦武说:"固等既殁,宦党受封,快凶慝之心,张豺狼之口,天下咸言:'直如弦,死道边;曲如钩,封公侯。'谣言之作,正为于此。陛下违汉旧典,谓必可行,自造制度,妄爵非人,今朝廷日衰,奸臣专政,臣恐有胡亥

---

① 两处引文均引自〔汉〕班固:《汉书·匡衡传》,第3335页。
② 两处引文均引自〔南朝宋〕范晔:《后汉书·刘瑜列传》,第1855页。

之难在于不久,赵高之变不朝则夕。"①"直如弦,死道边"指的是李固、杜乔等人的不幸遭遇,"曲如钩,封公侯"则指的是"宦党受封"一事。在窦武的努力下,桓帝同意大赦天下,党人获得释放。

窦武上表中引用的这首歌谣,我们在之前的章节中曾引用过,但有几处不同,有必要加以辨析。前引歌谣出于《后汉书·五行志》,此处所引歌谣见载于袁宏《后汉纪》;《后汉书》中将其作为预测性的童谣,《后汉纪》中则将其作为针砭现实的刺谣看待;《后汉书》中所引歌谣,最后一句作"反封侯",这里的最后一句是"封公侯",这是很小的区别;最后,《后汉书》中引用的歌谣,"直如弦,死道边"指李固,"曲如钩,反封侯"指胡广、赵戒、袁汤等人,《后汉纪》中"直如弦,死道边"也指李固,"曲如钩,反封侯"则是指气焰嚣张的宦党。两处引用,两种视角,差异还是非常明显的,读者可以揣摩。

(五)**史家和政论家在著述中引用谣谚**

史家、政论家在史书、政论中援引谣谚以强化对历史人物的褒贬、对政治事件的评价,这些谣谚寥寥数语,却起到了画龙点睛、传神写照的作用,使文本增色,更容易给读者留下深刻印象。

史家引谣谚,如西汉史家司马迁在《史记·李将军列传》传论中,以谚语"桃李不言,下自成蹊"表达对李广功业及人格的赞美,流露出为李广同时也是为自身鸣不平的情绪;司马迁又在《史记·货殖列传》的序中,借谚语"千金之子,不死于市"表达出了对当时社会钱能通神现象的愤慨,或许也参杂了若干作者本人的心境在内;还有褚少孙在《史记·梁孝王世家》的传论中借鄙语"骄子不孝"②以表达对梁孝王恃宠而骄、僭越主上的批评等。这方面的例子是很多的。

政论家引谣谚,如西汉政治家贾谊在《治安策》(一名《上疏陈政事》)中引用了三则谚语帮助说理,借鄙谚"不习为吏,视已成事"和"前车覆,后车诫",谆谆告诫统治者应效法三代、吸收上古国家治理经验,避免秦亡覆辙。这里的"成事"所指何事?"前车覆"又指的是什么呢?归结为一点,就是选立太子问题。秦朝二世而亡,其中一个历史教训是师傅恶毒、太子不善,这是人所共知的历史事实。贾谊旧事重提,说明了他对于国家前途命运的关切。贾谊又借里谚"欲投鼠而忌器"劝诫汉文帝,对于触犯国家法律的士大夫的处置要慎重,不能将对待庶民百姓的刑法手段加诸士大夫身上,进而提

---

① 〔晋〕袁宏:《后汉纪·孝桓皇帝纪下》,张烈点校本,第434—435页。
② 〔汉〕司马迁著、〔汉〕褚少孙补:《史记·梁孝王世家》,第2091页。

出了"刑不上大夫"的建议。①

东汉崔寔在《政论》中借里语"州郡记,如霹雳。得诏书,但挂壁",表达了他对东汉后期大一统中央集权式微的担忧及对地方离心势力的批判;以谚语"一岁再赦,奴儿喑恶"表达对国家赦免过滥的批判。② 此外,还有东汉学者王符在《潜夫论·考绩》中用谚语"曲木恶直绳,重罚恶明证"说明政府对官员定期严格考绩的重要性,又在《救边》中以谚语"痛不著身言忍之,钱不出家言与之"形象地讥刺了有些人对国家利益漠不关心、敷衍塞责的态度。③ 汉末政治家王逸在《正部》中借助谚语"政如冰霜,奸宄消亡。威如雷霆,寇贼不生",说明了明刑审法的重要。④

汉代各级政治人物在议政、著书中引用谣谚,是因为谣谚形式简洁而意味凝练、语言通俗却生动有味,能使话语表达和书面行文增添气势和光彩,易于被听者、读者所理解、所接受。谣谚反映的是前人深刻的智慧,是民族文化的结晶,世代流传,正说明了它对于现实生活具有极强的启示性。上书者、建言者在劝谏时引用谣谚所产生的效果,既有可能是正向的积极的成果,也有可能是反向的消极的后果,成功或失败,取决于多重因素,如上书者、建言者的身份、表达语气和规劝尺度,以及被劝谏者对事物认识的程度深浅,还有就是劝谏的议题与被劝谏者的关系紧密程度等。因此,同样是劝谏,效果却有天壤之别,邹阳、韩安国、司马相如、路温舒、薛宣、马廖、窦武等人的劝谏得到了被劝谏者的肯定,收到了预期效果;而刘辅、王嘉的劝谏则激怒了皇帝,不仅劝谏无效,还使自己身陷囹圄(刘辅后被救出狱,论为鬼薪;王嘉在狱中绝食而死)。因此,我们不能离开具体的使用环境来孤立地评说谣谚的价值和功能,谣谚是在引用者所营造的气场和意义世界中,与环境、气氛和语言技巧结合在一起有机地发挥作用。

第三节　歌谣与汉代的政治斗争
——兼论汉代的童谣、谶谣

两汉政治理念总体上呈现出追求大一统、具有向心力等特点,但在政权鼎革之际,中央皇权没落,权力平衡被打破,或外戚、宦官一家独大而操控神

---

① 〔汉〕贾谊:《治安策》,引自〔汉〕班固《汉书·贾谊传》,第 2251—2252、2254—2255 页。
② 〔汉〕崔寔:《政论·佚文》,孙启治校注本,第 186、159 页。
③ 〔汉〕王符:《潜夫论》考绩篇、救边篇,〔清〕汪继培笺、彭铎校正本,第 71 页、262 页。
④ 〔汉〕王逸:《正部》,引自〔唐〕马总《意林》卷四,上海涵芬楼影印武英殿聚珍版本。

器,或地方军阀伺机坐大而逐鹿问鼎。随着政治斗争的深刻化和尖锐化,各派政治势力都充分利用童谣所具有的政治批判和政治预言的功能,或揭露对方的政治野心,削弱政敌的群众基础,从而批判、瓦解敌对势力;或以政治预言的方式做出对自己有力的暗示,把自己说成是天命所归的唯一合法力量,为自己招徕民心。这样,歌谣就被赋予了新的意义、新的任务,歌谣的政治功用被提升到了一个新阶段。在争夺政权的过程中,无论是政治批判型歌谣还是政治预言型歌谣,其本质都是为政治斗争服务,都不妨以政治斗争型歌谣名之。从表现形式上看,这些以政治批判和政治预言为主的歌谣多数又以童谣的面目出现,且又常与谶纬结合,从而发展成为谶谣的形式,以至于在很多时候,童谣和谶谣是混为一体的,它们用可解或不可解的语句,做广泛的政治宣传,收到了极强的效果。无论从表现内容上还是从语言形式上看,这些歌谣都与此前所介绍的一般的时政类歌谣风格迥异。

一、汉代语境中"童谣"的成因及其特点

童谣,顾名思义,是通过孩童之口进行传播的一种歌谣,从字面上看,童谣出于儿童之口,因而显得天真无邪、活泼可爱。正如有的学者所说:"童谣保存了语言本身固有的纯真、自然和神秘的因素,蕴含着天上人间、世代更替和生命轮回的哲学意蕴,因而具有强大的生命力。"[①]对于这一特性,东汉人王充早有明确认识,他认为童谣是天机自动,并非人力所为,他在《论衡·纪妖篇》中说:"当童之谣也,不知所受,口自言之。"[②]其实,汉代人所理解的童谣,和今天现代汉语语境中的童谣有天壤之别,就内容而言,汉代童谣几乎无不涉及政治批判或政治预言的内容;从形式上看,批判性的童谣较为易懂,政治预言性的童谣则多以曲折的隐语形式流传,具有一定暗示性、象征性,不具备特殊知识的普通人,则很难理解这类童谣的真实内涵。

政治批判性童谣,如《颍川儿歌("颍水清")》《成帝时童谣("燕燕尾涎涎")》《顺帝末京都童谣("直如弦")》等,我们在之前的章节已经做过介绍,这里不再赘述。本节只论述政治预言性童谣与汉代政治斗争的关系,从数量上看,政治预言性童谣占汉代童谣的主体。

那么,汉代人在政治斗争中热衷于使用童谣这种独特的歌谣样式,其深层次的成因是什么呢?汉代人认为,"童谣"是天上的荧惑星即火星降至人间化为儿童、传达天命天意。既然是天命天意,人世间的各社会阶层、政治

---

① 郁宁远:《中国童谣》,北京:中国妇女出版社,1996年,第8页。
② 〔汉〕王充:《论衡·纪妖篇》,黄晖校释本,第930页。

群体焉能不高度重视？帝王在乎它，是因为它关系自己统治的合法性；别有用心的政治力量在乎它，是因为它可以为己所用，神化自己、打击敌人；普通百姓在乎它，是因为其中寄托了自己对清明政治的期盼。

在古人看来，荧惑星的位置变化预示了国家的衰败、君王的祸凶，故历代君王对荧惑星的变化无常充满了敬畏。与此同时，人们逐渐把荧惑之精与歌唱童谣的儿童联系起来，童谣被看作荧惑之精化身的童子代表上天传达的意旨，这样就把荧惑星和政治预言关联到了一起。王充对荧惑、童谣、政治三者关系的表达，代表了汉代人的一般性看法。王充说："世谓童谣，荧惑使之，彼言有所见也。荧惑火星，火有毒荧，故当荧惑守宿，国有祸败……《鸿范》五行二曰火，五事二曰言。言、火同气，故童谣、诗歌为妖言。言出文成，故世有文书之怪。世谓童子为阳，故妖言出于小童。"①就连以"疾虚妄"著称的著名学者王充也认为童谣起源于荧惑星，可见汉代天人感应观念影响之强。这里就有必要具体介绍"荧惑"及"荧惑守心"的相关知识及相关的政治文化，这样才能更深刻地理解汉代人高度重视并充分利用童谣的深层心理动因。

"荧惑"，即太阳系中的火星，橘红色外表是其地表赤铁矿（氧化铁）的颜色。它的亮度常有变化，且在天空中运动，有时从西向东，有时又从东向西，情况复杂，令人迷惑，所以中国古代叫它"荧惑"。火星无论在东方或是西方都被认为是战争、死亡的象征，西方古代（古罗马）称其为"战神玛尔斯星"。"心"，即心宿，是中国古代二十八星宿之一，由三颗星组成，在中国古代被认为是天帝明堂施政之所。其中心宿二（天蝎座 α）为著名的大火星，为天帝的象征。《史记·天官书》曰："心为明堂，大星天王，前后星子属。"②"荧惑守心"，"指的是荧惑在心宿发生由顺行（自西向东）转为逆行（自东向西）或由逆行转为顺行，且停留在心宿一段时期的现象"。③ 具体解释是："火星绕日的公转轨道在地球之外……由顺行转向逆行或逆行转为顺行的时刻称为'留'。在留的前后时期，火星运动很慢，往往在 2° 的范围内徘徊近一个月（火星在顺行的大多数时候 3 天即行 2°），在中国古代天文学中，称为'守'某宿或某星。"④"荧惑守心"在中国古代星占术中，被认为是大凶的天象，被视为关乎着帝王生命安危的极其严重的凶象，《史记·天

---

① 〔汉〕王充：《论衡·订鬼篇》，黄晖校释本，第 941—944 页。
② 〔汉〕司马迁：《史记·天官书》，第 1295 页。
③ 黄一农：《社会天文学史十讲》，上海：复旦大学出版社，2004 年，第 27 页。
④ 刘次沅、吴立旻：《古代"荧惑守心"记录再探》，载自《自然科学史研究》2008 年第 4 期，第 508 页。

官书》曰:"荧惑为孛,外则理兵,内则理政。故曰'虽有明天子,必视荧惑所在'。"①《汉书·天文志》曰:"荧惑为乱为贼,为疾为丧,为饥为兵,所居之宿国受殃。"②黄一农先生称之为"中国星占学上最凶的天象"。③ 陈美东先生更具体指出:"中国古代一直认为,荧惑守哪颗星,就不利于哪颗星所主的分野国或该星所对应的人,并且人们坚持认为,荧惑确实存在着不符合规律的与人事有关的异常运行。"④刘次沅等人通过现代天文学方法计算,发现了自公元前520年到公元1900年这2 420年间,"共发生'荧惑守心'30次……准确的'荧惑守心'平均80年发生一次,近似的'荧惑守心'40年一次。"⑤由于认识的局限性,古代人不能从科学角度解释天体运行的规律,而是从"天人感应"这一认识模式出发来比附人世现象。其实,不仅中国如此,大凡古老的国家或民族,例如古埃及、印度、希腊、阿拉伯等,都发展出了自己的占星术,当时的人们都相信,天上的诸神正如他们的国王一般,是可以藉由安抚而改变天意的。

由于观测水平有限及政治斗争等各种原因,古人所记录的"荧惑守心"现象,有些是预测或记录准确的,有些则并不准确。不论如何,古代的政治家都极为严肃地对待这种异常天象,并从自身利益出发做出适当的反应。如春秋后期宋国的宋景公就遭遇了一次"荧惑守心"的考验,《史记·宋微子世家》记载此事甚详:"三十七年(公元前480年),楚惠王灭陈。荧惑守心。心,宋之分野也。景公忧之。司星子韦曰:'可移于相。'景公曰:'相,吾之股肱。'曰:'可移于民。'景公曰:'君者待民。'曰:'可移于岁。'景公曰:'岁饥民困,吾谁为君!'子韦曰:'天高听卑。君有君人之言三,荧惑宜有动。'于是候之,果徙三度。"⑥《史记》中详细记录了宋景公不愿移祸于相、于民、于岁的表态,随后荧惑"果徙三度"。也就是说,正当宋景公君臣正在忧心忡忡地讨论如何应对"荧惑守心"天象的时候,荧惑星移动了三度,离开了宋国国境,于是危机解除了。

宋景公在个人性命岌岌可危之际,却不愿移祸于相、于民、于岁,那就意味着要以其一人之身去独自面对荧惑即将带来的灾祸,这是非常了不起的担当。而荧惑"徙三度",被看作是上天对宋景公仁义行为的奖赏。这种理

---

① 〔汉〕司马迁:《史记·天官书》,第1347页。
② 〔汉〕班固:《汉书·天文志》,第1281页。
③ 黄一农:《社会天文学史十讲》,第23页。
④ 陈美东:《中国古代天文学思想》,北京:中国科学技术出版社,2013年,第450页。
⑤ 刘次沅、吴立旻:《古代"荧惑守心"记录再探》,第510页。
⑥ 〔汉〕司马迁:《史记·宋微子世家》,第1631页。

解，当然是由于当时自然科学知识不足所致，但是，这类误解、曲解也不能说全无意义，至少对于古代君王的行为有一定约束，使其感觉有一种巨大的外部约束、监视力量，而不至于胡作非为。

这则史料也从一个方面说明了，在古人心目中，天象与人事二者之间是互相影响的，帝王在人间的统治表现如何，上天看在眼里，会根据其表现，降下祥瑞或灾异；正因如此，帝王必须严肃对待上天的启示，进德修业、保民而王，否则上天会有更进一步严厉的惩罚。上天评价帝王统治优劣的标准，就是看广大老百姓的实际感受，所谓"天矜于民，民之所欲，天必从之……天视自我民视，天听自我民听"，就是说上天以民心为心，帝王也要以民心为心，这样帝王的人间政权才能得到上天的护佑而社稷长久。这些是古人思考的成果，尽管有很大的时代局限，但其中所蕴含的民本精神值得世人重视。

古代君王对于荧惑的活动虽然不敢掉以轻心，但是，像宋景公这样以民为本的古代君主实在不多，更多的君主是执迷不悟，抑或嫁祸于人。如《史记·秦始皇本纪》记载了一次"荧惑守心"现象，其文曰："三十六年，荧惑守心。有坠星下东郡，至地为石，黔首或刻其石曰'始皇帝死而地分'。始皇闻之，遣御史逐问，莫服，尽取石旁居人诛之，因燔销其石。"①秦始皇对事情的处理，暴露出了他残暴无情的本性，但也反而说明了他对天象的恐惧。再如汉成帝对待绥和二年（公元前 7 年）春天的"荧惑守心"，消灾办法是以宰相翟方进做替罪羊，秘密迫其自杀。因为"荧惑守心"主要针对的是皇帝，但据占星官的解释，如果移祸于重要的大臣，皇帝就可以消灾避祸。②

因为童谣中天然地携带了政治预言的基因，它就与汉代盛行的"天人感应神学"的精神高度契合，而天人感应观念在很大程度上强化了童谣的政治预言功能。受天人感应神学的熏染，汉代童谣更打上了阴阳灾异和谶纬等时代的烙印。阴阳灾异是天人感应神学的基本思维框架，谶纬则是天人感应神学的利器。

《汉书》与《后汉书》引述大量儒家经传和史事，说明天象变化与政事活动的关系，以表现"天垂象，见吉凶"的天人感应模式，即所有天象变化无不与阴阳灾异相关。如对于日食这种天象，《后汉书·五行志》引《日蚀说》曰："日者，太阳之精，人君之象。君道有亏，为阴所乘，故蚀。蚀者，阳不克也。"③又如地震这种灾异，《五行志》引《春秋汉含孳》的解释是："女主盛，

---

① 〔汉〕司马迁：《史记·秦始皇本纪》，第 259 页。
② 〔汉〕班固：《汉书·翟方进传》，第 3421—3424 页。
③ 〔晋〕司马彪：《后汉书·五行志六》，第 3357 页。

臣制命,则地动坼,畔震起,山崩沦。"又引李固的观点说:"地者阴也,法当安静。今乃越阴之职,专阳之政,故应以震动。"①因此,和帝永元四年(公元92年)六月,十三处郡国发生地震,人们将其与窦太后摄政、窦宪兄弟专权联系在一起。桓帝建和元年(公元147年)四月、九月的京都地震,被认为是外戚梁冀专权所致。②雨雹,则与酷吏用刑苛深有关,如和帝永元五年(公元93年)六月,有三郡国雨雹,《五行志》就将其与和帝任用酷吏周纡为司隶校尉、刑诛苛深关联起来。③童谣,汉代又称其为"诗妖",《汉书·五行志》说:"君炕阳而暴虐,臣畏刑而钳口,则怨谤之气发于歌谣,故有诗妖。"④在汉人看来,童谣与日食、地震、大水等自然界的灾异一样,都是上天降怒的一种方式。

"谶"是秦汉间方士编造的预言吉凶祸福、昭示治乱兴衰的隐语。谶,许慎在《说文解字》中解释道:"谶,验也。"⑤意思是可以验证的预示。《四库全书总目提要》释谶纬曰:"谶者,诡为隐语,预决吉凶。"⑥谶有言谶与图谶之分,言谶又有谶语及谶谣之别。谶谣是歌谣与谶纬的结合体,就其定位来说属于"谣",而非"谶"。谶与谣结合后而形成后的谶谣,兼具了谶的预言性和谣的通俗性、流传性特点,更便于其在民间广泛传播,在社会上发生影响。正如有的学者所说,"谶谣是把谶的神秘性、预言性与谣的通俗流行性结合起来的一种具有预言性的神秘歌谣"。⑦"谶谣是谶纬借助了民谣的通俗,或者说民谣借用了谶纬的神秘,从而加速传播的一种特殊的民间文体形式"。⑧童谣(谶谣)与一般的谶言、谶语的区别,就在于它具有一定的文学属性,不仅字数整齐,而且韵律和谐,较那些深奥难懂且不押韵的谶语,更易于记诵和传播。这里举例对比可见一斑:光武帝刘秀的昔日同学强华曾向刘秀奉上《赤伏符》:"刘秀发兵捕不道,四夷云集龙斗野,四七之际火为主",这是一则谶语,预示刘秀将得天下。李贤注:"四七,二十八也,自高祖至光武初起,合二百二十八年,即四七之际也。汉火德,故火为主也。"⑨由于其并不押韵,且内容艰深,一般人无从索解,这就限制了其流传。而另外

---

① 两处引文均引自〔晋〕司马彪:《后汉书·五行志四》,第3328页。
② 〔晋〕司马彪:《后汉书·五行志》,第3328、3331页。
③ 〔晋〕司马彪:《后汉书·五行志》,第3313页。
④ 〔汉〕班固:《汉书·五行志》,第1377页。
⑤ 〔汉〕许慎:《说文解字》,班吉庆校订本,第63页。
⑥ 〔清〕永瑢、纪昀:《四库全书总目提要》,海口:海南出版社,1999年,第42页。
⑦ 谢贵安:《中国谶谣文化研究》,海口:海南出版社,1998年,第5页。
⑧ 吕肖奂:《中国古代民谣研究》,成都:巴蜀书社,2006年,第76页。
⑨ 两处引文均引自〔南朝宋〕范晔:《后汉书·光武帝纪》,第21、22页。

一则《更始时南阳童谣》"谐不谐,在赤眉。得不得,在河北","谐"与"眉"押韵,"得"与"北"押韵,音韵和谐、琅琅上口,便于流传。

今天流传下来的童谣,多数是被历史证明了的,因为它们是政治人物对比分析了各派政治势力的消长变化、揣摩政治集团的走向后而做出的较为客观的、科学的预测。预测成功了,人们认为童谣料事如神,会被格外强化;预测不准,该童谣也就慢慢淡出人们的记忆,难以在历史上流传下来。当然,当事人人为地营造出童谣应验的假象,也具有极大的可能。这些都是童谣的流传在前、而所谓的"应验"在后的原因。下面对汉代历史上各转折阶段流传的童谣分别加以介绍。

二、歌谣与王莽篡位前后的政治斗争

汉代政治人物善于利用歌谣,或将自己装扮成顺天应人的正义化身、在不远的将来会取得政权;或将政治对手描绘为失德悖理、必将做出犯上作乱之举的巨奸大猾。王莽在由辅汉进而代汉的过程中,就有意识地制造并利用舆论,其中就包括到各地搜求颂谣,营造出天下归心的舆论假象,以俘获社会各阶层的心理;但是,在这一过程中,社会上的各种反莽势力也从未停歇,对他的抵制、声讨之音络绎不绝,既有对王莽行将发动篡汉活动进行政治预测的童谣,以揭露其政治野心、唤起各阶层人士的觉醒;也有对王莽篡弑成功后各种举措的批判,以分化、瓦解其政权基础,促进其灭亡。

据《汉书·王莽传》,王莽在当上了安汉公后,作为篡汉的重要举措之一,是于平帝元始四年(公元4年)春,"遣大司徒司直陈崇等八人分行天下,览观风俗。"王莽的目的很明确,就是采集颂声,为他取代刘姓皇帝制造舆论基础。王莽深知,天人感应思想在民众中间根深蒂固,要想获得万民的认可,就必须将自己包装成天命所归的人物,这就需求助于各种祥瑞以及颂美性的歌谣,因为汉代人相信祥瑞及颂谣都是天意的表现。这次使者巡行的结果是,"风俗使者八人还,言天下风俗齐同,诈为郡国造歌谣,颂功德,凡三万言。莽奏定著令。又奏为市无二贾,官无狱讼,邑无盗贼,野无饥民,道不拾遗,男女异路之制,犯者象刑"。① 值得注意的是这里用了一个"诈"字,也就说明了三万言的颂谣是假造的,事实上并不存在。当然这些编造出来的歌谣没有生命力,不可能流传下来,我们也就无从得知这些歌谣的内容了。

另一方面,反对王氏外戚的势力也在筹划着各种活动,编造童谣也是其

---

① 两处引文分别引自〔汉〕班固:《汉书·王莽传》,第4066、4076页。

中一项重要内容。如《元帝时童谣》："井水溢,灭灶烟。灌玉堂,流金门。"这是汉元帝时期流行的一首预言王莽将要篡汉的童谣,就其内容看也是谶谣。这首谶谣用了当时流行的五行、阴阳思维对政治走向做了隐喻式的预测。井水,阴也;灶烟,阳也;玉堂、金门,至尊之居,象征皇帝。阴盛而灭阳,水盛而克火,象征着阴性力量的外戚势力将要窃取代表着阳性力量的皇权。成帝建始二年(公元前31年)三月戊子,北宫中的井泉上涨,井水溢出而向南流去,从字面上应验了童谣的内容。此后,王莽更是以各项实际行动一步一步坐实了童谣的预测:汉成帝时,王莽由黄门郎而升为射声校尉,永始元年(公元前16年)封为新都侯;汉平帝元始元年(公元1年)受封安汉公爵位,三年王莽女嫁给平帝做了皇后,四年加宰衡号、位在诸侯王公之上;次年,王莽毒死汉平帝,立年仅两岁的孺子婴为皇太子,太皇太后王政君命王莽代天子行政,称"假皇帝"或"摄皇帝";初始三年(公元10年),王莽正式篡汉建新。①

再如《成帝时歌谣》："邪径败良田,谗口乱善人。桂树华不实,黄爵巢其颠。故为人所羡,今为人所怜。"这同样是一首谶谣,预言汉家政权将为王莽所篡。良田,指升平天下;桂树,赤色,汉家之象;华不实,指汉祚不得继嗣;黄雀,王莽自称为黄;巢其颠,指居天下之高位。其后王莽果然篡夺天子高位。②

从这两首谶谣的内容来看,做谣者显然是站在汉家立场上,而非保持冷眼旁观的价值中立。这是做谣者通过对汉家势力与王氏外戚势力综合对比分析,以及对王氏外戚的政治走向做出预测之后,得出来的较为客观、合理的判断,意在引起人们对外戚势力的警惕和国家命运的关注。问题是,在成帝在位的大部分时间里,王莽的地位并非显赫、政治野心并未彰显,只是在成帝绥和元年(公元前8年)、也就是成帝死前一年,才代替王根为大司马辅政。王莽逐渐暴露其野心,是在哀帝、平帝、孺子期间。根据歌谣内容,似乎也看不出是专门针对王莽的,何以在元帝、成帝时就有了王莽将篡汉的谶谣呢?笔者以为,也极有可能是后人在王莽篡汉之后所作的曲意比附,也就是将歌谣的内容刻意套在王莽身上。

另一方面,王莽从野心膨胀、大权独揽到走向篡夺的过程中,各种反对势力不断进行抵制和斗争,批判的歌谣也是不绝于耳。如《时人为王莽语》"莽头秃,帻施屋",③讥讽王莽头秃;又如《时人为甄丰语》"夜半客,甄长

---

① 〔汉〕班固:《汉书·五行志》,第1395页。
② 〔汉〕班固:《汉书·五行志》,第1396页。
③ 〔晋〕司马彪:《后汉书·舆服志》注引《独断》中载此则歌谣为"王莽秃,帻施屋。",第3671页。

伯"，据《后汉书·彭宠列传》可知，"王莽为宰衡时，甄丰旦夕入谋议"，①歌谣在讥讽甄丰为虎作伥的同时，也揭露了王莽图谋不轨的心理。甄丰等人如此不辞辛劳地为王莽献计献策，绝非出于"乃心王室"的至公美德，而是心存门户利益的盘算，《汉书·王莽传》载："初，甄丰、刘歆、王舜为莽腹心，倡导在位，褒扬功德；'安汉''宰衡'之号及封莽母、两子、兄子，皆丰等所共谋，而丰、舜、歆亦受其赐，并富贵矣。"②可见，"一人得道，鸡犬升天"的道理在王莽极其幕僚身上都得到了印证。

再如《长安为张竦语》"欲求封，过张柏松；力战斗，不如巧为奏"，讽刺张竦（张柏松）对王莽篡汉前夕一系列活动作无原则的吹捧，在他代刘嘉所作进呈王莽的奏书中，把王莽美化成"晨夜屑屑，寒暑勤勤，无时休息，孳孳不已"的大功臣。谄媚行为得到了回报，张竦获得了王莽封侯的赏赐，《汉书·王莽传》中对此记载甚详：居摄元年（公元6年）四月，"安众侯刘崇与相张绍谋曰：'安汉公莽专制朝政，必危刘氏。天下非之者，乃莫敢先举，此宗室耻也。吾帅宗族为先，海内必和。'绍等从者百余人，遂进攻宛，不得入而败。绍者，张竦之从兄也。竦与崇族父刘嘉诣阙自归，莽赦弗罪。竦因为嘉作奏……封嘉为帅礼侯，嘉子七人皆赐爵关内侯。后又封竦为淑德侯。长安为之语曰：'欲求封，过张柏松；力战斗，不如巧为奏'。"③从现实利益角度讲，张竦和刘嘉大为获利；从封建伦理道德来衡量，二人的做法却又为人所不齿。歌谣不仅嘲讽了张竦的投机取巧、丧失气节，同时也传达出了对王莽喜听颂声、沽名钓誉的讥刺。

再如批判王莽军队祸害百姓的怨谣《东方为王匡廉丹语》："宁逢赤眉，不逢太师。太师尚可，更始杀我"，歌谣背景在《汉书·王莽传》中有比较详细的记录：地皇三年（公元22年）四月，王莽遣太师王匡、更始将军廉丹东进，讨伐赤眉军。翼平连率田况早已预料到师出无功、甚至会骚扰郡县百姓，遂上书王莽，提出剿灭赤眉的建议："窃见诏书，欲遣太师、更始将军，二人爪牙重臣，多从人众，道上空竭，少则亡以威视远方。宜急选牧、尹以下，明其赏罚，收合离乡。小国无城郭者，徙其老弱置大城中，积藏谷食，并力固守。贼来攻城，则不能下，所过无食，势不得群聚。如此，招之必降，击之则灭。今空复多出将率，郡县苦之，反甚于贼。宜尽征还乘传诸使者，以休息郡县。委任臣况以二州盗贼，必平定之。"田况的建议切实可行，可惜王莽不

---

① 〔南朝宋〕范晔：《后汉书·彭宠列传》，第503页。
② 〔汉〕班固：《汉书·王莽传》，第4123页。
③ 两处引文分别引自〔汉〕班固：《汉书·王莽传》，第4083、4082、4086页。

能采纳,军队遂出,"太师、更始合将锐士十余万人,所过放纵。东方为之语曰'宁逢赤眉,不逢太师!太师尚可,更始杀我!'"①这里的"更始",指王莽手下的更始将军廉丹,非更始帝刘玄。王匡、廉丹是王莽派去剿灭赤眉军的,他们是国家正规军,可是军纪松弛、士兵放纵,所到之处烧杀抢掠、令百姓不寒而栗;相比之下,还赶不上樊崇所领导的赤眉军的军风军纪。歌谣折射出来的是王莽政权的腐败统治,很难取信于民。

三、歌谣与东汉政权建立前后的政治斗争

新莽后期、东汉政权建立前后,问鼎中原、觊觎神器的政治势力非止一家,尚存的政治势力有赤眉、更始、西北的隗嚣、西南的公孙述等,这些政治势力在史书中均有专门介绍。除此而外,还有为数众多的各色人物粉墨登场,他们都想在政治舞台上一显身手、一较高下,这些人中既有割据一方的大军阀、掌控一郡的太守,亦有江湖术士、甚至是占山为王的山贼。就像《剑桥中国秦汉史》中所指出的,"光武帝不过是群雄纷争的战场上的一个皇位争夺者。先后有 11 人宣称有九五之尊的权利,这还不算独霸一方的大军阀"。②

这些人物的活动,都体现出了时代特色,如术士王郎"诈称成帝子子舆,起兵邯郸",建立政权,史称赵汉。③ 如真定王刘扬造作谶记"赤九之后,瘿扬为主",唐李贤等注曰:"汉以火德,故云赤也。光武于高祖九代孙,故云九",刘扬取代刘秀的心理昭然可见。④ 又如涿郡太守张丰举兵反叛,自称"无上大将军",实际上是听信了道士的怂恿,上演了一幕自欺欺人的闹剧,《后汉书》中是这样记载的:"丰好方术,有道士言丰当为天子,以五彩囊裹石系丰肘,云石中有玉玺。丰信之,遂反。既执当斩,犹曰:'肘石有玉玺。'遵为椎破之,丰乃知被诈,仰天叹曰:'当死无所恨!'"⑤在时代风潮的驱使下,新城蛮中山贼张满同样想分一杯羹,他也以谶文为依据占山为王、祭祀天地。⑥

即便是在刘秀登基创号之后,各地的分裂势力也并未因此消歇,史载:"是时海内新定,南方海滨江淮,多拥兵据土。"⑦东汉思想家仲长统在《昌言·理乱篇》中提出,天下纷争起于名分未定,"于斯之时,并伪假天威,矫据

---

① 两处引文分别引自〔汉〕班固:《汉书·王莽传》,第 4172—4173、4175 页。
② 〔英〕崔瑞德、鲁惟一主编:《剑桥中国秦汉史》,第 232 页。
③ 〔南朝宋〕范晔:《后汉书·耿弇列传》,第 704 页。
④ 〔南朝宋〕范晔:《后汉书·耿纯列传》,第 763、764 页。
⑤ 〔南朝宋〕范晔:《后汉书·祭尊列传》,第 739、740 页。
⑥ 〔南朝宋〕范晔:《后汉书·祭尊列传》,第 739 页。
⑦ 〔南朝宋〕范晔:《后汉书·李忠列传》,第 756 页。

方国,拥甲兵与我角才智,程勇力与我竞雌雄,不知去就,疑误天下,盖不可数也。"①仲长统的这一段概括虽是针对历史上的普遍形势而发,但用于分析两汉之交的政治形势,显然更为恰切。当然,在各方大大小小政治势力之中,最有影响力、最有希望脱颖而出的还属皇族刘秀,这不仅是因为"汉有再受命之符""道士西门君惠言刘秀当为天子",还因为"洛阳土地最广,甲兵最强,号令最明"。② 在逐鹿中原的过程中,刘秀更擅长神化自己、制造对己有利的歌谣,传播、散布不利政敌的歌谣,这是刘秀除了军事斗争之外另一有效武器。

对此,《剑桥中国秦汉史》中别具眼光地指出,"古代中国的一些开国皇帝和他们的支持者是实用心理学大师。他们对典籍和不足凭信的文书中的预言作有利于他们的解释,并虚构预言,制造吉兆和散布反对其敌人的政治歌谣"。③ 刘秀无疑是这类"实用心理学大师"中的佼佼者,这既有时代大环境的客观影响,也有刘秀本人的主观因素在起作用。

在阴阳五行观念和谶纬符命思维大行其道的时代,任何有作为及有野心者都不能不受此时代风云的荡涤而对其加以充分利用。刘秀虽是汉高祖刘邦的九世孙,出自汉景帝子长沙定王刘发一脉,但因"推恩令"影响,身份从列侯递降,到他父亲刘钦,只做到济阳县令这样的小官。父亲死后,刘秀兄妹由叔父刘良抚养,这时的身份几乎与平民无异。在争夺天下的过程中,要想为公众所认同、脱颖而出,就必须为自己头上戴上光环,并制造一些生前身后的神话,谶纬符瑞恰好满足了刘秀的这种需求。据史载,戎马倥偬之际,"军旅间贼檄日以百数,上(指刘秀)犹以余暇讲诵经书,自河图洛书谶记之文无不毕览"。④ 刘秀为什么还要看"河图洛书谶记之文"呢?因为在当时,这些都是与政治关系密切的实用知识,这就说明刘秀极其重视意识形态工作。当时社会上流传着三则为刘秀造神的谶语:"刘氏复起,李氏为辅。""刘秀发兵捕不道,四夷云集龙斗野,四七之际火为主。""刘秀发兵捕不道,卯金修德为天子。"第一则载于《后汉书·李通列传》,王莽末期,李通父亲李守好星历谶记,为王莽宗卿师,"莽末,百姓愁怨,通素闻守说谶云'刘氏复兴,李氏为辅',私常怀之……及相见,共语移日,握手极欢。通因具言谶文事……光武既深知通意,乃遂相约结,定谋议"。⑤ 这则谶语是刘秀起

---

① 〔汉〕仲长统:《昌言·理乱》,引自孙启治《昌言校注》,第257页。
② 〔南朝宋〕范晔:《后汉书·窦融列传》,第798页。
③ 〔英〕崔瑞德、鲁惟一主编:《剑桥中国秦汉史》,第211页。
④ 〔晋〕袁宏:《后汉纪》,张烈点校本,第85页。
⑤ 〔南朝宋〕范晔:《后汉书·李通列传》,第573—574页。

家的基础,为刘秀起兵反莽起到了决定性的作用。

第二则谶语最终促使刘秀下定决心登上皇帝宝座,据《后汉书·光武帝纪》载,"(刘秀)行至鄗,光武先在长安时同舍生强华自关中奉《赤伏符》,曰'刘秀发兵捕不道,四夷云集龙斗野,四七之际火为主。'群臣因复奏曰:'受命之符,人应为大,万里合信,不议同情,周之白鱼,曷足比焉?今上无天子,海内淆乱,符瑞之应,昭然著闻,宜答天神,以塞群望。'光武于是命有司设坛场于鄗南千秋亭五成陌。"①这则谶语还传到了河西五郡地区。窦融在与河西五郡太守一起讨论河西今后的政治走向时,其中就有不少智囊人物提到了《赤伏符》以及为刘秀称帝造势的其他预言,《后汉书·窦融列传》载此甚详:"融等于是召豪杰及诸太守计议,其中智者皆曰:'汉承尧运,历数延长。今皇帝姓号见于图书,自前世博物道术之士谷子云、夏贺良等,建明汉有再受命之符,言之久矣,故刘子骏改易名字,冀应其占。及莽末,道士西门君惠言刘秀当为天子,遂谋立子骏。事觉被杀,出谓百姓观者曰:"刘秀真汝主也。"皆近事暴著,智者所共见也。除言天命,且以人事论之:今称帝者数人,而洛阳土地最广,甲兵最强,号令最明。观符命而察人事,它姓殆未能当也。'"②智者的言论指向明确,那就是只有刘秀顺天应人、最有资格当天子。其人所说的"今皇帝姓号见于图书",就是这则"刘秀发兵捕不道"的谶语。窦融在综合各派言论后,做出了归顺刘秀的正确决策。

第三则"刘秀发兵捕不道,卯金修德为天子",与第二则谶语相近,当是化用而来。刘秀即皇帝位的祝文中还引用了这条谶谣,作为君权神授的有力证据,祝文曰:"群下百辟,不谋同辞,咸曰:'王莽篡位,秀发愤兴兵,破王寻、王邑于昆阳,诛王郎、铜马于河北,平定天下,海内蒙恩。上当天地之心,下为元元所归。'谶记曰:'刘秀发兵捕不道,卯金修德为天子。'秀犹固辞,至于再,至于三。群下佥曰:'皇天大命,不可稽留。'敢不敬承。"③

以上所举的是谶语,不属于歌谣,下面这首《更始时南阳童谣》"谐不谐,在赤眉。得不得,在河北",则是一首政治预言性的童谣,预测更始帝刘玄将为赤眉起义军所杀,而刘秀将以收复河北为契机统一全国。据《后汉书·五行志》可知,"更始时,南阳有童谣曰:'谐不谐,在赤眉。得不得,在河北。'是时更始在长安,世祖为大司马平定河北。更始大臣并僭专权,故谣

---

① 〔南朝宋〕范晔:《后汉书·光武帝纪》,第 21—22 页。
② 〔南朝宋〕范晔:《后汉书·窦融列传》,第 798 页。刘歆字子骏,西汉末年学者。为应当时流传的"刘秀当为天子"的谶语,他于建平元年(公元前 6 年)改名刘秀,而谋诛王莽,事败被杀。临死之际,仍对谶语深信不疑。
③ 〔南朝宋〕范晔:《后汉书·光武帝纪》,第 22 页。

妖作也。后更始遂为赤眉所杀,是更始之不谐在赤眉也,世祖自河北兴。"①必须承认,这首童谣对于当时的政治格局有着准确的把握,对于政治走向的预测也是非常精准的,虽曰童谣,但绝非出自孩童之口,应该是刘秀军中谋臣所作并散布出去的。为什么说"得不得,在河北"呢? 事情经过大体如下:更始元年(公元 23 年)十月,更始帝刘玄派遣刘秀北渡黄河,镇抚河北州郡。刘秀此去,结交豪杰、延揽英雄,得到上谷、渔阳两郡的支持,收获了上万铁骑;又与真定王刘杨结成政治联姻,迎娶刘杨外甥女郭圣通为妻,得到刘杨十万部众的兵力,从而"诛王郎、铜马于河北"。更始三年(公元 25 年)六月,已经是"跨州据土,带甲百万"②的刘秀,在众将拥戴下于河北称帝,年号建武。此后刘秀击灭赤眉,扫平关东,平陇破蜀,终于一统天下。由此可见,河北对于刘秀争夺天下具有重要的战略意义。

从以上所举数例不难看出,刘秀占据宣传舆论的制高点,将谶语、谶谣的造势功能发挥得淋漓尽致;与此同时,刘秀利用歌谣打击、瓦解敌人同样是不遗余力。

《更始时长安中语》曰:"灶下养,中郎将。烂羊胃,骑都尉。烂羊头,关内侯。"歌谣讽刺更始政权建立后,所任用的官吏多是一些素质低下的市井小儿。《后汉书·刘玄列传》载,"(更始)日夜与妇人饮谯后庭……其所授官爵者,皆群小贾竖,或有膳夫庖人,多著绣面衣、锦袴、襜褕、诸于,骂詈道中。长安为之语曰:'灶下养,中郎将。烂羊胃,骑都尉。烂羊头,关内侯。'"③歌谣中灶下养、烂羊胃、烂羊头等词语,就是指的这些"膳夫庖人"。这首歌谣很有可能是更始的敌对势力如赤眉或刘秀阵营中人所作,作为招徕将士、壮大力量以瓦解、分化更始政权的依据,可能是基于事实,也可能是出于史家刻意丑化。《后汉书》中更始刘玄的形象可谓一塌糊涂,给人以"烂泥扶不上墙"之感。史载,王莽败后,"更始既至,居长乐宫,升前殿,郎吏以次列庭中。更始羞怍,俯首刮席不敢视。诸将后至者,更始问虏掠得几何,左右侍官皆宫省久吏,各惊相视"。④ 不难看出,更始自身的素质与其所任用的官员是在同一条水平线上的,常言道"物以类聚,人以群分",这是一个很好的例证。民间俗话说"时势造英雄",可被推上历史舞台上的人物并不总是英雄,想当年刘邦及其身边聚拢的人物多是人中龙虎,有理想、有气魄,因风云际会开创了不朽的事业;当同样的历史局面再次出现,刘玄等人

---

① 〔晋〕司马彪:《后汉书·五行志》,第 3280—3281 页。
② 〔南朝宋〕范晔:《后汉书·光武帝纪》,第 21 页。
③ 〔南朝宋〕范晔:《后汉书·刘玄列传》,第 471 页。
④ 〔南朝宋〕范晔:《后汉书·刘玄列传》,第 470 页。

上演的却是一出闹剧。

东汉政权建立前后天水地区流行一首童谣:"出吴门,望缇群,见一蹇人言欲上天。令天可上,地上安得民。"(《王莽末天水童谣》)《后汉书·五行志》中的解释可以帮助我们理解其内涵:"时隗嚣初起兵于天水,后意稍广,欲为天子,遂破灭,嚣少病蹇。吴门,冀郭门名也。缇群,山名也。"①歌谣的内容是讽刺隗嚣的称帝野心。隗嚣是何许人也?他是否具备称帝的资本?这还要从隗嚣的经历及当时的混乱局势说起。隗嚣出身陇右大族,青年时代在州郡为官,其叔父隗崔等人响应更始帝刘玄起兵反莽后,共同推举隗嚣为上将军,经过数次战斗、招纳贤士而不断壮大自己的实力,隗嚣成了割据西北的势力,名震西州。后来更始帝失败,刘秀在河北建立了政权,在形势扑簌迷离、不知鹿死谁手的情况下,隗嚣表面上殷勤致意于刘秀,实际上却不想交出兵权受制于人,反而首鼠于刘秀和益州公孙述两派势力之间。隗嚣的矛盾心态,在光武称帝后表现得日益明朗,他表面上使用建武年号臣服于汉,实际上却心怀异志。隗嚣的真实心态在其派遣辩士张玄去游说窦融的说辞中暴露无遗,《后汉书·窦融列传》载张玄语曰:'更始事业已成,寻复亡灭,此一姓不再兴之效。今即有所主,便相系属,一旦拘制,自令失柄,后有危殆,虽悔无及。今豪杰竞逐,雌雄未决,当各据其土宇,与陇、蜀合从,高可为六国,下不失尉佗。'"②这番话的大意是:更始的灭亡证明了刘姓不可能兴复汉业,如现在称臣于刘秀,就要交出兵权而被刘秀牵制,最好的局面是形成鼎足之势,下策是像南越王尉佗那样孤悬海外而称王称霸。隗嚣不仅是这样想的,也是这样做的,他一次次婉拒刘秀的示好而不愿入朝称臣,这样,其称霸陇右的野心就路人皆知了。

据笔者揣测,歌谣很有可能是刘秀政治势力集团中人刻意制造并传播的,其目的是为了瓦解隗嚣政权的群众基础,使其人心涣散、不战自破。隗嚣的结局是很悲惨的,在东汉军事打击之下,日暮途穷而困守孤城,一方霸主最后竟然病饿而死。隗嚣悲惨结局的根源在于其对形势认识不明,缺少高瞻远瞩的预见能力,归根结底还是受皇帝梦毒害太深。这首童谣,预测得很准确,后来隗嚣的皇帝梦果然破裂了。歌谣打上了天人感应神学的烙印,它的潜台词似乎是:皇帝不是什么人都能做的,普通人就不要痴心妄想了。这就与窦融帐下幕僚所说的"观符命而察人事,它姓殆未能当也"③是同一

---

① 〔晋〕司马彪:《后汉书·五行志》,第3281页。
② 〔南朝宋〕范晔:《后汉书·窦融列传》,第798页。
③ 〔南朝宋〕范晔:《后汉书·窦融列传》,第798页。

个意思。能够担当得起皇帝称号的是何姓呢？答案不言自明,那就是"姓号见于图书"的刘姓皇族传人刘秀。

蜀中公孙述与刘秀的舆论战尤其能体现歌谣在汉代政治斗争中的重要作用,下面两首歌谣是典型代表。

《公孙述闻梦中人语》("八厶子系,十二为期")运用猜字谜的方法,暗示一个姓公孙的人将要称帝;"十二为期"有不同解释,下文详释。这是公孙述为称帝制造舆论的一个重要环节。

公孙述野心膨胀、自立为帝,一个重要原因是他的复姓"公孙"对他的蛊惑。在注重天命谶纬的两汉,霸据蜀中的公孙述似乎比别人多了一样优势,就是他的复姓"公孙",虽然没有"卯金刀"那么正统,但也占尽先机,中华人文初祖黄帝就本姓公孙,后改姬姓。在公孙述产生称帝的想法并逐步付诸实践的过程中,功曹李熊的怂恿和蛊惑起了重要的推动作用,李熊认为蜀地土地肥饶、地势险峻、兵精粮足,总之是地利、人和具备。至于天命,李熊说道:"天命无常,百姓与能。能者当之,王何疑焉!"这无异于明说:天命是骗人的,谁强大谁就掌握了天命,于是公孙述心领神会,做了一个梦,"梦有人语之曰'八厶子系,十二为期。'觉,谓其妻曰:'虽贵而祚短,若何?'妻对曰'朝闻道,夕死尚可,况十二乎?'"①随后,人为制造的各种祥瑞不断出现,称帝的各项条件全部齐备,于是公孙述在建武元年(公元25年)四月自立为天子,建元曰龙兴元年。公孙述对于梦中人说的"十二为期",开始以为是皇帝只能做十二年,所以才对其妻子说:"虽贵而祚短,若何?"但其妻子的一番"朝闻道,夕死尚可,况十二乎"的解释,促使其下定了称帝决心。不过,人心不足蛇吞象,十二年毕竟短暂,公孙述后来又对"十二为期"做出了对自己更为有利的阐发,《后汉书》本传中对此做了详细介绍:"述亦好为符命鬼神瑞应之事,妄引谶记。以为孔子作《春秋》,为赤制而断十二公,明汉至平帝十二代,历数尽也,一姓不得再受命。""十二为期"被解释成汉代皇帝到第十二代历数已尽,这样就巧妙地回避了对自己不利的解释、反而为汉朝皇帝划定了一个大限。此外,公孙述又对"公孙授命""白帝德"给出了说明:"(公孙述)又引《录运法》曰:'废昌帝,立公孙。'《括地象》曰:'帝轩辕受命,公孙氏握。'《援神契》曰:'西太守,乙卯金。'谓西方太守而乙绝卯金也。五德之运,黄承赤而白继黄,金据西方为白德,而代王氏,得其正序。又自言手文有奇,及得龙兴之瑞。"公孙述深知谶纬的影响力之大,在固守西南的同时,力图在舆论战场上占据优势,压倒东方的刘秀势力,故"数移书中

---

① 两处引文均引自〔南朝宋〕范晔:《后汉书·公孙述列传》,第535页。

国,冀以感动众心"。①

东汉政权建立前后,有一首专为割据西南的公孙述而作的《后汉时蜀中童谣》:"黄牛白腹,五铢当复。"《后汉书·五行志》介绍道:"世祖建武六年,蜀童谣曰:'黄牛白腹,五铢当复。'是时公孙述僭号于蜀,时人窃言王莽称黄,述欲继之,故称白;五铢,汉家货,明当复也。述遂诛灭。"②公孙述倚仗蜀道天险和天府之国的富庶割据蜀中,于刘秀建立东汉的同年称帝于蜀,国号大成。但是,公孙述走了一步昏招,那就是废除铜钱而新置铁官钱,这就导致了百姓手里原来的铜钱不能流通,这一过程无异于间接掠夺了百姓的财产,导致民怨沸腾。百姓借助童谣,表达了对公孙述政权的不满和诅咒,以及对汉家王朝收复蜀中的渴望。据《后汉书·公孙述列传》,"是时,述废铜钱,置铁官钱,百姓货币不行。蜀中童谣言曰:'黄牛白腹,五铢当复。'好事者窃称王莽称'黄',述自号'白',五铢钱,汉货也,言天下当并还刘氏"。③

与此同时,刘秀则担心公孙述的舆论战蛊惑人心危害自己的政权,遂写信给公孙述指出他对谶纬理解有误,希望公孙述放弃幻想、臣服于汉。《公孙述传》载:"帝(笔者按,指刘秀)患之,乃与述书曰:'图谶言"公孙",即宣帝也。代汉者当涂高,君岂高之身邪?乃复以掌文为瑞,王莽何足效乎!君非吾贼臣乱子,仓卒时人皆欲为君事耳,何足数也。君日月已逝,妻子弱小,当早为定计,可以无忧。天下神器,不可力争,宜留三思。'署曰'公孙皇帝'。述不答。"④在书信的结尾,刘秀署名"公孙皇帝",这无异于是说,他才是天命所归的真龙天子,公孙述不过是痴心妄想。由此,刘秀与公孙述之间展开了一场舆论争夺战。这首《蜀中童谣》极有可能是刘秀的势力渗透到了蜀中,在民间煽风点火,以分化、瓦解公孙述的政权基础。

四、歌谣与东汉后期各派势力的斗争

东汉后期的童谣,主要是以政治斗争工具的形式而存在。这些童谣中表达了对宦官、外戚以及地方军阀等各种政治势力的批判和揭露,折射了广大儒家士大夫的政治信念、利益诉求。宦官乱政和外戚专权是造成东汉后期政治混乱衰败的导火索,儒家士大夫与其展开了殊死抗争,这些在童谣中都有全面反映;另一造成国家政治动荡的乱源是各地军阀的割据争雄,其中尤以董卓对政治的破坏最为惨烈,歌谣因此着墨最多。这些歌谣多数虽名

---

① 三处引文均引自〔南朝宋〕范晔:《后汉书·公孙述列传》,第538页。
② 〔晋〕司马彪:《后汉书·五行志》,第3281页。
③ 〔南朝宋〕范晔:《后汉书·公孙述列传》,第537—538页。
④ 〔南朝宋〕范晔:《后汉书·公孙述列传》,第538页。

童谣,但就内容、用词以及风格来判断,它们都出自成人之手、并且是出自具有一定谶纬知识的专业人士之手。

(一) 东汉后期表现儒家士大夫与宦官、外戚斗争的歌谣

《后汉书·五行志》载《桓帝初天下童谣》曰:"小麦青青大麦枯,谁当获者妇与姑,丈人何在西击胡。吏买马,君具车,请为诸君鼓咙胡。"关于歌谣的背景,《后汉书》中是这样记载的:"(桓帝)元嘉中凉州诸羌一时俱反,南入蜀、汉,东抄三辅,延及并、冀,大为民害。命将出众,每战常负,中国益发甲卒,麦多委弃,但有妇女获刈之也。吏买马,君具车者,言调发重及有秩者也。请为诸君鼓咙胡者,不敢公言,私咽语。"①按照这样的解释,这首童谣所批判的是西北羌人叛乱以及将军不能及时平叛,给广大百姓生活造成的破坏。这样理解未尝不可,但是它就变成了对社会现实状态的摹写,而与"童谣"这种具有政治预言性质的歌谣体式的规定性不相符合。而据日人串田久治的解释,这首歌谣预示了桓帝即位后,利用宦官势力铲除外戚梁冀集团,但随之而来也酿成了宦官专权的痼疾及"党锢之祸"。串田久治在文章中说:"为平定西域的叛乱,皇甫规、张奂和段颎等人发挥了重要作用,但他们当中只有皇甫规既担心宦官势力的抬头,又批判党锢之禁;而张奂与梁冀关系密切,段颎则是'曲意宦官','保其富贵'。在这首童谣里,'小麦'暗示宦官,'大麦'暗示梁冀或梁氏家族,'妇'暗示梁皇后,'姑'暗示梁太后,'丈人'暗示皇甫规或李固、陈蕃等所谓清流派,'吏'暗示张奂、段颎和宦官。如果可以这样解释的话,那么这首童谣的真正意思是说宦官势力的抬头可以消灭梁氏家族。"②如果按照串田氏这样理解,那么这首童谣就表现了对桓帝时外戚专权以及随之而来的宦官得势的忧虑,表现出了预测性质。这样的理解似乎更为符合"童谣"这一体式的特点,具有一定的合理性。

再看《桓帝初城上乌童谣》:"城上乌,尾毕逋。公为吏,子为徒。一徒死,百乘车。车班班,入河间,河间姹女工数钱。以钱为室金为堂,石上慊慊舂黄粱。梁下有悬鼓,我欲击之丞卿怒。"歌谣以童谣的形式对桓帝时期贪腐政治做了方方面面的反映:人主聚敛、百姓遭殃、外戚贪婪、忠言道断,表现了强烈的批判意识。《后汉书·五行志》对此解释道:

> 案此皆谓为政贪也。城上乌、尾毕逋者,处高利独食,不与下共,谓人主多聚敛也。公为吏、子为徒者,言蛮夷将畔逆,父既为军吏,其子又

---

① 〔晋〕司马彪:《后汉书·五行志》,第 3281 页。
② (日)串田久治:《汉代的"谣"与社会批判意识》,第 117 页。

为卒徒往击之也。一徒死、百乘车者,言前一人往讨胡既死矣,后又遣百乘车往。车班班、入河间者,言上将崩,乘舆班班入河间迎灵帝也。河间姹女工数钱、以钱为室金为堂者,灵帝既立,其母永乐太后好聚金以为堂也。石上慊慊舂黄粱者,言永乐虽积金钱,慊慊常苦不足,使人舂黄粱而食之也。梁下有悬鼓、我欲击之丞卿怒者,言永乐主教灵帝,使卖官受钱,所禄非其人,天下忠笃之士怨望,欲击悬鼓以求见,丞卿主鼓者,亦复谄顺,怒而止我也。①

对于其中的"一徒死,百乘车"句,南朝刘昭注曰:"其后验竟为灵帝作。此言一徒,似斥桓帝,帝贵任群阉,参委机政,左右前后莫非刑人,有同囚徒之长,故言寄一徒也。且又弟则废黜,身无嗣,魁然单独,非一而何? 百乘车者,乃国之君。解犊后征,正膺斯数,继以班班,尤得以类焉。"②刘昭的注释与司马彪《后汉书·五行志》正文中的解释并不相同,可以存而不论。但二人均不约而同地提到童谣的内容应验在了灵帝身上,这就说明了歌谣所具有的预测特点。

桓帝末年京城流行这样一首童谣:"茅田一顷中有井,四方纤纤不可整。嚼复嚼,今年尚可后年铙。"(《桓帝末京都童谣》)歌谣预言将有"党锢之祸"发生,表达了对宦官禁锢、杀害儒家士大夫的忧虑。童谣的作者应该是儒林中人,或者是站在儒林一边的正直人士。《后汉书·五行志》解释这首歌谣说:"茅田一顷者,言群贤众多也。中有井者,言虽厄穷,不失其法度也。四方纤纤不可整者,言奸慝大炽,不可整理。嚼复嚼者,京都饮酒相强之辞也。言食肉者鄙,不恤王政,徒耽宴饮歌呼而已也。今年尚可者,言但禁锢也。后年铙者,陈、窦被诛,天下大坏。"③那么,实际上是否发生了童谣中所说的"后年铙"的情况呢? 我们可以从《后汉书·党锢列传》中找到答案:"时河内张成善说风角,推占当赦,遂教子杀人。李膺为河南尹,督促收捕,既而逢宥获免,膺愈怀愤疾,竟案杀之。初,成以方伎交通宦官,帝亦颇讯其占。成弟子牢修因上书诬告膺等养太学游士,交结诸郡生徒,更相驱驰,共为部党,诽讪朝廷,疑乱风俗。于是天子震怒,班下郡国,逮捕党人,布告天下,使同忿疾,遂收执膺等。其辞所连及陈寔之徒二百余人,或有逃遁不获,皆悬金购募。使者四出,相望于道。明年,尚书霍谞、城门校尉窦武并表为请,帝意

---

① 〔晋〕司马彪:《后汉书·五行志》,第3282页。
② 〔晋〕司马彪:《后汉书·五行志》引刘昭注,第3282页。
③ 〔晋〕司马彪:《后汉书·五行志》,第3283页。

稍解,乃皆赦归田里,禁锢终身。而党人之名,犹书王府。"①术士张成因为推算到当有大赦,竟然故意教子杀人,河南尹李膺坚持处死杀人犯,于理持之有据,但与大赦旨意抵触,触犯了皇帝的至高权威。劳修虽然是个小角色,却与宦官交好,宦官又是桓帝的宠儿,有了如此靠山,劳修于是煽风点火、无限罗织,终于点燃了第一次"党锢之祸"的导火线。因此,李膺与张成、劳修等人的矛盾背后,反映的是儒家士大夫与宦官势力集团之间的你死我活的斗争,儒家士大夫代表了维护社会正义的一方,宦官及术士则代表了人性中最为邪恶、最为残暴的力量。此后,灵帝时又发生了第二次党锢之祸。两次党锢之祸,导致士大夫势力遭受重挫,宦官从此为所欲为,加之黄巾起义的冲击,将东汉政权推向了毁灭的深渊。

桓帝末期京城还流行另一首童谣:"白盖小车何延延,河间来合谐,河间来合谐。"(《桓帝末京都童谣》)歌谣预测桓帝驾崩,各派力量立拥立新君的过程。据《后汉书·孝灵帝纪》,"桓帝崩,无子,皇太后与父城门校尉窦武定策禁中,使守光禄大夫刘儵持节,将左右羽林至河间奉迎。建宁元年春正月壬午,城门校尉窦武为大将军。己亥,帝(指汉灵帝)到夏门亭,使窦武持节,以王青盖车迎入殿中。"②根据这样的解释,好像一切都很和谐,看不出什么矛盾和斗争。实际上却并非如此,《后汉书·五行志》提供了更多的细节,揭露中常侍侯览采用阴谋害死宗室刘儵,提出了对"和谐"的不同解释:"是时御史刘儵建议立灵帝,以儵为侍中,中常侍侯览畏其亲近,必当间己,白拜儵泰山太守,因令司隶迫促杀之。朝廷少长,思其功效,乃拔用其弟郃,致位司徒,此为合谐也。"③可见,所谓的"和谐"只是表面上的暂时和谐,背后则是刀光剑影、人头落地,歌谣折射了宦官干预政治以及儒家士大夫与之斗争的过程。

(二)东汉末年批判董卓暴政及反映军阀割据的歌谣

《灵帝末京都童谣》曰:"侯非侯,王非王,千乘万骑上北芒(邙)。"这首呈现在读者面前的童谣只是选取了汉末宫廷政治的一个剪影,其背后是一系列政治乱象:灵帝死、少帝即位后,何进与袁绍谋诛宦官,结果事情泄露,何进反被宦官所杀。宦官张让和段珪挟持少帝及陈留王逃到北邙。军阀董卓进京讨伐宦官,在北邙奉迎少帝,却废少帝而立陈留王,是为汉献帝。"侯非侯"指少帝刘辩,刘辩幼年时曾养在史道人家里,人称史侯,灵帝去世后,

---

① 〔南朝宋〕范晔:《后汉书·党锢列传》序,第2187页。
② 〔南朝宋〕范晔:《后汉书·孝灵帝纪》,第327—328页。
③ 〔晋〕司马彪:《后汉书·五行志》,第3283—3284页。

被何进立为少帝,但旋即被董卓废黜;"王非王",指汉献帝刘协,曾封陈留王,被董卓立为献帝。① 对于这一历史事件,《后汉书·董卓列传》载之甚详:灵帝崩,"大将军何进、司隶校尉袁绍谋诛阉宦,而太后不许,乃私呼卓将兵入朝,以胁太后。卓得召,即时就道……卓未至而何进败,虎贲中郎将袁术乃烧南宫,欲讨宦官,而中常侍段珪等劫少帝及陈留王夜走小平津。卓远见火起,引兵急进,未明到城西,闻少帝在北芒,因往奉迎。帝见卓将兵卒至,恐怖涕泣。卓与言,不能辞对;与陈留王语,遂及祸乱之事。卓以王为贤,且为董太后所养,卓自以与太后同族,有废立意……乃立陈留王,是为献帝。"②

这首童谣所表现出的感情非常复杂,有对宦官专权的痛恨,有对外戚无能的讥讽,更多的是对董卓暴虐专断的批判,归结为一点就是对国运的担忧。

下面这首《董逃歌》表达了人民对董卓的憎恶,歌曰:"承乐世董逃,游四郭董逃,蒙天恩董逃,带金紫董逃,行谢恩董逃,整车骑董逃,垂欲发董逃,与中辞董逃,出西门董逃,瞻宫殿董逃,望京城董逃,日夜绝董逃,心摧伤董逃。"歌谣先描写了董卓的发迹过程,又写其胁迫献帝迁都,导致百姓流离失所。据《后汉书·五行志》,这首《董逃歌》出现于汉灵帝中平年间,而董卓为虐却是在少帝、献帝期间,它虽未被冠以童谣之名,实际上却具有童谣的预测功能。《五行志》又说:"'董'谓董卓也,言虽跋扈,纵其残暴,终归逃窜,至于灭族也。"③歌谣中每句话最后都有的"董逃"二字,原是乐曲中的衬音,最初并无实义,后来人们将其与董卓联系起来,影射董卓必败而逃。汉末学者应劭《风俗通义》载曰:"中平中,京师歌《董逃》。董卓以董逃之歌,主为己发,大禁绝之,死者千数。"④可见董卓对歌谣预测功能是非常恐慌的,其做法和当初秦始皇"燔销石刻"、杀戮百姓的做法毫无二致。

下面这首《献帝初京都童谣》以拆字的方式预言了董卓必将灭亡的命运,在汉代歌谣中自成一格。谣曰:"千里草,何青青。十日卜,不得生。"《后汉书·五行志》解释这首童谣道:"案千里草为董,十日卜为卓。凡别字之体,皆从上起,左右离合,无有从下发端者也。今二字如此者,天意若曰:卓自下摩上,以臣陵君也,青青者,暴盛之貌也,不得生者,亦旋破亡。"⑤董

---

① 〔晋〕司马彪:《后汉书·五行志》,第 3284 页。
② 〔南朝宋〕范晔:《后汉书·董卓列传》,第 2322—2324 页。
③ 〔晋〕司马彪:《后汉书·五行志》,第 3284 页。
④ 〔汉〕应劭:《风俗通义·佚文》,王利器校注本,第 569 页。
⑤ 〔晋〕司马彪:《后汉书·五行志》,第 3285 页。

卓是一个滥杀成性且毫无道德底蕴的军阀,在长期征战中,以军功从底层而逐渐升至高位,被外戚何进招进京城清除宦官势力。不料请神容易送神难,董卓一朝权在手,便把令来行,在京城胡作非为,骄恣跋扈,朝臣必欲除之而后快。京都人士因此制作了这首童谣,在京城传播,说明反董联盟已在形成中,加速其灭亡。

在镇压黄巾农民大起义的过程中,各地豪强地主武装乘机扩大势力,强占地盘,从而形成大小不同的地方割据势力。在兼并争雄过程中,谶记、谶谣等也派上了用场。如袁术在淮南称帝,就是受到了谶书、符命的蛊惑,据《后汉书》载,袁术"少见谶书,言'代汉者当涂高',自云名字应之。又以袁氏出陈为舜后,以黄代赤,德运之次,遂有僭逆之谋。"①后于建安二年(公元197年),"遂果僭号,自称'仲家'。以九江太守为淮南尹,置公卿百官,郊祀天地"。② 如果说,袁术称帝所凭借的是无韵的谶记,孙权、公孙瓒所依据的则是有韵的童谣,相比之下,童谣琅琅上口,容易流传广远且久远。

《兴平中吴中童谣》:"黄金车,班兰耳。闿阊门,出天子。"据说是吴地百姓为孙氏家族称帝造势的一个铺垫。兴平(公元194—195年)是东汉献帝刘协的第二个年号,当时孙策不过是袁术部下一员战将而已,并未显示出割据江东、三分天下的苗头。建安五年(公元200年)孙策一统江东,却随即遇刺意外身亡,其弟孙权接替东吴政权。二十九年之后,也就是吴黄龙元年(公元229年)孙权才在武昌称帝,国号吴。阊门乃苏州古城之西门,为苏州八城门之一。此时孙权人在武昌,为了与童谣对应,孙权遂将武昌的昌门改作阊门,后来百姓又风传见到了黄龙、凤凰、嘉禾等祥瑞,至此,孙权称帝的"天命"算是彻底被坐实了。③

在史家看来,幽州的公孙瓒是受了歌谣的蛊惑而采取避地自守的策略,结果走上了一条不归路。下面这首《后汉献帝初童谣》对公孙瓒的战略决策起到了极大影响:"燕南垂,赵北际,中央不合大如砺,唯有此中可避世。"与汉代其他军阀一样,公孙瓒对这则童谣深信不疑,认为易京正是他理想的避世自保之地。《后汉书·五行志》引梁刘昭注曰:"献帝初童谣……公孙瓒以为易地当之,遂徙镇焉,乃修城积谷,以待天下之变。建安三年,袁绍攻瓒,瓒大败,缢其姊妹妻子,引火自焚,绍兵趣登台斩之。初,瓒破黄巾,杀刘虞,乘胜南下,侵据齐地。雄威大振,而不能开廓远图,欲以坚城观时,坐听

---

① 〔南朝宋〕范晔:《后汉书·袁术列传》,第2439页。
② 〔南朝宋〕范晔:《后汉书·袁术列传》,第2442页。
③ 〔晋〕陈寿:《三国志·吴书·吴主传》,第1134页。

围戮,斯亦自易地而去世也。"①《三国志·魏书·公孙瓒传》记载细节更详,其中写道:"瓒军数败,乃走还易京固守。为围堑十重,于堑里筑京,皆高五六丈,为楼其上;中堑为京,特高十丈,自居焉,积谷三百万斛,瓒曰:'昔谓天下事可指麾而定,今日视之,非我所决,不如休兵,力田畜谷。兵法,百楼不攻。今吾楼橹千重,食尽此谷,足知天下之事矣,'欲以此弊绍,绍遣将攻之,连年不能拔。"②但是,袁绍将士采用挖地道的办法,破了公孙瓒固若金汤的守势。大势已去之际,公孙瓒自我了结了飞扬跋扈的一生。《公孙瓒传》中"乃走还易京固守"一句下,裴松之注引《英雄记》曰:"先是有童谣曰:'燕南垂,赵北际,中央不合大如砺,惟有此中可避世,'瓒以易当之,乃筑京固守……臣松之以为童谣之言,无不皆验;至如此记,似若无征。谣言之作,盖令瓒终始保易,无事远略。"③在裴松之看来,这则童谣很可能是公孙瓒的政敌散布的,也就是说,他们利用公孙瓒迷信谶纬的弱点,杜撰了这首童谣,以麻痹其斗志,使其安于现状,从而丧失有利的战略时机。实际情况是否真如裴松之所断言,今已无从察验了,但从汉代的传统来看,这种判断不能说毫无道理。

---

① 〔晋〕司马彪:《后汉书·五行志》引刘昭注,第3285页。
② 〔晋〕陈寿:《三国志·魏书·公孙瓒传》,第243—244页。
③ 〔晋〕陈寿:《三国志·魏书·公孙瓒传》,裴松之注引《英雄记》,第245页。

第八章 汉代歌谣的艺术形式角度研究

从体裁分类角度看,民间歌谣属于文学园地里一朵茁壮生长、常开不败的野花;从文学起源的角度看,歌谣又是《诗经》、乐府诗的直接源头,亦是后世文人诗的不祧之祖,是"最原始、最自然、最普遍、最永恒的诗歌形式"。① 清人刘毓崧在为杜文澜《古谣谚》所作的序中,对歌谣的总体风格评价道:"诚以言为心声,而谣谚皆天籁自鸣,直抒己志。如风行水上,自然成文。言有尽而意无穷,可以达下情而宣上德。其关系寄托,与《风》《雅》表里相符。"②"言有尽而意无穷",未免夸大其词,但这段话大体上道出了歌谣的风貌。史学家范文澜先生在《〈文心雕龙〉注》"情采"篇的注中发挥道:"汉之乐府,后世之谣谚,皆里间小子之作,而情文真切,有非翰墨之士所敢比拟者,即如古诗十九首,在汉代当亦谣谚之类。"③这就抓住了歌谣"真切"的本色,与刘氏的"天籁自鸣,直抒己志"说法遥相呼应。诚然,相比于儒家诗教"温柔敦厚""怨而不怒"的教化训诫要求,大多数歌谣的语言风格更为泼辣,表达美刺的方式更为直接、明确,更易为广大底层民众所喜闻乐用。

汉代歌谣的民间文学属性,决定了其审美价值更多地表现为不同于乐府歌诗及文人诗作的风貌,我们应以民间文学的视角、标准去考察它。对此,钱志熙先生也有恰当的评价,他说:"杂歌谣辞的主要功能,是反映社会全部或某一部分人的意志、起褒贬是非及干预时事政治、品评人物良窳的作用。与乐府的以通过娱乐功能产生伦理功能不同,杂歌谣辞是直接以讽喻

---

① 钱志熙:《歌谣、乐章、徒诗——论诗歌史的三大分野》,载自《中山大学学报》2011年第1期,第1页。
② 〔清〕杜文澜:《古谣谚》序,第1页。
③ 〔南朝梁〕刘勰:《文心雕龙·情采》,引自范文澜:《文心雕龙注》,北京:人民文学出版社,1958年,第541页。

美刺为功能,不仅娱乐功能几乎不存在,其修辞饰事的艺术功能也是很其次的。"①这就抓住了民间歌谣与乐府歌诗之间的主要差异。不过,"言之无文,行而不远",如果没有一定形式上的魅力,歌谣就很难流布众口,更无法发挥其社会效果。虽然钱先生认为歌谣"修辞饰事的艺术功能也是很其次的",但他对歌谣在艺术表达方面所呈现出来的广阔性、丰富性,也并未忽视,如他在文章中指出的,"就内容与形式及艺术表达的广阔性、丰富性来说,后起的徒诗相对于歌谣和乐章,非但不是发展,而且是一种弱化。高度发达的徒诗系统,是从歌谣中选择某些最有效的形式发展而成的。例如在押韵与篇章、句式等方面,歌谣是十分多样的,各地的歌谣呈现出来的样式可以说是千差万别的。但是后起的诗歌,比如中国古代的文人诗,它的诗歌体式是有限的,并且趋于规则化"。②通过对汉代民间歌谣的形式特征进行总体归纳、概括可以发现,它们在形制、句式、句子结构、韵律,以及用词方面,有着自身的独特追求。

第一节 汉代歌谣的句式

葛晓音先生通过考察汉代诗歌及韵文的体式进而概括道:"从今存两汉诗歌及各类韵文体来看,虽然四言和骚体是当时的主流诗体,但是除此之外,三言、五言、六言、七言等其他体式都已出现,杂言体更是杂到无节奏规律可寻,有的甚至在一首作品中杂用当时的各种体式,可以看出两汉正处于摸索各种新型诗体的阶段。"③由于她的考察对象包括诗歌及韵文,故而得出了"四言和骚体是当时的主流诗体"的结论,本文的考察对象仅限于歌谣(杂歌谣辞),故与其结论有所不同。不过,四言歌谣在汉代确实数量众多,三言、五言、七言也"众芳争妍",显示出了多样性特色。笔者对汉代歌谣的句式进行了统计,得出的数据反映出了两汉歌谣句式分布特点。为方便对比、查看,下面以表格形式列出:

---

① 钱志熙:《从群体诗学到个体诗学——前期诗史发展的一种基本规律》,第22页。
② 钱志熙:《歌谣、乐章、徒诗——论诗歌史的三大分野》,第4页。
③ 葛晓音:《论汉魏三言体的发展及其与七言的关系》,载自《上海大学学报》2006年第3期,第57页。

汉代歌谣句式统计表　　　　（单位：首）

		一句	两句	三句	四句	多句	与其他句式配合
三言	52		20		19	4	9
四言	78		47	3	18	7	3
五言	21		8		4	7	2
七言	69	32①	21	4	2	4	6
杂言	30②						30
总计	250	32	96	7	43	22	50

不难看出，三、四、五、七言句式在两汉歌谣中都有体现，其中三言以两句、四句为主；四言也是以两句、四句为主；五言之中两句、多句平分秋色；七言则是一句、两句占绝对优势。这只是一个相当粗略的描述，下面分类概括。

一、三言体歌谣句式概述

总体而言，三言体歌谣中人物品题类型的歌谣数量较多，题目上多为"地名/人群+为××语"，如《京师为诸葛丰语》和《诸儒为匡衡语》等。这可能是由三言句自身的特点决定的，三言两句或三言四句，总共只有六个字或十二个字，不大适宜表现较复杂的社会批判性议题，或对人物进行深入地歌颂、讽刺。三言歌谣须抓住特点、要言不烦地表现出人物的神采，才能达到其目的。正如学者周远斌所言："三言诗的句法特征，可以用简净来概括……简净的句法结构，决定了三言诗表意上的单纯……每一种诗体都有自身的优势，句法简单，表意单纯，是三言诗的优势之一。"③他所说的三言诗，其实主要指的是三言歌谣。

三言体歌谣最大的特点就是抓特点、抓神采，如摄影师抓拍人物的精彩瞬间，和肖像画家描绘人物的精神、灵魂，只能抓住一个点，见微知著，不可能面面俱到，这样就给歌谣的接受者带来了理解上的困难，葛晓音先生对此亦有探讨："民间三言歌谣虽然语言朴拙通俗，但也同样有许多难解之处，主要是因为两句或四句一单元的简短形式无法容纳背景的说明……尤其是影

---

① "鬻棺者欲岁之疫"（《班固引谚论刑法》）虽是七言，却是三四结构，与其他四三结构的七言不同。
② 杂言句式中还包括2首六言一句歌谣，3首六言两句歌谣，2首骚体歌谣，由于数量太少，不单独分类，都放在杂言歌谣类分析。
③ 周远斌：《论三言诗》，载自《文学评论》2007年第4期，第79页。

射附会的谣言里语,即使看懂字面也无法解释。"①在此情况下,要对歌谣内容达到整体理解,则需对歌谣背后的事件或人物的特点做更深层次的把握。

三言两句品题一个人物,如"间何阔,逢诸葛"(《京师为诸葛丰语》),主要抓住了诸葛丰正道直行、使贵戚宗室害怕的特点;四句品题一个人物,如"无说诗,匡鼎来。匡说诗,解人颐"(《诸儒为匡衡语》),抓住了匡衡解说《诗经》让众人心悦诚服的特点;极个别的有八句品题一个人物,如"我府君,道教举。恩如春,威如虎。刚不吐,柔不茹。爱如母,训如父"(《京兆为李燮谣》),由于篇幅加长了,对人物的品评就可以稍作展开,从"恩""威""刚""柔""爱""训"等角度加以描述。此外,还有一首歌谣同时品题三个人的情况,如"公惭卿,卿惭长"(《时人为陈氏语》),为什么"惭"? 歌谣没有说,要求接受者做更多的了解;也有一首四句歌谣中品题四个人物的情况,如"左回天,具独坐。徐卧虎,唐两堕"(《天下为四侯语》),以及三句(与其他句式配合)歌谣中品题四个人物的情况,如"伊徙雁,鹿徙菟,去牢与陈实无贾"(《长安谣》),它们所品评的是性质相同的一组人物,而不是毫无关联的不同人物。如《天下为四侯语》中的左、具、徐、唐,分别是左悺、具瑗、徐璜、唐衡四位宦官,他们帮助桓帝清除外戚梁冀势力,因立有大功,均被封侯,势焰熏天,故民间做这首歌谣予以批判讽刺,概括了四人的各自特点。《长安谣》中的人物则是伊、鹿、牢、陈,分别指伊嘉、五鹿充宗、牢梁、陈顺,他们是元帝倚重的宦官势力集团的党羽,成帝即位后被贬官、免官,树倒猢狲散。

下面对三言歌谣的句式分类概括:

1. 三言两句歌谣有以下 20 首:

(1)"苦饥寒,逐弹丸。"(《长安为韩嫣语》)

(2)"间何阔,逢诸葛。"(《京师为诸葛丰语》)

(3)"欲为论,念张文。"(《诸儒为张禹语》)

(4)"夜半客,甄长伯。"(《时人为甄丰语》)

(5)"莽头秃,帻施屋。"(《时人为王莽语》)

(6)"冬无袴,有秦护。"(《乡人为秦护歌》)

(7)"两日出,天兵戢。"(《蜀郡童谣》)

(8)"任文公,智无双。"(《益都为任文公语》)

(9)"事不谐,问文开。"(《京师为袁成谚》)

(10)"闻清白,张子石。"(《京师为张盘语》)

---

① 葛晓音:《论汉魏三言体的发展及其与七言的关系》,第 62 页。

（11）"公惭卿，卿惭长。"（《时人为陈氏语》）

（12）"驴非驴，马非马。"（《华人为高昌人歌》）

（13）"诚无垢，思无辱。"（《刘向引谚》）

（14）"子欲富，黄金覆。"（《泛胜之引谚》）

（15）"金可作，世可度。"（《孟康引民语》）

（16）"有锡兵，无锡宁。"（《锡山古谣》）

（17）"贵易交，富易妻。"（《光武引谚》）

（18）"时无赭，浇黄土。"（《马皇后引俗语》）

（19）"欲拔贫，诣徐闻。"（《人为徐闻县谚》）

（20）"前车覆，后车诫。"（《贾谊引鄙谚》）

2. 三言四句歌谣有以下 19 首：

（1）"左回天，具独坐。徐卧虎，唐两堕。"（《天下为四侯语》）

（2）"州郡记，如霹雳。得诏书，但挂壁。"（《崔寔引里语》）

（3）"颍水清，灌氏宁。颍水浊，灌氏族。"（《颍川儿歌》）

（4）"东门奂，取吴半。吴不足，济阴续。"（《东门奂谣》）

（5）"无说诗，匡鼎来。匡说诗，解人颐。"（《诸儒为匡衡语》）

（6）"惟寂寞，自投阁。爱清静，作符命。"（《京师为扬雄语》）

（7）"王世容，治无双。省徭役，盗贼空。"（《王世容歌》）

（8）"井水溢，灭灶烟。灌玉堂，流金门。"（《元帝时童谣》）

（9）"谐不谐，在赤眉。得不得，在河北。"（《更始时南阳童谣》）

（10）"弃我戟，捐我矛。盗贼尽，吏皆休。"（《会稽童谣（一）》）

（11）"王稚子，世未有。平徭役，百姓喜。"（《河内谣》）

（12）"直如弦，死道边。曲如钩，反封侯。"（《顺帝末京都童谣》）

（13）"千里草，何青青。十日卜，不得生。"（《献帝初京都童谣》）

（14）"黄金车，班兰耳。闿阊门，出天子。"（《兴平中吴中童谣》）

（15）"何氏算，张氏钩。何氏肥，张氏瘦。"（《三辅为张氏何氏语》）

（16）"相里张，多贤良。积善应，子孙昌。"（《时人为张氏谚》）

（17）"二月昏，参星夕。杏花盛，桑椹赤。"（《崔寔引农语（一）》）

（18）"河射角，堪夜作。犁星没，水生骨。"（《崔寔引农语（二）》）

（19）"虎莫凶，有黄公。猛兽回，黄公来。"（《汉人为黄公语》）

3. 三言多句（六句及六句以上）歌谣有以下 4 首：

（1）"灶下养，中郎将。烂羊胃，骑都尉。烂羊头，关内侯。"（《更始时长安中语》）

（2）"我府君，道教举。恩如春，威如虎。刚不吐，柔不茹。爱如母，训

如父。"(《京兆为李燮谣》)

(3) "汉德广,开不宾。度博南,越兰津。度兰仓,为它人。"(《通博南歌》)

(4) "承乐世董逃,游四郭董逃,蒙天恩董逃,带金紫董逃,行谢恩董逃,整车骑董逃,垂欲发董逃,与中辞董逃,出西门董逃,瞻宫殿董逃,望京城董逃,日夜绝董逃,心摧伤董逃。"(《董逃歌》)①

4. 以三言为主的杂言歌谣有以下9首:

(1) "一尺布,尚可缝;一斗粟,尚可舂。兄弟二人,不能相容。"(《民为淮南厉王歌》)

(2) "伊徙雁,鹿徙菟,去牢与陈实无贾。"(《长安谣》)

(3) "鲍氏骢,三入司隶再入公。马虽瘦,行步转工。"(《鲍司隶歌》)

(4) "廉叔度,来何暮。不禁火,民安作。平生无襦今五绔。"(《蜀郡民为廉范歌》)

(5) "坏陂谁?翟子威。饭我豆食羹芋魁。反乎覆,陂当复。谁言者?两黄鹄。"(《汝南鸿隙陂童谣》)

(6) "城上乌,尾毕逋。公为吏,子为徒。一徒死,百乘车。车班班,入河间,河间姹女工数钱。以钱为室金为堂,石上慊慊舂黄粱。梁下有悬鼓,我欲击之丞卿怒。"(《桓帝初城上乌童谣》)

(7) "举秀才,不知书。察孝廉,父别居。寒素清白浊如泥,高第良将怯如鸡。"(《时人为贡举语》)

(8) "侯非侯,王非王,千乘万骑上北芒。"(《灵帝末京都童谣》)

(9) "燕燕尾涎涎,张公子,时相见,木门仓琅根。燕飞来,啄皇孙。皇孙死,燕啄矢。"(《成帝时童谣》)

三言句,至少两句一组,才能表达一个完整的语意单位,所以现有的三言句基本都是两句、四句、多句的,单数句就很难表现一个完整的语意单位,且句子多到一定程度就可以摆脱奇偶数句的束缚。三言为主的杂言歌谣,基本上是三言杂有七言,三言杂有五言的极少。从这种参差不齐的句子组合中,我们可以看出汉代人欲打破三言的限制,而力求多样化表达情感的努力,而三、七杂言似乎是较好的搭档组合,"这样就使过于单调急促的三言句节奏在读到七言时产生缓冲。连续使用三三七的组合,就形成节奏快慢的交替"。②

---

① 这首《董逃歌》,情况较为特殊,有必要加以说明。它看似为五言句,但每句最后两字"董逃"完全相同,并无实义,是乐曲伴奏中的衬音。如果去掉"董逃"二字,则这首《董逃歌》就是一首三言歌谣,故放在三言句处分析。

② 葛晓音:《论汉魏三言体的发展及其与七言的关系》,第62页。

学者周远斌对三言诗在汉代兴起做了解释，他认为"楚歌的流行是三言诗在汉代兴起的第一原因。汉高祖好楚声作楚歌，刘氏子孙也多好而作之，赵王刘友、武帝刘彻、淮南王刘安，甚至于东汉末少帝刘辩等，都作有楚歌。上行下效，故汉代楚歌流行，在现存的汉代歌诗中，楚歌占很大的比例。楚歌的主体句式是□□□兮□□□，这种中间带'兮'字的七言句可以拆为三言句，如刘邦《大风歌》中的七言句'大风起兮云飞扬'，去掉'兮'字，就成了三言句'大风起，云飞扬'"。① 这一见解虽是针对三言诗歌而发，但笔者以为，将其说法借以说明三言歌谣在汉代兴起的成因，是同样合适的。葛晓音先生则从另一个角度探求汉人好用三言的心理，她说："汉人好用三言的原因，很可能是因为这种节奏最简单，容易掌握，不像四言和骚体那样需要寻找主导的节奏音组，也不像五言那样因为句式增加了两个字便不容易找到节奏感。而且无论长短都可以成体，既可以运用对偶、排比、重叠等促使诗行节奏流畅的修辞手法，又不必像诗经体四言和早期五言那样依赖它们构成句序。"②三言节奏简单、容易掌握，确属事实。我们对以上两家的观点都不妨吸收、参考。

二、四言体歌谣句式概述

本书统计数据中，汉代四言体歌谣的数量最多，有 78 首。对于四言体歌谣的成因，我们可以从相关研究者的论述中归纳出一些代表性的观点。总的来说，研究者认为四言歌谣继承了先秦以来的歌谣传统，同时又体现出了鲜明的时代特征。马世年提出："颂、赞、铭、箴、辞赋、民谚等体式中的四言韵语，既是四言诗向其他文体部类渗透的尝试，同时也是这些文学体式对于四言诗的另一种影响与改造，真正体现出文体的相互渗透。"③倪其心则提出四言诗在汉代发生了异化现象，也就是四言诗歌演变为三类应用文体："一是形成了颂、赞、铭、箴等专类应用的四言韵文；二是导致了大量民间谚语采取四言韵语形式；三是影响到辞赋创作中大量运用四言骈语韵句。"④倪先生所言不为无据，四言歌谣确实是《诗经》四言传统在汉代打下深刻烙印的一方面表现。从歌谣角度而言，汉代人是借用四言句式的"旧瓶"来装汉代社会生活的"新酒"，具体言之，就是将四言句式用于对政治人物的赏誉或讽刺、对儒学人物的标榜等内容。下面对四言歌谣的两句、三句、四句、多

---

① 周远斌：《论三言诗》，第 77 页。
② 葛晓音：《论汉魏三言体的发展及其与七言的关系》，第 61 页。
③ 马世年：《诗体流变与汉代四言诗的再认识》，载自《西北师大学报》2017 年第 4 期，第 70 页。
④ 倪其心：《汉代诗歌新论》，南昌：百花洲文艺出版社，1992 年，第 61—62 页。

句、杂言组合等情况分门别类地加以介绍。

1. 四言两句歌谣有以下 47 首：

（1）"黄牛白腹，五铢当复。"（《后汉时蜀中童谣》）

（2）"谨上操下，如束湿薪。"（《时人为宁成语》）

（3）"千人所指，无病而死。"（《王嘉引里谚》）

（4）"不知为吏，视已成事。"（《汉人引鄙语》）

（5）"家累千金，坐不垂堂。"（《司马相如引谚》）

（6）"苛政不亲，烦苦伤恩。"（《薛宣引鄙语》）

（7）"王阳在位，贡公弹冠。"（《世称王贡语》）

（8）"萧朱结绶，王贡弹冠。"（《长安为萧朱王贡语》）

（9）"前有赵张，后有三王。"（《吏民为赵张三王语》）

（10）"嶷然不语，名高孝甫。"（《人为高慎语》）

（11）"一岁再赦。奴儿喑恶。"（《崔寔引里语》）

（12）"善人在患，饥不及餐。"（《李固引语》）

（13）"虏来尚可，尹来杀我。"（《益州民为尹就谚》）

（14）"天下无双，江夏黄童。"（《京师为黄香号》）

（15）"荀氏八龙，慈明无双。"（《颍川为荀爽语》）

（16）"公沙六龙，天下无双。"（《公沙六龙》）

（17）"贾氏三虎，伟节最怒。"（《天下为贾彪语》）

（18）"天有冬夏，人有二黄。"（《武陵人为黄氏兄弟谚》）

（19）"妇死腹悲，唯身知之。"（《应劭引俚语论愆礼》）

（20）"狐欲渡河，无奈尾何。"（《应劭引俚语论正失》）

（21）"县官漫漫，冤死者半。"（《应劭引里语论谳狱》）

（22）"欲得不能，光禄茂才。"（《京师为光禄茂才谣》）

（23）"洛阳多钱，郭氏万千。"（《时人为郭况语（二）》）

（24）"前有管鲍，后有庆廉。"（《时人为廉范语》）

（25）"前有召父，后有杜母。"（《南阳为杜师语》）

（26）"作舍道边，三年不成。"（《章帝引谚》）

（27）"关西出将，关东出相。"（《虞诩引谚》）

（28）"一犬吠形。百犬吠声。"（《王符引谚论得贤》）

（29）"有病不治，常得中医。"（《班固引谚论经方》）

（30）"石虎头截，仓廪不阙。"（《长沙人石虎谣》）

（31）"桃李不言，下自成蹊。"（《司马迁引谚》）

（32）"白头如新，倾盖如故。"（《邹阳引谚》）

(33)"千金之子,不死于市。"(《司马迁引谚》)

(34)"尺有所短,寸有所长。"(《司马迁引鄙语》)

(35)"美女入室,恶女之仇。"(《褚先生引谚》)

(36)"谁为为之,孰令听之。"(《司马迁引谚》)

(37)"人貌荣名,岂有既乎。"(《太史公引谚论游侠》)

(38)"八厶子系,十二为期。"(《公孙述闻梦中人语》)

(39)"上火不落,下火滴沰。"(《崔寔引农家谚》)

(40)"不救蚀者,出行遇语。"(《应劭引里语论日蚀》)

(41)"越陌度阡,更为客主。"(《应劭引里语论主客》)

(42)"金不可作,世不可度。"(《应劭引语论正失》)

(43)"东殽西殽,绳池所高。"(《民为二殽语》)

(44)"作奏虽工,宜去葛龚。"(《时人为作奏语》)

(45)"欲人不知,莫如不为。"(《高诱引谚论毁誉》)

(46)"三苗不止,四珍复起。"(《时人为杨氏四子语》)

(47)"孤犊触乳,骄子詈母。"(《羊元引谚》)

2. 四言三句歌谣有以下 3 首:

(1)"庐里诸庞,凿井得铜,买奴得翁。"(《时人为庞氏语》)

(2)"土长冒橛,陈根可拔,耕者急发。"《泛胜之引古语》

(3)"鸟穷则噣,兽穷则齚,人穷则诈。"(《淮南子引谚》)

3. 四言四句歌谣有以下 18 首:

(1)"东家有树,王阳妇去。东家枣完,去妇复还。"(《长安为王吉语》)

(2)"牢邪石邪,五鹿客邪。印何累累,绶若若邪。"(《牢石歌》)

(3)"厨有腐肉,国有饥民。厩有肥马,路有馁人。"(《桓宽引鄙语》)

(4)"宁逢赤眉,不逢太师。太师尚可,更始杀我。"(《东方为王匡廉丹语》)

(5)"桑无附枝,麦穗两岐。张君为政,乐不可支。"(《渔阳民为张堪歌》)

(6)"强直自遂,南阳朱季。吏畏其威,人怀其惠。"(《临淮吏人为朱晖歌》)

(7)"邑然不乐,思我刘君。何时复来,安此下民。"(《顺阳吏民为刘陶歌》)

(8)"贾父来晚,使我先反。今见清平,吏不敢饭。"(《交阯兵民为贾琮歌》)

(9)"我有田畴,爰父殖置。我有子弟,爰父教诲。"(《六县吏人为爰珍歌》)

(10)"君不我忧,人何以休。不行界署,焉知人处。"(《恒农童谣》)

(11)"大兵如市,人死如林。持金易粟,粟贵于金。"(《汉末江淮间童谣》)

(12)"生男如狼,犹恐其尪。生女如鼠,犹恐其虎。"(《班昭女诫引鄙谚》)

(13)"政如冰霜,奸轨消亡。威如雷霆,寇贼不生。"(《王逸引谚》)

(14)"阎尹赋政,既明且昶。去苛去辟,动以礼让。"(《阎君谣》)

(15)"君用谗慝,忠烈是殛。鬼怨神怒,妖气充塞。"(《蒋横遘祸时童谣》)

(16)"卫修有事,陈茂治之。卫修无事,陈茂杀之。"(《南阳为卫修陈茂语》)

(17)"苑中三公,馆下二卿。五门嗫嗫,但闻豚声。"(《民为五门语》)

(18)"虽有神药,不如少年。虽有珠玉,不如金钱。"(《古谚》)

经统计发现,四言两句歌谣中谚语类比重较大,而四言四句歌谣中谚语类歌谣数量减少,人物评价性的歌谣占据绝对性优势。这就说明谚语类歌谣形制一般较短小,而人物褒贬类歌谣的规模形制可大可小。

4. 四言多句(六句及六句以上)歌谣有以下 7 首:

(1)"萧何为法,顜若画一。曹参代之,守而勿失。载其清净,民以宁一。"(《画一歌》)

(2)"天久不雨,烝民失所。天王自出,祝令特苦。精符感应,滂沱而下。"(《洛阳人为祝良歌》)

(3)"头白皓然,食不充粮。裹衣蹇裳,当还故乡。圣王愍念,悉用补郎。舍是布衣,被服玄黄。"(《初平中长安谣》)

(4)"田于何所?池阳谷口。郑国在前,白渠起后。举臿为云,决渠为雨。泾水一石,其泥数斗。且灌且粪,长我禾黍。衣食京师,亿万之口。"(《郑白渠歌》)

(5)"我有枳棘,岑君伐之。我有蟊贼,岑君遏之。狗吠不惊,足下生蛰。含哺鼓腹,焉知凶灾。我喜我生,独于斯时。美矣岑君,于戏休兹。"(《魏郡舆人歌》)

(6)"郭君围埏,董将不许。几令狐狸,化为豺虎。赖我郭君,不畏强御。转机之间,敌为穷虏。猗猗惠君,实完疆土。"(《时人为郭典语》)

(7)"陇头泉水,流离西下。念我行役,飘然旷野。登高远望,涕零双堕。"(《陇水歌》)

5. 以四言为主的杂言歌谣有以下 3 首:

(1)"生男无喜,生女无怒,独不见卫子夫,霸天下。"(《天下为卫子夫歌》)

(2)"五侯初起,曲阳最怒。坏决高都,连竟外杜,土山渐台西白虎。"(《长安百姓为王氏五侯歌》)

(3)"以贫求富,农不如工,工不如商。刺绣文,不如倚市门。"(《班固引谚论货殖》)

三、五言体歌谣句式概述

汉代五言句式的歌谣虽仅有 21 首,但表现的内容和形式多种多样,其价值不可轻忽。不容否认的是,五言歌谣对于汉代文人五言诗的发展及至最终定型也起到了不可或缺的助推作用。下面对五言歌谣的各种情况做分类说明。

1. 五言两句歌谣有以下 8 首：
(1) "相马失之瘦,相士失之穷。"(《褚先生引语》)
(2) "曲木恶直绳,重罚恶明证。"(《王符引谚论考绩》)
(3) "徒见二千石,不如一缝掖。"(《时人为王符语》)
(4) "胶漆自谓坚,不如雷与陈。"(《乡里为雷义陈重语》)
(5) "谷子云笔札,楼君卿喉舌。"(《长安为谷永楼护号》)
(6) "人中有吕布,马中有赤兔。"(《时人为吕布语》)
(7) "父不肯立帝,子不肯立王。"(《京师为李氏语》)
(8) "宁负二千石,无负豪大家。"(《涿郡歌谣》)

2. 五言四句歌谣有以下 4 首：
(1) "安所求之死？桓东少年场。生时谅不谨,枯骨后何葬？"(《长安为尹赏歌》)
(2) "习习晨风动,澍雨润乎苗。我后恤时务,我民以优饶。"(《巴郡人为吴资歌》其一)
(3) "望远忽不见,惆怅尝徘徊。恩泽实难忘,悠悠心永怀。"(《巴郡人为吴资歌》其二)
(4) "虽有千黄金,无如我斗粟。斗粟自可饱,千金何所直。"(《汉末洛中童谣》)

3. 五言多句(六句及六句以上)歌谣有以下 7 首：
(1) "邪径败良田,谗口乱善人。桂树华不实,黄爵巢其颠。昔为人所羡。今为人所怜。"(《成帝时歌谣》)
(2) "何以孝悌为,财多而光荣。何以礼义为,史书而仕宦。何以勤谨为,勇猛而临官。"(《贡禹引俗语》)
(3) "城中好高髻,四方高一尺。城中好广眉,四方且半额。城中好大袖,四方全匹帛。"(《马廖引长安语》)
(4) "筑室载直梁,国人以贞真。邪娱不扬目,枉行不动身。邪轨僻乎远,理义协乎民。"(《巴人歌陈纪山》)
(5) "天降神明君,锡我仁慈父。临民布德泽,恩惠施以序。穿沟广溉灌,决渠作甘雨。"(《汲县长老为崔瑗歌》)
(6) "游子常苦贫,力子天所富。宁见乳虎穴,不入冀府寺。大笑期必死,忿怒或见置。嗟我樊府君,安可再遭值。"(《凉州民为樊晔歌》)

(7)"茅山连金陵,江湖据下流。三神乘白鹄,各治一山头。召雨灌旱稻,陆田亦复柔。妻子咸保室,使我百无忧。白鹄翔青天,何时复来游。"(《时人为三茅君谣》)

4. 五言为主的杂言歌谣有以下 2 首:

(1)"人闻长安乐,出门西向笑。知肉味美,对屠门而大嚼。"(《桓谭引关东鄙语》)

(2)"白盖小车何延延,河间来合谐,河间来合谐。"(《桓帝末京都童谣》)

五言体的产生既是社会生活发展的结果,也是文学语言突破外在表达形式束缚的需要。三言明快而促迫,四言雅正却呆板,其优势与局限性都是不言自明的。于是,对一种新的能够容纳更多表达容量、词与词的组合更加灵活、句式更加包容的体式的探索在悄然展开。五言体从音节和意义组合上是"二三"结构,再细分的话,后面的三音节词组又可以分为"一二"或"二一"两种形式,如东汉初年的《凉州民为樊晔歌》可以这样划分:"游子/常/苦贫,力子/天/所富。宁见/乳虎/穴,不入/冀府/寺。大笑/期/必死,忿怒/或/见置。嗟我/樊/府君,安可/再/遭值。"二一二或二二一结构交织往复,富于动态变化,解决了三言促迫、四言呆板以及二者表达内容均受限的问题。

不过,五言体在汉代的发展,是与排比对照句的大量使用密切相关的,也就是说,五言体还未发展到自如地布局谋篇的阶段。正如葛晓音先生所言:"最早期的五言体是随着二三节奏的五言和排比对照句式的关系愈益密切而自然出现的。如果说杂言中的二三节奏的五言句最多只能做到两句排偶,那么这些五言歌谣只是增加了排偶对照句的句数和层次。"①这样的对偶、排比句诸如:"相马失之瘦,相士失之穷"(《褚先生引语》)、"曲木恶直绳,重罚恶明证"(《王符引谚论考绩》)、"谷子云笔札,楼君卿喉舌"(《长安为谷永楼护号》)、"我后恤时务,我民以优饶"(《巴郡人为吴资歌》其一)、"斗粟自可饱,千金何所直"(《汉末洛中童谣》)、"邪径败良田,谗口乱善人"及"昔为人所羡,今为人所怜"(《成帝时歌谣》)、"邪娱不扬目,枉行不动身"及"邪轨僻乎远,理义协乎民"(《巴人歌陈纪山》)、"茅山连金陵,江湖据下流"(《时人为三茅君谣》)、"穿沟广溉灌,决渠作甘雨"(《崔瑗歌》)、"游子常苦贫,力子天所富"及"宁见乳虎穴,不入冀府寺"和"大笑期必死,忿怒或见置"(《凉州民为樊晔歌》)等。甚至还有全篇都使用排比句的,如

---

① 葛晓音:《论早期五言体的生成途径及其对汉诗艺术的影响》,载自《文学遗产》2006 年第 6 期,第 21 页。

《贡禹引俗语》:"何以孝悌为,财多而光荣。何以礼义为,史书而仕宦。何以谨慎为,勇猛而临官。"《马廖引长安语》:"城中好高髻,四方高一尺。城中好广眉,四方且半额。城中好大袖,四方全匹帛。"这可能是汉代人在探索使用五言时,还未找到更合适的谋划、布置全篇内容的办法,而使用之前早已驾轻就熟的排比、对照、对偶等手法,可能是最直接、最自然的途径。

四、七言体歌谣句式概述

七言体歌谣从句子数来看,七言一句、两句、三句、四句、多句、杂言等各种情况都有呈现,与此同时,三言、四言、五言体歌谣一句、三句的情况极不发达,甚至可以忽略不计。这可能是由于三、四、五言的一句不足以表现相对完整的内容,而三句又打破了句子平衡、造成了不对称。七言句的优势在于,一个七言句就相当于容纳了一个四言句加上一个三言句的内容,故一个七言句就是一个意义自足的语言单位。如果七言一句是自足的,那么七言两句、三句、四句、五句乃至更多句,都是意义自足的。当然,七言句数的多少也不是随意的,而是根据歌谣的表达容量而选用相应的句数。下面对七言歌谣的各种情况依次加以分析。

1. 七言一句歌谣有以下 32 首:
(1)"五侯治丧楼君卿。"(《闾里为楼护歌》)
(2)"关东大豪戴子高。"(《时人为戴遵语》)
(3)"枹鼓不鸣董少平。"(《董少平歌》)
(4)"治身无嫌唐仲谦。"(《京师为唐约谣》)
(5)"关东觥觥郭子横。"(《光武述时人语》)
(6)"仕宦不止车生耳。"(《应劭引里语》)
(7)"解经不穷戴侍中。"(《京师为戴凭语》)
(8)"贵戚敛手避二鲍。"(《京师为鲍永鲍恢语》)
(9)"五经纷纶井大春。"(《京师为井丹语》)
(10)"避世墙东王君公。"(《时人为王君公语》)
(11)"说经铿铿杨子行。"(《京师为杨政语》)
(12)"论难幡幡祁圣元。"(《京师为祁圣元号》)
(13)"德行恂恂召伯春。"(《寿春乡里为召驯语》)
(14)"殿中无双丁孝公。"(《时人为丁鸿语》)
(15)"道德彬彬冯仲文。"(《京兆乡里为冯豹语》)
(16)"问事不休贾长头。"(《诸儒为贾逵语》)
(17)"五经复兴鲁叔陵。"(《关中〔东〕为鲁丕语》)

（18）"关西孔子杨伯起。"（《诸儒为杨震语》）

（19）"五经无双许叔重。"（《时人为许慎语》）

（20）"五经从横周宣光。"（《京师为周举语》）

（21）"关东说诗陈君期。"（《时人为陈嚣语》）

（22）"难经伉伉刘太常。"（《诸儒为刘恺语》）

（23）"殿上成群许伟君。"（《人为许晏谚》）

（24）"一马两车茨子河。"（《乡里为茨充号》）

（25）"素车白马缪文雅。"（《时人为缪文雅语》）

（26）"重亲致欢曹景完。"（《敦煌乡人为曹全谚》）

（27）"儿妇人口不可用。"（《吕太后引鄙语》）

（28）"五侯之斗血成江。"（《时人谣》）

（29）"不意李立为贵人。"（《华容女子狱中歌吟》）

（30）"仕宦不偶值冀部。"（《阚骃引语（一）》）

（31）"幽冀之人钝如椎。"（《阚骃引语（二）》）

（32）"鬻棺者欲岁之疫"（《班固引谚论刑法》）

通过考察归纳可知，这32首七言一句歌谣中，就时代先后而言，西汉时期仅有2首，其余30首均产生于东汉时期；就内容分析，有17首以儒林人物标榜为主题，其余则是对官员、豪侠的标榜及谚语类歌谣。侯外庐先生《中国思想通史》在"汉末的风谣题目与清议"一节中对此有专门概括说："东汉经师以及生徒们，常常用韵语来标榜个人在学术上的独特成就与风格。这种韵语，通常只是七言一句，在第四字与第七字上协韵。"①这些对儒林人物及官员的标榜，因为句子容量有限，只能是对人物特点做概括性颂美。就内部结构来看，人物标榜歌谣的音节基本上是"前四后三"（只有"鬻棺者欲岁之疫"这一首例外，为前三后四结构），"前四"是对被标榜人物的特征概括，主要集中于人物的经学水平、为官事迹、人物品格以及郡望、任职地等要素，"后三"则是该人物的姓和字的组合，或是姓和所任官职的组合，这是七言人物标榜的标准格式。如葛晓音先生所说："七言体句句押韵、可以单句成章的基本特征决定了七言体韵文的篇制是单行散句的连缀。各句之间的意脉往往不连贯，但是每句七言的四言和三言词组的意义却多自相对应或连属，甚至重复。"②举例来说，如"说经铿铿杨子行"，"说经铿铿"概

---

① 侯外庐：《中国思想通史》第二卷，第364页。
② 葛晓音：《早期七言的体式特征和生成原理——兼论汉魏七言诗发展滞后的原因》，载自《中国社会科学》2007年第3期，第184页。

括了杨政说经的风格特点,指发音洪亮有力,这是人物品评的部分;"杨子行"是杨政的姓和字,是品评的对象。再如"重亲致欢曹景完"一句,"重亲致欢"是描述东汉郃阳令曹全孝养叔祖母和继母的事迹,这是人物品评的部分;"曹景完"是品评的对象,介绍了曹全的姓和字。又如"解经不穷戴侍中","解经不穷"概括写出了戴凭的说经、解经滔滔不绝、新意迭出,"戴侍中"则是戴凭的姓加上他所任的官职。也有的歌谣在人物品评部分浓缩了人物的郡望并加上品格特点的情况,如"关东觥觥郭子横",前面四字描述语,以"关东"开头,指出郭宪的郡望,"觥觥"概括了郭宪的刚正品格,"郭子横"则是引出被品评者郭宪的姓和字。

为什么七言歌谣会成为品评人物的重要方式呢?一是因为七言比五言信息量大,可以在一句中完成一人一评,琅琅上口,便于记诵流传。二是因为固定的品评模式使得创作简单化,容易套用,从而相对容易产生大量的作品。

葛晓音先生曾论述说:"每个七言句不仅在四三节奏上与两句四言相当,就是在意义连属上,也相当于两个四言句。这样每个七言句就自成一个诗行,其篇制就成为各不相属的单行散句的连缀了。"①如果我们将四言两句的人物品评与七言一句的人物品评加以对比,就会发现上面的说法自有其道理,如"天下无双,江夏黄童",若用七言句的品评模式,就可以转化成类似于"天下无双黄文强"(笔者按:黄香,字文强)这样的七言句。可以说,四言句是七言句的基础,或者说七言是从四言转化而来。

2. 七言两句歌谣有以下21首:

(1)"画地为狱议不入,刻木为吏期不对。"(《路温舒引俗语》)
(2)"欲知仲桓问任安,居今行古任定祖。"(《时人为任安语》)
(3)"万事不理问伯始,天下中庸有胡公。"(《京师为胡广语》)
(4)"车如鸡栖马如狗,疾恶如风朱伯厚。"(《三府为朱震语》)
(5)"古人欲达勤诵经,今世图官免治生。"(《时人为贡举语》)
(6)"父母何在在我庭,化我鸱枭哺所生。"(《考城为仇览谚》)
(7)"厥德仁明郭乔卿,忠正朝廷上下平。"(《郭乔卿歌》)
(8)"洛阳多钱郭氏室,月夜书昼富无匹。"(《时人为郭况语(一)》)
(9)"贫贱之知不可忘,糟糠之妻不下堂。"(《宋弘引语》)
(10)"苍梧府君惠反死,能令死人不绝嗣。"(《苍梧人为陈临歌(二)》)

---

① 葛晓音:《早期七言的体式特征和生成原理——兼论汉魏七言诗发展滞后的原因》,第185页。

（11）"甑中生尘范史云,釜中生鱼范莱芜。"（《范史云歌》）
（12）"城上乌鸣哺父母,府中诸吏皆孝子。"（《会稽童谣（二）》）
（13）"八九年间始欲衰,至十三年无孑遗。"（《建安初荆州童谣》）
（14）"游平卖印自有平,不辟豪贤及大姓。"（《桓帝时京都童谣》）
（15）"天下规矩房伯武,因师获印周仲进。"（《乡人谣》）
（16）"信哉少林世为遇,飞被走马与鬼语。"（《益都民为王忳谣》）
（17）"石里之勇商子华,暴虎见之藏爪牙。"（《商子华谣》）
（18）"痛不着身言忍之,钱不出家言与之。"（《王符引谚论守边》）
（19）"腐木不可以为柱,卑人不可以为主。"（《刘辅引里语》）
（20）"节义至仁费奉君,不仕乱世避恶君。"（《蜀中为费贻歌》）
（21）"前队大夫范仲公,盐豉果共一筒。"（《赵岐引南阳旧语》）

以上21首七言两句式歌谣,人物品评的内容有12首,但不像七言一句歌谣内容主要是儒林的人物标榜,而主要是对官员——包括朝廷官员、地方官员的评价。这12歌谣情况又有所不同,其中"欲知仲桓问任安,居今行古任定祖"（《时人为任安语》）、"万事不理问伯始,天下中庸有胡"（《京师为胡广语》）、"甑中生尘范史云,釜中生鱼范莱芜"（《范史云歌》）、"天下规矩房伯武,因师获印周仲进"（《乡人谣》）、"节义至仁费奉君,不仕乱世避恶君"（《蜀中为费贻歌》）五首沿用了人物标榜歌谣的"人物特征概括+人物姓字/官职"的常用模式,也即前四音节概括人物特点、后三音节介绍姓+字或姓+官名的人物标榜模式,只是由一个单句变成了对偶的两句。这五首七言两句歌谣品评人物又有不同,可以是品评两个不同的人,如"天下规矩房伯武,因师获印周仲进"（《乡人谣》）,前一句标榜房植,后一句则讥讽周福,其结构模式与七言一句歌谣品评人物的方式如出一辙;品评的人物也可以是同一个人,如"欲知仲桓问任安,居今行古任定祖""万事不理问伯始,天下中庸有胡公""甑中生尘范史云,釜中生鱼范莱芜""节义至仁费奉君,不仕乱世避恶君"等,以两句一人的方式分别评价了任安（字定祖）、胡广（字伯始）、范冉（字史云）、费贻（字奉君）。由于从一句变成了两句,"前四部分"由一个四字词组变成了两个四字词组,这样歌谣的容量加大了,对人物特点的概括也就从容舒展了,这体现出七言两句相比于七言一句的优势。

七言两句歌谣品评人物,在形式上也有一些突破,这里又有两种情况:一种是其中只有一句是按照"人物特征概括+人物姓字/官职"模式进行,另一句则突破了这一句式结构限制,可以自由展开,如"厥德仁明郭乔卿,中正朝廷上下平"（《郭乔卿歌》）,前一句使用常用的人物品评模式,后一句则进一步对前一句的特点进行展开;再如"车如鸡栖马如狗,疾恶如风朱伯厚"

(《三府为朱震语》),前一句是自由展开句,后一句则是传统的人物品评句。另一种情况是,七言两句歌谣品评人物完全打破了"人物特征概括+人物姓字/官职"模式的限制,更为自由地评价人物,如"父母何在在我庭,化我鸤枭哺所生"(《考城为仇览谚》)、"苍梧府君惠反死,能令死人不绝嗣"(《苍梧人为陈临歌(二)》)、"城上乌鸣哺父母,府中诸吏皆孝友"(《会稽童谣(二)》)、"游平卖印自有平,不辟豪贤及大姓"(《桓帝时京都童谣》)等。这几首歌谣,表达方式自由多样,打破了规则的限制,提供了七言句表情达意的多种可能性,是一种更为灵活、自由的探索。

3. 七言三句歌谣有以下 4 首:

(1)"苍梧陈君恩广大,令死罪囚有后代,德参古贤天报施。"(《苍梧人为陈临歌(一)》)

(2)"天下模楷李元礼,不畏强御陈仲举,天下俊秀王叔茂。"(《太学诸生语》)

(3)"天下忠诚窦游平,天下义府陈仲举,天下德弘刘仲承。"(《太学中谣(一)》)

(4)"剡者配姬以放贤,山崩水溃纳小人,家伯冈主异哉震。"(《摛洛谣》)

七言三句歌谣有 4 首,其中《太学诸生语》及《太学中谣(一)》是采用"人物特征概括+人物姓字/官职"的常用人物标榜模式,只不过由一首一句变成了三句,由一首标榜一个人物变成标榜三个人物。

4. 七言四句歌谣有以下 2 首:

(1)"鲁国孔氏好读经,兄弟讲诵皆可听。学士来者有声名,不过孔氏那得成。"(《时人为孔氏兄弟语》)

(2)"汝南太守范孟博,南阳宗资主画诺。南阳太守岑公孝,弘农成瑨但坐啸。"(《二郡谣》)

这两首七言四句歌谣都以人物品评为主题,但都在一定程度上脱离了"人物特征概括+人物姓字/官职"的常用模式。特别是《时人为孔氏兄弟语》四句,形式活泼,意义充分展开,丰富了七言歌谣人物品评的语言表达形式。

5. 七言多句(七句或八句)歌谣有以下 4 首:

(1)"天下模楷李元礼,天下英秀王叔茂,天下良辅杜周甫,天下冰凌朱季陵,天下忠贞魏少英,天下好交荀伯条,天下稽古刘伯祖,天下才英赵仲经。"(《太学中谣(二)》)

(2)"天下和雍郭林宗,天下慕恃夏子治,天下英藩尹伯元,天下清苦羊嗣祖,天下珑金刘叔林,天下雅志蔡孟喜,天下卧虎巴恭祖,天下通

儒宗孝初。"(《太学中谣(三)》)

(3)"海内贵珍陈子鳞,海内忠烈张元节,海内謇谔范孟博,海内通士檀文友,海内彬彬范仲真,海内珍好岑公孝,海内所称刘景升。"(《太学中谣(四)》)

(4)"海内贤智王伯义,海内修整蕃嘉景,海内贞良秦平王,海内珍奇胡母季皮,海内光光刘子相,海内依怙王文祖,海内严恪张孟卓,海内清明度博平。"(《太学中谣(五)》)

七言多句有四首(其中七言八句三首,七言七句一首,可能是在流传过程中脱漏了一句),分别以八俊、八顾、八及、八厨为主题,是八个具有相同特点的人物的聚合,每句按照"人物特征概括+人物姓字/官职"的模式标榜一个人物,因此它们只是八个单句的简单重复,而非通过布局谋篇后形成的具有篇章意义的作品。这种情况同样也发生在七言一句、两句、三句等情况中。这样看来,正如葛晓音先生所说,"早期七言在其成体之初特别适用于那些不需要句意连贯的韵文体",以及"七言以单行散句连缀的篇制,从一开始就只注意当句之内的自相呼应,却没有找到句与行之间的呼应方式。因此在诗歌最重要的叙述和抒情两大功能方面,相比五言都处于劣势"。① 这就抓住了七言歌谣发展中存在的主要问题。

6. 七言为主的杂言歌谣有以下6首:

(1)"大冯君,小冯君,兄弟继踵相因循。聪明贤知惠吏民,政如鲁卫德化钧,周公康叔犹二君。"(《上郡吏民为冯氏兄弟歌》)

(2)"小麦青青大麦枯,谁当获者妇与姑,丈夫何在西击胡。吏卖马,君具车,请为诸君鼓咙胡。"(《桓帝初天下童谣》)

(3)"茅田一顷中有井,四方纤纤不可整。嚼复嚼,今年尚可后年饶。"(《桓帝末京都童谣》)

(4)"燕南垂,赵北际,中央不合大如砺。唯有此中可避世。"(《献帝初童谣》)

(5)"时岁仓促,盗贼纵横。大戟强弩不可挡,赖遇贤令彭子阳。"(《彭子阳歌》)

(6)"居世不谐,作太常妻。一岁三百六十日,三百五十九日斋。一日不斋醉如泥。既作事,复低迷。"(《时人为周泽语》)

七言为主的杂言歌谣共有六首,且以七三杂言为主。三言句在篇首,具

---

① 葛晓音:《早期七言的体式特征和生成原理——兼论汉魏七言诗发展滞后的原因》,第185、186页。

有开始蓄势、发起全篇的作用；三言句在篇中，则起到了类似歌唱时候的换气、间歇的作用；三言收尾，则简洁而富有回味。七三杂言看似杂乱、无章可循，但它通过灵活多变的句式组合，自由抒发情感，探索民间歌谣语言的多种可能性，虽然离句式整齐的文人七言诗之间还有很大的距离，但它相对于七言一句、三句、四句、多句歌谣中那种人物标榜的单调重复，无疑是更有意义的探索。

五、杂言体歌谣句式概述

所谓杂言歌谣，指的是歌谣有两句或多句，但并没有哪一种句式在数量上占主导，它们无法归到三言、四言、五言、七言中的任何一类。此外，还有3首六言两句、2首六言一句、2首骚体歌谣、2首五言一句、2首四言一句歌谣，各体式数量太少，不宜单独分类，我们把这些杂言歌谣归到一处加以分析。

1. "平城之下亦诚苦，七日不食、不能彀弩。"(《平城歌》)
2. "朝亨两都尉，游徼后来用调羹味。"(《刘圣公宾客醉歌》)
3. "亡我祁连山，使我六畜不蕃息。失我焉支山，使我妇女无颜色。"(《匈奴歌》)
4. "出吴门，望缇群，见一蹇人言欲上天。令天可上，地上安得民。"(《王莽末天水童谣》)
5. "得黄金百斤，不如得季布一诺。"(《曹邱生引楚人谚》)
6. "虽有亲父，安知其不为虎。虽有亲兄，安知其不为狼。"(《韩安国引语》)
7. "力田不如逢年，善仕不如遇合。"(《司马迁引谚》)
8. "前有赵张三王，后有边延二君。"(《京兆民语》)
9. "生有知人之明，死有贵神之灵。"(《关中为游殷谚》)
10. "南山四皓，不如淮阳一老。"(《时人为应曜语》)
11. "宁见乳虎，无值宁成之怒。"(《关东为宁成号》)
12. "楚国二龚，不如杜陵蒋翁。"(《时人为蒋诩谚》)
13. "遗子黄金满籯，不如一经。"(《邹鲁谚》)
14. "欲求封，过张柏松。力战斗，不如巧为奏。"(《长安为张竦语》)
15. "五鹿狱狱，朱云折其角。"(《诸儒为朱云语》)
16. "玩扬子云之篇，乐于居千石之官。挟桓君之书，富于积猗顿之财。"(《时人为扬雄桓谭语》)
17. "伏习象神，巧者不过习者之门。"(《桓谭引谚论巧习》)
18. "课治小序兮稼穑分，天赐我兮此崔君。"(《崔君歌》)

19. "天下大乱兮市为墟,母不保子兮妻失夫,赖得皇甫兮复安居。"(《皇甫嵩歌》)
20. "得黄金一筥,不如为伯鸯所识。"(《益都乡里为柳宗语》)
21. "无作封使君,生来治民死食民。"(《宣城为封使君语》)
22. "折氏客谁?朱云卿、段节英,中有佃子赵仲平,但说天文论五经。"(《时人为折氏谚》)
23. "小民、发如韭,剪复生。头如鸡,割复鸣。吏不必可畏,从来必可轻,奈何欲望平。"(《崔寔引语》)
24. "行行且止,避骢马御史。"(《时人为桓典语》)
25. "欲投鼠而忌器。"(《贾谊引里谚论廉耻》)
26. "盗不过五女门。"(《陈蕃引鄙谚》)
27. "贤者容不辱。"(《桓宽引鄙语》)
28. "隐疾难为医。"(《郑玄引俗语》)
29. "骄子不孝。"(《褚先生引鄙语论梁孝王》)
30. "掩目捕雀。"(《陈琳引谣》)

第二节 汉代歌谣的修辞特点

为使歌谣在人群中间广泛传播,发挥最佳舆论效果,歌谣创作者在创制一首歌谣时,要根据歌谣的内容、篇幅,确定合适的句式,并从句子格式、修辞、节奏、韵律等角度加以考虑,从而形成了风格各异的艺术形式;与此同时,一种体式、风格一旦趋于成熟,后来者也加以学习、模仿,并在其基础上加以改进、提高。汉代歌谣就是在这样一种互相模仿、借鉴的过程中发展起来的,与此同时也为汉代乐府诗歌艺术不断提供新鲜的养料,并促进了文人五言诗、七言诗的成熟。下面对汉代歌谣的艺术形式特点进行考察。

一、汉代歌谣句子的格式特点

在两汉四百年的历史长河中,歌谣的创作者即广大民众生发出了一些大体相同的使用习惯,创造出了一些固定的"句格"。这些句格套用方便,表意明确,适合表达不同类型的内容,下面分类展示。

1. "……不如(无如)……"式

(1)"得黄金百斤,不如得季布一诺。"(《曹邱生引楚人谚》)

(2)"力田不如逢年,善仕不如遇合。"(《司马迁引谚》)

(3)"南山四皓,不如淮阳一老。"(《时人为应曜语》)

(4)"楚国二龚,不如杜陵蒋翁。"(《时人为蒋诩谚》)

(5)"遗子黄金满籝,不如一经。"(《邹鲁谚》)

(6)"力战斗,不如巧为奏。"(《长安为张竦语》)

(7)"徒见二千石,不如一缝掖。"(《时人为王符语》)

(8)"胶漆自谓坚,不如雷与陈。"(《乡里为雷义陈重语》)

(9)"得黄金一笥,不如为伯骞所识。"(《益都乡里为柳宗语》)

(10)"虽有神药,不如少年。虽有珠玉,不如金钱。"(《古谚》)

(11)"虽有千黄金,无如我斗粟。"(《汉末洛中童谣》)

(12)"以贫求富,农不如工,工不如商。刺绣文,不如倚市门。"(《班固引谚论货殖》)

不难看出,用"……不如(无如)……"句格的,多为形制较短小的各种谚语。在这些谚语中,"不如"就像骨架,将整首歌谣支撑起来。"……不如……"式,句子的意思重点在"不如"的后面,在常理对比(如"力田不如逢年,善仕不如遇合")或反差对比(如"得黄金百斤,不如得季布一诺")中,歌谣的思想倾向得以彰显、情感爱憎不言自明。

2."……有……,……有……"式

(1)"前有赵张,后有三王。"(《吏民为赵张三王语》)

(2)"前有召父,后有杜母。"(《南阳为杜诗语》)

(3)"前有管鲍,后有庆廉。"(《时人为廉范语》)

(4)"天有冬夏,人有二黄。"(《武陵人为黄氏兄弟谚》)

(5)"人中有吕布,马中有赤兔。"(《时人为吕布语》)

使用"……有……,……有……"式的歌谣,形制短小,且内容都是对人物的品评。前后两句两两对举,语意指向虽有所偏重,但并非为了分出高下,而是为了互相说明,这和"……不如……"式的表意重点是有所区别的。

3."欲……,……"式

(1)"欲为论,念张文。"(《诸儒为张禹语》)

(2)"欲求封,过张柏松。"(《长安为张竦语》)

(3)"子欲富,黄金覆。"(《泛胜之引谚》)

(4)"欲拔贫,诣徐闻。"(《人为徐闻县谚》)

(5)"古人欲达勤诵经,今民图官免治生。"(《时人为贡举语》)

"欲……,……"式用于形制较小的谚语,前后两个小句中,前一小句表达目的、目标,后一小句表达则指明了行动路径。其中"古人欲达勤诵经,今民图官免治生"这一首比较特殊,是"欲……,……"式的紧缩形式,但其结构和句意重点都符合"欲……，……"式，可以转化成"古人欲求达，勤奋诵儒经。今人欲求官，勉励治尔生"之类的句子。

4. "宁……，不(无)……"式

(1)"宁见乳虎，无值宁成之怒。"(《关东为宁成号》)
(2)"宁逢赤眉，不逢太师。"(《东方为王匡廉丹语》)
(3)"宁见乳虎穴，不入冀府寺。"(《凉州民为樊晔歌》)

"宁……，不(无)……"式用于评价消极负面的人物、事件，通过列举两种比较极端的负面情况，表达出后一种情况程度更甚、有令人回避的特点。

二、汉代歌谣的修辞手法

(一)汉代歌谣的修辞手法——对偶

汉代民间歌谣在句式、句格方面进行探索的同时，也在修辞手法方面积累了不少经验。对偶是民间歌谣常用的一种修辞方式，在大量的对偶实践中，具体运用形式又有区别，可以细分为并列式对偶、顺承式对偶、对比式对偶。并列式对偶，是指对偶的各部分性质相同，改变前后排列顺序不影响其意义，可以是 A+B，也可以是 B+A；顺承式对偶，是指参与的各部分性质相同，但有时间上的前后或逻辑上的先后，排列顺序不能任意改变；对比式对偶，是指参与对偶的各部分，在性质上相对或相反，具有各不兼容、互相排斥的特点。

1. 并列式对偶情况如下：(对偶句前后用"/"分隔)

(1)"亡我祁连山，使我六畜不蕃息"/"失我焉支山，使我妇女无颜色"(《匈奴歌》)
(2)"虽有亲父，安知不为虎"/"虽有亲兄，安知不为狼"(《韩安国引语》)
(3)"力田不如逢年"/"善仕不如遇合"(《司马迁引谚》)
(4)"厨有腐肉，国有饥民"/"厩有肥马，路有馁人"(《桓宽引语》)
(5)"何以孝弟为，财多而光荣"/"何以礼义为，史书而仕宦"/"何以谨慎为，勇猛而临官"(《贡禹引俗语》)
(6)"画地为狱议不入"/"刻木为吏期不对"(《路温舒引俗语》)
(7)"一尺布，尚可缝"/"一斗粟，尚可舂"(《民为淮南厉王歌》)
(8)"惟寂寞，自投阁"/"爰清静，作符命"(《京师为扬雄语》)
(9)"玩扬子云之篇，乐于居千乘之官"/"挟桓君之书，富于积猗顿之财"(《时人为扬雄桓谭语》)
(10)"灶下养，中郎将"/"烂羊胃，骑都尉"/"烂羊头，关内侯"(《更始时长安中语》)

(11)"汝南太守范孟博,南阳宗资主画诺"/"南阳太守岑公孝,弘农成瑨但坐啸"(《二郡谣》)

(12)"天下忠诚窦游平"/"天下义府陈仲举"/"天下德弘刘仲承"(《太学中谣(一)》)

(13)"天下模楷李元礼"/"天下英秀王叔茂"/"天下良辅杜周甫"/"天下冰凌朱季陵"/"天下忠贞魏少英"/"天下好交荀伯条"/"天下稽古刘伯祖"/"天下才英赵仲经"(《太学中谣(二)》)

(14)"举秀才,不知书"/"举孝廉,父别居""寒素清白浊如泥"/"高第良将怯如鸡"(《时人为贡举语》)

并列式对偶从各个角度、层面对所表现对象展开叙述、重复申说,具有渲染、强化语意的效果。

2. 顺承式对偶情况如下:(对偶句前后用"/"分隔)

(1)"萧何为法,顜若画一"/"曹参代之,守而勿失"(《画一歌》)

(2)"郑国在前"/"白渠起后""举臿为云"/"决渠为雨"(《郑白渠歌》)

(3)"我有枳棘,岑君伐之"/"我有蟊贼,岑君遏之"(《魏郡舆人歌》)

(4)"灭灶烟"/"灌玉堂"/"流金门"(《元帝时童谣》)

(5)"邪径败良田"/"谗口乱善人"(《成帝时歌谣》)

(6)"前有赵张"/"后有三王"(《吏民为赵张三王语》)

(7)"我有田畴,爰父殖置"/"我有子弟,爰父教诲"(《六县吏人为爰珍歌》)

(8)"前有召父"/"后有杜母"(《南阳为杜师语》)

(9)"腐木不可以为柱"/"卑人不可以为主"(《刘辅引里语》)

顺承式对偶,也是对所表现对象展开叙述、重复申说,但各对句具有时间上或逻辑上的先后关联,后句对前句有一定程度上的意义递进,或在前一句基础上加以比喻引申,故不能随意调换顺序。

3. 对比式对偶情况如下:(对偶句前后用"/"分隔)

(1)"有锡兵"/"无锡宁"(《锡山古谣》)

(2)"生男无喜"/"生女无怒"(《天下为卫子夫歌》)

(3)"颍水清,灌氏宁"/"颍水浊,灌氏族"(《颍川儿歌》)

(4)"东家有树,王阳妇去"/"东家枣完,去妇复还"(《长安为王吉语》)

(5)"游子常苦贫"/"力子天所富""大笑期必死"/"忿怒或见置"(《凉州民为樊晔歌》)

(6)"直如弦,死道边"/"曲和钩,反封侯"(《顺帝末京都童谣》)

(7)"恩如春"/"威如虎""刚不吐"/"柔不茹""爱如母"/"训如父"

（《京兆为李燮谣》）
（8）"生男如狼，犹恐其尪"/"生女如鼠，犹恐其虎"（《班昭女诫引鄙谚》）
（9）"古人欲达勤诵经"/"今民图官勉治生"（《时人为贡举语》）

对比式对偶，表现了相反或相对的思想内容，各对句形成语意对比，蕴含了做谣者鲜明的情感倾向，容易给接受者以强烈的思想冲击。

（二）汉代歌谣的修辞手法——比喻

比喻，简称"比"，是歌谣常用的艺术手法，是《诗经》"六义"之一，汉代歌谣中也经常使用比喻手法来论事说理。比喻的内容涉及社会生活的方方面面，有的是对官员的赞美或刺讥，有的是对国家政治的批判，有的则反映了社会风气。运用比喻修辞可以使表现的内容生动形象，易于接受，方便记忆。大致来说，又分为明喻和隐喻两种。明喻的一个明显标志就是句中有一个比喻词"如"。隐喻则不出现比喻词，但本体和喻体之间有一定关联。

1. 明喻：

（1）"谨上操下，如束湿薪。"（《时人为宁成语》）
（2）"直如弦，死道边。曲如钩，反封侯。"（《顺帝末京都童谣》）
（3）"白头如新，倾盖如故。"（《邹阳引谚》）
（4）"大兵如市，人死如林。"（《汉末江淮间童谣》）
（5）"生男如狼，犹恐其尪。生女如鼠，犹恐其虎。"（《班昭女诫引鄙谚》）
（6）"政如冰霜，奸轨消亡。威如雷霆，寇贼不生。"（《王逸引谚》）
（7）"小民、发如韭，剪复生。头如鸡，割复鸣。"（《崔寔引语》）
（8）"州郡记，如霹雳。得诏书，但挂壁。"（《崔寔引里语》）
（9）"幽冀之人钝如椎。"（《阚骃引语（二）》）
（10）"车如鸡栖马如狗，疾恶如风朱伯厚。"（《三府为朱震语》）
（11）"寒素清白浊如泥，高第良将怯如鸡。"（《时人为贡举语》）
（12）"恩如春，威如虎。刚不吐，柔不茹。爱如母，训如父。"（《京兆为李燮谣》）

我们看这些使用明喻的句子，引进了生动的意象，以一种清新活泼富于生活气息的修辞手段为歌谣增色不少，有助歌谣在民众中间广泛流传。如《顺帝末京都童谣》"直如弦，死道边。曲如钩，反封侯"，以生活中常见的弓弦和挂钩做喻体，比喻太尉李固性格如弓弦般正直，却不免惨死的命运；趋炎附势之辈司徒胡广、司空赵戒像钩子一样弯曲，反而能封侯拜爵。再如崔寔《政论》中所引里语"州郡记，如霹雳。得诏书，但挂壁"中的前两句"州郡记,如霹雳"是一个比喻,意思是说基层政府收到州、郡的政令时,就像晴天突然听到霹雳一样,表现出了惊恐、战栗的态度,马上着手办理,这就与后面两句"得诏书,但挂壁"的悠闲意象形成鲜明的对比。再如"如束湿薪""人死如林""政如冰霜""发如韭""车如鸡栖""马如狗""疾恶如风""浊如泥""怯如鸡"等,这些比喻源于生活,联想巧妙,形象生动,耐人寻味,容易给人留下深刻印象,两千年之后读来仍觉生动有味,在此我们要为先民的语言艺术发出由衷的赞叹!

2. 隐喻:

(1)"一尺布,尚可缝。一斗粟,尚可舂。兄弟二人不相容。"(《民为淮南厉王歌》)

(2)"颍水清,灌氏宁。颍水浊,灌氏族。"(《颍川儿歌》)

(3)"腐木不可以为柱,卑人不可以为主。"(《刘辅引里语》)

(4)"天有冬夏,人有二黄。"(《武陵人为黄氏兄弟谚》)

(5)"父母何在在我庭,化我鸱枭哺所生。"(《考城为仇览谚》)

(6)"曲木恶直绳,重罚恶明证。"(《王符引谚论考绩》)

(7)"胶漆自谓坚,不如雷与陈。"(《乡里为雷义陈重语》)

隐喻情况比较复杂,这里不妨举例加以分析。如"一尺布,尚可缝。一斗粟,尚可舂。兄弟二人不相容",用一尺布和一斗米数量虽少却仍珍惜、不予丢弃,来反衬兄弟之间手足之情是多么珍贵,怎能随意相残?这样的比喻富有生活气息,既形象生动,又充满了辛辣的讽刺,其艺术效果是不言自明的。再如"颍水清,灌氏宁。颍水浊,灌氏族",以颍水的清与浊的自然变化,来比喻灌婴家族命运的沉与浮,寄托深远。"腐木不可以为柱,卑人不可以为主",用生活中腐烂的木头不能用作支撑房屋的顶梁柱,来比喻地位卑贱的人不能担当大事,虽然思想具有一定的局限性,但比喻关联的角度还是很巧妙的。再如"天有冬夏,人有二黄",用自然界冬夏季节的巨大差异,来比喻黄穆、黄奂兄弟二人做人、为官所表现出的境界高下。

隐喻与明喻不同,在于缺少了一个比喻词,使其不容易辨认;但反过来,又促使歌谣的创作者用起兴的方式引出比喻的喻体。以上歌谣中,都是兴中有比,比中有兴,比兴相交,具有一定的艺术含韵。

(三)汉代歌谣的修辞手法——重叠

对于重叠与歌谣的关系,朱自清先生曾论述说:"歌谣的节奏,最主要的靠重叠或叫复沓;本来歌谣以表情为主,只要翻来覆去将情表到了家就成,用不着费话。重叠可以说原是歌谣的生命,节奏也便建立在这上头。字数的均齐,韵脚的调协,似乎是后来发展出来的。"①诚如朱先生所说,重叠是歌谣的生命,这大概是群体诗学时代使用的一种常见的修辞手法,即使到了汉代,这一习惯仍然在延续。善用叠词以强化效果,主要见于汉代的儒林歌谣。举例如下:

(1)"难经伉伉刘太常。"(《诸如为刘恺语》)
(2)"道德彬彬冯仲文。"(《京兆乡里为冯豹语》)
(3)"德行恂恂召伯春。"(《寿春乡里为召驯语》)
(4)"论难僠僠祁圣元。"(《京师为祁圣元号》)
(5)"说经铿铿杨子行。"(《京师为杨政语》)
(6)"海内彬彬范仲真。"(《太学中谣(四)》)
(7)"海内光光刘子相。"(《太学中谣(五)》)

南朝刘勰在《文心雕龙·物色》中说,运用叠词可以收到"以少总多,情貌无遗"②的功效,"以少总多"是对的,"情貌无遗"则未免夸大其词了。这些儒林歌谣,善以叠词来摹声色、写状貌,加强接受者的视觉、听觉印象,收到了强化效果的作用。比如,描写学者讲论效果的,"说经铿铿杨子行"中的"铿铿",是摹声词,描写杨政说经语言气势充沛、响亮有力,有金石之声。又如"难经伉伉刘太常"中之"伉伉",既指刘恺议论格调方正,也包括了其外在声调、音响等特点。再如"论难僠僠祁圣元",以"僠僠"状祁圣元在论难中的勇猛无畏的气质特点。此外像"德行恂恂召伯春",以"恂恂"来写召伯春德行的恭谨温顺。

汉代儒林歌谣惯用重叠词,与这些歌谣对儒林人物宣传、标榜的目的有关。汉代说经、难经等活动,依赖口头表达和口耳相传;不同学派间的辩论活动,有时要靠现场的唇枪舌剑,这些都是推动汉代学术发展的一定动力。著书立说固然是名山事业,但从时效性来看,面对面的学术交流效果更为显著,这对学者是一种考验。在讲论、辩论活动中,当事人要使用一定的语言技巧,表现出较高的气质风度,才能感染听众、征服听众,为自己赢得支持,甚至赢得皇帝的青睐;否则难以在有限的时段中说服他人,传播效果就要大打折扣。这些因素影响到了儒林歌谣的语言风格,即歌谣创作者必须使用一定的修辞技巧,在有限词句中用最简省的语言、最大限度地将儒者的气质风度浓缩而传神地表现出来。应该说明的是,七言歌谣中的叠词其实是与《诗经》中的叠词运用一脉相承的。《诗经》中运用叠词的例子如:"皇皇后

---

① 朱自清:《经典常谈·诗经》,《朱自清全集》第六册,第30页。
② 〔南朝梁〕刘勰:《文心雕龙·物色》,王运熙等译注本,第223页。

帝,皇祖后稷"(《鲁颂·閟宫》)、"相土烈烈,海外有截"(《商颂·长发》)、"荡荡上帝,下民之辟"(《大雅·荡》)、"上帝板板,下民卒瘅"(《大雅·板》)、"徒御啴啴,周邦咸喜"(《大雅·崧高》)等等。据学者统计,"《诗经》中共有189篇诗应用了叠词,约占全体篇章的61.9%。叠词的绝对数目也非常可观,共有395个"。① 从《诗经》中运用叠词到汉代七言歌谣中的重叠修辞,这是一个顺理成章的发展,只要在运用了叠词的四言基础上加一个三音节词组就变成了一个七言句,这一点已经在前文做了说明。

(四)汉代歌谣的修辞手法——夸张

为强化宣传效果,汉代歌谣还常用夸张手法。汉代歌谣中的夸张又分两种类型,一种是语意上的夸张,一种是使用夸张词的夸张。

1. 语意夸张的情况如下:

(1) "千人所指,无病而死。"(《王嘉引里谚》)

(2) "东门奂,取吴半。吴不足,济阴续。"(《东门奂谣》)

(3) "城中好高髻,四方高一尺。城中好广眉,四方且半额。城中好大袖,四方全匹帛。"(《马廖引长安语》)

(4) "桑无附枝,麦穗两歧。张君为政,乐不可支。"(《渔阳民为张堪歌》)

(5) "甑中生尘范史云,釜中生鱼范莱芜。"(《范史云歌》)

(6) "生男如狼,犹恐其尪。生女如鼠,犹恐其虎。"(《班昭女诫引鄙谚》)

(7) "县官漫漫,冤死者半。"(《应劭引里语论讞狱》)

(8) "居世不谐为太常妻,一岁三百六十日,三百五十九日斋。一日不斋醉如泥,既作事,复低迷。"(《时人为周泽语》)

(9) "举秀才,不知书。举孝廉,父别居。寒素清白浊如泥,高第良将怯如鸡。"(《时人为贡举语》)

(10) "州郡记,如霹雳。得诏书,但挂壁。"(《崔寔引里语》)

(11) "鲁国孔氏好读经。兄弟讲诵皆可听。学士来者有声名。不过孔氏那得成。"(《时人为孔氏兄弟语》)

(12) "盗不过五女门。"(《陈蕃引鄙谚》)

上述所举语意夸张的实例中,如"东门奂,取吴半。吴不足,济阴续"(《东门奂谣》),歌谣中的东门奂是一个声名狼藉的贪官,但吴郡的财政收入有多少,东门奂又贪污了多少,是很难说得清楚的,做谣者只是用了"取吴半"一词来说明,给人以想象的空间。再如《马廖引长安语》"城中好高髻,

---

① 张富翠、余庆:《叠词在〈诗经〉中的艺术功用》,载自《西昌学院学报》2007年第3期,13页。

四方高一尺。城中好广眉,四方且半额。城中好大袖,四方全匹帛",为了形象地讽刺四方百姓的跟风模仿,做谣者用了"高一尺""且半额""全匹帛"来分别形容地方百姓的发髻、眉毛和袖子的夸张程度,使人忍俊不禁,因为现实生活中不可能有如此大尺度的化妆和穿着。再比如《时人为周泽语》,歌谣内容是嘲讽汉代太常生活的枯燥无聊,为了完成本职工作,太常一年三百六十日中有三百五十九天要进行斋戒,剩下的一天还喝得烂醉如泥,这样的描述显然是充满了夸张意味的。再比如《时人为贡举语》嘲讽东汉后期察举选官的变质,为了形象地说明问题,其中有"举秀才,不知书"两句,若说所举的秀才读书少、不熟悉儒家经典是可能的,但若说不识字,则是不大可能出现的情况。

2. 使用夸张词的情况如下:

习惯性地使用夸张词,是汉代儒林歌谣为强化宣传效果而常用的手法。这些夸张的标榜词,有"无双""天下""海内""关西""关东"等。"无双",指数量上的唯一性,意思是在某一领域、某一地域内独一无二,无人能比,如"殿中无双丁孝公""五经无双许叔重""荀氏八龙,慈明无双""天下无双,江夏黄童"等,这显然有夸大的成分,因为一个人在学术领域内的造诣或者是其道德情操等方面,是难以量化比较的,不像体育比赛可以通过打擂台的方式立决高下,但为了突出其高超的经学水平或人格魅力,用这样的夸张词是可以理解的。至于现实生活中,被标榜者情况是否真的如此,其实无须深究,无论作谣者、传播者还是听众,都心知肚明,这是一种宣传需要,夸大其词在所难免;一丝不苟地实写,反而吸引不了听众和传播者。因此,儒林歌谣中不仅有"五经无双许叔重"(《时人为许慎语》)这样的歌谣,还有"五经从横周宣光"(《京师为周举语》)以及"五经复兴鲁叔陵"(《关中(东)为鲁丕语》)等语意相近、用词相仿的歌谣。

使用夸张词"无双"的情况:
(1)"五经无双许叔重。"(《时人为许慎语》)
(2)"殿中无双丁孝公。"(《时人为丁鸿语》)
(3)"任文公,智无双。"(《益都为任文公语》)
(4)"公沙六龙,天下无双。"(《公沙六龙》)
(5)"荀氏八龙,慈明无双。"(《颍川为荀爽语》)
(6)"天下无双,江夏黄童。"(《京师为黄香号》)
(7)"王世容,治无双。省徭役,盗贼空。"(《王世容歌》)

还有无双的变体"未有",如"王稚子,世未有。平徭役,百姓喜。"(《河内谣》)

其实,"无双"不见得就比"从横""复兴"高出一等。据笔者的考察,这些歌谣中用什么样的修饰词,不仅要考虑到被标榜者的实际水平,还要考虑所选词汇的音韵效果,具体来说,就是要照应到被标榜者姓字的韵律。比如"五经无双许叔重"中的双、重,从韵部角度看,都属上古音的"东部","五经从横周宣光"中的横、光,都属"阳部","五经复兴鲁叔陵"中的兴、陵,则都在蒸部。这是很重要的考虑因素,我们不能随意改换成"五经无双周宣光"或"五经复兴许叔重",这样一来韵律音响就达不到最佳效果了。其实,七言句人物标榜歌谣多表现出了这样的特点,下文将具体说明。

使用夸张词"天下/海内"的情况:

还有一种是地理空间范围的夸张,即将被标榜者置于相对广大的空间中来加以凸显强化,常用的词汇是"天下""海内""关西""关东"这样的空间名词。"天下"一词,是中国古人对于王朝统治地域认识的极限,"海内"与"天下"内涵大体相同。东汉儒林歌谣中,使用"天下"一词的共23句。如"天下无双,江夏黄童"(《京师为黄香号》)、"天下中庸有胡公"(《京师为胡广语》)、"天下规矩房伯武"(《乡人谣》)、"天下俊秀王叔茂"(《太学诸生语》)以及《太学中谣(一)》《太学中谣(二)》《太学中谣(三)》中19句标榜语,也使用了"天下"一词,诸如"天下忠诚""天下义府""天下德弘""天下模楷""天下英秀"等等。

"海内"一词,见于《太学中谣(四)(五)》中,有15句,如"海内贵珍""海内忠烈""海内贤智"等等。"关西""关东"是汉代人常用的地理名词,这里的"关"指的是函谷关,"关西"顾名思义是指函谷关以西的广大区域,"关东"则是指函谷关以东的广大地域。"关西""关东"在汉代,不仅具有地理意义,还具有政治、军事、文化意义,因此它们经常出现在汉代人的口中和笔下,如"关西出将,关东出相"(《虞诩引谚》)之类。

使用"天下""海内"的歌谣列举如下:

(1) "天下无双,江夏黄童。"(《京师为黄香号》)

(2) "天下中庸有胡公。"(《京师为胡广语》)

(3) "天下规矩房伯武。"(《乡人谣》)

(4) "天下俊秀王叔茂。"(《太学诸生语》)

(5) "天下忠诚窦游平。"(《太学中谣(一)》)

(6) "天下义府陈仲举。"(《太学中谣(一)》)

(7) "天下德弘刘仲承。"(《太学中谣(一)》)

(8) "天下模楷李元礼。"(《太学中谣(二)》)

(9) "天下英秀王叔茂。"(《太学中谣(二)》)

（10）"天下良辅杜周甫。"(《太学中谣（二）》)

（11）"天下冰凌朱季陵。"(《太学中谣（二）》)

（12）"天下忠贞魏少英。"(《太学中谣（二）》)

（13）"天下好交荀伯条。"(《太学中谣（二）》)

（14）"天下稽古刘伯祖。"(《太学中谣（二）》)

（15）"天下才英赵仲经。"(《太学中谣（二）》)

（16）"天下和雍郭林宗。"(《太学中谣（三）》)

（17）"天下慕悌夏子治。"(《太学中谣（三）》)

（18）"天下英藩尹伯元。"(《太学中谣（三）》)

（19）"天下清苦羊嗣祖。"(《太学中谣（三）》)

（20）"天下琳金刘叔林。"(《太学中谣（三）》)

（21）"天下雅志蔡孟喜。"(《太学中谣（三）》)

（22）"天下卧虎巴恭祖。"(《太学中谣（三）》)

（23）"天下通儒宗孝初。"(《太学中谣（三）》)

（24）"海内贵珍陈子鳞。"(《太学中谣（四）》)

（25）"海内忠烈张元节。"(《太学中谣（四）》)

（26）"海内謇谔范孟博。"(《太学中谣（四）》)

（27）"海内通士檀文友。"(《太学中谣（四）》)

（28）"海内彬彬范仲真。"(《太学中谣（四）》)

（29）"海内珍好岑公孝。"(《太学中谣（四）》)

（30）"海内所称刘景升。"(《太学中谣（四）》)

（31）"海内贤智王伯义。"(《太学中谣（五）》)

（32）"海内修整蕃嘉景。"(《太学中谣（五）》)

（33）"海内贞良秦平王。"(《太学中谣（五）》)

（34）"海内珍奇胡母季皮。"(《太学中谣（五）》)

（35）"海内光光刘子相。"(《太学中谣（五）》)

（36）"海内依怙王文祖。"(《太学中谣（五）》)

（37）"海内严恪张孟卓。"(《太学中谣（五）》)

（38）"海内清明度博平。"(《太学中谣（五）》)

使用夸张词"关西/关东"的情况如下：

（1）"关东大豪戴子高。"(《时人为戴遵语》)

（2）"关东觥觥郭子横。"(《光武述时人语》)

（3）"关西孔子杨伯起。"(《诸儒为杨震语》)

（4）"关东说诗陈君期。"(《时人为陈嚣语》)

高调而强烈的主观情感投射,是提升宣传鼓动效果的必要前提。运用"天下""海内""关西""关东"这样表示空间范围的大词,将被标榜的人物置于至为广阔的时空下,强化其在此空间范围内的唯一性,气魄宏大,声势夺人,被标榜者的经学水平、道德魅力、办事能力不容置疑,这样就使人不得不对标榜对象肃然起敬。

(五)汉代歌谣的修辞手法——颠倒

汉代民间歌谣中,也时用"颠倒"修辞反映社会现实,其特点是运用"故错"手法或反向思维,偏把事物往反了说,以期达到惊人的效果。这种颠倒修辞在汉代政治歌谣中,往往出于讽刺目的,具有幽默、批判的特点。举例如《天下为卫子夫歌》:"生男无喜,生女无怒,独不见卫子夫、霸天下。"一般情况下,古人重男轻女,生男则喜,生女或怒,但卫子夫以姿色见宠、成为汉武帝皇后,满门皆封,一门五侯,则在一定程度上改变了人们的惯性思维,故而当时人说"生男无喜,生女无怒"。又如《顺帝末京都童谣》:"直如弦,死道边。曲如钩,反封侯。""直"和"曲"象征了人格的刚正不阿和软弱投机,但在现实社会中,如此行事却遭受了相反的结果,刚正不阿的惨死道边,软弱投机的反而升官封侯。歌谣通过预期和事实的对比反差,给人以强烈的心理震撼。再如《时人为贡举语》:"举秀才,不知书。察孝廉,别父居。寒素清白浊如泥,高第良将怯如鸡。"秀才是文才的代名词,却不能读书写字;孝廉是道德的楷模,却离父别居。这些反常的社会现象都与人们的常规心理发生了错位和颠倒。再如《汉末洛中童谣》:"虽有千黄金,无如我斗粟。斗粟自可饱,千金何所直。"千金与斗粟的价值何轻何重,不言自明。但在特殊时期,商品价格与价值背离太远,就出现了千两黄金不如一斗粟米的反常现象。以上这些运用了颠倒修辞的歌谣,它们所反映的社会现象都不是常规情况,或者是价值观扭曲,或者是规则被践踏,或者是规律失效等。

民间歌谣创作中形成的各种艺术经验、具体手法,是文人诗创作艺术上的源头活水。因为诗人来源于民间,不可避免地要受到民间文学的滋养。这种滋养会浸入诗人的血液和灵魂,化为一种审美直觉和惯性,为其日后独立创作提供可选择的资源,正如钱志熙先生所说,"文人诗创作的基本方法,也来自于歌谣。但不是继承歌谣全部的表现方法,而是从中抽绎、选择一些方法,将它规范化……从这个意义上说,歌谣永远是徒诗的母体与学习对象,中国古代文人诗艺术的发展的真相,正在于就文人诗的全体意趣来说,始终没有放弃对歌谣的模仿学习,并且始终承认歌谣在诗歌史中的祖祢地位"。[①]

[①] 钱志熙:《歌谣、乐章、徒诗——论诗歌史的三大分野》,第5页。

第三节　汉代歌谣的节奏和音韵

一、汉代歌谣句式的节奏特点

相较于其他语言,汉语是天然地具有节奏感优势的语言,利用和强化词语的节奏感以营造抑扬顿挫的音响效果,似乎是韵文与生俱来的品质。具有节奏感的句子朗读起来琅琅上口,符合人体的发音机理。通过考察汉代歌谣的节奏,我们发现:不同句式具有不同的节奏特点,同一句式基本上具有相同的节奏习惯,各句式的节奏习惯又相互关联。下面对三言句、四言句、五言句、七言句的节奏特点加以分析说明。

（一）三言句的节奏特点

三言歌谣一句两拍,至少两句形成一个语义和语音上自足的节奏组,这样,三言歌谣是以两句、四句、六句等偶数句形式出现的。三言歌谣语音简洁、促迫,节奏感特别强,相对来说更加容易记忆、接受。下面举例说明。

从语义角度看,三言歌谣如"苦饥寒,逐弹丸",苦饥寒、逐弹丸都是动宾式,属于1+2结构。"颍水清,灌氏宁。颍水浊,灌氏族"中的四个三言词组,都是主谓式,属于2+1结构。那么人们在诵读这些不同的三音节词组时,是否会顾及语义结构而在语音节奏上也要对其加以迁就呢？比如是否要把"苦饥寒"读成"苦〇饥寒"呢？实际上并非如此。在发音节奏上,不管内部语义结构如何,这些三言词组都读成×××〇节拍,即苦饥寒〇,逐弹丸〇,在"寒""丸"后都有一个休止;"颍水清,灌氏宁"也是这样读,颍水清〇,灌氏宁〇。人们在诵读三言歌谣时,只是三字两拍地读下去,而不会考虑其内部的语义特点。就像小孩子在诵读《三字经》时,读"性相近,习相远"这些1+2结构,和读"父子恩,夫妇从"这些2+1结构时,都是按照×××〇,×××〇节奏进行下去的。

（二）四言句的节奏特点

四言歌谣是一句两拍,即两字一拍,四言两拍。虽然只有四字,但音速变缓,显得稳重舒缓,与三言的紧促急迫不同。以"前有赵张,后有三王"为例,其音节节奏规则为××××,××××,所有的四言歌谣也都是按照这一规则来诵读。

（三）五言句的节奏特点

五言歌谣从语言组织上看是二三结构,即一个双音节的词组加上一个三音节的词组。从诵读节奏看是一句三拍,前面的双音节没问题,后面三音节词组比较复杂,从语义上看,这个三音节词组,既有 1+2 结构的,也有 2+1 结构的。即以东汉时期的《崔君歌》为例,歌谣共六句:"上天降神明,锡我仁慈父。临民布德泽,恩惠施以序。穿沟广溉灌,决渠作甘雨。"其中"降神明"是 1+2 结构,"仁慈父"是 2+1 结构。但在进行诵读时,并不考虑后三的词组是 1+2 结构还是 2+1 结构,而是按照固定的音步规则诵读,"上天降神明,锡我仁慈父",就被读成××××○,×××××○。

(四)七言句的节奏特点

七言歌谣的语言结构是前四后三,是一个四言词组和一个三言词组的组合,当然也可以再细分,即二二三组合。前面已经解决了四言歌谣和三言歌谣的诵读节奏问题,那么七言诵读的问题就迎刃而解了。七言歌谣的后三,虽然有 1+2 结构及 2+1 结构之别,前者如"五侯治丧楼君卿",后者如"洛阳多钱郭氏室",但在诵读时也不考虑语义上的组合,而只考虑音节规则,七言的诵读节奏则都是×××××××○。

歌谣这种民间艺术形式,是一种听觉与口头传播相结合的艺术,虽然不排除有时候会发生视觉参与的情况,但首要的、主导性的传播方式是口耳相传,这就决定了歌谣的诵读首先要满足音响上的节奏感,而无须迁就语义组合。

二、汉代歌谣的押韵特点

汉代人的语音属于上古音系统,笔者以唐作藩先生的《上古音手册》①为主要依据,并参考郭锡良先生的《汉字古音手册》,②确定歌谣中字的韵部。通过考察发现,绝大多数的歌谣都是讲求押韵的,不押韵(或者存疑待考)的情况较为少见。押韵的歌谣中,又有句内(第四、七音节)押韵、句尾押韵、偶数句句尾押韵、逐句押韵、两句(若干句)换韵、选择性押韵等多种情况。为方便观览,下面采用列表的方式对各种句式歌谣的押韵情况依次加以呈现。

(一)三言句歌谣的押韵情况

三言两句歌谣的押韵情况归类表

序号	歌谣内容	歌谣名字	韵　部	押韵方式
1	苦饥寒,逐弹丸。	《长安为韩嫣语》	寒、丸,元部	句尾押韵
2	问何阔,逢诸葛。	《京师为诸葛丰语》	阔、葛,月部	句尾押韵

---

① 唐作藩:《上古音手册》,北京:中华书局,2013 年。
② 郭锡良:《汉字古音手册》,北京:商务印书馆,2010 年。

(续表)

序号	歌谣内容	歌谣名字	韵　部	押韵方式
3	欲为论,念张文。	《诸儒为张禹语》	论、文,文部	句尾押韵
4	夜半客,甄长伯。	《时人为甄丰语》	客、伯,铎部	句尾押韵
5	莽头秃,帻施屋。	《时人为王莽语》	秃、屋,屋部	句尾押韵
6	冬无袴,有秦护。	《乡人为秦护歌》	袴,鱼部;护,铎部	句尾押韵①
7	两日出,天兵戢。	《蜀郡童谣》	出,物部;戢,缉部	句尾押韵②
8	任文公,智无双。	《益都为任文公语》	公、双,东部	句尾押韵
9	事不谐,问文开。	《京师为袁成谚》	谐,脂部;开,微部	句尾押韵③
10	闻清白,张子石。	《京师为张盘语》	白、石,铎部	句尾押韵
11	公惭卿,卿惭长。	《时人为陈氏语》	卿、长,阳部	句尾押韵
12	驴非驴,马非马。	《华人为高昌人歌》	驴、马,鱼部	句尾押韵
13	诚无垢,思无辱。	《刘向引谚》	垢,侯部;辱,屋部	句尾押韵④
14	子欲富,黄金覆。	《泛胜之引谚》	富,职部;覆,觉部	句尾押韵⑤
15	金可作,世可度。	《孟康引民语》	作、度,铎部	句尾押韵
16	有锡兵,无锡宁。	《锡山古谣》	兵,阳部;宁,耕部	句尾押韵⑥
17	贵易交,富易妻。	《光武引谚》	交,宵部;妻,脂部	不押韵
18	时无赭,浇黄土。	《马皇后引俗语》	赭、土,鱼部	句尾押韵
19	欲拔贫,诣徐闻。	《人为徐闻县谚》	贫、闻,文部	句尾押韵
20	前车覆,后车诫。	《贾谊引鄙谚》	覆,觉部;诫,职部	不押韵

三言两句歌谣是在每句的句尾押韵,20首中只有2首不押韵的情况。

---

① 据唐作藩《上古音手册》,袴,鱼部[a];护,铎部[ak],它们不在同一韵部;据章炳麟、江有诰、朱骏声、王念孙、孔广森、顾炎武诸家分类标准,则二字在同一韵部。参看唐作藩《上古音手册》第4页所附"十一家古韵分部异同表"。另外,两韵部通押也可以用对转规则解释。
② 出,物部[ət];戢,缉部[əp]。两韵部通押可以用通转规则解释。
③ 谐,脂部[ei];开,微部[əi]。据诸人分类标准,二字在同一韵部。两韵部通押也可以用旁转规则解释。
④ 垢,侯部[ɔ];辱,屋部[ɔk]。据诸人分类标准,二字在同一韵部。两韵部通押也可以用对转规则解释。
⑤ 富,职部[ək];覆,觉部[uk]。两韵部通押可以用旁转规则解释。
⑥ 兵,阳部[aŋ];宁,耕部[eŋ]。两韵部通押可以用旁转规则解释。

三言四句歌谣的押韵情况归类表

序号	歌谣内容	歌谣名字	韵　部	押韵方式
1	左回天,具独坐。徐卧虎,唐两堕。	《天下为四侯语》	坐、堕,歌部	隔句押韵 偶数句句尾押韵
2	州郡记,如霹雳。得诏书,但挂壁。	《崔寔引里语》	雳、壁,锡部	隔句押韵 偶数句句尾押韵
3	颍水清,灌氏宁。颍水浊,灌氏族。	《颍川儿歌》	清、宁,耕部;浊、族,屋部	两句换韵 一、二句押韵;三、四句押韵
4	东门奂,取吴半。吴不足,济阴续。	《东门奂谣》	奂、半,元部;足、续,屋部	两句换韵 一、二句押韵;三、四句押韵
5	无说诗,匡鼎来。匡说诗,解人颐。	《诸儒为匡衡语》	诗、来、颐,之部	逐句押韵
6	惟寂寞,自投阁。爰清静,作符命。	《京师为扬雄语》	寞、阁,铎部;静、命,耕部	两句换韵 一、二句押韵;三、四句押韵
7	王世容,治无双。省徭役,盗贼空。	《王世容歌》	容、双、空,东部	选择性押韵 一、二、四句押韵
8	井水溢,灭灶烟。灌玉堂,流金门。	《元帝时歌谣》	烟,真部;门,文部	隔句押韵 偶数句句尾押韵①
9	谐不谐,在赤眉。得不得,在河北。	《更始时南阳童谣》	谐、眉,脂部;得、北,职部	两句换韵 一、二句押韵;三、四句押韵
10	弃我戟,捐我矛。盗贼尽,吏皆休。	《会稽童谣》(一)	矛、休,幽部	隔句押韵 偶数句句尾押韵
11	王稚子,世未有。平徭役,百姓喜。	《河内谣》	子、有、喜,之部	选择性押韵 一、二、四句押韵
12	直如弦,死道边。曲如钩,反封侯。	《顺帝末京都童谣》	弦,真部;边,元部。钩、侯,侯部	两句换韵② 一、二句押韵;三、四句押韵
13	千里草,何青青。十日卜,不得生。	《献帝初京都童谣》	青、生,耕部	隔句押韵 偶数句句尾押韵

---

① 烟,真部[en];门,文部[ən]。据诸家分类标准,二字在同一韵部。两韵部通押也可以用旁转规则解释。

② 弦,真部[en];边,元部[an]。两韵部通押可以用旁转规则解释。

(续表)

序号	歌谣内容	歌谣名字	韵 部	押韵方式
14	黄金车,班兰耳。闿闾门,出天子。	《兴平中吴中童谣》	耳、子,之部	隔句押韵 偶数句句尾押韵
15	何氏篡,张氏钩。何氏肥,张氏瘦。	《三辅为张氏何氏语》	钩,侯部;瘦,幽部	隔句押韵① 偶数句句尾押韵
16	相里张,多贤良。积善应,子孙昌。	《时人为张氏谚》	张、良、昌,阳部	选择性押韵 一、二、四句押韵
17	二月昏,参星夕。杏花盛,桑椹赤。	《崔寔引农语》(一)	夕、赤,铎部	隔句押韵 偶数句句尾押韵
18	河射角,堪夜作。犁星没,水生骨。	《崔寔引农语》(二)	作,铎部;骨,物部	隔句押韵② 偶数句句尾押韵
19	虎莫凶,有黄公。猛兽回,黄公来。	《汉人为黄公语》	凶、公,东部。回,微部;来,之部	两句换韵③ 一、二句押韵;三、四句押韵

对以上三言四句歌谣的分析可以发现,19首都押韵。具体来说有四种情况,即隔句押韵、两句换韵、选择性押韵以及逐句押韵。隔句押韵,表现为偶数句的句尾押韵,有9例;两句换韵,表现为第一句与第二句押韵,第三句与第四句押韵,有6例;选择性押韵表现为第一、二、四句押韵,有3例;逐句押韵是指全篇四句的句尾都押同一韵,只有1例。

三言多句歌谣的押韵情况归类表

序号	歌谣内容	歌谣名字	韵 部	押韵方式
1	灶下养,中郎将。烂羊胃,骑都尉。烂羊头,关内侯。	《更始时长安中语》	养、将,阳部;胃、尉,物部;头、侯,侯部	两句换韵 一、二句押韵;三、四句押韵;五、六句押韵
2	我府君,道教举。恩如春,威如虎。刚不吐,柔不茹。爱如母,训如父。	《京兆为李燮谣》	举、虎、茹、父,鱼部	隔句押韵 偶数句句尾押韵
3	汉德广,开不宾。度博南,越兰津。度兰仓,为它人。	《通博南歌》	宾、津、人,真部	隔句押韵 偶数句句尾押韵

---

① 钩,侯部[ɔ];瘦,幽部[u]。两韵部通押可以用旁转规则解释。
② 作,铎部[ɑk];骨,物部[ət]。两韵部通押可以用旁对转规则解释。
③ 回,微部[əi];来,之部[ə]。两韵部通押可以用通转规则解释。

（续表）

序号	歌谣内容	歌谣名字	韵 部	押韵方式
4	承乐世董逃,游四郭董逃,蒙天恩董逃,带金紫董逃,行谢恩董逃,整车骑董逃,垂欲发董逃,与中辞董逃,出西门董逃,瞻宫殿董逃,望京城董逃,日夜绝董逃,心摧伤董逃。	《董逃歌》	世,月部;郭,铎部;恩,真部;紫,支部;恩,真部;骑,歌部;发,月部;辞,之部;门,文部;殿,文部;城,耕部;绝,月部;伤,阳部	不押韵

以上4首三言多句歌谣,有1首不押韵,其余3首的押韵形式有隔句押韵和两句换韵两种情况。隔句押韵2首,即偶数句句尾押韵,也就是二、四、六(八)句尾押韵;两句换韵的1首,即第一句与第二句押韵,第三句与第四句押韵,第五句与第六句押韵,全篇可押多个韵。

三言为主的杂言歌谣押韵情况归类表

序号	歌谣内容	歌谣名字	韵 部	押韵方式
1	一尺布,尚可缝;一斗粟,尚可舂。兄弟二人,不能相容。	《民为淮南厉王歌》	缝、舂、容,东部	选择性押韵 二、四、六句押韵
2	伊徙雁,鹿徙菟,去牢与陈实无贾。	《长安谣》	菟、贾,鱼部	选择性押韵 二、三句押韵
3	鲍氏骢,三人司隶再人公。马虽瘦,行步转工。	《鲍司隶歌》	骢、公、工,东部	选择性押韵 一、二、四句押韵
4	廉叔度,来何暮。不禁火,民安作。平生无襦,今五绔。	《蜀郡民为廉范歌》	度、暮、作,铎部;襦,侯部;绔,鱼部	选择性押韵① 一、二、四、五六句押韵
5	坏陂谁？翟子威。饭我豆食羹芋魁。反乎覆,陂当复。谁言者？两黄鹄。	《汝南鸿隙陂童谣》	谁、威、魁,微部;覆、复、鹄,觉部	若干句换韵 一、二、三句押韵;四、五、七句押韵
6	城上乌,尾毕逋。公为吏,子为徒。一徒死,百乘车。车班班,入河间,河间姹女工数钱。以钱为室金为堂,石上慊慊舂黄粱。梁下有悬鼓,我欲击之丞卿怒。	《桓帝初城上乌童谣》	乌、逋、徒、车,鱼部;班、间、钱,元部;堂、梁,阳部;鼓、怒,鱼部	选择性押韵② 一、二、四、六、七、八、九、十、十一、十二、十三句押韵

---

① 度、暮、作,铎部[ak];襦,侯部[ɔ];绔,鱼部[a]。据诸家分类标准,鱼部、铎部在同一韵部,这两个韵部通押也可以用对转规则解释。侯部与鱼部通押可以用旁转规则解释。

② 乌、逋、徒、车、鼓、怒,鱼部[a];班、间、钱,元部[an];堂、梁,阳部[aŋ]。这三个韵部通押可以用通转规则解释。

（续表）

序号	歌谣内容	歌谣名字	韵部	押韵方式
7	举秀才,不知书。察孝廉,父别居。寒素清白浊如泥,高第良将怯如鸡。	《时人为贡举语》	书、居,鱼部;泥、脂部;鸡、支部	若干句换韵①二、四句押韵;五、六句押韵
8	侯非侯,王非王,千乘万骑上北芒。	《灵帝末京都童谣》	侯、侯部;王、芒、阳部	逐句押韵②
9	燕燕尾涎涎,张公子,时相见,木门仓琅根。燕飞来,啄皇孙。皇孙死,燕啄矢。	《成帝时童谣》	涎、见、元部;根、孙、文部;死、矢、脂部	若干句换韵③一、二、三、五句押韵;六、七句押韵

通过对上表进行归纳发现,以三言为主的杂言歌谣有9首,都押韵。具体押韵情况,有选择性押韵、若干句换韵、逐句换韵三种情况,分别为5首、3首、1首。至于韵脚压在哪个音节上,看似散乱无章却仍有一定规律可循:首先,最后一句肯定是押韵的,无论全篇的句数是偶数还是奇数的,最后一句必然是押韵的。其次,还存在换韵的情况。这说明,汉代人试图通过灵活的韵律来营造一种富于变化的音响之美。葛晓音先生曾说:"从汉魏三言体的情况来看,歌谣类都找到了自己的押韵规律,大体上有句句押韵、隔句押韵两种,而且基本上是以两句为一单元或四句为一单元。这是因为歌谣类的三言在民间传唱,为了顺口很容易调整韵脚。"④她的这一论断大体上是对的,不过还可以再补充一些情况,即除了她所说的句句押韵、隔句押韵之外,还存在着若干句后换韵、选择性押韵等不同情况。这说明汉代三言歌谣的押韵是较为灵活多变的,比我们想象的要复杂。

（二）四言句歌谣的押韵情况

四言两句歌谣押韵情况归类表

序号	歌谣内容	歌谣名字	韵部	押韵方式
1	黄牛白腹,五株当复	《后汉时蜀中童谣》	腹、复,觉部	句尾押韵
2	谨上操下,如束湿薪	《时人为宁成语》	下,鱼部;薪,真部	不押韵
3	千人所指,无病而死	《王嘉引里谚》	指、死,脂部	句尾押韵

① 泥,脂部[ei];鸡,支部[e]。这两个韵部通押可以用通转规则解释。
② 侯,侯部[ɔ];王、芒,阳部[ɑŋ]。这两个韵部通押可以用旁对转规则解释。
③ 涎、见,元部[ɑn];根、孙,文部[ən]。这两个韵部通押可以用旁转规则解释。
④ 葛晓音:《论汉魏三言体的发展及其与七言的关系》,第60页。

(续表)

序号	歌谣内容	歌谣名字	韵 部	押韵方式
4	不知为吏,视已成事。	《汉人引鄙语》	吏、事,之部	句尾押韵
5	家累千金,坐不垂堂。	《司马相如引谚》	金,侵部;堂,阳部	不押韵
6	苛政不亲,烦苦伤恩。	《薛宣引鄙语》	亲、恩,真部	句尾押韵
7	王阳在位,贡公弹冠。	《世称王贡语》	位,物部;冠,元部	不押韵
8	萧朱结绶,王贡弹冠。	《长安为萧朱王贡语》	绶,幽部;冠,元部	不押韵
9	前有赵张,后有三王。	《吏民为赵张三王语》	张、王,阳部	句尾押韵
10	巍然不语,名高孝甫。	《人为高慎语》	语、甫,鱼部	句尾押韵
11	一岁再赦。奴儿暗恶。	《崔寔引里语》	赦、恶,铎部	句尾押韵
12	善人在患,饥不及餐。	《李固引语》	患、餐,元部	句尾押韵
13	虏来尚可,尹来杀我。	《益州民为尹就谚》	可、我,歌部	句尾押韵
14	天下无双,江夏黄童。	《京师为黄香号》	双、童,东部	句尾押韵
15	荀氏八龙,慈明无双。	《颍川为荀爽语》	龙、双,东部	句尾押韵
16	公沙六龙,天下无双。	《公沙六龙》	龙、双,东部	句尾押韵
17	贾氏三虎,伟节最怒。	《天下为贾彪语》	虎、怒,鱼部	句尾押韵
18	天有冬夏,人有二黄。	《武陵人为黄氏兄弟谚》	夏,鱼部;黄,阳部	句尾押韵①
19	妇死腹悲,唯身知之。	《应劭引俚语论愆礼》	悲,微部;之,之部	句尾押韵②
20	狐欲渡河,无奈尾何。	《应劭引俚语论正失》	河、何,歌部	句尾押韵
21	县官漫漫,冤死者半。	《应劭引里语论谳狱》	漫、半,元部	句尾押韵
22	欲得不能,光禄茂才。	《京师为光禄茂才谣》	能、才,之部	句尾押韵
23	洛阳多钱,郭氏万千。	《时人为郭况语》(二)	钱,元部;千,真部	句尾押韵③
24	前有管鲍,后有庆廉。	《时人为廉范语》	鲍,幽部;廉,谈部	不押韵
25	前有召父,后有杜母。	《南阳为杜师语》	父,鱼部;母,之部	句尾押韵④
26	作舍道边,三年不成。	《章帝引谚》	边,元部;成,耕部	句尾押韵⑤

① 夏,鱼部[a];黄,阳部[aŋ]。这两个韵部通押可以用对转规则解释。
② 悲,微部[əi];之,之部[ə]。这两个韵部通押可以用通转规则解释。
③ 钱,元部[an];千,真部[en]。这两个韵部通押可以用旁转规则解释。
④ 父,鱼部[a];母,之部[ə]。这两个韵部通押可以用旁转规则解释。
⑤ 边,元部[an];成,耕部[eŋ]。这两个韵部通押可以用旁对转规则解释。

（续表）

序号	歌谣内容	歌谣名字	韵部	押韵方式
27	关西出将，关东出相。	《虞诩引谚》	将、相，阳部	句尾押韵
28	一犬吠形，百犬吠声。	《王符引谚论得贤》	形、声，耕部	句尾押韵
29	有病不治，常得中医。	《班固引谚论经方》	治、医，之部	句尾押韵
30	石虎头截，仓廪不阙。	《长沙人石虎谣》	截、阙，月部	句尾押韵
31	白头如新，倾盖如故。	《邹阳引谚》	新，真部；故，鱼部	不押韵
32	桃李不言，下自成蹊。	《司马迁引谚》	言，元部；蹊，支部	不押韵
33	千金之子，不死于市。	《司马迁引谚》	子、市，之部	句尾押韵
34	尺有所短，寸有所长。	《司马迁引鄙语》	短，元部；长，阳部	句尾押韵①
35	美女入室，恶女之仇。	《褚先生引谚》	室，质部；仇，幽部	不押韵
36	谁为为之，孰令听之。	《司马迁引谚》	之、之，之部	句尾押韵
37	人貌荣名，岂有既乎。	《太史公引谚论游侠》	名，耕部；乎，鱼部	句尾押韵②
38	八厶子系，十二为期。	《公孙述闻梦中人语》	系，锡部；期，之部	句尾押韵③
39	上火不落，下火滴沰。	《崔寔引农家谚》	落、沰，铎部	句尾押韵
40	不救蚀者，出行遇语。	《应劭引里语论日蚀》	者、语，鱼部	句尾押韵
41	越陌度阡，更为客主。	《应劭引里语论主客》	阡，真部；主，侯部	不押韵
42	金不可作，世不可度。	《应劭引语论正失》	作、度，铎部	句尾押韵
43	东殽西殽，渑池所高。	《民为二殽语》	殽、高，宵部	句尾押韵
44	作奏虽工，宜去葛龚。	《时人为作奏语》	工、龚，东部	句尾押韵
45	欲人不知，莫如不为。	《高诱引谚论毁誉》	知，支部；为，歌部	不押韵
46	三苗不止，四珍复起。	《时人为杨氏四子语》	止、起，之部	句尾押韵
47	孤犊触乳，骄子詈母。	《羊元引谚》	乳，侯部；母，之部	句尾押韵④

四言两句歌谣共47首，押韵的有37首，不押韵的为10首。37首押韵的歌谣只存在一种情况，即句尾押韵。

---

① 短，元部[an]；长，阳部[aŋ]。这两个韵部通押可以用通转规则解释。
② 名，耕部[eŋ]；乎，鱼部[a]。这两个韵部通押可以用旁对转规则解释。
③ 系，锡部[ek]；期，之部[ə]。这两个韵部通押可以用旁对转规则解释。
④ 乳，侯部[o]；母，之部[ə]。这两个韵部通押可以用旁转规则解释。

四言三句歌谣的押韵情况归类表

序号	歌谣内容	歌谣名字	韵 部	押韵方式
1	庐里诸庞,凿井得铜,买奴得翁。	《时人为庞氏语》	庞、铜、翁,东部	逐句押韵
2	土长冒橛,陈根可拔,耕者急发。	《泛胜之引古语》	橛、拔、发,月部	逐句押韵
3	鸟穷则啄,兽穷则觝,人穷则诈。	《淮南子引谚》	啄、觝,屋部;诈,铎部	逐句押韵①

四言三句歌谣有3首,押韵方式是逐句押韵。

四言四句歌谣押韵情况归类表

序号	歌谣内容	歌谣名字	韵 部	押韵方式
1	东家有树,王阳妇去。东家枣完,去妇复还。	《长安为王吉语》	树,侯部;去,鱼部。完、还,元部	两句换韵② 一、二句押韵; 三、四句押韵
2	牢邪石邪,五鹿客邪。印何累累,绶若若邪。	《牢石歌》	石、客、若,铎部	选择性押韵 一、二、四句押韵
3	厨有腐肉,国有饥民。厩有肥马,路有馁人。	《桓宽引鄙语》	民、人,真部	隔句押韵 偶数句句尾押韵
4	宁逢赤眉,不逢太师。太师尚可,更始杀我。	《东方为王匡廉丹语》	眉、师,脂部;可、我,歌部	两句换韵 一、二句押韵; 三、四句押韵
5	桑无附枝,麦穗两岐。张君为政,乐不可支。	《渔阳民为张堪歌》	枝、歧、支,支部	选择性押韵 一、二、四句押韵
6	强直自遂,南阳朱季。吏畏其威,人怀其惠。	《临淮吏人为朱晖歌》	季、惠,质部	隔句押韵 偶数句句尾押韵
7	邑然不乐,思我刘君。何时复来,安此下民。	《顺阳吏民为刘陶歌》	君,文部;民,真部	隔句押韵③ 偶数句句尾押韵
8	贾父来晚,使我先反。今见清平,吏不敢饭。	《交阯兵民为贾琮歌》	晚、反、饭,元部	选择性押韵 一、二、四句押韵

---

① 啄、觝,屋部[ɔk];诈,铎部[ak]。这两个韵部通押可以用旁转规则解释。

② 树,侯部[ɔ];去,鱼部[a]。这两个韵部通押可以用旁转规则解释。

③ 君,文部[ən];民,真部[en]。据诸家分类标准,二者为同一韵部。这两个韵部通押也可以用旁转规则解释。

(续表)

序号	歌谣内容	歌谣名字	韵 部	押韵方式
9	我有田畴,爰父殖置。我有子弟,爰父教诲。	《六县吏人为爰珍歌》	置,职部;诲,之部	隔句押韵① 偶数句句尾押韵
10	君不我忧,人何以休。不行界署,焉知人处。	《恒农童谣》	忧、休,幽部;署、处,鱼部	两句换韵 一、二句押韵; 三、四句押韵
11	大兵如市,人死如林。持金易粟,粟贵于金。	《汉末江淮间童谣》	林、金,侵部	隔句押韵 偶数句句尾押韵
12	生男如狼,犹恐其尫。生女如鼠,犹恐其虎。	《班昭女诫引鄙谚》	狼、尫,阳部;鼠、虎,鱼部	两句换韵 一、二句押韵; 三、四句押韵
13	政如冰霜,奸轨消亡。威如雷霆,寇贼不生。	《王逸引谚》	霜、亡,阳部;霆、生,耕部	两句换韵 一、二句押韵; 三、四句押韵
14	阎尹赋政,既明且昶。去苛去辟,动以礼让。	《阎君谣》	昶、让,阳部	隔句押韵 偶数句句尾押韵
15	君用谗慝,忠烈是殟。鬼怨神怒,妖气充塞。	《蒋横遘祸时童谣》	慝、殟、塞,职部	选择性押韵 一、二、四句押韵
16	卫修有事,陈茂治之。卫修无事,陈茂杀之。	《南阳为卫修陈茂语》	事、之,之部	逐句押韵
17	苑中三公,馆下二卿。五门嗺嗺,但闻豚声。	《民为五门语》	公,东部;卿,阳部;声,耕部	选择性押韵② 一、二、四句押韵
18	虽有神药,不如少年。虽有珠玉,不如金钱。	《古谚》	年,真部;钱,元部	隔句押韵③ 偶数句句尾押韵

以上18首四言四句歌谣的押韵情况,归纳起来有隔句押韵、选择性押韵、两句换韵、逐句押韵四种情况。隔句押韵7例,即偶数句句尾押韵;选择性押韵5例,只有一、二、四句押韵一种情况;两句换韵5例,即一、二句押韵;三、四句押韵;逐句押韵是每句的句尾字都押韵,只有1例。

---

① 置,职部[ək];诲,之部[ə]。据诸家分类标准,属同一韵部。这两个韵部通押也可以用对转规则解释。
② 公,东部[ɔŋ];卿,阳部[aŋ];声,耕部[eŋ]。这三个韵部通押可以用旁转规则解释。
③ 年,真部[en];钱,元部[an]。这两个韵部通押可以用旁转规则解释。

四言多句歌谣押韵情况归类表

序号	歌谣内容	歌谣名字	韵 部	押韵方式
1	萧何为法,顜若画一。曹参代之,守而勿失。载其清净,民以宁一。	《画一歌》	一、失,质部	隔句押韵 偶数句句尾押韵
2	天久不雨。烝民失所。天王自出。祝令特苦。精符感应。滂沱而下。	《洛阳人为祝良歌》	所、苦、下,鱼部	隔句押韵 偶数句句尾押韵
3	头白皓然,食不充粮。裹衣襃裳,当还故乡。圣王愍念,悉用补郎。舍是布衣,被服玄黄。	《初平中长安谣》	粮、乡、郎、黄,阳部	隔句押韵 偶数句句尾押韵
4	我有枳棘,岑君伐之。我有蟊贼,岑君遏之。狗吠不惊,足下生犛。含哺鼓腹,焉知凶灾。我喜我生,独于斯时。美矣岑君,于戏休兹。	《魏郡舆人歌》	之、灾、时、兹、之部;犛,幽部	隔句押韵① 偶数句句尾押韵
5	田于何所,池阳谷口。郑国在前,白渠起后。举臿为云,决渠为雨。泾水一石,其泥数斗。且灌且粪,长我禾黍。衣食京师,亿万之口。	《郑白渠歌》	口、后,侯部;雨、黍,鱼部;斗、口,侯部	隔句押韵② 偶数句句尾押韵
6	陇头泉水,流离西下。念我行役,飘然旷野。登高远望,涕零双堕。	《陇水歌》	下、野,鱼部;堕,歌部	隔句押韵③ 偶数句句尾押韵
7	郭君围堑,董将不许。几令狐狸,化为豺虎。赖我郭君,不畏强御。转机之间,敌为穷虏。猗猗惠君,实完疆土。	《时人为郭典语》	许、虎、御、虏、土,鱼部	隔句押韵 偶数句句尾押韵

四言多句歌谣有7首,都押韵。押韵只有一种情况,隔句押韵,即偶数句句尾押韵。

---

① 之、灾、时、兹,之部[ə];犛,幽部[u]。这两个韵部通押可以用旁转规则解释。
② 口、后、斗,侯部[ɔ];雨、黍,鱼部[a]。这两个韵部通押可以用旁转规则解释。
③ 下、野,鱼部[a];堕,歌部[ai]。这两个韵部通押可以用通转规则解释。

四言为主的杂言歌谣押韵情况归类表

序号	歌谣内容	歌谣名字	韵部	押韵方式
1	生男无喜,生女无怒。独不见卫子夫,霸天下。①	《天下为卫子夫歌》	怒、夫、下,鱼部	选择性押韵 二、三、四句押韵
2	五侯初起,曲阳最怒。坏决高都,连竟外杜。土山渐台西白虎。	《长安百姓为王氏五侯歌》	怒、都、杜、虎,鱼部	选择性押韵 二、三、四、五句押韵
3	以贫求富,农不如工,工不如商。刺绣文,不如倚市门。	《班固引谚论货殖》	工,东部;商,阳部;文、门,文部	若干句换韵② 二、三句押韵; 四、五句押韵

四言为主的杂言歌谣有 3 首,押韵形式有两种,选择性押韵 2 首,若干句换韵 1 首。

(三) 五言歌谣的押韵情况

五言两句歌谣的押韵情况归类表

序号	歌谣内容	歌谣名字	韵部	押韵方式
1	相马失之瘦,相士失之穷。	《褚先生引语》	瘦,幽部;穷,东部	句尾押韵③
2	谷子云笔札,楼君卿喉舌。	《长安为谷永楼护号》	札、舌,月部	句尾押韵
3	曲木恶直绳,重赏罚明证。	《王符引谚论考绩》	绳、证,蒸部	句尾押韵
4	徒见二千石,不如一缝掖。	《时人为王符语》	石、掖,铎部	句尾押韵
5	胶漆自谓坚,不如雷与陈。	《乡里为雷义陈重语》	坚、陈,真部	句尾押韵
6	人中有吕布,马中有赤兔。	《时人为吕布语》	布、兔,鱼部	句尾押韵
7	父不肯立帝,子不肯立王。	《京师为李氏语》	帝,锡部;王,阳部	句尾押韵④
8	宁负二千石,无负豪大家。	《涿郡歌谣》	石,铎部;家,鱼部	句尾押韵⑤

---

① 《天下为卫子夫歌》这首歌谣,逯钦立本断句为:"生男无喜,生女无怒。独不见卫子夫霸天下。"笔者个人意见是,这首歌谣应该这样断句"生男无喜,生女无怒。独不见卫子夫,霸天下。"理由一,是逯本的断句过长,一口气很难读下来;理由二,是根据押韵规律,即怒、夫、下三个字的韵部都属鱼部,读起来音响效果更好。因此,断句断在"卫子夫"之后,既形成了节奏上的停顿,又没有割裂开语意上的关联。
② 工,东部[ɔŋ];商,阳部[aŋ]。这两个韵部通押可以用旁转规则解释。
③ 瘦,幽部[u];穷,东部[ɔŋ]。这两个韵部通押可以用旁转规则解释。
④ 帝,锡部[ek];王,阳部[aŋ]。这两个韵部通押可以用旁对转规则解释。
⑤ 石,铎部[ak];家,鱼部[a]。这两个韵部通押可以用对转规则解释。

以上 8 首五言两句歌谣都押韵,且都是句尾押韵,这与三言两句、四言两句的押韵情况是相同的。

五言四句歌谣的押韵情况归类表

序号	歌谣内容	歌谣名字	韵部	押韵方式
1	安所求之死?桓东少年场。生时谅不谨,枯骨后何葬?	《长安为尹赏歌》	场、葬,阳部	隔句押韵 偶数句句尾押韵
2	习习晨风动,澍雨润乎苗。我后恤时务,我民以优饶。	《巴郡人为吴资歌》(一)	苗、饶,宵部	隔句押韵 偶数句句尾押韵
3	望远忽不见,惆怅尝徘徊。恩泽实难忘,悠悠心永怀。	《巴郡人为吴资歌》(二)	徊、怀,微部	隔句押韵 偶数句句尾押韵
4	虽有千黄金,无如我斗粟。斗粟自可饱,千金何所直。	《汉末洛中童谣》	粟,屋部;直,职部	隔句押韵① 偶数句句尾押韵

五言四句歌谣共 4 首,都押韵,且只有一种押韵情况,即隔句押韵,偶数句句尾押韵。

五言多句歌谣的押韵情况归类表

序号	歌谣内容	歌谣名字	韵部	押韵方式
1	邪径败良田,谗口乱善人。桂树华不实,黄爵巢其颠。昔为人所羡,今为人所怜。	《成帝时歌谣》	人、颠、怜,真部	隔句押韵 偶数句句尾押韵
2	何以孝悌为,财多而光荣。何以礼义为,史书而仕宦。何以勤谨为,勇猛而临官。	《禹贡引俗语》	荣,耕部;宦、官,元部	隔句押韵② 偶数句句尾押韵
3	城中好高髻,四方高一尺;城中好广眉,四方且半额;城中好大袖,四方全匹帛。	《马廖引长安语》	尺、额、帛,铎部	隔句押韵 偶数句句尾押韵
4	筑室载直梁,国人以贞真。邪娱不扬目,枉行不动身。邪轨僻乎远,理义协乎民。	《巴人歌陈纪山》	真、身、民,真部	隔句押韵 偶数句句尾押韵
5	天降神明君,锡我仁慈父。临民布德泽,恩惠施以序。穿沟广溉灌,决渠作甘雨。	《崔瑗歌》	父、序、雨,鱼部	隔句押韵 偶数句句尾押韵

---

① 粟,屋部[ɔk];直,职部[ək]。这两个韵部通押可以用旁转规则解释。

② 荣,耕部[eŋ];宦、官,元部[an]。这两个韵部通押可以用通转规则解释。黄树先的研究可以提供佐证,他在《汉语耕元部语音关系初探》一文中提出:汉语某些方言(如齐、楚等地)的部分耕部字[eŋ]读作[an],故这部分读作[an]的耕部字和元部[an]字发音相通。见 2005 年《第 38 届国际汉藏语会议论文提要》。

(续表)

序号	歌谣内容	歌谣名字	韵 部	押韵方式
6	游子常苦贫,力子天所富。宁见乳虎穴,不入冀府寺。大笑期必死,忿怒或见置。嗟我樊府君,安可再遭值。	《凉州民为樊晔歌》	富、置、值,职部;寺,之部	隔句押韵① 偶数句句尾押韵
7	茅山连金陵,江湖据下流。三神乘白鹄,各治一山头。召雨灌旱稻,陆田亦复柔。妻子咸保室,使我百无忧。白鹄翔青天,何时复来游。	《时人为三茅君谣》	流、柔、忧、游,幽部;头,侯部	隔句押韵② 偶数句句尾押韵

以上 7 首五言多句歌谣都是押韵的,并且都是隔句押韵,也就是在偶数句句尾押韵。

五言为主的杂言歌谣押韵情况归类表

序号	歌 谣 内 容	歌 谣 名 字	韵 部	押韵方式
1	人间长安乐,出门西向笑。人知肉味美,对屠门而大嚼。	《桓谭引关东鄙语》	乐、嚼,药部;笑,宵部	选择性押韵③ 一、二、四句句尾押韵
2	白盖小车何延延,河间来合谐,河间来合谐。	《桓帝末京都童谣》	延,元部;谐,脂部	不押韵

以上 2 首五言为主的杂言歌谣,1 首不押韵,1 首属于选择性押韵。

(四) 七言歌谣的押韵情况

七言一句歌谣押韵情况归类表

序号	歌 谣 内 容	歌 谣 名 字	韵 部	押韵方式
1	五侯治丧楼君卿。	《闾里为楼胡歌》	丧、卿,阳部	句内押韵 第四、七音节押韵
2	关东大豪戴子高。	《时人为戴遵语》	豪、高,幽部	句内押韵 第四、七音节押韵
3	枹鼓不鸣董少平。	《董少平歌》	鸣、平,耕部	句内押韵 第四、七音节押韵

---

① 富、置、值,职部[ək];寺,之部[ə]。两个韵部通押可以用对转规则解释。
② 流、柔、忧、游,幽部[u];头,侯部[ɔ]。这两个韵部通押可以用旁转规则解释。
③ 乐、嚼,药部[ok];笑,宵部[o]。据诸家分类标准,药部、宵部在同一韵部。这两个韵部通押可以用对转规则解释。

（续表）

序号	歌谣内容	歌谣名字	韵 部	押韵方式
4	治身无嫌唐仲谦。	《京师为唐约谣》	嫌、谦,谈部	句内押韵 第四、七音节押韵
5	关东觥觥郭子横。	《光武述时人语》	觥、横,阳部	句内押韵 第四、七音节押韵
6	仕宦不止车生耳。	《应劭引里语》	止、耳,之部	句内押韵 第四、七音节押韵
7	解经不穷戴侍中。	《京师为戴凭语》	穷、中,东部	句内押韵 第四、七音节押韵
8	贵戚敛手避二鲍。	《京师为鲍永鲍恢语》	手、鲍,幽部	句内押韵 第四、七音节押韵
9	五经纷纶井大春。	《京师为井丹语》	纶、春,文部	句内押韵 第四、七音节押韵
10	避世墙东王君公。	《时人为王君公语》	东、公,东部	句内押韵 第四、七音节押韵
11	说经铿铿杨子行。	《京师为杨政语》	铿,真部； 行,阳部	句内押韵① 第四、七音节押韵
12	论难僠僠祁圣元。	《京师为祁圣元号》	僠、元,元部	句内押韵 第四、七音节押韵
13	德行恂恂召伯春。	《寿春乡里为召驯语》	恂,真部； 春,文部。	句内押韵② 第四、七音节押韵
14	殿中无双丁孝公。	《时人为丁鸿语》	双、公,东部	句内押韵 第四、七音节押韵
15	道德彬彬冯仲文。	《京兆乡里为冯豹语》	彬、文,文部	句内押韵 第四、七音节押韵
16	问事不休贾长头。	《诸儒为贾逵语》	休,幽部； 头,侯部	句内押韵③ 第四、七音节押韵
17	五经复兴鲁叔陵。	《关中为鲁丕语》	兴、陵,蒸部	句内押韵 第四、七音节押韵
18	关西孔子杨伯起。	《诸儒为杨震谣》	子、起,之部	句内押韵 第四、七音节押韵

---

① 铿,真部[en]；行,阳部[aŋ]。这两个韵部通押可以用通转规则解释。
② 恂,真部[en]；春,文部[nə]。据诸家分类标准,属同一韵部。这两个韵部通押也可以用旁转规则解释。
③ 休,幽部[u]；头,侯部[ɔ]。这两个韵部通押可以用旁转规则解释。

(续表)

序号	歌谣内容	歌谣名字	韵部	押韵方式
19	五经无双许叔重。	《时人为许慎语》	双、重,东部	句内押韵 第四、七音节押韵
20	五经从横周宣光。	《京师为周举语》	横、光,阳部	句内押韵 第四、七音节押韵
21	关东说诗陈君期。	《时人为陈嚣语》	诗、期,之部	句内押韵 第四、七音节押韵
22	难经伉伉刘太常。	《诸儒为刘恺语》	伉、常,阳部	句内押韵 第四、七音节押韵
23	殿上成群许伟君。	《人为许晏谚》	群、君,文部	句内押韵 第四、七音节押韵
24	一马两车茨子河。	《乡里为茨充号》	车,鱼部; 河,歌部	句内押韵① 第四、七音节押韵
25	素车白马缪文雅。	《时人为缪文雅语》	马、雅,鱼部	句内押韵 第四、七音节押韵
26	重亲致欢曹景完。	《敦煌乡人为曹全谚》	欢、完,元部	句内押韵 第四、七音节押韵
27	妇儿人口不可用。	《吕太后引鄙语》	口,侯部; 用,东部	句内押韵② 第四、七音节押韵
28	五侯之斗血成江。	《时人谣》	斗,侯部; 江,东部	句内押韵③ 第四、七音节押韵
29	不意李立为贵人。	《华容女子狱中歌吟》	立,缉部; 人,真部	不押韵
30	仕宦不偶值冀部。	《阚骃引语》(一)	偶,侯部; 部,之部	句内押韵④ 第四、七音节押韵
31	幽冀之人钝如椎。	《阚骃引语》(二)	人,真部; 椎,微部	句内押韵⑤ 第四、七音节押韵
32	鬻棺者欲岁之疫。	《班固引谚论刑法》	三四结构,非一般的七言句	不押韵

---

① 车,鱼部[a];河,歌部[ai]。这两个韵部通押可以用通转规则解释。
② 口,侯部[ɔ];用,东部[ɔŋ]。这两个韵部通押可以用对转规则解释。
③ 斗,侯部[ɔ];江,东部[ɔŋ]。这两个韵部通押可以用对转规则解释。
④ 偶,侯部[ɔ];部,之部[ə]。这两个韵部通押可以用旁转规则解释。
⑤ 人,真部[en];椎,微部[iə]。这两个韵部通押可以用旁对转规则解释。

七言一句歌谣共32例,除2例不押韵外,其余的30例均属同一押韵类型,即句内押韵,也就是第四字和第七字押韵。句内押韵只能存在于七言歌谣中,这当然是由七言一句歌谣的自身特点决定的,由于只有一句,就不存在前后句押韵的问题,那就只能在句子内部想办法。由于七言句的组合特点是前四后三,这就为句内押韵提供了可能。其中,有25例是人物标榜型歌谣,对标榜效果的特殊要求,使得它们注意强化音响效果,追求句内押韵。

七言两句歌谣押韵情况归类表

序号	歌谣内容	歌谣名字	韵 部	押韵方式
1	画地为狱议不入,刻木为吏期不对。	《路温舒引俗语》	入,缉部;对,物部	句尾押韵①
2	欲知仲桓问任安,居今行古任定祖。	《时人为任安语》	桓、安,元部;古、祖,鱼部	句内押韵每句换韵
3	万事不理问伯始,天下中庸有胡公。	《京师为胡广语》	理、始,之部;庸、公,东部	句内押韵每句换韵
4	车如鸡栖马如狗,疾恶如风朱伯厚。	《三府为朱震语》	狗、厚,侯部	句尾押韵
5	古人欲达勤诵经,今民图官勉治生。	《时人为贡举语》	经、生,耕部	句尾押韵
6	父母何在在我庭,化我鸤枭哺所生。	《考城为仇览谚》	庭、生,耕部	句尾押韵
7	厥德仁明郭乔卿,中正朝廷上下平。	《郭乔卿歌》	明、卿,阳部;廷、平,耕部	句内押韵
8	洛阳多钱郭氏室。月夜书昼富无匹。	《时人为郭况语》(一)	室、匹,质部	句尾押韵每句换韵
9	贫贱之知不可忘。糟糠之妻不下堂。	《宋弘引语》	忘、堂,阳部	句尾押韵
10	苍梧府君惠反死,能令死人不绝嗣。	《苍梧人为陈临歌》(二)	死,脂部;嗣,之部	句尾押韵②

---

① 入,缉部[əp];对,物部[ət]。这两个韵部通押可以用通转规则解释。
② 死,脂部[ei];嗣,之部[ə]。这两个韵部通押可以用旁对转规则解释。学者边田钢、黄笑山提出:以楚地为代表的上古后期南方方言脂部、之部相通。参见《上古后期支、脂、之三部关系方言地理类型研究》,载自《浙江大学学报》2018年第4期。

(续表)

序号	歌谣内容	歌谣名字	韵　部	押韵方式
11	甑中生尘范史云, 釜中生鱼范莱芜。	《范史云歌》	尘,真部; 云,文部; 鱼,芜,鱼部	句内押韵① 每句换韵
12	城上乌鸣哺父母, 府中诸吏皆孝友。	《会稽童谣》(二)	母、友,之部	句尾押韵
13	八九年间始欲衰, 至十三年无孑遗。	《建安初荆州童谣》	衰、遗,微部	句尾押韵
14	游平卖印自有平, 不辟豪贤及大姓。	《桓帝时京都童谣》	平、姓,耕部	句尾押韵
15	天下规矩房伯武, 因师获印周仲进。	《乡人谣》	矩、武,鱼部;印、 进,真部	句内押韵 每句换韵
16	信哉少林世为遇, 飞被走马与鬼语。	《益都民为王忳谣》	遇,侯部; 语,鱼部	句尾押韵②
17	石里之勇商子华, 暴虎见之藏爪牙。	《商子华谣》	华、牙,鱼部	句尾押韵
18	痛不着身言忍之, 钱不出家言与之。	《王符引谚论守边》	之,之部	句尾押韵
19	腐木不可以为柱, 卑人不可以为主。	《刘辅引里语》	柱、主,侯部	句尾押韵
20	节义至仁费奉君, 不仕乱世避恶君。	《蜀中为费贻歌》	仁,真部; 君,文部	句尾押韵③
21	前队大夫范仲公, 盐蒜豉果共一筒。	《赵岐引南阳旧语》	公,东部; 筒,东部	句尾押韵

　　七言两句歌谣共 21 首全部押韵。相比于七言一句,由于多了一个句子,押韵形式的选择性就更多。具体押韵情况,有 16 例使用了句尾押韵的形式,这同时也是三言两句、四言两句、五言两句惯用的一种押韵形式;还有 5 例属于句内押韵即第四、七字押韵的形式,同时每句换韵。

---

① 尘,真部[en];云,文部[ən]。据诸家分类标准,真部、文部属同一韵部。这两个韵部通押可以用旁转规则解释。
② 遇,侯部[ɔ];语,鱼部[a]。这两个韵部通押可以用旁转规则解释。
③ 此首歌谣第一句又句内押韵:仁,真部[en];君,文部[ən]。这两个韵部通押可以用旁转规则解释。

七言三句歌谣押韵情况归类表

序号	歌谣内容	歌谣名字	韵 部	押韵方式
1	苍梧陈君恩广大,令死罪囚有后代,德参古贤天报施。	《苍梧人为陈临歌》(一)	大,月部;代,职部;施,歌部	逐句押韵①句尾押韵
2	天下模楷李元礼,不畏强御陈仲举,天下俊秀王叔茂。	《太学诸生语》	楷、礼,脂部;御、举,鱼部;秀、茂,幽部	句内押韵每句换韵
3	天下忠诚窦游平,天下义府陈仲举,天下德弘刘仲承。	东汉《太学中谣》(一)	诚、平,耕部;府,侯部;举,鱼部;弘、承,蒸部	句内押韵②每句换韵
4	剡者配姬以放贤,山崩水溃纳小人,家伯冈主异哉震。	《擿洛谣》	贤、人,真部;震,文部	逐句押韵③句尾押韵

以上4首七言三句歌谣都是押韵的。有2首是人物标榜内容的,是三个七言一句式的并列组合,它们的押韵方式是句内四、七字押韵,且每句换韵;还有2首是逐句押韵,在每句的句尾押韵。

七言四句歌谣押韵情况归类表

序号	歌谣内容	歌谣名字	韵 部	押韵方式
1	鲁国孔氏好读经,兄弟讲诵皆可听。学士来者有声名,不过孔氏那得成。	《时人为孔氏兄弟语》	经、听、名、成,耕部	逐句押韵句尾押韵
2	汝南太守范孟博,南阳宗资主画诺。南阳太守岑公孝,弘农成瑨但坐啸。	《二郡谣》	博、诺,铎部;孝、啸,幽部	两句换韵一、二句句尾押韵;三四句句尾押韵

七言四句歌谣2首,有两种押韵形式,1首是逐句句尾押韵;1首是两句换韵,一、二句句尾押韵;三四句句尾押韵。

---

① 大,月部[at];代,职部[ək]。这两个韵部通押可以用通转规则解释。大,月部[at];施,歌部[ai]。这两个韵部通押可以用对转规则解释。
② 府,侯部[ɔ];举,鱼部[a]。这两个韵部通押可以用旁转规则解释。
③ 贤、人,真部[en];震,文部[ən]。据诸家分类标准,真部、文部在同一韵部。这两个韵部通押可以用旁转规则解释。

七言多句歌谣押韵情况归类表

序号	歌谣内容	歌谣名字	韵 部	押韵方式
1	天下模楷李元礼，天下英秀王叔茂，天下良辅杜周甫，天下冰凌朱季陵，天下忠贞魏少英，天下好交荀伯条，天下稽古刘伯祖，天下才英赵仲经。	《太学中谣》（二）	楷、礼,脂部；秀、茂,幽部；辅、甫,鱼部；凌、陵,蒸部；贞、耕部,英、阳部；交、宵部,条、幽部；古、祖,鱼部；英、阳部,经、耕部	句内押韵①每句换韵
2	天下和雍郭林宗，天下慕恃夏子治，天下英藩尹伯元，天下清苦羊嗣祖，天下珎金刘叔林，天下雅志蔡孟喜，天下卧虎巴恭祖，天下通儒宗孝初。	《太学中谣》（三）	雍、东部,宗、冬部；恃、治,之部；藩、元,元部。苦、祖,鱼部；金、林,侵部；志、喜,之部；虎、祖,鱼部；儒、侯部,初、鱼部	句内押韵②每句换韵
3	海内贵珍陈子鳞，海内忠烈张元节，海内謇谔范孟博，海内通士檀文友，海内彬彬范仲真，海内珍好岑公孝，海内所称刘景升。	《太学中谣》（四）	珍、鳞,真部；烈、月部,节、质部；谔、博,铎部；士、友,之部；彬、文部,真、真部；好、孝,幽部；称、升,蒸部	句内押韵③每句换韵
4	海内贤智王伯义，海内修整蕃嘉景，海内贞良秦平王，海内珍奇胡母季皮④，海内光光刘子相，海内依怙王文祖。海内严恪张孟卓。海内清明度博平。	《太学中谣》（五）	智、支部,义、歌部；整、耕部,景、阳部；良、王,阳部；奇、皮,歌部；光、相,阳部；怙、祖,鱼部；恪、铎部,卓、屋部；明、阳部,平、耕部	句内押韵⑤每句换韵

---

① 贞,耕部[eŋ]；英,阳部[aŋ]。交,宵部[o]；条,幽部[u]。英,阳部[aŋ]；经,耕部[eŋ]。这六个韵部两个一组,两两通押,可以用旁转规则解释。

② 雍,东部[ɔŋ]；宗,冬部[uŋ]。儒,侯部[ɔ]；初,鱼部[a]。这四个韵部两个一组,两两通押,可以用旁转规则解释。

③ 烈,月部[at]；节,质部[et]。彬,文部[ən]；真,真部[en]。这四个韵部两个一组,两两通押,可以用旁转规则解释。

④ "海内珍奇胡母季皮"中的"胡母"二字应快读成一个音节,以凑成整体的七音节句式。

⑤ 智,支部[e]；义,歌部[ai]。这两个韵部通押可以用旁对转规则解释。整,耕部[eŋ]；景,阳部[aŋ]。恪,铎部[ak]；卓,屋部[ɔk]。明,阳部[aŋ]；平,耕部[eŋ]。这六个韵部两个一组,两两通押,可以用旁转规则解释。

这4首七言多句歌谣都押韵,且只有一种押韵情况,那就是句内的第四、七字押韵,且每句换韵。这些歌谣虽然是七言多句,但实际上只有一种形式,句子结构是固定的,每一句完成对一个官员的标榜,一首八句歌谣也就是对八位官员标榜的集合,所以押韵形式也是单一的。

七言为主的杂言歌谣押韵情况归类表

序号	歌谣内容	歌谣名字	韵　　部	押韵方式
1	大冯君,小冯君,兄弟继踵相因循,聪明贤知惠吏民,政如鲁卫德化钧,周公康叔犹二君。	《上郡吏民为冯氏兄弟歌》	君、循,文部;民、钧,真部	逐句押韵①句尾押韵
2	小麦青青大麦枯,谁当获者妇与姑,丈夫何在西击胡。吏卖马,君具车,请为诸君鼓咙胡。	《桓帝初天下童谣》	枯、姑、胡、马、车、鱼部	逐句押韵句尾押韵
3	茅田一顷中有井,四方纤纤不可整。嚼复嚼,今年尚可后年饶。	《桓帝末京都童谣》	井、整,耕部;嚼、药部;饶,宵部	两句换韵②一、二句句尾押韵;三四句句尾押韵
4	燕南垂,赵北际,中央不合大如砺。唯有此中可避世。	《献帝初童谣》	垂,歌部;际、砺、世,月部	逐句押韵③句尾押韵
5	时岁仓促,盗贼纵横。大戟强弩不可挡,赖遇贤令彭子阳。	《彭子阳歌》	横、挡、阳,阳部	选择性押韵二、三、四句尾押韵
6	居世不谐,作太常妻。一岁三百六十日,三百五十九日斋。一日不斋醉如泥。既作事,复低迷。	《时人为周泽语》	妻、斋、泥、迷,脂部;日,质部	选择性押韵④二、三、四、五、七句尾押韵

---

① 君、循,文部[ən];民、均,真部[en]。据诸家分类标准,文部、真部属同一韵部。这两个韵部通押也可以用旁转规则解释。

② 嚼,药部[ok];饶,宵部[o]。据诸家分类标准,宵部、药部属同一韵部。这两个韵部通押也可以用对转规则解释。

③ 垂,歌部[ai];际、砺、世,月部[at]。这两个韵部通押可以用对转规则解释。

④ 妻、斋、泥、迷,脂部[ei];日,质部[et]。这两个韵部通押可以用对转规则解释。

七言为主的杂言歌谣共 6 首,押韵形式有三种,一种是逐句押韵,有 3 首;一种是选择性押韵,有 2 首;还有 1 首是两句换韵,一、二句句尾押韵;三四句句尾押韵。七言为主的杂言歌谣没有句内押韵的情况。

(五) 杂言歌谣的押韵情况

杂言歌谣的押韵情况归类表

序号	歌谣内容	歌谣名字	韵部	押韵方式
1	平城之下亦诚苦,七日不食、不能彀弩。	《平城歌》	苦、弩,鱼部	句尾押韵
2	朝亨两都尉,游徼后来用调羹味。	《刘圣公宾客醉歌》	尉、味,物部	句尾押韵
3	亡我祁连山,使我六畜不蕃息。失我焉支山,使我妇女无颜色。	《匈奴歌》	息、色,职部	隔句押韵
4	出吴门,望缇群,见一蹇人言欲上天。令天可上,地上安得民。	《王莽末天水童谣》	门、群,文部;天、民,真部	选择性押韵①一、二、三、五句押韵
5	得黄金百斤,不如得季布一诺。	《曹邱生引楚人谚》	斤,文部;诺,铎部	不押韵
6	虽有亲父,安知其不为虎。虽有亲兄,安知其不为狼。	《韩安国引语》	父、虎,鱼部;兄、狼,阳部	两句换韵一、二句句尾押韵;三、四句句尾押韵
7	力田不如逢年,善仕不如遇合。	《司马迁引谚》	年,真部;合,缉部	不押韵
8	前有赵张三王,后有边延二君。	《京兆民语》	王,阳部;君,文部	不押韵
9	生有知人之明,死有贵神之灵。	《关中为游殷谚》	明,阳部;灵,耕部	句尾押韵②
10	南山四皓,不如淮阳一老。	《时人为应曜语》	皓、老,幽部	句尾押韵
11	宁见乳虎,无值宁成之怒。	《关东为宁成号》	虎、怒,鱼部	句尾押韵

---

① 门、群,文部[ən];天、民,真部[en]。据诸家分类标准,文部、真部属同一韵部。这两个韵部通押也可以用旁转规则解释。
② 明,阳部[aŋ];灵,耕部[eŋ]。这两个韵部通押可以用旁转规则解释。

（续表）

序号	歌谣内容	歌谣名字	韵　部	押韵方式
12	楚国二龚,不如杜陵蒋翁。	《时人为蒋诩谚》	龚、翁,东部	句尾押韵
13	遗子黄金满籯,不如一经。	《邹鲁谚》	籯、经,耕部	句尾押韵
14	欲求封,过张柏松。力战斗,不如巧为奏。	《长安为张竦语》	封、松,东部;斗,侯部;奏,屋部	两句换韵①一、二句句尾押韵;三、四句句尾押韵
15	五鹿狱狱,朱云折其角。	《诸儒为朱云语》	狱、角,屋部	句尾押韵
16	玩扬子云之篇,乐于居千石之官。挟桓君之书,富于积猗顿之财。	《时人为扬雄桓谭语》	篇,真部;官,元部;书,鱼部;财,之部	两句换韵②一、二句句尾押韵;三、四句句尾押韵
17	伏习象神,巧者不过习者之门。	《桓谭引谚论巧习》	神,真部;门,文部	句尾押韵③
18	课治小序兮稼穑分,天赐我兮此崔君。	《崔君歌》	分、君,文部	句尾押韵
19	天下大乱兮市为墟,母不保子兮妻失夫,赖得皇甫兮复安居。	《皇甫嵩歌》	墟、夫、居,鱼部	逐句押韵
20	得黄金一笥,不如为伯鸾所识。	《益都乡里为柳宗语》	笥,之部;识,职部	句尾押韵④
21	无作封使君,生来治民死食民。	《宣城为封使君语》	君,文部;民,真部	句尾押韵⑤

---

① 斗,侯部[ɔ];奏,屋部[ɔk]。据诸家分类标准,侯部、屋部在同一韵部。这两个韵部通押可以用对转规则解释。

② 篇,真部[en];官,元部[an]。书,鱼部[a];财,之部[ə]。这四个韵部两个一组,两两押韵,可以用旁转规则解释。

③ 神,真部[en];门,文部[ən]。据诸家分类标准,真部、文部在同一韵部。这两个韵部通押也可以用旁转规则解释。

④ 笥,之部[ə];识,职部[ək]。据诸家分类标准,之部、职部在同一韵部。这两个韵部通押也可以用对转现象解释。

⑤ 君,文部[ən];民,真部[en]。据诸家分类标准,文部、真部在同一韵部。这两个韵部通押也可以用旁转规则解释。

（续表）

序号	歌谣内容	歌谣名字	韵 部	押韵方式
22	折氏客谁？朱云卿、段节英，中有佃子赵仲平，但说天文论五经。	《时人为折氏谚》	卿、英，阳部；平、经，耕部	选择性押韵① 二、三、四、五句押韵
23	行行且止，避骢马御史。	《时人为桓典语》	止、史，之部	句尾押韵
24	小民发如韭，剪复生。头如鸡，割复鸣。吏不必可畏，从来必可轻。	《崔寔引语》	生、鸣、轻，耕部	选择性押韵 二、四、六句押韵
25	欲投鼠而忌器。	《贾谊引里谚论廉耻》		不押韵
26	盗不过五女门。	《陈蕃引鄙谚》		不押韵
27	贤者容不辱。	《桓宽引鄙语》		不押韵
28	隐疾难为医。	《郑玄引俗语》		不押韵
29	骄子不孝。	《褚先生引鄙语论梁孝王》		不押韵
30	掩目捕雀。	《陈琳引谣》		不押韵

以上30首杂言歌谣中，其中21首押韵，9首不押韵（这9首之中，其中有6首是四言、五言、六言的单句，不存在押韵的可能性）。21首杂言歌谣的具体押韵情况如下：句尾押韵有13首（两句歌谣）、选择性押韵3首、两句换韵3首（一、二句句尾押韵，三、四句句尾押韵）、逐句押韵1首（三句歌谣）、隔句押韵1首。这些杂言歌谣的押韵形式与汉代歌谣的整体押韵形式是大同小异的。这就说明，追求押韵以求琅琅上口、广泛传播，也是杂言歌谣作者的创作初衷，并不因为其句式复杂就降低了对押韵的要求。

汉代歌谣押韵形式统计表

句式	押韵形式	不押韵	句尾押韵	隔句押韵	两句（若干句）换韵	逐句押韵	选择性押韵	句内押韵
三言	三言两句(21首)	2	18					
	三言四句(18首)			9	6	1	3	
	三言多句(4首)			2	2			
	三言为主的杂言(9首)				1	1	7	

---

① 卿、英，阳部[aŋ]；平、经，耕部[eŋ]。这两个韵部通押可以用旁转规则解释。

（续表）

句式	押韵形式	不押韵	句尾押韵	隔句押韵	两句（若干句）换韵	逐句押韵	选择性押韵	句内押韵
四言	四言两句(47首)	10	37					
	四言三句(3首)					3		
	四言四句(18首)			7	5	1	5	
	四言多句(7首)			7				
	四言为主的杂言(3首)				1		2	
五言	五言两句(8首)		8					
	五言四句(4首)			4				
	五言多句(7首)			7				
	五言为主的杂言(2首)	1					1	
七言	七言一句(32首)	2						30
	七言两句(21首)		16					5
	七言三句(4首)					2		2
	七言四句(2首)				1	1		
	七言多句(4首)							4
	七言为主的杂言(6首)				1	3	2	
杂言	30首	9	13	1	3	1	3	
小计	250首①	24	92	37	20	13	23	41

通过对汉代各种句式歌谣的押韵形式的统计，我们可以归纳出这样一些明显的规律。

一是在统计的250首歌谣中，不押韵的（或是对是否押韵存疑）有24首，押韵的有226首，押韵的占总数90%，如果去除那些五言一句、六言一句的情况，押韵比率会更高，这就说明汉代歌谣是非常注重韵律音响美感的，这是它易于流传、能产生巨大政治影响的一个很重要的原因。

二是汉代歌谣押韵形式多样，有句尾押韵、隔句押韵、两句（若干句）换

---

① 还有四言、五言、六言一句的俗语共6首，有"骄子不孝"(《褚先生引鄙语论梁孝王》)、"掩目捕雀"(《陈琳引谣》)、"贤者容不辱"(《桓宽引鄙语》)、"隐疾难为医"(《郑玄引俗语》)、"欲投鼠而忌器"(《贾谊引里谚论廉耻》)、"盗不过五女门"(《陈蕃引鄙谚》)等，它们都不押韵，不予分析。

韵、逐句押韵、选择性押韵、句内押韵等六种基本押韵形式,当然这些形式之间有交叉,我们只是为了说明的方便才这样分类的,如句尾押韵主要针对的是两句式,是为了与七言一句为主的句内押韵形式相区别。而隔句押韵、两句(若干句)换韵、逐句押韵等都是针对四句(极个别有三句)及四句以上的,本质上也是句尾押韵,但句尾押韵的名称不足以反映这些细微差异,就以隔句押韵、两句(若干句)换韵、逐句押韵等名称而与两句式的句尾押韵相区别。

三是各种押韵形式按照使用频率顺序从高到低排列,依次是句尾押韵92例,主要见于两句式;句内押韵41例,全部用于七言句,这主要与东汉特殊社会形势有关;接下来是隔句押韵和选择性押韵,分别是37例和23例,主要见于四句式和多句式;再接下来是两句(若干句)换韵和逐句押韵,分别为20例和13例。

综上,汉代歌谣发展出了多样押韵形式,这样就使其便于传播,从而更好实现舆论监督、干预现实等各种政治功能。

这里有必要特别说明的是,汉代歌谣中存在一种独特的押韵方式,那就是歌谣的创作者巧妙利用被赞美、标榜或被批判人物的姓、名、字,将其嵌入到歌谣中,使所嵌入字的最后一个音节成为歌谣中的一个押韵的韵脚(或是唯一的韵脚,或成为韵脚之一),这样,人物的姓或名或字就成为歌谣韵律的有机组成部分。下面列表格加以展示:

汉代歌谣姓、名、字嵌入的押韵方式统计表

	歌谣内容	歌谣名字	押韵音节及押韵方式	嵌入成分	嵌入位置
1	坏陂谁,翟子威,饭我豆食羹芋葵。反乎覆,陂当复。谁云者,两黄鹄。	《汝南鸿隙陂童谣》	谁、威、葵,微部;覆、复、鹄,觉部。若干句换韵	翟子威,姓+字	句中
2	间何阔,逢诸葛。	《京师为诸葛丰语》	阔、葛,月部。句尾押韵	诸葛,姓	句尾
3	夜半客,甄长伯。	《时人为甄丰语》	客、伯,铎部。句尾押韵	甄长伯,姓+字	句尾
4	欲求封,过张柏松。力战斗,不如巧为奏。	《长安为张竦语》	封、松,东部;斗、侯部;奏,屋部。若干句换韵	张柏松,姓+字	句中
5	关东大豪戴子高。	《时人为戴遵语》	豪、高,幽部。句内押韵	戴子高,姓+字	句尾

（续表）

	歌谣内容	歌谣名字	押韵音节及押韵方式	嵌入成分	嵌入位置
6	相里张,多贤良。积善应,子孙昌。	《时人为张氏谚》	张、良、昌,阳部。选择性押韵	张,姓	句首
7	强直自遂,南阳朱季。吏畏其威,民怀其惠。	《临淮吏人为朱晖歌》	季、惠,质部。偶数句句尾押韵	朱季,姓+字①	句中
8	枹鼓不鸣董少平。	《董少平歌》	鸣、平,耕部。句内押韵	董少平,姓+字	句尾
9	厥德仁明郭乔卿,中正朝廷上下平。	《郭乔卿歌》	明、卿,阳部;廷、平,耕部。句尾押韵及句内押韵	郭乔卿,姓+字	句尾
10	廉叔度,来何暮。不禁火,民安作。平生无襦今五袴。	《蜀郡民为廉范歌》	度、暮、作,铎部;袴,鱼部。选择性押韵	廉叔度,姓+字	句首
11	冬无袴,有秦护。	《乡人为秦护歌》	袴,鱼部;护,铎部。句尾押韵	秦护,姓+名	句尾
12	甑中生尘范史云,釜中生鱼范莱芜。	《范史云歌》	尘,真部;云,文部。鱼、芜,鱼部。句内押韵	范史云,姓+字	句尾
13	时岁仓卒,盗贼纵横。大戟强弩不可当,赖遇贤令彭子阳。	《彭子阳歌》	横、当、阳,阳部。选择性押韵	彭子阳,姓+字	句尾
14	王世容,治无双。省徭役,盗贼空。	《王世容歌》	容、双、空,东部。选择性押韵	王世容,姓+字	句首
15	王稚子,世未有。平徭役,百姓喜。	《河内谣》	子、有、喜,之部。选择性押韵	王稚子,姓+字	句首
16	天下规矩房伯武,因师获印周仲进。	《乡人谣》	矩、武,鱼部;印、进,真部。句内押韵	房伯武、周仲进,姓+字	句尾
17	汝南太守范孟博,南阳宗资主画诺。南阳太守岑公孝,弘农成瑨但坐啸。	《二郡谣》	博、诺,铎部;孝、啸,幽部。两句换韵	范孟博、岑公孝,姓+字	句尾

---

① 据《后汉书·朱晖列传》,朱晖,字文季。这里简称为"朱季",应该是为了配合四言歌谣的句式要求。

（续表）

	歌谣内容	歌谣名字	押韵音节及押韵方式	嵌入成分	嵌入位置
18	天下忠诚窦游平，天下义府陈仲举，天下德弘刘仲承。	《太学中谣》（一）	诚、平，耕部；府、侯部；举、鱼部；弘、承，蒸部。句内押韵	窦游平，陈仲举，刘仲承姓+字	句尾
19	天下模楷李元礼等八句，余略	《太学中谣》（二）	楷、礼，脂部句内押韵	李元礼姓+字	句尾
20	天下和雍郭林宗等八句，余略	《太学中谣》（三）	雍，东部；宗，冬部。句内押韵	郭林宗姓+字	句尾
21	海内贵珍陈子鳞等七句，余略	《太学中谣》（四）	珍、鳞，真部。句内押韵	陈子鳞姓+字	句尾
22	海内贤智王伯义等八句，余略	《太学中谣》（五）	智，支部；义，歌部。句内押韵	王伯义姓+字	句尾
23	东门奂，取吴半。吴不足，济阴续。	《东门奂谣》	奂、半，元部；足、续，屋部。两句换韵	东门奂，姓+名	句首
24	石里之勇商子华，暴虎见之藏爪牙。	《商子华谣》	华、牙，鱼部。句尾押韵	商子华，姓+字	句尾
25	治身无嫌唐仲谦。	《京师为唐约谣》	嫌、谦，谈部。句内押韵	唐仲谦，姓+字	句尾
26	关东觥觥郭子横。	《光武述时人语》	觥、横，阳部。句内押韵	郭子横，姓+字	句尾
27	嶷然不语，名高孝甫。	《人为高慎语》	语、甫，鱼部。句尾押韵	孝甫，字	句尾
28	任文公，智无双。	《益都为任文公语》	公、双，东部。句尾押韵	任文公，姓+字	句首
29	事不谐，诣文开。	《京师为袁成谚》	谐，脂部；开，微部。句尾押韵	文开，字	句尾
30	闻清白，张子石。	《京师为张盘语》	白、石，铎部。句尾押韵	张子石，姓+字	句尾
31	贵戚敛手避二鲍。	《京师为鲍永鲍恢语》	手、鲍，幽部。句内押韵	鲍，姓	句尾
32	车如鸡栖马如狗，疾恶如风朱伯厚。	《三府为朱震语》	狗、厚，侯部。句尾押韵	朱伯厚，姓+字	句尾

(续表)

	歌谣内容	歌谣名字	押韵音节及押韵方式	嵌入成分	嵌入位置
33	前队大夫范仲公，盐蒜豉果共一筒。	《赵岐引南阳旧语》	公、筒，东部。句尾押韵	范仲公，姓+字	句尾
34	胶漆自谓坚，不如雷与陈。	《乡里为雷义陈重语》	坚、陈，真部。句尾押韵	陈，姓	句尾
35	人中有吕布，马中有赤兔。	《时人为吕布语》	布、兔，鱼部。句尾押韵	吕布，姓+名	句尾
36	五经纷纶井大春。	《京师为井丹语》	纶、春，文部。句内押韵	井大春，姓+字	句尾
37	避世墙东王君公。	《时人为王君公语》	东、公，东部。句内押韵	王君公，姓+字	句尾
38	说经铿铿杨子行。	《京师为杨政语》	铿，真部；行，阳部。句内押韵	杨子行，姓+字	句尾
39	论难僠僠祁圣元。	《京师为祁圣元号》	僠、元，元部。句内押韵	祁圣元，姓+字	句尾
40	德行恂恂召伯春。	《寿春乡里为召驯语》	恂，真部；春，文部。句内押韵	召伯春，姓+字	句尾
41	殿中无双丁孝公。	《时人为丁鸿语》	双、公，东部。句内押韵	丁孝公，姓+字	句尾
42	道德彬彬冯仲文。	《京兆乡里为冯豹语》	彬、文，文部。句内押韵	冯仲文，姓+字	句尾
43	五经复兴鲁叔陵。	《关中[东]为鲁丕语》	兴、陵，蒸部。句内押韵	鲁叔陵，姓+字	句尾
44	关西孔子杨伯起。	《诸儒为杨震语》	子、起，之部。句内押韵	杨伯起，姓+字	句尾
45	五经无双许叔重。	《时人为许慎语》	双、重，东部。句内押韵	许叔重，姓+字	句尾
46	五经从横周宣光。	《京师为周举语》	横、光，阳部。句内押韵	周宣光，姓+字	句尾
47	万事不理问伯始，天下中庸有胡公。	《京师为胡广语》	理、始，之部；庸、公，东部。句内押韵	伯始，字	句尾

（续表）

	歌谣内容	歌谣名字	押韵音节及押韵方式	嵌入成分	嵌入位置
48	欲知仲桓问任安，居今行古任定祖。	《时人为任安语》	桓、安，元部；古、祖，鱼部。句内押韵	任安，姓+名 任定祖，姓+字	句尾
49	关东说诗陈君期。	《时人为陈嚣语》	诗、期，之部。句内押韵	陈君期，姓+字	句尾
50	殿上成群许伟君。	《人为许晏谚》	群、君，文部。句内押韵	许伟君，姓+字	句尾
51	一马两车茨子河。	《乡里为茨充号》	车，鱼部；河，歌部。句内押韵	茨子河，姓+字	句尾
52	素车白马缪文雅。	《时人为缪文雅语》	马、雅，鱼部。句内押韵	缪文雅，姓+字	句尾
53	重亲致欢曹景完。	《敦煌乡人为曹全谚》	欢、完，元部。句内押韵	曹景完，姓+字	句尾
54	天下模楷李元礼，不畏强御陈仲举，天下俊秀王叔茂。	《太学诸生语》	楷、礼，脂部；御、举，鱼部；秀、茂，幽部。句内押韵	李元礼、陈仲举、王叔茂，姓+字	句尾

表格中并未罗列出嵌入姓、名、字的全部情况，如《太学中谣（二）（三）（四）（五）》句数较多，只是同一结构的多次重复，故这里只取首句，余句省略。对以上表格中的情况进行总结概括，可以发现一些规律性的特点：

1. 从数量来看，嵌入"姓"的情况4例，嵌入"字"的情况3例，嵌入"姓+名"的情况4例，嵌入"姓+字"的情况44例。其中"欲知仲桓问任安，居今行古任定祖"两句则同时使用了两种嵌入，即"姓+名"（任安）和"姓+字"（任定祖）嵌入方式。

为什么"姓+字"嵌入方式最多呢？其中一个原因，与古人以称呼人的姓+字为敬称的习惯有关，直呼人的姓+名则被视为不敬。受这种文化习惯的影响，即便是在怨谣和刺谣中，对于被批判的对象也是以姓+字相称，如翟子威、甄长伯、张柏松等。另一方面，还与歌谣押韵的要求直接相关，运用这一嵌入方式的多为七言句，七言句的结构是前四后三，姓+字就充当了后三成分，当然并不是说"姓字"就只能运用于七言句，确切地说是，"姓+字"更适合嵌入在七言句式的后三位置上。因为，汉代人的"姓+名"基本上都是两个字，而"姓+字"则是三个字，如戴遵（字子高）、董宣（字少平）、郭贺（字乔卿)、廉范(字叔度)、彭循(字子阳)、王涣(字稚子)、房植(字伯武)、范滂(字孟博)、窦武(字游平)、陈蕃(字仲举)、刘淑(字仲承)、李膺(字元李)、郭泰(字林宗)、唐约(字仲谦)、郭宪(字子横)、张盘(字子石)、朱震(字伯厚)、井丹(字大春)、杨政(字子行)、召驯(字伯春)、丁鸿(字孝公)、冯豹(字仲文)、鲁丕(字叔陵)、杨震(字伯起)，等等。通过观察不难发现，双音节的"姓+名"要充当后三成分必须经过一番转换，而"姓+字"构成的三音节充当后三成分则直接易行。"姓+名"二字音节虽较难充当七言句中的后三成分，但适合放在三言、五言歌谣中，如"冬无袴，有秦护""人中有吕布，马中有赤兔"等等。

2. 就嵌入位置看，嵌入音节在句首也就是用在第一句中的情况有 6 例，举例如"廉叔度，来何暮。不禁火，民安作。平生无襦今五袴"，句中，"廉叔度"的"度"与暮、作、袴都是押韵的。嵌入在句中的情况有 3 例，如"欲求封，过张柏松。力战斗，不如巧为奏"，其中的"松"与"封"押韵，后两句则转了韵。嵌入在句尾也就是最后一句的情况最多，有 45 例，且以用于七言句居多例。如"五经纷纶井大春"中的"井大春"，"春"与"纶"押韵；"车如鸡栖马如狗，疾恶如风朱伯厚"中的"朱伯厚"，"厚"与"狗"押韵。

不管嵌在何处，嵌入音节的一个重要功能就体现在为歌谣的押韵作出贡献，成为押韵音节之一。甚至可以大胆猜测一下，嵌入音节的尾字具有帮助该歌谣确定韵部的作用，也就是说为歌谣用韵确定了基准，其他韵脚就可以按照这个韵来安排了；而不是反过来，先确定其他韵，再来嵌入姓名字，因为那样押韵的概率是很小的。

以上我们从音韵角度重点考察了嵌入的姓、名、字在歌谣押韵中所起到的重要作用，但其意义并不仅限于此。这一现象的另一重要作用体现在，由于嵌入了姓、名、字，使人一听便知歌谣标榜或讽刺的对象是谁，这样就更方便歌谣的接受和传播。

本章中，我们依次考察了汉代歌谣的句式特点；分析了汉代歌谣在艺术形式方面一些常用的技巧手法，重点概括了固定句格及对偶、比喻、重叠、夸张、颠倒等方面的修辞特点；并归纳统计了汉代歌谣在节奏和押韵方面呈现出的规律。通过这几个方面的分析和呈现，我们就对汉代歌谣的艺术形式有了一个较为全面的把握。一言以蔽之，汉代人对于歌谣艺术形式的探索，都是为了更好地为内容服务，以便歌谣更为广远地传播，发挥其特有的政治功能。汉代人确立的规则和总结出的规律，不仅为汉代诗歌创作导夫先路、积累了宝贵的经验教训，也为后世民间歌谣的创作确立了优秀的典范。

附　　录

汉代歌谣分类统计

西汉杂歌

序号	歌谣名称	歌谣内容	歌谣出处
1	《平城歌》	平城之下亦诚苦,七日不食、不能彀弩。	《汉书·匈奴传》
2	《画一歌》	萧何为法,颟若画一。曹参代之,守而勿失。载其清净,民以宁一。	《史记·曹相国世家》
3	《民为淮南厉王歌》	一尺布,尚可缝;一斗粟,尚可舂。兄弟二人,不能相容。	《史记·淮南衡山列传》
4	《天下为卫子夫歌》	生男无喜,生女无怒,独不见卫子夫、霸天下。	《史记·外戚世家》
5	《郑白渠歌》	田于何所?池阳谷口。郑国在前,白渠起后。举臿为云,决渠为雨。泾水一石,其泥数斗;且溉且粪,长我禾黍。衣食京师,亿万之口。	《汉书·沟洫志》
6	《颍川儿歌》	颍水清,灌氏宁。颍水浊,灌氏族。	《史记·魏其武安侯列传》
7	《牢石歌》	牢邪石邪,五鹿客邪。印何累累,绶若若邪。	《汉书·佞幸传·石显传》
8	《上郡吏民为冯氏兄弟歌》	大冯君,小冯君,兄弟继踵相因循。聪明贤知惠吏民,政如鲁卫德化钧,周公康叔犹二君。	《汉书·冯奉世传》
9	《长安为尹赏歌》	安所求之死?桓东少年场。生时谅不谨,枯骨后何葬?	《汉书·酷吏传·尹赏传》
10	《长安百姓为王氏五侯歌》	五侯初起,曲阳最怒。坏决高都,连竟外杜,土山渐台西白虎。	《汉书·元后传》

（续表）

序号	歌谣名称	歌谣内容	歌谣出处
11	《闾里为楼护歌》	五侯治丧楼君卿。	《汉书·游侠传·楼护传》
12	《刘圣公宾客醉歌》	朝烹两都尉,游徼后来,用调羹味。	司马彪《续汉书·刘玄传》
13	《匈奴歌》	亡我祁连山,使我六畜不蕃息。失我焉支山,使我妇女无颜色。	《太平御览·地部》
14	《华人为高昌人歌》	驴非驴,马非马。	《汉书·西域传》

西汉谣辞

序号	歌谣名称	歌谣内容	歌谣出处
1	《长沙人石虎谣》	石虎头截,仓廪不阙。	《太平寰宇记·潭州》
2	《元帝时童谣》	井水溢,灭灶烟。灌玉堂,流金门。	《汉书·五行志》
3	《长安谣》	伊徙雁,鹿徙菀,去牢与陈实无贾。	《汉书·佞幸传·石显传》
4	《成帝时童谣》	燕燕尾涎涎,张公子,时相见,木门仓琅根。燕飞来,啄皇孙。皇孙死,燕啄矢。	《汉书·五行志》
5	《成帝时歌谣》	邪径败良田,谗口乱善人。桂树华不实,黄爵巢其颠。故为人所羡,今为人所怜。	《汉书·五行志》
6	《汝南鸿隙陂童谣》	坏陂谁?翟子威。饭我豆食羹芋葵。反乎覆,陂当复。谁云者?两黄鹄。	《汉书·翟方进传》
7	《王莽末天水童谣》	出吴门,望缇群,见一蹇人言欲上天。令天可上,地上安得民。	《后汉书·五行志》
8	《更始时南阳童谣》	谐不谐,在赤眉。得不得,在河北。	《后汉书·五行志》
9	《涿郡歌谣》	宁负二千石,无负豪大家。	《汉书·酷吏传·严延年传》

西汉谚语

序号	歌谣名称	歌谣内容	歌谣出处
1	《曹邱生引楚人谚》	得黄金百斤,不如得季布一诺。	《史记·季布列传》
2	《汉人引鄙语》	不知为吏,视已成事。	《汉书·贾谊传》

(续表)

序号	歌谣名称	歌谣内容	歌谣出处
3	《韩安国引语》	虽有亲父,安知其不为虎。虽有亲兄,安知其不为狼。	《史记·韩长孺列传》
4	《桓宽引语》	厨有腐肉,国有饥民。厩有肥马,路有饿人。	《盐铁论·园池》
5	《桓宽引鄙语》	贤者容不辱。	《盐铁论·备胡》
6	《淮南子引谚》	鸟穷则噣,兽穷则觡,人穷则诈。	《淮南子·齐俗训》
7	《邹阳引谚》	白头如新,倾盖如故。	《史记·邹阳列传》
8	《司马相如引谚》	家累千金,坐不垂堂。	《史记·司马相如列传》
9	《贡禹引俗语》	何以孝弟为,财多而光荣。何以礼义为,史书而仕宦。何以谨慎为,勇猛而临官。	《汉书·贡禹传》
10	《司马迁引谚》	桃李不言,下自成蹊。	《史记·李将军列传》
11	《司马迁引谚》	千金之子,不死于市。	《史记·货殖列传》
12	《司马迁引谚》	力田不如逢年,善仕不如遇合。	《史记·佞幸列传》
13	《司马迁引鄙语》	尺有所短,寸有所长。	《史记·白起列传》
14	《褚先生引谚》	美女入室,恶女之仇。	《史记·外戚世家》
15	《褚先生引谚》	相马失之瘦,相士失之穷。	《史记·滑稽列传》
16	《路温舒引俗语》	画地为狱议不入,刻木为吏期不对。	《汉书·路温舒传》
17	《刘向引谚》	诫无垢,思无辱。	《说苑·敬慎》
18	《薛宣引鄙语》	苛政不亲,烦苦伤恩。	《汉书·薛宣传》
19	《刘辅引里语》	腐木不可以为柱,卑人不可以为主。	《汉书·刘辅传》
20	《王嘉引里谚》	千人所指,无病而死。	《汉书·王嘉传》
21	《泛胜之引谚》	子欲富,黄金覆。	《齐民要术》卷第二
22	《泛胜之引古语》	土长冒橛,陈根可拔,耕者急发。	《礼记·月令》郑玄注
23	《贾谊引里谚论廉耻》	欲投鼠而忌器。	《汉书·贾谊传》
24	《汉人为黄公语》	虎莫凶,有黄公。猛兽回,黄公来。	《古谣谚》卷七十
25	《时人为应曜语》	南山四皓,不如淮阳一老。	《广韵》"十六蒸"

(续表)

序号	歌谣名称	歌谣内容	歌谣出处
26	《关东为宁成号》	宁见乳虎,无值宁成之怒。	《汉书·酷吏传·宁成传》
27	《长安为韩嫣语》	苦饥寒,逐弹丸。	《西京杂记》卷四
28	《诸儒为朱云语》	五鹿岳岳,朱云折其角。	《汉书·朱云传》
29	《长安为王吉语》	东家有树,王阳妇去。东家枣完,去妇复还。	《汉书·王吉传》
30	《世称王贡语》	王阳在位,贡公弹冠。	《汉书·王吉传》
31	《长安为萧朱王贡语》	萧朱结绶,王贡弹冠。	《汉书·萧育传》
32	《吏民为赵张三王语》	前有赵张,后有三王。	《汉书·赵尹韩张两王传》赞
33	《邹鲁谚》	遗子黄金满籯,不如一经。	《汉书·韦贤传》
34	《诸儒为匡衡语》	无说诗,匡鼎来。匡说诗,解人颐。	《汉书·匡衡传》
35	《京师为诸葛丰语》	间何阔,逢诸葛。	《汉书·诸葛丰传》
36	《诸儒为张禹语》	欲为论,念张文。	《汉书·张禹传》
37	《长安为谷永楼护号》	谷子云笔札,楼君卿喉舌。	《汉书·游侠传·楼护传》
38	《时人为甄丰语》	夜半客,甄长伯。	《后汉书·彭宠列传》
39	《长安为张竦语》	欲求封,过张柏松。力战斗,不如巧为奏。	《汉书·王莽传》
40	《时人为王莽语》	莽头秃,帻施屋。	《后汉书·舆服志》注
41	《东方为王匡廉丹语》	宁逢赤眉,不逢太师。太师尚可,更始杀我。	《汉书·王莽传》
42	《时人为蒋诩谚》	楚国二龚,不如杜陵蒋翁。	《太平御览·逸民部》
43	《京师为扬雄语》	惟寂寞,自投阁。爱清静,作符命。	《汉书·扬雄传》
44	《时人为扬雄桓谭语》	玩扬子云之篇,乐于居千石之官。挟桓君山之书,富于积猗顿之财。	《论衡·佚文》
45	《更始时长安中语》	灶下养,中郎将。烂羊胃,骑都尉。烂羊头,关内侯。	《后汉书·刘玄传》

(续表)

序号	歌谣名称	歌谣内容	歌谣出处
46	《时人为戴遵语》	关东大豪戴子高。	《后汉书·戴良列传》
47	《三辅为张氏何氏语》	何氏算,张氏钩。何氏肥,张氏瘦。	《太平御览·人事部》
48	《时人为张氏谚》	相里张,多贤良。积善应,子孙昌。	《太平御览·人事部》
49	《桓谭引谚论巧习》	伏习象神,巧者不过习者之门。	《意林》卷三
50	《桓谭引关东鄙语》	人闻长安乐,出门西向笑。知肉味美,对屠门而大嚼。	《太平御览·人事部》
51	《司马迁引谚》	谁为为之,孰令听之。	《文选·报任少卿书》
52	《吕太后引鄙语》	儿妇人口不可用。	《史记·陈丞相世家》
53	《褚先生引鄙语论梁孝王》	骄子不孝。	《史记·梁孝王世家》
54	《太史公引谚论游侠》	人貌荣名,岂有既乎。	《史记·游侠列传》
55	《时人为宁成语》	谨上操下,如束湿薪。	《白孔六贴》
56	《孟康引民语》	金可作,世可度。	《汉书·景帝纪》注
57	《贾谊引鄙谚》	前车覆,后车诫。	《汉书·贾谊传》

东汉杂歌

序号	歌谣名称	歌谣内容	歌谣出处
1	《渔阳民为张堪歌》	桑无附枝,麦穗两岐。张君为政,乐不可支。	《后汉书·张堪列传》
2	《临淮吏人为朱晖歌》	强直自遂,南阳朱季。吏畏其威,人怀其惠。	《后汉书·朱晖列传》
3	《凉州民为樊晔歌》	游子常苦贫,力子天所富。宁见乳虎穴,不入冀府寺。大笑期必死,忿怒或见置。嗟我樊府君,安可再遭值。	《后汉书·酷吏列传·樊晔传》
4	《董少平歌》	枹鼓不鸣董少平。	《后汉书·酷吏列传·董宣传》

(续表)

序号	歌谣名称	歌谣内容	歌谣出处
5	《郭乔卿歌》	厥德仁明郭乔卿,忠正朝廷上下平。	《后汉书·蔡茂列传》
6	《蜀中为费贻歌》	节义至仁费奉君,不仕乱世避恶君。	《华阳国志·犍为士女赞》
7	《鲍司隶歌》	鲍氏骢,三入司隶再入公。马虽瘦,行步转工。	《太平御览·职官部》
8	《通博南歌》一作《行者歌》	汉德广,开不宾。度博南,越兰津。度兰仓,为它人。	《后汉书·南蛮西南夷列传》
9	《蜀郡民为廉范歌》	廉叔度,来何暮。不禁火,民安作。平生无襦、今五绔。	《后汉书·廉范列传》
10	《苍梧人为陈临歌》（一）	苍梧陈君恩广大,令死罪囚有后代。德参古贤天报施。	谢承《后汉书·陈临传》
11	《苍梧人为陈临歌》（二）	苍梧府君惠反死,能令死人不绝嗣。	《舆地纪胜·梧州》
12	《乡人为秦护歌》	冬无袴,有秦护。	谢承《后汉书·秦护传》
13	《魏郡舆人歌》	我有枳棘,岑君伐之。我有蟊贼,岑君遏之。狗吠不惊,足下生氂。含哺鼓腹,焉知凶灾？我喜我生,独于斯时。美矣岑君,于戏休兹！	《后汉书·岑彭列传》
14	《范史云歌》	甑中生尘范史云,釜中生鱼范莱芜。	《后汉书·独行列传·范冉传》
15	《顺阳吏民为刘陶歌》	邑然不乐,思我刘君。何时复来,安此下民。	《后汉书·刘陶列传》
16	《董逃歌》	承乐世董逃,游四郭董逃,蒙天恩董逃,带金紫董逃,行谢恩董逃,整车骑董逃,垂欲发董逃,与中辞董逃,出西门董逃,瞻宫殿董逃,望京城董逃,日夜绝董逃,心摧伤董逃。	《后汉书·五行志》
17	《交阯兵民为贾琮歌》	贾父来晚,使我先反。今见清平,吏不敢饭。	《后汉书·贾琮列传》
18	《皇甫嵩歌》	天下大乱兮市为墟,母不保子兮妻失夫,赖得皇甫兮复安居。	《后汉书·皇甫嵩列传》
19	《洛阳人为祝良歌》	天久不雨,烝民失所。天王自出,祝令特苦。精符感应,滂沱而下。	《太平御览·礼仪部》

(续表)

序号	歌谣名称	歌谣内容	歌谣出处
20	《巴人歌陈纪山》	筑室载直梁,国人以贞真。邪娱不扬目,狂行不动身。奸轨僻乎远,理义协乎民。	《华阳国志·巴志》
21	《汲县长老为崔瑗歌》	天降神明君,锡我仁慈父。临民布德泽,恩惠施以序。穿沟广溉灌,决渠作甘雨。	《太平御览·职官部》
22	《崔君歌》	课治小序兮稼穑分,天赐我兮此崔君。	《略出簋金》
23	《彭子阳歌》	时岁仓卒,盗贼纵横。大戟强弩不可当,赖遇贤令彭子阳。	谢承《后汉书·彭修传》
24	《王世容歌》	王世容,治无双。省徭役,盗贼空。	《太平御览·人事部》
25	《巴郡人为吴资歌》(一)	习习晨风动,澍雨润乎苗。我后恤时务,我民以优饶。	《华阳国志·巴志》
26	《巴郡人为吴资歌》(二)	望远忽不见,惆怅尝徘徊。恩泽实难忘,悠悠心永怀。	《华阳国志·巴志》
27	《六县吏人为爰珍歌》	我有田畴,爰父殖置。我有子弟,爰父教诲。	《太平御览·人事部》
28	《陇水歌》	陇头泉水,流离西下。念我行役,飘然旷野。登高远望,涕零双堕。	《太平御览·地部》

东 汉 谣 辞

序号	歌谣名称	歌谣内容	歌谣出处
1	《后汉时蜀中童谣》	黄牛白腹,五铢当复。	《后汉书·五行志》
2	《会稽童谣》(一)	弃我戟,捐我矛。盗贼尽,吏皆休。	《后汉书·张霸列传》
3	《会稽童谣》(二)	城上乌鸣哺父母,府中诸吏皆孝子。	《太平御览·职官部》
4	《河内谣》	王稚子,世未有。平徭役,百姓喜。	《华阳国志·广汉士女传》
5	《顺帝末京都童谣》	直如弦,死道边。曲如钩,反封侯。	《后汉书·五行志》
6	《蜀郡童谣》	两日出,天兵戢。	谢承《后汉书·黄昌传》

(续表)

序号	歌谣名称	歌谣内容	歌谣出处
7	《益都民为王忳谣》	信哉少林世为遇,飞被走马与鬼语。	《太平御览·人事部》
8	《恒农童谣》	君不我忧,人何以休。不行界署,焉知人处。	《太平御览·人事部》
9	《桓帝初天下童谣》	小麦青青大麦枯,谁当获者妇与姑。丈夫何在西击胡。吏卖马,君具车,请为诸君鼓咙胡。	《后汉书·五行志》
10	《桓帝初城上乌童谣》	城上乌,尾毕逋。公为吏,子为徒。一徒死,百乘车。车班班,入河间,河间姹女工数钱。以钱为室金为堂,石上慊慊春黄粱。梁下有悬鼓,我欲击之丞卿怒。	《后汉书·五行志》
11	《桓帝时京都童谣》	游平卖印自有平,不辟豪贤及大姓。	《后汉书·五行志》
12	《桓帝末京都童谣》	白盖小车何延延,河间来合谐,河间来合谐。	《后汉书·五行志》
13	《桓帝末京都童谣》	茅田一顷中有井,四方纤纤不可整。嚼复嚼,今年尚可后年饶。	《后汉书·五行志》
14	《乡人谣》	天下规矩房伯武,因师获印周仲进。	《后汉书·党锢列传》
15	《二郡谣》	汝南太守范孟博,南阳宗资主画诺。南阳太守岑公孝,弘农成瑨但坐啸。	《后汉书·党锢列传》
16	《太学中谣》(一)	天下忠诚窦游平,天下义府陈仲举,天下德弘刘仲承。【三君】	《后汉书·党锢列传》
17	《太学中谣》(二)	天下模楷李元礼,天下英秀王叔茂,天下良辅杜周甫,天下冰凌朱季陵,天下忠贞魏少英,天下好交荀伯条,天下稽古刘伯祖,天下才英赵仲经。【八俊】	《后汉书·党锢列传》
18	《太学中谣》(三)	天下和雍郭林宗,天下慕恃夏子治,天下英藩尹伯元,天下清苦羊嗣祖,天下璅金刘叔林,天下雅志蔡孟喜,天下卧虎巴恭祖,天下通儒宗孝初。【八顾】	《后汉书·党锢列传》
19	《太学中谣》(四)	海内贵珍陈子鳞,海内忠烈张元节,海内謇谔范孟博,海内通士檀文友,海内彬彬范仲真,海内珍好岑公孝,海内所称刘景升。【八及】	《后汉书·党锢列传》

(续表)

序号	歌谣名称	歌谣内容	歌谣出处
20	《太学中谣》（五）	海内贤智王伯义，海内修整蕃嘉景，海内贞良秦平王，海内珍奇胡母季皮，海内光光刘子相，海内依怙王文祖，海内严恪张孟卓，海内清明度博平。【八厨】	《后汉书·党锢列传》
21	《京兆为李燮谣》	我府君，道教举。恩如春，威如虎。刚不吐，柔不茹。爱如母，训如父。	《后汉书·李固列传附李燮传》
22	《灵帝末京都童谣》	侯非侯，王非王，千乘万骑上北芒。	《后汉书·五行志》
23	《献帝初京都童谣》	千里草，何青青，十日卜，不得生。	《后汉书·五行志》
24	《后汉献帝初童谣》	燕南垂，赵北际，中央不合大如砺，唯有此中可避世。	《后汉书·公孙瓒列传》
25	《初平中长安谣》	头白皓然，食不充粮。裹衣蹇裳，当还故乡。圣王愍念，悉用补郎。舍是布衣，被服玄黄。	《后汉书·孝献帝纪》注
26	《兴平中吴中童谣》	黄金车，班兰耳。闿闾门，出天子。	《三国志·吴书·孙权传》
27	《建安初荆州童谣》	八九年间始欲衰，至十三年无孑遗。	《后汉书·五行志》
28	《汉末洛中童谣》	虽有千黄金，无如我斗粟。斗粟自可饱，千金何所直。	《太平御览·百谷部》
29	《汉末江淮间童谣》	大兵如市，人死如林。持金易粟，粟贵于金。	《太平御览·百谷部》
30	《京师为光禄茂才谣》	欲得不能，光禄茂才。	《后汉书·黄琬列传》
31	《阎君谣》	阎尹赋政，既明且昶。去苛去辟，动以礼让。	《华阳国志·先贤士女总赞》
32	《东门兔谣》	东门兔，取吴半。吴不足，济阴续。	《太平御览·人事部》
33	《商子华谣》	石里之勇商子华，暴虎见之藏爪牙。	《太平御览·人事部》
34	《时人谣》	五侯之斗血成江。	《纬书集成·春秋考异邮》
35	《摘洛谣》	剡者配姬以放贤，山崩水溃纳小人，家伯罔主异哉震。	《纬书集成·诗泛历枢》
36	《京师为唐约谣》	治身无嫌唐仲谦。	谢承《后汉书·唐约传》

(续表)

序号	歌谣名称	歌谣内容	歌谣出处
37	《蒋横遭祸时童谣》	君用谗慝,忠烈是殛。鬼怨神怒,妖气充塞。	《全唐文·后汉亟亭乡侯蒋澄碑》
38	《锡山古谣》	有锡兵,无锡宁。	《全唐文·惠山寺记》
39	《时人为三茅君谣》	茅山连金陵,江湖据下流。三神乘白鹤,各在一山头。佳雨灌畦稻,陆地亦复周。妻子保堂室,使我无百忧。白鹤翔青天,何时复来游。	《太平御览·羽族部》

东 汉 谚 语

序号	歌谣名称	歌谣内容	歌谣出处
1	《光武述时人语》	关东觥觥郭子横。	《后汉书·方术列传·郭宪传》
2	《时人为郭况语》（一）	洛阳多钱郭氏室,月夜书昼富无匹。	《拾遗记》卷六
3	《时人为郭况语》（二）	洛阳多钱,郭氏万千。	《全汉诗》卷八
4	《光武引谚》	贵易交,富易妻。	《后汉书·宋弘列传》
5	《宋弘引语》	贫贱之知不可忘,糟糠之妻不下堂。	《后汉书·宋弘列传》
6	《南阳为杜师语》	前有召父,后有杜母。	《后汉书·杜诗列传》
7	《时人为廉范语》	前有管鲍,后有庆廉。	《后汉书·廉范列传》
8	《章帝引谚》	作舍道边,三年不成。	《后汉书·曹褒列传》
9	《班固引谚论经方》	有病不治,常得中医。	《汉书·艺文志》
10	《班昭女诫引鄙谚》	生男如狼,犹恐其尪,生女如鼠,犹恐其虎。	《后汉书·列女传·曹世叔妻传》
11	《王逸引谚》	政如冰霜,奸宄消亡。威如雷霆,寇贼不生。	《意林·正部》
12	《虞诩引谚》	关西出将,关东出相。	《后汉书·虞诩列传》

(续表)

序号	歌谣名称	歌谣内容	歌谣出处
13	《王符引谚论得贤》	一犬吠形,百犬吠声。	《潜夫论·贤难》
14	《京师为黄香号》	天下无双,江夏黄童。	《后汉书·文苑列传·黄香传》
15	《人为高慎语》	巍然不语,名高孝甫。	《太平御览·职官部》
16	《颍川为荀爽语》	荀氏八龙,慈明无双。	《后汉书·荀淑列传附荀爽传》
17	《崔寔引农家谚》	上火不落,下火滴沰。	《康熙字典·水部》"沰"字下引
18	《崔寔引里语》	一岁再赦,奴儿喑恶。	《政论·佚文》
19	《李固引语》	善人在患,饥不及餐。	《后汉书·王龚列传》
20	《益州民为尹就谚》	虏来尚可,尹来杀我。	《后汉书·南蛮西南夷列传》
21	《天下为贾彪语》	贾氏三虎,伟节最怒。	《后汉书·贾彪列传》
22	《应劭引俚语论正失》	狐欲渡河,无奈尾何。	《风俗通义·正失》
23	《应劭引俚语论愆礼》	妇死腹悲,唯身知之。	《风俗通义·愆礼》
24	《应劭引里语论日蚀》	不救蚀者,出行遇语。	《太平御览·饮食部》
25	《应劭引里语论主客》	越陌度阡,更为客主。	《文选·短歌行》注
26	《应劭引里语论谳狱》	县官漫漫,冤死者半。	《风俗通义·佚文》
27	《应劭引里语》	仕宦不止车生耳。	《汉官仪·佚文》
28	《应劭引语论正失》	金不可作,世不可度。	《风俗通义·正失》
29	《时人为庞氏语》	庐里诸庞,凿井得铜,买奴得翁。	《太平御览·人事部》
30	《民为二殽语》	东殽西殽,渑池所高。	《风俗通义·山泽》
31	《南阳为卫修陈茂语》	卫修有事,陈茂治之。卫修无事,陈茂杀之。	《风俗通义·过誉》

(续表)

序号	歌谣名称	歌谣内容	歌谣出处
32	《公沙六龙》	公沙六龙,天下无双。	袁山松《后汉书·公沙穆传》
33	《民为五门语》	苑中三公,馆下二卿。五门嗫嗫,但闻豚声。	《太平御览·人事部》
34	《时人为作奏语》	作奏虽工,宜去葛龚。	《太平御览·人事部》
35	《高诱引谚论毁誉》	欲人不知,莫如不为。	《淮南子·说林训》注
36	《武陵人为黄氏兄弟谚》	天有冬夏,人有二黄。	《太平御览·时序部》
37	《时人为杨氏四子语》	三苗不止,四珍复起。	《华阳国志·汉中士女志》
38	《羊元引谚》	孤犊触乳,骄子詈母。	《后汉书·仇香列传》注
39	《古谚》	虽有神药,不如少年。虽有珠玉,不如金钱。	《太平御览·药部》
40	《时人为郭典语》	郭君围堑,董将不许。几令狐狸,化为豺虎。赖我郭君,不畏强御。转机之间,敌为穷虏。猗猗惠君,实完疆土。	《太平御览·人事部》
41	《时人为周泽语》	居世不谐,作太常妻。一岁三百六十日,三百五十九日斋。一日不斋醉如泥。既作事,复低迷。	《后汉书·儒林列传·周泽传》,应劭《汉官仪》卷上
42	《崔寔引语》	小民、发如韭,剪复生。头如鸡,割复鸣。吏不必可畏,民不必可轻。	《太平御览·菜茹部》
43	《时人为桓典语》	行行且止,避骢马御史。	《后汉书·桓荣列传附桓典传》
44	《益都乡里为柳宗语》	得黄金一笥,不如为伯骞所识。	《华阳国志·蜀郡士女赞》
45	《时人为贡举语》（又名《后汉桓灵时谣》）	举秀才,不知书。察孝廉,父别居。寒素清白浊如泥,高第良将怯如鸡。	《抱朴子·审举》
46	《宣城为封使君语》	无作封使君,生来治民死食民。	《述异记》上卷
47	《益都为任文公语》	任文公,智无双。	《后汉书·方术列传·任文公传》

(续表)

序号	歌谣名称	歌谣内容	歌谣出处
48	《马皇后引俗语》	时无赭,浇黄土。	《东观汉记·明德马皇后传》
49	《崔寔引里语》	州郡记,如霹雳。得诏书,但挂壁。	《政论·佚文》
50	《崔寔引农语》(一)	二月昏,参星夕。杏花盛,桑椹赤。	《齐民要术》卷二
51	《崔寔引农语》(二)	河射角,堪夜作。犁星没,水生骨。	《古谣谚》卷三十七
52	《京师为袁成谚》	事不谐,问文开。	《后汉书·袁绍列传》注
53	《天下为四侯语》	左回天,具独坐。徐卧虎,唐两堕。	《后汉书·宦者列列·单超传》
54	《京师为张盘语》	闻清白,张子石。	谢承《后汉书·张盘传》
55	《人为徐闻县谚》	欲拔贫,诣徐闻。	《舆地纪胜·雷州》
56	《京师为鲍永鲍恢语》	贵戚敛手避二鲍。	《太平御览·人事部》
57	《时人为折氏谚》	折氏客谁?朱云卿、段节英,中有佣子赵仲平,但说天文论五经。	《华阳国志·广汉士女赞》
58	《王符引谚论守边》	痛不着身言忍之,钱不出家言与之。	《潜夫论·救边》
59	《三府为朱震语》	车如鸡栖马如狗,疾恶如风朱伯厚。	《后汉书·陈蕃列传附朱震传》
60	《时人为贡举语》	古人欲达勤诵经,今世图官免治生。	《抱朴子·审举》
61	《赵岐引南阳旧语》	前队大夫范仲公,盐豉蒜果共一筒。	《颜氏家训·书证》
62	《考城为仇览谚》	父母何在在我庭,化我鸱枭哺所生。	《后汉书·循吏列传·仇览传》
63	《时人为孔氏兄弟语》	鲁国孔氏好读经,兄弟讲诵皆可听。学士来者有声名,不过孔氏那得成。	《孔丛子·连丛子下》
64	《华容女子狱中歌吟》	不意李立为贵人。	《三国志·刘表传》注
65	《阚骃引语》(一)	仕宦不偶值冀部。	《太平寰宇记·冀州》
66	《阚骃引语》(二)	幽冀之人钝如椎。	《太平寰宇记·冀州》
67	《王符引谚论考绩》	曲木恶直绳,重罚恶明证。	《潜夫论·考绩》
68	《时人为王符语》	徒见二千石,不如一缝掖。	《后汉书·王符列传》

(续表)

序号	歌谣名称	歌谣内容	歌谣出处
69	《乡里为雷义陈重语》	胶漆自谓坚,不如雷与陈。	《后汉书·雷义列传》
70	《郑玄引俗语》	隐疾难为医。	《礼记·曲礼》郑玄注
71	《时人为吕布语》	人中有吕布,马中有赤兔。	《后汉书·吕布列传》注
72	《关中为游殷谚》	生有知人之明,死有贵神之灵。	《太平御览·人事部》
73	《京师为戴凭语》	解经不穷戴侍中。	《后汉书·儒林列传·戴凭传》
74	《京师为井丹语》	五经纷纶井大春。	《后汉书·逸民列传·井大春传》
75	《时人为王君公语》	避世墙东王君公。	《后汉书·逸民列传·逢萌传附王君公传》
76	《京师为杨政语》	说经铿铿杨子行。	《后汉书·儒林列传·杨政传》
77	《京师为祁圣元号》	论难幡幡祁圣元。	《东观汉记·杨政传》
78	《寿春乡里为召驯语》	德行恂恂召伯春。	《后汉书·儒林列传·召驯传》
79	《时人为丁鸿语》	殿中无双丁孝公。	《后汉书·丁鸿列传》
80	《京兆乡里为冯豹语》	道德彬彬冯仲文。	《后汉书·冯衍列传附冯豹传》
81	《诸儒为贾逵语》	问事不休贾长头。	《后汉书·贾逵列传》
82	《关中[东]为鲁丕语》	五经复兴鲁叔陵。	《后汉书·鲁恭列传附鲁丕传》
83	《诸儒为杨震语》	关西孔子杨伯起。	《后汉书·杨震列传》
84	《时人为许慎语》	五经无双许叔重。	《后汉书·儒林列传·许慎传》
85	《京师为周举语》	五经从横周宣光。	《后汉书·周举列传》

(续表)

序号	歌谣名称	歌谣内容	歌谣出处
86	《京师为胡广语》	万事不理问伯始,天下中庸有胡公。	《后汉书·胡广列传》
87	《时人为任安语》	欲知仲桓问任安,居今行古任定祖。	《后汉书·儒林列传·任安传》
88	《时人为陈嚣语》	关东说诗陈君期。	《东观汉记·陈嚣传》
89	《诸儒为刘恺语》	难经伉伉刘太常。	华峤《后汉书·刘恺传》
90	《人为许晏谚》	殿上成群许伟君。	《太平御览·人事部》
91	《乡里为茨充号》	一马两车茨子河。	《东观汉记·茨充传》
92	《时人为缪文雅语》	素车白马缪文雅。	《太平御览·人事部》
93	《敦煌乡人为曹全谚》	重亲致欢曹景完。	《金石文字记·郃阳令曹全碑》
94	《马廖引长安语》,又名《城中谣》	城中好高髻,四方高一尺。城中好广眉,四方且半额。城中好大袖,四方全匹帛。	《后汉书·马援列传附马廖传》
95	《时人为陈氏语》	公惭卿,卿惭长。	《后汉书·陈寔列传》
96	《京师为李氏语》	父不肯立帝,子不肯立王。	《后汉书·李固列传附李燮传》
97	《京兆民语》	前有赵张三王,后有边延二君。	《后汉书·延笃列传》
98	《陈蕃引鄙谚》	盗不过五女门。	《后汉书·陈蕃列传》
99	《太学诸生语》	天下模楷李元礼,不畏强御陈仲举,天下俊秀王叔茂。	《后汉书·党锢列传》
100	《陈琳引谣》	掩目捕雀。	《后汉书·何进列传》
101	《班固引谚论刑法》	鬻棺者欲岁之疫。	《汉书·刑法志》
102	《班固引谚论货殖》	以贫求富,农不如工,工不如商。刺绣文,不如倚市门。	《汉书·刑法志》
103	《公孙述闻梦中人语》	八厶子系,十二为期。	《后汉书·公孙述列传》

主要征引文献

（按照时代先后顺序排列，同一时代按照著者姓氏音序排列）

一、著作类

（一）基本古籍：

〔春秋〕墨子等著、〔清〕孙诒让注《墨子间诂》，上海书店《诸子集成》本。
〔春秋〕左丘明著、陈桐生译注《国语》，中华书局 2013 年 4 月版。
〔春秋〕左丘明著、〔晋〕杜预集解《春秋经传集解》，上海古籍出版社 1997 年 12 月版。
〔战国〕韩非子著、陈奇猷校注《韩非子集释》，上海人民出版社 1974 年 7 月版。
〔战国〕列子等编著、颜北溟等译注《列子译注》，上海古籍出版社 1986 年 9 月版。
〔战国〕吕不韦等著、陆玖译注《吕氏春秋》，中华书局 2011 年 10 月版。
〔战国〕孟子著、杨伯峻译注《孟子译注》，中华书局 1960 年 1 月版。
〔战国〕商鞅著、蒋礼鸿注《商君书锥指》，中华书局 1986 年 4 月版。
〔战国〕荀子著、张觉译注《荀子译注》，上海古籍出版社 1995 年 12 月版。
〔汉〕班固著《汉书》，中华书局 1962 年 6 月版。
〔汉〕班固撰、〔清〕陈立疏证《白虎通疏证》，中华书局 1994 年 8 月版。
〔汉〕崔寔著、孙启治校注《政论校注》，中华书局 2012 年 6 月版。
〔汉〕戴圣编撰、杨天宇译注《礼记译注》，上海古籍出版社 1997 年 4 月版。
〔汉〕董仲舒著、〔清〕苏舆义证《春秋繁露义证》，中华书局 1992 年 12 月版。
〔汉〕韩婴著、许维遹校释《韩诗外传集释》，中华书局 1980 年 6 月版。
〔汉〕桓宽辑、王利器校注《盐铁论校注》，中华书局 1992 年 7 月版。
〔汉〕贾谊著、阎振益、钟夏校注《新书校注》，中华书局 2000 年 7 月版。
〔汉〕孔鲋著、白冶钢译注《孔丛子译注》，上海三联书店 2014 年 1 月版。
〔汉〕刘安著、何宁集释《淮南子集释》，中华书局 1998 年 10 月版。
〔汉〕刘向集录、范祥雍笺证《战国策笺证》，上海古籍出版社 2006 年 12 月版。
〔汉〕刘歆等撰、王根林校点《西京杂记》，上海古籍出版社 2012 年 12 月版。

〔汉〕刘珍著、吴树平校注《东观汉记校注》,中华书局 2008 年 11 月版。

〔汉〕陆贾著、王利器校注《新语校注》,中华书局 1986 年 8 月版。

〔汉〕司马迁著《史记》,中华书局 1959 年 9 月版。

〔汉〕王充著、黄晖校释《论衡校释》,中华书局 1990 年 2 月版。

〔汉〕王符著、彭铎校正《潜夫论校正》,中华书局 1985 年 9 月版。

〔汉〕许慎著、班吉庆等校订《说文解字校订本》,凤凰出版社 2004 年 4 月版。

〔汉〕荀悦著《汉纪》,中华书局 2017 年 8 月版。

〔汉〕严遵著、王德有点校《老子指归》,中华书局 1994 年 3 月版。

〔汉〕扬雄著、〔宋〕司马光集注《太玄集注》,中华书局 1998 年 9 月版。

〔汉〕应劭著、王利器校注《风俗通义校注》,中华书局 1981 年 1 月版。

〔汉〕仲长统著、孙启治校注《昌言校注》,中华书局 2012 年 6 月版。

〔三国魏〕徐幹著、孙启治解诂《中论解诂》,中华书局 2014 年 5 月版。

〔晋〕常璩著、刘琳校注《华阳国志校注》,巴蜀书社 1984 年 7 月版。

〔晋〕陈寿著《三国志》,中华书局 1959 年 12 月版。

〔晋〕葛洪著、杨明照校笺《抱朴子外篇校笺》,中华书局 1991 年 12 月版。

〔晋〕王嘉撰、齐治平校注《拾遗记》,中华书局 1981 年 6 月版。

〔晋〕袁宏著《后汉纪》,中华书局 2017 年 8 月版。

〔南朝宋〕范晔著《后汉书》,中华书局 1965 年 5 月版。

〔南朝宋〕刘义庆著、蒋凡等评注《全评新注〈世说新语〉》,人民文学出版社 2009 年 3 月版。

〔南朝梁〕顾野王著《玉篇》,中华书局 2019 年 9 月版。

〔南朝梁〕刘勰著、王运熙等译注《文心雕龙译注》,上海古籍出版社 2010 年 8 月版。

〔南朝梁〕萧统辑《文选》,上海古籍出版社 1986 年 6 月版。

〔南朝梁〕萧子显著《南齐书》,中华书局 1972 年 1 月版。

〔北齐〕魏收著《魏书》,中华书局 1974 年 6 月版。

〔北齐〕颜之推著、王利器集解《颜氏家训集解》,中华书局 1993 年 12 月版。

〔唐〕杜佑著《通典》,中华书局 1988 年 12 月版。

〔唐〕房玄龄等著《晋书》,中华书局 1974 年 11 月版。

〔唐〕孔颖达正义《尚书正义》,上海古籍出版社 2007 年 12 月版。

〔唐〕陆德明著《经典释文》,上海古籍出版社 2013 年 12 月版。

〔唐〕魏徵等著《隋书》,中华书局 1973 年 8 月版。

〔南唐〕徐锴著《说文解字系传》,中华书局 1987 年 10 月版。

〔宋〕陈彭年著《钜宋广韵》，上海古籍出版社 2017 年 7 月版。
〔宋〕程颢、程颐著《二程集》，中华书局 1981 年 7 月版。
〔宋〕郭茂倩辑《乐府诗集》，上海古籍出版社 1998 年 11 月版。
〔宋〕洪适著《隶释》，中华书局 1985 年 11 月版。
〔宋〕李昉等著《太平御览》，中华书局 1962 年 2 月版。
〔宋〕司马光著《资治通鉴》，上海古籍出版社 1997 年 11 月版。
〔宋〕王象之著《舆地纪胜》，中华书局 1992 年 10 月版。
〔宋〕徐天麟著《西汉会要》，上海古籍出版社 1977 年 8 月版。
〔宋〕徐天麟著《东汉会要》，上海古籍出版社 1978 年 6 月版。
〔宋〕杨万里著《诚斋易传》，上海古籍出版社 1990 年 1 月版。
〔宋〕乐史撰、王文楚等点校《太平寰宇记》，中华书局 2007 年 11 月版。
〔宋〕朱熹注《四书章句集注》，中华书局 1983 年 10 月版。
〔元〕马端临著《文献通考》，中华书局 1986 年 9 月版。
〔清〕董诰等编《全唐文》，中华书局 1983 年 11 月版。
〔清〕杜文澜辑《古谣谚》，中华书局 1958 年 1 月版。
〔清〕段玉裁著《说文解字注》，凤凰出版社 2007 年 12 月版。
〔清〕顾炎武著《顾炎武全集》，上海古籍出版社 2011 年 12 月版。
〔清〕刘宝楠撰《论语正义》，中华书局 1990 年 3 月版。
〔清〕皮锡瑞著《经学历史》，中华书局 1959 年 12 月版。
〔清〕阮元主持校刻《十三经注疏》，上海古籍出版社 1997 年 7 月版。
〔清〕孙星衍等辑《汉官六种》，中华书局 1990 年 9 月版。
〔清〕孙诒让撰《周礼正义》，中华书局 1987 年 12 月版。
〔清〕汪文台辑、周天游校《七家后汉书》，河北人民出版社 1987 年 7 月版。
〔清〕王夫之著《读通鉴论》，中华书局 1975 年 7 月版。
〔清〕王念孙著，张其昀点校《广雅疏证》，中华书局 2019 年 6 月版。
〔清〕王先谦著《汉书补注》，上海古籍出版社 2008 年 1 月版。
〔清〕严可均校辑《全汉文》，中华书局 1958 年 12 月版。
〔清〕赵翼著《廿二史札记》，辽宁教育出版社 2000 年 1 月版。

（二）今人著作：

卜宪群著《秦汉官僚政治》，社会科学文献出版社 2002 年 12 月版。
曹建国《楚简与先秦〈诗〉学研究》，武汉大学出版社 2010 年 3 月版。
陈鸿彝著《中国治安史》，中国人民公安大学出版社 2002 年 8 版。
陈美东著《中国古代天文学思想》，中国科学技术出版社 2013 年 1 月版。
程俊英译注《诗经译注》，上海古籍出版社 1985 年 2 月版。

费孝通著《乡土中国·乡土重建》，群言出版社 2016 年 5 月版。
冯时著《文明以止——上古的天文、思想与制度》，中国社会科学出版社 2018 年 10 月版。
葛剑雄著《统一与分裂：中国历史的启示》，商务印书馆 2013 年 8 月版。
顾颉刚著《秦汉的方士与儒生》，上海古籍出版社 1998 年 1 月版。
郭锡良著《汉字古音手册》，商务印书馆 2010 年 8 月版。
侯外庐主编《中国思想通史》，人民出版社 1957 年 4 月版。
胡安顺著《音韵学通论》，中华书局 2002 年 5 月版。
胡奇光、方环海撰《尔雅译注》，上海古籍出版社 2012 年 8 月版。
黄留珠著《秦汉仕进制度》，西北大学出版社 1985 年 7 月版。
黄寿祺、张善文译注《周易译注》，上海古籍出版社 1989 年 5 月版。
黄一农著《社会天文学史十讲》，复旦大学出版社 2004 年 12 月版。
蒋凡著《周易演说》，湖南文艺出版社 1998 年 10 月版。
李笑野著《〈周易〉的观念形态论》，上海古籍出版社 2016 年 12 月版。
厉以宁著《资本主义的起源：比较经济史研究》，商务印书馆 2003 年 6 月版。
逯钦立辑校《先秦汉魏晋南北朝诗》，中华书局 1983 年 9 月版。
吕思勉著《秦汉史》，新世界出版社 2009 年 7 月版。
吕肖奂著《中国古代民谣研究》，巴蜀书社 2006 年 11 月版。
马承源主编《上海博物馆藏战国楚竹书》，上海古籍出版社 2001 年版 11 月版。
马茂元选注《楚辞选》，人民文学出版社 1958 年 4 月版。
马新著《两汉乡村社会史》，齐鲁书社 1997 年 6 月版。
倪其心著《汉代诗歌新论》，百花洲文艺出版社 1992 年 4 月版。
钱穆著《秦汉史》，九州出版社 2015 年 12 月版。
钱穆著《中国历代政治得失》，九州出版社 2012 年 2 月版。
钱穆著《政学私言》，九州出版社 2016 年 12 月版。
钱钟书著《管锥编》，中华书局 1979 年 8 月版。
沈刚著《汉代国家统治方式研究》，社会科学文献出版社 2017 年 12 月版。
睡虎地秦墓竹简整理小组编《睡虎地秦墓竹简》，文物出版社 1978 年 11 月版。
孙家洲著《秦汉法律文化研究》，中国人民大学出版社 2007 年 10 月版。
唐作藩著《上古音手册》，中华书局 2013 年 7 月版。
万献初著《音韵学要略》，武汉大学出版社 2008 年 8 月版。

王国维著《观堂集林》,中华书局 1959 年 6 月版。
王力著《同源字典》,中华书局 2014 年 10 月版。
王启才著《汉代奏议的文学意蕴与文化精神》,人民出版社 2009 年 7 月版。
王毓泉著《莱芜集》,中华书局 1983 年 10 月版。
王云五主编《丛书集成初编》,中华书局 2010 年 11 月版。
萧公权著《中国政治思想史》,新星出版社 2005 年 11 月版。
谢贵安著《中国谶谣文化研究》,海南出版社 1998 年 2 月版。
徐中舒主编《甲骨文字典》,四川辞书出版社 2014 年 1 月版。
阎步克著《察举制度变迁史稿》,中国人民大学出版社 2009 年 9 月版。
阎步克著《士大夫政治演生史稿》,北京大学出版社 1996 年 5 月版。
杨天宇译注《周礼译注》,上海古籍出版社 2004 年 7 月版。
余英时著《士与中国文化》,上海人民出版社 2003 年 1 月版。
郁宁远著《中国童谣》,中国妇女出版社 1996 年 8 月版。
曾枣庄、刘琳主编《全宋文》,上海辞书出版社 2006 年 8 月版。
张永鑫著《汉乐府研究》,江苏古籍出版社 1992 年 6 月版。
周振鹤著《中国地方行政制度史》,上海人民出版社 2014 年 5 月版。
朱自清著《朱自清全集》,江苏教育出版社 1996 年 8 月版。

(三) 国外著作:
(英) 崔瑞德、鲁惟一主编《剑桥中国秦汉史》,中国社会科学出版社 1992 年 2 月版。
(意) 葛兰西著《狱中札记》,河南大学出版社 2014 年 11 月版。
(美) 拉斯维尔著《传播在社会中的结构与功能》,中国传媒大学出版社 2012 年 12 月版。
(法) 勒庞著《乌合之众:大众心理研究》,北京联合出版公司 2016 年 2 月版。
(法) 卢梭著《社会契约论》,商务印书馆 1980 年 2 月版。
(德) 马克思、恩格斯著《马克思恩格斯选集》,人民出版社 1972 年 5 月版。
(意) 马基雅维里著《君主论》,商务印书馆 1985 年 7 月版。
(日) 西嶋定生著《中国经济史研究》,农业出版社 1984 年 9 月版。

二、论文类

卜风贤《周秦汉晋时期农业灾害和农业减灾方略研究》,西北农林科技大学 2001 届博士毕业论文。
陈冬仿《基于灾异背景下的汉代地震及其政治功能论析》,《江汉论坛》2017

年9期。

陈慧荣《国家治理与国家建设》,《学术月刊》2014年7期。

陈苏镇《东汉的"义学"与"名教"》,《中国历史博物馆馆刊》1996年12月版。

陈翔《伦理决策:国家治理的哲学追求》,《理论学刊》2014年第11期。

戴伟华《论五言诗的起源——从"诗言志"、"诗缘情"的差异说起》,《中国社会科学》2005年第6期。

范丽敏《天人感应思想与汉代的社会保障制度》,《南都学坛》2007年第4期。

高恒《汉代上计制度论考——兼评尹湾汉墓木牍〈集簿〉》,《东南文化》1999年第1期。

葛晓音《论早期五言体的生成途径及其对汉诗艺术的影响》,《文学遗产》2002年第6期。

葛晓音《论汉魏三言体的发展及其与七言的关系》,《上海大学学报》2006年第3期。

葛晓音《早期七言的体式特征和生成原理——兼论汉魏七言诗发展滞后的原因》,《中国社会科学》2007年第3期。

郝建平《论汉代教育对社会的影响》,《阴山学刊》1993年第3期。

黄今言《西汉"都吏"考略》,《中华文史论丛》2015年第1期。

黄留珠《汉代的选廉制度》,《唐都学刊》1998年第1期。

黄宛峰《汉代考核地方官吏的重要环节——"举谣言"与"行风俗"》,《南都学坛》1988年第3期。

蒋建湘、李沫《治理理念下的柔性监管论》,《法学》2013年第10期。

李传军《魏晋南北朝时期风俗巡使制度初探》,《晋阳学刊》2004年第2期。

李均明《汉简所反映的关津制度》,《历史研究》2002年第3期。

廖群《厅堂说唱与汉乐府艺术特质探析——兼论古代文学传播方式对文本的制约和影响》,《文史哲》2005年第3期。

刘次沅《古代"荧惑守心"记录再探》,《自然科学史研究》2008年第4期。

刘海峰《汉代大型水利工程鸿隙陂考》,《天中学刊》2007年第4期。

刘太祥《汉代巡行使的职能和作用》,《史学月刊》1997年第1期。

刘啸《我国古代著名的水库鸿郤陂》,《史学月刊》1983年第2期。

刘仲一《法家思想与秦朝的速亡》,《求是学刊》,1998年第3期。

马世年《诗体流变与汉代四言诗的再认识》,《西北师大学报》2017年第4期。

毛宣国《〈毛诗〉"教化"理论及其对后世诗学的影响》,《中国文学研究》, 2011年第1期。
蒙文通《中国历代农产量的扩大和赋役制度及学术思想的演变》,《四川大学学报》1957年第2期。
潘啸龙《汉乐府的娱乐职能及其对艺术表现的影响》,《中国社会科学》1990年第6期。
钱志熙《从群体诗学到个体诗学——前期诗史发展的一种基本规律》,《文学遗产》2005年第2期。
钱志熙《歌谣、乐章、徒诗——论诗歌史的三大分野》,《中山大学学报》2011年第1期。
任勇、肖宇《软治理与国家治理现代化:价值、内容与机制》,《当代世界与社会主义》2014年第2期。
时亮《天视自我民视,天听自我民听》,《光明日报》2017年2月6日第2版。
孙峰、肖世民《汉代私学考》,《西安联合大学学报》1999年第3期。
孙尚勇《乐府建置考》,《云南艺术学院学报》2002年第4期。
王彦辉《汉代豪民与乡里政权》,《史学月刊》2000年第4期。
王志清《〈汉书〉"采诗"叙述的生成与双重语境下的意义暗示》,《西南大学学报》2017年第1期。
吴青《灾异与汉代社会》,《西北大学学报》1995年第3期。
谢仲礼《东汉时期的灾异与朝政》,《中国社会科学院研究生院学报》2002年第2期。
杨联陞《东汉的豪族》,《清华学报》1936年第4期。
杨振红《汉代自然灾害初探》,《中国史研究》1999年第4期。
张丰乾《"家""国"之间——"民之父母"说的社会基础与思想渊源》,《中山大学学报》2008年第3期。
张富翠、余庆《叠词在〈诗经〉中的艺术功用》,《西昌学院学报》2007年第3期。
张晋藩《论礼——中国法文化的核心》,《政法论坛》1995年第3期。
张景贤《略谈"复其身"的涵义》,《历史教学》2002年第7期。
张强、杨颖《两汉循行制度考述》,《南京师范大学学报》2008年第3期。
张汝伦《作为政治的教化》,《哲学研究》2012年第6期。
赵凯《汉代官方舆论收集机制》,《南都学坛》2006年5期。
赵敏俐《汉乐府歌诗演唱与语言形式之关系》,《文学评论》2005年第5期。
赵敏俐《论汉代乐府诗中的流行艺术与民间歌谣——兼谈"民歌"概念在汉

代诗歌研究中的泛用》,《中国文化研究》2013年夏之卷。

周远斌《论三言诗》,《文学评论》2007年第4期。

(日)串田久治《汉代的"谣"与社会批判意识》,《中国哲学史》1996年第1—2期。

(日)山田胜芳《近年来的秦汉史研究——以好并隆司、谷川道雄、渡边信一郎三人的研究为中心》,《中国史研究动态》1980年第11期。

后　　记

每一本书都关涉了作者的一段心路历程,本书也是如此。本书从酝酿到构思,从写作到修改,从申请立项到即将出版,已陪伴我五年多了,说它已经化为我生命的一部分,并不算夸张。2017年4月,当时我还在英国访学,向学院提交了科研资助,开启了对这一选题的正式研究;2018年秋季,正值学校推出学术专著培育计划,我又向学校申请了经费资助,这使得我有充足的经费购买大量相关专业书籍,并更换了电脑、打印机等设备;2019年6月,我又以32万字的初稿申报了国家社科基金后期资助,得到五位评审专家的肯定,选题有幸获得国家资助。其中一位专家写下了近千字的评价意见,不仅对选题大加鼓励,还中肯地提出了一些修改意见和建议,甚至具体到某一句意的斟酌、繁简字转换等问题。我与这位专家素昧平生,今后也很有可能"相忘于江湖",但他的态度令我非常感动,他的做法告诉我,对待每一份精心耕耘的学术劳动,应保持一份敬意与温情。

此后的大部分时间是与新冠疫情时间重合的,在面对面的人际交往和学术交流时联时断的三年间,除了上课和必要的休息之外,我把全部时间都用在了补充阅读和修改书稿上,每天主要工作就是打磨这件精神产品。我希望当它呈现在读者面前的时候,错误尽量少一点,这样我就会心安一点。

按照常规,应该对各方面的支持和帮助表示感谢,这种做法虽然老套,却非应景与虚情。我要衷心感谢全国社科办为本书提供资金支持,感谢立项评审专家和结项评审专家对书稿内容的认可;要感谢我所就职的学校和学院对本书的前期培育;要感谢上海古籍出版社精心组织、安排著作出版的一切事宜,特别感谢本书责任编辑王赫老师认真、细致的工作,书信、快递往还总是那么体贴到位。

以最深沉的爱致敬我的父母。"父兮生我,母兮鞠我。抚我畜我,长我育我,顾我复我,出入腹我。"为人父母之后,更能体验哺育儿女的艰辛。儿时的生活较为清苦,留下的记忆却是无比快乐。那时的东北冬天极寒,多少个冬夜北风呼啸,一家四口躺在温暖的炕上肆意享受淳美的睡眠,第二天起来却见大雪封门,水缸冻得半尺多厚,父亲用菜刀背当当地砸上半天才能取水做饭。儿时的美味是每晚我和弟弟专享的猪油、酱油拌米饭。多少年以后和同龄人聊起,一致的意见是,猪油拌饭是我们那个时代孩子的上等美食。当时父母吃的是什么,我和弟弟却从没有留意过。记得有一次从学校里学了一首歌,是王洁实、谢丽斯唱的那首《脚印》:"洁白的雪花飞满天,白雪覆盖我的校园。漫步走在这小路上,脚印留下了一串串……"晚饭后,我在昏黄的白炽灯下哼唱,父亲也一板一眼地跟着我学唱,这是善良却倔强、说话就像吵架的父亲,留给我最浪漫的一个场景。2017年5月,当我还在英国访学之际,父亲离开了我们,去了一个没有病痛的世界,没想到2016年暑假返乡的那次普通探望,一回首竟成永别。

借此机会,我要以崇高的敬意感谢我的两位恩师——中国传媒大学的张晶教授和复旦大学的蒋凡先生。我的硕士导师张晶教授,将我领上学术之路,多年来默默关注我的成长。虽然张老师已是成就卓著的名教授,但毅然在四十岁"高龄"到复旦攻读博士学位,一时传为佳话。张老师将全部身心投入到学术研究中,以热情和真诚对待学生,他的灿烂笑容永远是那么迷人。滨城的求学时光是快乐的,老师的家宴是令人难以忘怀的。殷师母在工作中是令人尊敬的医生,在生活中是有品位的美食家,任何普通的食材,在她的巧手烹制下,都变成令人不忍释筷的美食。殷师母极有语言天赋,她到哪里,哪里就有欢声笑语,小师妹甜甜曾戏称师母的前生是喜剧演员,我对此深信不疑。之后到沪上读博,从求学开始以至毕业后多年,一直在蒋先生和汤师母的抚翼下成长,每次去上海滩首善之区的静安区蒋先生的"半万斋"拜访,一路上鳞次栉比的摩天大楼和灯红酒绿对我而言没什么吸引力,倒是"半万斋"中先生的古典诗词吟唱、自度曲的二胡清音,令人三月不知肉味。汤师母是一位有菩萨般心肠的女性,任何弟子去蒋宅拜访,师母都如待大宾,即使后来年近八旬不大能远走了,也还坚持去静安寺的久光百货采办食品,安排家宴,临走时还给每人递上一份礼品。进门时向来客一鞠躬,送客到电梯门口,又是一鞠躬。这样的礼数、这样的待客之道,我辈怎生承受得起!我生何其幸也,遇到两位德业双馨的师长和富有人格魅力的师母。两位老师不仅教我如何治学,还以不言之教示我如何做人,如何对待学生。

感谢妻子朴实的陪伴,虽然她对家中书籍渐渐无处安放的现状偶有微词,多数时候,还是默默纵容我非理性的购书欲望。特别是这几年,我将主要精力倾注在申请课题、撰写书稿上,她默默承担了看顾孩子学习的重担。说是"重担"没有一丝夸张,"拉着蜗牛奔跑"的滋味,相信最近一些年的为人父母者都能理解。感谢我的女儿,每天放学回家总会分享校园里的各种趣事,还经常竖起大拇指、夸奖爸爸是"世界上最棒的大厨",促使我不断精进厨艺。

  感谢我的舅舅多年来对我学业的支持及人生的指导,"八五"后老人耳聪目明、讲话声如洪钟,气势排山倒海,祝愿老人健康平安。感谢弟弟、弟妹一家,多年来陪伴在父母身边,无怨无悔,默默承担各项家庭琐事,为远方游子减轻了很多后顾之忧。

  诚挚感谢李笑野教授多年来的指导、提携,他是值得我一生学习、尊敬的师长,谦谦君子、温润如玉,于此见焉。感谢同门羊列荣、王军伟、王启才、曹建国、黄鸣诸位,他们或是对选题提出了不少有建设性的意见和建议,或是赠与大著,或是提供大量不易得到的电子文献,点点滴滴,惠我良多,在此一并感谢!

  书不尽言,言不尽意。此时此刻,祝愿每一位安好!

2022 年 3 月 30 日   上海疫情肆虐之际
于苏州河畔红楼

图书在版编目(CIP)数据

观风察政:汉代歌谣与政治的互动研究／白振奎著.—上海:上海古籍出版社,2022.9
ISBN 978-7-5732-0383-0

Ⅰ.①观… Ⅱ.①白… Ⅲ.①民间歌谣—文学研究—中国—汉代②政治制度—研究—中国—汉代 Ⅳ.①I207.72②D691.21

中国版本图书馆 CIP 数据核字(2022)第 135058 号

国家社科基金后期资助项目
观风察政:汉代歌谣与政治的互动研究
白振奎 著
上海古籍出版社出版发行

(上海市闵行区号景路 159 弄 1-5 号 A 座 5F 邮政编码 201101)
(1)网址:www.guji.com.cn
(2)E-mail:guji1@guji.com.cn
(3)易文网网址:www.ewen.co

商务印书馆上海印刷有限公司印刷
开本 700×1000 1/16 印张 25 插页 2 字数 431,000
2022 年 9 月第 1 版 2022 年 9 月第 1 次印刷
ISBN 978-7-5732-0383-0
K·3225 定价:118.00 元
如有质量问题,请与承印公司联系